경이로운 도시 1

La ciudad de los prodigios

세계문학전집 255

경이로운 도시 1

La ciudad de los prodigios

에두아르도 멘도사

김현철 옮김

민음사

사랑하는 아나에게

더러운 귀신이 사람에게서 나갔을 때에 물 없는 곳으로 다니며 쉬기를 구하되 얻지 못하고 이에 가로되 내가 나온 내 집으로 돌아가리라 하고 가 보니 그 집이 청소되고 수리되었거늘 이에 가서 저보다 더 악한 귀신 일곱을 데리고 들어가서 거하니 그 사람의 나중 형편이 전보다 더 심하게 되느니라.

—「누가복음」, 11장 24절~26절

차례

작가의 말

나는 『사볼타 사건의 진실』이 출간된 1975년경부터 『경이로운 도시』를 쓰기 시작했다. 그러나 여러 가지 사건들이 끼어들고 또 여기저기 다른 장르를 기웃거리느라 십여 년이 훌쩍 지나가고 말았다. 『경이로운 도시』는 내가 오랫동안 바르셀로나를 떠나 있는 동안, 그러니까 뿌리가 잘린 채 떠돌이 생활을 하던 중에 쓴 첫 번째 소설이기도 하다. 이것이 모든 것을 설명해 줄 것이다. 나는 『사볼타 사건의 진실』을 쓸 때와 마찬가지 이유로 이 소설을 쓰기 시작했다. 나는 바르셀로나의 현대사 중 몇몇 에피소드를 형상화하고 싶었다. 단 신뢰할 수 있는 역사적 자료가 아니라 집단적 기억을 바탕으로 그 작업을 하고 싶었다. 달리 표현한다면, 역사를 소설화하고 싶었던 것이다. 그렇다고 해서 이 소설이 흔히 이야기하듯 역사소설은 아니다. 적어도 내 생각에는 그렇다. 그러나 이런 학술적인 논쟁으로 시간을 낭비하고 싶지는 않다.

11

앞서 밝혔듯이, 나는 『사볼타 사건의 진실』이라는 작품이 안겨 주는 부담을 지고 『경이로운 도시』를 쓰기 시작했다. 『사볼타 사건의 진실』은 내 예상보다 훨씬 더 많은 관심을 받았고, 나는 그런 반응에 조용히 대처하는 수밖에 없었다. 그래서 『경이로운 도시』 작업을 일단 접어 두고 다른 쪽을 기웃거렸다. 나는 오랫동안 바르셀로나를 떠나 있다가 다시 돌아왔다. 어중간한 모양일지라도 바르셀로나에 정착하고 싶었던 것이다. 직업이 통역사였기 때문에 여러 도시를 전전할 수밖에 없었다는 얘기다. 나는 중동무이된 『경이로운 도시』 원고를 다시 꺼내 처음 의도와는 다른 목적으로 글을 고쳐 나가기 시작했다. 내가 태어난 도시 바르셀로나의 이미지를 되살려 내고 싶었다. 나는 결정적인 순간에 그 도시를 벗어나 있었다. 그 기간 동안 많은 것이 변했다. 그러나 우리가 진정 원했다면 그보다 훨씬 많은 것들이 변할 수도 있었을 것이다.

나는 『경이로운 도시』의 상당 부분을 바르셀로나가 아닌 곳에서 호텔이나 여관을 전전하며 썼다. 창밖으로 보이는 풍경(숲, 별장, 운하)을 이 소설 속에 묘사하기도 했다. 그건 절대로 있을 수 없는 바르셀로나의 모습이었다. 하지만 그렇게 하면 바르셀로나를 좀 더 사실적으로 그려 낼 수 있을 것 같았다.

마지막 교정 역시 결코 간단하거나 수월하지 않았다. 나는 오랜 시간에 걸쳐 원래의 줄거리에 두 가지 근본적인 변화를 감행했다. 첫 번째 스케치에서는 상당히 긴 역사적 시기가 펼쳐졌다. 하지만 교정 과정에서, 인물들의 인생유전을 전개해 가는 과정에서, 이런 생각이 떠올랐다. 오노프레 부빌라가 1888년 만국박람회에서 첫 번째 직업을 구하는 게 좋을 것 같왔다. 1888년 만국박람회는 사람들의 기억에서 사라진 지 오래였다. 대부분의 바르셀로나 사람들은 1929년 만국박람회를 기억했다. 수많은 유명 기념물들(마법의 분수, 스페인 마을, 몬주익 궁전)이 그 아름다운 자태를 뽐내며 남아 있었기 때문이다. 하지만 많은 사람들이 그전에 있었던 만국박람회에 대해서는 알지 못했다. 바르셀로나가 발전하는 데 결정적인 계기가 되었는데도 사람들은 그 박람회를 잊어버렸던 것이다. 남아 있는 자료도 별로 없었다. 나는 그런 현상에 흥미를 느끼고 소설의 기본 줄거리를 바꾸기로 결심했다. 그 두 박람회 사이의 시간을 넌지시 암시하기로 한 것이다. 내 예상은 적중한 것 같다.

가장 중요한 또 다른 변화는 주인공을 바꾼 것이다. 처음에는 『사볼타 사건의 진실』에 나오는 인물을 따르려고 했다. 다시 말해, 줄거리와 동떨어진 인물을, 그러나 줄거리를 형성하는 사건들의 직접적인 목격자를 주인공으로 내세울 작정이었다. 그러다 보니 너무 복잡해지고 말았다. 나는 여러 가지 방법을 시도해 본 결과 오노프레 부빌라를 주인공으로 내세울 수밖에 없었다. 제삼자의 간섭 없이 주인공을 직접 내세우기로 한 것이다. 힘이 넘치고 환상적인 악당, 잔인하고 무자비한 악당만이 내가 표현하고자 하는 바르셀로나의 정신을 가장 훌륭하게 대변할 수 있을 것 같았다. 이 역시 잘 맞아떨어진 것 같다.

하지만 내 예상이 적중했든 아니든, 그런 것만으로는 충분하지 않다. 『경이로운 도시』가 스페인과 외국에서 유명해진 이유는 그 외에도 많이 있다. 이 작품이 출간된 이후 바르셀로나도 유명해졌다. 『경이로운 도시』는 바르셀로나의 명성에 힘입어 유명해졌던 것이다. 만일 바르셀로나가 유명해지지 않았다면, 바르셀로나가 대대적인 도시계획에 따라 변하지 않았다면, 『경이로운 도시』는 크게 주목받지 못했을 것이다. 괜스레 겸손을 떠는 게 아니다. 내가 『경이로운 도시』를 쓰고 있을 동안에는 바르셀로나가 변할 조짐을 보이지 않았다. 그러나 서서히 시작된 변화는 1992년에 절정에 이르러 활짝 꽃을 피웠다. 공중에 둥둥 떠 있는 듯한 기분이었다. 그리고 그러한 변화는 문학의 영역에서도 이루어졌다.

솔직히 말해, 나는 『경이로운 도시』가 '바르셀로나의 소설'이라고는 생각하지 않는다. 사람들이 흔히 이야기하는 것과는 반대로, 『경이로운 도시』가 세상에 나왔을 때 바르셀로나를 널리 알린 소설들이 많이 나와 있었다. 변두리에 속한 바르셀로나가 발전하는 데 글로벌한 비전을 제시하는 소설들 말이다. 많은 소설들이 변두리에 속한 인물들을 내세워 바르셀로나의 발전을 이야기했던 것이다. 『황금열』, 『사생활』, 『마리오나 레불』 삼 부작 등이 바로 그런 소설들이었다. 그 외에도 많다. 나 역시 그런 전통에 합류하고 싶었던 것이다.

많은 독자들이 내게 묻는다. 『경이로운 도시』에서 이야기하는 사건들이 진짜인지 허구인지, 내가 소설에서 인용하는 역사적 자료들이 사실인지 거짓인지. 당연한 얘기지만 대답은 하나밖에 없다. 그게 뭐가 그리 중요합니까, 어쨌든 소설은 소설일 뿐인데요.

1999년 2월, 바르셀로나에서

1

1

오노프레 부빌라가 바르셀로나에 도착했던 해, 바르셀로나는 개혁의 열기로 온통 들끓고 있었다. 바르셀로나는 말그라트와 가라프 사이에 있는 골짜기에 있다. 해안을 따라 길게 이어진 산맥이 내륙 쪽으로 움푹 들어가 원형극장과 같은 모양을 이룬 곳이다. 기후는 온화하고 날씨는 변덕스럽지 않다. 하늘은 대체로 맑고 쾌청한 편이다. 가끔 구름이 끼기는 하지만, 새하얀 뭉게구름이 유유히 흘러가는 정도다. 비도 거의 오지 않는데, 예기치 않은 순간에 억수 같은 폭우가 쏟아지는 경우가 종종 있다. 바르셀로나가 어떻게 건설되었느냐에 대해서는 많은 의견이 난무하지만, 페니키아인들이 두 차례에 걸쳐 바르셀로나를 건설했다는 설이 가장 유력하다. 한 가지 사실만은 확실하다. 바르셀로나는 시돈과 티레와 연합국을 형성한 카르타고의 식민지로 역사에 처음 등장한다. 알프스 산맥을 향해 가던 한니발 장군이 베소스 강 혹은 요브레가트 강에서 진군을 멈추고 코끼리들에게 물을 먹였다는 사실이 과학적으로 입증되었다. 안타깝게도 코끼리들은 알프스 산맥의 험난한 지형과 추위로 상당수가 죽고 말았다. 바르셀로나 원주민들은 코끼리 떼를 보고 놀라움을 감출 수 없었다. 저기 저 이빨 좀 봐! 저기 저 귀 좀 봐! 와, 저기 저 코 좀 봐! 바르셀로나 사람들은 그렇게 수군거렸다. 바르셀로나 사람들은 그 신기한 경험을 공유하며 외국에 대해서도 어느 정도 알게 되었다. 이 이야기는 상당히 오랫동안 대대로 전해졌다. 그래서 바르셀로나 사람들은 자신들이 한 도시에 사는 시민이라고 자각하기 시작했다. 그 후 세월이 흐르면서 그런 자각은 시들해졌다. 하지만 19세기에 접어들자 바르셀로나 사람들은 다시 한 번 그때의 영광을 회복하기 위해 열을 올렸다. 페니키아인들의 뒤를 이어 그리스인들이 나타났고, 그리스인들의 뒤를 이어 이베리아 반도의 라예타니아인들이 나타났다. 그리스인들은 수공예품을, 라예타니아인들은 사람들의 외모상에 두 가지 특징을, 각각 바르셀로나에 유산으로 남겼다.(인종학자들의 주장에 따르면 그렇다.) 카탈루냐 사람들은 누군가의 말을 경청할 때 머리를 왼쪽으로 기울이는 습관이 있으며, 코털을 길게 기르는 경향이 있다. 우리는 라예타니아인들에 대해서는 아는 게 거의 없다. 그들은 묽은 액체를 주식으로 삼았다. '수에로'* 혹은 '리모나다'**로 불

---

* 유장(乳漿). 젖 성분에서 단백질과 지방을 빼고 남은 부분.
** '레몬수'라는 뜻.

리는 이 먹을거리는 요즘의 요구르트와 별반 다르지 않다. 어쨌든, 바르셀로나를 하나의 도시로 만든 사람들은 로마인들이다. 로마인들은 바르셀로나를 엄격한 양식으로 조직화했다. 어떤 양식이었는지에 대해서까지 시시콜콜 얘기할 필요는 없지만, 아무튼 바르셀로나가 그 이후에 발전하는 데 중요한 역할을 했다는 사실은 분명하다. 하지만 모든 면에서 볼 때 로마인들은 바르셀로나를 극도로 경멸했다. 바르셀로나는 로마인들에게 전략적으로 중요하지 않았고, 어떠한 흥미도 불러일으키지 않았다. 기원전 63년, 무시우스 알렉산드리누스라는 집정관은 로마에 있는 후원자이자 장인에게 편지를 보내 바르셀로나로 파견된 자신의 신세를 한탄했다. 그는 화려한 도시인 빌빌리스 아우구스타(오늘날의 칼라타유드)에서 일자리를 구하고 싶었던 것이다. 아타울포라는 고트족 왕이 도시를 점령한 후로 바르셀로나는 고트족의 지배 아래 있었다. 그러다 서기 717년에 사라센인들이 전쟁도 치르지 않고 바르셀로나를 점령했다. 무어인들은 그들의 관습에 따라 성당(오늘날 우리가 감탄해 마지않는 그 성당이 아니라 다른 장소에 세워진 그보다 오래된 성당이다. 무수한 개종과 순교가 이루어진 장소였다.)만 회교 사원으로 바꾸었을 뿐 나머지는 그대로 두었다. 그러다 785년에 프랑스인들이 기독교 세계를 위해 도시를 다시 되찾았다. 그러나 그로부터 정확히 이백 년 후인 985년에 도시는 다시 이슬람 세계로 돌아가고 말았다. 알만소르 혹은 알만수르, 정의로운 왕, 무자비한 왕, 이가 세 개뿐인 왕이 도시를 다시 점령했던 것이다. 점령과 재점령이 잇따르면서 도시의 성벽은 점점 더 두껍고 복잡해졌다. 성채를 보강하고 그 내부를 견고히 함에 따라 길들은 갈수록 꾸불꾸불해졌다. 이러한 점이 헤로나의 유대인 신비주의자들을 도시로 끌어들였다. 유대인 신비주의자들은 도시에 지부를 여러 개 설립하고, 곳곳에 비밀스러운 산헤드린이나 환자를 치료하는 물웅덩이로 연결되는 통로를 팠다. 이런 통로들은 20세기 들어 지하철 공사를 할 때에야 발견되었다. 구시가지 건물 상인방 돌에는 당시에 새겨 놓은 글자들이 아직까지 남아 있다. 비전을 전수받은 자들을 위한 암호문, 기적을 이룰 수 있는 방법, 기타 등등. 그 이후로 도시는 영광을 누리기도 했고 침체에 빠지기도 했다.

"이곳에서 잘 지내실 수 있을 겁니다. 두고 보면 아실 겁니다. 방들은 그리 크지 않지만, 통풍도 잘되고 깨끗하기도 합니다. 더 이상 바랄 게 없습니다. 식사도 단출하지만 영양가는 만점입니다."

하숙집 주인이 말했다. 하숙집은 수프 골목*에 있었다. 오노프레 부빌라는 바르셀로나에 도착하자마자 하숙집부터 구했다. 수프 골목은 완만한 비탈길에서 시작했다. 비탈길은 서서히 가팔라지다 급기야 층계 두 개로 이어지는데, 그 층계를 오르면 다시 평평한 지대가 나왔다. 그리고 몇 미터만 더 가면 길이 끝났다. 로마 시대 때 지어진 것으로 보이는 오래된 성벽의 잔해가 길을 가로막았다. 성벽에서는 시커멓고 껄쭉한 물이 끊임없이 흘러나왔다. 수세기 동안 벽에서 물이 흘러나와, 좁은

---

* '물통 뒷골목'이라는 뜻.

골목길의 층계는 매끄럽게 연마되고 반짝반짝 빛이 났다. 그래서 까닥 잘못했다가는 층계에서 넘어지기 십상이었다. 물은 층계를 지나 길 양쪽 가장자리에 있는 고랑을 타고 아래로 흘러내렸다. 그러고는 하수구 입구에 보글보글 모여들더니 그 속으로 사라졌다. 하수구는 뒷골목과 망가 거리(예전에는 페라 거리라고 불렀다.)가 교차하는 지점에 있었다. 망가 거리는 수프 골목으로 통하는 유일한 길이었다. 그 거리는 어느 모로 보더라도 더럽고 구차하기 그지없었으나 자랑삼을 만한 게 한 가지 있었다.(그 동네의 다른 후미진 골목들이 이의를 제기하기는 했지만.) 바로 그 골목에서 벌어진 끔찍한 사건 말이다. 성녀 레오크리시아가 로마 시대의 성벽 위에서 처형당했던 것이다. 그 성녀는 9세기에 순교한 코르도바의 성녀 레오크리시아보다 앞서 태어난 인물이었다. 성도 열전에서는 그 성녀를 레오크라티아 혹은 로카티스라고 표기하기도 한다. 그녀는 바르셀로나에서 양털 깎는 인부의 딸로 태어났다. 어쩌면 바르셀로나 인근 마을에서 태어났는지도 모른다. 그녀는 아주 어린 시절에 기독교로 개종했다. 그녀의 아버지는 딸의 의견을 무시하고 티부르시오 혹은 티부르시노라는 재무관에게 딸을 시집보냈다. 레오크리시아는 자신의 신앙에 따라 남편의 재산을 가난한 사람들에게 나누어 주었고 노예를 해방했다. 그녀의 남편은 자신의 허락도 받지 않고 마음대로 행동하는 아내에 대해 불같이 화를 냈다. 그러나 레오크리시아는 자신의 행동을 후회하지도 않았고 기독교를 포기하라는 압력에 굴복하지도 않았다. 그래서 그녀는 위에 언급한 장소에서 참수형을 당했던 것이다. 전설은 이런 이야기를 전한다. 몸에서 떨어져 나간 그녀의 머리는 비탈길을 계속 굴러 내려갔다. 그녀의 머리는 모퉁이를 돌고 길을 가로지르며 행인들을 공포에 떨게 만들었다. 그러다 급기야 바다로 떨어졌고, 돌고래 혹은 거대한 물고기가 그녀의 머리를 취해 사라졌다. 레오크리시아 성녀의 축일은 1월 27일이다. 19세기 말, 골목길 위쪽 평지에 하숙집이 하나 있었다. 그 하숙집은 집주인들의 의도에 따라 아주 은밀하게 만들어졌다. 응접실은 비좁았다. 그 방에는 소나무 책상이 하나 있었다. 책상 위에는 철로 만든 서류함이 놓여 있었다. 하숙인 명부는 항상 펼쳐져 있었고, 그 옆에 촛불 하나가 깜박이고 있었다. 그래서 원한다면 누구나 하숙집의 적법성을 언제든지 눈으로 확인할 수 있었다. 명부에는 하숙인들의 별명 내지 가명이 적혀 있었다. 이발사의 벽장이 있었고, 도자기로 만든 우산꽂이도 있었으며, 성 크리스토발(오늘날에는 자동차 운전사들의 수호신이지만 예전에는 도보 여행자들의 수호신이었다.) 상도 하나 있었다. 책상 뒤에는 아가타 부인이 항상 앉아 있었다. 아가타 부인은 뚱뚱하고 머리가 반쯤 벗겨졌으며, 피곤에 지친 몰골이었다. 부인은 다리 통증 때문에 미지근한 물을 대야에 받아 발을 담그곤 했다. 이따금 통증 탓에 꽥꽥 소리를 내질렀는데, 그런 일마저 없었다면 부인은 이미 죽고 말았을 것이다. 델피나, 대야 좀 살펴봐! 대야의 물이 식으면 정신을 차리고 그렇게 소리를 질렀던 것이다. 그러면 딸이 국자로 김이 모락모락 피어나는 뜨거운 물을 떠 와 대야에 부었다. 몇 차례를 붓다 보면 대야에 물이 넘쳐 응접실은 물바다가 되기 일쑤였다. 하지만 하숙집 주인은 그런 일에 눈 하나 깜짝하지 않았다. 사람들은 모두 하숙집 주인을 브라울리오 씨라고 불렀다. 오노프레 부빌라는 바로 그 브라울리오 씨와 대화를 나누고 있었다.

"사실 말이지만, 이 하숙집이 위치만 좋은 곳에 있었다면 아담하고 상당히 괜찮은 호텔이라는 소리를 들었을 겁니다."

브라울리오 씨가 말을 이었다. 아가타 부인의 남편이자 델피나의 아버지인 브라울리오 씨는 키가 크고 이목구비가 반듯한 신사였다. 한마디로 고상한 인물이었다. 브라울리오 씨는 하숙집과 관련된 일은 모두 아내와 딸에게 맡겼다. 그는 날이면 날마다 신문을 읽고 하숙집의 장기 거주자들과 기사를 논평하며 대부분의 시간을 보냈다. 그는 새로운 소식이라면 환장을 하고 달려들었다. 게다가 그 시절은 새로운 발명품들이 무더기로 쏟아져 나오던 때인지라, 그의 입에서는 오호라! 어럽쇼! 하는 소리가 끊이지 않았다. 때때로 그는 누군가로부터 간절한 부탁을 받은 듯 신문을 내팽개치고 큰 소리로 외치기도 했다. 날씨가 어떤지 한번 알아봐야겠어! 그는 밖으로 나가 하늘을 꼼꼼하게 살펴보았다. 그러고는 집으로 다시 들어와 선언했다. 맑게 갠 하늘이야, 구름이 꼈구먼, 서늘하구먼, 기타 등등. 그가 하는 일이란 겨우 그 정도였다.

"동네가 형편없다 보니 우리 하숙집이 제값을 못 받고 아주 싸구려로 전락하고 만 겁니다. 어쩔 수 없는 일이죠."

브라울리오 씨가 투덜거렸다. 그러고는 집게손가락을 세우고 덧붙였다.

"하지만, 우리는 새로운 고객을 선택하는 데 신중에 신중을 기합니다."

내 겉모습을 은근히 빗대고 하는 소리가 아닐까? 오노프레 부빌라는 브라울리오 씨의 말을 들으며 그런 생각에 잠겼다.

하숙집 주인의 친절한 태도는 그런 추측이 터무니없는 것이라고 주장했으나, 그가 그렇게 짐작한 것도 무리는 아니었다. 비록 나이가 어려서 그랬겠지만 오노프레 부빌라는 첫눈에 보기에도 평균치보다 작은 편이었다. 하지만 어깨는 떡 벌어져 있었다. 누렇게 뜬 안색에, 오종종한 이목구비에, 곱슬곱슬한 검은 머리. 구겨지고 낡아 빠진 옷은 지저분하기 짝이 없었다. 갈아입을 옷도 없이 하나만 입고 며칠 동안이나 여행한 티가 고스란히 났다. 응접실 책상 아래 놓아둔 보따리에 갈아입을 옷이 하나쯤 들어 있을지도 모른다. 오노프레 부빌라는 그 보따리를 끊임없이 흘깃거렸다. 브라울리오 씨는 오노프레 부빌라가 보따리로 눈을 돌릴 때마다 안도의 한숨을 내쉬었다. 그러나 소년의 시선이 다시 그에게로 향하자 브라울리오 씨는 재차 불안해졌다. 저 친구 눈초리에 있는 뭔가가 내 신경을 거스르는군. 하숙집 주인은 생각했다. 제기랄, 항상 그렇지 뭐, 배고픔, 혼란, 두려움, 뭐 그런 거겠지. 하숙집 주인은 그렇게 생각을 바꾸었다. 그는 그런 몰골로 나타난 사람들을 많이 보아 왔다. 도시는 끊임없이 팽창하고 있었다. 하숙집 주인은 생각했다. 하나가 더 늘었을 뿐이야, 꼬맹이 정어리가 한 마리 나타났으니 고래란 놈이 쥐도 새도 모르게 삼켜 버리고 말 테지. 브라울리오 씨의 불쾌감은 어느덧 동정심으로 바뀌었다. 놈은 아직 어린아이에 불과해, 게다가 절망에 빠져 있어. 하숙집 주인은 생각했다.

"저, 부빌라 씨, 실례가 아니라면, 바르셀로나에는 무슨 일로 오셨습니까?"

하숙집 주인은 어렵사리 질문을 던졌다. 소년에게 강한 인상을 심어 주기 위해 그런 어려운 질문을 던졌던 것이다. 소년은 한동안 대답을 못 하고 입을 다물고 있었다. 질문의 내용을 알아듣지도 못한 듯싶었다.

"일자리를 구하고 싶습니다."

소년이 심드렁하게 대답했다. 소년은 날카로운 눈초리로 하숙집 주인을 쳐다보았다. 그런 대답이 자신에게 해를 끼치지나 않을까 싶어 두려워하는 표정이었다. 그러나 브라울리오 씨는 딴생각에 빠져 있었기 때문에 소년의 대답에 귀를 기울이지 않았다.

"아, 그렇군요. 훌륭합니다."

하숙집 주인은 외투 어깨에 떨어진 먼지를 떨어내며 무성의하게 대답했다. 오노프레 부빌라는 하숙집 주인의 성의 없는 대답에 마음속으로 안도의 한숨을 내쉬었다. 그는 자신의 출신 성분을 부끄럽게 여겼다. 자신이 왜 바르셀로나로 오게 되었는지 그 누구에게도 밝히고 싶지 않았다. 무슨 이유로 그 모든 것을 내팽개치고 도망치듯 떠나왔는지 말하고 싶지 않았던 것이다.

나중에 몇몇 사람들이 주장한 바와는 달리, 오노프레 부빌라는 부유하고, 밝고, 명랑하고, 다소 야한, 지중해와 인접한 카탈루냐 출신이 아니었다. 그는 험하고, 음침하고, 잔인한 카탈루냐 출신이었다. 피레네 산맥 남서쪽에 펼쳐진 지역이 그의 고향이었다. 그의 고향 땅은 카디 산맥의 양쪽 경사면에서 세그레 강까지 펼쳐져 있었다. 카디 산맥에서 발원한 세그레

강은 점점 물줄기를 모아 노게라 파야레사 강과 합쳐져 유유히 흐르다가 메키넨차 부근에서 에브로 강과 합쳐진다. 저지대의 강은 물살이 빠르고, 매년 봄이 되면 수량이 급속히 늘어난다. 강물이 범람한 지역은 비록 비위생적이지만 기름진 늪지로 변한다. 늪지는 뱀들의 소굴이 되기도 하지만 사냥하기에 좋은 장소가 된다. 늪지에 짙은 안개가 끼면서 빽빽한 숲이 형성된다. 그래서 온갖 미신이 난무한다. 사실 일 년 중 며칠 동안은 어느 누구도 그 무시무시한 안개 속으로 들어갈 엄두를 내지 못한다. 무시무시한 안개가 끼는 날이면 교회나 수도원이 없는 곳에서 종소리가 들려오기도 하고, 숲 속에서 사람들이 소곤거리는 소리와 웃음소리가 들려오기도 한다. 심지어 죽은 암소들이 카탈루냐 전통 춤을 추는 모습이 목격되기도 한다. 그런 소리를 듣거나 그런 장면을 목격한 사람이라면 그 자리에서 미쳐 버리고 만다. 그 지역을 둘러싸고 있는 산들은 매우 험준하며 거의 일 년 내내 눈으로 덮여 있다. 그곳의 집들은 모두 말뚝 위에 지어졌다. 그곳에서는 부족국가 시대의 삶이 지금껏 유지된다. 거칠고 무뚝뚝한 주민들은 아직까지도 짐승 가죽으로 옷을 지어 입는다. 그곳 주민들은 해빙기가 되어야 겨우 산에서 계곡으로 내려온다. 포도 수확 축제나 돼지잡이 축제가 열리면 색싯감을 구하기 위해 산에서 내려오는 것이다. 그러고는 짐승 뼈로 만든 피리를 불고, 깡충깡충 뛰어다니는 양들을 흉내 내는 춤을 춘다. 그들은 치즈 바른 빵을 쉴 새 없이 먹어 대며 기름과 물로 희석한 포도주를 줄창 마셔 댄다. 산꼭대기에서는 평범한 사람들보다 훨씬 거친 사람들이 모여 산다. 그들은 절대로 산에서 계곡으로 내려오는 법이 없다.

그들의 유일한 오락거리는 그레코로만형 레슬링일 것이다. 그에 비해 계곡에 사는 사람들은 문명인에 가깝다. 그들은 포도, 올리브, 옥수수(사료용), 그 외에 몇몇 과일을 경작하며 가축도 키우고 양봉을 하기도 한다. 금세기 초까지만 해도 그 지역에서 벌이 이만 오천여 종이나 관찰되었으나 지금은 단지 오천 내지 육천 종만 남아 있을 뿐이다. 그곳에서는 누런 사슴, 멧돼지, 산토끼, 자고새 등도 사냥할 수 있었다. 게다가 농작물과 가축에 해를 끼치는 여우, 족제비, 오소리 등을 사냥할 수도 있었다. 강에서는 제물낚시질로 송어를 잡았다. 그곳 주민들은 제물낚시질에 능수능란했다. 그들은 아주 잘 먹었다. 식사 때마다 육류, 생선, 곡물, 야채, 과일이 빠지지 않았다. 그래서인지 그들은 키가 크고, 힘이 세고, 정력이 넘쳤으며, 쉽게 지치지도 않았다. 그러나 과식으로 인해 의욕 상실증을 보이기도 했다. 주민들의 이러한 육체적인 특징이 카탈루냐 역사에 심각한 영향을 주었다. 카탈루냐는 스페인에서 독립을 추구한 여러 지역 중 한 곳이었는데, 스페인 중앙정부는 카탈루냐의 독립 의지를 강력하게 제압했다. 그래서 스페인인들의 평균 신장이 작아지는 결과가 나타났다. R. P. 피뉴엘라는 나폴리에서 스페인에 막 도착한 카를로스 3세에게 보고하는 자리에서 카탈루냐를 '스페인의 의자'로 묘사했다. 카탈루냐 지방은 엄청나게 많은 목재와 코르크, 그리고 몇 가지 광물을 제공했다. 그곳 주민들은 계곡 이곳저곳에 흩어진 거대한 농가에서 살았다. 같은 교구에 사는 사람들을 제외하고는 다른 사람들과의 교류가 거의 없었다. 그런 이유로 하나의 관습이 생겨났다. 교구 이름이 자신이 태어난 고향 이름이 된 것이다. 그래서 우리는 산트로크 출신 페레 레브레, 마레데데우델로세르 출신 호아킴 콜리브로킬 등과 같은 이름을 자주 들을 수 있다. 한편 그렇기 때문에 같은 교구 사람들은 엄청난 책임감을 떠안아야 했다. 교구 사람들은 정신적, 문화적 연대감을 유지해야 했으며, 심지어 그 지역 사투리까지 고스란히 보존해야 했다. 그리고 그 지역 주민들은 계곡에서 평화를 유지해야 한다는 중대한 책임을 떠맡았다. 그들은 계곡과 계곡 사이에 평화를 유지해야 했다. 폭력 사태가 발생하는 것을 피하기 위해, 피비린내 나는 끊임없는 복수극을 피하기 위해 노력해야 했다. 그래서 나중에 시인들이 칭송하는 주임 사제의 전형이 탄생했다. 신중하고 온화한 인물, 혹독한 기후를 이겨 낼 수 있는 인물, 한 손에는 성체 용기를, 다른 손에는 나팔 총을 들고 믿을 수 없는 거리를 걸어서 오가는 인물. 아마도 바로 그런 인물들이 존재했기에 그 지역은 스페인 왕위 계승 전쟁 기간에도 별다른 피해를 입지 않고 살아남을 수 있었을 것이다. 왕위 계승 전쟁 말기에 카를로스 왕을 지지하는 무리가 그 지역을 도피처로, 겨울철 병영으로, 식량 보급창으로 이용했다. 그곳 주민들은 카를로스 왕의 지지자들을 박해하지 않았다. 그러나 시냇물이나 덤불숲에서 반쯤 땅에 파묻힌 시체가 때때로 발견되기도 했다. 시체의 가슴이나 목덜미에는 총알이 파고든 흔적이 있었다. 모두들 신경 쓰지 않는 척했다. 카를로스 왕의 지지자가 아닌 사람의 시체도 발견되었다. 그 시체들은 전쟁을 두고 서로 말다툼을 벌이다 살해된 것이었다.

오노프레 부빌라에 대해 정확히 알려진 사실은 하나밖에 없다. 오노프레 부빌라는 성자 레스티투토와 성녀 레오카디

아의 축일(12월 9일)에 세례를 받았다. 1874년 혹은 1876년이 었을 것이다. 그에게 세례를 준 사람은 세라피 달마우 신부였다. 또한 오노프레 부빌라의 아버지는 조앙 부빌라였고 어머니는 마리나 몬트였다. 무슨 이유로 그에게 그날의 성인의 이름을 붙이지 않고 오노프레라는 이름을 붙였는지는 알 수 없다. 그의 세례 증명서에서 우리는 다음과 같은 사실을 알 수 있다. 오노프레 부빌라는 산 클레멘테 교구 출신으로 부빌라 가문의 장남이었다.

"좋습니다, 좋아요. 당신은 이곳에서 진짜 왕처럼 지낼 수 있을 겁니다."

브라울리오 씨가 말을 계속했다. 그는 호주머니에서 녹슨 열쇠를 꺼내 과장된 몸짓으로 악취가 진동하는 음산한 하숙집 복도를 가리켰다.

"방들은, 보시면 알겠지만……, 이런! 아이, 깜짝이야!"

브라울리오 씨가 어느 방문 앞에서 열쇠를 자물통에 집어넣는 순간 갑자기 안쪽에서부터 문이 활짝 열렸다. 그 바람에 브라울리오 씨가 비명을 내질렀던 것이다. 문이 열린 텅 빈 공간에서 델피나의 모습이 나타났다. 발코니로부터 빛이 들어와 그녀의 모습이 어두워 보였다.

"이 아이가 내 딸내미 델피나입니다."

브라울리오 씨가 놀란 마음을 진정한 후 말했다.

"이 아이가 방을 정리하고 있었던 모양입니다. 손님 마음에 들도록 말입니다. 델피나, 그렇지 않느냐?"

델피나는 아무 말도 하지 않았다. 그러자 브라울리오 씨는 다시 오노프레 부빌라를 쳐다보며 덧붙였다.

"이 아이의 가엾은 엄마가, 그러니까 내 마누가 건강이 별로 좋지 않아서 말입니다, 만일 델피나가 도와주지 않았다면 하숙집 일을 내가 몽땅 도맡아야 했을 겁니다. 델피나는 진짜 보물 같은 아이랍니다."

오노프레 부빌라는 델피나를 이미 본 적이 있었다. 그녀가 아가타 부인의 세숫대야에 뜨거운 물을 채우려고 응접실로 달려왔을 때 보았던 것이다. 그때는 그녀를 별로 눈여겨보지 않았다. 오노프레 부빌라는 지금에 와서야 델피나를 주의 깊게 살펴보았다. 진짜 못생긴 여자였다. 나이는 오노프레 부빌라와 거의 같은 또래였다. 깡마른 몸매에 어설픈 동작, 뻐드렁니, 쩍쩍 갈라진 거친 피부, 의뭉스러운 눈초리. 게다가 눈동자는 유별나게도 노란색이었다. 오노프레 부빌라는 이내 알아차릴 수 있었다. 실질적으로 하숙집 일을 도맡아 하는 사람은 바로 델피나였던 것이다. 그녀는 무뚝뚝한 표정으로, 지저분한 몰골로, 헝클어진 머리로, 넝마를 걸친 채, 맨발로 하루 종일 하숙집 안을 돌아다녔다. 부엌에서 방으로, 방에서 부엌으로, 부엌에서 식당으로 싸돌아다니며, 물통을 나르고, 빗자루로 쓸고, 걸레로 훔쳤다. 게다가 그녀는 어머니마저 돌보아야 했다. 몸을 제대로 움직이지 못하는 아가타 부인은 끊임없이 잔소리를 늘어놓았고, 델피나는 그런 어머니에게 아침상, 점심상, 저녁상을 차려 주어야 했다. 델피나는 아침 일찍 버들가지 광주리 두 개를 들고 장을 보러 갔다. 그리고 집으로 돌아올 때에는 물건이 가득 찬 바구니들을 힘겹게 끌고 왔다. 델피나는 하숙인들에게 말을 거는 법이 없었다. 하숙인들 역시 그녀의 존재를 무시하는 척했다. 그녀의 까칠하고 붙임성 없는 성격과는 어울리지 않았지만 그녀의 발치에는 늘 검은 고양이 한 마리가 따라다녔다. 검은 고양이는 자신의 주인 외에는 누구의 접근도 허락하지 않았다. 놈은 다른 사람이 접근하면 물고 할퀴기 일쑤였다. 고양이의 이름은 벨세부*였다. 하숙집의 가구들이나 벽에 새겨진 흔적이 그 고양이가 얼마나 성질이 고약한 놈인지 보여 주었다. 하지만 그 당시 오노프레 부빌라는 그런 것까지는 알아채지 못했다. 오노프레 부빌라는 하숙집 주인이 지정해 준 방으로 들어가 안을 살펴보았다. 가구도 없는 썰렁한 골방이었다. 이곳이 내 방이로구나. 오노프레 부빌라는 중얼거렸다. 가슴이 벅차올랐다. 이제 독립한 남자라고 할 수도 있겠다, 진짜 바르셀로나내기가 된 거야. 바르셀로나에는 변화의 바람이 불고 있었다. 최근에 바르셀로나를 방문한 사람들이 대개 그렇듯이 오노프레 부빌라도 그 대도시의 매력에 푹 빠져 버렸다. 오노프레 부빌라는 평생을 산골에서 살아왔고, 조금 크다고 할 수 있는 마을을 방문해 본 적은 단 한 번밖에 없었다. 그 방문도 지금 돌이켜 보면 씁쓸한 기억만 떠오를 뿐이었다. 오노프레가 방문했던 마을은 바소라였다. 오노프레의 고향 교구인 산 클레멘테(혹은 산트 클리멘트)로부터 십팔 킬로미터 떨어진 곳이었다. 오노프레가 찾아갔을 때는 바소라가 상당한 발전을 이룩한 후였다. 목축업을 주로 하던 농업 중심지가 산업도시로 바뀌었다. 통계자료에 따르면, 1878년 바소라에는 공

---

* '악마', '마왕'이라는 뜻.

장이 서른여섯 개가 있었다. 그중 스물한 곳이 방직공장(면, 비단, 양모, 날염, 카펫 등등)이었고, 열한 곳이 화학 공장(인산염, 초산염, 염화 화합물, 염료, 비누)이었고, 세 곳이 제철 공장이었고, 한 곳이 목재 공장이었다. 철도가 바소라와 바르셀로나를 연결했고, 바소라에서 생산된 물품은 바르셀로나 항구를 통해 외국으로 수출되었다. 그때까지 정기적으로 마차가 운행되었으나 사람들은 대체로 철도를 선호했다. 거리는 가스등으로 환했고, 여관이나 호텔이 네 개, 학교가 네 개, 카지노가 세 개, 영화관이 하나 있었다. 바소라와 산 클레멘테 교구는 기복이 심한 산길로 연결되어 있었다. 골짜기와 산마루로 구불구불 이어지는 그 길은 겨울이면 눈으로 막혀 통행이 불가능했다. 길이 뚫리는 기간에는 말 한 필이 끄는 이륜마차가 그 길을 오고 갔다. 마차는 산 클레멘테와 바소라를 연결하는 십팔 킬로미터의 길을 비정기적으로 오갔다. 운행 시간표도 없었고 특별히 정해진 정거장도 없었다. 마차는 산골 농가의 농기구를 비롯해 온갖 물품을 실어 날랐다. 경우에 따라 편지도 배달했다. 그리고 돌아갈 때에는 산골 마을에서 그때그때 생산되는 잉여 물자를 바소라로 싣고 갔다. 잉여 물자는 산 클레멘테의 주임신부가 바소라의 주임신부에게 보냈다. 산 클레멘테 주임신부의 친구인 바소라의 주임신부는 잉여 물자들을 책임지고 처분해 주었다. 바소라의 주임신부는 잉여 물자로 장사를 해서 남은 이익금을 보내 주기도 했지만 대체로는 물품으로 바꾸어 보내 주었다. 그리고 아무도 요구하지 않았지만 영수증도 함께 보내 주었다. 산골 사람들은 영수증에는 신경도 쓰지 않았다. 무슨 말인지 알 수도 없었던 것이다. 마차 주인은 토네트 아저씨라

30

는 사람이었다. 토네트 아저씨는 산 클레멘테에 들를 때면 교회 측벽에 기대어 세운 선술집 바닥에서 잠을 잤다. 그는 잠자리에 들기 전에 바소라에서 보고 들은 이야기를 산골 사람들에게 들려주었다. 하지만 토네트 아저씨의 이야기는 별로 믿을 바가 못 되었다. 그는 술을 좋아하는 허풍쟁이로 유명했던 것이다. 하지만 마차 주인이 떠들어 대는 믿지 못할 이야기들이 산골 사람들의 삶을 어떻게 뒤흔들어 놓았는지는 아무도 예상하지 못했다.

그럼에도 불구하고 지금 마음속으로 바소라를 바르셀로나와 비교해 보니, 바소라는 아무것도 아니었다. 이제 막 도착해서 바르셀로나에 대해서는 아무것도 모르지만 그런 생각이 들었던 것이다. 언뜻 보기에는 천진난만한 생각으로 보이겠지만, 그렇게 느낀 것도 무리는 아니었다. 1887년의 인구조사에 따르면, 오늘날 우리가 '대도시권'이라고 부르는 지역, 즉 바르셀로나와 그 인접 지역의 인구는 사십일만 육천 명이었다. 그리고 그 이후로 인구는 매년 만 이천 명씩 꾸준히 증가해 왔다. 우리가 위의 인구조사에서 밝혀낼 수 있는 사실은(물론 위의 수치를 인정하지 않는 의견도 많다.) 그 당시 바르셀로나 시라고 부르던 지역에 살던 주민들의 수가 이십칠만 이천 명이었다는 것이다. 그 나머지 인구는 시를 둘러싼 성곽 외부에 있던 마을과 지역에 흩어져 살았다. 19세기 동안 그런 마을과 지역에서 엄청난 열기로 산업화 운동이 진행되었던 것이다. 19세기 내내 바르셀로나는 진보의 선두 자리를 다른 지역에 양보하지 않았다. 1818년, 스페인에서는 최초로 바르셀로나와 레우스를 연결하는 정기 마차 제도가 도입되었다. 1826년에는 론하 안뜰에서 최초로 가스등이 불을 밝혔다. 1836년에는 최초로 '증기기관'이 돌아가기 시작했다. 그것은 산업의 기계화를 향한 첫걸음이었다. 스페인 최초의 철도는 1848년에 건설된 바르셀로나와 마타로를 연결하는 철도였다. 그리고 스페인 최초의 전기 발전소가 1873년 바르셀로나에 세워졌다. 이런 점에서 볼 때 바르셀로나와 스페인의 다른 지역과의 차이는 그야말로 천양지차였다. 따라서 바르셀로나를 처음으로 방문한 사람들에게 바르셀로나가 안겨 주는 인상은 실로 대단한 것이었다. 하지만 이러한 발전을 이루기까지 어마어마한 노력이 필요했다. 이제 바르셀로나는 마치 줄줄이 새끼를 낳은 희귀한 동물 암컷의 표정으로 기진맥진한 채 널브러져 있었다. 몸뚱이가 갈라진 틈으로 고약한 냄새를 풍기는 액체가 흘러나왔고, 그래서 길거리에 있으나 집에 있으나 숨을 쉬기 어려울 정도로 악취가 진동했다. 피로와 비관주의가 온 도시를 지배했다. 브라울리오 씨를 비롯한 몇몇 사람들만이 장밋빛 삶을 기대하고 있었던 것이다.

"상상력이 풍부하고 성취욕이 강한 사람들에게 바르셀로나는 기회가 넘쳐 나는 도시입니다."

브라울리오 씨는 바로 그날 밤 하숙집 식당에서 오노프레 부빌라에게 그렇게 말했다. 오노프레 부빌라는 델피나가 가져다준 희멀겋고 맛이 떨떠름한 수프를 마시고 있었다.

"당신은 정직하고, 영리하고, 성실한 사람인 것 같습니다. 내 장담하건대, 당신은 이내 이 상황에서 벗어나 만족할 만한 성과를 거둘 겁니다. 젊은이, 한번 생각해 보세요. 우리 인류 역사상 이와 같은 시절은 전혀 없었습니다. 전기에, 전화에, 잠수

함에……. 그런 기적과 같은 일들을 일일이 열거할 필요가 있을까요? 우리가 어디까지 나아갈지는 오로지 주님만이 아실 겁니다. 그건 그렇고, 괜찮으시다면 선불로 지불해 주셨으면 하는데요. 아시겠지만. 내 마누라가 계산에 있어서는 여간 깐깐하지 않아서 말입니다. 몸이 불편하다 보니 그렇게 꼬장꼬장해진 것 같아요. 양해해 주시기 바랍니다."

오노프레 부빌라는 수중에 있던 전 재산을 아가타 부인에게 건넸다. 그래도 겨우 일주일치에 지나지 않았다. 이제 오노프레 부빌라는 무일푼이었다. 다음 날, 날이 밝자마자 오노프레 부빌라는 일자리를 구하기 위해 거리로 뛰쳐나갔다.

2

19세기 말에 사람들은 흔히 이렇게 말했다. '바르셀로나는 바다를 외면하고 산다.' 그러나 일상생활을 자세히 들여다보면 그 말이 사실이 아님을 알 수 있다. 바르셀로나는 그 이전뿐만 아니라 그때까지도 일종의 해양 도시였다. 바르셀로나는 바다에 의지해 살았고, 바다를 위해 살았고, 바다에서 먹을거리를 구했고, 노력의 결실을 바다에 되돌려주었다. 바르셀로나의 길들은 나그네들의 발걸음을 바다로 이끌었고, 바다를 통해 바깥세상과 소통했다. 바다에서 바람이 불어왔고, 바다가 기후를 조절했다. 결코 유쾌하다고 할 수 없는 냄새와 습기와 소금기가 바르셀로나 성벽을 야금야금 갉아먹었다. 바르셀로나 사람들은 바다에서 밀려오는 소리를 자장가 삼아 낮잠을 잤고,

뱃고동 소리로 시간의 흐름을 알았으며, 구슬프고도 퉁명스러운 갈매기 울음소리로 나무 그늘이 드리운 길거리의 안락함이 단지 허상에 불과하다는 사실을 깨우쳤다. 바다는 바르셀로나의 뒷골목을 외국어를 지껄이는 성격 삐뚤어진 사람들로 가득 채웠다. 어두운 과거를 지닌 그들은 다른 사람들 눈을 피해 다니며 칼로 쑤시고, 총을 난사하고, 몽둥이를 휘둘렀다. 바다는 사법 당국에 쫓기는 사람들을 감춰 주었다. 범죄자들은 밤이면 밤마다 소름 끼치는 비명 소리를 등 뒤에 남기고 바다로 달아났다. 범죄자들이 처벌을 받는 경우는 드물었다. 바르셀로나의 집들과 광장은 하얀색이었다. 그래서 티 없이 맑은 날에는 눈이 부실 정도로 환하게 빛났지만, 폭풍이 몰아치는 날에는 불투명한 회색빛으로 변했다. 이 모든 것이 거역할 수 없는 힘이 되어 내륙 지방 촌놈인 오노프레 부빌라를 유혹했다. 그날 아침 오노프레 부빌라는 우선 항구로 발걸음을 재촉했다. 부두 노동자 자리라도 하나 얻어걸릴까 싶어서였다.

바르셀로나의 경제적인 발전은 18세기 말에 시작되어 1920년대까지 지속되었다. 하지만 그 발전은 지속적인 것이 아니었다. 호경기 다음에는 반드시 불경기가 따랐다. 불경기 때에도 사람들은 끊임없이 바르셀로나로 밀려들었지만 수요는 줄어들 수밖에 없었다. 그런 상황에서 일자리를 구하기란 하늘에서 별 따기만큼 어려운 일이었다. 브라울리오 씨는 전날 밤에 오노프레에게 일자리를 구할 수 있을 거라고 자신 있게 말했지만 실제 상황은 그렇지 않았다. 오노프레 부빌라가 먹고살기 위해 일자리를 찾아 길거리로 달려 나가던 그 당시, 바르셀로나는 몇 년에 걸쳐 꾸준하게 불경기를 겪고 있었던 것이다.

경찰들이 부두로 향하는 출입구를 가로막았다. 오노프레 부빌라는 무슨 일이냐고 물었다. 그러자 경찰들이 대답했다. 부두 노동자들 사이에 급성 위장염이 발병했다고 한다. 다른 지역에서 온 배를 통해 들어온 병균이 노동자들 사이에 퍼진 것 같다. 오노프레 부빌라는 어느 경찰의 어깨너머로 비참한 장면을 엿볼 수 있었다. 몇몇 하역꾼들이 지고 가던 짐을 바닥에 내려놓고 토악질을 했으며, 또 다른 하역꾼들은 기중기 발치에 쪼그리고 앉아 누런 물똥을 싸질러 댔다. 급하게 볼일을 마친 일꾼들은 하루 일당을 잃지 않기 위해 서둘러 작업에 임했다. 병에 걸리지 않은 일꾼들은 병에 감염된 자들로부터 멀찍이 떨어져 있었다. 그들은 병에 걸린 사람들이 가까이 다가올라치면 쇠사슬과 갈고리로 위협해 내쫓았다. 여자들 한 무리가 남편이나 애인을 도와주기 위해 경찰 저지선을 뚫으려고 했다. 그러나 경찰들은 그 여자들을 가차 없이 몰아냈다.

오노프레 부빌라는 계속해서 걸었다. 그는 해안 도로를 따라 바르셀로네타 지역으로 향했다. 당시까지만 해도 대부분의 배들이 돛단배였다. 항구의 제반 시설도 낙후된 것이었다. 부두에는 배를 측면으로 붙일 수 없었다. 배들은 고물을 부두에 댈 수밖에 없었다. 따라서 짐을 싣거나 내리는 작업은 무척이나 어려웠다. 거룻배나 통나무배를 이용해 짐을 싣거나 내렸다. 무수한 거룻배와 통나무배가 하루 온종일 항구의 물결을 헤치며 짐을 싣고 왔다 갔다 했다. 부두와 그 인근 거리는 얼굴이 검게 그을린 늙은 뱃사람들로 바글거렸다. 늙은 뱃사람들은 무르팍까지 걷어 올린 바지와 기다란 가로 줄무늬 셔츠를 입고 빨간색 두건을 머리에 쓰고 다녔다. 그들은 사탕수수

담뱃대로 담배를 피웠고, 독한 술을 마셨으며, 육포와 몇 주에 걸쳐 말라비틀어진 빵을 먹었다. 그리고 레몬을 게걸스럽게 빨아 먹기도 했다. 그들은 다른 사람들과는 말을 섞지 않았지만 혼자서는 끊임없이 중얼거렸다. 그들은 사람들과의 접촉을 꺼렸지만 툭하면 싸우려고 달려들었다. 하지만 그들에게도 친구는 있었다. 개, 앵무새, 큰 거북이, 혹은 다른 동물들이 그들한테 항상 붙어 다니며 아양을 떨고 관심을 끌었다. 사실상 그들은 비극적인 운명에 처해 있었다. 어린 시절에 수습 선원으로 배에 오른 그들은 아주 늙어 빠질 때까지 고향으로 돌아갈 수 없었다. 그들의 고향 땅은 기억에나 남아 있을 뿐이었다. 항상 떠돌아다녀야 하는 그들은 가정을 꾸릴 수도 없었고 오래도록 친구를 사귈 수도 없었다. 그러다 고향으로 돌아간다 하더라도 이방인이 된 심정을 느껴야 했다. 그러나 진짜 이방인과는 그 성격이 달랐다. 고향 사람들이 따뜻하게 맞아 주어도 그들은 쉽게 적응할 수 없었다. 수많은 세월이 흐르는 동안 왜곡되어 온 기억이 장애물로 작용했던 것이다. 그들은 시간이 날 때마다 몽상에 빠지거나 미래를 설계했다. 그러나 그들이 맞닥뜨린 고향의 현실은 그들의 생각과 너무나 달랐다. 고향을 이상향으로 왜곡해 버린 그들의 기억이 현실에 적응하는 데 걸림돌이 되었던 것이다. 그래서 그런 황당한 상황을 피하기 위해 고향 땅으로부터 멀리 떨어진 낯선 항구에 정착해 생을 마감하는 사람들도 있었다. 스텀이라는 사람이 바로 그런 경우였다. 거의 백 살 가까이 살았던 노련한 뱃사람. 그가 어느 나라 출신인지는 아무도 몰랐다. 당시 그는 바르셀로네타에서 아주 유명했다. 그는 아무도 알아들을 수 없는 말을 지껄였다. 이웃 사람들이 그 노인을 대학교 인문학부 교수들에게 데려가 보기도 했지만 소용없는 짓이었다. 교수들조차도 그 노인의 말을 알아들을 수 없었다. 출처를 알 수 없는 지폐 한 뭉치가 그 노인의 전 재산이었지만 바르셀로나의 어떤 은행도 그 지폐를 스페인 돈으로 바꾸어 주려고 하지 않았다. 노인의 지폐 뭉치는 엄청나게 컸다. 그래서 그 노인은 동네 사람들에게 부자로 인정받을 수 있었고, 상점과 술집에서 외상을 그을 수 있었다. 그 노인에 관한 소문도 나돌았다. 그 노인네는 기독교인이 아냐, 그 노인네는 태양을 숭배한다나 봐, 그 노인네는 자기 방에서 바다표범이나 바다소 같은 걸 키운다던데.

바르셀로네타는 18세기에 바르셀로나 성곽 바깥에 형성된 동네로, 그곳에는 주로 어부들이 모여 살았다. 그러나 그 이후에는 바르셀로나 시에 속했으며, 산업화에 휩쓸려 급격하게 발전한 동네였다. 당시 바르셀로네타에는 대규모 조선소들이 많았다. 오노프레 부빌라는 바르셀로네타 거리를 어슬렁거리다 아낙네들 한 무리가 웃고 떠들며 생선을 추려 내는 장면을 목격했다. 아낙네들은 땅딸막했으며 인상이 수더분해 보였다. 오노프레 부빌라는 그 아낙네들의 순한 인상에 용기를 얻어 무슨 정보라도 얻을 수 있을까 하며 그들에게 다가갔다. 어쩌면 저 아낙네들이 일자리를 구할 수 있는 곳을 알지도 몰라. 오노프레 부빌라는 생각했다. 나 같은 소년한테는 남자들보다 여자들이 훨씬 더 친절하게 굴거든. 그러나 오노프레 부빌라는 이내 알아차렸다. 아낙네들의 활기찬 겉모습이 실은 일종의 신경 장애 때문이라는 것을 말이다. 아낙네들은 별다른 이유도 없이 무심결에 발작적으로 웃어 댔지만, 속으로는 괴로움에 시달리며 분노로 이를 갈고 있었다. 그래서 아낙네들은 아무런 이유 없이 칼을 휘둘렀고, 게나 가재를 서로 집어 던지기 일쑤였다. 오노프레 부빌라는 아낙네들의 그런 모습을 보고 재빨리 달아났다. 그는 바르셀로네타에 정박 중인 어선에서 선원 자리를 구해 보려 했으나 그 역시 운이 따라 주지 않았다. 어선들은 검역조차 필요 없어 보였다. 오노프레 부빌라가 한 어선으로 다가가자 배 난간에 기대고 서 있던 선원들이 그를 말렸다. 꼬마야, 죽고 싶지 않거든 배에 오를 생각 따위는 하지도 마라. 선원들은 자신들이 괴혈병의 희생자들이라고 말했다. 그들은 피가 뚝뚝 떨어지는 잇몸을 보여 주기도 했다. 오노프레 부빌라는 철도역으로 가 보았다. 류머티즘으로 제대로 걷지도 못하는 철도역 짐꾼들은 이렇게 말했다. 특정 조합의 회원이 아니면 이 노예나 다름없는 일자리조차도 구할 수가 없단다. 계속 그런 식이었다. 오노프레 부빌라는 날이 어두워지고 나서야 기진맥진한 채로 하숙집에 돌아왔다. 그가 간에 기별도 안 가는 저녁 식사를 정신없이 입에 처넣고 있을 때, 이 식탁 저 식탁 둘러보고 다니던 브라울리오 씨가 오노프레 부빌라에게 다가와 오늘 돌아다닌 보람이 있었는지 물었다. 오노프레는 운이 없었다고 대답했다. 하숙집 응접실에서 이발소를 운영하는 사내가 오노프레와 하숙집 주인의 대화를 엿듣다가 즉시 끼어들었다. 척 보니 시골에서 올라온 것 같은데그래. 이발소 사내가 오노프레 부빌라에게 말을 걸었다. 청과물 시장에 가 보게나, 무슨 일이라도 걸려들지 모르니까. 사람을 깔보는 듯한 충고였지만 오노프레는 신경 쓰지 않았다. 오노프레는 이발소 사내에게 고맙다고 인사한 뒤 종아리를 향해 달려드는 델피나의 고양이를 걷어찼다. 델피나는 잡아먹을 듯한 눈초리로 오노프레를 노려보았고, 오노프레 역시 얕잡아 보는 듯한 눈길로 델피나를 째려보았다. 사실대로 고백하고 싶지는 않았지만 불운한 하루를 보낸 오노프레는 기가 꽉 죽어 있었다. 일이 이따위로 돌아갈지는 생각도 못 했지. 오노프레는 중얼거렸다. 제기랄, 무슨 상관이야. 그는 속으로 덧붙였다. 내일 다시 시도해 보는 거야. 참고 참으면 뭐라도 걸려들겠지. 무슨 짓이든 상관없어, 이대로 집으로 돌아갈 수는 없는 노릇이니까. 집으로 돌아가다니. 상상도 못 할 일이었다.

오노프레 부빌라는 이발소 사내의 충고에 따라 다음 날 보르네를 찾아갔다. 보르네는 바르셀로나에서 가장 큰 청과물 시장이었다. 하지만 역시 헛걸음이었다. 그 후로도 연속해서 헛걸음만 이어졌다. 그런 식으로 시간이 지나갔고 나날이 흘러갔다. 매번 허탕이었다. 일자리를 구할 수 있으리라는 희망마저 사라져 버렸다. 오노프레 부빌라는 해가 뜨든 비가 오든 바르셀로나 구석구석을 헤매며 걸어 다녔다. 그는 한 집도 빼놓지 않고 모두 문을 두드려 보았다. 오노프레는 그때까지 무시해 왔던 일자리라도 구하기 위해 애를 쓰기도 했다. 담배 공장 직공, 치즈 공장 인부, 잠수부, 대리석 다듬는 일, 시궁창 치우는 일 등등. 그러나 찾아가는 곳마다 대부분 자리가 없었고, 자리가 있어도 경력이 부족했다. 제과점에서는 두루마리 과자를 만들 수 있는지 물었고, 조선소에서는 선체의 틈에 뱃밥을 채울 수 있는지 물었다. 오노프레는 모든 질문에 '아니요.'라고 대답할 수밖에 없었다. 그는 이제껏 단 한 번도 생각해 보지 못했던 사실을 깨달을 수 있었다. 모든 일자리 중에서 가장 편한 일자리는 가정집 하인 일이었다. 당시 바르셀로나에서는 16,186명이 가정집에서 하인으로 일하고 있었다. 그 밖에 다른 일자리들은 조건이 터무니없이 열악해져 갔다. 하루 근무시간이 나날이 늘어났다. 노동자들은 직장에 정시에 출근하기 위해 새벽 4시나 5시에 잠자리에서 일어나야 했다. 임금 수준도 매우 낮았다. 어린아이들도 다섯 살 무렵부터 공사장 인부나 짐꾼으로 일을 시작했다. 심지어 공동묘지에서 묘를 파는 인부들 보조로 일하는 아이들도 있었다. 오노프레 부빌라를 다정하게 대해 주는 곳도 있었지만 여봐란듯이 경멸하는 곳도 많았다. 오노프레는 어느 우유 가게에서 쇠뿔에 받힐 뻔도 했고, 숯쟁이들이 풀어놓은 사나운 개한테 물릴 뻔도 했다. 모든 사람들이 비참한 상태에서 병을 앓고 있었다. 모든 동네가 발진티푸스, 천연두, 단독 혹은 성홍열로 시달리고 있었다. 도처에서 위황병, 청색증, 흑내장, 괴저, 파상풍, 소아마비, 충혈, 간질, 위막성 후두염이 발견되었다. 영양실조와 비타민결핍증은 주로 어린아이들 사이에 만연했고, 결핵은 어른들 사이에 만연했으며, 매독은 남녀노소를 가리지 않았다. 다른 도시들과 마찬가지로 바르셀로나도 무시무시한 전염병에 정기적으로 시달렸다. 1834년에 발생한 콜레라는 3,521명의 사망자를 남겼고, 그로부터 이십 년 후인 1854년에는 5,640명이 같은 병으로 사망했다. 1870년에는 스페인령 서인도제도에서 건너온 황열병이 바르셀로네타 지역까지 퍼졌다. 동네 주민이 모두 분산되었고, 리바 부두가 불탔다. 전염병이 발생하면 먼저 공포가 확산되었고, 자포자기 내지 체념이 뒤따랐다. 사람들은 함께 모여 종교의식을 치르며 죄를 뉘우치고 하느님께 용서를 빌었다. 그런 종교의식에는 모든 사람들이 참여했다. 불과 몇 달 전에 폭동을 빌미로 교회에 불을 지른 사람들뿐만 아니라 그와 같은 야만적인 폭력 행위를 주도한 사람들까지 모두 참여했다. 가장 열심히 참여하는 사람들은 바로 불과 며칠 전에 어느 가엾은 신부의 사제복에 가장 열을 올리며 불을 댕긴 사람들, 성스러운 조각상으로 장난을 쳤던 사람들, 성인들의 유골을 무덤에서 파내 짓이겨 놓았던 그런 사람들이었다. 그러다 보면 전염병은 점점 수그러들다가 서서히 사라져 갔다. 그러나 완전히 자취를 감춘 것은 아니었다. 병균은 살기 좋은 곳을 찾아 그곳을 거점으로 다시 뿌리를 내렸다. 그런 식으로 전염병은 완전히 사라지는 법이 없이 번갈아 가며 나타나곤 했다. 의사들은 이미 지나간 전염병의 마지막 환자를 돌볼 겨를도 없이 새로 나타난 전염병에 걸린 환자들을 치료해야 했다. 의사들의 일은 끝이 없었다. 그러다 보니 돌팔이 의사와 무자격 치료사와 엉터리 약장수와 사람 잡는 선무당이 들끓었다. 터무니없는 설교를 떠들어 대는 남자들과 여자들이 광장마다 가득했다. 그들은 적그리스도가 나타날 것이라고, 심판의 날이 도래했다고, 구세주가 재림할 것이라고 외쳐 댔다. 또한 메시아를 자칭하며 사람들의 돈지갑을 노렸다. 어떤 사람들은 순수한 의도로 부작용은 없지만 약효도 없는 치료법과 예방법을 제안하기도 했다. 주로 이런 식이었다. 보름달이 뜨는 밤에 큰 소리로 외쳐라, 발목에 방울을 매달아라, 가슴 피부에 성녀 카탈리나의 바퀴나 십이궁도를 문신으로 새겨 넣어라. 전염병의 공격에 속수무책이던 사람들은 겁을 집어먹고는 엉터리들이 권하는 부적을 사기도 했으며, 군소리 없이 물약이나 미약을 사서 먹거나, 효과를 맹신하며 자식들에게 먹이기도 했다. 시 당국은 전염병으로 죽은 사람들의 집을 봉쇄했다. 하지만 주택이 턱없이 부족했기 때문에 집이 없는 사람들은 길거리에서 살기보다 그 집에 들어가 전염병에 감염되는 쪽을 택했다. 그래서 봉쇄된 집에 몰래 들어가 살던 사람들은 이내 감염되어 속절없이 죽어 갔다. 하지만 일이 그런 식으로 돌아가지 않는 경우도 종종 있었다. 극악한 상황에 처하다 보면 때때로 드문 일이 벌어지듯이 헌신 내지 희생정신이 발휘되기도 했던 것이다. 여기에 구체적인 예가 하나 있다. 나이 지긋한 수녀가 한 명 있었다. 이름이 타르실라인 그 수녀는 콧수염으로도 유명했다. 어느 날 그 수녀에게 누군가가 알려 주었다. 이런저런 사람이 불치병에 걸려 침대에 누워 있다. 타르실라 수녀는 그 소식을 듣자마자 아코디언을 팔에 끼고 즉시 그 병자를 찾아갔다. 타르실라 수녀는 단 한 번도 병에 걸리지 않고 그런 일을 수십 년 동안 계속했다. 환자들이 타르실라 수녀와 그녀의 아코디언 앞에서 수도 없이 재채기를 해 댔지만 그녀는 말짱했던 것이다.

약속했던 기간이 다 지난 날 밤에 브라울리오 씨가 오노프레 부빌라를 불러 하숙비를 내라고 요구했다.

"아시다시피 하숙비는 선금으로 받거든요."

브라울리오 씨가 입을 열었다.

"일주일치를 미리 내셔야 합니다."

오노프레는 한숨을 토해 냈다.

"아직까지 일자리를 구하지 못했습니다, 브라울리오 씨. 일주일만 기다려 주시지요. 첫 보수를 받으면 그때 모든 걸 한꺼번에 계산하겠습니다."

오노프레가 사정했다.

"당신 사정은 충분히 이해합니다, 부빌라 씨. 하지만 당신도 우리 사정을 이해해 주셔야 합니다. 날마다 당신에게 들어가는 식사 비용이 만만치가 않아요. 게다가 당신이 방을 비워 주시면 다른 사람한테서 하숙비를 받을 수 있지 않겠습니까. 나도 압니다. 힘드시겠지요. 나도 안타까워요. 하지만 다른 방도가 없습니다. 내일 아침 일찍 방을 비워 주시기 바랍니다. 일이 이렇게 돼서 정말 안타깝습니다. 믿어 주세요. 그동안 정이 들었는데 말입니다."

오노프레는 그날 밤 밥을 거의 먹지 못했다. 하루 동안 쌓인 피로 때문에 그는 침대에 눕자마자 잠이 들어 버렸다. 그러나 오노프레는 불과 한 시간 만에 깜짝 놀라 잠에서 깨어났다. 불길한 생각들이 오노프레를 몰아붙이기 시작했다. 오노프레는 불길한 생각들을 떨쳐 내기 위해 자리에서 일어나 발코니로 나갔다. 오노프레는 발코니에 서서 깊이 숨을 들이마셨다. 공기는 축축하고 짭짜름했다. 항구에서 날아오는 생선 비린내와 타르 냄새가 공기에 섞여 있었다. 환상적인 빛이 항구 쪽에서 흘러들었다. 안개 속에서 빛나는 가스등 불빛이었다. 도시의 나머지 부분은 칠흑 같은 어둠에 잠겨 있었다. 잠시 후, 매서운 추위가 뼛속까지 파고들어 오노프레는 침대로 돌아가기로 결심했다. 그는 방으로 돌아와 침대 머리 테이블에 놓인 초에 불을 붙였다. 그리고 베개 밑에서 누르스름한 종이쪽을 꺼냈다. 차곡차곡 접은 종이쪽이었다. 오노프레는 그 종이쪽을 조심스럽게 펼치고는 깜박이는 촛불 빛에 의지해 종이 쪽에 쓰인 내용을 읽어 보았다. 오노프레는 이미 머릿속으로 외우던 내용을 차근차근 읽어 내려갔다. 입술에 경련이 일고, 미간에 주름이 잡혔으며, 눈초리가 수상쩍게 변했다. 원한과 슬픔이 뒤섞인 묘한 표정이었다.

오노프레 부빌라의 아버지는 1876년 혹은 1877년 봄에 쿠바로 이주했다. 당시 오노프레 부빌라는 한 살 반이었다. 오노프레 부빌라에게는 다른 형제자매가 없었다. 오노프레의 아버지는 수다스럽고 쾌활하며 솜씨 좋은 사냥꾼이었다. 그는 약간 엉뚱한 사람이기도 했다. 오노프레의 아버지가 쿠바로 이주하기 전에 그를 알고 지내던 사람들 말에 따르면 그렇다. 오노프레의 어머니는 원래 산골 마을 출신이었는데 조앙 부빌라와 결혼하기 위해 계곡 마을로 내려왔다고 한다. 오노프레의 어머니는 키가 크고 빼빼 말랐으며, 말수가 적은 여자였다. 신경질적인 성격에 태도도 거칠었지만 어느 정도 참을성이 있어 그나마 다행이었다. 백발이 성성해지기 전까지만 해도 그녀의 머리는 밤색이었다. 그리고 그녀의 눈은 오노프레와 마찬가지로 푸르스름한 빛이 감도는 회색이었다. 그러니까 오노프레의 겉모습은 눈만 빼고는 대체로 아버지를 닮았다. 18세기 이전만 해도 아메리카로 건너가는 카탈루냐 사람들은 극히 드물었다. 왕이 파견하는 정부 관리 외에는 아무도 아메리카로 가지 않았다. 하지만 18세기로 접어들자 수많은 카탈루냐 사람들이 쿠바로 건너가기 시작했다. 그리고 쿠바로 건너간 사람들이 식민지에서 보내오는 돈도 점점 불어나 엄청난 자본이 되었다. 전혀 예상치 못했던 일이었다. 카탈루냐는 그 자본을 바탕으로 산업화에 뛰어들 수 있었고, 가톨릭 국왕 부처(페르난도 왕과 이사벨 여왕) 시대부터 쇠약해지기 시작했던 카탈루냐의 경제는 급속한 발전을 이루었다. 사람들이 고향 카탈루냐로 돈을 부친 것은 물론이고, 그중 몇몇은 그곳으로 돌아오기도 했다. 아메리카에서 온 벼락부자들은 고향 마을에 터무니없이 큰 대저택을 지었다. 좀 더 유별난 사람들은 흑인 여자 노예나, 아메리카 원주민과 백인 사이에 태어난 혼혈 여자 노예를 데려와 은밀한 관계를 대놓고 즐기기도 했다. 그 때문에 한바탕 소동이 벌어졌다. 노예 소유주들은 친척이나 이웃 사람들의 압력에 밀려 여자 노예들을 순해 빠진 시골뜨기들에게 시집보내야 했다. 그런 결혼을 통해 살빛이 가무잡잡한 아이들이 태어났다. 마을 사람들로부터 따돌림당해야 했던 그 아이들은 종교 기관에 보내질 수밖에 없었다. 당시 그런 아이들은 세상 바깥에 있는 선교회로 보내졌다. 그들은 주로, 그때까지만 해도 카디스나 세비야 대주교 관구에 소속되어 있던 마리아나 군도 선교회나 캐롤라인 제도 선교회로 보내졌다. 그 이후로 아메리카 이주 열기는 시들해졌다. 한몫 챙기기 위해 대양을 건너는 사람들은 끊이지 않았다. 그러나 그들은 모두 개인적인 사정에 쫓겨 그런 모험을 감행한 사람들이었다. 집안의 모든 재산이 첫째 아들에게 상속된다는 제도, 이른바 '장자상속'에 따라 알거지로 전락한 둘째 아들, 진딧물에 시달리다 파산한 지주 따위가 그들이었다. 조앙 부빌라는 그들과는 공통점이 하나도 없었다. 조앙 부빌라가 무슨 이유에서 쿠바로 건너가기로 결심했는지는 당시에도 이후에도 아무도 몰랐다. 야심 때문에 그랬다고 주장하는 사람들도 있었고, 부인과 문제가 있어서 그랬다고 주장하는 사람들도 있었다. 이런 이야기를 지어낸 사람도 있었다. 조앙 부빌라는 결혼한 직후에 자기 부인에 관한 무서운 비밀을 알게 되었다, 밤이면 밤마다 집 안에서 치고받는 소리와 울부짖는 소리가 들려왔다, 그 울부짖는 소리에 아이는 밤새 한잠도 잘 수 없었다, 아이가 우는 소리가 새벽까지 그치지 않았다, 요란한 소리는 새벽녘에야 겨우 잦아들었다. 그러나 그런 이야기는 터무니없는 소리였다. 조앙 부빌라가 떠난 뒤에도 산 클레멘테 교구의 주임신부는 조앙 부빌라의 부인 마리나 몬트를 교회로 받아들였다. 주임신부는 다른 신도들과 똑같이 그녀에게 성사를 베풀었고, 유별난 정으로 그녀를 대했다. 그래서 조앙 부빌라에 대한 악소문은 잠잠해졌다.

조앙 부빌라는 집을 떠나고 얼마 지나지 않아 부인에게 편지를 보냈다.

편지는 조앙 부빌라가 타고 가던 배가 잠시 기항한 아조레스 제도에서 부친 것으로, 토네트 아저씨가 그것을 마차에 싣고 교구로 가져왔다. 조앙 부빌라의 부인이 글을 몰랐기 때문에 주임신부가 편지를 읽어 줘야 했다. 주임신부는 조앙 부빌라에 관한 악소문을 완전히 근절시키기 위해 주일날 설교 전에 설교대에 서서 큰 소리로 편지를 읽었다. '일자리와 거처를 구하고 돈이 좀 모이면 당신에게 보내 주겠소. 여행은 아주 좋소. 오늘 우리는 상어를 구경했소. 놈들이 떼를 지어 배를 쫓아오는데, 아주 무시무시하더군. 승객들 중 누군가가 배에서 떨어지기를 기다리는 것 같았소. 누군가가 떨어지면 한입에 꿀

떡 삼켜 버리겠지. 세 겹의 이빨로 질겅질겅 씹어 댈 것만 같았소. 놈들의 아가리에 일단 잡혀 들었다 하면 남는 게 하나도 없을 것 같았소.' 달랑 그 편지 하나로 끝이었다. 조앙 부빌라는 그 후로 두 번 다시 편지를 보내지 않았다.

오노프레 부빌라는 편지를 조심스럽게 다시 접어 베개 밑에 보관했다. 촛불을 끄고 눈을 감았다. 오노프레는 깊이 잠들었다. 딱딱한 잠자리도, 빈대와 벼룩의 집요한 공격도 느낄 수 없었다. 그러나 여명이 밝아 오기 바로 직전, 무언가가 배를 짓누르는 듯한 느낌과 들려오는 신음 소리에 잠에서 깨어났다. 누군가가 자신을 지켜보는 것만 같아 기분이 불쾌했다. 방에는 촛불이 켜져 있었다. 오노프레가 몇 시간 전에 끈 그 초가 아니었다. 누군가가 촛불을 들고 있었다. 오노프레는 딴 데 신경을 쓰느라 잠시 동안 그 사람이 누구인지 알아볼 수 없었다. 이불 위에 델피나의 사나운 고양이 벨세부가 버티고 있었다. 놈은 등을 활처럼 굽히고, 꼬리를 바짝 치켜세우고, 발톱을 드러냈다. 그에 반해 오노프레의 두 팔은 이불 밑에 파묻혀 있었다. 오노프레는 감히 손을 빼내 얼굴을 가릴 수가 없었다. 몸을 움직이면 그 사나운 놈을 자극할 것만 같아 두려웠기 때문이었다. 오노프레는 꼼짝도 하지 않고 그대로 누워 있었다. 이마와 관자놀이에서 땀방울이 똑똑 떨어졌다. 겁먹을 거 없어, 해치지 않을 거야. 낮게 속삭이는 목소리가 들려왔다. 하지만 내 몸에 손가락 하나라도 댔다가는 눈알을 뽑아 놓을 거야. 오노프레는 알 수 있었다. 델피나의 목소리였다. 그러나 고양이한테서 눈을 뗄 수도 없었고 말을 할 수도 없었다.

"일자리를 구하지 못했다는 거, 나도 알아."

델피나가 말을 이었다. 고소해 죽겠다는 듯한, 오노프레가 일자리를 구하지 못할 것이라는 예상이 맞아떨어져 기뻐하는 듯한, 곤란한 지경에 빠진 사람을 보고 쾌감을 느끼는 듯한 말투였다.

"사람들은 모두 내가 아무것도 모른다고 생각하지만, 나도 들을 수 있는 귀가 있는 사람이야. 사람들은 나를 무슨 가구인 양, 쓸모없는 쓰레기인 양 취급하고, 복도에서 마주칠 때에도 인사조차 하지 않아. 그건 좋다 이거야. 그 사람들도 불쌍한 인생들이니까. 난 확신해. 그 작자들이 원하는 것은 오로지 나를 침대로 데리고 가는 거야……. 내가 무슨 말을 하는지 너도 잘 알겠지. 하지만 그 작자들이 그런 짓을 하려고 하면 벨세부가 놈들을 갈기갈기 찢어 버릴 거야. 그래서 그 작자들은 나를 못 본 척하는 거란 말이지."

고양이는 자신의 이름이 들리자 위협하듯 으르렁거렸다. 델피나는 배꼽을 잡고 웃었고, 오노프레는 델피나가 살짝 맛이 간 여자라는 것을 깨달을 수 있었다. 내가 가진 건 이게 전부인데. 오노프레는 생각했다. 도대체 이 일은 어떤 식으로 끝날 것인가? 오노프레는 생각했다. 오, 주님, 제발 장님만은 면하게 해 주소서…….

"넌 다른 사람들과는 달라 보여."

델피나가 씹어뱉듯 말을 이었다. 델피나는 웃음을 뚝 그치고 정색을 했다.

"아직 나이가 어려서 그럴 테지. 하지만 너도 이내 나쁜 물이 들고 말 거야. 내일은 길거리에서 자게 되겠지. 항상 한쪽 눈을 뜬 채 자야 할 거야. 그러다 꽁꽁 얼어붙은 몸으로 배가 고파 잠에서 깨어나겠지만, 먹을 것을 찾을 수는 없을 테지. 그래서 허겁지겁 쓰레기통을 뒤지겠지. 비가 오지 않기를, 어서 빨리 여름이 오기를 빌고 또 빌겠지. 그런 식으로 서서히 변해 가는 거야. 결국에는 너 역시 다른 사람들처럼 망나니가 되고 말겠지. 그래, 뭐, 하고 싶은 말 없어? 조용히 말은 해도 좋아. 하지만 손가락 하나라도 까닥했단 봐라."

"대체 무슨 일로 온 거야?"

오노프레는 겨우 용기를 내서 더듬거렸다.

"내게 원하는 게 대체 뭐야?"

"사람들은 내가 바닥을 쓸고 접시를 닦는 일에만 소용이 있다고 여기지."

델피나는 비웃는 듯한 미소를 지으며 말했다.

"하지만 내게 좋은 생각이 있어. 마음에 들면 널 도와줄 수도 있지."

"그럼 나보고 어쩌란 말이야?"

오노프레가 물었다. 어깨로 땀방울이 흘러내렸다.

델피나가 침대로 한 발짝 다가섰다. 오노프레는 움찔했다. 그러나 델피나는 걸음을 멈추었다. 잠시 후 그녀가 입을 열었다.

"지금부터 내가 하는 말 잘 들어. 나는 애인이 있어. 아무도 모르는 일이야. 우리 부모님도 몰라. 아무한테도 얘기하지 않을 거야. 그리고 때가 되면 애인과 함께 달아날 생각이야. 아무도 예상하지 못한 날에 말이야. 사람들이 천지사방으로 나를 찾아다니겠지만, 그땐 이미 멀리 달아난 뒤일 테니까 상관

없어. 우리는 절대로 결혼은 하지 않을 거야. 하지만 평생을 함께 살고 싶어. 나는 이곳으로 다시는 돌아오지 않을 거야. 만일 내 비밀을 발설하는 날에는 벨세부를 시켜 네 면상을 갈기갈기 찢어 놓을 거야. 알아들었지?"

델피나가 입을 다물었다. 오노프레는 하느님과 어머니의 이름을 걸고 비밀을 지켜 주겠다고 맹세했다. 오노프레의 대답에 만족한 델피나가 즉시 입을 열었다.

"잘 들어. 내 애인은 어느 단체에 속해 있어. 고결하고 용기 있는 사람들이 만든 단체야. 그 단체는 우리 주변에 널린 부정부패와 가난을 물리치려고 노력하고 있어."

델피나는 일단 말을 멈추고 자신의 말에 오노프레 부빌라가 어떤 반응을 보이는지 살폈다. 오노프레가 아무런 반응도 보이지 않자 델피나가 말을 이었다.

"무정부주의에 대해 들어 본 적 있니?"

오노프레는 아니라는 뜻으로 고개를 흔들었다.

"그럼 바쿠닌에 대해서는? 바쿠닌이 어떤 사람인지 알아?"

오노프레는 재차 고개를 흔들었다. 오노프레는 델피나가 화를 낼 줄 알았다. 그러나 델피나는 화를 내지 않고 어깨를 으쓱해 보인 후 말했다.

"당연하지, 뭐. 아주 새로운 사상이니까. 무정부주의에 대해 아는 사람은 극소수에 불과해. 하지만 걱정할 필요는 없어. 조만간 모든 사람들이 그것에 대해 알게 될 테니까. 세상은 변하기 마련이니까."

이탈리아 통일 전쟁 기간 동안 맹활약한 이탈리아의 무정부주의 단체들은 1860년대에 단체 회원들을 다른 나라로 보내 자신들의 사상을 선전하고 신입 회원을 모집하기로 결정했다. 당시 스페인에서는 무정부주의 사상이 꽤 알려져 있었고 또 어느 정도 대중적인 인기를 누렸다. 그때 스페인으로 파견된 인물이 포스카리니였다. 포스카리니가 탄 기차가 니스에서 몇 킬로미터 떨어진 지점에 도착했을 때였다. 스페인 경찰들이 프랑스 경찰의 묵인 아래 강제로 기차를 세우고 그 위로 올랐다. 손들어! 스페인 경찰들이 기차 승객들을 향해 소총을 겨누며 소리쳤다. 너희들 중 포스카리니가 누구냐? 모든 승객들이 동시에 손을 들고 외쳤다. 내가 바로 포스카리니다, 내가 바로 포스카리니다. 승객들은 자신이 위대한 사도와 같은 취급을 받는 것을 무한한 영광으로 여겼다. 오직 한 사람만이 입을 꼭 다물고 있었다. 그가 바로 포스카리니였다. 수년간 비밀리에 활동해 온 경험이 이러한 상황에서 어떻게 대처해야 하는지 가르쳐 주었던 것이다. 포스카리니는 창밖을 내다보며 신나게 휘파람을 불었다. 지금 이 상황은 자기와 아무런 상관도 없다는 듯이. 그러나 그게 잘못이었다. 경찰들은 쉽게 포스카리니를 찾아냈던 것이다. 그들은 포스카리니를 붙잡아 기차에서 질질 끌어내렸다. 그러고는 그의 옷을 벗긴 후(속옷은 남겨 두었다.) 밧줄로 몸을 묶고 철도에 눕혀 놓았다. 한쪽 레일에는 포스카리니의 머리가, 다른 쪽 레일에는 그의 다리가 놓였다. 9시 급행열차가 네놈을 죽사발로 만들어 줄 거야. 경찰들이 떠들었다. 소시지처럼 인생 종 치겠구나, 포스카리니. 경찰들이 징그럽게 웃어 대며 능청을 떨었다. 경찰 중 한 명이 포스카리니가 벗어 놓은 옷을 입고 기차로 올라탔다. 승객들은 그 경찰을 포스카리니로 착각했다. 포스카리니가 경찰들을 따돌렸다고 생각한 승객들은 느닷없이 만세를 부르기 시작했다. 가짜 포스카리니는 회심의 미소를 지으며 열성적으로 만세를 부른 승객들의 명단을 수첩에 적어 넣었다. 가짜 포스카리니는 스페인에 도착한 후 상황을 악화시키기 위해 시도 때도 가리지 않고 폭력 행위를 부추겼다. 그는 사람들을 선동해 노동자들과 싸우게 만들었고, 스페인 정부가 취한 무자비한 억압에 정당성을 부여했다. 델피나의 설명에 따르면 사실상 그는 '경찰 프락치'였던 것이다.

그와 거의 동시에, 두 명의 포스카리니(진짜와 가짜)와 정반대되는 인물이 바르셀로나에 나타났다. 그의 이름은 콘라드 드 위어드였다. 그는 미국 출신으로, 고국에서는 나름 유명한 스포츠 칼럼니스트로 활약하기도 했다. 그는 사우스캐롤라이나 귀족의 피도 어느 정도 섞인 지주 가문의 후손이었으나 남북전쟁 기간 동안 토지와 흑인 노예를 포함한 전 재산을 잃고 말았다. 드 위어드는 볼티모어, 뉴욕, 보스턴, 필라델피아에 머물면서 평소 관심을 두었던 신문기자직에서 자신의 능력을 시험해 보고자 했다. 하지만 남부 출신이었던 그는 모든 분야에서 거절당했다. 그에게 허락된 분야는 스포츠 분야밖에 없었다. 드 위어드는 제이크 킬레인과 존 L. 설리번과 같은 당대의 유명인들과도 개인적으로 알고 지냈지만 칼럼니스트로서는 간신히 연명하는 정도였을 뿐이었다. 19세기 중반에 스포츠는 노름을 위한 구실 내지는 저급한 충동을 해소하기 위한 구실에 지나지 않았다. 드 위어드가 맡은 분야는 닭싸움, 개싸움, 쥐싸움, 소와 개의 싸움, 개와 쥐의 싸움, 쥐와 돼지의 싸움 따위였다. 그는 또한 사람을 질리게 만드는 피 튀기는 권투경기도 도맡아야 했다. 권투경기는 보통 팔십오 회전까지 이어졌고 총질로 끝나기 일쑤였다. 드 위어드는 그런 경험을 통해 다음과 같은 결론을 이끌어 냈다. 인간성은 본질적으로 잔인하고 무자비하다, 오로지 공교육만이 우리 인간을 어느 정도 참고 받아들일 수 있는 존재로 만들 수 있다. 드 위어드는 이런 확신 아래 스포츠계를 떠났다. 그는 사상적으로 자유로운 유대인 고리대금업자들에게서 자금을 후원받아 노동자 조합을 만드는 일에 뛰어들었다. 조합의 최종 지향점은 상호 교육과 예술 진흥이었다. 특히 음악이 중요시되었다. 그는 노동자들을 모아 대규모 합창단을 만들 생각이었다. 그렇게 되면 노동자들이 쥐싸움에 더 이상 흥미를 보이지 않을 거라고 생각했다. 드 위어드는 평생 동안 가난을 면치 못했다. 그가 벌어들인 돈은 모조리 그가 설립한 합창단을 유지하는 데 쓰였다. 돈 냄새를 맡은 깡패들이 하나둘씩 합창단으로 스며들어 합창단을 압력단체로 만들어 버렸다. 깡패들은 드 위어드를 제거하기 위해 그럴듯한 구실을 만들어 냈다. 새로운 회원을 모아 오라고 드 위어드를 유럽으로 내쫓아 버렸던 것이다. 드 위어드는 클라베 합창단에 관한 소식을 듣고 1876년 예수 승천일에 바르셀로나에 도착했다. 그는 바르셀로나에서 가짜 포스카리니를 열렬히 추종하는 사람들을 만나게 되었다. 그 미친놈들은 수업을 마치고 학교에서 나오는 어린아이들을 보는 족족 살해했다. 드 위어드는 분노로 끓어올랐다.

델피나는 그런 이야기 끝에 다른 사람의 이야기도 들려주었다. 그 역시 흥미로운 인물이었다. 레메디오스 오르테가 롬브리세스. 별명이 '엉겅퀴'였다. 이 당돌한 여성 노동조합주의자는 우연한 기회에 세비야의 담배 공장에서 일을 하게 되었다. 열 살 나이에 부모를 모두 여읜 그녀는 여덟 명이나 되는 동생들을 떠맡아야 했다. 비록 동생 두 명을 병으로 잃었지만, 그녀는 다른 동생들은 온 힘을 다해 키워 냈다. 그뿐만이 아니었다. 그녀는 각각 다른 일곱 아버지에게서 태어난 자신의 자식들도 열한 명이나 키워야 했다. 그녀는 담배를 말고 싸고 하는 동안 경제 이론이나 사회 이론에 대한 기본 지식을 하나하나 배워 갔다. 그녀는 이런 방법으로 지식을 쌓아 나갔다. 담배 공장 노동자들은 한 사람을 작업에서 제외시켜 큰 소리로 책을 읽게 했다. 노동자들은 자신이 맡은 하루 분량의 일을 마치면 작업에서 제외된 사람의 일을 똑같이 나누어 작업했다. 그래서 노동자들은 마르크스, 애덤 스미스, 바쿠닌, 에밀 졸라, 그 외에도 많은 사람들에 대해 알게 되었다. 그런 식으로 그녀의 태도는 드 위어드보다 훨씬 호전적이었고, 이탈리아 무정부주의자들보다는 덜 개인주의적이었다. 그녀는 공장을 파괴하자고 주장하지 않았다. 그녀 생각에 공장을 파괴하면 나라가 더욱더 가난해질 것으로 보였던 것이다. 그 대신 그녀는 공장을 접수하여 공영화하자고 주장했다. 델피나 역시 다음과 같이 주장했다. 지도자가 있으면 추종자들이 있기 마련이다, 하지만 성격이 다른 단체들도 서로서로 존경해야 한다, 이론적인 바탕이 아무리 다르다 해도 서로를 인정해야 하는 법이다, 어떤 경우에라도 서로 협력할 준비를 갖추어야 하며, 도움이 필요하면 도와주어야 한다, 절대로 서로 으르렁거려서는 안 된다. 처음부터 그녀에게 불구대천의 원수는 사회주의였다. 한 가지 주장을 다른 주장과 구별해 내기는 어려운 일이지만 어느 모로 보나 사회주의는 그녀의 원수였다. 델피나는 계속 설명했다. 비록 모순된 점도 많았고 부조리한 부분도 많았지만 그녀는 열심히 설명했다. 델피나가 말을 하는 동안 그녀의 노란색 눈동자는 미친 사람의 눈처럼 반짝반짝 빛났다. 오노프레 부빌라는 아름답진 않아도 최소한 매력적이기는 한 눈이라고 생각했다. 왜 그런 생각이 들었는지는 오노프레 자신도 알 수 없었다. 델피나는 촛불을 등대처럼 높이 치켜들고 있었다. 촛농이 끊임없이 바닥으로 흘러내렸다. 희미한 빛과, 델피나의 바짝 마른 몸을 가린, 거친 천으로 지은 옷. 그 모습이 프롤레타리아 출신 미네르바를 생각나게 했다. 지혜의 여신. 마침내 고양이가 지겨운 듯 칭얼거렸다. 델피나는 장광설을 멈추고 본론으로 들어갔다.

"내가 말해 준 대로 하면 나머지는 조만간 배우게 될 거야."

델피나가 말했다. 오노프레는 자신이 어떻게 처신해야 하는지 물었다.

"가장 중요한 건 메시지를 전하는 일이야. 나팔을 불어 깊이 잠들어 있는 사람들을 깨워야 해. 넌 바르셀로나에 온 지 얼마 되지 않았으니까 아무도 널 몰라. 게다가 넌 아직 어린데다 순진하게 생겼거든. 그러니 우리들 사업을 도와줄 수 있어. 그러면서 돈도 벌 수 있지. 많이는 못 줘. 우리도 아주 가난하거든. 하숙비를 치를 정도는 될 거야. 몇몇 사람들의 주장과 달리 우린 헛된 꿈이나 좇는 사람들이 아냐. 우린 사람들이 살아남아야 한다고 생각해. 어때? 도와줄 생각이 있어?"

"언제부터 시작하면 되는데?"

오노프레가 물었다. 그리 마음에 드는 제안은 아니었지만 델피나의 도움을 받으면 이 답답한 처지에서 어느 정도 숨통이 트일 것도 같았다.

"내일 아침에 무스고 거리 4번지를 찾아가도록 해."

델피나가 목소리를 낮추어 속삭였다.

"그곳에 가서 파블로를 찾아봐. 그가 내 애인은 아니지만, 너에 대해 알고 있어. 널 기다릴 거야. 네게 무슨 일을 해야 할지도 가르쳐 줄 거고. 신중하게 굴어야 해. 누가 네 뒤를 따라붙을지도 모르니까 조심하고. 경찰이 감시하고 있다는 사실을 명심하도록. 아버지나 다음 주 하숙비에 대해서는 걱정하지 마. 내가 처리할 테니까. 벨세부, 그만 가자."

델피나는 그 말을 끝으로 촛불을 입으로 불어 껐다. 방은 순식간에 어둠에 잠겼다. 오노프레는 고양이가 침대에서 사라진 것을 발견할 수 있었다. 고양이는 네 발로 돌바닥을 사뿐사뿐 걸어갔다. 그리고 문가에서 무시무시한 눈빛을 빛냈다. 마침내 방문이 살며시 닫혔다.

3

오노프레 부빌라는 길거리로 나가 델피나가 가르쳐 준 장소가 어디에 있는지 사람들을 붙잡고 물어보았다. 그 장소는 바르셀로나에서 비교적 가까운 푸에블로누에보에 있었다. 노새가 끄는 전차가 그곳까지 운행했으나 요금이 이십 센티모였다. 오노프레 부빌라는 땡전 한 푼 없었기 때문에 레일을 따라 걸어가야만 했다. 무스고 거리는 자살한 사람들을 위한 공동묘지 돌담을 끼고 있는 황량하고 을씨년스러운 거리였다. 거리는 떠돌이 개들로 가득했다. 듬성듬성 털이 빠지고 바짝 여윈 개들은 밤이면 먹을 것을 찾아 공동묘지 무덤들을 파헤치고 다녔다. 간밤에는 비가 왔다. 하늘은 우중충하게 흐렸고, 기압은 낮았으며, 공기는 습하고 끈적끈적했다. 하지만 오노프레 부빌라는 날씨에 상관없이 기분이 좋았다. 바로 그날 아침 식사 시간이었다. 브라울리오 씨가 오노프레에게 다가와 이렇게 말했다. 어젯밤에 내 마누라와 얘기를 좀 나눠 봤는데 말입니다, 우린 항상 무슨 일이 있으면 서로 상의를 하거든요, 당신에게 일주일 정도 외상을 주기로 결정했습니다. 브라울리오 씨는 카네이션 꽃처럼 빨갛게 달아오른 한쪽 귀를 문질렀다. 지금은 어려운 시절입니다, 의지가지없는 당신을 저 삭막한 길거리로 그냥 내보낼 수는 없을 것 같아요, 당신은 아직 너무 어려요, 우리는 믿습니다, 그렇게 열심히 찾아다니는 한 당신은 조만간 일자리를 구할 수 있을 겁니다, 우리는 확신합니다, 당신처럼 정직하고 성실한 사람이라면 언젠가는 밝은 미래를 개척해 나갈 수 있을 겁니다. 브라울리오 씨가 웅변조로 말을 마쳤다. 오노프레는 브라울리오 씨에게 감사를 표하며 델피나를 힐끗 쳐다보았다. 그 순간 델피나는 구정물이 가득 찬 물통을 들고 식당에서 나가는 중이었다. 델피나는 오노프레의 시선을 외면하는 척했다. 어쩌면 오노프레가 쳐다본다는 사실을 몰랐을지도 모른다. 오노프레는 4번지에 도착해 문을 두드렸다. 즉각 문이 열리며 한 남자가 나타났다. 마른 체격에, 이마가 튀어

나오고 입술이 얇은, 말수가 적을 것 같은 남자였다.

"오노프레 부빌라라고 합니다. 파블로라는 사람을 찾아왔는데요."

오노프레가 말했다.

"내가 파블로요. 들어오시오."

남자가 말했다.

오노프레는 안으로 들어갔다. 한눈에 보기에도 버려진 창고 같았다. 벽에는 곰팡이가 덕지덕지 피어 있었고, 바닥은 기름 자국투성이였고, 나무 상자 몇 개와 밧줄 뭉치들이 흩어져 있었다. 파블로가 나무 상자들 속에서 꾸러미 하나를 꺼냈다. 이건 자네가 사람들에게 나눠 주어야 할 전단지야. 파블로가 오노프레에게 꾸러미를 건네며 말했다. 자넨 사상에 대해 알고 있나? 오노프레는 알 수 있었다. 파블로도 델피나도 '사상'이라고만 표현했다. 마치 다른 사상은 이 세상에 존재하지 않는다는 듯이. 오노프레는 그런 식의 표현이 재미있었다. 그는 잽싸게 머리를 굴렸다. 파블로와 같은 사람에게는 솔직함이 최선일 것 같았다. 그래서 모른다고 대답했다. 파블로가 신경질적으로 얼굴을 찌푸렸다. 전단지를 자세히 읽어 보게나. 파블로가 말했다. 자네에게 일일이 설명해 줄 시간이 없어, 전단지에 명확하게 설명되어 있으니까 읽어 보면 알 수 있을 거야, 사람들이 자네에게 설명해 달라고 요구할지도 모르니까 자세히 알고 있어야 해, 알겠나? 오노프레는 알겠다고 대답했다. 전단지를 어디서 나눠 줘야 하는지는 알겠지? 파블로가 물었다. 오노프레는 다시 모른다고 대답했다. 이런, 그것도 몰라? 파블로가 한숨을 내쉬었다. 혁명 과업을 자기 혼자서 모조리 떠맡았다는 듯한 깊은 한숨이었다. 좋아, 내가 알려 주지. 파블로가 덧붙였다. 만국박람회가 어디서 열리는지는 알겠지? 오노프레는 거듭 모른다고 대답할 수밖에 없었다. 세상에, 이런 놈이 있나, 자네 대체 어느 별에서 온 거야? 파블로가 믿기 어렵다는 표정을 지었다. 그는 시종일관 투덜거리면서도 그곳으로 가는 방법을 자세히 가르쳐 준 다음 오노프레를 밖으로 내몰았다. 문이 닫히기 직전에 오노프레가 물었다.

"전단지를 다 나눠 주고 나면 뭘 해야 하죠?"

파블로는 처음으로 싱긋 미소를 지었다. 여기 와서 더 가져가야지. 그가 정다운 목소리로 대답했다. 그러고는 오노프레에게 다짐을 주었다. 아침 5시에서 6시 사이에 창고로 찾아와야 한다, 다른 시간에는 안 된다, 다른 장소에서 마주칠 경우에는 아는 척을 해서도 안 된다. 그리고 재빨리 덧붙였다. 이 주소를 아무에게도 가르쳐 주면 안 돼, 나에 대해서도 너를 이곳으로 보낸 사람에 대해서도 결코 입을 열어서는 안 돼, 널 죽인다고 하더라도 말이야. 파블로는 엄숙한 표정으로 말했다. 사람들이 이름을 물어 오면 가스통이라고 대답해, 이제부터 가스통이 네 별명이야, 어서 가 봐, 우리가 자주 만날수록 더 좋은 거야. 오노프레는 그 음산한 장소로부터 재빠르게 달아났다. 오노프레는 어느 한적한 광장에 도착해 벤치에 걸터앉았다. 그러고 나서 꾸러미를 풀고 전단지를 한 장 꺼내 읽기 시작했다. 아이들 몇 명이 광장에서 뛰놀았고, 눈에 보이지는 않았지만 광장 근처에 있는 자물쇠 공장에서 쇠를 두드리는 소리가 시끄럽게 들려왔다. 그 소리 때문에 정신을 집중하기가 힘들었다. 오노프레는 글을 겨우겨우 읽는 수준이었다. 전단지 내용을 이해하기 위해서는 조용한 장소와 시간이 필요했다. 게다가 전단지에 쓰인 단어들 중 절반 이상을 이해할 수 없었다. 문장은 비비 꼬여 몇 번을 반복해 읽어 봐도 무슨 뜻인지 감이 잡히지 않았다. 이따위 헛소리 나부랭이 때문에 내 목숨을 걸어야 한단 말인가? 오노프레는 생각했다. 오노프레는 꾸러미를 다시 싸서 파블로가 가르쳐 준 장소로 향했다. 오노프레는 길을 걸어가며 농부의 눈으로 주변을 살펴보았다. 불과 몇 년 전까지만 해도 농사를 지어 먹던 땅이었다. 그런데 이제 그 땅은 산업화가 진행됨에 따라 불확실한 운명에 놓이게 되었다. 황량하고, 시커멓고, 악취를 풍기는 땅. 땅은 인근 공장에서 흘러나오는 더러운 하수도 물로 썩어 가고 있었다. 메마른 땅은 하수도 물을 허겁지겁 빨아들여 진흙탕을 이루었고, 진흙탕은 행인들의 신발에 쩍쩍 들러붙어 걸음을 떼기가 힘들었다.

오노프레 부빌라는 깜빡 철도와 전찻길을 혼동하는 바람에 길을 잃고 말았다. 사람들에게 길을 물어보려고 했지만 주변엔 아무도 없었다. 그래서 오노프레는 야트막한 산으로 올라갔다. 목표 지점이 어디에 있는지 알고 싶었다. 적어도 자신이 있는 위치가 어디인지만이라도 알고 싶었다. 오노프레는 태양의 위치와 대충 어림잡은 시각과 자신이 알고 있는 지식을 총동원해 동서남북의 위치를 확인했다. 여기가 어딘지 이제야 알겠군. 오노프레는 중얼거렸다. 서쪽에 떠 있던 구름이 벌어지면서 그곳으로 햇살이 비쳤고, 햇살을 받은 바다가 은빛으로 반짝거렸다. 오노프레는 바다를 등지고 서서 자욱한 안개 너머로 희미하게 드러난 도시의 전경을 바라보았다. 멀리 교회와 수도원의 종탑과 첨탑, 공장의 굴뚝들이 보였다. 가까운 곳에서는 아직 객차를 달지 않은 기관차가 철도 측선에서 시험 운전을 하고 있었다. 기관차가 내뿜은 연기 기둥이 몇 미터 정도 공중으로 오르다 멈추었고, 밀도가 높은 축축한 공기가 연기 기둥을 아래로 밀어냈다. 기관차가 내는 소리 외에는 아무 소리도 들리지 않았다. 오노프레는 계속해서 걸었다. 야트막한 산이 다시 나타났다. 오노프레는 산으로 올라가 주변을 둘러보았다. 마침내 발견했다. 방금 전에 기관차가 시험 운전 중이던 철도 너머로 넓은 공터가 펼쳐져 있었고, 그곳에서는 사람과 짐승과 짐차 들이 바글거렸다. 건물들도 세워지고 있었다. 오노프레 부빌라는 그곳이 자신이 찾아가야 할 곳이라는 것을 알 수 있었다. 설령 그곳이 목적지가 아니라 하더라도 사람들에게 물어보면 어디로 가야 할지 알 수 있을 테지. 오노프레는 생각했다. 그는 산에서 급히 내려와 전단지 꾸러미를 옆구리에 끼고 일판이 벌어진 곳을 향해 달려갔다.

시우다델라. 수치스러운 기억이 아직까지 남아 있는 곳. 아직까지도 억압과 동의어로 사용되는 그 이름. 시우다델라는 다음과 같은 과정을 거쳐 역사에 나타났다가 사라졌다. 1701년, 카탈루냐는 위험에 처한 자유를 수호하기 위해 왕위 계승 전쟁 기간 동안 오스트리아 대공을 지지했다. 하지만 오스트리아 대공이 패배하고 부르봉 왕가에서 스페인 왕위를 계승하자 카탈루냐는 잔혹한 처벌을 받게 되었다. 장기간에 걸친 잔인한 전쟁이 벌어졌고, 그 결과는 참담하기 이를 데 없었다. 부르봉가의 군대가 카탈루냐를 약탈했다. 군대는 지휘관들의 묵인 아래 철저한 보복을 감행했다. 공식적인 억압이 그 뒤를 따랐다. 참수형을 당한 카탈루냐 사람들은 수백 명에 이르렀다. 처형당한 사람들의 머리는 창에 꿰어져 사람들이 많이 모이는 장소에 전시되었다. 교훈을 준다는 명목을 내세웠지만 실은 카탈루냐 사람들을 망신 주기 위한 수작이었다. 죄수들 수천 명은 강제 노동에 처해졌다. 그들은 이베리아 반도에서 멀리 떨어진 곳으로, 심지어 아메리카로까지 보내졌다. 그러고는 모두들 고향 땅을 밟아 보지도 못하고 족쇄를 찬 채 숨을 거두어야 했다. 젊은 여자들은 군인들의 노리갯감이 되었다. 그 때문에 카탈루냐는 아직까지도 결혼 적령기에 접어든 여자가 부족해 애를 먹고 있다. 비옥했던 농토는 소금이 뿌려지고 갈아엎어져 황무지로 변하고 말았다. 과실수는 뿌리째 뽑혔다. 가축도 떼죽음을 당했다. 특히 귀중한 피레네 암소가 몰살당했다. 그러나 가축 몰살 정책은 실패로 돌아갔다. 산속으로 달아난 몇몇 가축들이 19세기로 접어들 무렵까지 야생 상태에서 살아남았던 것이다. 가축들은 그런 식으로 기병대의 혹독한 노동으로부터, 포병대의 중노동으로부터, 보병대의 총검으로부터 살아남았다. 성채가 파괴되었고, 그 과정에서 생겨난 돌들은 몇몇 마을의 돌담을 쌓는 데 사용되었다. 그래서 마을들은 실질적으로 요새와 같은 인상을 풍겼다. 공원과 광장을 장식했던 기념물들과 조각상들은 산산조각 나 흙먼지로 돌아갔다. 궁전과 공공건물을 둘러싼 벽에는 석회를 덧칠했고, 그 덧칠 위에 추잡한 그림을 그려 넣거나 입에 담지 못할 욕설을 새겨 넣었다. 학교는 외양간으로, 외양간은 학교로 변했다. 저명한 교수들이 연구를 하거나 학생들을 가르치던 바르셀로나 대학교는 폐쇄되었다. 대학이 사용하던 건물은 철저히 파괴되었다. 건물을 파괴하고 얻은 돌들로, 바르셀로나 시와 주변 농토에 용수를 공급하던 수로와 운하와 개천을 다 막아 버렸다. 바르셀로나 항구 앞바다에는 암초가 뿌려졌다. 특히 서인도제도에서 물탱크에 담아 실어 온 상어들이 방류되었다. 지중해 바다를 위험하게 만들려는 수작이었다. 그러나 다행스럽게도 그러한 조치는 반대의 결과를 가져왔다. 상어들에게는 지중해의 기후와 먹을거리가 맞지 않았다. 겨우 살아남은 상어들은 지브롤터 해협을 타고 반대편으로, 당시 영국인들이 지배하던 곳으로 이동했다. 왕은 그러한 조치에 대해 잘 알았다. 어쩌면 왕은 이렇게 말했을지도 모른다. 카탈루냐 놈들은 그보다 더 큰 벌을 받아 마땅해. 앙주 공작 펠리페 5세는 계몽주의 군주였다. 어느 프랑스 작가는 펠리페 5세를 '용감하고 독실한 미치광이 왕'이라고 묘사했다. 펠리페 5세는 이탈리아 파르네세 가문의 이사벨과 결혼했고, 정신병자로 숨을 거두었다. 펠리페 5세는 원래 잔인한 인간이 아니었다. 그러나 심술궂은 측근들이 카탈루냐 사람들에 대해 악담을 늘어놓았다. 당시 스페인 왕국의 지배를 받던 지역 주민들은 측근들의 악담에서 자유로울 수 없었다. 시칠리아 사람들, 나폴리 사람들, 바다 건너 식민지 사람들, 카나리아 제도 사람들, 필리핀 사람들, 인도차이나 사람들. 펠리페 5세는 바르셀로나에 엄청난 규모의 요새를 건설하여 점령군을 주둔시켰다. 반란이 일어나면 즉시 제압하기 위해서였다. 그 요새는 처음부터 '시우다델라'라는 이름으로 불렸다. 카탈루냐 총독은 일반 백성들과 뚝 떨어져 그 요새에서 살았다. 모든 면에서 볼 때 가장 강력한 식민지 정책이 시행되었다. 반란을 일으킨 죄수들은 시우다델라 안마당에서 교수형에 처해졌다. 사형당한 카탈루냐 독립투사들의 시체는 그곳에 그대로 방치되어 남미산 큰 까마귀들의 밥이 되었다. 바르셀로나 사람들은 요새의 그늘 밑에서 비굴하게 살아가며 회한과 분노의 눈물을 떨구었다. 두세 차례 요새를 공격해 점령을 시도했던 사람들도 허망하게 쫓겨나고 말았다. 그들은 결국 사상자를 뒤에 남기고 물러나야 했다. 수비대는 공격자들을 비웃었다. 수비대는 총안 밖으로 기어 나와 요새 아래 널브러져 있는 전사자와 부상자들을 향해 오줌을 내갈겼다. 수비대는 그따위 못된 장난만 쳤을 뿐 결코 요새 밖으로 나오지 않았다. 그들은 자신들을 증오하는 바르셀로나 시민들과 어울리려고 하지 않았다. 수비대에게는 어떠한 오락거리도 없었다. 수비대 역시 포로나 다름없었다. 여자를 가까이할 수 없었던 수비대 병사들은 비역질에 빠졌으며, 개인위생을 등한시했다. 그리하여 시우다델라는 온갖 병을 키워 내는 사육장이 되고 말았다. 냉정하게 사태를 관망하던 양측 사람들은 왕이 바뀔 때마다 증오와 오명의 상징인 그 요새를 폐쇄해 달라고 요청했다. 요새가 계속 유지되어야 한다고 주장하는 사람들은 몇몇 광신자들뿐이었다. 왕들은 고려해 보겠노라고 대답했지만 시간을 끌며 어떤 조치도 취하지 않았다. 절대 권력을 휘두르는 사람들은 항상 그런 식으로 나오기 마련이었다. 19세기 중반, 시우다델라는 존재 가치를 거의 잃어버렸다. 전쟁 기술이 발달하면서 요새는 쓸모없는 것으로 전락하고 말았던 것이다. 이제 요새는 더 이상 필요 없게 되었다. 1848년, 바르셀로나 사람들이 또다시 반란을 일으켰다. 에스파르테로 장군은 반란을 신속하게 진압하기 위해 몬주익 언덕에서 바르셀로나를 폭격하기로 작전을 세웠다. 그렇게 해서 마침내, 한 세기 반이나 존재했던 시우다델라 요새가 파괴되었다. 요새가 차지하던 땅과 그곳에 있던 건물들은 그동안 축적되어 왔던 고통을 지워 버리기 위해 바르셀로나 시에 양도되었다. 그중 몇몇 건물들은 정당한 절차를 거쳐 철거되었지만 지금까지 남아 있는 건물들도 있다. 바르셀로나 시는 요새가 있던 구역을 모든 시민들이 휴식을 취할 수 있는 시민 공원으로 조성하기로 결정했다. 실로 감동적인 변화가 아닐 수 없었다. 잔악한 행위가 수시로 벌어졌던 그곳에, 불과 얼마 전까지만 해도 교수대가 서 있던 그 자리에, 나무가 자라고 꽃이 활짝 피어 있는 것이었다. 공원에는 호수도 하나 만들어졌다. 그리고 '카스카다'*라는 이름의 거대한 분수도 들어섰다. 그 공원은 '시우다델라 공원'으로 명명되었고 아직까지도 그 이름으로 불린다. 1887년 오노프레 부빌라가 그 공원으로 들어섰을 때, 그곳에서는 만국박람회를 위한 공사가 한창 진행되고 있었다. 때는 1887년 5월 초순이나 중순쯤이었다. 그때는 작업이 상당히 진척된 상태였다. 그곳에 고용된 일꾼들의 수가 최고치에 이르렀다. 다시 말해 사천오백 명 정도가 그곳에서 일했다. 당시로서는 유례를 찾아볼 수 없는 어마어마한 숫자였다. 거기에 구체적으로 밝혀지진 않았지만 그 또한 엄청난 숫자가 하나 더 추가되어야 한다. 그건 바로 작업에 동원된 노새들과 당나귀들의 숫자였다. 그뿐만이 아니었다. 그곳에는 기중기, 증기기관, 기계 공구, 짐마차 등도 동원

---

* '폭포'라는 뜻.

되었다. 사방이 온통 먼지투성이였고, 귀가 먹을 정도로 시끄러웠다. 한마디로 혼란 그 자체였다.

돈 프란시스코 데 파울라 리우스 이 타울레트가 바르셀로나 시장직을 두 번째로 맡고 있었다. 그는 오십 줄에 가까운 남자로, 항상 얼굴을 찡그리고 다녔다. 또한 그는 상상력이 풍부한 대머리였으며, 길게 기른 구레나룻을 프록코트 옷깃까지 늘어뜨리고 있었다. 당시의 신문 기사를 읽어 보면 다음과 같은 사실을 알 수 있다. 돈 프란시스코는 귀족적인 분위기를 풍겼다. 그는 바르셀로나 시의 명성과 자신의 명예에 민감한 반응을 보였다. 무더위가 기승을 부리던 1886년 여름에 그는 심각한 문제에 직면했다. 몇 달 전에 에우헤니오 세라노 데 카사노바라는 신사가 돈 프란시스코를 찾아와 이렇게 말했다. 각하께 중요한 소식을 전해 드려야겠기에 이렇게 찾아뵙게 되었습니다. 돈 에우헤니오 세라노 데 카사노바는 원래 갈리시아 출신으로 카탈루냐에 터를 잡고 살고 있었다. 그는 젊은 시절이었던 왕위 계승 전쟁 당시 열정적인 혈기로 카를로스 왕을 지지하며 카탈루냐로 건너왔다. 세월이 흘러 젊은 시절의 혈기는 많이 수그러들었지만, 그는 여전히 원기 왕성했다. 그는 여행을 즐기는 통이 큰 사업가였다. 여러 곳을 여행하는 중에 앤트워프와 파리와 빈에서 열린 만국박람회를 둘러볼 기회를 얻기도 했다. 그는 만국박람회에서 깊은 충격을 받았다. 너무나 경이로웠던 것이다. 그는 고민만 하다가 물러날 사람이 아니었다. 그는 나름대로 계획을 세워 바르셀로나 시의회에 다른 도시들에서 목격한 것들을 바르셀로나에 설치할 수 있도록 허락해 달라고 요청했다. 바르셀로나 시의회는 그에게 시우다델라 공원을 사용할 수 있도록 허락했다. 그런 엉뚱한 짓을 저지르고 싶다면 저지르라고 하지, 뭐, 잘될지도 모르잖아. 주무관청 사람들은 그렇게 생각했다. 무책임하고도 위험한 태도가 아닐 수 없었다. 그가 만국박람회를 염두에 두었다는 사실을 아무도 알아차리지 못했다. 만국박람회는 새로운 현상으로 신문을 통해서나 접할 수 있었다. 만국박람회에 관한 개념과 구체적인 내용은 프랑스에서 잉태되었지만, 박람회는 1851년에 영국 런던에서 처음으로 개최되었고, 파리는 1855년에나 유치할 수 있었다. 파리에서 개최된 만국박람회는 아쉬움을 많이 남겼다. 박람회는 개막 예정일보다 보름이나 늦게 문을 열었고, 수많은 전시물들이 문을 열 당시까지 포장도 풀지 못한 상태였다. 많은 저명인사들이 박람회를 방문했고, 당시 최고의 권력을 행사하던 빅토리아 여왕도 몸소 찾아와 관람했다. 괜찮군, 괜찮아, 나쁘지 않아. 여왕은 살짝 얼굴을 찡그린 채 중얼거렸다. 프랑스 사람들이 출품한 별 볼 일 없는 전시물을 보고 우쭐해하는 기색이 역력했다. 여왕의 뒤를 인도인 용병이 따라다녔다. 인도인 용병은 터번을 제외하고도 키가 이 미터가 넘는 거인이었다. 그는 심홍색 비단 방석을 들고 있었는데, 방석 위에는 '코이누르'가 놓여 있었다. 코이누르는 당시까지만 해도 세상에서 제일 큰 다이아몬드였다. 빅토리아 여왕은 아마도 이런 뜻을 전달하고 싶었던 모양이다. 이곳에 전시된 모든 물건을 합해도 내가 가진 이 다이아몬드 하나만도 못하다. 하지만 여왕의 태도는 옳지 않았다. 사실 만국박람회는 여러 나라가 아이디어와 진보 면에서 서로 경쟁을 벌이는 장소였던 것이다. 그 후로 앤트워프, 빈, 필라델피아, 리버풀에서 박람회가 개최되었다.

영국 런던은 1862년에 두 번째 박람회를 유치했고, 프랑스 파리 역시 1867년에 두 번째 박람회를 개최했다. 세라노 데 카사노바는 바로 그해에 바르셀로나 시에 자신의 계획을 제안했다. 세라노 데 카사노바는 추진력이 강한 사람이었지만, 문제는 자본이 부족했다. 당시 바르셀로나는 심각한 재정난을 겪고 있었기 때문에 대담한 사업가의 줄기찬 지원 요청은 번번이 무시될 수밖에 없었다. 초기에 투자한 돈은 어느새 바닥나 버렸고 그래서 계획을 포기할 수밖에 없었다. 세라노 데 카사노바는 리우스 이 타울레트 시장을 찾아와 무슨 비밀 이야기라도 나누는 듯 목소리를 낮추며 말했다. 시장 각하, 유감스럽지만 매우 중요한 사실을 알려 드려야겠습니다, 모든 것을 포기하기로 했습니다, 안타깝지만 저로서는 역부족입니다. 박람회는 벌써 준비 작업에 들어간 뒤였다. 게다가 만국박람회를 개최한다는 소식은 이미 널리 알려져 있었다. 망할 자식, 이런 빌어먹을 놈이 있나! 리우스 이 타울레트 시장은 길길이 날뛰었다. 시장은 집무실 책상 위에 놓여 있던 금과 크리스털로 만든 종을 집어 들고 정신없이 흔들어 댔다. 잔심부름을 하는 사환이 허겁지겁 달려왔다. 시장은 사환을 쳐다보지도 않고 소리쳤다. 바르셀로나 저명인사들에게 즉시 시청으로 모이라고 전해, 무슨 수를 써서라도 빨리, 주교, 총독, 군사령관, 시의회 의장, 대학 총장, 학술원 원장 등 모두 불러들여, 어서 빨리! 사환은 그 자리에서 까무러치고 말았다. 시장은 몸소 사환에게 다가가 손수건을 꺼내 부채질을 해 주어야만 했다. 마침내 저명인사들이 모두 모였다. 사람들은 떠들어 대기만 할 뿐 행동으로 나서려고 하지는 않았다. 모두들 트집 잡기에만 연연했다. 어느 누구도 개인적으로나 단체의 대표자로서나 위험을 감수하려 들지 않았다. 세라노 데 카사노바가 저지른 무모한 사업에 자금을 지원하겠다는 사람은 단 한 명도 없었다. 참다못한 리우스 이 타울레트 시장이 가죽 서류철을 책상에 내팽개쳤다. 시끄럽게 떠들어 대던 사람들이 일순 입을 다물었다. 이런 씨발, 개좆같은 새끼들을 그냥! 시장은 악다구니를 내질렀다. 시장의 그 연설을 산 하이메 광장에서도 들을 수 있었다고 한다. 그래서 모든 사람들이 시장의 연설을 알게 되었고, 그 연설은 부지런한 시장을 기리기 위한 기념비의 측면에 그의 많은 명연설들과 함께 새겨져 오늘날까지 전해져 온다. 주교는 성호를 그었을 뿐 별다른 말이 없었다. 시장이란 함부로 대할 수 없는 인물이었다. 채 한 시간도 지나지 않아 시장은 성과를 이끌어 냈다. 회의에 참석한 모든 사람이 계획을 계속 추진할 수 있도록 협력해 주겠다고 약속했던 것이다. 시장은 소리쳤다. 지금 그만두는 것은 바르셀로나의 수치입니다, 우리가 무능력하다고 고백하는 것과 다름없습니다. 사람들은 이사회를 조직해서 계획을 밀고 나가기로 결정했다. 행정 당국, 군 당국, 조합 회장, 은행가, 상업계와 산업계의 주요 인사들로 구성된 후원회도 하나 만들기로 했다. 모두 일치단결하여 모든 일을 집단적으로 처리하기로 했다. 그래야 계획을 추진할 수 있었다. 건축가와 기술자 들로 이루어진 기술 위원회도 조직되었다. 시간이 흐르면서 위원회들이 우후죽순처럼 불어났다. 국내 기업 관련 위원회, 잠재적인 외국인 출품자 관련 위원회, 심사 판정 위원회, 수상 위원회 등등이었다. 그러면서 혼란이 가중되었고, 위원회들 사이에 갈등도 만만치 않았다. 만국박람회가 '매우 현대적인 사업'이라는 점에 있어서는 모두 의견이 일치했다. 그러나 만국박람회 계획의 실현 가능성에 대해서도 여론이 일치하느냐는 또 다른 문제였다. 당시 신문에는 이런 기사가 실렸다. '그건 그렇다 치고, 비록 단기간일지라도 외국인들에게 무료로 거주할 수 있는 권한을 주는 문제에 대해서는 시민들이 별로 달가워하지 않는 것 같다.' 많은 사람들은 이렇게 생각했다. 만일 바르셀로나가 파리나 런던과 동등해지려고 한다면 바르셀로나는 비참한 경험을 해야 할 것이다. 당시 앤트워프나 리버풀과 같은 도시가 어떤 식으로 박람회를 개최했는지에 대해서는 아무도 이야기하지 않았다. 앤트워프와 리버풀은 많은 비용을 들이지 않고 박람회를 개최했던 것이다. 혹은 거창한 계획을 세워만 놓고 그대로 실천하지 않았을 수도 있다. 남들이야 저희들 하고 싶은 대로 하라지 뭐, 우린 우리 식으로 하면 돼. 당시 또 다른 신문에는 다음과 같은 내용의 편지가 실렸다. '바르셀로나는 날씨도 온화하고, 지정학적인 위치도 좋고, 오래된 유적지도 많다. 하지만 민간 기업의 수가 너무나 적다. 따라서 바르셀로나는 인구수가 비슷한 유럽의 다른 도시들에 비해 수준이 한참 낮은 편이다.' 편지는 계속 이어진다. '바르셀로나에서는 모든 것이 관료주의적인 성격이 강하다. 이것은 우리의 본성이 천박하기 때문이다. 바르셀로나 경찰은 대체로 수치스러운 존재다. 그들은 법과 질서를 유지하기에 많은 점이 부족하다. 바르셀로나는 인구가 이십오만 명인 도시 치고는 필요한 시설이 턱없이 모자랄 뿐만 아니라, 시설이 있다 해도 엉망으로 조직되어 있다. 구시가지는 도로가 너무나 좁고, 그곳에는 널따란 광장도 없다. 신시가지는 교통이 불편하고 숨을 쉬기가 어렵다. 볼거리가 다양한 좋은 산책길도 없고, 박물관도 도서관도 병원도 자선 시설도 감옥도 태부족이다. 한마디로 말해 찾아볼 만한 곳이 없다는 얘기다.' 신문 몇 면에 걸쳐 길게 수록된 이 편지에는 이런 내용도 포함되어 있었다. '우리는 시우다델라 공원을 조성하기 위해 막대한 자금을 투자했지만 공원의 규모는 아주 작다. 시우다델라 공원에는 넓은 숲도 없고, 기다란 산책로도 없다. 호수라고 만들어 놓은 것도 꼴불견에 지나지 않는다.' 이 편지를 쓴 작자는 아마도 당시에 유명했던 공원인 불로뉴 숲과 하이드파크를 염두에 두었음이 분명하다. 독설은 계속 이어진다. '개념을 제대로 파악하지 못하고 허세만 부리려는 태도가 종종 우리 지방 행정 당국의 행위를 통해 웅변으로 나타난다. 최근 바르셀로나는 행정적인 면에 있어서 추잡한 도시가 되고 말았다. 조금 오래된 집들의 외관을 한번 살펴보라. 그만큼 추악한 모습을 그 어디에서 찾아볼 수 있단 말인가!' 당시에는 그와 유사한 편지들이 신문에 뻔질나게 실렸다. 좀 더 간단하게 반대 의견을 표현한 사람들도 있었다. 1866년 9월 22일자 신문에는 다음과 같은 제목의 사설이 실렸다. '경제적인 면에서 볼 때 만국박람회는 축복인가 아니면 저주인가?' 어쨌든, 만국박람회를 반대하는 의견은 서서히 줄어들었다. 대부분의 바르셀로나 시민들은 만국박람회가 가져올지도 모르는 위험을 감수하려고 작정했다. 시 당국이 하겠다고 작정한 일은 반드시 이루어진다는 사실을 사람들은 경험을 통해 알았다. 수세기를 거쳐 온 전제정치는 가망 없는 일에 기력을 낭비하지 말라는 교훈을 사람들에게 심어 주었던 것이다. 한편 여론에 영향을 끼친 중요한 요소가 하나 더 있었다. 스페인에서 최초로 열리는 만국박람회가 마드리드가 아니라 바르셀로나에서 개최된다는 점이었다. 이러한 점은 이미 마드리드의 신문에서도 거론되었다. 마드리드의 신문들은 심기가 불편했지만 그와 같은 결과를 그대로 받아들일 수밖에 없었다. '바르셀로나는 육상으로뿐만 아니라 해상으로도 다른 나라와 교류할 수 있다. 스페인에서 바르셀로나만큼 외국인을 쉽게 끌어들일 수 있는 도시는 없다.' 이것이 마드리드의 신문들이 내린 결론이었다. 마드리드 시민들은 그걸로 만족해했다. 마드리드 시민들은 마치 자신들이 만국박람회를 바르셀로나에 유치한 듯 행동했다. 하지만 그러한 논의도 정부 당국을 움직일 수는 없었다. 정부 당국의 입장은 명백했다. 너희들 스스로 저지른 일이니 너희들 스스로 해결하라. 당시 스페인 경제는 다른 모든 분야와 마찬가지로 수도인 마드리드에 집중되어 있었다. 왕국의 다른 지역들처럼 카탈루냐의 재산도 모두 마드리드의 금고로 직행했다. 지방 당국은 지방세를 거둔 것으로 모든 비용을 충당해야 했다. 단 예상치 못했던 특별한 비용이 발생할 경우에는 중앙정부에 보조금이나 차입금 등 도움을 요청하기도 했다. 그러나 바르셀로나가 박람회 비용 때문에 도움을 요청하자 마드리드는 귀를 막아 버렸다. 이를 기화로 카탈루냐 사람들의 연대의식은 강화되었고, 박람회를 반대하던 의견들도 자취를 감추었다. 리우스 이 타울레트 시장은 이렇게 말했다. 마드리드 놈들이 우리에게 은혜를 베푼 셈이로군, 어디 한번 본때를 보여 줄까. 이런 입장에 대해서는 이견이 없었다. 그러나 당시 학술원 원장 자리를 차지하고 있던 저명한 자본가 마누엘 히로나는 이렇게 말했다. 마드리드와 함께 있으면 항상 싸우기 마련이지만, 마드리드가 없으면 우리는 아무것도 할 수 없다. 마누엘 히로나는 어떤 경우에도 화를 내지 않는 것으로 유명했다. 울화통이 터져도 참아야 한다, 복수할 기회는 또 있을 것이다, 당장에 급한 불부터 꺼야 한다. 마누엘 히로나는 이렇게 제안했다. 우리는 마드리드와 거래를 해야 한다, 자존심이 상하더라도 그럴 만한 가치가 있는 일이다. 마누엘 히로나는 그 말로 논쟁을 종결지었다. 어느 수요일, '라스 시에테 푸에르타스(일곱 개의 문)'라는 레스토랑에서 열렸던 긴급회의는 그렇게 끝나고 말았다. 그다음 일요일, 장엄미사가 끝난 뒤였다. 위원회에서 파견한 대표단 두 명이 마드리드를 향해 출발했다. 대표단은 바르셀로나 시의회가 그 특별한 용무를 위해 마련한 마차를 타고 갔다. 마차의 양쪽 문에는 '콘달 시'*를 상징하는 문장이 그려져 있었다. 대표단은 만국박람회와 관련된 서류가 담긴, 악어가죽으로 만든 커다란 가방을 몇 개 가지고 갔다. 그리고 갈아입을 옷이 여러 벌 담긴 가방들도 마차 꽁무니에 밧줄로 묶었다. 마드리드에 장기간 머물 것을 예상했던 것이다. 그리고 실제로 그렇게 되었다. 대표단은 마드리드에 도착하자마자 어느 호텔에 거처를 정했다. 다음 날 아침, 대표단은 산업성을 찾아갔다. 대표단이 산업성에 도착하자 한바탕 소동이 벌어졌다. 그들은 바르셀로나에서부터 가져온, 중세기의 전설적인 바르셀로나 독립투사 조앙 피벨레르의 의복과 망토를 입고 나타났던 것이다. 양모와 비단으로 지은 그 옷들은 수세기가 지나는 동안 거미줄처럼 넝마가 되어 있었다. 대표단이 무슨

---

* Ciudad Condal, 바르셀로나의 또 다른 이름.

보물단지라도 되는 듯 악어가죽 가방을 양손에 들고 걸어가자 산업성의 카펫은 거무스름한 먼지투성이가 되고 말았다. 대표단을 맡은 두 사람의 이름은 각각 기타리와 기타로였다. 그 이름들은 그들의 본명이라기보다 이번 과업을 위해 새롭게 지어낸 이름들 같았다. 기타리와 기타로는 천장이 매우 높은 어느 방으로 안내받았다. 소란반자 천장이었다. 가구라고는 르네상스 양식으로 만든 의자 두 개밖에 없었다. 불편하기 짝이 없는 의자였다. 너비가 구 미터, 높이가 삼 미터에 이르는 그림 한 장이 벽에 걸려 있었다. 수르바란의 작업장에서 그린 그림이었다. 연주창에 걸려 피부색이 남빛으로 변한 늙은 은둔자가 경골과 두개골 사이에 서 있는 모습이었다. 대표단은 그 방에서 세 시간 이상을 기다려야 했다. 마침내 반쯤 숨겨져 있던 측문이 열리며 한 남자가 나타났다. 구레나룻을 길게 기르고 장식이 요란한 연미복을 입은, 표정이 거만한 남자였다. 대표단은 즉시 자리에서 일어났다. 기타리가 기타로에게 귓속말로 소곤거렸다. 세상에 이럴 수가! 대표단은 그 남자의 눈빛 한 방에 얼어붙고 말았다. 하도 오래 기다리다 보니 신경이 약해진 모양이었다. 대표단은 머리를 깊이 숙여 인사했다. 방금 전에 나타난 사람은 장관이 아니라 안내인이었다. 안내인이 대표단에게 퉁명스럽게 전했다. 장관 각하께서 오늘은 대표단을 접견하실 수 없습니다, 내일 같은 시간에 산업성으로 다시 찾아와 주시기 바랍니다. 안내인의 화려한 복장 때문에 빠져든 혼동은 계속 이어질 착각과 실수의 서막에 불과했다. 낯선 세상에 들어선 대표단은 도대체 갈피를 잡을 수 없었다. 대표단은 그 낯선 곳에서 어떻게 처신해야 좋을지 몰라 허둥거렸다. 술집과 수도원이 어깨를 나란히 하고 있는 도시, 노점상이 즐비한 도시, 날건달과 뚜쟁이와 가난뱅이와 거지가 들끓는 도시. 그 도시 한가운데에는 더욱더 해괴한 세상도 있었다. 그 세상은 허례허식과 장엄한 의식, 무력을 동반한 위협과 명목뿐인 감투로 이루어진 세상이었다. 그 세상의 주민은 음모를 꾸미는 장군들, 약삭빠른 귀족들, 기적을 팔아먹는 사제들, 재상들, 투우사들, 난쟁이들, 궁전의 어릿광대들이었다. 그런 사람들이 대표단을 비웃었다. 카탈루냐 사람들의 억양과 그들의 문장구조를 두고 놀려 댔던 것이다. 대표단은 아무런 성과 없이 호텔과 산업성을 오가며 세 달이라는 시간과 받아 왔던 출장비를 허비했다. 대표단은 돈이 떨어지자 바르셀로나로 편지를 보내 상황을 설명하며 새로운 지시를 내려 달라고 요청했다. 얼마 후 리우스 이 타울레트 시장이 손수 보낸 소포가 도착했다. 소포 안에는 돈과 몬세라트 성모의 석고상, 그리고 다음과 같이 적힌 쪽지가 들어 있었다. '용기를 잃지 마라, 어느 쪽이든 결국에는 한쪽이 지게 되어 있다, 주님의 이름으로 바라건대 우리는 결코 지지 않을 것이다.' 가엾은 대표단은 호텔에서 거의 나오지 않았다. 호텔 서비스는 형편없었다. 이미 대표단에게 익숙해진 호텔 측에서는 대표단이 돈을 펑펑 쓰지 않기 때문에 서비스도 엉망으로 했다. 호텔 측은 수건이나 시트도 제대로 갈아 주지 않았고 청소도 하지 않았다. 그래서 얼마 되지 않은 다 찌그러진 가구들은 먼지투성이로 변했다. 대표단은 경비를 절약하기 위해 비좁기 짝이 없는 방 하나를 두 사람이 나누어 썼다. 그리고 아침 식사와 저녁 식사는 호텔 방에서 목욕통에 뜨거운 물을 받아 손수 해 먹었다. 무엇보다도 가장 힘들었던 것은 아침마다 산업성을 방문하는 일이었다. 산업성 복도와 대기실에 터를 잡고 사는 게 아닌가 싶은 한 떼의 게으름뱅이들과 사기꾼들이 사람 속을 뒤집어 놓는 노래를 지어 대표단이 가는 곳마다 뒷전에서 콧노래로 흥얼거렸던 것이다. 산업성과 연고가 있는 사람들은 그보다 훨씬 더 고약한 장난질로 대표단을 골려 먹었다. 물이 가득 든 물통을 대표단이 드나드는 문 위에 아슬아슬하게 매달아 놓기도 했고, 대표단이 걸어 다니는 길목에 밧줄을 늘어놓아 걸려 넘어지게 만들기도 했으며, 불이 붙은 초를 대표단의 옷자락 가까이에 들이밀어 옷을 태워 먹기도 했다. 어떤 날에는 대표단보다 더 부지런한 청원자들이 대기실 의자를 차지하고 있기도 했다. 그들은 이런 상황에 이골이 난 사람들이었다. 끈질기게 기다리는 일, 아첨하는 일, 애원하는 일, 떼를 쓰는 일, 그리고 그로 인한 실망을 평생토록 겪으며 살아온 사람들이었다. 미리 와 있던 청원자들은 대표단을 못 본 척했다. 그들은 대표단이 평소와 다름없이 세 시간이나 기다리는 동안 단 한 순간도 의자를 대표단에게 양보하지 않았다. 산업성 장관은 여전히 대표단을 만나 주지 않았다. 대기실에서는 매일매일 똑같은 일상이 반복되었다. 의례적으로 세 시간 동안 기다리고 있으면 반쯤 숨겨진 측문이 열리며 구레나룻을 기른 안내인이 나타나 쟁반에 담긴 쪽지를 대표단에게 건넸다. 쪽지는 장관이 보낸 것으로, 갈겨쓴 글씨체로 다음과 같이 적혀 있었다. 유감스럽지만 오늘도 너무 바빠 대표단을 접견할 수 없노라. 그 뻔뻔스러운 쪽지에는 여기저기 은어들이 많이 섞여 있어 대표단은 종종 그 뜻을 정확히 파악할 수 없었다. 대표단은 그야말로 죽을 맛이었다. 장관이

전하고자 하는 뜻을 자신들이 정확히 파악했는지 아닌지 확신할 수 없었기 때문이다. 대표단은 단어 하나하나를 따져 가며 장관의 의중을 파악하기 위해 노력했다. 때때로 대표단은 한참을 망설인 끝에 서로 상의하여 장관의 쪽지에 답장을 보내기도 했다. 대표단은 답장 편지지를 마련하기 위해 마요르 거리에 있는 인쇄소를 찾아가 바르셀로나의 문장이 새겨진 종이를 주문했다. 그러나 실수로 그랬는지 아니면 고의로 그랬는지 인쇄소에서는 바르셀로나의 문장이 아니라 발렌시아의 문장이 새겨진 편지지를 찍어 냈다. 대표단이 잘못을 지적하자 인쇄소는 오류를 수정하는 데 한 달 이상이 걸릴 것이라고 대답했다. 그래서 대표단은 포기할 수밖에 없었다. 대표단은 잘못 인쇄된 편지지에 다음과 같이 써서 장관에게 보냈다. '장관 각하, 만수무강을 비는 바입니다. 저희는 장관 각하께서 매우 바쁘시다는 사실을 잘 압니다. 하지만 최대한 경의를 표하며 저희 입장을 알려 드리지 않을 수 없습니다. 이 점 양해해 주시기 바라옵니다. 저희가 맡은 임무가 너무나 중요하기 때문에……, 어쩌고저쩌고.' 산업성 장관은 그다음 날 아래와 같은 표현이 가득한 답장을 보내왔다. '똥구멍에 시간을 달고(풀어 설명하면, 시간에 쫓겨)', '똥 덩어리에 걸려(풀어 설명하면, 과중한 업무에 시달려)', '우유를 흘리거나 싸질러 가며(풀어 설명하면, 최고 속도로 달려)', '자지에 퍼질러 앉아(풀어 설명하면, 참아 달라고 부탁하는 바)', '방귀에 팬티가 흘러내려(풀어 설명하면, 의심스러운 의미로)' 등등. 그리고 편지 말미에는 항상 이런 글이 쓰여 있었다. '오이를 수확할 때까지 안녕히.' 등등. 마침내 대표단도 장관에게 이런 내용의 답장을 보냈다. '장관 각하, 각하께서 우스갯소리를 조금만 줄이신다면 저희를 만날 시간을 마련하실 수 있을 겁니다.' 대표단은 밤이면 밤마다 바르셀로나에 있는 가족들에게 편지를 썼다. 그 편지에는 불평불만과 그리움이 가득 차 있었다. 때로는 눈물을 참을 수 없었는지 잉크가 눈물로 지워진 부분도 있었다.

그러는 동안 바르셀로나에서는 만국박람회 이사회 임원들이 잠을 이루지 못했다. 회장인 리우스 이 타울레트도 마찬가지였다. 마드리드 놈들에게 행동으로 보여 주자. 이것이 이사회의 좌우명이었다. 박람회 장소를 채울 주요 건물, 기념비, 설비 시설, 부속 건물에 대한 계획은 위촉되고, 제출되고, 승인되었다. 그리하여 본격적인 작업에 돌입했지만 그때까지 모은 자금으로는 오래 지속할 수 없는 형편이었다. 시우다델라 공원 전체가 모두 파헤쳐졌을 무렵 바르셀로나 시의회는 신문기자들을 시우다델라 공원으로 초대했다. 시의회는 신문기자들의 관심을 끌기 위해 성대한 연회를 베풀었다. 연회의 음식은 개최자의 세계주의 성향을 단적으로 증명해 주었다. 포타지로는 아메리카식 가재 수프, 포타지 뒤에 나오는 요리로는 제네바식 늑대 요리, 앙트레로는 툴루즈식 살찌운 어린 암탉 요리와 고다르식 등심 요리, 야채로는 작은 완두콩 요리, 구운 고기로는 어린 자고새 요리와 송로버섯 순대 요리, 디저트 전에 먹는 요리로는 장식한 찌르레기 요리, 파인애플과 과자, 앞의 요리와 잘 맞는 후식, 포도주로는 포르토, 샤토 이켐, 보르도, 그리고 샴페인이 있었다. 연회를 마감하는 연설에서 만국박람회 개최일이 발표되었다. 개최일은 1887년 봄이었다. 그날 열릴 행사를 칭찬하는 논평들이 여러 신문에 게재되었다. 박람회를 광고하는 포스터가 유럽 전역의 기차역에 붙여졌다. 스페인 국내외의 단체와 기업 들 사이에서 박람회에 참여해 달라는 초대장이 왔다. 그리고 당시 풍조에 따라 문학 경연 대회가 여러 차례 개최되었다. 미래의 참가자들이 보내온 대답은 미온적이었지만 그렇다고 전혀 성과가 없는 것은 아니었다. 1886년 말엽이었다. 최초로 공식적인 입찰을 따낸 사업들이 신문에 실리기 시작했다. '수세식 변기와 화장실 사업이 낙찰되었다. 이 사업은 이미 알려진 조건에 따라 진행될 것이다. 프라세다스 이 플로리트 씨가 이 사업을 맡게 되었다. 선견지명이 있는 납품업자는 박람회가 열리는 건물에 완벽한 화장실 설비를 갖추겠다고 제안했다. 그는 화장실에서 사용하기 편리한 모든 부대설비를 설치할 것이다. 수건, 비누, 심지어 화장품까지 갖출 것이다. 그리고 모든 건물에는 신발류를 세탁하거나 수선할 수 있는 특별한 장소도 들어설 것이며, 다수의 심부름꾼이 조직되어 관람객들과 출품자들을 위해 봉사할 것이다. 심부름꾼들은 편지를 전달하거나 관람객들이 박람회에서 구입한 물건을 그들의 숙소로 배달하는 일을 맡을 것이다. 우리는 프라세다스 이 플로리트 씨에게 감사를 표하는 바이다. 그는 예리한 통찰력으로 이 사업이 얼마나 유망한지를 미리 내다보고 이 일을 맡았다. 만일 그가 아니었다면 외국 기업에서 이 사업을 채갔을지도 모른다.' 마침내 산업성 장관도 두 손을 들고 말았다. 산업성 장관은 몸집이 거대하고 인상이 험악한 사람이었다. 겉모습만 보면 사람으로 보이지 않을 정도였다. 사람들은 그의 뒷전에서 그를 '아프리카 놈'이라고 불렀다. 그는 아프리카에 가 본 적도 없었고, 아프리카 대륙과는 어떤 인연도 없었다.

그가 그런 별명을 얻은 이유는 바로 그의 태도와 성격 때문이었다. 산업성 장관은 자신의 별명을 알고도 화를 내지 않았다. 불쾌해하기는커녕 오히려 코에 고리를 걸고 다니기 시작했다. 산업성 장관은 바르셀로나가 파견한 대표단을 극히 냉담한 태도로 접견했다. 하지만 시간이 흐르면서 상황은 대표단도 모르는 사이에 그들에게 유리한 방향으로 흘러갔다. 장관은 대표단을 보자 맥이 빠지고 말았던 것이다. 그토록 오랜 시간을 기다리는 동안, 그토록 모진 학대와 고통을 당하는 동안, 대표단은 파삭 늙어 버렸다. 두 사람은 밤낮을 가리지 않고 항상 붙어 다녀서인지 쌍둥이처럼 서로 닮게 되었으며, 몇 달 동안 수르바란의 그림을 쳐다보아서인지 그 그림 속의 은둔자와 비슷한 몰골이 되고 말았다. 대표단이 눈앞에 나타나자 장관은 갑자기 엄청난 피로감을 느꼈다. 그가 지금까지 행사했던 막강한 권력의 무게가 그의 어깨를 짓눌렀던 것이다. 장관과 대표단의 만남은 피를 튀기는 싸움판이 되어야 마땅했으나 맥 빠지고 우울한 잡담 자리가 되고 말았다.

4

시우다델라 공원 주변에는 나무 울타리가 둘러쳐져 있었다. 몰려드는 구경꾼들로부터 박람회 장소를 보호하기 위한 조치였다. 하지만 나무 울타리에 수많은 구멍이 뚫려 있었다. 울타리에 난 출입구 근처도 혼잡하기 이를 데 없었다. 사람들이 출입구를 통해 무질서하게 드나들었다. 출입을 제지하는 사람은 아무도 없었다. 그래서 울타리는 있으나 없으나 마찬가지였다. 오노프레 부빌라는 전단지 다섯 장을 꺼내 셔츠 밑에 집어넣고 나머지 전단지는 철도와 나란히 서 있는 돌담 옆 화강암 석판 두 개 사이에 감추었다. 그리고 작업장 안으로 슬그머니 숨어들었다. 오노프레는 그 아수라장을 눈으로 직접 목격하고 나서야 자신이 얼마나 어려운 일을 맡았는지 확실히 깨달을 수 있었다. 그는 시골에서 어머니의 일을 도와준 것을 제외하고는 직장 생활을 해 본 경험이 없었다. 그래서 사람들과 직접 부딪히는 일이 얼마나 어려운지 상상도 할 수 없었다. 이런 제길, 은밀히 혁명을 전파하는 일을 닭들에게 모이를 뿌려 주는 일쯤으로 생각했으니, 원. 오노프레는 생각했다. 하지만 이제 와서 어쩌겠어? 다른 사람이 할 수 있는 일이라면 나라고 못할 것도 없지. 오노프레는 속으로 다짐했다. 그리고 그런 생각으로 용기를 내어 목수들 한 무리가 모여 있는 곳으로 슬금슬금 다가갔다. 목수들은 만국박람회 전시관으로 보이는 건물 뼈대에 널빤지를 대고 못질을 하고 있었다. 오노프레는 목수들의 주의를 끌기 위해 여러 차례 소리를 질렀다. 어이! 이봐요! 저기요! 아저씨! 안녕하세요! 마침내 목수 한 명이 오노프레를 발견하고 꼬나보았다. 그는 눈썹을 찡그리며 무슨 일로 왔느냐고 물었다.

"아주 재미있는 전단지를 몇 장 가지고 왔어요!"

오노프레는 셔츠 밑에서 전단지를 꺼내 목수에게 보여 주며 소리쳤다.

"뭐라고?"

목수가 되받아 소리쳤다. 목수는 망치질을 멈추지 않았다.

그 소리 때문에 오노프레의 목소리를 알아듣지 못했을 수도 있고, 아니면 귀가 먹어서 알아듣지 못했을 수도 있었다. 오노프레는 다시 소리치려 했지만 그렇게 할 수 없었다. 세 마리 노새가 끄는 짐마차가 다가오는 바람에 황급히 몸을 피해야 했던 것이다. 노새 몰이꾼은 허공으로 채찍을 내두르는 한편 발뒤꿈치를 땅에 박고 몸을 뒤로 젖히며 고삐를 잡아당겼다. 비켜! 비켜! 노새 몰이꾼이 악을 썼다. 짐마차에 산더미처럼 쌓여 있던 돌 부스러기에서 요란한 소리와 함께 희뿌연 먼지구름이 피어올랐다. 짐마차의 바퀴는 자갈과 바큇자국에 걸려 위로 튕겨 오르며 요란하게 문을 두드리는 듯한 불쾌한 쇳소리를 토해 냈다. 이랴! 이랴! 이놈의 노새가! 이런! 노새 몰이꾼이 소리쳤다. 오노프레 부빌라는 그 자리에서 벗어나는 게 상책이라고 생각했다. 오노프레는 잠시 동안 머리를 굴려 보았다. 전단지를 몽땅 하수도에 처넣어 버리고 파블로에게는 다 나눠 주었다고 얘기하면 어떨까. 그러나 이내 그 생각을 떨쳐 버렸다. 문득 이런 생각이 들었던 것이다. 처음 며칠간은 무정부주의자들이 나를 감시할지도 몰라.

"어이, 꼬맹이, 거기 손에 든 거, 그게 뭐야?"

오노프레가 어느 벽돌공에게 다가가자 그가 물었다. 여러 벽돌공들이 작업 중에 잠시 일을 멈추고 노닥거리고 있었다. 벽돌공 중 한 명이 망을 보았다. 그 벽돌공은 공사장 십장이 다가오면 휘파람을 불어 동료들에게 알렸다. 휘파람 소리가 들리면 벽돌공들은 재빨리 작업에 임했다. 벽돌공들의 이런 수작이 대중가요를 한 곡 만들어 내기도 했다.

"혁명에 관심이 있으시다면 도움이 될 만한 내용입니다."

오노프레가 벽돌공에게 전단지 한 장을 내밀며 대답했다. 벽돌공은 전단지를 둥그렇게 말아 잡동사니를 모아 둔 곳으로 던져 버렸다.

"이 녀석아, 우린 글을 읽을 줄 모른단 말이야."

벽돌공이 오노프레에게 말했다.

"게다가 네까짓 게 혁명에 대해 뭘 안다고 깝죽거린단 말이냐? 혁명은 아주 심각한 문제야. 십장이 와서 네놈을 발견하기 전에 어서 돌아가는 게 좋을 거다."

오노프레는 벽돌공의 말에 잔뜩 겁을 집어먹고 잠시 주변을 꼼꼼하게 살펴보았다. 오노프레는 이내 십장들을 구별할 수 있게 되었다. 그리고 한 가지 사실을 더 발견했다. 십장들은 일꾼들에게 지시를 내리고 지시한 사항을 그들이 이행했는지만 확인할 뿐 일꾼들의 갑작스러운 사상적 일탈에 대해서는 관심을 두지 않았다. 그래도 역시 조심하는 게 좋겠어. 오노프레는 속으로 다짐했다. 십장들에게는 각각 책임져야 하는 지역이 정해져 있었다. 십장들의 수는 아주 많았고, 그들 나름대로의 특징이 있었다. 먼지막이 외투를 걸치고 공사장을 왔다 갔다 하는 사람들이 있었다. 그들은 모자를 쓰고 보호안경을 끼고 작업 과정을 검사했다. 줄자와 측량 기구로 길이를 측정하기도 했고, 설계도를 들여다보기도 했으며, 십장들에게 지시를 내리기도 했다. 십장들은 그 사람들의 지시를 주의 깊게 듣고 있다가 완전히 이해했다는 몸짓을 재빠르게 해 보였다. 걱정하지 마십시오, 지시하신 대로 이루어질 겁니다. 십장들은 그 사람들에게 잘 보이기 위해 안간힘을 쓰는 기색이 역력했다. 지시하신 내용을 아주 세세한 부분까지 충실히 따르겠습니다. 그 고귀하신 분들이 바로 건축가들이었고, 건축가들의 보조자들이었으며, 건축가들의 협력자들이었다. 그들은 그렇게 공사장을 누비고 다니며 그곳에서 이루어지는 작업을 정리 정돈 했다. 그런 돌발적인 상황을 제외한다면, 일꾼들은 다른 사람들이 있든 없든 상관하지 않고 각자가 맡은 일을 묵묵히 해내고 있었다. 작업을 위해 비계를 설치하는 일꾼들이 있는 반면 비계를 제거하는 일꾼들도 있었다. 땅바닥에 구멍을 파는 일꾼들이 있는 한편 구멍을 메우는 일꾼들도 있었다. 벽돌을 쌓아올리는 일꾼들도 있었고 기껏 쌓은 벽을 허무는 일꾼들도 있었다. 명령을 내리는 소리, 명령을 취소하는 소리, 고함 소리, 호루라기 소리, 말이 울부짖는 소리, 나귀가 우는 소리, 증기기관이 돌아가는 소리, 바퀴가 굴러가는 소리, 쇳덩이가 갈리는 소리, 돌무더기가 무너지는 소리, 판자를 두드리는 소리, 연장들이 서로 부딪치는 소리, 한마디로 정신이 없었다. 마치 세상의 거의 모든 미치광이들이 그 자리에 모여들어 지랄 발광을 떨고 있는 듯싶었다. 당시 만국박람회의 준비 작업은 그 누구도 그 무엇도 방해할 수 없는 단계에 이르렀다. 작업을 성공리에 끝마칠 수 있는 기술도 부족함이 없었다. 당시 바르셀로나에는 건축가 쉰 명과 건축 분야 장인 백마흔여섯 명이 있었으며, 수백 명이 넘는 사람들이 각각 제련소, 주물공장, 제재소, 야금 공장에서 일했다. 경기 침체로 인해 실업률이 점점 증가하면서 동원 가능한 일꾼들의 숫자도 엄청나게 불어났다. 단 한 가지 부족했던 것은 수많은 일꾼들과 원자재 공급자들에게 지불할 돈이었다. 당시 풍자적인 신문에 실린 신조어에 따르면, 마드리드는 '돈지갑을 묶은 끈을 이로 꽉 깨물고 있었다.' 그 시절 유머의 특징이라 할 만한 이런 풍자적인 표현은 중앙정부의 고집스러운 인색함을 단적으로 증명해 준다. 리우스 이 타울레트는 어깨를 으쓱하며 이렇게 말했다. 운이 나쁜 거야, 문제를 얼버무릴 수밖에 없어, 돈을 안 주면 되지, 뭐. 문제를 그런 식으로 처리했기 때문에 시의회는 엄청난 빚을 떠안았다. 리우스 이 타울레트는 종종 이렇게 말하곤 했다. 오직 두 가지 사항만이 내가 시장임을 일깨워 준단 말이야, 돈을 물 쓰듯 쓰는 일과 빚쟁이들을 피해 도망 다니는 일 말이지. 하지만 그 모든 문제는 오노프레 부빌라와는 전혀 상관없는 것이었다. 오노프레는 공사장을 돌아다니며 깜냥껏 그 장소를 눈에 익혔다. 그는 자주 깜짝깜짝 놀라곤 했다. 특히 경찰이 불쑥 나타나기라도 하면 오금이 저릴 정도였다. 하지만 그 순간만 지나면 오노프레는 이렇게 생각했다. 이 아수라장 같은 곳에서 경찰이 나 같은 놈한테 신경이나 쓰겠어? 싸움질이나 폭동이나 그 외에 심각한 사태에나 신경 쓸 텐데 뭐, 조금만 조심하면 경찰들 눈에 띄지 않고 돌아다닐 수 있을지도 모르지. 오노프레는 마음을 진정하고 맡은 바 임무로 돌아갔다. 그러나 하루가 저물어 갈 때까지 그는 전단지를 단 한 장도 나눠 주지 못했다. 오노프레는 축 늘어지고 말았다. 몸은 먼지투성이였고, 아침을 먹은 후로 아무것도 먹지 못한 상태였다. 오노프레는 공사장으로 들어가기 전에 숨겨 놓았던 전단지 꾸러미를 찾아 들고 터덜터덜 걸어 하숙집으로 돌아갔다. 이까짓 종이 한 장을 다른 사람에게 나눠 주는 간단한 일도 못한단 말인가? 내게는 그럴 능력도 없단 말인가? 오노프레는 길을 걸으며 속으로 중얼거렸다. 글쎄, 이대로 포기할 순 없겠지. 그는 내심으로 결의를 다졌다. 처음 생각보다 일이 훨씬 더 어렵게 꼬인다 해도 절대로 포기할 수 없어, 어떤 행동을 취하기 전에 상황을 미리 연구해야 하는 법이지, 내가 어느 장소에 있는지 그걸 먼저 파악해야 할 게 아니겠어? 그래, 맞아, 나는 아직도 배워야 할 게 많아, 그래, 빨리빨리 배워야 해, 서두를수록 좋아. 오노프레는 간절한 마음으로 몇 마디 덧붙였다. 시간이 없으니까, 나는 아직 어리기는 하지만 부자가 되려면 지금 당장 길을 개척해야만 해, 망설이다간 때를 놓치고 말 거야. 부자가 되는 것, 그것이 바로 오노프레가 정한 인생의 최종 목표였다. 아버지가 쿠바로 건너간 후 오노프레와 그의 어머니는 극도로 궁핍한 가운데 겨우겨우 살아가야만 했다. 밥은 굶기 일쑤였고, 겨울이면 혹독한 추위에 시달려야 했다. 하지만 오노프레는 철이 든 이후로 한 가지 희망을 품고 그 어려운 시절을 이겨 나갔다. 언젠가는 아버지가 돈을 벌어 집으로 돌아올 것이라는 희망이었다. 오노프레는 생각했다. 아버지만 돌아오면 안락한 생활을 누릴 수 있을 것이다, 죽을 때까지 행복하게 살 수 있을 것이다. 오노프레의 어머니는 그에 대해 가타부타 말이 없었다. 오노프레의 덧없는 희망을 부추기는 말이나 행동도 하지 않았고, 그렇다고 희망을 꺾는 말이나 행동도 하지 않았다. 그래서 오노프레는 자기 혼자서 부푼 기대를 안고 살아갔다. 오노프레는 어머니에게 아무것도 묻지 않았다. 내 생각대로라면 아버지는 엄청난 부자가 되어 있을 텐데 무슨 이유로 우리에게 돈을 부쳐 주지 않는단 말인가, 가끔씩이라도 돈을 보내 주면 얼마나 좋을까, 아버지는 지금 돈 무더기 속에서 헤엄을 치고 있을 텐데 어째서 자식과 부인이 거지처럼 살도록 내버려 둔단 말인가. 어느 날, 오노프레는 순진하게도 그러한 자신의 희망을 다른 사람들에게 들려주었다가 사람들의 반응에 커다란 충격을 받고 말았다. 그래서 그 이후로는 그 점에 대해 다시는 언급하지 않았다. 이제 오노프레와 어머니는 아버지에 대해서는 결코 입을 열지 않았다. 그렇게 세월이 흘러갔다. 그러던 어느 날이었다. 토네트 아저씨가 소식을 전해 주었다. 조앙 부빌라가 진짜로 부자가 되어 쿠바에서 돌아왔다는 것이었다. 토네트 아저씨가 무슨 경로를 통해 그 소식을 들었는지 아무도 알 수 없었다. 많은 사람들은 토네트 아저씨의 말을 곧이듣지 않았다. 그러나 며칠이 지나 토네트 아저씨가 조앙 부빌라를 마차에 태우고 나타나자 사람들은 생각을 고쳐먹어야 했다. 토네트 아저씨는 십 년 전에도 조앙 부빌라를 바소라 기차역까지 태워다 주었다. 조앙 부빌라는 그곳에서 바르셀로나로 건너가 쿠바행 배를 탔던 것이다. 토네트 아저씨는 이제 다시 조앙 부빌라를 고향 땅으로 데리고 왔다. 주변에 살던 모든 사람들이 조앙 부빌라를 보기 위해 교회 앞으로 몰려들었다. 사람들은 교회 앞에 진을 치고 언덕을 자세히 살폈다. 길은 떡갈나무 숲 사이로 나 있었다. 미사를 거드는 소년이 주임신부의 신호를 기다렸다. 주임신부가 신호를 보내면 소년은 교회 종을 울려야 했다. 마차가 길모퉁이를 돌아 드디어 사람들 눈앞에 나타났다. 조앙 부빌라를 한눈에 알아보지 못한 사람은 오노프레 부빌라뿐이었다. 조앙 부빌라는 십 년이라는 세월 동안 무더운 곳에서 산전수전을 다 겪느라 외모가 상당히 변해 있었지만, 사람들은 즉시 그를 알아보았다. 조앙 부빌라는 가을 햇살을 받아 반짝반짝 빛나는 하얀색 리넨 양복을 입고 챙이 넓은 파나마모자를 쓰고 있었다. 체크무늬 손수건으로 싼 네모반듯한 꾸러미 하나가 그의 무릎 위에 놓여 있었다. 네놈이 바로 오노프레로구나. 조앙 부빌라는 마차에서 훌쩍 뛰어내리며 그렇게 말했다. 그게 첫마디였다. 그렇습니다, 어르신. 오노프레가 대답했다. 조앙 부빌라는 바닥에 무릎을 꿇고 땅에 입을 맞추었다. 그러고는 주임신부가 축복해 줄 때까지 땅바닥에서 일어나지 않았다. 그는 흐릿한 눈으로 아들을 바라보았다. 감격에 찬 눈빛이었다. 그리고 입을 열었다. 많이 컸구나, 그래, 누굴 닮았다는 소리를 듣느냐? 아버지를 많이 닮았다는 소리를 듣습니다, 아버지. 오노프레는 조금도 망설이지 않고 대답했다. 그 순간 오노프레는 호기심 어린 눈길로 두 사람을 쳐다보고 있는 마을 사람들과 그들이 속닥이고 있을지도 모르는 말들을 의식했다. 조앙 부빌라는 마차에서 네모반듯한 꾸러미를 가져왔다. 조앙 부빌라는 꾸러미를 싸고 있던 체크무늬 손수건을 벗겨 내며 말했다. 내가 뭘 가져왔는지 한번 봐. 그것은 철사로 만든 새장이었는데, 그 안에는 토끼보다 약간 큰 원숭이가 한 마리 들어 있었다. 말라깽이에 꼬리가 긴 원숭이였다. 원숭이는 화가 났는지 사납게 이빨을 드러내고 있었다. 작은 몸집에 비해 성질이 더러운 놈이 분명했다. 조앙 부빌라는 새장 문을 열고 그 안으로 손을 집어넣었다. 원숭이가 조앙 부빌라의 손가락을 단단히 움켜쥐었다. 조앙 부빌라는 새장에서 원숭이를 꺼내 오노프레의 얼굴 가까이로 가져왔다. 오노프레는 몸을 움츠리며 원숭이를 자세히 살펴보았다. 아버지가 말했다. 한번 만져 봐라, 겁먹지 말고, 절대로 너를 해치지 않을 거야, 가져라, 선물이다. 오노프레는 원숭이를 안았다. 하지만 원숭이는 오노프레의 팔을 타고 어깨 위로 올라와 꼬리로 오노프레의 얼굴을 때렸다. 그때 주임신부가 두 사람 사이로 끼어들며 말했다. 당신이 돌아온 걸 우리 주님께 감사드리기 위해 기도회를 준비했습니다. 조앙 부빌라는 고개를 살짝 숙여 신부에게 감사를 표하고 교회 정면을 눈으로 대충 훑어보았다. 교회는 엉성하게 지은 돌 건물로 단순한 직사각형 모양에 지나지 않았다. 교회 종루도 단순한 모양이었다. 이 교회는 대대적인 보수공사가 필요하겠어. 조앙 부빌라가 큰 소리로 외쳤다. 그때부터 사람들은 모두 그를 '아메리카 사람'이라고 부르기 시작했고, 그 계곡에 커다란 변화가 일어나기를 기대했다. 조앙 부빌라는 모자를 벗고 아내에게 팔을 내밀었다. 부부는 팔짱을 끼고 교회로 들어갔다. 제단 앞에 커다란 초 몇 개가 불을 밝히고 있었다. 예전에는 한 번도 볼 수 없었던 장면이었다. 오노프레는 지치고 허기진 몸을 이끌고 하숙집으로 돌아가는 동안 그 마법과 같은 순간을 불을 보듯 환하게 기억해 냈다. 오노프레는 마차가 스쳐 지나갈 때마다 그 안을 엿보려고 노력했다. 그는 그런 식으로, 마차 안에 탄 사람들을 힐끔힐끔 쳐다보면서 자신의 꿈을 키워 나갔다. 하지만 하숙집이 있는 음산한 동네가 가까워질수록 마차의 수는 차츰 줄어들었다. 그럼에도 오노프레는 낙담하지 않았다. 그는 다음 날 동이 트기 무섭게 만국박람회 공사장으로 달려갔다. 오노프레는 하숙집에다 전단지를 놓고 나갔다. 그는 단지 이곳저곳 냄새만 맡으며 다녔다. 앞으로 자신의 본거지가 될 곳의 사정을 속속들이 알아내기로 결심했던 것이다. 오노프레는 금세 알아차릴 수 있었다. 그곳에서 일하는 일꾼들은 모두 같은 부류가 아니었던 것이다. 숙련공들도 있었고 허드렛일을 하는 일꾼들도 있었다. 오노프레가 보기에 그 사람들 사이에는 엄청난 차이가 있었다. 경험이 풍부한 숙련공들은 옛날 장인들의 관습에 따라 계급적으로 조직되어 있었다. 그들은 고용주들로부터 존경을 받았고, 십장들과 거의 동등한 대우를 받았다. 그들은 예술가들에 버금가는 자부심을 지니고 있었고, 자신들을 없어서는 안 될 존재로 여겼으며, 높은 품삯을 받아서인지 노동조합의 원칙에 그다지 제약을 받지 않았다. 한편, 허드렛일꾼들이나 막일꾼들은 시골에서 올라온 사람들로 아무런 기술이 없었다. 그들은 전쟁이나 전염병, 혹은 가뭄으로 농사를 망쳐 어쩔 수 없이 고향 땅에서 쫓겨난 사람들이었다. 또는 출신 지역의 여건이 먹고살기에 적당치 않아 도시로 몰려든 사람들이었다. 그들은 식솔들을 거느리고 도시로 올라왔다. 먼 친척이나 차마 남겨 두고 올 수 없었던 친지들을 이끌고 온 사람들도 있었다. 그런 사람들은 가난한 사람들의 충성스러운 영웅을 자처하기도 했다. 그들은 만국박람회가 열리는 장소에서부터 가스 공장이 있는 지역 사이에 펼쳐진 해안에 함석이나 판자, 마분지 등으로 오두막을 지어 생활했다. 차츰차츰 웅장한 모양새를 갖춰 가는 만국박람회 건물들의 그늘 아래 판자촌이 형성되었고, 여자들과 어린아이들 수백 명이 그곳에서 우글거렸다. 막일꾼들과 결혼해서 사는 여자들도 있었고, 그저 막일꾼들을 따라다니는 여자들도 있었고, 막일꾼들의 어머니도 있었고, 막일꾼들의 결혼하지 않은 누이동생도 있었고, 막일꾼들의 장모나 처제들도 있었다. 대부분의 여자들이 임신 말기 상태였다. 여자들은 거의 하루 종일 땀에 찌든 옷을 햇볕에 말리며 지냈다. 모래밭에 막대기 두 개를 꽂아 팽팽하게 줄을 매고 거기에 축축한 옷을 널면 바다에서 불어오는 미적지근한 바람과 햇볕이 옷을 말려 주었다. 여자들은 오두막 문 앞에 화로를 설치하고 음식을 만들기도 했다. 그녀들은 불씨를 키우기 위해 짚으로 만든 부채로 화로 앞에서 열심히 부채질을 하기도 했고, 찢어진 옷을 꿰매기도 했으며, 망가진 물건을 고치기도 했다. 여자들은 아이들을 돌보며 그 모든 일을 처리해야 했다. 아이들은 너무나 지저분해 얼굴을 구별할 수 없을 정도였다. 배가 불룩 튀어나온 아이들은 발가벗은 채 나돌아 다니며 툭하면 싸움질을 벌이기 일쑤였다. 음식을 만들고 있는 여자들에게 가까이 다가가는 아이들은 귀싸대기를 얻어맞거나 엉덩이를 걷어차이기 일쑤였다. 하지만 그런 식으로 매번 쫓겨나면서도 음식 냄새에 이끌려 또다시 여자들에게 달려들곤 했다. 여자들 사이에서는 온종일 말싸움과 고함 소리와 욕지거리가 끊이지 않았다. 머리끄덩이를 잡고 싸우는 경우도 비일비재했다. 경찰은 싸움이 벌어져도 멀찍이 떨어져 구경만 하다가 식칼이나 면도칼이 반짝이면 그제야 싸움판에 끼어들었다. 오노프레 부빌라는 그런 장면을 관찰하며 여러 날을 보냈다. 오노프레는 자신의 순진무구한 표정과, 어떠한 일이나 어떠한 장소에도 소속되지 않았다는 점을 이용해 이리저리 싸돌아다니며 사람들이 자신의 존재에 익숙해지도록 만들었다. 오노프레는 일을 하는 사람들은 절대로 방해하지 않았지만, 일꾼들이 쉬고 있으면 가까이 다가가 그들의 일에 대해 이것저것 물어보곤 했다. 그러다 일꾼들을 도와줄 만한 일이 있으면 기꺼이 도와주곤 했다. 그는 그런 식으로 차츰차츰 일꾼들에게 다가갈 수 있었고,

몇몇 사람들로부터는 칭찬을 듣기까지 했다.

전단지를 단 한 장도 나눠 주지 못한 채 일주일이 훌쩍 지나가 버리고 말았다. 오노프레가 하숙집으로 돌아와 보니 델피나가 약속했던 돈이 침대 베개 위에 놓여 있었다. 델피나 본인이 그곳에 돈을 갖다 둔 게 틀림없었다. 오노프레는 자신을 고용한 사람들의 이해심과 정직성에 내심으로 기뻐했다. 그 사람들을 실망시키지는 않을 테야. 오노프레는 중얼거렸다. 내가 지금 선전하는 그따위 혁명에 관심이 있어서가 아냐, 그 누구보다 내가 훨씬 더 잘 해낼 수 있다는 사실을 그들에게 반드시 보여 주고 말겠어, 이제 곧 알아보기 쉬운 전단지를 사람들에게 나눠 줄 수 있을 거야, 내 성실함과 신중함이 드디어 열매를 맺기 시작했어, 처음에는 내가 어설프게 구는 바람에 신용을 얻지 못했지만 지금은 사정이 달라, 게다가 나를 감시하는 사람도 없어, 모두들 저 터무니없는 만국박람회 때문에 제정신이 아냐. 사실이었다. 만국박람회 개막일을 아직 이 년씩이나 앞둔 1886년, 어느 신문에 다음과 같은 글이 실렸다. '외국인들이 바르셀로나로 끊임없이 몰려들 것이다. 그들은 기술적인 면에 있어서 바르셀로나의 아름다움과 발전에 대해 언급할 것이다.' 그리고 이런 글이 덧붙여졌다. '시를 아름답게 장식하고 개개인의 편리와 안전을 보장하는 일이 현재로서는 우리 당국이 최선을 다해 관심을 기울여야 할 문제로 부상했다.' 당시 신문들이 그 문제를 거론하지 않고 지나가는 날은 단 하루도 없었다. 어느 신문은 이렇게 제안했다. '신시가지에 하수도 시설을 건설해야 한다. 카탈루냐 광장을 추악하게 만드는 허름한 집들을 철거해야 한다.' 이런 제안을 내놓은 신문도 있었다.

'콜론 산책로에 돌로 만든 벤치를 설치해야 한다, 포블레세크와 같은 변두리 동네를 개선해야 한다, 아름다운 샘물의 매력에 이끌려 몬주익 산을 오르는 관광객들이 그런 동네를 지나갈 경우에 대비해야만 한다.' 어떤 신문들은 여관, 레스토랑, 여인숙, 카페, 하숙집 등등의 주인들에 대해 우려를 표하며 그들을 설득하기 위해 노력했다. '바가지요금을 씌워 한몫 잡아 보겠다는 생각은 역효과를 가져오기 마련이다. 바가지요금은 관광객을 쫓아내는 효과를 가져와 결과적으로 손해를 야기할 뿐이다.' 만국박람회에 대해 언급한 신문들은 바르셀로나라는 도시가 관광객들에게 어떤 인상을 심어 줄 것인지보다도 바르셀로나 시민들이 관광객들에게 어떤 인상을 심어 줄 것인지에 대해 더 많이 다루었다. 신문들은 바르셀로나 시민들의 정직성과 경쟁력과 태도를 전혀 신뢰하지 않았던 것이다.

"파블로, 전단지를 더 주세요."

오노프레의 말에 파블로가 투덜거렸다.

"첫 번째 꾸러미를 나눠 주는 데 삼 주 이상이나 걸렸단 말이야. 좀 더 열심히 해야겠어."

새벽 5시였다. 태양이 수평선 위로 떠올라 창고의 덧문 틈바구니로 햇살이 스며들었다. 여름날 새벽의 날카로운 빛이 창고를 좀 더 비좁고, 우중충하고, 더러워 보이게 만들었다.

"처음에는 쉽지 않았어요. 하지만 두고 보세요. 오늘부터는 뭔가 다를 테니까."

오노프레가 대답했다. 두 번째 꾸러미를 나눠 주는 데는 겨우 엿새가 걸렸을 뿐이었다. 파블로가 오노프레에게 말했다.

"이봐, 꼬마야, 지난번에 했던 말은 용서해 주려무나. 나도 알아. 처음에는 힘들기 마련이지. 가끔씩 초조해지는 바람에 그랬던 거야. 이놈의 더위 때문이야. 이런 더위에 이 안에 갇혀 지내야 하니 아주 죽을 맛이거든."

만국박람회 공사장에서도 더위는 맹위를 떨쳤다. 공사장 사람들은 툭하면 신경질을 부리곤 했다. 무시무시한 여름 설사가 기승을 부렸고, 어린아이 수십 명이 설사로 목숨을 잃었다.

"앞으로는 더 힘들 거야."

비교적 성격이 차분한 사람들은 그렇게 말했다.

"이 일이 끝나면 더 이상 일거리가 없을 거야."

좀 더 낙관적인 사람들은 만국박람회가 일단 개최되면 바르셀로나가 거대한 도시로 발전하리라 믿었다. 그렇게 되면 모든 사람들이 일자리를 구할 수 있고, 공공사업은 비약적으로 개선되어 모든 사람들이 필요한 도움을 받을 수 있을 거라고 생각했다. 하지만 많은 사람들은 그따위 헛소리를 대놓고 비웃었다. 오노프레 부빌라는 그 틈을 이용해 바쿠닌에 대해 이야기하며 전단지를 몇 장씩 나눠 주곤 했다. 오노프레는 그런 일을 하는 와중에도 속으로는 이렇게 중얼거리지 않을 수 없었다. 세상에나, 내가 무정부주의를 선전할 줄 누가 짐작이나 할 수 있었을까, 겨우 몇 주 전만 해도 이런 엉터리 수작에 대해서는 듣도 보도 못했는데, 지금은 무정부주의를 위해 평생을 노력해 온 놈 같지 않은가, 목숨이 달려 있지 않은 일이라면 장난삼아 해 볼 수도 있을 테지만. 하지만 오노프레는 항상 다음과 같은 결론을 내렸다. 어쨌든, 내가 할 수 있는 한 최선을 다할 거다, 아무튼, 잘하든 못하든 위험하기는 마찬가지니까, 그러니 일을 잘 해내면 다른 사람들로부터 신용을 얻을 수 있지 않겠어? 오노프레는 생각했다. 자기 속내는 드러내지 않고 다른 사람들로부터 신용을 이끌어 내는 것이야말로 최고의 지혜가 아니겠는가.

5

"그래, 젊은 양반, 만국박람회 공사장에서 일을 한다고 하던데, 사실인가요? 잘된 일이야, 아주 잘된 일이야."

오노프레 부빌라가 일주일치 하숙비를 건네주자 브라울리오 씨가 말했다.

"마누라한테도 말했지만, 나는 거짓말을 모르는 사람입니다. 주님의 뜻이 어디에 있는지는 잘 모르겠지만, 만국박람회는 바르셀로나를 그에 걸맞은 위치로 끌어올릴 겁니다."

하숙집 주인이 덧붙였다.

"저도 그렇게 생각합니다, 브라울리오 씨."

오노프레는 그렇게 대답했다.

오노프레는 브라울리오 씨뿐만 아니라, 그의 부인인 아가타 부인에 대해서도, 그의 딸인 델피나에 대해서도, 델피나의 고양이 벨세부에 대해서도, 하숙집에 사는 다른 사람들에 대해서도 시간이 지남에 따라 차츰차츰 알게 되었다. 하숙인들은 때에 따라 여덟 명이 되기도 했고, 아홉 명이 되기도 했고, 열명이 되기도 했다. 그들 중 단 네 사람만이 붙박이 하숙인이었다. 오노프레, 비잔시오 신부라는 은퇴한 성직자, 미카엘라 카스트로라는 카드 점쟁이 여자, 응접실에 이발소를 차려 놓은 남자(사람들은 모두 그를 마리아노라고 불렀다.), 그렇게 네 사람이었다. 마리아노는 뚱뚱하고 성미가 급한 남자였다. 그는 배배 꼬인 구석이 있기는 했지만 붙임성이 좋았다. 게다가 수다스러울 정도로 말이 많은 사람이었다. 그래서 오노프레는 하숙인들 중에서 그와 가장 먼저 말을 틀 수 있었다. 이발사는 오노프레에게 자신이 어떻게 살아왔는지를 들려주었다. 마리아노는 군대에 있을 때 이발 기술을 배웠다. 군에서 제대한 이후에는 바르셀로나의 여러 이발소에서 월급쟁이로 일했다. 그러다 어느 미용사와 눈이 맞았다. 그녀와 결혼해 함께 일을 하면 돈을 더 많이 벌 수 있을 것 같아 전 재산을 털어 가게를 냈다. 그러나 그녀와의 결혼은 끝내 이루어지지 않았다. 결혼식을 불과 며칠 앞둔 때였다. 그녀가 느닷없이 울음보를 터뜨렸다. 마리아노는 약혼녀에게 무슨 일이냐고 물어보았다. 그녀는 마리아노에게 고백했다. 그녀에게는 이미 오래전부터 남자가 하나 있었다. 그녀에게 홀딱 반한 그 남자는 선물 공세를 펼치며 집을 한 채 사 주겠다고 제안했다. 그녀는 남자의 집요한 선물 공세와 애정 공세를 어떻게 뿌리쳐야 할지 몰랐다. 그녀는 그런 상황을 정리하지 않고는 마리아노와 결혼할 수 없다고 말했다. 마리아노는 어안이 벙벙해지고 말았다. 언제부터 그놈을 알고 지낸 거야? 할 수 있는 말이라고는 그것밖에 없었다. 마리아노는 그녀가 그놈과 며칠 전부터, 몇 달 전부터, 몇 년 전부터 알고 지냈는지 그걸 알고 싶었다. 그 점이 가장 중요한 문제라고 생각했다. 하지만 그녀는 분명하게 밝히지 않았다. 심지어 너무나 정신이 없어 마리아노가 무엇을 알고 싶어 하는지 알아차리지도 못했다. 그녀는 똑같은 말만 반복할 뿐이었다. 나는 너무너무 불행한 여자예요, 나는 너무너무 불쌍한 여자예요. 나중에 이발사는 약혼의 증표로 그녀에게 준 반지를 돌려받으려고 무진 애를 썼다. 그러나 그녀는 고집스럽게 약혼반지를 돌려주지 않았다. 마리아노는 변호사를 찾아가 보았다. 변호사는 그런 문제로 법정까지 가는 건 좋지 않다고 충고했다. 당신은 재판에서 지고 말 거요. 변호사는 그렇게 충고했다. 마리아노는 말했다. 시간이 흐르고 보니 일이 그 정도 선에서 끝난 게 오히려 다행스러워, 여자들이란 끊임없이 돈만 써 댈 뿐이니까 말이야. 마리아노는 항상 그렇게 장담하며 말을 맺었다.

마리아노는 오노프레에게 이런 이야기도 들려주었다.

"내가 라발 지구에 있는 어느 이발소에서 일할 때였어. 하루는 말이야, 길거리에서 아주 요란한 소리가 들려오는 거야. 나는 이게 무슨 일인가, 도대체 무슨 일로 저렇게 야단들인가 싶은 생각에 밖으로 나가 보았지. 이발소 문 앞에서 말을 탄 군인들 한 무리가 나를 쳐다보고 있는 거야. 그런데 갑자기 장교 한 명이 말에서 내리더니 이발소 안으로 걸어 들어오더군 그래. 구두굽이 울리는 소리와 박차가 바닥을 긁는 소리가 지금도 생생하게 들려오는 것만 같아. 그건 그렇고, 장교가 나를 빤히 쳐다보면서 묻더군. 당신이 이곳 주인이야? 그래서 나는 '방금 전에 나가셨는데요.'라고 대답했지. 그러자 장교가 '이발할 수 있는 사람이 아무도 없단 말이야?'라고 묻는 거야. 그래서 내가 '제가 할 수 있습니다, 장교님. 어서 자리에 앉으시지요.'라고 대답했단 말이지. 그러자 장교가 '내가 아니라 코스타이 가솔 장군님께서 이발을 하실 거야.'라고 대답하는 게 아니 겠어. 자네, 상상할 수 있겠나? 아니지, 어림도 없지. 자넨 아직 어리니까 그 사람이 어떤 양반인지 알 수 없을 거야. 자넨 아직 태어나지도 않았을 때니까 말이야. 아무튼 그 양반은 카를 로스 왕을 지지하는 군대의 장군으로, 용맹함과 잔인함으로 아주 유명한 인물이었지. 한 줌도 안 되는 사람들을 이끌고 토르토사를 점령했고, 토르토사 인구 절반을 죽여 버렸으니까. 나중에 에스파르테로 장군이 코스타 이 가솔 장군을 총살했지. 에스파르테로 장군 역시 위대한 인물이었어. 내 의견을 묻는다면, 두 양반이 서로 막상막하였어. 두 사람의 정치색과는 상관없이 말이야. 나는 정치라면 진절머리가 나거든. 내가 어디까지 얘기했더라? 아, 맞아. 그러고 있는데 바로 그 코스타 이 가솔 장군이 이발소 안으로 성큼성큼 걸어 들어오더란 말이지. 머리끝에서 발끝까지 훈장을 주렁주렁 매달고서 말이야. 장군이 의자에 앉아 나를 쳐다보며 입을 열더군. '이발과 면도'. 나는 똥을 싸지르며 겨우겨우 대답했지. '각하, 장군 각하의 명령에 따르겠습니다.' 거두절미하고, 나는 장군의 명령에 그대로 복종했지. 내가 일을 끝내자 장군이 내게 묻더군. '요금은?' 그래서 나는, '장군 각하, 요금이라니요, 공짜입니다.'라고 대답했어. 그러자 장군은 자리에서 벌떡 일어나 그대로 나가 버리더군."

이런 식의 이야기는 무슨 일이 생기거나 누군가가 중간에 끼어들어 그 장광설을 방해할 때까지 여러 시간이나 계속되었다. 당시의 이발사들이 모두 그랬듯이 마리아노는 어금니를 뽑아 주기도 했고, 연고를 만들어 주기도 했고, 겨자 습포를 붙여 주기도 했고, 찜질 요법을 해 주기도 했고, 낙태 수술을 해 주기도 했다. 그는 또한 얼마 안 되는 단골손님들에게 건강식품을 팔아먹기도 했다. 마리아노는 매우 소심한 사람이었다. 그는 물집과 간장병으로 시달리기도 했다. 또 항상 옷을 단단히 여미고 다녔으며, 전염병을 피하듯 미카엘라 카스트로를 피해 다녔다. 미카엘라 카스트로가 그에게 조만간 고통스러운 죽음을 당하게 될 것이라고 예언했기 때문이다. 점쟁이인 미카엘라 카스트로는 나이가 상당히 많은 여자였다. 그녀는 항상 한쪽 눈을 반쯤 감고 있었다. 그녀는 말이 별로 없었고, 오로지 불행을 예언할 때에만 입을 열었다. 그녀는 자신의 예언 능력을 철석같이 믿었다. 그녀가 예언한 내용이 나중에 실현되지 않아도 그녀는 자신의 믿음을 추호도 의심하지 않았다. 어떤 상황에도 굴하지 않았으며 계속해서 재난을 예언하고 다녔다. 그녀는 종종 식당으로 사용하는 방으로 들어서면서 외치곤 했다. 무엇이든지 삼켜 버리는 거대한 불길이 바르셀로나를 휩쓸고 지나갈 것이다, 그 사나운 불길이 일면 아무도 살아남지 못할 것이다. 사람들은 대부분 남몰래 재앙을 물리치기 위해 손으로 나무를 만진다거나 손가락으로 주문을 외우는 표시를 하곤 했지만, 아무도 그녀의 말에 진심으로 신경 쓰지는 않았다. 그녀가 어떻게 그런 무시무시한 상상을 하게 되었는지, 무슨 근거로 그런 소리를 떠들어 대는지는 아무도 알 수 없었다. 물난리가 날 것이다, 전염병이 돌 것이다, 전쟁이 벌어질 것이다, 굶주림이 만연할 것이다. 점쟁이는 아무런 근거도 없이 그런 소리를 외쳐 댔다. 그녀는 도량이 넓고 그녀에게 퍽 호의적인 브라울리오 씨의 특별 허락을 받고 하숙집의 자기 방에서 손님을 맞을 수 있었다. 그녀의 손님들은 남녀노소를 불문하고 하나같이 가난한 사람들이었다. 손님들은 모두 충격을 받아 축 늘어진 표정으로 그녀의 방을 나서곤 했다. 그런데도 그들은 얼마 지나지 않아 다시 찾아와 또 다른 암울하고도 절망적인 운명을 처방받고 돌아갔다. 그녀의 불길한 예언은 그들의 단조로운 삶에 위대성을 부여해 주는 듯싶었다. 그래서 손님들이 몰리는 것 같았다. 어쩌면 곧바로 닥쳐온다는 재앙이 그들이 겨우겨우 꾸려 나가는 현재의 불행한 삶을 견딜 만한 것으로 만들어 주는 것도 같았다. 그러나 그녀의 예언은 어느 것도 적중하지 않았다. 그와 비슷한 재앙이 닥치기는 했지만 그녀가 예언한 재앙은 결코 아니었다. 비잔시오 신부는 그녀로부터 악령을 쫓아내기 위해 식당 한구석에서 무진 애를 썼다. 그는 식탁보에 시선을 고정하고 입속으로 주문을 외웠다. 비잔시오 신부와 미카엘라 카스트로는 절대로 나란히 앉지 않았다. 두 사람은 모두 영혼의 세계에 파묻혀 살았으며, 서로의 믿음을 존중했다. 하지만 두 사람은 서로 다른 진영에서 적으로 싸우고 있었다. 비잔시오 신부에게 미카엘라 카스트로는 자신이 책임지고 무찔러야 할 적이었다. 그녀는 사탄 악마의 화신이었던 것이다. 한편, 미카엘라 카스트로에게 비잔시오 신부는 그녀의 안전을 보장해 주는 마르지 않는 샘이었다. 신부는 비록 사탄 악마의 탓으로 돌리긴 했지만 그녀의 능력을 믿어 주었던 것이다. 아주 늙어 힘이 다 빠져 버린 비잔시오 신부는 로마에 가 보지도 못한 채로 죽기는 싫었다. 비잔시오 신부는 입버릇처럼 중얼거리곤 했다. 죽더라도 성 베드로의 발치에서 죽어야지. 비잔시오 신부는 또한 전설적인 산티아고 향로를 자신의 눈으로 직접 보고 싶어 했다. 그는 그 향로가 바티칸에 있다고 착각했던 것이다. 미카엘라 카스트로는 비잔시오 신부가 조만간 로마로 여행을 떠날 것이라고, 그러나 그 성스러운 도시를 멀리서나마 바라보지도 못하고 중간에 죽을 것이라고 예언했다. 하숙집 근처 교구 사람들이(프레센타시온 교구, 산 에제키엘 교구, 누에스트라 세뇨라 델 레쿠에르도 교구) 비잔시오 신부를 자주 찾아와 도움을 요청했다. 장엄미사에 참석해야 할 인원이 부족할 때나 합창단이나 수도원에 인원이 부족할 때면 비잔시오 신부에게 도움을 요청했던 것이다. 그레고리오 성가를 불러야 할 때에도, 성가대 선창자가 필요할 때에도, 교독문 선창자가 필요할 때에도, 복음서 낭독자가 필요할 때에도, 세비야의 전통에 따라 춤추고 노래하는 어린아이들이 필요할 때에도 비잔시오 신부는 초청을 받았다. 그런 것들이 오늘날에는 대부분 사라져 버렸지만, 비잔시오 신부는 비록 뛰어난 재주는 없어도 그런 것들에 대해 어느 정도씩은 알았다. 비잔시오 신부는 그런 일들과 또 다른 부업거리로 번 돈으로 아쉬운 대로 그럭저럭 살아갈 수 있었다. 신부와 이발사와 점쟁이와 오노프레 부빌라는 하숙집 삼 층에 있는 방에서 살았다. 그 방들은 다른 방들에 비해 더 넓다거나 안락하다고는 할 수 없었지만, 돈으로도 살 수 없는 한 가지 장점이 있었다. 거리 쪽으로 발코니가 나 있었던 것이다. 천장은 갈라지고, 바닥은 울퉁불퉁하고, 벽은 습기가 차서 너덜거리고, 가구는 아귀가 맞지 않아 찌그러져 있었지만, 발코니 때문에 어느 정도 상쾌한 기분을 맛볼 수 있었다. 골목길 쪽을 향한 발코니에서 보이는 풍경은 대체로 음산했지만 이따금 반짝하고 빛나는 순간도 있었다. 쇠를 두드려 만든 발코니 난간에, 백설처럼 새하얀 깃털이 달린 염주비둘기들이 날마다 날아와 쉬었던 것이다. 염주비둘기들은 길을 잃었거나 어딘가에서 탈출해 근처에서 잠자리를 구하는 놈들이었다. 비잔시오 신부는 축성하지 않은 성체 빵을 잘게 부수어 염주비둘기들에게 곧잘 나눠 주었다. 그래서 비둘기들은 날마다 발코니로 찾아왔다. 이 층에 있는 다른 방들에는 바깥을 볼 수 있는 창문도 없었고 발코니도 없었다. 그런 방에는 지나가는 나그네들이 묵었다.

　지붕 바로 아래 있는 사 층에서는 브라울리오 씨와 아가타 부인과 델피나가 잠을 잤다. 아가타 부인은 관절염과 통풍에 시달렸다. 그래서 그녀는 항상 의자에 앉아 지냈고, 언제나 비몽사몽 간을 헤매고 있었다. 아가타 부인은 사탕이나 과자를 먹을 때에야 활력을 되찾았다. 그러나 의사가 그런 음식을 엄격하게 금지한 이후로 그녀의 남편과 딸은 아주 특별한 날에만 그녀에게 단것을 조금씩 내주었다. 아가타 부인은 끊임없이 통증에 시달렸지만 불평이라고는 단 한마디도 늘어놓지 않았다. 그만큼 의지가 강해서가 아니라 통증을 호소할 힘조차 없었던 것이다. 때때로 눈이 촉촉이 젖어 들며 통통하고 매끄러운 아래턱으로 눈물이 흘러내리기도 했지만, 딱딱하게 굳어 버린 그녀의 얼굴에서는 아무런 표정도 읽을 수 없었다. 그러나 브라울리오 씨는 그러한 가족의 불행에 대해 별로 근심하지 않았다. 브라울리오 씨는 항상 쾌활하게 지냈으며, 언제라도, 어떤 문제에 대해서라도 논쟁을 벌일 준비가 되어 있었고, 우스갯소리를 하거나 듣는 걸 아주 좋아했다. 놀림이라도 당하는 날에는 한동안 입을 꾹 다물고 있는 것으로 자신의 기분을 표현했다. 하지만 한 시간만 지났다 하면 다른 사람들이 들려 준 농담을 비웃어 대곤 했다. 브라울리오 씨보다 말주변이 좋은 사람은 없었다. 브라울리오 씨는 항상 몸을 깨끗하게 씻고 옷을 단정하게 입고 다녔다. 마리아노가 브라울리오 씨에게 아침마다 면도를 해 주었고, 특별한 경우에는 오후에도 한 차례 더 해 주었다. 브라울리오 씨는 식사 시간이면 옷을 깔끔하게 차려 입었다. 그러나 식사 시간 외에는 속옷 차림으로 하숙집을 돌아다녔다. 솜씨가 형편없는 딸이 날마다 다려 주는 바지가 행여나 구겨질까 싶어 그랬던 것이다. 브라울리오 씨는 이발사와 친하게 지냈고, 신부와도 잘 어울렸으며, 점쟁이 여자를 특별히 우대했다. 하지만 점쟁이 여자와 같은 식탁에 앉는 경우는 드물었다. 점쟁이 여자는 신이 내리면 자신의 행동을 주체하지 못했고, 그래서 브라울리오 씨의 깔끔한 옷을 더럽힐 위험이 있었다. 멋 부리기 외에 브라울리오 씨의 성격을 가장 잘 나타내 주는 점이 또 하나 있었다. 자주 사고를 당한다는 점이었다. 한쪽 눈에 멍이 든 채 나타나는 날도 있었고, 턱에 깊은 상처를 입고 나타나는 날도 있었고, 광대뼈에 혹을 달고 나타나는 날도 있었고, 팔 하나가 빠진 채 나타나는 날도 있었다. 붕대나 반창고나 탈지면이 브라울리오 씨의 몸에서 떠나는 날이 없었다. 브라울리오 씨처럼 외모에 신경을 쓰는 사람에게 그런 일이 벌어지다니, 참으로 납득할 수 없는 노릇이었다. 오노프레 부빌라는 그 점에 대해 생각할 때마다 이렇게 중얼거리곤 했다. 내가 아는 사람 중에서 가장 굼뜬 사람이 분명해, 그렇지 않으면 이놈의 집구석에서 뭔가 수상한 일이 벌어지고 있는 거야. 그러나 브라울리오 씨의 가족 중에서 가장 속을 알 수 없는 사람은 바로 델피나였다. 오노프레는 델피나 때문에 마음이 불편하기 짝이 없었다. 오노프레는 델피나에게서 이유를 알 수 없는, 그러나 강박관념처럼 날로 커 가는 매력을 느끼기 시작했다.

오노프레는 전단지를 성공적으로 나눠 줄 수 있었다. 그는 전단지를 더 많이 받아 오기 위해, 전단지를 더 많이 확보하기 위해, 무스고 거리를 뻔질나게 드나들었다. 무스고 거리에서는 항상 파블로가 기다리고 있었다. 그렇게 두 사람은 자주 만났다. 그래서 백전노장과 의욕이 넘치는 신출내기 사이에 동지의 우정이 싹터 갔다. 백전노장은 수년 전부터 자신의 뒤를 쫓아다니는 경찰에 대해 끊임없이 불평을 늘어놓았다. 그는 경찰 때문에 감옥에 갇힌 거나 진배없이 살아가고 있었다. 그는 활동가였다. 따라서 아무 일도 못 하고 갇혀 지내는 생활은 가장 혹독한 고문이나 다름없었다. 적어도 그 당시에는 그렇다고 생각했다. 그는 안절부절 갈피를 잡지 못하며 노동자 대중과 매일 접촉할 수 있는 오노프레를 부러워했다. 파블로는 오노프레가 천재일우의 기회를 충분히 활용하지 못한다고 여겼다. 그래서 분통을 터뜨리며 사실이든 아니든 이것저것 트집을 잡아 오노프레를 질책했다. 파블로에 대해 하나하나 알아 가던 오노프레는 파블로가 무슨 말을 하든 내버려 두었다. 오노프레는 알고 있었다. 파블로는 불쌍한 인간이었다. 파블로 역시 총알받이에 불과했다. 파블로는 툭하면 성질을 부렸고, 반대를 위한 반대를 일삼았고, 항상 자신의 주장이 옳다고 우겨 댔다. 심성이 허약한 사람들에게서 나타나는 세 가지 두드러진 특징이었다. 파블로에게는 말동무가 필요했다. 파블로가 미쳐 버리지 않도록 옆에서 그의 말을 다소곳이 들어 줄 친구가 필요했다. 파블로는 미치지 않고 살아남기 위해 오노프레에게 의지했다. 파블로는 그런 단점에도 불구하고 과분하게도 애잔한 종말을 맞이했다. 때는 1896년이었다. 파블로는 몇 년 전부터 몬주익 성의 지하 감옥에 갇혀 있었다. 간수들은 파블로에게 성체축일에 있었던 폭탄 테러에 대한 책임을 지우기 위해 수작을 벌였다. 어느 날 아침이었다. 간수들이 파블로를 감방에서 끄집어내 가죽 밧줄로 그의 몸을 꽁꽁 묶고 천으로 눈을 가렸다. 밧줄이 뼈까지 파고드는 것 같았다. 간수들은 파블로를 손쉽게 번쩍 들어 올려 어딘가로 데려갔다. 파블로는 감옥에서 모욕을 받고 학대를 당하면서 삼십 킬로그램도 못 나갈 정도로 바짝 말라 있었다. 간수들이 눈을 가리고 있던 천을 풀었다. 파블로는 절벽 위에 서 있었다. 파도가 절벽 아래 바위에 부딪혀 산산이 부서졌다. 파도가 물러나자 시커먼 암초가 모습을 드러냈다. 암초는 도끼의 날처럼 예리했다. 간수들은 파블로의 몸을 꽁꽁 묶어 성채의 탑 위에 세워 놓았다. 발뒤꿈치가 허공을 밟고 있었다. 한 줄기 바람만 살짝 불어도 균형을 잃고 밑으로 떨어져 내리기에 충분했다. 파블로는 그대로 뛰어내려 한 많은 삶을 마감하고 싶은 유혹을 느꼈다. 그러나 그렇게 하고 싶지도 않았고 그렇게 할 수 있는 용기도 없었다. 파블로는 이를 갈며 생각했다. 이건 내가 원하는 죽음이 아냐. 얼굴이 마르고 안색이 시체처럼 푸르스름한 육군 중위 한 명이 칼끝으로 파블로의 가슴을 지그시 누르며 입을 열었다. 자백서에 서명을 할 것인가, 아니면 이대로 죽을 것인가. 자백서에 서명하면 며칠 내로 석방될 수도 있다. 장교가 파블로에게 자백서를 한 장 보여 주었다. 장교가 직접 구상하고 부하한테 받아쓰게 한 자백서였다. 그 자백서에 따르면, 파블로는 성체 축일의 비극을 연출한 장본인들 중 한 사람으로서, 본명이 지아코모 피멘텔리인 이탈리아 사람이었다. 실로 터무니없는 헛소리가 아닐 수 없었다. 파블로는 수년 동안 갇혀 지내는 신세였다. 불과 며칠 전에 길거리에서 일어난 그 불상사와는 전혀 관계가 없었다. 게다가 그는, 당시까지는 그의 본명과 출생지에 대해 알고 있는 사람이 아무도 없긴 했지만, 이탈리아 사람이 아니었다. 이탈리아에는 아무런 연고도 없었다. 파블로는 심문을 받을 때마다 다음과 같이 대답했다. 내 이름은 파블로다. 나는 세계의 시민이다. 나는 착취당하는 모든 인류의 형제다. 간수들은 자백을 얻어 내지 못한 채 파블로를 감방으로 돌려보내야 했다. 간수들은 파블로의 손목을 묶어 감방 문에 여덟 시간 동안 매달아 놓았다. 이따금 간수가 다가와 파블로의 얼굴에 침을 뱉고 그의 생식기를 우악스럽게 비틀었다. 거의 날마다 모의 사형이 집행되었다. 목에 밧줄을 휘감아 조르는 경우도 있었고, 말뚝에 머리를 걸치게 하여 목을 자르는 시늉을 하는 경우도 있었으며, 총살대 앞에 세워 놓는 경우도 있었다. 결국 파블로는 기진맥진한 채 자백서에 서명을 하고 말았다. 파블로는 자신에게도 어느 정도 책임이 있음을 인정했다. 당시 파블로는 인간이라면 치를 떨었다. 기회만 주어진다면 인간이라는 종자를 닥치는 대로 죽여 버리고 싶었다. 그렇게 해서 파블로는 성채 참호에서 다른 죄수들과 함께 실제로 총살형에 처해졌다. 마드리드에서 날아온 긴급명령에 따라 사형은 신속히 집행되었다. 그와 같이 무지막지한 명령을 내린 사람은 안토니오 카노바스 델 카스티요였다. 그는 당시 다섯 번째로 수상 자리에 앉아 있었다. 그로부터 몇 달 후, 카노바스 델 카스티요는 산타아게다의 온천장에서 광천수를 마시며 부인에게 이런 이야기를 들려주었다. 아까 좀 이상한 사람을 하나 만났거든, 우리처럼 온천장 손님인 것 같더군, 그런데 그 친구가 매우 공손하게 내게 인사를 하는 거야, 그 친구가 누구인지 알고 싶은데 말이야. 수상은 그렇게 말했다. 이유를 알 수 없는 불길한 예감이 수상의 눈가에 어두운 그림자를 남기고 지나갔다. 그러나 수상은 부인이 불안해할까 싶어 아무 말도 하지 않았다. 카노바스 델 카스티요는 항상 검은 옷을 입고 다녔다. 그는 그림과 도자기와 지팡이와 옛날 동전을 수집했는데, 말하는 데 있어서는 매우 신중했으며, 황금이나 보석 따위로 치장하며 우쭐거리는 사람들을 지극히 혐오했다. 그는 스페인이 당면한 국내 문제뿐만 아니라 국외 문제로도 골치를 앓는 한편, 무정부주의자들을 무자비하게 탄압했다. 그렇지 않아도 골치 아픈 문제가 넘쳐 나는데, 거기에 미친 개새끼들까지 날뛰고 있으니, 원. 그는 그렇게 생각했다. 혼란한 세상이 스페인을 향해 점점 다가오고 있었다. 그 혼란을 피해 가기 위해서는 엄격한 조치를 취하는 게 최선이라고 그는 생각했다. 1897년 여름을 아수라장으로 만든 사람은 안지오릴로라는 인물이었는데, 그는 진짜 이탈리아 사람이었다. 안지오릴로는 온천장 호텔 숙박부에 《일 포폴로》의 통신원이라고 적어 넣었다. 그는 회색빛이 감도는 금발 머리에, 어딘지 모르게 퇴폐적인 면모가 엿보이는, 몸가짐이 세련된 젊은이였다. 어느 날, 카노바스 델 카스티요는 온천장 호텔 정원에 있었다. 그는 나무 그늘 아래에서 버들가지 의자에 앉아 신문을 읽고 있었다. 안지오릴로가 카노바스에게 다가갔다. 죽어라, 카노바스, 죽어라, 이 살인마야, 이 잔인한 놈아, 이 못된 놈아! 안지오릴로는 그렇게 소리치며 주머니에서 권총을 꺼내 카노바스를 향해 세 방을 연속해서 발사했다. 카노바스는 그 자리에서 죽고 말았다. 카노바스의 부인은 길길이 날뛰며 살인자에게 달려들었다. 그녀는 손목에 차고 있던 레이스와 자개로 장식된 부채를 휘둘렀다. 이 살인마야! 부인은 안지오릴로에게 소리쳤다. 이 살인마야! 안지오릴로 역시 지지 않고 맞받아 소리쳤다. 나는 살인마가 아닙니다, 무정부주의자 동지들을 위해 복수했을 뿐입니다! 안지오릴로는 덧붙였다. 부인, 당신과는 상관없는 일입니다. 사내대장부란 자신의 행동에 대해 일일이 설명하지 않는 법이다. 설명을 시도했다가는 어설픈 꼴만 보이고 만다.

만국박람회 공사장에서는 매일같이 엄청나게 많은 물자가 사용되었다. 당시 어느 신문에는 이런 기사가 실릴 정도였다. '모든 벽돌 공장들이 거의 거덜 날 지경이다. 국내외의 여러 지역에서 엄청나게 들여오는 시멘트도 거의 바닥날 지경이다. 산업관 본부 건물 한 채를 짓는 데에만 하루에 팔백 킨탈*의 시멘트가 사용된다. 마리티마 기업이나 히로나 기업과 같은 대규

---

* 무게 단위, 100킬로그램.

모 주물공장들은 계약서에 명기된 양의 철골과 도리를 만들어 내기 위해 애를 먹고 있으며, 수많은 목재 공장에서도 중요한 건물을 짓기 위해 열심히 노력 중이다.' 공사장 면적은 삼십팔만 제곱미터에 달했다. 비록 완공되지는 않았지만 만국박람회 장소로 쓰일 여러 건물들이 서서히 모습을 드러내고 있었다. 아직까지 남아 있던 구 시우다델라 공원의 건물들도 개축 공사에 들어갔다. 여태껏 버텨 온 성벽들이 철거되었고, 마지막까지 남아 있던 군부대 시설을 옮기기 위해 시칠리아 거리에 새로운 병영이 세워졌다. 그렇다고 해서 모든 공사가 완공 단계에 이른 것은 아니었다. 사실상 원래 개막일로 잡았던 날짜가 이미 지나간 후였다. 개막일이 다시 잡혔다. 더 이상 뒤로 미룰 수 없는 마지막 데드라인이었다. 1888년 4월 8일. 그 날짜로 확실히 못을 박았는데도 개막일을 연기하려는 시도가 한 차례 더 있었고, 그 시도는 실패로 끝났다. 파리는 1889년에 만국박람회를 개최하기 위해 준비하고 있었다. 따라서 파리와 비슷한 시기에 박람회를 연다는 것은 자살행위나 다름없었다. 처음에는 열광적이었던 신문들의 반응도 시들해지고 말았다. 이제는 만국박람회를 공격하는 기사가 신문에 더 자주 실렸다. '이와 같은 엄청난 노력과 자금을 좀 더 절실하고 좀 더 필요불가결한 사업에 투자했으면 얼마나 좋았을까. 그런데 우리는 우리의 노력과 돈을 즉각적인 효과는 있을지 모르지만 며칠밖에 이용할 수 없는 겉만 요란한 공공사업에 허비하고 있다. 과연 효과가 있기나 할는지 아무도 장담할 수 없다.' 이보다 더욱더 신랄한 어조로 비판하는 신문도 있었다. '이런 문제에 정통한 전문가에 따르면 결과는 불을 보듯 명백하다. 바르셀로나 만국박람회는 박람회를 유치하려고 계획했던 사람들이 추측한 대로 문을 열지도 못하고 끝장나거나, 설사 문을 연다고 해도 바르셀로나뿐만 아니라 카탈루냐 지역 전체를 우스갯거리로 만들 것이다. 그 결과 바르셀로나 시는 파산하고 말 것이다.' 기타 등등. 그러한 상황에서 리우스 이 타울레트가 공사장을 방문했다. 수많은 저명인사들이 리우스 이 타울레트와 함께 왔다. 그들은 나름대로 최선을 다했다. 바닥 판자 위를 깡충거리며 돌아다녔고, 하수도를 건너뛰었고, 케이블 사이로 몸을 움츠리고 다녔고, 노새가 달려들면 몸을 피했다. 노새들은 저명인사들 뒤를 따라다니며 모닝코트 자락을 질겅질겅 씹어 댔다. 저명인사들은 먼지를 막기 위해 실크 모자로 입을 가렸다. 의욕 넘치는 시장은 공사장을 둘러보며 흡족해했다. 이것만으로는 만족할 수 없어, 좀 더 박차를 가해야만 해. 시장은 중얼거렸다.

오노프레 부빌라 역시 발전해 갔다. 사람들에게 전단지를 나눠 주며 일일이 설명하다 보니 오노프레 자신도 그 내용을 이해할 수 있었다. 오노프레는 혁명가들의 입장과 그들의 요구 사항이 어느 정도까지 정당한지 파악할 수 있었다. 불을 지르기 위해서는 작은 불씨 하나로 충분했다. 오노프레는 때로는 논리적으로, 또 때로는 선동적으로 그런 말을 읊조리곤 했다. 오노프레의 연설에 설득된 사람들은 전단지를 나눠 주는 일을 도와주기도 했다. 9월 초에 폭풍이 몰아쳐 만국박람회 공사장은 진흙 구덩이가 되고 말았다. 장티푸스가 번지기 시작했고, 마드리드가 늑장을 부리는 바람에 임금 지급이 늦어졌다. 스페인 정부는 결국 만국박람회에 얼마 되지 않는 보조금을 지급하기로 약속했지만 그나마도 시간을 질질 끌었던 것이다. 이 모든 상황이 전단지를 나눠 주는 데 좋은 기회를 제공했다. 오노프레 자신도 스스로의 성공에 깜짝 놀랄 정도였다. 오노프레는 생각했다. 나는 이제 겨우 열세 살일 뿐인데. 웃음에 인색한 파블로도 오노프레와 눈이 마주치면 슬며시 미소를 지어 보이곤 했다. 파블로는 이런 이야기도 들려주었다. 기독교 초기에는 어른들보다 철이 덜 든 어린아이들이 기독교로 더 많이 개종했거든, 이네스 성녀도 너와 동갑인 열세 살 때 칼날에 목숨을 잃었지, 비토 성인은 열두 살 때 신앙을 위해 목숨을 바쳤고. 파블로가 말을 이었다. 더욱 놀라운 사실은 말이야, 훌리타 성녀의 아들인 키르세 성인의 경우야, 키르세 성인은 겨우 세 살 때 목숨을 잃었어, 그 성인은 알렉산드로스 총독을 낯 뜨겁게 만드는 연설을 했고, 그에 화가 난 총독이 성인을 붙잡아 재판정 계단 바닥에 패대기쳐 버렸지, 얼마나 모지락스럽게 패대기쳤던지 머리가 깨지고 골수가 터져 나와 재판정 바닥은 물론 총독의 머리까지 흥건히 적셔 놓았지.

"그런 이야기는 어디서 얻어들었어요?"

오노프레가 파블로에게 물었다.

"책에서 읽었어. 이 답답한 새장에 갇혀 대체 내가 무슨 일을 할 수 있겠니? 책이나 읽을밖에. 책을 읽고 생각을 하면서 시간을, 하루하루를 때우는 거지. 어떤 때는 생각이 극에 달하는 바람에 나 자신이 다 놀랄 지경이야. 어떤 때는 아무런 이유도 없이 깊은 고뇌에 빠지기도 하고. 마치 악몽을 꾸는 것 같아. 잠에서 깨어나도 비참하기는 마찬가지지만. 느닷없이 울고 싶을 때도 있어. 한번 울음보가 터졌다 하면 몇 시간이 지나도록 그칠 수 없을 것만 같아."

파블로는 그렇게 대답했다. 그러나 오노프레는 파블로의 말을 듣고 있지 않았다. 오노프레 역시 엄청난 불안감에 시달리고 있었던 것이다.

2

1

아냐, 그럴 리가 없어, 이건 사람들이 흔히 말하는 사랑이 아냐, 하지만 이게 대체 무슨 일이란 말인가? 그는 영문을 알 수 없었다. 델피나 때문에 생겨난 강박관념은 1887년 여름에 시작되어 그해 늦가을까지 꾸준히 커져만 갔다. 그날 밤 델피나가 고양이와 함께 그의 방을 찾아와 혁명을 위해 협조해 달라고 부탁한 이후로 그는 델피나와 두 마디 이상 말을 나누지 않았다. 두 사람은 하숙집 복도에서 서로 마주칠 때도 눈짓이나 손짓으로 간단하게 인사를 주고받았을 뿐이었다. 매주 금요일마다 그의 침대에 돈이 놓여 있었다. 이제 그 돈은 그가 기울인 노력과 그가 거둔 성공과 그가 이룩한 공덕에 비해 너무나 하찮아 보이기 시작했다. 야밤에 흐릿한 촛불 빛 아래에서 주고받았던 그 대화가, 그가 그녀에 대해 알고 있는 전부였다. 그는 그녀가 들려주었던 이야기를 꼼꼼하고도 체계적으로 반복해서 분석해 보았다. 그녀의 이야기에서 구체적인 정보를, 가능성 있는 의미를 캐내려고 애를 썼다. 하지만 그 모든 것은 그의 상상력 속에서 벌어진 일만 같았다. 그가 기억해 냈다고 믿었던 것은 모두 실제로는 일어나지 않았던 일만 같았다. 마치 조각조각 깨진 기억의 파편들로 성을 쌓아 올린 것만 같았다. 그것은 아마도 그가 여자에 대해 눈을 떴기 때문일 것이다. 그러나 정작 본인은 그런 사실을 몰랐다. 그는 모든 것을 이성적으로 깨달으려고 노력했다. 또한 어떠한 문제라도 스스로 해결할 수 있으리라고 생각했다. 그러나 그는 이제 빼도 박도 못하는 처지에 놓이고 말았다. 어쩌란 말인가? 어찌해야 할지 갈피를 잡을 수 없었다. 오직 한 가지만은 분명했다. 델피나는 자신에게 애인이 있다고 말했다. 그는 그 말에 상처를 입고 말았다. 그는 그 애인이라는 작자를 없애 버리고 싶었다. 오로지 그 생각뿐이었다. 하지만 그러기 위해서는 그가 아는 정보만으로는 부족했다. 그보다 더 많은 정보가 필요했다. 그 작자가 누구인지, 그 연놈이 언제 어디서 만나는지, 함께 있는 동안 무슨 짓을 하는지, 그런 것들을 알아내야 했다. 하숙집에서는 델피나가 해야 할 일이 정확히 정해져 있어 그녀는 따로 시간을 낼 수 없었다. 그리고 델피나의 부모는 딸내미에게 애인이 있다는 사실을 몰랐다. 따라서 델피나와 그녀의 애인이 이따금 한밤중에 만난다는 추론이 가능했다. 그 당시 남녀가 한밤중에 만난다는 것은 범상치 않은 일이었다. 드물게 볼 수 있는 몇몇 경우를 제외하면, 20세기 초반까지 바르셀로나에서는 해가 진 이후면 모든 활동이 중단되었다. 밤에도 활동하는 사람들은 우선 불법적인 일을 하는 수상쩍은 사람들로 간주되었다. 그들은 겁대가리를 상실한 자들처럼 보였다. 밤에는 유령들이 우글거리고 사방에 위험이 깔려 있다, 밤에 촛불을 켜 놓고 일을 하면 자극적이고 불가사의한 일을 당할 것이다. 당시 사람들은 그렇게 상상했다. 이렇게 믿는 사람들도 있었다. 밤은 살아 있는 존재다, 밤은 사람을 유혹하는 이상한 능력이 있다, 그래서 밤에 쓸데없이 밖으로 나돌아 다니는 사람은 결코 집으로 돌아갈 수 없다. 사람들은 모두 밤을 죽음으로, 새벽을 부활로 간주했다. 전깃불이 도시에서 어둠을 영원히 추방해 버렸지만, 그 기술은 아직 유치한 단계에 머물러 있었고, 전깃불 사용을 망설이는 사람들도 많았다. '인공적인 빛은 눈이 부시지도 않고 깜박거리지도 않아야 한다. 전깃불은 눈을 태우지 않는 선에서 풍부하게 사용되어야 한다.' 1886년에 나온 잡지에는 그와 같은 기사가 실렸다. '밝은 빛을 사용할 경우에는 반드시 젖빛 유리 보호막을 함께 사용해야 한다. 그 이유는 빛이 필라멘트로 집중되기 때문이다.' 같은 해에 바르셀로나의 어느 신문에는 그와 반대되는 기사가 실렸다. '저명한 안과 의사인 숀 드 브레슬로 교수에 따르면, 꾸준하고 풍부하게 공급되기만 한다면 전깃불은 다른 어떤 불빛보다 책을 읽거나 글을 쓰기에 적당한 빛이라고 한다.' 이 모든 것들도 아직까지는 오노프레 부빌라와는 상관없는 문제였다. 오노프레는 상상해 보았다. 칠흑같이 어두운 밤에 델피나가 애인을 만나기 위해 집을 빠져나간다. 무시무시하면서도 동시에 매력적인 모습이다. 그녀의 신비스러운 분위기, 도마뱀과 같은 낯빛, 유황색 눈동자, 굴뚝 청소용 빗자루처럼 뻣뻣하고 더러운 머리카락, 지저분하고 닳아빠진 옷가지. 밝은 낮에 보았다면 우스꽝스러운 어릿광대 같겠지만 어둠 속에서는 으스스한 유령처럼 보일 것이다. 오노프레는 야밤에 남몰래 연애질을 일삼는 연놈을 현장에서 붙잡기 위해 매일 밤 뜬눈으로 지내기로 결심했다. 그때부터였다. 오노프레는 하숙집의 소음이 잦아들고 마지막까지 남아 있던 석유램프가 꺼질 무렵이면 자기 방에서 슬그머니 기어 나와 어두운 층계참에 웅크리고 앉아 델피나가 나타나기를 기다렸다. 방에서 빠져나오려면 어차피 이곳을 지나갈 수밖에 없어. 오노프레는 생각했다. 그녀는 나를 보지 못한 채 내 앞을 지나갈 거야, 그러면 그 뒤를 쫓아가서 그녀가 어디로 가는지, 무슨 일로 가는지 알아낼 수 있을 거야. 밤을 하얗게 지새우는 일이 오노프레에게 일상이 되고 말았다. 밤이 영원히 끝나지 않을 것만 같았다. 프레센타시온 교회의 시계가, 산 에제키엘 교회의 시계가, 누에스트라 세뇨라 델 레쿠에르도 교회의 시계가 시간을 알려 주었다. 시간은 약이 오를 정도로 느릿느릿 흘러가는 것 같았다. 정적에 싸인 하숙집에서는 아무런 소리도 들리지 않았다. 새벽 2시 무렵이면 비잔시오 신부가 자기 방에서 나와 화장실로 갔다. 신부는 잠시 후에 방으로 돌아갔고, 이내 코 고는 소리가 들려왔다. 새벽 3시 무렵이면 미카엘라 카스트로가 혼잣말을 떠들거나 유령들과 대화를 나누었다. 미카엘라 카스트로가 떠들어 대는 소리는 동이 틀 때까지 계속되었다. 새벽 4시와 5시 30분에 신부는 다시 화장실을 찾았다. 이발사는 조용히 잠만 잘 뿐이었다. 오노프레 부빌라는 어두운 층계참에 웅크리고 앉아 그 모든 것을 하나도 빼놓지 않고 기억에 새겨 넣었다. 너무나 지루했기 때문에 그 어떤 사소한 일도 매우 중요한 것처럼 여겨졌다. 오노프레가 가장 두려워했던 것은 사납기 그지없는 고양이 벨세부였다. 그 고양이가 쥐를 잡기 위해 하숙집을 이리저리 돌아다닐 수도 있었고, 델피나가 밤에 집에서 빠져나갈 때 그놈을 데리고 갈 수도 있었다. 오노프레는 그런 생각이 들 때마다 온몸이 오싹해졌다. 오노프레는 밤을 지새우는 동안 아무런 의심도 받지 않고 고양이를 없애 버릴 확실한 방법에 대해 연구해 보았다. 상념에 잠겨 있는 오노프레를 새벽이 불쑥 다가와 깨우곤 했다. 온몸이 저렸다. 피곤했다. 그리고 기분이 더러웠다. 오노프레는 다른 사람들이 잠에서 깨어나기 전에 자기 방으로 돌아와 전단지 꾸러미를 챙겨 들고 만국박람회 공사장을 찾아가기 위해 방을 나서곤 했다. 오늘 밤에도 같은 장소에서 기다릴 테다, 필요하다면 일 년 내내 밤을 지새울 수도 있어. 오노프레는 이를 앙다물었다. 걷잡을 수 없이 피곤이 밀려들었다. 밤을 꼬박 지새워서인지 눈꺼풀이 무겁기 그지없었다. 오노프레는 자신도 모르게 꾸벅꾸벅 졸았다.

그러다가 그는 옷자락이 스치는 소리에 번뜩 잠에서 깨어났다. 오노프레는 숨을 멈추고 귀를 기울였다. 누군가가 조심스럽게 계단을 내려오고 있었다. 그럼 그렇지. 오노프레는 그렇게 중얼거리며 벽에 바싹 붙어 웅크리고 앉았다. 오노프레의 코앞으로 누군가가 지나가는 듯싶었다. 강렬한 향수 냄새 탓에 정신이 어질어질했다. 델피나가 그렇게까지 교태를 부리다니, 사내놈을 만나러 가기 위해 화장까지 하다니, 상상도 할 수 없는 일이었다. 그 자식을 위해 화장까지 했단 말이지, 그렇구나, 이런 게 바로 사랑이구나. 오노프레는 생각했다. 그는 잠시 기다리고 있다가 계단을 내려가기 시작했다. 인조 대리석이 깔린 계단에서는 아무런 소리도 들리지 않았다. 뒤를 쫓는 사람의 발걸음 소리도, 뒤를 쫓기는 사람의 발걸음 소리도 들리지 않았다. 만일 그녀가 무슨 일인가로 발걸음을 멈춰서 우리가 서로 부딪힌다면 말짱 도루묵이다. 오노프레는 신중에 신중을 기하며 속으로 중얼거렸다. 두 사람 사이에 거리가 점점 벌어지고 있었다. 이런 식으로 쫓아가다간 놓쳐 버리고 말겠어. 오노프레는 생각했다. 그녀는 이 집에 대해 손바닥 보듯 훤히 알고 있다, 게다가 그녀는 이런 짓을 수도 없이 해 왔을 것이다, 그런데 나는 멍청하게도 준비가 부족했다, 각 층마다 층계가 몇 개나 되는지 미리 알아 놨어야 하는데 그것도 놓치고 말았다. 오노프레는 생각했다. 층계참에 다다를 때마다 발을 헛디뎌 목이 부러질 뻔했다. 오노프레는 미리 알아 두었어야 할 사항을 소홀히 하는 바람에 정신이 없었다. 시간 감각도 공간 감각도 사라져 버렸다. 자신이 지금 일 층에 있는지 이 층에 있는지도 알 수 없었고, 그런 엉터리 추격전을 얼마 동안이나 벌이는 중인지도 알 수 없었다. 몇 분 같기도 했고 한 시간 같기도 했다. 길거리로 통하는 문의 경첩이 삐걱거리는 소리가 들렸다. 이런 제길, 이거 정말 놓치고 말겠는걸. 오노프레는 이런 생각에 계단을 급히 내려갔다. 오노프레는 응접실에 도착하는 순간 무언가에 걸려 나자빠지면서 돌바닥에 무릎을 세게 부딪치고 말았다. 그러나 그는 절룩거리면서도 델피나의 뒤를 계속 쫓아갔다. 달은 보이지 않았다. 길거리는 하숙집 안과 마찬가지로 음산하고 어두웠다. 향수 냄새가 몇 걸음 앞에서 감돌았다. 오노프레는 첫 번째 길모퉁이까지 절름거리며 걸어가 좌우를 살펴보았다. 습기를 머금은 동풍이 불어왔다. 귀를 기울여 보았지만 아무런 소리도 들리지 않았다. 오노프레는 잠시 이리저리 헤매고 다녔다. 그러나 추격전이 실패로 끝났다는 사실을 인정하지 않을 수 없었다. 오노프레는 하숙집으로 돌아가야만 했다. 그는 조금 전까지 웅크리고 있던 계단으로 돌아가 자리를 잡고 앉았다. 그러나 냉기가 뼛속까지 스며들어 몸이 오들오들 떨렸다. 쓸데없는 짓이나 하고 자빠졌군. 그는 생각했다. 오노프레는 재채기를 참느라 애를 먹었다. 재채기를 하면 그가 그곳에 있다는 사실이 들통 나고 말 것이었다. 오노프레는 더 이상 버틸 자신이 없었다. 그래서 자기 방으로 돌아와 침대로 기어들었다. 생각해 보니 자신의 처지가 한심하기 짝이 없었다. 그년이 나를 놀려 먹은 거야. 그는 생각했다. 지금쯤 어느 놈팡이 품에 안겨 있겠지, 그리고 둘이서 나를 비웃겠지, 나는 여기 이 침대에서 앓아누워 있는데. 설핏 잠이 들었던 모양이었다. 눈을 떠 보니 그리 낯설지 않은 남자가 오노프레를 유심히 쳐다보고 있었다. 죽은 지 얼마 되지 않았어. 남자의 말소리가 들려왔다. 오노프레 자신을 두고 하는 말이 분명했다. 아직 냄새도 나지 않고, 관절도 유연한 상태야. 그 남자가 말을 이었다. 야간등이 켜져 있었다. 남자가 끼고 있는 안경 유리알이 야간등 불빛에 반짝거렸고, 벽에는 남자의 그림자가 커다랗게 드리워져 있었다. 이제야 누군지 알겠군. 오노프레는 속으로 중얼거렸다. 그런데 무슨 일로 이곳에 나타난 거지? 또 누구와 말을 주고받는 거지? 이러한 질문에 직접 대답이라도 하려는 듯 어둠 속에서 숨어 있던 오노프레의 아버지가 불쑥 나타나 안경을 낀 사람에게 다가갔다. 선생님 생각은 어떻습니까, 모양이 괜찮아질까요? 오노프레의 아버지가 물었다. 아버지는 하얀색 리넨 양복을 입고 있었다. 그러나 조심스러운 자리여서인지 파나마모자는 벗은 상태였다. 염려 마십시오, 부빌라 씨. 남자가 대답했다. 우리가 그놈을 당신에게 돌려 드릴 때에는 이전과 다름없는 꼭 그대로의 모습일 겁니다. 나는 지금 꿈을 꾸고 있는 거야, 틀림없어. 오노프레는 생각했다. 예전에 이와 유사한 장면을 엿본 적이 있었다. 어느 겨울날 아침이었다. 오노프레의 아버지가 쿠바에서 데려온 원숭이가 죽은 채로 발견되었다. 오노프레의 어머니는 가족 중에서 가장 먼저 잠자리에서 일어났다. 죽은 원숭이를 발견한 사람은 어머니였다. 원숭이는 새장 속에서 웅크린 채 죽어 있었다. 어머니는 그 지저분하고, 사납고, 성질머리 더러운 원숭이를 조금치도 좋아하지 않았다. 원숭이 역시 자신에게 먹이를 주는 사람들에게조차 어떠한 애정도 표시하지 않았다. 하지만 어머니는 죽은 원숭이를 보자 측은한 심정을 떨쳐 버릴 수 없어 눈물을 몇 방울 흘리기까지 했다. 결국 이곳에서 죽고 말았구나, 고향에서 이렇게나 멀리 떨어진 곳에서 얼마나 외로웠을까. 어머니는 그렇게 중얼거렸다. 그녀는 남편 앞에서 길길이 날뛰었다. 원숭이가 죽은 것은 다 당신 책임이야, 그 가엾은 놈을 데려오긴 왜 데려와, 주님께서 원숭이를 자기 고향에서 살게 하신 건 다 그럴 만한 이유가 있어서야. 어머니는 남편에게 따지고 들었다. 그리고 무슨 뜻인지 알 수 없는 말을 덧붙였다. 그렇게 열심히 야망을 품어서 뭘 어쩌자는 거야! 오노프레는 잠에서 깨어나 어머니와 아버지가 주고받는 말에 귀를 기울였다. 원숭이를 데려오긴 왜 데려왔냐고? 내게도 다 생각이 있었단 말이야. 아버지가 변명을 늘어놓았다. 그리고 덧붙였다. 내게 좋은 생각이 있었단 말이야! 어머니와 아버지의 말다툼이 마침내 시들해졌다. 아버지는 그날 처음으로 오노프레를 쳐다보며 입을 열었다. 오노프레야, 바소라에 가 보고 싶지 않니? 조앙 부빌라는 뻔질나게 바소라를 드나들었다. 조앙 부빌라가 재산의 일부를 바소라에 투자했으며 그 나머지는 그곳 은행들에 분산해서 저금해 두었다는 소문이 나돌았다. 조앙 부빌라는 사나흘 정도씩 바소라에 머무르곤 했다. 그러나 집으로 돌아와서는 바소라에 대해 일체 입을 열지 않았다. 그곳에서 무슨 일을 했고, 무슨 일을 목격했는지, 자신이 관리하는 사업이 어느 정도 진척되었는지, 단 한마디도 하지 않았다. 매번은 아니었지만 바소라에서 하찮은 선물을 종종 사 오기도 했다. 리본, 과자, 향이 나는 비누, 사진이 많은 잡지 따위였다. 이따금 매우 흥분한 상태로 돌아오기도 했다. 그런 날에도 왜 그렇게 흥분했는지는 설명하지 않았지만, 저녁 식사 시간에 보통 때와 달리 요란하게 수다를 떨곤 했다. 주로 이런 내용이었다. 다음 번에는 부인과 함께 여행을 떠날 것이다, 그리고 집으로 돌아오기 전에 바르셀로나나 파리를 둘러볼 작정이다. 그렇게 단단히 약속했건만 조앙 부빌라가 부인과 함께 여행을 떠난 적은 단 한 번도 없었다. 하지만 원숭이의 죽음 덕에 오노프레는 아버지와 함께 바소라에 가 볼 수 있었다. 아직 초겨울이었기 때문에 길은 통행이 가능했다. 어스름이 깔릴 무렵 오노프레와 아버지는 바소라에 도착했다. 두 사람은 바소라에 도착하자마자 경찰에게 물어 동물 박제사의 주소를 알아냈다. 그리고 곧장 박제사를 찾아갔다. 보자기에 싸서 가져간 원숭이 시체를 보고 박제사는 직업적인 흥미를 드러냈다. 원숭이를 박제해 본 적은 한 번도 없는데요. 박제사는 익숙한 손길로 숨이 끊어진 원숭이의 몸을 쓰다듬으며 말했다. 작업실은 어두컴컴했다. 여러 동물들이 받침대에 놓인 채 벽에 길게 늘어서 있었다. 동물들은 상태가 제각각이었다. 눈이 없는 동물도 있었고, 뿔이 뽑힌 동물도 있었으며, 깃털이 빠진 동물도 있었다. 대부분의 동물들이 배 부분에 구멍이 나 있었다. 그 구멍을 통해 수숫대를 꼬아 만든 틀이 보였고, 속을 채운 밀짚과 솜이 밖으로 튀어나온 것도 보였다. 박제사는 작업실이 어두운 점에 대해 사과했다. 파리와 나방이 들어오지 못하도록 창문을 단단히 봉해 놓아야 하거든요. 박제사는 그렇게 말했다. 오노프레의 아버지는 박제사와 헤어질 때 계약금 조로 얼마간의 돈을 지불했고, 박제사는 오노프레의 아버지에게 영수증을 써 주었다. 박제사는 오노프레 부자에게 크리스마스 이전에는 작업을 끝낼 수 없다고 말했다. 지금이 한창 사냥철인 데다가, 잡은 동물을 박제해서 식당이나 거실, 혹은 응접실을 꾸미는 게 요즘 유행이라서 말입니다, 바소라는 취미가 세련된 곳이거든요. 박제사는 그렇게 이유를 설명했다. 박제사가 그런 말을 떠들어 대는 동안 오노프레는 원숭이를 다시 한 번 보고 싶었다. 원숭이를 놓아둔 작업대에서 소독약 냄새가 풍겨 왔다. 원숭이는 배를 위로 하고 두 팔과 두 다리를 오므라뜨리고 있었다. 몸집이 작아진 듯 싶었다. 어디선가 축축한 바람이 한 줄기 불어와 그 가엾은 짐승의 회색빛 구레나룻 털이 살짝 흔들렸다. 오노프레야, 그만 돌아가자꾸나. 아버지가 말했다. 나와 보니 밖은 어두워져 있었다. 하늘은 붉게 물들었다. 하느님에 대한 경외심을 불러일으키기 위해 마을 신부가 오노프레에게 종종 보여 준 신앙 입문서에도 저렇게 시뻘건 하늘로 뒤덮인 지옥 그림이 있었다. 주물공장의 용광로 때문에 하늘이 저런 색으로 보이는 거란다. 아버지가 설명했다. 봐라, 애야, 이것이 바로 발전이라는 거란다. 아버지는 그렇게 말했다. 나는 아메리카의 여러 도시를 둘러보았는데, 굴뚝에서 나오는 연기 때문에 해도 제대로 볼 수 없더구나. 아버지가 덧붙였다. 원숭이의 죽음을 빌미로 아버지가 오노프레를 바소라에 데리고 갔을 당시 오노프레는 겨우 만으로 열두 살이었다. 오노프레 부자는 바소라 시내를 한 바퀴 돌았다. 그들은 가스등으로 환한 밤거리도 돌아다녔다. 수많은 노동자들이 공장에서 집으로, 또는 집에서 공장으로 왔다 갔다 했다. 바로 그때 공장에서 사이렌이 울렸다. 근무 교대 시간을 알리는 소리였다. 포장도로 한가운데로 협궤 열차 한 대가 지나갔다. 기관차에서 불똥이 하늘로 튀어 올랐다. 잠시 후 불똥은 행인들의 머리 위로 떨어져 내리기도 했고 건물 벽에 떨어져 얼룩을 남기기도 했다. 행인들은 매연 탓에 하나같이 얼굴이 시커멨다. 자전거들이 돌아다녔고, 마차도 돌아다녔고, 힘이 좋은 늙은 말들이 숨을 헐떡이며 끌고 가는 짐마차도 많이 있었다. 시내 중심가의 불빛은 더욱더 밝았고, 근사하게 차려입은 사람들이 그곳을 돌아다니고 있었다. 거의 대부분이 남자들이었다. 오후 산책 시간이 지났기 때문에 여자들은 모두 집으로 돌아간 상태였다. 인도는 비좁았다. 레스토랑과 카페의 차양이 인도를 점령하고 있었고, 차양 지붕의 유리창을 통해 손님들의 모습을 볼 수 있었으며, 그들이 왁자지껄 떠드는 소리를 들을 수 있었다. 오노프레 부자는 어느 식당으로 들어갔다. 오노프레는 그곳 사람들이 자신의 아버지를 비웃는 듯한 눈초리로 쳐다본다는 사실을 알아차렸다. 하얀색 리넨 양복, 파나마모자, 추위를 막기 위해 어깨에 걸친 담요. 한겨울에 내륙 지방 도시에서 그런 모습은 사람들의 눈길을 끌기에 충분했다. 그러나 오노프레의 아버지는 마치 장님이라도 된 듯 사람들의 눈길을 전혀 개의치 않았다. 그는 냅킨을 목에 걸고 얼굴을 찡그리며 메뉴판을 들여다보았다. 그러더니 파스타 수프, 생선구이, 배를 곁들인 거위 요리, 샐러드, 과일과 크림을 주문했다. 오노프레는 눈이 휘둥그레지고 말았다. 그런 진수성찬은 생전 먹어 본 적이 없었던 것이다. 하지만 이제 그런 달콤한 기억은 악몽으로 변해 오노프레를 괴롭혔다. 오노프레는 땀으로 흠뻑 젖은 채 악몽에서 깨어났다. 한순간 자신이 어디에 있는지 알 수 없었다. 불현듯 이유를 알 수 없는 두려움이 밀려들었다. 잠시 후, 오노프레는 자신이 하숙방에 있다는 사실을 알아차렸다. 프레센타시온 교회에서 시간을 알리는 종소리가 들려왔다. 오노프레는 그 귀에 익은 소리를 듣자 마음이 놓였다. 오노프레를 불안하게 만든 것은 박제사 꿈이 아니었다. 막연한 어떤 생각이 이제 오노프레를 불안하게 만들었다. 자신이 어떤 속임수의 희생양이 되었다는 생각이었다. 그 생각이 머리에서 떠나지 않았다. 무슨 이유로 그런 생각을 하는지, 무슨 이유로 그런 생각이 끈질기게 달라붙는지, 도무지 알 수 없었다. 그날 밤에 있었던 일을 하나하나 되짚어 볼 때마다 그 생각은 마음속에 더욱더 깊이 뿌리를 박았다. 맹세할 수 있다, 나는 델피나가 집에서 몰래 빠져나가는 것을 지켜본 증인이다. 오노프레는 그렇게 중얼거렸다. 하지만 뭔가 아귀가 들어맞지 않는 구석이 있어, 혹은 내가 착각한 건 아닐까, 예상한 것보다 더욱더 수상한 일이 이놈의 집구석에 숨어 있는 건 아닐까. 오노프레는 냉정하게 그동안 있었던 일들을 분석해 보고 싶었다. 하지만 머리가 너무 어지러웠다. 관자놀이가 지끈거리기 시작했다. 몸이 뜨거워지면서 숨이 막힐 것 같았다. 몸이 으슬으슬 떨리며 이가 딱딱 부딪쳤다. 겨우겨우 잠들었다 싶으면 꿈속에 어김없이 박제사가 나타났고, 바소라로 여행을 떠났을 때의 상황이 고통스러울 정도로 생생하게 되살아났다. 그러다 꿈에서 깨어나면 그날 밤에 벌어진 사건이 오노프레를 거세게 몰아붙였다. 그 두 사건은 서로 연관성이 있는 것 같았다. 하지만 어떻게? 오노프레는 도무지 그 이유를 알 수 없었다. 오늘 밤에 있었던 수수께끼를 풀 수 있는 열쇠가 그 사건 속에 숨어 있기라도 하단 말인가? 오노프레는 궁금증 때문에 편히 쉴수가 없었다. 내일 아침에 생각하자, 정신이 맑아지면 그때 생각하기로 하자. 오노프레는 중얼거렸다. 하지만 오노프레의 뇌는 그 부질없고 진을 빼는 작업에 고집스럽게 매달렸다. 그야말로 한순간 한순간이 고문이었다. 끝을 알 수 없는 고문이 마냥 이어졌다.

"아들아, 겁먹지 마라, 나다."

오노프레는 꿈속에서 그런 소리를 들었다. 그는 잠에서 깨어났다. 아니, 깨어났다고 믿었다. 웬 낯선 사람이 바로 코앞에서 불안한 표정으로 오노프레를 내려다보고 있었다. 오노프레에게 소리칠 기력이 남아 있었다면 냅다 소리를 질렀을 것이다. 낯선 남자는 인상을 찡그리며 부드러운 목소리로 말을 이었다. 마치 어린아이나 강아지를 다루는 것 같았다.

"옛다, 이걸 마시려무나. 약이다. 키니네가 들어 있단다. 해열제란다. 이걸 마시면 금방 좋아질 거다."

남자가 김이 무럭무럭 피어오르는 잔을 오노프레의 입에 갖다 댔다. 오노프레는 게걸스럽게 마셨다.

"이런, 천천히, 천천히, 애야. 그러다 체하면 어쩌려고."

그 순간 오노프레는 비잔시오 신부를 알아볼 수 있었다. 비잔시오 신부는 오노프레가 서서히 정신을 차리자 이렇게 덧붙였다.

"몸에 열이 많구나. 하지만 그렇게 심각한 정도는 아닌 것 같은데. 요즘 들어 일을 많이 하는 데다 잠도 부족하고, 그것도 모자라 독감까지 걸렸으니, 원. 하지만 걱정할 정도는 아니다. 원래 병이라는 건 하느님의 의지가 나타난 것이란다. 우리는 병을 담담히 받아들여야 할 뿐만 아니라 감사하게 생각해야 한단다. 하느님께서는 세균들의 입을 통해 우리에게 말씀을 전하시는 거야. 겸손함을 가르쳐 주시기 위해서 말이다. 나는 비교적 건강한 편이지만 나 역시 하느님께 감사하고 있단다. 온갖 지병으로 시달리니 말이다. 내 나이쯤 되면 다 그런 거란다. 밤이면 밤마다 서너 차례씩 화장실에 가야 한단다. 오줌보란 놈이 너무 성미가 급해 자주자주 비워 내야 하거든. 그리고 전분이 들어간 음식은 소화하기가 아주 힘들어. 계절이 바뀔 때는 관절이 쑤시고. 보다시피 이렇게 말이다."

"지금 몇 시죠?"

오노프레가 물었다.

"5시 30분이나 뭐 그쯤 되었을 거야."

신부가 대답했다.

"아니, 뭘 하려고?"

신부는 오노프레가 몸을 일으키려고 하자 덧붙였다.

"만국박람회 공사장에 가 봐야 해요."

오노프레가 대답했다.

"만국박람회 따위는 잊어버리려무나. 박람회는 네가 없어도 잘 돌아갈 거야. 넌 지금 자리에서 일어날 수 있는 몸이 아니야. 집 바깥으로 나갈 생각은 하지도 마라. 게다가 지금은 아침 5시 30분이 아니라 오후 5시 30분이야. 넌 하루 종일 정신을 차리지 못하고 헛소리만 늘어놓았어."

신부가 말했다.

"헛소리라고요? 신부님, 제가 무슨 말을 지껄였는데요?"

오노프레가 깜짝 놀라 소리쳤다.

"병에 시달리는 사람들이 항상 그렇지, 뭐. 별거 아냐. 게다가 난 네가 무슨 말을 하는지 하나도 알아먹지 못하겠더군. 그냥 잠이나 자도록 해. 걱정 말고."

오노프레 부빌라는 이틀 동안 앓아누워 있다가 몸이 어느 정도 회복되자 혁명을 선전하는 전단지 뭉치를 옆구리에 끼고 만국박람회 공사장을 찾아갈 수 있었다. 그 소란스러운 먼지 구덩이 세계가 문득 낯설어 보였다. 사실은 겨우 이틀 동안 자리를 비웠지만 마치 오랜 여행에서 돌아온 듯한 기분이었다. 바보 멍청이처럼 이곳에서 시간을 죽이고 있는 꼴락서니로

구나. 오노프레는 생각했다. 지금 당장 달려가 파블로와 진지하게 얘기하고 싶은 생각이 불쑥 들었다. 그는 좀 더 중요한 임무를 맡겨 달라고, 혁명의 투사로 승진시켜 달라고 요청하고 싶었다. 그러나 그것이 불가능한 일임을 이내 인정하지 않을 수 없었다. 파블로뿐 아니라 그 어떤 무정부주의자 지도자들도 오노프레의 요구에 응해 주지 않을 것이 뻔했다. 그들이 추구하는 이상은, 그들이 지켜 내려고 애쓰는 것은 하나의 기업체로서 일하는 게 아니었다. 그들과 함께 일을 하자면 승진은 바랄 수도 없었다. 그들은 하나의 사상을 위해 투쟁했다. 어떤 대가도 바라지 않고 모든 것을 희생했다. 보상도 원하지 않았고 인정도 바라지 않았다. 그래, 이건 이상주의야. 오노프레는 납득할 수 있었다. 합법적인 이익을 요구하지도 않고 개개인의 요구를 고려하지도 않고 그저 헌신해야 하는 운동이지, 그 광신자들은 혁명의 도구로 봉사할 수만 있다면 어떤 일이라도 가치 있다고 여기는 거야. 오노프레는 이렇게 중얼거리며 속으로 단단히 결심했다. 그래, 언제든 기회만 왔단 봐라, 저 무정부주의자 놈들을 싹 쓸어버릴 테니까. 오노프레는 증오와 복수에 대한 목마름에 급급해 다음과 같은 사실을 알아차리지 못했다. 실은 오노프레는 무정부주의자들의 사상에 깊은 영향을 받고 있었다. 그는 자신도 모르는 사이에 무정부주의 사상에 푹 젖어 있었던 것이다. 훗날 오노프레의 목표는 무정부주의자들의 목표와는 정반대되는 것으로 변하지만, 극단적인 개인주의, 단도직입적인 행동, 위험을 감수하는 정신, 즉각적인 결과를 바라는 마음, 단순화 등은 무정부주의자들의 태도와 다를 바 없었다. 오노프레의 무자비한 성격과 살인 충동도 무정부주의자들이 건네준 선물이었다. 그러나 오노프레는 결코 그러한 사실을 깨닫지 못했다. 오히려 그와 반대로 오노프레는 무정부주의자들을 불구대천의 원수로 생각했다. 나쁜 놈의 새끼들, 주둥이로는 정의를 떠들어 대면서 내게는 서슴지 않고 온갖 위험을 무릅쓰게 하고, 조금도 망설이지 않고 나를 이용해 먹기만 하는 개새끼들. 오노프레는 이를 악물었다. 제길, 그 새끼들에 비하면 돈이 있는 놈들은 좀 더 공평한 편이야, 대놓고 일꾼들을 착취하기는 하지만 일꾼들에게 일거리를 나눠 주고, 일한 만큼 돈을 주고, 능력이 있으면 승진도 시켜 주고, 일꾼들의 불평불만에 귀를 기울여 주기도 하지, 때로는 몽둥이 찜질로 대답하기도 하지만. 마지막 말을 덧붙인 것은 벽돌공들 때문이었다. 만국박람회 공사장에서 일하는 벽돌공들은 불만이 가득했다. 그들은 하루 임금을 반 페세타씩 인상해 주거나 그게 힘들면 하루 작업 시간을 한 시간씩 줄여 달라고 요구했다. 그러나 이사회는 벽돌공들의 요구 사항을 들어주지 않았다. 이사회는 이렇게 답변했다. 예산안은 이미 승인된 상태다, 우리에게는 예산안을 수정할 권리가 없다. 이사회의 답변은 임기응변적인 변명에 불과했다. 파업에 관한 소문이 나돌기 시작했고, 이사회는 불안에 떨었다. 일이 순조롭게 진척되지 않았다. 작업이 진척되는 속도에 비해 자금이 바닥나는 속도는 훨씬 빨랐다. 중앙정부는 보조금 명목으로 팔백만 페세타를 지급하기로 약속했으나 그중 단 이백만 페세타만 지급했을 뿐이었다. 1887년 10월, 바르셀로나 시의회는 만국박람회로 생긴 적자를 메우기 위해 삼백만 페세타를 공채로 발행할 것을 의결했다. 그즈음에 카페-레스토랑은 거의 완공 단계에 이르렀다. 산업관 공사도 상당히 진척된 상태였고, 개선문 공사도 막 시작한 시점이었다. 같은 달, 어느 바르셀로나 신문에 다음과 같은 기사가 실렸다. '만국박람회 이사회에 교회 형태의 건물 한 채를 짓는 안이 제출되었다. 이 건물은 가톨릭 신앙의 종교적인 유물 전시관으로 사용될 것이며, 만국박람회장 경내에 세워질 것이다. 우리는 이 계획안을 환영하는 바이다. 공사 담당자는 파리 건축가 에밀 쥐프 씨이며 공사 비용은 에밀 쥐프 씨가 소속된 샬룻 앤 컴퍼니가 지불할 것이다, 등등.' 그로부터 며칠 후에는 다음과 같은 기사가 신문에 실렸다. '우리 도시의 저명한 실업가인 오노프레 카바 씨가 다가오는 바르셀로나 만국박람회를 위해 웅장하고도 흥미진진한 시설물을 하나 준비 중이다. 오노프레 카바 씨는 발명 특허를 받아 정제 소금을 생산하여 "라 팔로마"라는 상품명으로 판매하고 있다. 위에 언급한 시설물은 예전 산 후안 산책로에 있었던 헤라클레스 분수를 똑같이 재현해 내는 것이다. 오노프레 카바 씨는 자신이 생산한 소금으로 높이가 약 이 미터 되는 분수대를 설치할 예정이다.' 때는 11월 말이었다. 기온이 급격하게 떨어졌다. 매서운 한파가 며칠 동안 몰아쳤다. 혹독한 겨울 추위가 점점 다가온다는 표시였다. 오노프레는 비록 회복 중에 있다고는 하나 열병을 앓은 탓에 몸이 많이 쇠약해진 상태였다. 그런 오노프레로서는 견디기 힘든 추위였다. 오노프레는 바르셀로나로 건너온 이후 처음으로 자신이 살았던 계곡과 산을 그리워했다. 고향 땅을 떠나온 지도 어느덧 여섯 달째였다. 오노프레는 델피나 때문에 이유를 알 수 없는 불안감에 시달리고 있었다. 그 불안감은 끝이 없어 보였다. 오노프레는 하루도 마음이 편할 날이 없었다. 뭔가 수단을 강구해야지, 이러다간 나뭇가지에 목을 매고 자살하고 말겠어. 오노프레는 생각했다.

오노프레는 매일 아침 전단지 뭉치를 들고 만국박람회 공사장을 찾아다녔다. 11월 어느 날이었다. 오노프레는 전단지 뭉치 외에 상당히 무거워 보이는 보따리 하나를 옆구리에 끼고 공사장을 찾았다. 오노프레는 처음 몇 시간 동안 공사장 이곳저곳을 돌아다니며 일꾼들과 잡담을 나누었다. 일꾼들은 오노프레에게 벽돌공들의 요구 사항과 파업 계획과 노동자 측과 사용자 측의 의견 충돌에 대해 알려 주었다. 일꾼들은 소곤거렸다. 이번에는 이대로 그냥 넘어갈 수 없어, 이번에는 반드시 이겨 내고 말겠어. 모두들 그렇게 다짐했다. 그러나 오노프레는 파업이 아니라 델피나의 고양이에 대한 생각에 잠겨 있었다. 오노프레는 무슨 말을 듣든, 무엇을 보든, 델피나나 델피나와 관련된 일을 떠올리게 되었다. 마치 오노프레의 생각이 델피나와 고무줄로 연결되어 있는 것 같았다. 어느 정도 길게 늘어지다가도 어느 한순간에 제자리로 돌아오곤 했다. 오노프레는 항상 고개를 끄덕이며 다녔다. 그 몸짓은 어느덧 오노프레의 버릇이 되어 버렸고, 평생 동안 오노프레의 몸에서 떠나지 않았다. 오노프레는 겉으로는 고개를 끄덕거렸지만 마음속으로는 잔인한 음모와 배반을 꿈꾸곤 했다. 태양이 높이 떠오르고 추위가 어느 정도 수그러들었다. 오노프레는 여느 날과 마찬가지로 일꾼들을 모아 놓고 열변을 토해 냈다. 공사장 일꾼들은 거친 육체노동으로 지쳐 있었다. 그래서 무언가 눈요

깃거리가 생기면 반가워했다. 일꾼들은 오노프레를 빙 둘러쌌다. 오노프레는 십장들에게 들키지 않기 위해 서둘러야만 했다. 십장들은 일꾼들이 모여 있는 것을 보면 그들이 음모를 꾸민다고 생각해 경찰을 불렀던 것이다.

"오늘은 다른 이야기를 들려 드리겠습니다."

오노프레는 평소와 다름없는 목소리로 말을 꺼냈다. 계획대로 말이 술술 흘러나왔다.

"오늘 이야기는 조금 다른 내용입니다. 여러분을 이렇게 모신 이유는 여러분께 충격적인 이야기를 들려 드리기 위해서입니다. 이 이야기를 들으시면 여러분의 삶은 획기적으로 변할 것입니다. 제가 며칠 전에 말씀드렸던 사회의 모든 제도를 깡그리 없애 버리는 것보다 더 큰 변화가 찾아올 것입니다."

오노프레는 웅크리고 앉아 품에 넣고 있던 보따리를 꺼냈다. 그리고 보따리를 풀어 흐릿한 액체로 가득 찬 작은 병 하나를 꺼내 일꾼들에게 보여 주었다.

"지금 보시는 이것은 효과가 검증되고 안전성이 입증된 발모제입니다. 이것을 비싼 값에 팔겠다는 뜻은 절대로 아닙니다. 한 푼을 달라는 것도, 두 푼을 달라는 것도, 세 푼을 달라는 것도 아닙니다. 그저……."

오노프레는 그런 식으로 자기 사업을 시작했다. 그로부터 몇 년 후가 되면 오노프레의 기분에 따라 유럽의 주식시세가 요동치게 되지만 아직은 그럴 단계가 아니었다. 오노프레는 그저 전날 밤에 이발사 마리아노의 벽장에서 훔친 발모제를 팔아먹었을 뿐이었다. 오노프레는 푸에르타데라파스에서 판을 벌이고 있는 행상인들과 약장수들의 모습을 유심히 지켜보고 그들을 흉내 내려고 노력했다. 오노프레는 말을 마쳤다. 일꾼들은 모두 놀란 듯 입을 꾹 다물고 있었다. 오노프레는 속으로 생각했다. 이거 큰일이로군, 너무 과했던 모양이야, 엉뚱한 짓을 저지른 거야, 내 유일한 호구지책을 단 한 방에 날려 버린 거야, 무정부주의자 놈들은 오늘 내 행동을 결코 용서하지 않을 거야, 일꾼들은 모욕을 당했다고 생각하고는 나를 짓밟아 죽여 버릴지도 몰라, 나를 경찰에게 넘겨줄 수도 있겠지, 그렇게 되면 나는 몬주익 성에 갇혀 인생을 종치겠지. 잠시 침묵이 흐르는 동안 오노프레는 그런 생각에 잠겨 있었다. 갑자기 일꾼들 속에서 걸걸한 목소리가 터져 나왔다. 그거 나 하나 주시오! 목소리는 그렇게 말했다. 목소리의 주인은 거인이었다. 얼굴이 나부대대한 남자가 사람들을 팔꿈치로 밀어내며 앞으로 나왔다. 남자의 손에 발모제 값 십 센티모가 들려 있었다. 오노프레는 십 센티모를 받고 거인에게 발모제 한 병을 건네주었다. 그리고 사람들에게 물었다. 또 필요하신 분 안 계십니까? 많은 사람들이 발모제를 사겠다고 나섰다. 사람들은 행여나 뒤질세라 너도나도 손에 십 센티모씩 들고 밀치락달치락 난리를 피웠다. 이 분도 지나기 전에 발모제는 동이 나고 말았다. 오노프레는 사람들에게 어서어서 흩어지라고 부탁했다. 오노프레 자신도 어느 골목으로 잽싸게 숨어들었다. 그 골목은 마르토렐 박물관으로 사용될 건물의 서쪽 벽과 만국박람회 공원을 둘러싼 돌담 사이에 있었다. 인적이 드문 좁은 골목이었다. 오노프레는 호주머니에서 돈을 꺼내 들여다보았다. 날아갈 것만 같은 기분이었다. 오노프레가 돈을 들여다보는데 어떤 그림자가 돌담에 드리워졌다. 오노프레는 돈을 호주머니에 다시

집어넣으려 했으나 소용없는 짓이었다. 맨 처음으로 발모제를 샀던 거인이 오노프레를 노려보고 있었다. 거인은 발모제 병을 여전히 손에 들고 있었다. 내가 누군지 기억나? 거인이 오노프레에게 물었다. 눈썹과 턱수염이 무시무시했다. 오노프레의 눈에는 그가 마치 식인귀처럼 보였다. 그는 무척이나 털이 많은 사람이었다. 턱수염이 가슴 털로 이어져 있었다.

"물론입니다. 무슨 일로?"

오노프레가 되물었다.

"나는 에프렌이라고 한다. 에프렌 카스텔스가 내 이름이지. 난 칼레야 출신이야. 팔라프루겔의 칼레야가 아니라 다른 곳, 해안가에 있는 칼레야 말이야."

거인이 말했다.

"나는 여기서 막일꾼으로 일하고 있어. 일을 시작한 지는 겨우 한 달 보름밖에 안 됐지. 그래서 널 오늘 처음 보게 된 거야. 너로서도 오늘 처음 날 봤을 테고. 하지만 난 네 정체를 알고 있어. 뒤를 따라온 이유는 간단해. 내게 이 페세타를 주지 않겠나?"

"내가 왜 당신한테 돈을 줘야 해요? 그 이유나 좀 알려 주시지 그래요."

오노프레는 순진한 척, 깜짝 놀라는 척하며 물었다.

"내 덕에 사 페세타를 벌어먹었잖아. 내가 맨 먼저 사 주지 않았다면 넌 단 한 병도 팔아먹지 못했을 거야. 말솜씨는 제법이더군. 하지만 장사는 말솜씨만으로 되는 게 아냐. 난 장사에 대해 잘 알고 있어. 내 외할아버지가 말 거간꾼이었거든. 자, 더 이상 따지지 말고 어서 이 페세타를 내놔. 우린 동업자가 되는 거야. 너는 말솜씨를 늘어놓고 나는 네 물건을 사 주는 거지. 그런 식으로 손님들을 끌어모으는 거야. 말을 길게 늘어놓을 필요도 없을 테고, 힘도 덜 들 테고, 위험도 줄어들 테지. 뜻밖의 사고라도 나면 내가 널 지켜 줄 수도 있어. 나는 힘이 세단 말이지. 어떤 놈이라도 한주먹에 대갈통을 빠개 놓을 수 있단 말이야."

오노프레는 눈 하나 깜박이지 않고 거인을 살펴보았다. 거인이 마음에 들었다. 거인은 확실히 정직한 남자였다. 그가 마음만 먹으면 강제로 돈을 빼앗아 갈 수도 있었고, 오노프레의 머리통을 빠개 놓을 수도 있었다. 거인의 말대로 그는 무척이나 힘이 세어 보였다. 오노프레가 거인에게 말했다. 그렇게 길게 설명할 필요 없이 사 페세타를 몽땅 빼앗아 갈 수도 있을 텐데요, 왜 그러지 않는지 이유를 모르겠군요. 그리고 덧붙였다. 이곳엔 아무도 보는 사람이 없어요, 난 당신을 경찰에 신고하고 싶어도 그럴 수 없을 거예요. 거인은 오노프레의 말을 듣고 한바탕 웃음을 터뜨렸다.

"이거 제법 똑똑한 놈일세그려."

거인이 웃음을 멈추고 말했다.

"지금 그 말을 들으니 네가 얼마나 똑똑한 놈인지 알 수 있겠는걸. 나는 말이야, 힘만 세다 뿐이지 멍청하기 그지없거든. 아무리 대가리를 굴려 봐도 도통 생각이 떠오르지 않는단 말이야. 지금 네게서 사 페세타를 빼앗으면 그걸로 끝이야. 사 페세타로 끝이란 말이야. 그래서 나 나름대로 생각해 본 거야. 이 놈은 장차 성공할 놈이라고 말이지. 난 너와 함께 일하고 싶어. 네가 번 돈 중에서 반만 내 몫으로 주면 돼."

"이봐요, 우리 이렇게 하기로 하죠. 당신이 발모제 파는 일을 도와주면 매일 일 페세타씩 드리겠어요. 많이 벌든 적게 벌든 상관없이 말이죠. 한 푼도 못 버는 날에도 일 페세타씩 드리겠어요. 그리고 장차 무슨 일을 할지는 그때 가서 정하기로 해요. 어때요?"

　오노프레가 칼레야 출신 거인에게 제안했다. 거인은 잠시 생각해 보더니 그렇게 하기로 동의했다.

　"자, 이제 결정 난 거다."

　거인이 오노프레에게 말했다. 그리고 솔직하게 고백했다. 난 정말이지 머리가 모자란 놈이다, 네가 타고난 사기꾼 기질로 나를 속여 넘겼다는 사실은 짐작되지만, 네가 제안한 내용에 대해서는 제대로 이해하지 못하겠다, 하지만 더 이상 따따부따 해 봤자 소용없는 짓이다, 나는 나 자신의 한계를 잘 알고 있다. 두 사람은 악수를 나누었다. 그렇게 시작된 둘의 동업 관계는 수십 년 동안 지속되었다. 에프렌 카스텔스는 1943년에 죽었다. 그는 조국에 봉사한 대가로 프랑코 장군으로부터 후작 작위를 받아 귀족 반열에 오르기도 했다. 훗날 고령과 병으로 몸이 상당히 망가졌지만 죽을 무렵까지도 거인이었다. 그래서 관을 특별히 주문해야만 했다. 그는 유산으로 상당한 액수의 증권과 부동산뿐만 아니라 값비싼 카탈루냐 그림들도 많이 남겼다. 에프렌 카스텔스가 남긴 그림들은 시우다델라의 옛 조선소 자리에 세워진 현대 예술 미술관에 기증되었다. 1888년 만국박람회를 계기로 새롭게 단장한 그 건물은 에프렌 카스텔스가 오노프레와 처음으로 계약을 체결한 장소로부터 얼마 떨어지지 않은 곳에 있다. 에프렌 카스텔스는 오노프레를 위해 죽을 때까지 맹목적으로 헌신했으며, 오노프레의 도움으로 부를 쌓을 수 있었고, 후작 작위도 얻었을 뿐만 아니라, 범죄의 세계로도 빠져들 수 있었다.

2

오노프레는 바로 그날 하숙집으로 돌아오는 길에 약방에 들러 상당량의 발모제를 샀다. 그리고 아무도 모르게 이발사에게서 훔친 만큼의 발모제를 제자리에 되돌려놓았다. 기분이 매우 흐뭇했다. 그러나 저녁을 먹고 방으로 돌아와 혼자가 되었을 때에는 벌어 온 돈을 어디에 감춰야 할지 몰라 한참 동안 골머리를 썩여야 했다. 돈이 생기자 온갖 걱정거리가 오노프레에게 달려들었다. 어느 곳도 안전하지 않을 것 같았다. 오노프레는 결국 돈을 항상 몸에 지니고 다니기로 결정했다. 그때 문득 에프렌 카스텔스가 머리에 떠올랐다. 그는 오노프레가 전혀 예상하지 못했던 존재였다. 어쨌든 하는 짓으로 봐서는 그리 나쁜 놈 같지는 않아. 오노프레는 생각했다. 거인이 도움이 될 것 같았다. 수틀리게 나오면 놈을 언제라도 따돌릴 수 있어. 오노프레는 중얼거렸다. 오노프레가 가장 두려워했던 인물은 바로 파블로였다. 오노프레가 말로만 전단지를 나눠 준다고 하면서 되레 장사를 벌이고 있다는 이야기가 조만간 무정부주의자들의 귀에 들어갈 것이 분명했다. 그 소식을 듣고 무정부주의자들이 어떤 반응을 보일지 오노프레는 짐작할 수 없었다. 한편으로는 그날부로 혁명 사업을 그만두고 오로지 장사에만 전념할 수도 있을 것 같았다. 하지만 그들이 오노프레의 결심을 그대로 받아들일 것인가? 아니었다. 오노프레는 너무나 많은 사실을 알고 있었다. 무정부주의자들은 오노프레를 변절자로 낙인찍고 즉각 응징에 나설 것이 분명했다. 온통 문제투성이로군. 오노프레는 생각했다. 그는 좀처럼 잠을 이룰 수 없었다. 몇 번씩 잠에서 깨어났고, 번번이 악몽에 시달렸다. 꿈을 꿀 때마다 오노프레는 아버지와 함께 바소라에 있었다. 그 기억은 끈질기게 오노프레에게 달라붙어 종종 그를 괴롭혔다. 도대체 무슨 이유로 그런 하찮은 일들이 이토록 나를 괴롭힌단 말인가? 오노프레는 영문을 알 수 없었다. 오노프레는 이따금 당시 일들을 하나하나 되새겨 보려고 애를 쓰기도 했다. 오노프레가 아버지와 함께 저녁을 먹고 있을 때였다. 바소라 신사 세 명이 식당에 모습을 드러냈다. 그들이 들어서는 순간 아버지는 안색이 창백해졌다. 그들의 조상은 19세기 초 카탈루냐 산업화 시대의 선구자들이었다. 선조들의 아낌없는 노력으로 카탈루냐는 촌스럽고 무지몽매한 상태에서 벗어나 부유하고 생명력 넘치는 상태에 이를 수 있었다. 하지만 후손들은 그들의 선조와는 달리 이제 더 이상 농사꾼도 아니었고 공장 노동자도 아니었다. 후손들은 바르셀로나에서 공부했고, 맨체스터로 건너가 섬유산업의 최신 발명품을 눈에 익혔으며, 파리로 건너가 휘황찬란한 시대를 살아 보기도 했다. 그들은 그 빛의 도시에서 가장 고상한 면과 가장 저급한 면을 동시에 경험했다. 파리에서 입을 헤 벌린 채 과학 산업관(이곳에서 그들은 해괴망측한 발명품들과 세련되고 정교한 과학 기술을 구경할 수 있었다. 과학 산업관 전면에는 '부자가 되어라.'라는 글귀가 청동

판에 새겨져 있었다.)과 낙선전(이곳에는 피사로, 마네, 팡탱라투르와 그 밖의 화가들이 당시 인상주의라고 불리던 양식으로 그린 혼란스럽고 관능적인 유화를 전시하고 있었다.)을 둘러보았다. 또한 그들은 살페트리에르 병원을 방문해 샤르코라는 젊은 의사가 아무런 기구도 없이 최면을 거는 장면을 마음 졸이며 지켜보았고, 라틴 구역에서는 프리드리히 엥겔스라는 사람이 프롤레타리아 혁명이 머지않았다고 외치는 소리를 듣기도 했다. 그들은 멋지게 장식한 레스토랑과 카바레에서 샴페인을 마셨으며, 불량배들이 들끓는 선술집에서 압생트를 마셨다. 또한 유명한 창녀들의 뒤꽁무니를 따라다니느라 쓸데없이 돈을 낭비하기도 했다. 몇몇 사람들은 그 유명한 창녀들을 파리와 동의어로 여기기도 했다. 그들은 황혼 무렵이면 '바토 무쉬'라는 최신형 유람선(제앙트 호와 셀레스트 호)을 타고 센 강을 오르내리기도 했으며, 노트르담 대성당의 높은 탑에 올라 그 마법과 같은 도시가 뿜어내는 열기와 빛에 몽롱하게 취하기도 했다. 그들의 아버지들은 온갖 약속과 위협으로 그들을 파리에서 강제로 데려와야만 했다. 그러나 지금 파리의 영광은 모조리 사라져 버렸다. 위대한 파리는 다른 나라들의 시기심과 탐욕을 부추겼다. 파리의 도를 넘어선 자만심은 전쟁의 빌미를 제공했다. 파리의 부정부패와 어리석음은 증오와 불화를 조장했다. 나이 많고 병이 든 나폴레옹 3세는 스당 전투에서 굴욕적으로 패배한 이후 영국에서 망명 생활을 하고 있었다. 그리고 파리는 파리코뮌이라는 비극적인 사건에서 벗어나기 위해 애를 먹고 있었다. 이제 돌이킬 수 없는 파리의 옛 영광은 카탈루냐 부르주아 계층을 대표하는 사람들 속에 살아남아 있었다. 그들은 제2제정기의 '그윽한 멋'을 얼떨결에 상속한 사람들이었다.

"어렵쇼, 이거 부빌라 아냐! 이게 대체 무슨 일이야! 당신을 여기서 만나다니, 세상 참 좁구먼."

오노프레가 아버지와 함께 저녁을 먹고 있는데, 식당으로 들어온 세 신사 중 한 사람이 목청껏 소리를 질렀다.

"그래, 가족들은 어떠신가, 잘들 있겠지?"

다른 두 신사도 식탁으로 다가와 오노프레의 아버지 어깨를 손바닥으로 두드렸다. 오노프레의 아버지는 못마땅하다는 기색으로 신사들과 아들의 얼굴을 번갈아 쳐다보았고, 신사들과 오노프레 역시 조앙 부빌라의 얼굴을 물끄러미 바라보았다.

"그리고 이 아이, 이 아인 누군가? 당신 아들? 참 많이도 컸구먼. 애야, 이름이 뭐니?"

"오노프레 부빌라라고 합니다. 잘 부탁드립니다."

오노프레가 대답했다. 오노프레의 아버지가 신사들에게 인사를 건네기 위해 자리에서 일어서는 순간, 의자가 뒤로 넘어졌다. 신사들이 웃음을 터뜨렸다. 오노프레는 이내 알 수 있었다. 그들은 오노프레의 아버지를 우습게 보며 놀려 대고 있던 것이다.

"아들 녀석과 나는 가슴 아픈 일을 해결하기 위해 여기 온 거요."

오노프레의 아버지가 입을 열었다. 바소라 신사 세 명은 이제 더 이상 그에게 신경 쓰지 않았다.

"좋아요, 좋아."

신사들이 떠들어 댔다.

"방해하고 싶지 않소. 뭔가를 좀 먹으면서 사업 얘기나 계속하려고 이곳에 들른 거요. 배가 차면 집으로 돌아가야지. 가족들과도 잠시나마 시간을 함께 보내야 하니까. 물론 이 친구는 아니지만."

신사들 중 한 명이 동료를 손가락으로 가리키며 말했다.

"이 친구야 총각에다 거치적대는 것도 없으니 어칠비칠 놀아도 상관없겠지만."

놀림을 당한 신사가 살짝 얼굴을 붉혔다. 그 신사의 표정이 묘하게 일그러졌다. 생기가 도는 듯하면서도 어딘지 나른해 보이는 그런 표정이었다. 수년 동안 파리의 밑바닥에서 술을 마시고 마약을 하면서 얻은 표정이 아직까지 남아 있는 듯싶었고, 파리 매춘부의 달콤한 손길이 그의 몸을 무디게 만들어 버린 것 같았다. 바소라 신사들이 오노프레 부자에게 작별 인사를 남기고 멀어져 갔다. 오노프레의 아버지는 아무 말도 없이 그저 밥만 먹었다. 그는 말로 표현할 수 없을 정도로 잔뜩 화가 나 있었다. 오노프레 부자는 식사를 마치고 식당에서 나왔다. 얼음처럼 차가운 바람이 몰아쳤다. 서리가 내려 길바닥에 얼어붙은 살얼음은 발을 디딜 때마다 뿌지직거리며 깨졌다. 오노프레의 아버지는 망토로 몸을 감싸며 씹어뱉듯 중얼거렸다. 저 망나니 새끼들은 날 못 잡아먹어 안달이 났단 말이야, 산골 출신인 내가 저희들 땅에 와 있으니까 함부로 대해도 좋다고들 생각한단 말이지, 제길, 시건방진 도시내기들 같으니라고! 배나무와 토마토 나무도 구별 못하는 자식들이! 얘야, 오노프레야, 도시 놈들을 절대로 믿어서는 안 된다. 아버지는 오노프레를 쳐다보며 그렇게 덧붙였다. 세 신사가 식탁으로 다가와 식사를 방해한 뒤로 처음 오노프레를 쳐다보는 셈이었다. 그놈들은 아무것도 아냐, 그놈들은 상대할 인간들이 아니란다. 오노프레의 아버지는 추워서인지 분노를 참을 수 없어서인지 이를 딱딱 부딪치며 성큼성큼 걸었다. 오노프레는 자기도 모르는 사이에 뒤로 처지는 바람에 종종걸음으로 아버지를 따라가야 했다. 아버지, 그 사람들이 누구예요? 오노프레가 아버지에게 물었다. 아버지는 어깨를 으쓱하며 대답했다. 신경 쓸 것 없다, 이 고장의 멋쟁이 삼총사라고나 할까, 돈깨나 있는 놈들이지, 한 놈은 발드리치, 또 한 놈은 빌라그란, 그리고 마지막 놈은 타페라라고 한단다, 그놈들과 함께 사업을 한 적이 있거든. 오노프레의 아버지는 말을 하면서 사방을 둘러보았다. 밤을 보내기 위해 예약해 둔 여관을 찾고 있었던 것이다. 손님을 기다리는 거리의 여인들을 제외하면 길거리는 텅 비어 있었다. 굶주린 표정의 가무잡잡한 여인들이 바퀴 모양 가스등의 희미한 불빛 아래서 온몸을 부들부들 떨며 서 있었다. 그런 여자들이 눈에 들어오자 아버지는 오노프레의 팔을 붙잡고 길을 건넜다. 마침내 오노프레 부자는 얼굴이 부어오른 야경꾼을 만날 수 있었다. 야경꾼은 오노프레 부자에게 여관으로 가는 길을 가르쳐 주었다. 오노프레 부자는 기진맥진한 채 여관에 도착했다. 칠흑같이 어두운 길을 걷는 건 들판을 걷는 것과 달라도 너무나 달랐다. 오노프레 부자는 여관에 도착해 뼛속까지 얼어붙은 몸을 녹였다. 응접실에 설치된 보일러에서 빠져나온 파이프가 각각의 방으로 연결되어서, 그 파이프를 통해 따스한 온기가 전달되었다. 파이프 연결 부위에서 노르스름한 연기가 빠져나와 혀끝에 시큼한 맛을 남겨 주었다. 응접실에서인지 가까운 이웃집에서인지 피아노 치는 소리와 사람들이 웅성거리는 소리가 들려왔다. 멀리서 기차 기적 소리가 들렸다. 길거리에서는 돌바닥을 두드리는 말들의 발굽 소리가 들렸다. 오노프레 부자는 이 인용 침대로 기어들었다. 아버지가 석유램프를 껐다. 아버지는 잠들기 전에 아들에게 단단히 일러두었다. 애야, 오노프레야, 벌어먹기 위해서라면 무슨 일이든 마다하지 않는 여자들이 있단다, 너도 이제 그런 걸 알아 두어야 할 나이다, 다음번에 올 때는 지금 내가 얘기했던 곳으로 데려다 주마, 그러나 그때까지는 우리가 나누었던 얘기를 네 엄마한테 절대로 말해서는 안 된다, 자, 이제 그만 자라, 오늘 밤에 보고 들은 것에 대해서는 더 이상 생각하지 마라.

그로부터 일 년도 더 지났지만 오노프레는 그날 밤에 보고 들었던 것을 여전히 기억했다. 오노프레는 생생하게 떠올릴 수 있었다. 바소라 신사 세 명의 생글거리는 얼굴을, 그리고 성도 이름도 모르는 무시무시하게 생긴 여자들이 끈질기게 달려드는 모습을. 이제 오노프레는 비몽사몽 간을 헤매며 그 여자들의 얼굴에서 불안해하는 델피나의 표정을 종종 엿보았다. 다음 날 아침, 오노프레는 맥이 빠져 아무 일도 하고 싶지 않았다. 그러나 억지로 마음을 다잡으며 발모제 보따리를 어깨에 짊어지고 만국박람회 공사장을 향해 출발했다. 이제는 물러설 수 없었다. 이왕에 벌어진 일이야. 오노프레는 중얼거렸다. 게다가 다른 문제도 있었다. 에프렌 카스텔스에게 약속했던 돈을 주지 않았다간 신나게 얻어맞을 것이고, 그렇게 인생을 종칠 수도 있었다. 하지만 그 모든 골칫거리에도 불구하고 공사장에 도착해 전날처럼 발모제를 팔기 시작하자 오노프레는 기분이 조금씩 풀리기 시작했다. 앞으로 벌어들일 수익, 자신의 의지로 뭔가를 하고 있다는 자각, 돈을 벌 수 있다는 기대가 오노프레의 기분을 풀어 주었던 것이다.

그날 이후로 발모제 장사는 계속 호황을 누렸다. 이제 남은 문제는 돈을 감출 만한 장소를 찾아내는 것이었다. 매번 몸에 지니고 다니자니 불안하기 짝이 없었다. 오노프레가 자주 지나다니는 길목에는 도둑놈들과 소매치기들이 우글거렸다. 은행에 예금을 하면 문제가 해결되겠지만, 그런 생각은 전혀 떠오르지 않았다. 오노프레는 은행에 대한 편견에 사로잡혀 있었다. 은행은 정직하게 벌어들인 돈만 맡아 주는 곳이야, 하지만 내가 번 돈은 그렇지 못해. 어쨌든 결과는 마찬가지였을 것이다. 오노프레는 미성년자였다. 따라서 어떠한 은행도 그에게 계좌를 터 주지 않았을 것이다. 결국 오노프레는 고전적인 방법을 통해 문제를 해결하기로 했다. 침대 매트리스에 돈을 숨기면 된다, 내 침대 매트리스가 아니라 비잔시오 신부의 매트리스에 돈을 숨기면 안전할 것이다, 신부는 똥구멍이 찢어지게 가난한 양반이야, 따라서 누구도 신부가 돈방석 위에서 잔다는 사실을 알아차리지 못할 것이다, 신부 자신도 모를 거야, 델피나가 신부의 매트리스를 집 밖으로 끄집어 내서 먼지를 털어 댈까? 그럴 리가 있나, 그런 가능성은 완전히 배제해도 좋아. 게다가 신부는 날마다 아침 일찍 하숙집을 나섰다. 따라서 오노프레는 여유롭게 신부의 방을 드나들 수 있었다. 돈 문제는 그렇게 해결되었지만, 무정부주의자들이 아직 남아 있었다. 결국 우려했던 상황이 벌어지고야 말았다. 어느 날이었다. 파블로가 씩씩거리며 오노프레를 맞았다. 그러고는 이렇다 저렇다 설명도 없이 우선 주먹질부터 했다. 오노프레는 땅바닥에 나동그라졌다. 파블로가 오노프레를 내려다보며 얼굴과 옆구리를 걷어차기 시작했다. 이 개망나니 같은 새끼, 이 배신자, 이 유다 같은 놈! 파블로는 있는 힘을 다해 오노프레를 걷어차며 소리를 질렀다. 오노프레는 파블로의 발길질을 손으로 막기만 했을 뿐 맞서 싸우지 않았다. 진정해요, 파블로, 진정하란 말이야, 왜 이러는데? 이제 아예 미쳐 버린 거야? 오노프레가 소리쳤다.

"뭐? 내가 왜 이러는지 잘 알고 있을 텐데, 이 깡패 새끼야. 말도 잘 안 나오네."

파블로가 악을 썼다.

"말해 봐, 요즘 무슨 짓거리를 하고 쏘다니는 거야, 응? 발모제를 팔고 다녀? 응? 그런 짓거리나 하라고 우리가 돈을 주는 줄 알아, 응?"

오노프레는 파블로가 진정하기를 기다렸다가 이윽고 입을 열어 차분하게 설명해 나갔다. 잠시 후, 두 사람은 배꼽을 잡고 웃어 대기 시작했다. 두 사람은 쌍방의 사상과는 별개로 한 가지 사실에 의기투합했다. 그들은 사회와 그 구성원들을 무시하고 업신여겼다. 사회 구성원들을 속여 먹기 위해서라면 어떤 속임수도 받아들일 수 있었다. 그 무지몽매한 놈들은 희생을 당해 마땅했다. 윤리적으로 양심의 가책을 받을 필요도 없었다. 두 사람은 늑대의 법으로 인생을 살아 나갔다. 오노프레는 이런 말로 파블로를 설득했다. 발모제 장사는 경찰을 따돌리기 위한 수단일 뿐이다, 내 진정한 의도를 감추기 위한 눈속임이다, 나는 요 몇 달 동안 누구보다도 전단지를 많이 나눠 주었다, 이래도 혁명을 위하는 내 충성심을 의심할 수 있단 말인가? 그리고, 결국, 어쨌든, 온갖 위험을 무릅써야 하는 사람이 도대체 누구란 말이냐? 오노프레는 이렇게 따졌다. 파블로는 설명도 듣지 않고 우선 주먹질부터 한 것에 대해 사과했다. 이곳에 갇혀 지내다 보니 내가 미쳐 버렸나 봐. 파블로는 그 말만 반복했다. 파블로는 다른 사람들의 행위를 감시하는 짓거리를 싫어했다. 그가 보기에 그런 짓거리는 품위를 떨어뜨리는 짓이었다. 파블로는 폭탄 테러를 감행하고 싶어 했다. 그러나 상부에서 허락하지 않았다. 오노프레는 이제 파블로의 말을 듣고 있지 않았다. 파블로의 푸념은 질리도록 들었던 터였다. 오노프레는 다른 생각에 푹 빠져 있었다.

짙은 향수 냄새와 발걸음 소리를 따라 밖으로 쫓아 나갔다가 어둠 속에서 낭패를 당한 그날 밤 이후로 오노프레는 신중에 신중을 기해 철저하게 준비했다. 하숙집 계단의 층계 수를 세고 또 세어 보았고, 층계의 각도를 하나하나 재어 보았고, 방해물들을 기억에 아로새겼고, 수차례 눈을 감은 채로 계단을 뛰어 내려와 보기도 했다. 델피나가 또다시 그런 짓을 저지른다면, 우선 지나가게 한 후에 뒤를 밟는 거야, 이번에는 절대로 놓치지 않을 자신이 있단 말이야. 오노프레는 다짐했다. 델피나가 그 빌어먹을 고양이 새끼를 달고 다니지 않아야 할 텐데. 고양이를 생각하자 등골을 따라 식은땀이 흘러내렸다. 언젠가 오노프레는 에프렌 카스텔스에게 물어본 적이 있었다. 고양이를 죽이려면 어떻게 해야 해? 그거야 식은 죽 먹기지. 거인이 대답했다. 죽을 때까지 모가지를 비틀어 버리면 돼, 복잡할 것 하나 없어. 그 이후로 오노프레는 에프렌 카스텔스에게 어떤 일에 대해서도 조언을 구하지 않았다. 마침내 기회가 찾아왔다. 크리스마스를 며칠 앞둔 어느 날, 하숙집 삼 층 층계참에서 옷자락이 서걱거리는 소리와 조심스럽게 층계를 밟으며 아래쪽으로 내려오는 발걸음 소리가 들렸다. 오노프레는 숨을 죽이며 속으로 다짐했다. 이번이다, 이번에도 실패하면 끝이다. 향수 냄새가 코끝을 스치며 지나갔다. 오노프레는 안전하다 싶을 때까지 기다렸다가 몸을 움직이기 시작했다. 오노프레가 계단을 다 내려왔을 때 정체를 알 수 없는 여인이 현관문을 열고 있었다. 그날 밤에는 달이 떠 있었다. 문이 열리자 여인의 그림자가 훤히 드러났다. 여인의 그림자가 드러난 시간은 아주 잠깐이었지만 오노프레에게는 충분했다. 오노프레는 자신이 쫓는 여인이 델피나가 아님을 즉시 알아차릴 수 있었다. 하지만 그런 사실을 알아차리고도 여인의 발자취를 놓치지 않기 위해 특별히 주의를 기울였다. 달빛에 드러난 여인의 그림자는 흐릿했지만 대체로 벽감을 지나갈 때에는 매우 선명하게 드러났다. 벽감에는 언제나 기름등잔이 켜 있기 마련이었다. 경건한 신도들이 성모마리아나 성인들을 기리기 위해 벽감에 기름등잔을 켜 놓곤 했던 것이다. 바르셀로나의 주요 거리를 제외한다면 벽감은 당시까지만 해도 밤거리를 밝히는 유일한 수단이었다. 때는 엄청나게 추웠던 1887년 겨울, 그중에서도 무지무지하게 추웠던 밤이었다. 정체를 알 수 없는 여인은 구두굽 소리를 경쾌하게 울리며 걸어가고 있었다. 몽유병 환자처럼 주저하는 듯한 발걸음 소리는 들리지 않았고, 야경꾼들이 채

찍으로 길바닥을 내리치는 소리도 들리지 않았다. 텅 빈 거리에서는 아무런 인기척을 느낄 수 없었다. 이 시간에 혼자서 길거리를 나돌아 다니다니, 미친 여자가 분명해. 오노프레는 생각했다. 두 사람은 어느덧 수상한 구역으로 들어서고 있었다. 그곳은 모로트라는 곳으로, 산자락과 철로 사이에 있는 움푹하게 파인 지형이었다. 그 지역은 반경이 겨우 오백 미터 정도로 옛 성벽의 남쪽에 위치해 있었다. 길이가 이백여 미터, 넓이가 이삼 미터, 높이가 팔 미터인 장벽만 넘으면 쉽게 그곳으로 들어올 수 있었다. 그러나 그것은 장벽이 아니었다. 바로 영국이나 벨기에에서 수입한 엄청난 양의 석탄 더미였다. 커다란 연안 무역선에 실려 온 석탄은 그곳에 무더기로 쌓여 있다가 바르셀로나나 그 인근 지역 공장들로 운송되었다. 석탄은 불이 날 가능성이 매우 높기 때문에 도시로부터 멀리 떨어진 그곳에 보관되었다. 바닷가에 인접한 지역이어서 화재가 발생할 경우 불길을 잡기가 쉬웠고, 석탄 더미 표면에만 불이 붙었을 경우에는 적어도 불을 끄기 위한 시도는 해 볼 수도 있었다. 하지만 석탄 더미 내부에서부터 불이 타오르는 경우에는 엄청난 손해를 보기 전까지 불이 났다는 사실을 알아차리지도 못했다. 처음에는 이곳저곳에서 가느다란 연기 기둥이 피어올랐다. 연기는 젖빛이었으며, 냄새가 고약하고 독성이 매우 강했다. 연기 기둥들은 하나로 뭉쳐 거대한 연기구름을 형성하며 주변을 온통 집어삼켜 버렸다. 그 연기구름 속에서 숨을 쉬었다가는 목숨을 잃을 수도 있었다. 마침내 화염이 모습을 드러냈다. 이때가 되면 더 이상 화염과 맞서 싸울 수 없었다. 이미 늦었던 것이다. 사람들은 그런 불을 '탐욕의 불길'이라고 불렀다. 불길이 이십 내지 삼십 미터 높이까지 치솟으며 하늘을 붉게 물들였다. 날씨가 맑은 밤이면 타라고나나 마요르카에서도 화염으로 붉게 물든 바르셀로나 하늘을 볼 수 있었다고 한다. 부두에 정박해 있던 배들은 돛을 올리고 바다로 나가 바다 한가운데에서 닻을 내렸다. 화재 현장에서 날아오는 뜨거운 열기와 유독가스를 견뎌 내기보다는 거친 파도를 이겨 내기가 오히려 수월했던 것이다. 다행히 그렇게 큰 화재는 자주 발생하지 않았지만, 한번 발생했다 하면 몇 주일 동안 계속되었고, 그로 인한 피해액은 계산이 불가능할 정도였다. 수입해 온 석탄을 모두 잃어버릴 뿐만 아니라 산업 활동이 전면적으로 중단되었던 것이다. 따라서 석탄 저장소 인근 지역은 사람이 살기에 안전한 장소가 아니었다. 그런데 그와 똑같은 이유로 석탄 더미 한쪽에 사람들이 모여들어 동네를 이루었다. 밑바닥 인생들이 모인 동네, 바르셀로나에서 가장 악명 높은 동네였다. 그 동네에는 우아함이라고는 도저히 찾아볼 수 없는 낯 뜨거운 볼거리를 제공하는 극장도 있었고, 지저분하고 소란스러운 선술집도 있었고, 별 볼 일 없는 싸구려 아편굴도 있었고(시설이 괜찮은 아편굴은 그보다 지대가 높은 발카르카 근처에 있었다.), 기분 나쁜 사창굴도 있었다. 한마디로 그 동네에는 바르셀로나의 쓰레기 같은 인간들이나 이제 막 배에서 내린 뱃사람들만 드나들었다. 그리고 적지 않은 뱃사람들이 그 동네에 터를 잡고 살았다. 그 동네는 오로지 매춘부, 뚜쟁이, 깡패, 밀수업자, 범죄자들을 위한 장소였다. 그 동네에서는 겨우 돈 몇 푼으로 깡패를 고용할 수 있었고, 조금만 더 얹어 주면 살인 청부업자까지 고용할 수 있었다. 경찰도 훤한 대낮에만 그 동네를 드나들었는데, 경찰이 그 동네를 드나드는 이유도 오직 범죄자들과 담판을 짓거나 무언가를 교환하기 위해서였다. 그 동네는 일종의 해방구나 다름없었다. 그곳에서 발행된 약속어음은 마치 현금인 양 유통되었고, 주민들은 그곳 나름의 엄격한 법규범으로 통제되었다. 그곳의 재판은 간단하면서도 유효적절했다. 유흥장 입구에 목이 매달려 죽어 있는 사람들을 그곳에서는 드물지 않게 볼 수 있었다.

오노프레는 자신도 모르는 사이에 정체를 알 수 없는 여인에게 이끌려 그 동네로 접어들고 있었다. 오노프레는 생각했다. 만일 저 여자가 델피나가 아니라면 나는 무슨 이유로 저 여자를 따라가고 있단 말인가? 대체 어쩌자고 이 석탄 더미로 끼어든 것인가? 불량배라도 불쑥 나타나 쥐도 새도 모르게 나를 죽이고 석탄 더미에 파묻어 버린다면? 내가 사라졌다고 해서 누가 아쉬워하겠는가? 오노프레는 소문을 통해 알고 있었다. 이곳에서는 사람이 폭행을 당해 죽으면, 그리고 그 장면이 다른 사람들 눈에 띄지 않으면, 그대로 석탄 더미에 파묻히고 만다고 했다. 석탄 더미에 파묻힌 시체는 기중기가 석탄을 거룻배나 화차나 화물차에 옮겨 싣기까지 그대로 남아 있는다. 어떤 때에는 화부가 불을 때기 위해 석탄을 삽으로 퍼내다가 장화 한 짝이나 잘려 나간 손가락, 후두부에 머리카락이 남아 있는 두개골을 발견하기도 했다. 오노프레는 그만 하숙집으로 돌아가고 싶었다.

그러나 오노프레는 물러서지 않았다. 오노프레는 그 악명 높은 동네로 성큼 들어섰다. 길들은 도시 빈민굴이 흔히 그렇듯 바둑판 모양을 이루었다. 물기가 말라 바큇자국이 울퉁불

통한 진흙 바닥에는 술에 취한 사람들이 자신의 몸에서 나온 배설물을 뒤집어쓴 채 자고 있었는데, 그 주위로 악취가 진동했다. 주변 선술집에서 기타 소리와 노랫소리가 들려왔다. 음란한 가사였지만 애잔하고도 가슴을 쥐어짜는 듯한 감정이 실려 있었다. 이대로 인생을 마감해야 한단 말인가? 걸걸하고 갈라진 목소리들이 그렇게 울부짖는 것 같았다. 내가 어릴 때 꿈꾸던 것은 이따위가 아니었단 말이야! 목소리들은 그렇게 탄식하고 있었다. 캐스터네츠 소리, 구두 굽 소리, 비명 소리, 술잔이 깨지는 소리, 가구가 넘어지는 소리, 달음박질치는 소리, 말다툼하는 소리도 들렸다. 그렇게 요란한 길거리를 정체를 알 수 없는 여인은 조금도 망설이지 않고 똑바로 걸어갔다. 오노프레는 어느 집 문간에 몸을 숨기고 그 여인을 지켜보았다. 여인은 어느 집으로 들어가 등 뒤로 판자문을 닫았다. 오노프레는 밖에서 기다리며 무슨 일이 벌어지는지 지켜보기로 결심했다. 살을 에는 듯한 바람이 불어왔다. 바다가 가까워서인지 바람은 축축했고 소금기가 느껴졌다. 오노프레는 혹시나 쓸모가 있을까 싶어 준비해 온 목도리로 입과 코를 가렸다. 오래 기다릴 필요는 없었다. 잠시 후였다. 여인이 문을 열며 밖으로 나왔고, 왁자지껄한 소리가 여인의 뒤를 따랐다. 오노프레는 그날 밤 처음으로 여인의 얼굴을 볼 수 있었다. 역광을 받은 모습을 슬쩍 보았을 뿐이지만 그 발정난 암캐의 얼굴을 충분히 알아볼 수 있었다. 그럴 리가 없어, 나는 지금 귀신을 보고 있는 거야. 오노프레는 생각했다. 여인은 작은 봉투에 들어 있는 하얀 가루를 코로 들이마셨다. 눈을 감고, 입을 한껏 크게 벌리고, 혀를 내밀고, 어깨와 엉덩이를 흔들었다. 그녀의 온몸이 꿈틀거렸다. 여인은 대단히 만족한 개처럼 한 번 크게 울부짖은 후에 길거리로 창문이 나 있는 선술집으로 들어갔다. 술집 실내 공기는 난로의 열기로 후끈후끈한 모양이었다. 창문 유리에 김이 잔뜩 서려 있었다. 그렇지 않아도 더러운 데다 김까지 서렸으니 안을 들여다보기가 여간 힘들지 않았다. 그러나 안에 있는 사람들 눈에 띄지 않고 들여다볼 수 있는 장점이 있었다. 오노프레 부빌라는 창문에 붙어 술집 안을 들여다보았다. 카드놀이를 하는 사람들이 있었다. 그들의 옷소매는 카드로 가득했고, 그들의 칼은 사기꾼이 나타나면 언제라도 목구멍에 쑤셔 넣을 수 있도록 준비되어 있었다. 춤을 추는 사람들도 있었다. 그들은 눈이 흐리멍덩하고 차림새가 지저분한 창녀를 품에 끼고, 장님이 아코디언으로 연주하는 음악에 맞춰 춤을 추고 있었다. 장님의 발치에 개 한 마리가 잠이 든 듯 엎드려 있었다. 그러나 개는 춤을 추는 사람들이 가까이 다가오면 그들의 장딴지를 느닷없이 물어뜯기도 했다. 오노프레가 따라왔던 여인은 한쪽 구석에서 한 남자와 이야기를 나누고 있었다. 곱슬머리에 얼굴이 구릿빛인 미남이었다. 여인은 호들갑스럽게 떠들어 댔고, 남자는 이맛살을 찌푸리고 있었다. 그러다 어느 순간 남자가 여인의 얼굴을 주먹으로 냅다 갈겨 버렸다. 여인은 남자의 머리끄덩이를 붙잡고 있는 힘껏 잡아당겼다. 남자의 머리통을 아예 몸통에서 뽑아내려는 것 같았다. 그러나 남자의 머리카락에 덕지덕지 발라 놓은 머릿기름 때문에 여인은 남자의 머리를 제대로 잡고 있을 수 없었다. 남자는 여인의 손아귀에서 빠져나와 여인의 입을 향해 주먹을 날렸다. 여인은 비틀거리며 뒷걸음질 치다가 사람들이 카드놀이를 하고 있던 탁자에 주저앉고 말았다. 그 바람에 탁자 위에 있던 술병과 술잔과 카드가 모조리 흩어지고 말았다. 카드놀이를 하던 사람들이 화를 내며 여인의 옆구리를 향해 발길질을 퍼붓기 시작했다. 잘생긴 남자는 눈에 살기를 띠고 여인에게 다가갔다. 남자의 손에는 양털을 깎을 때 쓰는 날이 휘어진 칼이 들려 있었다. 여인은 울고불고 난리를 피웠다. 술집에 있던 사람들은 가해자인 남자와 피해자인 여인을 싸잡아 놀려 댔다. 술집 주인이 그 모든 소동을 진정시켰다. 술집 주인은 여인에게 당장 술집에서 나가라고 명령했다. 사람들의 의견은 한결같았다. 소동을 일으킨 장본인이 바로 그 여인이라는 것이었다. 그 여인이 잘생긴 남자의 속을 뒤집어 놓았던 것이다. 오노프레는 다시 문간에 숨어 여인이 허둥대며 술집에서 빠져나오는 모습을 지켜보았다. 그녀의 입가로 한 줄기 피가 흘러내렸다. 피는 그녀가 얼굴에 바른 화장품과 뒤섞이며 자줏빛으로 변했다. 여인은 혹시라도 흔들리는 이가 있는지 알아보기 위해 손가락으로 잇몸을 더듬었다. 그리고 머리에 쓰고 있던 가발을 벗고, 물방울무늬 손수건으로 이마에 맺힌 땀을 훔쳤다. 여인은 다시 가발을 쓰고 왔던 길을 되돌아가기 시작했다. 갑자기 바람이 멎었다. 공기는 잔잔하고 건조하며 투명했다. 그러나 너무나 추워 숨을 쉴 때마다 가슴이 쿡쿡 쑤셨다. 오노프레 부빌라는 석탄 더미 가까이 도착할 무렵에야 여인을 따라잡았다.

"여보세요, 브라울리오 씨! 기다려요! 접니다, 저요, 오노프레 부빌라입니다. 당신 하숙집 손님입니다. 그러니 두려워하지 않아도 됩니다."

오노프레가 소리쳤다.

"아이고, 이런, 이게 누구신가!"

하숙집 주인이 대답했다. 그의 볼은 아직까지 눈물에 젖어 있었다.

"놈들에게 입언저리를 얻어맞았어. 제때에 그곳을 벗어나지 못했다면 놈들이 나를 돼지 잡듯 발기발기 찢어 버렸을 거야. 인간쓰레기들 같으니!"

"그런데 브라울리오 씨, 대체 무슨 일로 이렇게 더러운 곳에 와서 얻어맞고 다니는 겁니까? 여자 옷까지 입고 말입니다! 이건 정상이 아니잖아요."

오노프레가 물었다.

브라울리오 씨는 어깨를 으쓱한 뒤 다시 걸어가기 시작했다. 시커먼 구름이 달빛을 가려 아무것도 보이지 않았다. 석탄 더미에 부딪히지 않고 걸어가기란 불가능했다. 엉금엉금 기다시피 걸어야 했던 두 사람은 무릎과 손바닥과 얼굴에 상처를 입고 말았다. 결국 오노프레와 브라울리오 씨는 서로를 의지하기 위해 팔짱을 끼고 걸어가기로 했다.

"아이고!"

잠시 후, 브라울리오 씨가 다시 비명을 내질렀다.

"오노프레, 자네는 모르겠나? 눈이 내리기 시작했단 말일세. 바르셀로나에 눈이 내리다니, 이게 대체 몇 년 만인지 모르겠군!"

떠들썩한 소리가 등 뒤에서 들려오기 시작했다. 그 악명 높은 동네의 주민들과 손님들이 횃불과 등잔을 손에 들고 기적과 같은 광경을 구경하러 길거리로 쏟아져 나왔던 것이다.

3

그해 겨울은 바르셀로나 사람들이 기억하기로 가장 추운 겨울이었다. 눈은 며칠 동안 계속 내렸다. 낮에도 밤에도 그치지 않았다. 바르셀로나는 일 미터가 넘는 눈 무더기 속에 깊이 파묻히고 말았다. 교통은 마비되었고, 사람들의 활동과 모든 공공서비스도 중단되었다. 아무리 절박한 문제가 발생해도 손을 쓸 수가 없었다. 기온은 영하로 뚝 떨어졌다. 같은 위도에서 그 정도의 기온은 대체로 심각한 문제가 아니다. 하지만 바르셀로나와 같은 무방비도시에서는 큰 문제가 아닐 수 없었다. 바르셀로나는 그와 같은 돌발적인 상황에 대처할 능력이 없었고, 바르셀로나 주민들은 그와 같은 혹독한 추위에 맞설 수 있는 체질이 아니었다. 따라서 많은 사람들이 추위에 희생당하고 말았다. 그에 반해 산골 생활로 단련된 오노프레 부빌라는 그 정도 추위쯤에는 끄떡도 하지 않았다. 어느 날 아침이었다. 오노프레는 하숙집 발코니로 나가 눈에 뒤덮인 도시 풍경을 둘러보다가 발코니 난간에서 염주비둘기 한 마리가 죽어 있는 것을 발견했다. 오노프레는 염주비둘기 시체를 집어 들려고 했다. 그러나 오노프레의 손에서 미끄러진 비둘기 시체는 길바닥에 떨어져 산산조각 나고 말았다. 마치 흙을 빚어 만든 도자기 같았다. 물이 얼어붙으면서 수도 파이프와 송수관이 터졌다. 수도꼭지와 공동 우물에 물이 말라 버렸다. 식수를 공급하는 장사꾼들이 나타나기 시작했다. 물장수들은 물통을 마차에 싣고 다니며 서로 경쟁했다. 특정 지역이나 특정 시간대에는 경쟁이 과열되기도 했다. 물장수들은 금도금한 놋쇠 나팔을 불어 물 마차가 도착했음을 알렸다. 물 마차가 도착하면 사람들이 모여들어 길게 줄을 서서 차례를 기다렸다. 추운 바깥에서 차례를 기다리는 일도 만만치 않았다. 추위가 옷을 파고들며 사람들을 괴롭혔다. 물 배급이 늦어지면 싸움판이 벌어졌고, 어떤 경우에는 폭동에 가까운 소란이 일어나기도 했다. 그럴 때면 경찰이 끼어들어 사태를 수습해야만 했다. 줄을 서서 차례를 기다리던 사람들이 사지가 얼어붙어 버리는 경우도 종종 있었다. 그러면 바닥에 얼어붙은 발을 떼어 내기 위해 뜨거운 물을 구두에 붓거나 억지로 잡아당겨야 했다. 물을 얻는 방법도 다양했다. 사람들 대부분은 눈을 채운 물통을 집 안에 들여놓고 눈이 녹아내리기를 기다렸다. 처마 끝에 달린 고드름을 녹여 물을 얻는 사람들도 있었다. 이 모든 일은, 불편하기 짝이 없기는 했지만 바르셀로나 주민들 사이에 협동심을 심어 주었다. 그들은 함께 역경을 헤쳐 나가며 하나로 뭉칠 수 있었다. 사연 없는 사람이 한 사람도 없을 정도였다.

야외에서 일을 해야만 하는 사람들에게는 그야말로 악조건이 아닐 수 없었다. 만국박람회 공사장에서 일하는 일꾼들은 말로 형용할 수 없는 고통에 시달려야 했다. 바다와 인접한 그 지역에는 바람을 막아 줄 만한 것이 하나도 없었던 것이다. 그와 조건이 유사한 항구 같은 현장에서는 일시적으로 작업이 중단되었지만, 만국박람회 공사장에서는 작업 속도가 점점 더 빨라져 갔다. 게다가 벽돌공들은 자신들의 요구 사항에 대해 만족할 만한 답변을 얻어 내지 못하고 결국 파업을 단행하기로 결정했다. 오노프레에게 주변 상황을 꼬박꼬박 전해 듣던 파블로는 벌컥 화를 내며 소리쳤다. 파업이라니, 그건 미친

짓이야! 오노프레는 파블로에게 왜 그렇게 생각하는지 설명해
달라고 부탁했다.

"이봐, 오노프레, 파업에는 두 종류가 있어. 구체적인 이익을
목표로 벌이는 파업이 있고, 기존의 질서를 뒤흔드는 것을 목
표로 벌이는 파업도 있어. 궁극적인 목적은 그 질서를 파괴하
는 거지. 첫 번째 유형의 파업은 노동자들에게 매우 해로운 거
야. 그런 파업은 결과적으로 지금 사회에 만연해 있는 부당한
제도를 더욱더 견고하게 만들기 때문이야. 이건 누구라도 다
이해할 수 있는 거야. 의심할 여지가 없어. 파업은 프롤레타리
아의 유일한 무기라고 할 수 있어. 따라서 하찮은 일에 그 무
기를 허비하는 건 바보짓이나 다름없어. 게다가 이런 파업에는
조직도, 토대도, 지도자도, 구체적인 목표도 없기 마련이야. 그
파업은 철저하게 실패하고 말 거야. 그렇게 되면 우리 운동도
막대한 타격을 입을 수밖에 없어."

파블로는 그렇게 설명했다.

오노프레는 파블로의 말에 동의할 수 없었다. 파블로가 화
를 내는 이유는 파업을 일으키려는 사람들이 무정부주의자들
과 어떤 문제도 상의하지 않았다는 데 있었다. 오노프레는 그
렇게 생각했다. 파업자들은 무정부주의자들에게 자문을 구하
지도 않았고, 함께 연대해 투쟁하자고 부탁하지도 않았으며,
자신들의 파업을 지도해 달라고 요청하지도 않았다. 그건 그렇
다 치고, 오노프레는 파업이 사실상 양날의 무기라는 것을 알
고 있었다. 노동자들은 그 무기를 매우 신중하게 사용할 필요
가 있었다. 그렇지 않을 경우 고용주들이 파업을 교묘하게 조
작해 자기들 쪽으로 유리하게 이용해 먹을 수도 있었다. 오노

프레는 자신을 드러내지 않고 무슨 일이 벌어지는지 가까운 곳에서 지켜보기로 작정했다. 아무리 사소한 일일지라도 어느 것 하나 놓치고 싶지 않았다. 그러다 사태가 악화되면 슬그머니 빠져나가면 그만이었다. 파업은 파블로가 지적했던 바와 마찬가지로 아무런 성과 없이 끝나고 말았다. 어느 날 아침이었다. 오노프레는 시우다델라 공원에 도착했다. 거의 모든 노동자들이 장차 만국박람회가 열릴 장소의 중앙 산책로에 모였다. 그곳은 만국박람회 산업관 건물 건너편, 예전에 시우다델라 군대가 연병장으로 사용했던 곳이었다. 산업관 건물은 아직 완공되지 않은 목조 구조물에 불과했다. 그 건물은 칠만 제곱미터에 이르는 땅을 차지했으며, 최대 높이는 이십육 미터였다. 이제 그 건물은 눈을 뒤집어쓴 채 사람 하나 없이 텅 비어 있었다. 그 모양이 마치 노아의 홍수 이전에 살던 어떤 동물의 해골처럼 보였다. 연병장에 모인 노동자들은 서로 말을 주고받지 않았다. 추위에 몸이 얼어붙어 발을 동동 구르기도 했고, 양팔로 옆구리를 툭툭 치기도 했다. 노동자들의 모자가 흔들리는 모습은 마치 파도가 치는 것 같았다. 경찰들이 대열을 정비하여 공격 태세를 갖추었다. 경찰들의 망토와 삼각모자가 맑은 아침 하늘을 배경으로 지붕 위에 선명하게 드러났다. 파견 나온 기병대가 공원 근처에서 순찰을 돌고 있었다.

"놈들이 공격해 올 때에는 이것만 기억하면 돼. 놈들은 말의 오른쪽에서만 칼을 사용할 수 있어."

파업에 이골이 난 몇몇 백전노장 노동자들이 떠들었다.

"그러니 놈들의 왼쪽으로 달라붙으면 문제없어."

그들은 겁에 질린 애송이들을 달래기 위해 그렇게 덧붙였다.

"놈들이 달려들면 바닥에 엎드려 두 손으로 머리를 가리도록 해. 말들은 바닥에 누운 사람을 절대로 밟지 않아. 도망치는 것보다 그쪽이 훨씬 안전하단 말이야."

또 이렇게 떠들어 대는 사람들도 있었다. 말들을 쉽게 겁줄 수 있는 방법이 있다, 놈들은 멍청이에다 겁쟁이다, 놈들 눈앞에서 손수건을 흔들기만 하면 된다, 겁을 먹은 말이 앞발을 들고 날뛰면 기수는 말에서 떨어지기 마련이다. 그러나 노동자들은 속으로 이런 생각을 하고 있었다. 그래, 누군가가 나서서 시범을 보여 달란 말이야. 마침내 행진 명령이 떨어졌다. 누가 그런 명령을 내렸는지는 아무도 알 수 없었다. 노동자들은 발을 질질 끌며 천천히 걸어가기 시작했다. 오노프레도 노동자들과 일정한 간격을 유지한 채 따라갔다. 한 가지 사실이 오노프레의 눈길을 끌었다. 처음에는 노동자가 수천 명 모여 있었지만 행진을 시작하자마자 그 수가 이백 내지 삼백 명으로 줄어들었던 것이다. 나머지 노동자들은 어디론가 사라져 보이지 않았다. 그때까지 남아 있던 노동자들은 온실과 카페-레스토랑 사이에 있는 문을 통해 공원에서 나와 프린세사 거리로 접어들었다. 노동자들은 산 하이메 광장까지 행진할 계획이었다. 노동자들의 행렬은 그다지 위협적이지 않았다. 그들은 이 파업이 실패로 돌아갈 것을 미리 내다보고 있었다. 그래서 어서 빨리 파업을 끝내고 싶었다. 노동자들은 체면과 연대 의식 때문에 마지못해 그렇게 모여서 걸어가고 있을 뿐이었다. 프린세사 거리의 상점들은 여전히 장사를 하고 있었고, 사람들은 상점 창문에 매달려 노동자들의 행렬을 지켜보고 있었다. 파견 나온 기병대는 칼을 칼집에 꽂은 채 일정한 거리를 두고 노동자들을 따라왔다. 기병대는 혹시라도 있을지 모를 소요 사태보다는 추위에 더욱더 신경을 쓰는 것 같았다. 오노프레는 노동자들과 함께 잠시 걸어가다가 옆 골목으로 빠졌다. 대오를 앞질러 가서 다시 합류할 생각이었다. 오노프레는 근처에 있는 작은 광장에서 뜻밖에도 경찰 기병대 일개 중대를 발견했다. 소구경 대포를 실은 짐마차도 세 대나 있었다. 오노프레는 노동자들과 다시 합류하는 순간 알아차렸다. 일이 틀어질 경우 노동자들의 행진은 피바다로 끝날 것이 분명했다. 다행히 심각한 상황은 벌어지지 않았다. 노동자들은 몬카다 거리 교차로에 도착했을 때 그곳에서 행진을 멈추기로 의견을 모았다. 지금 여기서 멈추어도, 최후의 심판 때까지 걸어가도 결과는 마찬가지다. 모두들 그렇게 생각하는 것 같았다. 한 노동자가 어느 집 격자창으로 기어 올라가 일장 연설을 늘어놓았다. 그는 그날의 행진이 성공적으로 끝났다고 주장했다. 잠시 후, 다른 노동자가 같은 장소로 기어 올라가 소리쳤다. 그는 조직이 약하고 계급의식이 부족해 모든 것이 실패로 끝났다고 주장하며 노동자들에게 어서 빨리 일터로 돌아가라고 부탁했다. 서둘러 일터로 돌아가십시오, 그래야 보복을 피할 수 있습니다. 그는 그 말로 연설을 마무리 지었다. 노동자들은 존경하는 눈빛으로 귀를 바짝 세우고 두 사람의 연설을 경청했다. 나중에 오노프레는 에프렌 카스텔스를 통해 진상을 알 수 있었다. 첫 번째로 연설을 한 사람은 경찰의 끄나풀이었고, 두 번째로 연설을 한 사람은 노동조합주의 성향이 강한 존경받는 벽돌공이었다. 결국 그 벽돌공은 파업을 빌미로 일자리에서 쫓겨났고, 시우다델라 공원 주변에서는 그의 모습을 두 번 다시 볼 수 없었다. 그날 하루에 있었던 일을 요약하면 다음과 같다. 정오에 모든 노동자들이 자신들의 일자리로 되돌아갔고, 노동자들의 요구 사항은 하나도 받아들여지지 않았으며, 노동자들의 파업에 대해 언급한 지역신문은 단 한 군데도 없었다.

"내 그럴 줄 알았지."

파블로는 그렇게 투덜거렸지만, 눈이 반짝반짝 빛나는 것으로 봐서는 '그거 쌤통이다.'라는 기색이 역력했다.

"다음번 집단행동을 도모하기 위해서는 한참 동안 기다려야 할 거야. 전단지를 계속 돌려야 할지 말아야 할지 감이 잡히지 않아."

오노프레는 돈벌이가 사라질지도 모른다는 생각에 깜짝 놀라 말머리를 다른 데로 돌렸다. 그는 노동자들과 헤어져 골목으로 들어갔을 때 본 장면에 대해 이야기했다.

"그야 당연한 일이지. 넌 뭘 기대했는데? 한 줌의 노동자들이 길거리로 나와 설치고 다니면 그냥 내버려 둔단 말이야. 경찰 몇 명이 나타나 공공질서를 유지하며 교통을 통제할 뿐이야. 그러면 사람들은 이렇게 말하지. 무슨 불만이 저리도 많은지 도대체 알 수가 없어요, 우리 정부처럼 인정 많은 정부가또 어디 있을까. 그러다 일이 틀어진다 싶으면 경찰 기병대가나서서 문제를 처리하는 거야. 그래도 역부족이면 데모대를 향해 포탄을 갈기는 거지!"

"그렇다면 무슨 이유로 계속 이따위 짓을 하려는 거지?"

오노프레가 물었다.

"경찰은 무장을 했어. 아무것도 바뀌지 않을 거야. 돈벌이가 쏠쏠한 쪽으로 방향을 바꾸면 좋잖아?"

"아서라, 말 마라, 그런 말은 하는 게 아냐."

파블로가 대답했다. 그의 눈길은 아득히 먼 곳을 바라보고 있었다. 그가 파묻혀 사는 지하 창고의, 곰팡이가 피고 쩍쩍 갈라진 벽이 아니라, 더욱더 넓고 더욱더 밝은 상상 속 수평선을 향해 있었다.

"앞으론 두 번 다시 그따위 말은 입에 담지도 마. 물론 그건 사실이야. 우리가 경찰의 무기에 맞서 싸울 수 있는 건 우리 몸뚱이뿐이야. 우리는 인원을 늘리고 절망감에서 생겨난 용기를 키워 나가야 해. 그러면 언젠가는 승리할 수 있어. 물론 수많은 고통을 겪고 수많은 피를 흘려야겠지. 하지만 우리가 지불하는 희생은 우리가 거둘 성과에 비하면 아무것도 아냐. 우리는 우리의 희생을 대가로 미래를 살 수 있어. 우리 자식들을 위한 미래를, 모든 사람에게 동등한 기회가 주어지는 미래를, 더 이상의 배고픔도, 더 이상의 독재자도, 더 이상의 전쟁도 허용하지 않는 그런 미래를 위해 우리는 우리 자신을 희생하는 거야. 나는 그런 미래를 보지 못하고 죽을 가능성이 높아. 그건 너도 마찬가지야. 오노프레, 넌 아직 어린 꼬마에 불과하지만 너 역시 그런 미래를 네 눈으로는 볼 수 없을 거야. 많은 세월이 흘러야 할 거야. 그런 미래를 쟁취하기 위해서는 해야 할 일이 끝도 없어. 기존의 질서를 모조리 파괴해야만 해. 미래에는 쓸모가 없을 테니까. 억압과 억압을 가능케 하고 조장하는 정부를 무너뜨려야 해. 경찰과 군대를 끝장내야만 해. 사유재산과 돈을 없애 버려야만 해. 교회와 현재 시행되는 교육제도를 말살해야만 해. 그 외에도 아주 많아. 적어도 오십 년 이상이 걸릴 거야. 두고 봐, 내 말이 맞는지 틀리는지."

바르셀로나에서 수많은 사람들을 쓰러뜨렸던 그해 겨울의 추위는 오노프레의 하숙집도 비켜 가지는 않았다. 점쟁이 미카엘라 카스트로가 심각한 병에 걸리고 말았다. 비잔시오 신부가 의사를 데려와 그녀를 진찰하게 했다. 젊은 의사는 붉은 얼룩이 진 하얀색 가운을 껴입고 나타났다. 의사는 손가방에서 지저분하고 살짝 녹슨 도구들을 꺼내 그것으로 환자의 몸을 두드리고 찌르고 했다. 하숙집 사람들은 모두 그 의사가 의학에 대해 아무것도 모른다는 사실을 간파했다. 그리고 의사의 가운에 있는 얼룩이 토마토 자국이라는 것도 알 수 있었다. 그러나 모두들 모르는 척했다. 의사는 돌팔이가 분명했지만 자신이 내린 진찰 결과를 당당하게 밝혔다. 그는 미카엘라 카스트로가 머지않아 죽을 것이라고 선언했다. 하지만 병의 원인을 정확하게 밝혀내지는 못했다. 나이도 많은 데다 여러 가지 합병증도 생겨 얼마 더 살지 못할 것 같습니다. 의사는 그렇게 말했다. 그러고는 진정제 몇 알을 처방해 주고 돌아갔다. 의사가 돌아간 뒤 장기 하숙인들과 브라울리오 씨는 아가타 부인이 세숫대야에 발을 담그고 앉아 있는 응접실에 다시 모여 대책을 논의했다. 이발사 마리아노는 한시라도 빨리 미카엘라 카스트로를 하숙집에서 내보내야 한다고 주장했다. 점쟁이가 걸린 병은 전염병이 아니라고 의사는 얘기했지만, 이발사는 걱정이 많고 소심한 사람이었던 것이다.

"자선병원으로 보내는 게 좋아요. 그곳이라면 저 여자를 죽을 때까지 잘 보살펴 줄 겁니다."

이발사가 제안했다.

브라울리오 씨는 이발사의 제안에 찬성했다. 아가타 부인은 여느 때와 마찬가지로 아무 말이 없었다. 사람들이 무슨 일로 모여 수군거리는지 알아차린 것 같지도 않았다. 오노프레는 다수의 의견에 따르겠다고 말했다. 오로지 비잔시오 신부만이 반대 의견을 내놓았다. 비잔시오 신부는 성직자로서 여러 자선병원을 둘러볼 기회가 있었기 때문에 그곳 환자들이 처한 환경이 좋지 않다는 사실을 잘 알고 있었다. 설사 자선병원에 빈 침대가 있다고 하더라도, 저 가엾은 여자가 낯선 곳에서 죽어 가게 내버려 둘 수는 없습니다, 알지도 못하는 자들의 처분을 기다리며 다 죽어 가는 사람들 사이에 누워 있게 만들겠다니, 그건 너무 잔인한 짓입니다, 기독교인으로서 할 수 있는 일이 아닙니다, 그녀의 병은 대단한 보살핌을 요구하지 않아요, 아무도 불편하게 만들지 않을 겁니다. 신부는 그렇게 설명했다.

"저 가엾은 노인은 이 집에서 오래오래 살아왔습니다. 이 하숙집은 그녀의 집과 다름없습니다. 그녀는 이 집에서 우리와 함께 살다가 죽어야 합니다. 그게 옳아요. 우리가 누굽니까? 우리가 평소에 뭐라고 했습니까? 우리는 그녀의 가족입니다. 이 세상에 그녀의 가족이라고는 우리밖에 없습니다. 이 점을 명심하시기 바랍니다."

비잔시오 신부는 하숙집 식구들의 얼굴을 하나하나 들여다보며 덧붙였다.

"저 여자는 사탄 악마와 계약을 맺은 여자입니다. 지옥과 영원한 고통이 그녀를 기다리고 있습니다. 얼마나 무서운 일입니까. 이런 무서운 일을 앞둔 그녀에게 우리가 무슨 일을 해야 마땅할까요. 우리는 적어도 이래야 합니다. 얼마 남지 않은 지상의 삶일지라도 되도록 죄를 짓지 않고 살아가게 도와줘야 하지 않을까요?"

이발사가 반론을 펼치려고 하는 순간 아가타 부인이 불쑥 끼어들었다. 신부님 말씀이 옳아요. 아가타 부인의 목소리는 광부의 목소리처럼 걸걸했다. 아가타 부인의 남편을 제외하고 그녀의 목소리를 들어 본 사람은 그때까지 아무도 없었다. 아가타 부인의 단호한 주장으로 논의는 간단하게 마무리되었다. 오노프레는 상황이 어떻게 돌아가는지를 이내 눈치채고 아가타 부인의 말이 끝나기가 무섭게 비잔시오 신부를 옹호하고 나섰다. 이발사는 물러설 수밖에 없었다. 반대를 해도 소용이 없었던 것이다. 비잔시오 신부는 약속했다. 환자는 내가 도맡아서 돌보겠으니 다른 사람들은 신경 쓰지 않으셔도 됩니다. 그래서 그날 모임은 화기애애한 가운데 끝났다. 저녁 식사 시간이었다. 미카엘라 카스트로의 자리가 텅 비어 있었다. 식당에 모인 사람들의 머리 위로 음울한 기운이 흘렀다. 미카엘라 카스트로는 이제 두 번 다시 그 불길한 예언으로 다른 사람들의 기분을 상하게 할 수 없었다.

마침내 1887년 한 해가 저물었다. 실로 다사다난했던 한 해였다. 그래서 사람들은 그해를 예전에 비해 훨씬 길었다고 느꼈을 것이다. 어쩌면 운이 따르지 않은 해였기 때문에 그렇게 느껴졌을 수도 있다. 새해에는 조금이라도 상황이 호전되어야 할 텐데. 바르셀로나 사람들은 이심전심으로 그렇게 기원했다. 1887년 막바지에 몇 주에 걸쳐 몰아쳤던 한파 때문에 그해를 좋지 않게 기억하는 사람들도 있을 것이다. 그럴 가능성도 충분했다. 눈을 치우지 않고 그대로 놓아둔 지역은 그야말로 얼음판으로 변해 사람들이 넘어지기 일쑤였고, 그 때문에 사람들은 뼈가 부러지기도 했다. 북극이 따로 없군그래. 우스갯소리를 좋아하는 사람들은 그렇게 익살을 떨곤 했다. 공사가 한창 진행 중인 카탈루냐 광장은 구덩이, 흙더미, 크고 작은 도랑 등이 널려 있어 툰드라 지역과 같은 황량한 모습을 드러냈다. 어느 신문은 추운 날씨를 빗대어 터무니없는 기사를 싣기도 했다. 카탈루냐 광장 어느 구덩이에서 엄청나게 큰 알이 여러 개 발견되었다, 실험실에서 분석해 본 결과 그 알들은 펭귄 알로 판명되었다. 그 기사 내용이 사실이 아님은 분명했다. 문제의 그 신문은 12월 28일(헤롯왕이 유아를 학살한 날)에 그 기사를 싣기로 예정했으나, 착오가 생겨 기사가 엉뚱한 날에 나오고 말았던 것이다. 어쨌든 이 기사는 바르셀로나 주민들이 혹독한 추위에 얼마나 시달렸는지, 특히 그 강추위를 이겨 낼 수단이 없었던 가난한 사람들이 얼마나 고생했는지를 알리고자 했던 것이다. 집이 없는 노동자들이 가족과 함께 모여 살던 해변에서는 상황이 치명적이었다. 어느 날 밤이었다. 여자들은 이대로 죽을 수는 없다는 생각에 아이들을 품에 안고 행진을 시작했다. 남자들은 여자들을 따라가지 않기로 결정했다. 남자들까지 따라나서면 자칫 오해를 불러일으킬 수도 있었던 것이다. 남자들의 판단은 정확했다. 여자들과 아이들은 해변과 시우다델라 공원을 연결하는 철교를 건너고, 공사 중인 전시관들을 지나서, 예술 회관까지 걸어갔다. 지금은 사라지고 없는 그 예술 회관은 산 후안 살롱의 오른편, 개선문 바로 뒤편, 다시 말해 살롱과 코메르시오 거리 사이에 있었다. 예술 회관은 만국박람회를 위한 건물 중 하나였지만 공원 바깥에 위치해 있었다. 예술 회관 건물은 길이가 팔십팔 미터, 넓이가 사십일 미터, 높이가 삼십오 미터였다.(원형 지붕 네 개 위에 각각 세운 탑 네 개를 제외한 높이였다. 원형 지붕 각각은 유명한 조각상으로 장식되어 있었다.) 예술 회관 내부에는 예술 작품을 전시하기 위한 전시실과 갤러리를 제외하고도 으리으리한 방이 하나 남았다. 방의 규모는 가로 오십 미터에 세로 삼십 미터였다. 만국박람회의 여러 행사 중에서 가장 엄숙한 행사들이 치러질 방이었다. 여자들과 아이들은 그 방에서 밤을 보낼 작정이었다. 공원으로 파견 나온 경찰 간부가 여자들과 아이들의 동태를 상부에 보고했다. 못 본 척 그냥 내버려 두도록. 상부에서 명령이 떨어졌다.

"하지만 그들은 살롱 한가운데에서 모닥불을 피우고 있습니다. 창문으로 연기가 흘러나온단 말입니다."

경찰 간부가 따졌다.

"뭐라고? 그래도 총으로 그들을 몰아낼 수는 없어. 이번 사태가 외국 신문에 실리기라도 해 봐. 만국박람회 개막일이 네 달밖에 남지 않았단 말이야. 다른 방도를 강구해 보게나."

그것이 상부의 비공식적인 답변이었다. 이에 경찰 간부는 발끈했다.

"좋습니다. 그러나 그 명령을 서면으로 작성해 주시기 바랍니다. 만약 삼십 분 내에 서면 명령이 도착하지 않으면 전 그 명령을 못 들은 걸로 하겠습니다. 그리고 예술 회관에서 놈들을 쫓아내겠습니다. 놈들을 모조리 죽여 버리고 그에 대한 책임도 지지 않겠습니다. 아시겠지만 저는 카페-레스토랑의 옥상에 기관총을 설치해 놓았습니다. 놈들이 회관에서 나오는 족족 사살해 버릴 겁니다."

상부에서는 전령을 보내지 않을 수 없었다. 전령은 추위를 뚫고 빙판길에 넘어져 가며 대학살이 임박한 그 장소에 도착해 경찰 간부에게 명령서를 전달했다. 경찰 간부가 대학살을 감행하기 바로 직전이었다. 다음 날, 협상이 시작되었고 그들은 다음과 같이 합의했다. 노동자 가족(노동자 본인은 제외)은 시칠리아 거리에 새로 세운 병영에서 두 주간 지내기로 한다, 그곳에서는 모닥불을 피울 수 있을 뿐만 아니라 하고 싶은 일을 다 할 수 있다. 여자들과의 협상은 만만치 않았다. 에프렌 카스텔스는 여자들에게 발모제 몇 병을 팔아먹은 적이 있었다. 그런데 발모제를 바른 몇몇 여자들의 턱에서 수염이 자라기 시작했다. 시장을 대신하여 예술 회관으로 파견된 시의원은 턱수염이 난 여자들로 구성된 위원회를 상대해야만 했다. 전혀 예상치 못했던 상황에 처한 시의원은 여자들이 무엇을 요구하든 다 들어주겠다고 약속하고 말았다. 만일 그 시의원이 고위층과 연줄이 닿아 있지 않았더라면 자리에서 그만 쫓겨나고 말았을 것이다. 그 모든 일은 에프렌 카스텔스가 여자라면 사족을 못 쓰는 색마였기 때문에 벌어진 것이었다. 에프렌 카스텔스는 남자들이 일터로 나가 집을 비운 틈을 이용했다. 그는 발모제 장사를 핑계로 여자들만 있는 움막으로 숨어들어 수작을 부렸다. 사내대장부다운 그의 모습에 거의 모든 여자들이 빠져들었다. 그는 성격이 호탕했고, 여자를 꼬시는 법에 정통했으며, 씀씀이가 헤펐다. 그래서 연애질에 있어서라면 그를 따라갈 사람이 없었다. 오노프레는 동업자의 애정 행각을 탐탁지 않게 생각했다. 언젠가는 당신 탓에 우리 둘 다 굉장히 불쾌한 상황에 빠지게 될 거야. 오노프레는 종종 그렇게 투덜거렸다.

"걱정할 거 하나 없네요."

오노프레가 투덜거리면 에프렌 카스텔스는 이렇게 대답하곤 했다.

"나는 암컷이라면 잘 알고 있어. 암컷들이란 아무것도 아닌 일로도 남편들을 속여 먹기 마련이야. 하지만 그런 여자들일수록 자기에게 잘해 주는 애인을 배신하기보다는 스스로 얻어 맞거나 욕을 먹는 쪽을 택하지. 그런데 네가 뭘 안다고 함부로 지껄이는 거야? 이봐, 여자들이 나를 원하는 거란 말이야. 여자들은 고통당하는 걸 좋아한다고. 너를 보호해 줄 여자가 필요하면 여자를 함부로 대하고 배신도 하고 그래. 그게 가장 좋은 방법이야. 나는 여자 없이는 못 사는 놈이야. 나는 여자라면 알 만큼 알아. 내가 여자들 덕이나 보고 사는 놈인 줄 알아? 나는 그런 놈이 아냐. 그래, 어쩔 건데? 나는 방향을 잃고 이리저리 떠돌아다니는 그런 놈이란 말이야."

에프렌 카스텔스는 오노프레가 준 돈을 애인들 선물 나부랭이를 사는 데 다 써 버렸다. 보아하니 씀씀이가 헤픈 망나니로 전락하고 말겠어. 오노프레는 생각했다. 사람이란 모두 자기가 하기 나름이야, 인간이란 다 그런 거야, 밀가루처럼 물렁물렁해서 어떻게 빚느냐에·따라 달라지는 거지. 오노프레는 하숙집 층계참에 숨어 델피나의 동정을 살피는 동안 그런저런 생각을 했다. 그는 여전히 델피나를 감시하고 있었다. 추위가 뼛속까지 파고들었다. 다만 아직 어린 나이였고 워낙 건강한 체질이었기 때문에 그는 심각한 병에 걸리지 않고 넘어갈 수 있었다. 브라울리오 씨는 밤에 나돌아 다니는 짓을 그만두었다. 그렇지만 여전히 여장을 하고 나돌아 다닐 수 있는 봄이 오기를 학수고대했다. 오노프레는 자신이 델피나를 급습하기 위해 밤마다 층계참에 숨어 있으며, 그녀가 애인과 만나는 장소를 알아내 급습하려 한다는 계획에 대해 브라울리오 씨에게 한마디도 하지 않았다. 브라울리오 씨는 딸자식의 바람기에 대해 전혀 모르는 눈치였고, 델피나 역시 아버지의 행각에 대해 전혀 모르는 것 같았다.

그러던 어느 날 밤이었다. 새벽 2시 정각에 어떤 목소리가 사색에 잠겨 있던 오노프레를 깨웠다. 목소리의 주인공은 미카엘라 카스트로였다. 그녀는 자기 방에 누워 물을 좀 달라고 애원하고 있었다. 점쟁이 여자를 돌보기로 한 비잔시오 신부는 깊은 잠에 빠졌거나, 아니면 나이가 너무 많아 귀가 약간 먹은 듯싶었다. 몇 분이 흘렀다. 아무도 점쟁이 여자에게 달려가지 않았다. 점쟁이 여자는 계속해서 물을 달라고 소리쳤지만, 목소리가 너무나 희미해 그 소리가 어디에서 들려오는지도 정확히 알 수 없을 정도였다. 오노프레는 식당으로 내려가 선반에서 잔을 하나 꺼내 물을 채운 뒤 미카엘라 카스트로의 방으로 갔다. 미카엘라 카스트로의 방에서는 구역질이 날 정도로 악취가 풍겨 나왔다. 햇볕에 널어놓은 해초 냄새 같았다. 오노프레는 얼음처럼 차가운 점쟁이 여자의 손을 더듬더듬 찾아내 물 잔을 손가락 사이에 쥐어 주었다. 허겁지겁 물을 마시는 소리가 들렸다. 소리가 멈추자 오노프레는 빈 잔을 점쟁이 여자의 손아귀에서 빼냈다. 점쟁이 여자가 뭔가 알 수 없는 말을 중얼거렸다. 오노프레는 침대 머리맡으로 귀를 가까이 가져갔다. 애야, 주님께서 네게 보답해 주실 거야. 그런 소리가 들리는 듯싶었다. 겨우 그런 소리나 하려고 했던 거야? 오노프레는 생각했다. 그러나 그 순간 어떤 생각이 오노프레의 머릿속에서 떠돌기 시작했다.

1월 중순경에 날씨가 다시 좋아졌다. 바르셀로나는 혼수상 태에서 깨어났다. 만국박람회 공사장에 산더미처럼 쌓여 있던 얼음 덩어리들이 녹아내리기 시작하면서, 지난 몇 주 동안 공사장 책임자들이 헛되이 찾아다녔던 난간들과 받침대들이 모습을 드러내기 시작했다. 얼음이 녹으면서 넓은 물웅덩이들이 생겨났다. 물웅덩이들은 작업에 불편을 초래했을 뿐만 아니라 위험하기까지 했다. 물웅덩이 탓에 토사가 유출되었고, 토사 유출 탓에 건물을 세울 때 바닥과 벽이 평소보다 심하게 갈라지기도 했다. 한번은 건물이 무너지면서 벽돌공 조수 한 명이 돌무더기에 깔려 목숨을 잃은 적도 있었다. 그러나 시간이 촉박했기 때문에 조수의 시체를 찾아내지도 못하고 돌무더기를 그대로 다져 그 위에 건물을 다시 세워야 했다. 그 사고는 밖으로 알려지지 않았다. 그래서 만국박람회를 관람했던 사람들은 자신들의 발밑에 시체가 하나 파묻혀 있다는 사실을 전혀 알 수 없었다. 옛날에는 그런 일이 다반사였다. 그렇다고 공사장에서 비극적인 일만 벌어졌던 것은 아니다. 웃음거리를 제공해 준 사건들도 있었다. 예컨대 이런 일이 있었다. 얼음이 녹자 집시들 한 떼가 해변을 따라 걸어 내려왔다. 노동자들의 부인들이 움막에서 뛰어나와 문을 가로막았다. 집시 여자들이 갓난아이들을 몰래 훔쳐 데려간다는 소문이 나돌았던 것이다. 그러나 사실은 그렇지 않았다. 집시들은 일용할 양식을 구하기 위해 냄비를 수선하고, 개털을 깎아 주고, 점을 쳐 주고, 사람들에게 곰이 춤추는 모습을 보여 주었을 뿐이었다. 노동자들에게는 털을 깎을 개도 없었고, 수선이 필요한 냄비도 없었으며, 구태여 알고 싶은 미래도 없었다. 그래서 노동자들을 즐겁게 해 줄 수 있는 것은 곰이 재주를 피우는 모습뿐이었다. 집시들은 연병장에 자리를 잡고 탬버린을 울리기 시작했다. 그러자 경찰이 집시들을 쫓아내기 위해 개입했다. 예술 회관 사태를 계기로 한 단계 진급한 경찰 간부가 우두머리로 보이는 집시에게 다가와 동료들을 데리고 지금 당장 그곳에서 물러나라고 명령했다. 우두머리 집시는 자신들이 아무에게도 해를 끼치지 않았다고 항의했다. 말이 통하지 않는 친구로군, 한마디만 하겠다, 나 지금 오줌 누러 가는데, 내가 다시 돌아왔을 때에는 이곳에 없는 게 좋을 거다, 만일 그러지 않았다간 곰은 총살해 버리고, 남자들은 강제 노동에 보내고, 여자들은 머리를 빡빡 밀어 버릴 테니까, 그러니 잘 판단해서 처신하도록 해. 경찰 간부는 그렇게 말했다. 곰과 집시들은 재빠르게 사라져 버렸다. 진짜 웃기는 얘기는 지금부터 시작된다. 그런 소동이 벌어지고 이삼일이 지난 뒤였다. 만국박람회 공사장에 다른 집시들이 나타났다. 이전에 왔던 집시들만큼이나 볼만한 광경이었다. 초록색 프록코트와 같은 색 실크 모자로 치장한 신사가 집시들의 우두머리였다. 그 신사는 흑옥과 같이 시커먼 콧수염에 광택제까지 바르고 있었다. 네 남자가 신사의 뒤를 따르고 있었다. 그들은 들것을 운반 중이었다. 들것 위에는 커다란 물체가 하나 놓여 있었지만 방수천으로 가려져 무언지 알 수 없었다. 경찰은 집시들이 눈에 뜨이자마자 달려들어 소총 개머리판으로 그들을 사정없이 짓이기기 시작했다. 그러나 나중에 알고 보니 초록색 프록코트를 입은 남자는 맨 먼저 도착한 만국박람회 참가자였다. 그는 군터 반 엘케세리오라는 사람이었고, 네 남자는 마인츠에서부터 군터 반 엘케세리오 씨를 따라온 인부들이었다. 자신이 발명한 전기 물렛가락을 가져온 그 가엾은 참가자는 이리저리 헤매며 사람들에게 독일어와 영어를 섞어서 묻고 다녔던 것이다. 어디 가서 접수를 해야 하는지, 만국박람회가 열릴 때까지 그 물렛가락을 어느 장소에 보관해야 하는지를 말이다.

개막일을 며칠 앞두고 바르셀로나 시 당국은 혼잡한 상황을 미연에 방지하기 위해 만국박람회 참가 희망자들에게 전시하고 싶은 물건을 미리 가져와 달라고 요구했다. 이런 조치에 따라 각각의 전시관이 완공될 때까지 전시물을 보관할 수 있도록 창고가 여러 채 세워졌다. 전시물 보관 작업은 처음 예상과 달리 복잡하기 짝이 없었다. 야외에 보관한 전시물들을 습기로부터 보호해야 했을 뿐만 아니라(전시물 중에는 정밀한 기계도 많았고, 예술품도 많았으며, 재료 자체가 약하거나 조립 방식이 허술한 것들도 많았다.) 쥐나 바퀴벌레, 흰개미 등등이 갉아 먹지 못하도록 조치를 취해야 했다. 게다가 때가 되면 쉽게 알아보고 찾아낼 수 있도록 보관해야만 했다. 시 당국은 그 돌발적인 상황을 지켜보며 해결책을 찾기에 전전긍긍했다. 시 당국은 전 세계에 존재하는 물품들과 그 변종들의 목록을 제때에 작성해야만 했다. 그 목록은 그야말로 끝이 없었다. 각각의 전시물에는 숫자나 문자가 붙었고, 숫자와 문자가 동시에 붙은 물품들도 있었다. 그렇게 해서 모든 문제를 해결할 수 있었다. 오노프레 부빌라도 어느 순간 그 목록들 중 하나를 손에 넣을 수 있었다. 오노프레는 그 목록을 꼼꼼히 연구해 보았다. 이 세상에 사고팔 수 있는 물건이 이렇게나 많을 줄은 꿈에도 생각해 보지 못했는데. 오노프레는 감탄했다. 새로운 발견이자 엄청난 충격이었다. 오노프레는 며칠 동안이나 그 충격에서 벗어나지 못했다. 마침내 오노프레는 위험한 줄 뻔히 알면서도 에프렌 카스텔스와 함께 전시물이 보관되어 있던 창고로 숨어들었다. 두 사람은 불을 밝히기 위해 기름등잔을 하나 준비했다. 창고에는 천장에서부터 바닥까지 크기가 다양한 상자들과 꾸러미들이 쌓여 있었다. 마차와 말 들이 한꺼번에 들어갈 수 있을 정도로 커다란 상자들도 있었고, 호주머니에 들어갈 정도로 작은 꾸러미들도 있었다. 각각의 상자와 꾸러미에는 무엇인가가 들어 있었다. 오노프레는 에프렌 카스텔스가 높이 들고 있는 희미한 기름등잔 불빛에 의지해 목록을 살펴보았다. 그 창고에 보관되어 있는 물건들은 다음과 같았다. 외과나 정형외과 등 의학에 사용되는 기계장치로는 의자와 침대, 탈장과 정맥류에 사용되는 붕대 등등, 환자가 사용하는 물품으로는 목발, 특별히 제작한 신발, 안경, 안경테, 보청기, 의족 등등, 플라스틱으로 만든 인조 보철 기기로는 의치, 의안, 인조 코, 관절이 있는 인조 팔과 다리, 앞에 언급하지 않은 정형외과용 기계장치, 특별한 경우 강제로 음식물을 섭취하도록 만드는 기구, 미친 사람이나 위험한 죄수에게 입히는 구속복 등등이었다. 재수가 없으려니, 원. 에프렌 카스텔스가 투덜거렸다. 거인 에프렌은 오노프레의 부탁을 받고 자신의 엄청난 힘을 이용해 창고에 있는 가장 커다란 상자들 중에서 하나를 뜯었다. 그 상자 속에는 종이를 압착할 때 사용하는 압착 롤러가 들어 있었다.

에프렌 카스텔스는 마음씨가 좋은 거인이었다. 그래서 그는 해변에 사는 꼬맹이들로부터 신임을 얻고 있었다. 그 꼬맹이들은 거인이 건드린 여자들의 자식이었다. 거인은 그 꼬맹이들을 이용해 여자들과 연애편지를 주고받거나 약속 시간을 정하기도 했다. 오노프레와 에프렌 카스텔스는 그 꼬맹이들을 모아 훈련시켰다. 꼬맹이들은 밤이면 밤마다 창고로 숨어들어 교묘한 솜씨로 상자를 뜯어내고 그 안에 든 물건을 꺼내 오노프레와 에프렌에게 가져다주었다. 오노프레와 에프렌은 그 물건들이 무엇이냐에 따라 팔아먹기도 했고 그냥 버리기도 했다. 꼬맹이들은 물건을 갖다 주고 그 대가로 어느 정도 돈을 챙길 수 있었다. 에프렌 카스텔스는 돈을 버는 족족 탕진해 버리곤 했다. 그에 반해 오노프레 부빌라는 단 한 푼도 쓰지 않고 비잔시오 신부의 매트리스 밑에 감추어 두었다. 그래서 어느 정도 재산을 모을 수 있었다. 왜 그렇게 돈을 모으려고 기를 쓰는 거야? 알다가도 모르겠군. 에프렌은 오노프레에게 그렇게 말하곤 했다. 네가 돈을 계속 모으면 나야 좋지, 네게 빌붙을 수 있을 테니까, 나는 바보 멍청이라서 말이야, 내일 일은 생각하지 않아, 네게도 다 생각이 있겠지, 나는 잘 모르겠지만. 오노프레가 돈을 쓰지 않은 데에는 다른 이유가 없었다. 오노프레는 돈을 쓰는 방법을 몰랐다. 주변에서 돈을 쓰는 방법을 가르쳐 주는 사람도 없었고, 돈을 꼭 써야 할 이유도 없었다.

오노프레가 오랫동안 관찰한 바에 따르면 델피나는 하숙집에서 거의 나가지 않았다. 매일 아침 장을 보러 다니긴 했지만 그 시간은 채 한 시간도 걸리지 않았다. 오노프레는 그 시간을 이용해 델피나에게 접근해 보기로 결심했다. 어느 날 아침이었다. 오노프레는 장사를 하러 나가지 않고 그 대신 장을 보러 가는 델피나의 뒤를 따라가 보기로 했다. 델피나는 버들가지로 만든 커다란 바구니 두 개를 들고 하숙집을 나섰다. 고양이가 그녀의 곁에 따라붙었다. 델피나는 씩씩하게 걸어갔다. 그러나 그녀의 눈빛은 무슨 딴생각이라도 하는지 흐리멍덩했다. 그래서인지 그녀의 맨발이 더러운 물웅덩이에 빠지기도 했고 산더미처럼 쌓인 쓰레기 더미에 걸리기도 했다. 골목길에서 뛰어놀던 아이들이 동작을 멈추고 그녀를 째려보았다. 무시무시한 고양이가 옆에 없었다면 아이들은 그녀에게 달려들거나, 돌맹이나 쓰레기를 집어 던졌을 것이다. 시장에 도착했다. 장사꾼 여자들 역시 그녀를 그저 시큰둥하게 대할 뿐이었다. 델피나는 사람들과 수다를 떨지 않았다. 물건을 살 때에는 무게가 맞는지 질이 좋은지 꼬치꼬치 따졌고, 억지를 부려 가며 물건 값을 깎기도 했다. 항상 질이 떨어지는 물건만 골랐으며, 바로 그 질이 떨어진다는 이유로 값을 깎겠다고 생떼를 썼다. 어느 장사꾼 여자가 이렇게 말했다. 이 양배추는 썩지 않았어요, 아직까지 이렇게 싱싱하잖아요. 그러자 델피나가 따지고 들었다. 거짓말 마요, 양배추에서 썩은 내가 진동을 하는구먼, 벌써 구더기가 파고들었는데 뭘 그래요, 이따위 썩은 물건을 터무니없이 비싼 값에 팔다니, 난 그렇게는 살 수 없어요. 만일 장사꾼 여자가 그대로 물러서지 않고 목청을 높이면 델피나는 고양이 벨세부를 들어 올려 판매대 위에 내려놓았다. 고양이는 즉시 등을 활처럼 구부리고, 온몸의 털을 곤두세우고, 발톱을 드러냈다. 그 작전은 효과만점이었다. 장사꾼 여자는 겁을 집어먹고 결국 양보하고 마는 것이었다. 가져가요, 가져가, 양배추를 가져가고 돈은 주고 싶은 만큼 주세요, 하지만 다시는 우리 가게에 오지 마요, 당신한테는 더 이상 팔고 싶지 않으니까, 이걸로 끝이야, 알았죠! 델피나는 어깨만 으쓱할 뿐이었다. 그리고 그 다음 날이면 여전한 기세로 그 가게를 찾아가곤 했다. 시장 장사꾼들은 델피나의 얼굴을 보기만 해도 하얗게 질린 채 치를 떨었다. 장사꾼들은 시장을 누비고 다니는 마녀를 찾아가 델피나에게, 그리고 특히 그 무시무시한 고양이에게 저주를 퍼부을 수 있는 방법을 알아보기도 했다. 오노프레는 그 모든 것을 어렵지 않게 알아낼 수 있었다. 시장 장사꾼들은 델피나와 그 빌어먹을 고양이가 눈앞에서 사라진 뒤에도 계속해서 욕을 퍼부었던 것이다.

델피나가 하숙집으로 돌아오는데 오노프레가 불쑥 그녀 앞에 나타났다.

"산책을 하던 중이야."

오노프레가 델피나에게 말을 걸었다.

"이런 데서 널 만나게 될 줄이야. 내가 좀 도와줄까?"

"나 혼자서도 충분하고도 남아."

델피나가 발걸음을 빨리하며 거절했다. 그녀는 먹을 것으로 가득 찬 바구니가 조금도 무겁지 않다는 시늉을 해 보였다.

"네가 힘이 들어 보여서 도와주겠다는 게 아냐. 그냥 친절하게 대하고 싶었을 뿐이야."

오노프레가 말했다.

"무엇 때문에?"

델피나가 물었다.

"무엇 때문이라니, 그냥 그런 거지. 아무 이유 없이 그냥 친해지고 싶었어. 무슨 이유가 있다면 그건 친절이 아니라 관심이겠지."

오노프레가 대답했다.

"주제에 말은 잘하는구먼."

델피나가 말꼬리를 잡아챘다

"꺼져. 꺼지지 않았다간 고양이가 가만두지 않을 거야."

우선 벨세부를 없애 버릴 필요가 있었다. 다시 말해 그 고양이 놈을 죽여 버려야 했다. 좋은 방법을 많이 생각해 냈지만, 그 방법을 실행에 옮기려면 만만찮은 문제를 먼저 해결해야 했다. 마침내 오노프레는 실행 가능한 방법을 하나 찾아냈다. 그것은 바로 하숙집 지붕에 기름을 잔뜩 발라 놓는 것이었다. 다른 모든 고양이들처럼 벨세부가 지붕 위로 올라가서 놀 때, 발라 놓은 기름에 미끄러져 떨어질지도 모른다, 오 층 높이에서 길바닥으로 떨어지면 고양이 놈은 필경 죽고 말 것이다. 오노프레는 그렇게 생각했다. 오노프레는 그 계획을 실행에 옮기다 자칫 죽을 뻔했다. 그는 지붕으로 올라가 지붕 전체에 빈틈없이 기름칠을 하고 방으로 돌아와 침대에 누웠다. 그날 밤에는 아무 일도 발생하지 않았다. 다음 날, 오노프레가 기다리다 지쳐 잠이 깜박 들었을 때(산 에제키엘 교회의 시계가 2시를 알린 직후였다.) 무슨 소리가 오노프레를 깨웠다. 발코니 쪽에서 신음 소리와 투덜대는 소리가 들려왔다. 벨세부란 놈이 어느 야경꾼의 머리 위로 떨어진 모양이었다. 제길, 지지리 복도 없는 놈이야. 오노프레는 그렇게 중얼거리며 발코니 문을 열고 밖으로 나갔다. 오노프레는 달빛에 비친 그림자를 보고 흠칫했다. 한 남자가 발코니 난간에 매달려 있었던 것이다. 그 남자는 건물 벽에서 발 디딜 곳을 찾아 두 발을 버둥거리며 도와달라고 소리치고 있었다. 남자는 오노프레가 나타나자 목청을 높였다. 제발요, 좀 도와줘요, 이러다 죽겠어요. 오노프레는 남자의 손목을 붙잡고 있는 힘을 다해 끌어당겼다. 남자가 방 안으로 엉금엉금 기어들었다. 남자는 안간힘을 다해 일어서려고 했지만 미끄러지면서 엉덩방아를 찧고 말았다. 엉덩이뼈가 완전히 작살난 것 같은데. 남자가 낑낑거렸다. 오노프레는 남자에게 목소리를 낮추라고 부탁했다. 초에 불을 붙였다. 어디 좀 들어 봅시다, 내 발코니에 매달려 대체 무슨 짓을 하고 있었던 거요? 오노프레가 남자를 윽박질렀다.

"어떤 개자식이 지붕에 기름이나 뭐 그런 걸 덕지덕지 처발라 놓았단 말이야. 난간을 붙잡을 수 있어 다행이었지, 하마터면 골로 갈 뻔했다니까."

남자가 대답했다.

"그럼, 지금 이 시간에 지붕에는 왜 올라간 거요?"

오노프레가 다시 따졌다.

"그게 당신과 무슨 상관이야?"

"나와는 상관없지. 하지만 이 하숙집 주인과 경찰은 관심이 많을 것 같은데그래."

"이거 왜 이러시나. 나는 도둑놈이 아니라고. 나쁜 짓이라곤 모르고 살아온 놈이야. 내 이름은 시시니오야. 여기 사는 계집애의 남자 친구란 말이지."

"델피나!"

"맞아, 그 계집애야. 계집애 부모가 지독하게 고지식해서 딸자식이 남자와 사귀는 꼴을 보지 못한단 말이지. 그래서 밤마다 지붕에서 만나는 거지."

"기가 막힌 노릇이로군. 그럼 지붕에는 어떻게 올라가는데?"

"사다리를 이용하지. 건물 뒤쪽에 사다리를 걸치고 올라가. 그쪽은 지대가 높은 편이라 지붕까지 거리가 얼마 되지 않거든. 나는 칠장이야."

시시니오는 서른다섯 살 정도로 보였다. 가슴이 좁고, 머리숱이 적고, 눈알이 튀어나오고, 턱이 쑥 들어간 남자였다. 앞니가 두 개나 빠져 말을 할 때면 휘파람 소리가 새어 나왔다. 이따위 놈이 내 경쟁자란 말이지. 오노프레는 김이 팍 새는 기분이었다.

"그래, 지붕에서는 무슨 일을 하는데요?"

"너무 많은 걸 알려고 하지 마."

"걱정 마요. 나도 당신들 편이에요. 가스통이라고 합니다. 파블로가 내 얘길 했을 텐데요."

"아, 자네가 가스통이로군."

시시니오가 처음으로 씩 웃어 보였다. 그가 말을 이었다. 사실 지붕에서는 별로 할 일이 없어, 이런저런 이야기를 나누거나, 중간 중간 입맞춤을 하거나 뭐 그런 거지, 지붕은 너무 위험해서 더 이상 진전하기가 힘들어, 나는 좀 더 편한 장소로 자리를 옮기자고 수천 번이나 부탁했지만 델피나가 들어주지 않는 거야, 그 일을 치르고 나면 날 내팽개치려고 그러는 거겠지? 델피나는 항상 그런 식으로 나와, 그렇게 이 년이 흘렀어, 내가 왜 이러고 있는지 나도 잘 모르겠어. 오노프레는 시시니오에게 왜 결혼을 하지 않는지 물었다.

"그건 또 다른 문제야. 난 이미 결혼한 몸이거든. 딸내미가 둘이나 있어. 아직 델피나한테는 말하지 않았지만. 용기가 없어서 도저히 그런 얘길 꺼내지 못하겠어. 델피나는 지금 부푼 꿈에 젖어 있어. 마누라가 죽으면 모든 문제가 해결되겠지만, 그녀가 워낙 튼튼해서 말이야."

"이 일에 대해 그 여자는 뭐라고 하는데요? 당신 부인 말입니다."

"아무 말도 안 해. 마누라는 내가 밤에도 일을 한다고 믿고 있거든. 집으로 들어가기 전에 몸에 페인트를 칠한단 말이지. 그러니 그녀가 속을 수밖에."

"당신은 여기서 꼼짝 말고 있어요. 내가 델피나를 찾아보겠어요. 당신을 만나려고 지붕으로 올라가다가 미끄러지면 떨어져 죽을지도 몰라요."

오노프레가 복도로 나왔을 때 비잔시오 신부는 화장실에 틀어박혀 있었고, 점쟁이 여자는 통증 때문에 신음 소리를 내뱉고 있었다. 지금 이 순간 창녀처럼 차려입은 브라울리오 씨와 만나면 그야말로 가관이겠군, 어쩌자고 이따위 집구석으로 기어들었단 말인가! 오노프레는 생각했다.

오노프레는 델피나의 침실 문을 살짝 두드렸다. 델피나가 귀찮다는 듯한 목소리로 누구냐고 물었다. 오노프레는 신분을 밝혔다. 꺼져, 꺼지지 않으면 고양이를 풀어 놓을 거야. 대답 한번 걸작이었다. 시시니오가 사고를 당했어, 그걸 알려 주려고 온 거야. 오노프레가 속삭였다. 그 순간 침실 문이 열렸다. 문틈으로 눈동자 네 개가 반짝였다. 고양이가 으르렁거렸다. 오노프레는 한 발 물러섰다. 델피나가 입을 열었다. 겁먹지 마, 해치지 않을 거야, 그래, 무슨 일인데?

"네 남자 친구가 지붕에서 떨어졌어. 지금 내 방에 있어. 한번 내려와 봐. 벨세부는 그대로 두고."

오노프레가 말했다.

델피나와 오노프레는 계단을 내려가기 시작했다. 오노프레가 델피나의 팔을 붙잡았다. 델피나는 팔을 빼지도 않았고, 아무 말도 하지 않았다. 오노프레는 그녀가 떨고 있는 것을 확인했다.

시시니오는 침대에 누워 있었다. 촛불에 비친 모습이 마치 시체 같았다. 시시니오는 눈을 깜박이며 억지로 웃어 보이려 했다. 지금부턴 네가 책임져. 오노프레가 델피나에게 말했다. 저 남자가 내 방에서 죽지 않도록 무슨 수를 좀 써 보란 말이야, 시비에 말려들고 싶지 않으니까, 동이 틀 무렵에 다시 돌아오겠어. 오노프레는 밖으로 나가 문 앞에서 잠시 망설였다. 어디로 가야 할지 알 수 없었다. 고양이 울음소리가 들려왔다. 그리고 그때 어떤 물체가 오노프레의 어깨를 스치고는 땅바닥에 처박혔다. 오노프레는 쇠막대기를 하나 주워 벨세부의 시체를 밀었다. 마침내 고양이 시체가 하수도 구멍으로 사라졌다. 그렇게 해서 델피나는 단 하룻밤 사이에 자신을 지켜 주던 버팀목 두 개를 동시에 잃고 말았다.

4

바르셀로나 주교는 수련 수사 시절에 로마로 여행을 떠난 적이 있었다. 그는 밀라노에서 며칠 머무르는 동안 오스트리아의 프란츠 페르디난트 대공(그로부터 몇 년 후에 사라예보에서 비극적인 죽음을 맞이한 바로 그 인물)이 군대를 사열하는 장면을 구경했다. 그 장면은 바르셀로나 주교가 죽을 때까지 그의 기억 속에 생생히 남아 있었다. 그건 그렇다 치고, 바르셀로나 주교가 지나가자 노동자들은 일손을 멈추고 똑바로 서서 모자를 벗었다. 시우다델라 교회에서 종소리가 울려 퍼졌고, 행렬을 따라가는 기병 연대에서 나팔 소리가 터져 나왔다. 바르셀로나 주교와 바르셀로나 시장은 어깨를 나란히 하고 개선문을 통과했다. 그 뒤로 고위급 인사들이 떼를 지어 몰려들었다. 그리고 그 뒤를 따르는 사람들은, 각국 영사들을 제외하고는, 담담한 표정들이었다. 평상시와는 달리 부제 한 명이 성수 그릇을 들고 주교 뒤를 따랐다. 은을 세공해 만든 성수 그릇에는 성수가 가득 담겨 있었다. 바르셀로나 주교는 왼손에는 주교를 상징하는 홀장을 들었고, 오른손에는 성수채를 들었다. 주교는 이따금 성수채를 성수에 적셔 사람들을 향해 흔들었다. 성수가 직접 몸에 닿은 노동자는 즉시 성호를 그었다. 안타깝게도 주교가 걸치고 있는 성스러운 망토에 흙먼지가 내려앉았다. 공식 행사가 거행될 산업관 건물은 내부 장식 공사를 시작도 하지 못한 상태였기 때문에 그 미비점을 감추기 위해 커튼을 늘어놓았다. 그래서 천막 같은 분위기를 풍겼다. 높다란 단 위에 예배당이 하나 세워져 있었다. 예배당 안에는 최근에 다시 찾은 산타 루시아의 조각상이 안치되어 있었다. 그것은 금도금한 은제 조각상으로 18세기나 그 이전의 작품이었다. 중앙 회중석 왼편에 자리 잡고 있던 시립악단이 고위급 인사들이 등장하는 순간 행진곡을 연주하기 시작했다. 주교는 만국박람회 장소에 축복을 내렸다. 주교와 시장이 연설을 했고, 그 뒤를 이어 사람들이 왕과 섭정 황후를 위해 만세를 불렀다. 마드리드를 수도 없이 드나들었던 대표단 두 명은 자신들이 지나다녔던 모든 마을의 이름을 되새기며 눈물을 흘렸다. 두 사람은 만국박람회를 잉태한 장본인은 아니었지만 산파 역할을 했다는 사실에 자부심을 느꼈다. 하지만 그들이 거둔 성과는 사실상 보잘것없는 것이었다. 중앙정부의 보조금은 너무나 형편없어 바르셀로나 시는 파산할 수밖에 없었고, 카탈루냐 지역 주민들은 만국박람회로 발생한 수익금을 하나도 차지할 수 없었다. 그런 사실을 대표단은 몰랐던 것이다. 설사 그들이 알았다 해도 그들은 똑같이 울었을 것이다. 종소리가 다시 울려 퍼졌다. 행사는 종료되었고, 그 즉시 작업이 다시 시작되었다. 때는 1888년 3월 1일이었다. 만국박람회 개막일까지 겨우 한 달하고 일주일이 남은 시점이었다.

오노프레 부빌라는 여러 방면으로 사업을 확장해 나갔다. 특히 꼬맹이 좀도둑들과 손을 잡은 이후로 그의 사업은 번창일로에 있었다. 꼬맹이들은 어느 날 보관창고에서 새로운 물품을 훔쳐 왔다. 그것들은 구장 잎, 페루산 나무껍질, 해시시 등 담배로 피우거나 씹어 먹을 수 있는 식물들로, 장차 농업관에 전시될 물품이었다. 농업관은 예술 회관과 마찬가지로 공원 바깥인 성벽 북쪽에 위치해 있었다. 산마르틴과 프랑스로 통하는 길목, 로제르데플로르 거리와 시칠리아 거리 사이였다. 오노프레는 어느 장물아비를 통해 그 물건들을 외국에 비싼 값으로 팔아먹었다. 장물아비는 솜씨 좋은 미장이였는데, 성격이 워낙 방정맞아서 받침대나 계단에서 굴러떨어지기 일쑤였다. 파블로는 오노프레가 무슨 짓을 벌이고 있는지 알아차린 뒤부터 걱정이 태산 같았다. 오노프레는 겉으로는 스승이나 다름없는 파블로를 존경하는 척했지만 뒤에서는 그를 골탕 먹이고 있었던 것이다. 파블로는 어떻게 처신해야 할지 도무지 갈피를 잡을 수 없었다. 오노프레가 공사장 인부들 사이에서 어느 정도 인기를 끌고 있는지 파블로는 잘 알고 있었다. 그렇다고 해서 자신의 동지들에게 오노프레에 대한 불만을 털어놓을 용기도 없었다. 파블로는 우유부단한 성격 탓에 진퇴양난에 빠지고 말았다. 그는 세상과 단절되어 있었다. 세상 소식을 알 수 있는 길은 오직 오노프레를 통하는 것뿐이었다. 하지만 오노프레는 자신에게 이로운 점만 이야기했다. 파블로는 오노프레의 손에 놀아나는 꼭두각시로 전락했다.

파블로는 여러 차례에 걸쳐 오노프레에게 설명했다. 카탈루냐에서 가장 먼저 파괴해 버려야 할 것은 리세오 극장이야. 오노프레는 그 극장을 왜들 그렇게 중요하게 여기는지 직접 살펴보기로 했다. 리세오 극장은 일종의 상징물이야, 마드리드에 왕이 있고 로마에 교황이 있는 것과 같은 거야. 파블로는 그렇게 말했다. 카탈루냐에 왕도 없고 교황도 없는 것은 다행스러운 일이지만, 리세오 극장이 문제란 말이야. 오노프레는 입장권을 샀다. 오노프레 생각에는 터무니없이 비싼 가격을 지불했지만, 그럼에도 가난한 사람들만 드나드는 출입구를 이용해야했다. 오노프레는 양배추 잎이 무더기로 쌓여 있는 옆 골목을 통해 리세오 극장으로 들어갔다. 부자들은 람블라스 거리 쪽에 있는 현관을 이용했다. 람블라스 거리에서는 부자들이 마차에서 내리고 있었다. 여자들은 거의 날아갈 듯이 마차에서 뛰어내렸다. 여자들이 입고 있는 치마는 너무나 길어서 그녀들이 유리문 뒤로 사라진 후에도 치맛자락 끝이 마차에서 계속 끌려나올 정도였다. 마치 커다란 파충류가 오페라를 보러 극장으로 들어가는 꼴이었다. 오노프레는 한없이 이어지는 계단을 기다시피 걸어서 올라가야만 했다. 결국 그는 숨을 헐떡이며 어느 장소에 도착했다. 그곳에는 철로 만든 벤치가 달랑 하나 놓여 있었다. 하지만 그 벤치마저도 음악광들이 벌써 차지하고 있었다. 그 음악광들은 며칠 동안을 그곳에서 지냈는데, 바람에 말리기 위해 널어놓은 돗자리처럼 난간에 기대어 잠을 자고, 빵 부스러기를 마늘과 함께 씹어 먹었으며, 가죽 포대에 든 포도주를 마셨다. 그곳은 이들의 사육장이나 진배없었다. 그곳을 차지한 사람들은 모두 양초 토막으로 무장하고 있었다. 사람들은 어두운 극장에서 촛불 빛에 의지해 악보를 보고 가사를 읽었다. 리세오 극장에서 시력을 잃거나 건강을 해친 사람도 상당히 많았다. 그러나 극장의 나머지 부분은 그곳과 너무나 달랐다. 그 휘황찬란함에 눈이 멀 지경이었다. 비단, 모슬린, 벨벳, 반짝반짝 빛나는 금속조각으로 뒤덮인 어깨 망토, 보석, 샴페인 병들이 연속적으로 터지는 소리, 종종걸음으로 왔다갔다 하는 하인들, 부자들이 떠들어 대는 소리. 오노프레는 흥분하지 않을 수 없었다. 나도 꼭 저렇게 되고 말 테다, 저렇게만 될 수 있다면 이 멋대가리 없고 지겨운 음악을 언제까지라도 참아 낼 수 있어. 오노프레는 그날 운이 없게도 「트리폰과 카스칸티」라는 오페라를 감상해야 했다. 그 곡은 신화를 소재로 한 격조 높은 오페라로, 리세오 극장에서 단 한 차례 공연되었을 뿐이었고, 다른 나라에서도 거의 공연되지 않았다.

아침 식사 시간에 델피나가 오노프레에게 다가왔다. 원래부터 못생긴 얼굴이었지만 며칠 동안 근심 걱정으로 잠을 이루지 못한 티가 역력히 드러났다. 델피나가 오노프레에게 물었다. 혹시 말이야, 우리 벨세부 보지 못했어? 아니, 내가 뭐 그놈을 돌보는 놈인가? 오노프레가 대답했다. 며칠 전부터 보이지 않아서 그래. 델피나가 말했다. 축 처진 목소리였다. 난 또 무슨 큰일이나 벌어진 줄 알았네. 오노프레가 이죽거렸다.

에프렌 카스텔스가 공사장 입구에서 오노프레를 기다리고 있었다. 일이 꼬이기 시작했어. 에프렌은 오노프레를 보자마자 말을 꺼냈다. 이틀 전부터 수상한 놈 둘이 널 미행하고 있는 것 같아. 처음에는 그냥 구경꾼들로 생각했는데, 지나치게 끈질기게 널 쫓아다닌단 말이야, 내기를 걸어도 좋아, 여기서 일하는 놈들이 아냐, 지금 놈들이 이것저것 캐묻고 다니고 있어. 거인이 말했다.

"경찰들이겠지, 뭐."

오노프레가 대답했다.

"아냐, 경찰들과는 행동하는 방식이 달라."

에프렌 카스텔스가 말했다.

"그럼, 뭐 하는 작자들인데?"

오노프레가 물었다.

"이봐, 나라고 알 수 있겠어? 마음이 편치 않아. 며칠 동안 쉬는 게 어떨까? 그게 좋을 듯싶은데. 이쪽도 이제 거의 막판으로 접어들었고."

정말 그랬다. 오노프레는 거대한 공사장을 둘러보았다. 태어나기 시작할 무렵부터 오노프레가 지켜보아 온 공사장이었다. 일 년 전 오노프레가 처음으로 왔을 때, 그곳은 전쟁터를 방불케 했다. 그러나 지금은 동화 속에서나 나오는 모습으로 돌변해 있었다. 모든 것이 으리으리했고, 이상야릇했으며, 터무니없이 컸다. 만국박람회 기술 위원회가 첫 번째 계획안을 시장에게 제출했을 때, 시장은 그 계획안을 자신의 손으로 갈기갈기 찢어 버렸다. 당신들 지금 잡동사니 장터를 만들겠다는 거야, 뭐야? 시장은 소리쳤다. 내가 원하는 것은 웅장한 퍼레이드란 말이야. 그로부터 이 년 반이 지났다. 시장은 여러 면에서 양보하지 않을 수 없었지만, 바라던 바도 어느 정도 충족되었다. 오노프레와 거인 에프렌은 석회암 보도블록 더미에 걸터앉았다. 필리핀 담배 회사가 세운 등나무 초가집 앞이었다. 웃통을 벗어부친 필리핀 원주민 한 명이 초가집 문 앞에 쭈그리고 앉아 몸을 부들부들 떨어 대며 시가를 말고 있었다. 담배 마는 일을 시키기 위해 회사가 필리핀 바탕가스에서 특별히 데려온 사람이었는데, 그는 만국박람회가 끝날 때까지 그곳에서 꼼짝하지 말라는 명령을 들었을 것이다. 그리고 방문객들에게 '안녕하세요.'라고 인사하도록 교육도 받았을 것이다. 시커먼 구름이 몰려와 하늘이 어두워지면 그는 기대에 찬 눈길로 하늘을 올려다보며 이렇게 기원할지도 모른다. 회오리바람아, 불어라, 네 옷소매로 초가집과 나를 감싸 안아서 팽이처럼 뱅뱅 돌려 가며 바탕가스로 다시 데려다 다오. 오노프레는 생각했다. 이 모든 게 대체 뭐란 말인가, 무슨 쓸모가 있단 말인가, 우리 모두 다 마찬가지야, 우리의 희망도, 우리의 노력도 다 부질없는 짓이야. 오노프레는 그렇게 중얼거렸다. 어쭈구리, 이봐, 그렇게 신경 쓸 필요 없어, 넌 똑똑한 놈이잖아, 뭔가 의미를 찾아낼 수 있을 거야. 에프렌 카스텔스가 말했다.

오노프레는 아무런 기척도 없이 점쟁이 여자의 침실로 들어갔다. 점쟁이 여자는 턱까지 담요를 끌어올리고 눈을 감은 채 누워 있었다. 침대 머리맡에 고정해 놓은 지저분한 병에 불 켜진 초가 한 자루 꽂혀 있었다. 오노프레는 알 수 있었다. 미카엘라 카스트로는 생각보다 나이가 아주 많은 여자였던 것이다. 오노프레는 방에서 나가기 위해 문손잡이를 잡았다. 오노프레, 너니? 점쟁이 여자가 입을 열었다. 계속 주무세요, 미카엘라, 뭔가 도울 일이 있을까 싶어 한번 들여다본 거예요. 오노프레 부빌라가 대답했다. 아무것도 필요 없단다, 얘야, 하지만 넌 도움이 필요할 테지, 걱정거리가 아주 많아 보이는구나. 점쟁이 여자가 중얼거렸다.

"그걸 어떻게 아세요?"

오노프레는 깜짝 놀라 물었다. 점쟁이 여자는 여전히 눈을 꼭 감고 있었다.

"나를 찾아오는 사람들은 하나같이 걱정거리가 많은 사람들이란다. 근심 걱정이 없는 사람들은 날 찾아오지 않아. 굳이 점쟁이가 아니더라도 그런 것쯤이야 다 알 수 있단다. 그래, 말해 보아라. 뭐가 걱정이냐?"

점쟁이 여자가 물었다.

"미카엘라, 내 미래에 대해 알고 싶어요."

오노프레가 대답했다.

"아이고, 얘야. 나는 벌써 힘이 다 떨어져 버렸단다. 나는 이제 이 세상 사람이 아니야. 지금 몇 시지?"

점쟁이 여자가 물었다.

"1시 30분, 거의 그쯤 됐을 거예요."

오노프레가 대답했다.

"시간이 얼마 남지 않았구나. 나는 4시 20분에 죽을 거란다. 그들이 내게 알려 주더구나. 너도 알다시피 그들은 지금 나를 기다리고 있단다. 나는 곧 그들과 만날 거야. 평생 동안 그들의 목소리를 들으며 살아왔단다. 나도 이제 그들과 목소리를 합치게 될 거야. 그러면 이 세상 누군가가 내 목소리를 들을 테지. 우리 영혼들에게도 일정한 주기가 있단다. 나는 피곤에 지친 어느 영혼을 대신할 거야. 내가 그 자리를 대신하면 그 영혼은 마침내 주님의 품에서 평화롭게 잠들 수 있을 거고. 비잔시오 신부가 내게 악마가 씌었다고 말하고 다닌다는 건 안단다. 하지만 사실은 그게 아냐. 비잔시오 신부는 착한 사람이긴 하지만 아주 무식하단다. 내 카드를 건네주렴. 더 이상 낭비할 시간이 없어. 카드는 옷장에 있단다. 위에서 세 번째 선반에 있어."

오노프레는 점쟁이 여자가 시키는 대로 했다. 옷장에는 돌

돌 뭉쳐진 검은색 옷, 여러 가지 잡동사니, 비단 끈으로 묶어 놓은 종이 상자들(상당히 고급품이었다.) 등이 있었다. 점쟁이 여자가 일러 준 선반에는 낡은 기도서, 하얀색 구슬이 달린 로사리오 묵주, 생화로 만든 팔찌(꽃들은 많이 시들어 있었다.)가 있었다. 그리고 카드 한 벌이 있었다. 오노프레는 카드를 꺼내 점쟁이 여자에게 건네주었다. 점쟁이 여자는 이제 눈을 서서히 떴다. 애야, 의자를 가져와 내 곁에 앉아라, 그리고, 먼저 나를 좀 일으켜 줘야겠다, 그래, 그래, 아주 좋아, 고맙다, 웃음거리가 되지 않으려면 아주 조심해야 한단다, 저쪽으로 건너갔을 때 그곳 영혼들이 우리를 비웃으면 무슨 그게 꼴이겠느냐. 점쟁이 여자가 말했다. 점쟁이 여자는 담요를 반반하게 펴고 그 위에 카드 아홉 장을 뒤집어 둥글게 늘어놓았다. 이걸 지혜의 원이라고 한단다, 솔로몬의 거울이라고도 부르지, 이곳이 하늘의 중심이고, 바로 이쪽에 각각의 원소를 지닌 별자리가 네 개 있단다. 점쟁이 여자는 손을 들어 올려 집게손가락을 폈다. 그리고 그 손가락으로 카드 한 장을 짚었다. 점쟁이 여자는 카드를 뒤집으며 말을 이었다. 결정의 집, 혹은 동양의 모서리라고 부르는 것이다, 넌 아주 오래오래 살 것 같구나, 부자가 되겠어, 무척 아름다운 여자와 결혼하여 자식은 세 명 두겠구나, 여행도 많이 하고, 죽을 때까지 건강하게 지내겠구나.

"이제 됐습니다, 미카엘라."

오노프레가 자리에서 일어나며 말했다.

"많이 힘드시죠? 이제 그만하세요. 내가 알고 싶었던 것은 다 알았으니까요."

"기다려, 오노프레, 기다려. 내가 지금까지 한 이야기는 다

거짓말이었어. 오노프레, 가지 마. 달빛 아래 쓸쓸히 서 있는 거대한 묘지가 보이는구나. 이건 행운과 죽음을 의미하는 거란다. 바로 왕을 의미하는 거지. 하지만 왕들은 죽음을 의미하기도 한단다. 그리고 권력을 의미하기도 한단다. 그게 바로 왕들의 운명인 게야. 이제 피가 보이는구나. 피는 돈을 의미하기도 하지만 피 그 자체를 의미하기도 한단다. 어디 좀 보자. 보이는 게 또 있구나. 세 여자가 보여. 오노프레야, 의자를 가져와 침대 머리맡에 좀 더 가까이 앉도록 해라."

"저 여기 있어요, 미카엘라."

오노프레 부빌라가 대답했다.

"지금부터 하는 얘기를 잘 새겨들어야 한다, 애야. 세 여자가 보여. 한 여자는 혼란스럽고 불행하며 고통스러운 집에 있구나. 이 여자가 너를 부자로 만들어 줄 거야. 두 번째 여자는 유산으로 물려받은 집에 있구나. 그 집에는 아이들도 있단다. 이 여자가 너를 권력자로 만들어 줄 거야. 세 번째이자 마지막 여자는 사랑과 정확한 지식의 집에 있구나. 이 여자가 너를 행복하게 만들어 줄 거야. 그리고 네 번째 집에는 남자가 하나 있단다. 그 남자를 조심해야 한다. 그 남자가 있는 집은 독살과 비극적인 결말을 의미하는 집이야."

"무슨 말씀을 하시는 건지 하나도 모르겠어요, 미카엘라."

오노프레는 미카엘라의 말을 도무지 이해할 수 없었다.

"오노프레야, 예언이란 항상 이런 식이란다. 사실이지만 분명하진 않아. 내가 예언을 분명하게 알았다면 이 더러운 하숙집에서 이런 꼴로 죽어 가고 있을 것 같으냐? 그냥 내 말을 잘 듣고 기억해 주기 바란다. 내가 예언한 바가 실현되는 날이 오면 넌 금방 알아차릴 수 있을 거다. 물론 네게 많은 도움은 주지 못할 거야. 그래도 어느 정도 위안은 될 테지. 이제 카드로 돌아가자. 카드가 하는 말을 들어 보자꾸나. 세 여자가 보인다."

점쟁이 여자가 말했다.

"그 얘긴 이미 했어요, 미카엘라."

"아직 끝나지 않았다. 한 여자는 너를 부자로, 또 다른 여자는 너를 권력자로, 마지막 여자는 너를 행복하게 만들어 줄 거다. 그러나 너를 행복하게 만들어 줄 여자가 너를 불행하게 만들어 줄 거다. 너를 권력자로 만들어 줄 여자는 너를 노예로 삼을 거다. 너를 부자로 만들어 줄 여자는 너를 저주하게 될 거다. 세 여자들 중에서 이 마지막 여자가 네게는 가장 위험한 여자야. 왜냐하면 그 여자는 성녀니까, 아주 유명한 성녀니까. 주님께서는 그 여자의 소원을 들어주실 거야. 그래서 너를 징벌하기 위해 한 남자를 창조해 내실 거야. 카드가 들려주는 얘기에 따르면 그 남자 역시 매우 불행한 사람이다. 그 남자는 주님께서 복수를 위해 자신을 이 세상에 보냈다는 사실을 모른단다."

"내가 그 사람을 알아볼 방법이 있나요?"

오노프레가 물었다.

"그건 나도 모른다. 하지만 모든 것은 다 자연스럽게 알게 되기 마련이란다. 아무튼, 네가 그 남자를 알아보든 말든 결과는 절대로 바뀌지 않아. 그 남자가 너를 파멸시키는 걸로 이미 결정이 났으니까. 그 남자에게 대항해 봤자 소용없는 짓이야. 그 남자가 지닌 무기와 네가 지닌 무기는 서로 다르니까. 싸움이 벌어지고 죽음이 뒤따를 것이다. 용이 너희들 두 사람을 삼켜 버릴 거야. 하지만 겁먹을 필요는 없단다. 비록 용의 모습이 무시무시해 보일지라도 으르렁거리며 입에서 불을 내뿜는 것 외에는 다른 꿍꿍이셈이 없으니까. 용보다는 오히려 염소를 조심해야 한단다. 염소는 배신과 속임수를 상징하는 동물이거든. 이제 더 이상 얘기해 줄 게 없다. 너무 피곤해. 이만 끝내자꾸나."

점쟁이 여자는 입을 다물었다. 담요 위에 놓여 있던 카드들이 미끄러지며 방바닥에 흩어졌다. 점쟁이 여자는 베개에 머리를 떨어뜨리고 눈을 감았다. 오노프레는 그녀가 죽었다고 생각했다. 오노프레는 초를 들어 점쟁이 여자의 얼굴 가까이로 가져갔다. 촛불이 흔들렸다. 점쟁이 여자는 여전히 숨을 쉬고 있었다. 오노프레는 방바닥에 흩어진 카드를 챙겨 옷장 안에 보관했다. 오노프레는 카드를 옷장에 집어넣기 전에 누가 자신의 미래를 엿보지 못하도록 카드를 조심스럽게 뒤섞었다. 그리고 다 죽어 가는 점쟁이 여자의 방에서 발뒤꿈치를 들고 조용히 빠져나와 자기 방으로 돌아갔다. 오노프레는 침대에 누워 점쟁이 여자가 들려주었던 얘기를 되새겨 보았다. 무슨 의미인지 확실히 밝혀내고 싶었다.

델피나는 여전히 아침마다 장을 보러 다녔다. 시장 장사꾼들은 델피나가 고양이 없이 나타나자 그동안 공포에 떨며 속으로 삭여 왔던 울분을 고스란히 토해 냈다. 델피나를 아예 상대도 않는 장사꾼도 있었고, 한참 뜸을 들인 뒤에 마지못해 상대해 주는 장사꾼도 있었다. '싸가지 없는 년'이라는 둥 듣기

거북한 별명을 들먹이며 흉을 보는 여자들도 있었고, 그녀에게 단 한마디도 건네지 않는 여자들도 있었다. 잔돈으로 사기를 치는 여자들도 있었다. 그런 여자들은 델피나가 따지고 들면 대놓고 비웃었다. 델피나의 등짝에 썩은 계란을 집어 던지는 여자들도 있었다. 델피나는 옷에 묻은 계란 자국을 지우려고도 하지 않았다. 오노프레는 시시니오를 두 번 다시 볼 수 없었고, 그의 소식조차 들을 수 없었다. 그러나 고양이 벨세부가 죽던 날 이후로 그 칠장이와 델피나가 만나지 않는다는 낌새는 알아차릴 수 있었다. 미카엘라 카스트로는 오노프레에게 카드 점을 쳐 준 바로 그날 밤에 숨을 거두었다. 비잔시오 신부가 새벽녘에 그녀의 방에 들어갔다가 죽어 있는 그녀를 발견했다. 비잔시오 신부는 그녀의 눈을 감겨 주고 촛불을 끈 뒤 하숙집 주인 가족과 나머지 하숙인들에게 소식을 알렸다. 미카엘라 카스트로는 그다음 날 매장되었다. 산 에제키엘 교구 교회에서 그녀의 명복을 비는 기도회가 열렸다. 그녀의 침실에 있는 옷장에서 여러 가지 서류가 발견되었다. 그 서류에 따르면 그녀의 실제 이름은 미카엘라 카스트로가 아니라 파스토라 로페스 마레로였으며, 그녀는 예순네 살의 나이로 숨을 거둔 셈이었다. 하지만 아무리 애를 써 보아도 그녀의 친척을 찾아낼 수는 없었다. 하기야, 그녀가 유산으로 남긴 게 하나도 없었기 때문에 친척을 찾아내고 말고 할 것도 없는 일이었다. 델피나는 죽은 여자의 침대에서 시트를 갈았다. 새로 간 시트 역시 더럽기는 마찬가지였다. 죽은 여자의 방은 바로 그날부로 철학을 공부하는 젊은이 차지가 되었다. 바로 몇 시간 전에 한 사람이 그 침대에서 죽어 나갔다는 사실을 누구도 젊은이에게 얘기해 주지 않았다. 시간이 흐르면서 그 젊은 학생은 미쳐 버리고 말았다. 그러나 그 이유는 다른 데에 있었다.

아두아나 산책길에서 가까운 공원 입구 근처에 규모가 그다지 크지 않은 전시관이 하나 있었다. 그 전시관은 안팎으로 아라비아 타일을 바른 건물로, 파베욘 데 아구아스 아소아다스* 라고 불렸다. 그 전시관은 1월 말경에 완공되었으나 3월 중순까지 비어 있었다. 오노프레 부빌라와 에프렌 카스텔스는 전시관 열쇠를 하나 복사해 훔친 물건들을 그곳에 보관했다. 꼬맹이 좀도둑들이 하루 전날 시계를 보관 중이던 창고를 털어 왔다. 오노프레와 에프렌은 그 많은 시계를 처리할 방법을 고민하지 않을 수 없었다. 종류도 여러 가지였다. 보통의 회중시계, 탑이나 공공건물에 설치하는 시계, 일정한 간격으로 종을 울리는 시계, 초침이 따로 달린 시계, 정밀 회중시계, 경도 측정용 시계, 괘종시계, 천체관측 시계, 천문학이나 과학적인 관찰에 사용되는 시계, 물시계, 모래시계, 표준시계, 태양과 달의 주기에 대한 기본 원리를 관찰하는 데 사용되는 시계, 전기로 작동되는 시계, 경구(警句)를 적절히 사용할 수 있도록 특수 제작된 시계, 주야 평분시, 남북극, 수평, 동서남북을 알려 주는 시계, 바닥이 기울어진 장소에서 자오선을 측정하는 시계, 보수계, 건축 공사장, 공장, 운송업, 학문 분야에서 사용될 수 있는 다양한 측정 기기, 빛의 밝기를 조절하는 장치, 특정한 자연현

---

* '질소가 함유된 물 전시관'이라는 뜻.

상을 포착하여 기록하고 정확한 위치를 찾아내는 장치, 여러 분야에 사용할 수 있는 시계 장치 등등이 있었다. 가격이 비싼 것도 있었고 싼 것도 있었다. 그리고 시계와 관련된 것이라면 어디에나 사용할 수 있는 부품들도 많이 있었다. 목록에는 그렇게 쓰여 있었다. 이놈의 시계들을 대체 어쩌란 말이야? 에프렌 카스텔스가 투덜거렸다. 이 빌어먹을 똑딱 소리와 종소리 때문에 미쳐 버리고 말겠는걸.

5

만국박람회 개막일을 며칠 앞두고 시 당국은 바르셀로나에서 불필요한 것들을 모조리 청소해 버리겠다고 공언했다. '며칠 전부터 시 당국은 우리 시에서 떠돌이, 뚜쟁이, 깡패 등을 소탕하기 위해 지대한 노력을 경주하고 있다. 인구가 적은 좁은 지역에서 더 이상 범죄행위를 할 수 없는 범죄자들이 인구가 많은 혼잡한 대도시로 숨어들어 범죄를 행하고 있다. 만일 우리 사회의 암적 존재인 그들을 뿌리째 뽑아내지 못할 경우 심각한 문제가 발생할 것이다. 범죄자들은 이 유서 깊은 도시로 파고들어 우리 사회를 병들게 하고 있으며, 범죄와의 전쟁은 갈수록 어려워지고 있다.' 당시 신문에는 이런 기사가 실렸다. 그래서 밤이면 밤마다 범죄 소탕 작전이 펼쳐졌다.

"당분간 이곳을 찾아오지 마. 일시적으로 활동을 중단하기로 결정했어."

파블로가 말했다. 오노프레는 파블로에게 그럼 지금부터 어떡해야 하는지, 어디에 숨어 있어야 하는지 물었다. 파블로는 어깨를 으쓱했다. 상황이 어렵게 돌아가는 듯싶었다.

"걱정하지 마. 우리는 힘을 재충전해서 다시 활동에 들어갈 거야."

파블로는 그렇게 덧붙였지만 자신 있는 말투가 아니었다.

"그럼 전단지는?"

오노프레가 물었다. 파블로는 지겹다는 듯이 입을 삐죽였다.

"전단지는 이제 없어."

파블로가 씹어뱉듯 말했다. 오노프레는 궁금했다. 전단지를 돌리지 않을 경우 일주일에 한 번씩 받는 돈은 어떻게 된단 말인가.

"돈도 날아간 거지, 뭐."

파블로는 쌤통이라는 듯 비꼬았다.

"상황에 따라 종종 허리띠를 졸라매야 하는 경우가 생기는 거야. 게다가 이번 상황은 정치적인 문제로 야기된 거야. 이런 상황에서 우리는 어느 누구에게도 수입을 보장해 줄 수 없어."

오노프레는 더 많은 것을 물어보고 싶었다. 그러나 파블로가 거만한 표정을 짓는 바람에 입을 열 수 없었다. 이제 그만 꺼지시지. 그렇게 말하는 듯한 표정이었다. 오노프레는 문으로 향했다. 오노프레가 문을 열려는 순간 파블로가 오노프레 곁으로 다가왔다.

"잠깐만. 우린 어쩌면 다시는 만나지 못할지 몰라. 우리의 투쟁은 기나긴 투쟁이 될 거야."

파블로가 서둘러 말했다. 원치 않았던 말이 불쑥 튀어나온 모양이었다. 파블로는 그 순간 또 다른 중요한 문제를 골똘히 생각하고 있었다. 그러나 우유부단한 성격 때문에, 혹은 우둔한 머리 때문에 그 문제를 꺼내고 싶지 않았던 것이다. 파블로는 그 잘난 말솜씨로 대충 얼버무렸다.

"사실상 우리의 투쟁은 끝이 없을 거야. 바보 멍청이 같은 사회주의자 놈들은 혁명으로 모든 걸 해결할 수 있다고 믿지. 놈들은 말이지, 인간에 의한 인간의 착취가 단 한 번만 일어난다고 믿는 거야. 그래서 이 사회가 현재의 권력자들로부터 해방되기만 하면 모든 것을 해결할 수 있다고 생각하는 거야. 하지만 우리 생각은 달라. 우리는 알고 있어. 어떠한 형태든 인간관계가 형성된 곳에서는 강자에 의한 약자의 착취가 항상 있게 마련이야. 우리의 투쟁은, 이 힘겨운 고행은 인간이라면 누구도 피할 수 없는 가혹한 운명이야."

파블로는 장광설을 마무리 지으려는 듯 오노프레를 힘껏 껴안았다.

"우리는 앞으로 다시는 만나지 못할 거야. 잘 가라. 행운이 있기를 빈다."

감정이 격해졌는지 목소리가 갈라졌다.

어느 날이었다. 브라울리오 씨가 범죄 소탕 작전에 걸려들고 말았다. 브라울리오 씨가 이집트 여왕처럼 옷을 차려입고 밤거리로 나서면 나이 어린 깡패들이 그를 둘러싸고 놀려 대곤 했다. 그런데 그날 밤에는 경찰이 브라울리오 씨를 붙잡은 것이다. 경찰은 브라울리오 씨를 몽둥이로 흠씬 두들겨 팬 뒤 풀어 주는 대가로 보석금을 요구했다. 브라울리오 씨는 경찰을 붙잡고 늘어졌다. 마누라는 병으로 고생하고 있고 딸내미는 아직 어린 꼬마입니다, 부디 부탁하오니 마누라와 딸내미 귀에 이 사실이 들어가지 않도록 선처해 주시기 바랍니다. 브라울리오 씨는 수중에 돈이 없었다. 그래서 쪽지를 하나 적어 옆에 있던 젊은 놈팡이에게 하숙집을 찾아가 이발사 마리아노에게 전해 달라고 부탁했다. 쪽지에는 이런 내용이 적혀 있었다. 치안 판사가 정한 보석금을 빌려 달라, 가능한 한 빠른 시일 내에 빌린 돈을 갚도록 하겠다. 이발사 마리아노는 심부름꾼에게 이렇게 투덜거렸다. 내게는 그만한 돈이 없다, 돈을 만들 만한 물건도 없다. 그러나 마리아노의 말은 명백한 거짓말이었다. 심부름꾼은 경찰서로 달려가 브라울리오 씨에게 이발사가 했던 말을 한마디도 빼놓지 않고 그대로 전해 주었다. 꼼짝없이 구설수에 휘말리게 된 브라울리오 씨는 경찰의 감시가 소홀해진 틈을 타 머리에 꽂고 있던 장식용 빗을 빼내 가슴팍에 쑤셔 박았다. 그러나 코르셋의 철심이 빗의 진로를 방해해 브라울리오 씨의 가슴팍에 자국이 생겼고, 그 자국에서 피가 흘러내렸다. 피는 브라울리오 씨의 치마와 속치마를 적시며 경찰서 바닥에 고이기 시작했다. 경찰들이 브라울리오 씨에게 달려들어 가슴팍에서 빗을 빼내고 사타구니와 하복부를 향해 신나게 발길질을 해 댔다. 이 늙다리 창녀 같은 놈아, 매를 맞아야 정신을 차리겠느냐. 경찰들이 고함을 질렀다. 브라울리오 씨는 다시 한 번 심부름꾼을 하숙집으로 보냈다. 그는 피칠갑을 한 몸으로 좁은 벤치에 누워 신음을 토해 내면서 심부름꾼에게 부탁했다. 하숙집에 가면 부빌라는, 오노프레 부빌라라는 소년이 있을 것이다, 아무도 몰래 그 소년을 만나야 한다, 그 소년에게 돈이 있을지는 잘 모르겠지만, 나를 도와줄 방법을 생각해 낼 것이다. 그 녀석한테도 돈이 없다면 주님의 뜻에 맡길 수밖에 없는 거지, 뭐. 심부름꾼이 막중한 임무를 띠고 사라진 후 브라울리오 씨는 그렇게 중얼거렸다. 그리고 곰곰이 생각해 보았다. 이 진흙탕에서 오노프레마저 나를 꺼내 줄 수 없다면 무슨 수를 써서라도 이 목숨을 끝내야 할 텐데, 무슨 좋은 방법이 없을까, 다 내가 미련한 탓에 벌어진 일이야, 모든 게. 한편 하숙집에서는 오노프레 부빌라가 심부름꾼이 전해 주는 이야기를 들으며 회심의 미소를 지었다. 그래, 운명의 여신이 나를 향해 웃고 있는 거야. 오노프레는 심부름꾼에게 일렀다. 브라울리오 씨에게 가서 이렇게 전하시오, 내일 아침 동이 트기 전에 내가 직접 돈을 들고 경찰서로 찾아가겠다고, 그러니 초조해하지 말라고, 오늘은 더 이상 난동 부리지 말라고 말이오. 심부름꾼이 물러가자 오노프레는 계단을 올라가 델피나의 침실 문을 두드렸다. 델피나는 오노프레가 찾아왔다는 것을 알고 방 안에서 퉁명스럽게 대답했다. 귀찮게 굴지 마, 왜 내가 문을 열어 줘야 하지? 오노프레는 델피나의 멋대가리 없는 대답에 비어져 나오는 미소를 참을 수 없었다.

"빨리 여는 게 좋을 텐데, 델피나."

오노프레는 부드럽게 말했다.

"네 아버지가 지금 곤란한 지경에 빠져 있단 말이야. 지금 경찰서 유치장에 갇혀 있는데, 자살을 하겠다고 난리를 피운 모양이야. 이래도 심각한 상황이 아니란 말이야?"

침실 문이 열렸다. 델피나는 문을 막아선 채 얼굴만 내밀었다. 그녀는 구질구질한 잠옷을 입고 있었다. 이전에 오노프레가 두 번 정도 본 적이 있는 잠옷이었다. 한 번은 그녀가 오노프레의 방으로 찾아와 일거리를 제안했을 때였고, 다른 한 번은 델피나의 애인 시시니오가 지붕에서 떨어져 오노프레가 델피나의 방으로 찾아갔을 때였다. 옆방에서 아가타 부인의 신음 소리가 들려왔다.

"델피나, 세숫대야 좀."

아가타 부인이 소리쳤다. 델피나는 그 소리를 듣고 조바심이 난 듯 인상을 찡그렸다. 안달하지 말고 저리 좀 비켜 줄래? 엄마한테 물을 갖다 줘야 한단 말이야. 델피나가 말했다.

오노프레는 그 자리에서 꼼짝도 하지 않았다. 오노프레는 델피나의 눈초리에 두려움이 서린 것을 보고 거만하게 나가기로 결심했다. 좀 더 기다리라고 해. 오노프레는 씹어뱉듯 말했다. 그보다 더 화급한 일이 발등에 떨어졌잖아. 델피나는 아랫입술을 자근자근 씹어 대다가 이윽고 입을 열었다. 대체 내게 뭘 원하는 건데? 내가 이미 얘기했잖아, 네 아버지가 지금 위험한 지경에 처했다고, 왜 그래? 내 말이 무슨 말인지 모르겠어? 너 바보야? 델피나는 한동안 눈만 깜박거리고 있었다. 동시다발적으로 일어난 의외의 사태에 정신을 차릴 수 없는 모양이었다. 아, 그래, 아버지, 내가 아버지를 위해 뭘 해야 하는데? 마침내 입을 열었다. 아무것도 없어. 오노프레가 의기양양하게 말했다. 지금 이 순간 네 아버지를 도울 수 있는 사람은 나밖에 없어, 네 아버지의 운명은 내 손에 달려 있어. 하얗게 질린 델피나는 눈을 내리깔았다. 산 에제키엘 교회의 시계탑에서 종소리가 들려왔다. 지금이 몇 시지? 오노프레가 물었다. 3시 30분이야. 델피나가 대답했다. 그리고 재빨리 덧붙였다. 네가 정말로 우리 아버지를 도와줄 수 있다면, 왜 도와주지 않는 거야? 뭘 기다리는데? 내게 뭘 원하는 건데? 옆방에서 아가타 부인의 불평 소리가 계속해서 들려왔다. 델피나, 뭘 하는 게냐, 어서 빨리 오너라, 그리고 그 목소리는 또 뭐냐, 얘야, 누구하고 얘기하는 거냐. 델피나가 방에서 나가려고 했다. 오노프레는 그 틈을 이용해 델피나의 어깨를 붙잡고 자기 쪽으로 와락 끌어당겼다. 그의 태도는 격정적이라기보다는 난폭했다. 델피나는 꼼짝도 하지 않았다. 오노프레 역시 움직이지 않고 그대로 가만히 있었다. 이윽고 델피나가 오노프레의 품 안에서 몸을 꼼지락거리기 시작했다. 드디어 전쟁이 시작된 것이었다. 오노프레는 착 달라붙은 잠옷을 통해 델피나의 앙상한 몸을 느낄 수 있었다. 델피나는 몸부림을 치지 않았다. 그녀의 목소리는 애원조로 변했다. 날 놔줘, 제발, 엄마를 더 이상 기다리게 해선 안 돼, 내가 빨리 가지 않으면 발작이 일어날지도 몰라. 델피나가 애원했다. 오노프레는 델피나의 말에 조금도 신경 쓰지 않았다. 이제 알겠지? 살아 있는 네 아버지를 다시 보고 싶다면 네가 뭘 해야 하는지. 오노프레는 델피나를 방 안으로 밀어붙이며 말했다. 두 사람은 델피나의 침실로 들어갔다. 오노프레가 발로 문을 닫았다. 오노프레는 잠옷 단추를 찾기 위해 어설프게 손을 움직였다. 오노프레, 제발 이러지 마. 델피나가 속삭였다. 오노프레는 키득대며 웃었다. 반항해 봤자 소용없어. 오노프레가 씹어뱉었다. 이젠 널 지켜 줄 고양이 놈도 없어, 벨세부는 죽었어, 지붕에서 땅바닥으로 떨어져 죽사발이 되고 말았지, 내가 그 녀석 시체를 하수도 구멍으로 밀어 넣었단 말이야, 이런 빌어먹을! 오노프레는 잠옷 단추를 찾을 수 없었다. 그는 지금까지 단 한 번도 여자의 옷을 벗겨 본 적이 없었다. 게다가 너무 흥분한 탓에 제대로 손을 놀릴 수도 없었다.

델피나는 허둥거리기만 하는 오노프레를 보다 못해 침대에 드러누워 잠옷을 허리까지 걷어 올렸다. 자, 이렇게 해. 델피나가 속삭였다.

오노프레가 침대에서 몸을 일으켰을 때 산 에제키엘 교회의 시계가 새벽 4시를 알려 왔다. 머지않아 동이 틀 거야. 오노프레가 말했다. 브라울리오 씨에게 약속했어, 동이 트기 전에 돈을 가지고 경찰서로 찾아가겠다고, 이젠 약속을 지키러 가야 해, 사업은 사업이니까. 오노프레가 델피나를 내려다보며 덧붙였다. 델피나는 속을 알 수 없는 눈빛으로 오노프레를 쳐다보았다. 무슨 이유로 이런 수작을 부리는지 도대체 알 수가 없군, 나는 그렇게 잘난 여자도 아닌데. 델피나가 혼잣말처럼 나직이 속삭였다. 희미한 새벽빛이 델피나의 피부에서 색을 앗아가 버렸다. 흐트러진 시트 위에 누워 있는 델피나의 몸에는 핏기가 없었다. 거의 회색에 가까웠다. 말라도 너무 말랐어. 오노프레는 생각했다. 오노프레는 마음속으로 델피나의 몸과 만국박람회 공사장에서 일하는 노동자 부인들의 몸을 비교해 보았다. 노동자의 부인들이 여름의 한더위를 피하기 위해 거의 알몸으로 바닷가에서 물장난하는 모습을 본 적이 있었다. 이상한 일이네, 지금 보니 너무나 달라 보여. 오노프레는 생각했다. 오노프레는 목소리를 높여 말했다. 몸을 가려. 델피나는 시트 자락으로 몸을 가렸다. 부스스한 머리카락이 델피나의 얼굴 주위로 후광처럼 펼쳐져 있었다. 벌써 가려는 거야? 델피나가 오노프레에게 물었다. 오노프레는 아무런 대답도 하지 않고 최대한 서둘러 옷을 입었다. 아가타 부인의 불평 소리도 이제 들리지 않았다. 침실은 무거운 정적에 잠겨 있었다. 오노프레는 문을 향해 걸었다. 델피나의 목소리가 오노프레의 뒷덜미를 낚아챘다.

"기다려. 잠시만 더 있어 줘. 날 이대로 내버려 두고 갈 순 없어. 앞으로 어떻게 할 건데?"

델피나는 잠시 동안 오노프레의 대답을 기다렸다. 그러나 오노프레는 델피나가 무슨 뜻으로 그런 질문을 했는지조차 이해하지 못했다. 델피나가 왼손으로 얼굴을 가렸다.

"시시니오한테는 뭐라고 말해야 하지?"

잠시 후 델피나가 재차 물었다. 오노프레는 시시니오라는 이름을 듣고는 한바탕 웃음을 터뜨렸다.

"그 녀석이라면 걱정할 필요 없어. 그 새끼 처자식이 있는 놈이야. 그동안 쭉 널 속여 왔던 거야. 그 철면피 같은 놈한테 뭔가를 바랐다면 그건 헛다리 짚은 거야."

델피나는 오노프레를 물끄러미 쳐다보고 있었다.

"언젠가는 네게 말해 줄 날이 오겠지. 나중에 기막힌 사실을 들려주겠어. 지금은 됐어. 가 봐."

오노프레는 이 층으로 내려와 한구석에 숨어 비잔시오 신부가 화장실에 갈 때까지 기다렸다. 이윽고 비잔시오 신부가 화장실로 들어갔다. 오노프레는 그 틈을 이용해 신부의 방으로 들어가 매트리스 밑에서 필요한 만큼 돈을 꺼냈다. 그리고 경찰서로 달려가 그 돈으로 브라울리오 씨를 유치장에서 꺼내 하숙집으로 돌아왔다. 돌아올 때에는 전세 마차를 이용해야만 했다. 브라울리오 씨가 피를 너무 많이 흘려 무척 쇠약해졌던 것이다. 오노프레와 브라울리오 씨가 하숙집에 도착했을 때 델피나는 심한 복통에 시달리고 있었다. 델피나는 위로는 토하고 아래로는 피를 흘렸다. 혹시 오노프레 부빌라 때문에 임신이라도 하지 않을까 두려워 낙태 유도 효과가 있는 세정제를 직접 만들어 몸에 바르고 먹었던 것이다. 델피나는 그야말로 다 죽어 가는 꼴이었다.

"애야! 이게 무슨 일이냐?"

브라울리오 씨가 놀라 소리쳤다.

"아버지는, 아버지는 옷이 그게 뭐예요? 온통 피투성이잖아요!"

"그래, 델피나야, 사랑하는 내 딸아, 보다시피 피와 수치로 더럽혀지고 말았단다. 그런데 넌, 넌 대체 어떻게 된 거냐?"

브라울리오 씨가 물었다.

"저도 마찬가지예요, 아버지. 저도 아버지와 같은 꼴이에요."

델피나가 대답했다.

"아무튼 네 가엾은 어미한테는 비밀로 해야 한다."

브라울리오 씨가 말했다.

브라울리오 씨와 델피나, 그리고 오노프레는 아가타 부인을 살펴보기 위해 우르르 몰려갔다. 아가타 부인은 상태가 악화되어 있었다. 비잔시오 신부는 사 층에서 들려오는 탄식과 흐느끼는 소리에 깜짝 놀라 잠옷 바람으로 뛰어 올라왔다. 자신이 능력을 발휘할 순간이 왔다고 믿었던 것이다. 브라울리오 씨는 매춘부처럼 차려입은 자신의 모습을 신부에게 들킬세라 옷장 안으로 숨었고, 오노프레는 미카엘라 카스트로를 치료했던 의사를 불러오라며 비잔시오 신부를 집 밖으로 내몰았다. 신부가 사라지자 델피나가 오노프레를 한쪽으로 불러냈다.

"우리 집에서 나가. 그리고 다시는 돌아오지 마. 꾸물대며 네 물건을 챙겨 갈 생각도 하지 마. 어서 꺼져. 무슨 말인지 알아

먹었지? 더 이상 얘기하지 않겠어. 잘 알아서 처신하도록 해."

오노프레는 델피나의 위협이 무슨 뜻인지 금방 알아차릴 수 있었다. 델피나의 위협은 공갈이 아니었다. 오노프레는 즉시 하숙집에서 달아났다. 하늘은 불그스름하게 물들었고, 새들은 지저귀었다. 노동자들은 일터를 향해 걸어가고 있었다. 노동자들은 아이들이 잠시라도 더 잘 수 있도록 그들을 품에 안고 공장 입구까지 걸어갔다. 공장 입구에 도착한 노동자들은 잠든 아이들을 깨우고는 아이들과 헤어졌다. 어른들은 좀 더 위험하고 힘든 일이 기다리는 곳으로 향했으며, 아이들은 좀 더 단순한 일이 기다리는 곳으로 향했다.

오노프레는 시우다델라 공원에 도착했다. 나무 꼭대기 위로 밧줄에 매달린 관광용 기구가 둥실 떠 있었다. 기술자들은 기구의 성능을 확신했고, 기구가 밧줄에서 풀려 나가지 않을 거라고도 믿었다. 만국박람회 기간 동안 기구는 밧줄에 단단히 매달려 있을 것이다, 바람에 밧줄이 끊어져 바구니에 탄 관광객들이 겁을 집어먹는 일은 절대로 일어나지 않을 것이다. 박람회 기간 동안 모든 사람들이 가장 많이 주의를 기울인 점은 '투리스트들(당시에는 관광객들을 그렇게 불렀다.)'의 안전과 그들의 욕구를 충족해 주는 것이었다. 신문은 하루도 빠짐없이 관광객들에 대해 떠들어 댔다. '모든 관광객들은 자신의 나라로 돌아가 사도의 역할을 담당할 것이다. 관광객들은 그들이 보고 듣고 배운 바를 전 세계에 전파할 것이다.' 관광용 기구는 놀라운 역할을 수행했다. 그러나 '방 드 가르비'라는 고약한 바람이 불면 사납게 흔들리거나 거꾸로 뒤집어지기 일쑤였다. 오늘 아침만 해도 벌써 두 번씩이나 그런 일이 있었다. 기구를 조종하던 기술자가 밧줄에 몸이 매달려 새파랗게 질린 채 허공에서 버둥거렸던 것이다. 그것은 사소한 사고에 불과했다. 그보다 더 위험한 사고가 빈번하게 일어났다. 박람회장에는 개선문을 통해 들어가야 했다. 오늘날에도 찬사를 받고 있는 그 무데하르 양식 개선문은 벽돌로 지어진 것이었다. 개선문에는 스페인 각 주의 문장이 새겨져 있었는데, 특히 바르셀로나 주의 문장은 아치 꼭대기의 쐐기돌에 새겨져 있었다. 그리고 그 양편에 조각 그림 두 점이 새겨져 있었다. 각각의 그림은 다음과 같다. 하나는 스페인이 바르셀로나 만국박람회를 지지한다는 내용이었고(고질적인 불협화음이 있었지만), 다른 하나는 바르셀로나가 전 세계 참가국들에게 감사를 표하는 내용이었다. 그러나 양쪽 그림에 나타난 상징성은 그다지 강렬하지 않았다. 개선문은 산 후안 살롱으로 연결되었다. 산 후안 살롱은 널따란 거리로, 양편에 가로수가 심겨 있었고, 모자이크로 포장되어 있었으며, 웅장한 가로등이 장식되어 있었고, 청동 조각상 여덟 개를 전시해 손님들을 맞이했다. 어서 오세요. 청동 조각들은 손님들에게 그런 인사를 건네는 듯싶었다. 산 후안 살롱에는 아직까지도 남아 있는 법원 건물과 지금은 사라지고 없는 예술관과 농업관과 과학관이 자리 잡고 있었다. 두 기둥이 시우다델라 공원의 입구에 해당되었다. 각각의 기둥 위에는 석조 조각물들이 장식되어 있었다. 하나는 상업을 상징하는 조각물이었고, 다른 하나는 산업을 상징하는 조각물이었다. 각각의 조각물은 다음과 메시지를 전했다. 우리에게 더 이상을 기대하지 마라. 물질적인 면보다는 정신적인 면을 더 중시했던 스페인 중앙정부는 그 점이 마뜩잖았다. 재정 상태가 좋지 않았던 이유도 있었지만 바로 그런 이유 때문에 중앙정부는 바르셀로나 만국박람회를 물질적으로 도와주는 데 소홀히 했던 것이다. 그 두 기둥은 지금까지도 남아 있다.

오노프레 부빌라는 방금 전에 일어났던 일을 되새기며 생각에 잠겼다. 이게 대체 어찌된 일이란 말인가, 본데없는 촌놈인 에프렌 같은 놈도 여자들을 쉽사리 손에 넣는데, 그놈보다 훨씬 똑똑한 나는 왜 이렇게 곤란을 겪는단 말인가? 오노프레는 아무리 생각해 보아도 그럴듯한 이유를 찾아낼 수 없었다. 오노프레는 에프렌과 약속한 장소를 두루 찾아다녔지만 그날 아침에는 에프렌을 만날 수 없었다. 그렇게 걷다 보니 어느덧 해변에 닿았다. 노동자들 한 무리가 해변을 뒤지고 있었다. 이 년 이상이나 머물렀던 그 야영장에서 자신들의 자취를 말끔하게 치워 버리기 위해 청소를 하고 있었던 것이다. 해변의 한 구역은 도시로 개발되어 여러 전시관들이 세워져 있었다. 조선소 전시관, 대서양 횡단 회사 전시관이었다. 두 전시관 모두 바다와 연관된 것들이었다. 종마(種馬)를 전시하는 전시관도 있었다. 파도가 울부짖는 소리가 약해지면 말들이 울부짖는 소리가 들려오곤 했다. 부두 끝에 호화스러운 레스토랑이 자리 잡고 있었다. 햇살이 물결 위에서 반짝거렸다. 오노프레 부빌라는 눈이 부셨다. 방금 전까지만 해도 해변에서 살고 있던 여자들과 아이들이 어디로 사라졌는지 도무지 알 수가 없었다. 한 줄기 봄바람이 불어왔다. 바람은 무겁고 뜨거웠다.

오노프레는 그날 밤 하숙집으로 돌아갔다. 응접실은 텅 비어 있었다. 식당도 비어 있었다. 이발사 마리아노가 불쑥 머리를 내밀었다. 여기서 뭐하는 거야? 이발사가 물었다. 깜짝 놀랐잖아. 마리아노 씨, 무슨 일이에요? 오노프레가 물었다. 다른 사람들은 다 어디 갔어요? 이발사는 말을 제대로 잇지 못했다. 얼마나 놀랐는지 밀가루를 뒤집어쓴 듯 얼굴이 새하얗게 질려 있었다.

"경찰이 와서 브라울리오 씨를 잡아갔어. 아가타 부인과 델피나도 끌려갔지. 세 사람 모두 들것에 실려 끌려갔어. 아가타 부인은 몸이 좋지 않았으니까. 내 생각엔 머지않아 죽을 것 같아. 브라울리오 씨와 델피나는 계속해서 피를 흘렸어. 그래서 들것에 실려 가야 했지. 어두워서 잘 보이지 않겠지만, 이 응접실은 피바다야. 피가 말라붙어 있을 거야. 아버지와 딸, 두 사람이 흘린 피가 뒤섞인 거야. 나도 잘 몰라. 그 사람들을 감옥으로 데려갔는지, 병원으로 데려갔는지, 아니면 곧장 땅에다 파묻어 버렸는지. 아이고, 그 장면을 상상만 해도 구역질이 올라오네. 진짜 해도 해도 너무했어. 내 직업상 그런 일을 한두 번 겪어 보긴 했지만, 이건 정말 심했어. 그런데 왜? 왜 그 사람들을 잡아간 걸까? 난 도무지 모르겠네. 너도 알겠지만, 내겐 단 한마디도 설명해 주지 않았어. 그냥 소리만 들었을 뿐이야. 정말이야. 사람들 말에 따르면, 이 집 딸내미가, 그 못난 계집애가 나쁜 놈들과 한 패거리라는 거야. 뭐라더라, 무정부주의자들이라고 하던가. 그 말이 사실이라는 얘기는 아냐. 단지 사람들이 그렇게 말하는 걸 들었을 뿐이야. 너도 알다시피 동네 여편네들이 말이야. 나도 잘 모르겠지만, 이 집 딸내미가 어떤 놈하고 관련되어 있었다는 거야. 근데 그놈이 아까 말한 놈들과 한패라더군. 칠장이라고 하던데, 여튼 그놈이 그 무리와 한 패거리라는 거지. 누군가가 신고를 해서 그 칠장이가 먼저 잡혀 들어갔고, 이 집 딸내미와 그 식구들도 줄줄이 잡혀간 셈이야."

"마리아노 씨, 나에 대해선 물어보지 않던가요?"

오노프레가 물었다.

"실은 그랬어. 네가 먼저 말을 꺼내서 하는 얘긴데, 아마 너도 찾아다니고 있나 봐."

이발사가 사뭇 통쾌하다는 투로 말을 이었다.

"하숙집 방들을 모두 조사했는데 다른 방보다 네가 쓰는 방을 특히 꼼꼼하게 조사하더군. 네가 몇 시쯤에 돌아오는지 묻기도 했어. 나는 놈들에게 해가 질 무렵이면 돌아온다고 대답해 주었지. 그 골칫덩어리 계집애와 너 사이에 무슨 일이 있었는지는 얘기하지 않았어. 실제로 너희들의 관계에 대해서는 잘 모르니까 말이야. 나도 눈이 있어 보기도 했고, 귀가 있어 듣기도 했지만, 공식적으로는, 그래, 그렇게 얘기들을 하더군, 공식적으로는 아무런 얘기도 하지 않았어. 그런데 비잔시오 신부가 이러더군. 네가 더 이상 이 하숙집에 오지 않을 거라고 말이야. 하숙집에서 나간 지 며칠 되었다고 말이지. 놈들은 신부 복장에 주눅이 들어서인지 신부의 거짓말은 넙죽 받아먹으면서도 내 진실에는 귀도 기울이지 않더군. 그래서 보초도 세우지 않고 그냥 돌아가 버린 거야."

오노프레 부빌라는 재빠르게 하숙집을 빠져나왔다. 달아나는 동안 생각해 보았다. 델피나가 화를 참지 못해 경찰서로 달려가 신고한 게 분명했다. 시시니오와 오노프레에게 앙갚음을 하기 위해 경찰서로 달려가 조직에 대해 털어놓았을 것이다. 델피나는 오노프레에게 지체하지 말고 하숙집에서 나가라고 얘기했다. 꾸물대며 네 물건을 챙겨 갈 생각도 하지 마, 어서 꺼져, 다시는 돌아오지 마. 델피나는 그렇게 말했다. 오노프레가 경찰의 손아귀에 떨어지지 않도록 조치를 취했던 것이다. 그 대신 시시니오가 감옥에 갇혀 있었다. 파블로와 델피나 자신도 감옥에 갇혀 있었다. 이 모든 소동을 불러일으킨 장본인이 바로 나인데도, 델피나는 나를 살려 주려고 애를 썼던 것이다. 알다가도 모를 일이었다. 어쨌든, 바르셀로나에서 벗어나야 한다. 오노프레는 생각했다. 시간이 지나면 모든 것이 제자리를 찾아 돌아갈 것이다, 무정부주의자 놈들은 운이 좋으면 사형당하기 전에 감옥에서 풀려날 것이고, 나 오노프레 역시 다시 사업을 재개할 수 있을 것이다, 어쩌면 꼬맹이 좀도둑놈들을 다시 끌어모을 수 있을지도 모른다, 잘만 하면 무정부주의자 놈들을 꼬드겨 장삿길로 끌어들일 수도 있을 것이다, 너희들 식으로 혁명을 도모했다가는 결코 성공할 수 없다고 설득하면 된다. 하지만 지금 당장 급한 일은 달아나는 것이었다. 그러나 그 전에 해야 할 일이 한 가지 더 있었다. 하숙집에, 비잔시오 신부의 매트리스 밑에 숨겨 둔 돈을 꺼내 와야 했다. 지금 당장 하숙집으로 돌아가면 위험이 따를 것이 틀림없었다. 속이 시커먼 이발사 마리아노는 오노프레가 하숙집으로 다시 돌아가 등을 돌리는 순간 경찰서로 쪼르르 달려가 신고할 게 분명했다. 그렇다고 돈을 포기할 수는 없는 노릇이었다. 절대로 포기할 수 없는 돈이었다. 오노프레는 마침내 좋은 방법을 생각해 냈다. 그는 만국박람회장에서 사다리를 하나 구해 하숙집에서 가까운 곳까지 등에 지고 갔다. 오노프레는 사다리를 등에 지고 바르셀로나 시내를 반이나 가로질러야 했지만, 그런 오노프레에게 신경을 쓰는 사람은 아무도 없었다. 밤이 이슥할 무렵, 오노프레는 시시니오가 언젠가 가르쳐 준 대로 창문이 없는 하숙집 뒷벽에 사다리를 기대 세운 뒤 지붕으로 기어 올라갔다. 이 년 동안 시시니오와 델피나가 남몰래 데이트를 즐기던 장소였다. 오노프레는 하숙집으로 들어갈 수 있는 구멍이 어디에 있는지 알고 있었다. 지붕에 기름칠을 할 때 그 구멍을 통해 지붕으로 올라갔던 것이다. 사 층은 텅 비어 있었다. 한때 사 층을 차지했던 사람들은 모두 감옥에 갇혀 있었다. 만일 경찰이 하숙집에 매복해 있다면 오노프레가 현관으로 들어올 것을 노리고 응접실에 숨어 있을 것이다. 오노프레가 지붕으로 들어오리라고는 생각도 못 할 것이 틀림없었다. 칠흑 같은 어둠이 오노프레를 도와주었다. 그 어지러운 하숙집 내부를 손바닥 들여다보듯 알고 있는 사람은 오노프레 한 사람뿐이었다. 오노프레는 별 어려움 없이 하숙집으로 들어갈 수 있었다. 오노프레는 삼 층으로 내려가 비잔시오 신부의 방문을 살짝 밀었다. 늙은 신부가 잠을 자면서 내뿜는 숨소리가 들려왔다. 오노프레는 침대 밑에 숨어 때를 기다렸다. 프레센타시온 교회 종이 새벽 3시를 알렸다. 신부가 침대에서 일어나 방에서 나갔다. 돌아오기까지 이 분이 채 걸리지 않을 것이다. 그러나 그보다 더 빨리 돌아올 가능성도 없었다. 이 분 내에 모든 일을 깔끔하게 처리해야 했다. 오노프레는 매트리스 밑으로 손을 집어넣었다. 그러나 돈이 감쪽같이 사라지고 없었다. 오노프레는 두 번 세 번 뒤지며 시간을 허비했다. 손으로 매트리스 속을 휘저었다. 매트리스가 손가락에 걸려 찢어졌다. 실수가 아니었다. 착각도 아니었다. 돈은 이미 그곳에 없었다. 소리가 들려왔다. 비잔시오 신부가 화장실에서 돌아오고 있었다. 오노프레는 신부에게 달려들어 돈의 행방을 밝힐 때까지 목을 조르고 싶은 충동을 느꼈다. 그러나 함부로 날뛸 수는 없는 노릇이었다. 하숙집에 경찰이 매복해 있다면, 무슨 소리가 들리자마자 총을 들고 지체 없이 달려올 게 뻔했다. 기다려야 했다. 지금은 참자, 더 좋은 기회가 올지도 모른다. 오노프레는 이를 갈았다. 오노프레는 침대 밑에 쭈그리고 앉아 한 시간을 더 기다려야 했다. 비잔시오 신부가 다시 화장실에 갈 때까지 숨을 죽이며 기다렸다. 신부가 방에서 나갔다. 오노프레는 온몸이 마비된 채 침대 밑에서 기어 나와, 복도로 빠져나와, 조심조심 계단을 기어올라, 지붕을 거쳐 길거리로 내려왔다. 오노프레는 비잔시오 신부가 새벽 예배를 보러 하숙집에서 나올 때까지 다시 기다렸다. 오노프레는 주변에 아무도 없는 것을 확인하고 신부 앞에 모습을 드러냈다.

"오노프레, 이게 누구냐! 정말 반갑구나!"

비잔시오 신부가 오노프레를 보자마자 소리쳤다.

"두 번 다시는 너를 볼 수 없겠구나 하고 생각했는데."

그 말을 하는 순간 신부의 두 눈이 촉촉이 젖어들었다. 진심이 담긴 눈물이었다.

"너도 알겠지만, 아주 끔찍한 일들이 벌어졌단다. 나는 지금 가엾은 아가타 부인을 위해 미사를 드리러 교회로 가는 중이란다. 그 누구보다 아가타 부인이 많은 도움을 필요로 한단다. 그다음에는 브라울리오 씨와 델피나를 위해서도 기도를 할 거란다. 이런 일에도 순서가 있는 법이거든."

"그건 좋습니다, 신부님. 그건 그렇고, 제 돈이 어디 있는지 빨리 말씀해 주세요."

오노프레가 말했다.

"돈이라니? 무슨 돈?"

비잔시오 신부가 되물었다. 늙은 신부는 정말로 아무것도 모르는 것 같았다. 그 표정이며 말투, 모든 면에서 그렇게 보였다. 델피나가 경찰서로 자수하러 가기 전에 돈을 감추었을 수도 있었다. 오노프레는 생각했다. 그게 아니면 경찰들이 하숙집을 수색할 때 돈을 발견했을 수도 있었다. 어쩌면 비잔시오 신부가 우연한 기회에 돈을 발견하여 별다른 생각 없이 자선 사업에 그 돈을 다 써 버렸을 가능성도 있었다. 어쨌든, 그 돈이 내 돈이라는 사실을 그 누가 짐작이라도 할 수 있었겠는가? 오노프레는 어이가 없었다. 이런 제길, 에프렌 카스텔스처럼 버는 족족 그 자리에서 써 버리는 건데, 이 무슨 낭패란 말인가.

오노프레는 만국박람회장으로 터덜터덜 돌아왔다. 꼬맹이들이 훔쳐 온 물건 중에서 건질 만한 것이 있는지 알고 싶었다. 화려한 행렬이 오노프레의 길을 막았다. 오노프레는 옆으로 비켜서서 행렬을 지켜보았다. 투우용 황소들이 정거장에서 투우장으로 끌려가고 있었다. 그 황소들은 만국박람회 기간 동안 당시에 유명했던 투우사들에게 죽임을 당했다. 프라스쿠엘로, 게리타, 라가르티호, 마잔티니, 에스파르테로, 카라안차 등이 당시에 유명했던 투우사들이었다. 황소들은 머리를 흔들기도 했고, 구경꾼들을 향해 뿔을 세우기도 했으며, 시력이 나쁜 눈으로 가로등 밑동을 들여다보기도 했다. 황소들이 지나가자 장난기 많은 한 사람이 손수건을 꺼내 들고 투우사 흉내를 내기도 했다. 소몰이꾼들은 작대기를 휘두르며 황소들을 제압했다. 만일 할 수만 있었다면 그 장난기 많은 사람 역시 작대기를 휘둘러 몰고 갔을 것이다. 오노프레는 시우다델라 공원에 도착해 훔쳐 온 시계들을 보관해 둔 전시관으로 갔다. 그러나 전시관은 텅 비어 있었다. 이것으로 끝이로구나. 오노프레는 생각했다. 오노프레가 전시관에서 나왔을 때 두 남자가 오노프레에게 다가와 양옆에 자리를 잡았다. 두 남자가 양쪽에서 오노프레의 팔을 붙잡았다. 두 남자 중 한 명은 뛰어난 미남이었다. 오노프레는 저항을 해 봤자 소용없다는 것을 깨닫고 남자들이 이끄는 대로 고분고분 따라갔다. 오노프레는 공원을 벗어나기 직전에 뒤를 돌아보았다. 전시관들은 밤의 장막을 벗어 버리고 아침 햇살을 받아 반짝이고 있었다. 산들바람에 나뭇가지들이 춤을 추고 있었고, 나뭇가지 사이로 정자들과 동상들이, 천막들과 파라솔들이, 노점상이나 전시관의 자그마한 아라비아풍 원형 지붕들이 언뜻언뜻 엿보였다. 옛 조선소 건너편 연병장에서는 영국 출신 기술자 여러 명이 마법의 분수를 시험 가동하고 있었다. 오노프레를 끌고 가던 남자들도 그 광경을 보고 잠시 입을 다물지 못했다. 물기둥들과 아치들이 계속해서 모양과 색상을 바꾸었다. 따로 조종하지 않아도, 물감을 더하지 않아도 변화무쌍하게 움직였다. 모든 것이 전기로 이루어졌다. 앞으로는 인생 자체가 저런 식으로 흘러가겠지. 오노프레는 남자들에게 끌려가면서 그렇게 생각했다. 이대로 끌려갔다가 죽을 수도 있었다. 에프렌 이 새끼는 대체 어디 있는 거야? 내 돈을 그렇게나 많이 가져다 쓴 주제에 꼭 필요할 때에는 코빼기도 보이지 않는단 말이야, 대체 어느 구석에 처박혀 있는 거야? 그때 에프렌 카스텔스는 몸을 숨긴 채 일정한 거리를 두고 오노프레를 따라가고 있었다. 에프렌은 의리를 저버리지 않았던 것이다. 하지만 그런 사실을 오노프레가 알 까닭이 없었다.

"저 마차에 올라타."

남자들이 말했다. 이 인승 사륜마차 한 대가 그들을 기다리고 있었다. 레이스 커튼이 마차 유리창에 드리워져 있었다. 마차 안에 누가 탔는지 전혀 알 수 없었다. 마부석에는 평상복 차림의 중년 사내가 파이프 담배를 피우며 앉아 있었다.

"이대로는 타지 않겠다."

오노프레가 말했다.

두 남자 중 한 명이 마차 문을 열었고, 다른 한 명이 오노프레를 마차 안으로 밀어 넣었다. 잔소리 말고 타기나 해. 그 남자가 소리쳤다. 오노프레는 순순히 따랐다. 마차 안에는 단 한 사람이 앉아 있었다. 쉰 살 정도로 보였지만 그보다 더 젊은 사람일 수도 있었다. 배가 나오고 턱살이 늘어진 데다, 어깨가 좁고 광대뼈가 튀어나온 덩치가 커다란 남자였다. 직각을 이룬 이마는 높고 납작했다. 관자놀이 부분에 흰머리가 조금 있을 뿐 아직 세지 않은 빽빽한 머리카락이 잔디를 다듬어 놓은 듯 가지런히 깎여 있었다. 구레나룻은 기르지 않았다. 귀 높이에 맞춰 깨끗하게 면도가 되어 있었다. 그러나 끝이 말려 올라간 짙은 콧수염은 볼만했다. 프랑스의 장군들이 기르는 콧수염이었다. 그 남자가 바로 돈 움베르트 피가 이 모레라라는 인물이었다. 오노프레는 이제 한동안 그 남자를 위해 일하게 될 것이었다.

　당시에는 왕가의 수행원들이 그 수를 헤아릴 수 없을 정도로 많았다. 실직적인 의미에서도 그랬고 상징적인 의미에서도 그랬다. 그것은 다음과 같은 이유 때문이었다. 지상에서 하느님을 대행한다는 왕의 지위에 오르게 되면 자기 손으로 스스로 할 수 있는 일이 하나도 없었다. 심지어 손수 숟가락을 들어 밥을 먹을 수도 없었다. 또 다른 이유는 이런 것이다. 스페인의 왕들은 아주 오랜 옛날부터 왕들을 위해 봉사한 사람들을 절대로 내치지 않았다. 아주 잠깐 동안이라도 왕가를 위해 봉사한 사람이라면 다 우대해 주었다. 왕가를 위해 봉사한 사람들은 모두 종신연금을 받을 수 있었다. 왕이 나이가 들어 전쟁터에 나가게 될 경우에는 늙은 유모와 진자리를 돌봐 주는 하녀와 마른자리를 돌봐 주는 하녀까지 데리고 다녔다. 왕이라면 이런 말을 할 수 없었던 것이다. 이젠 이거 필요 없어. 이런 말을 한다는 것은 절약해서 써야 한다고 잔소리를 하거나, 예전에 내가 이걸 필요로 했는데 너희들이 알아주지 않았다고 트집을 잡는 것과 매한가지였기 때문이었다. 그 외에도 가령(家僕)이랄지 집사랄지 포도주 담당자랄지 하는 사람들이 따라다녔다. 이런 사람들이 모여들어 왕의 주위에 미로를 만들었던 것이다. 왕은 이런 무리에 둘러싸여 있었기 때문에 전쟁 시에는 장군들을 제대로 만나지 못했고, 평화 시에는 장관들을 제대로 만날 수 없었다. 1888년, 알폰소 13세가 모친인 섭정 황후 마리아 크리스티나와 누나들 및 수행원들과 함께 바르셀로나에 도착했다. 그때 왕의 나이 두 살 반이었다. 도시는 마비되고 말았다. 왕족 일가는 옛날에 시우다델라의 총독이 기거했던 저택과 아르세날이라고 불리던 건물에 숙소를 정했다. 마침 그 장소는 만국박람회장 경내에 있었기 때문에 입장권을 사야 하는 번거로움을 피할 수 있었다. 입장권은 일 페세타였고, 시즌 티켓은 이십오 페세타였다. 그러나 왕가의 수행원들(재정 담당관과 왕실 식료품 납품 상인, 사냥꾼과 왕실 마필 관리관, 사냥개 관리관과 공사 감독, 석궁 사수, 식품 담당자, 양초 담당자, 실내장식가, 시주 담당자, 마님, 궁녀, 시녀, 하녀 등)에게는 능력 있는 시민들이 자발적으로 숙소를 제공해야 했다. 여기에 외국에서 온 왕족, 귀족, 고관들이 사태를 한층 복잡하게 만들었다. 사람들의 구미를 당기는 여러 가지 사건들이 속속 벌어졌다. 이런 일도 있었다. 색슨족 계열의 어느 성주는 어느 날 밤 파리에서 방금 도착한 예술가(승마 서커스 포스터에는 그렇게 적혀 있었다.)와 침대를 나누어 써야만 했다. 이 예술가는 바르셀로나에 도착하자마자 훈련된 고양이들로 공연을 펼치겠다고 선언했다. 어느 사기꾼에 관한 일화도 있었다. 이 사기꾼은 잘생긴 얼굴을 이용해 자신이 무갈 황제라고 떠들어 대며 여러 여관과 카페에서 공짜로 밥을 얻어먹고 다녔다. 바르셀로나 시민들은 손님들에게 불편을 주지 않기 위해 최선을 다했다. 그들은 손님들을 위해서라면 힘든 수고도 마다하지 않았고 손해도 감수했다. 그래서 이런 경우에 흔히 그렇듯이 손님들에게서 돈을 제대로 받아 내지 못했다. 손님들은 대체로 오만방자하기 짝이 없었다. 조금만 번거로운 일이 생기면 인상을 찡그렸고,

이런 말을 아예 입에 달고 다녔다. 정말 더러워 죽겠네, 뭐 이 딴 데가 다 있어, 정말 멍청한 인간들이야, 등등. 그들은 경멸을 표시하는 것이야말로 자신의 교양을 가장 잘 드러내는 방법이라고 여겼던 것이다.

만국박람회는 예정했던 대로 4월 8일에 개막되었다. 개막식은 다음과 같이 치러졌다. 오후 3시 30분, 알폰소 13세와 그 수행원들이 예술관에 있는 개막식장에 입장했다. 왕이 왕좌에 앉았다. 두 다리가 바닥에 닿지 않았기 때문에 방석을 겹겹이 쌓아 발을 받치게 했다. 왕좌 옆에 아스투리아스 공주인 마리아 데 라스 메르세데스와 마리아 테레사 왕녀가 자리를 잡았다. 온통 검은색으로 차려입은 섭정 황후 옆에는 에든버러 공작 부인이 앉았다. 그리고 다음과 같은 순서로 사람들이 입장했다. 제노바 공작, 에든버러 공작, 바이에른의 루프레히트 왕세자, 웨일즈의 조지 왕자. 그 뒤를 이어 프라세데스 마테오 사가스타 총리, 국방성 장관, 산업성 장관, 해군성 장관이 입장했다. 그리고 궁중 시종들, 초대에 응한 스페인의 귀인들(자신들의 지위에 걸맞게 호위병을 대동한 사람도 있었고, 특권을 행사하기로 마음먹은 사람들은 맨발로 나타나기도 했다.), 지방의 권력자들(이들은 연미복을 입었다.), 대사들과 영사들, 특별 사절단, 장군들, 제독들, 함장들, 만국박람회 이사회, 수를 헤아릴 수 없을 정도로 많은 일반 시민들이 그 뒤를 따랐다. 방방곡곡에서 다양한 부류의 사람들이 몰려들었다. 반바지 제복 차림의 하인들이 귀족 방문자들의 집안을 상징하는 문장을 들고 있었다. 열쇠, 놋쇠 고리, 리본, 채찍, 사슴 뿔, 발톱, 큰 활, 종 등등 문장의 종류도 갖가지였다. 개막식에 참석한 사람은 모두 오천 명이었다. 개막식 연설이 끝나자 가정교사들이 왕가의 어린 아이들을 식장에서 데리고 나갔다. 어른들은 전시관을 둘러보기 시작했다. 섭정 황후의 조국인 오스트리아 전시관을 제일 먼저 찾아갔다. 프랑스 전시관에서는 쇼팽의 작품이 연주되었고, 총독의 관저에서는 당시에 '런치'라고 불리던 가벼운 식사가 제공되었다. 섭정 황후가 '런치'를 다 먹을 때까지도 오스트리아 전시관으로 들어오는 사람이 있었다. 많은 사람들이 그러한 광경을 지켜보았다. 그날 밤 리세오 극장에서 갈라 쇼가 공연되었다. 섭정 황후는 왕비 복장에 백작의 관을 쓰고 리세오 극장에 나타났다. 「로엔그린」이 공연되었다. 제2막이 시작될 순간까지도 '런치'를 먹고 있는 사람이 있었다. 개막식은 대체로 장엄하면서도 질서 정연하게 치러졌다. 만국박람회장은 그날 개막식에 참석했던 사람들의 기대를 저버리지 않았다. 몇몇 건물들은 그때까지 공사 중에 있었고, 오래전에 공사가 끝난 건물들은 벌써 부분적으로 무너져 내리고 있었다. 신문들은 '거대한 균열'이니 '엄청난 혼란'이니 하고 떠들어 댔지만, 정작 중요한 점은 사람들이 대체로 만국박람회에 만족했다는 것이다. 오늘날의 관점에서 보면 만국박람회장의 건물들(엄격한 디자인, 나무에 새긴 꽃 장식, 얇은 비단, 덮개 등)이 무슨 묘지와 같은 분위기를 풍긴다고 느껴지지만, 당시에는 사람들의 기호에 딱 들어맞는 것이었다. 한마디로 당시에는 우아한 것이었다. 모든 것은 적절한 관점에서 평가되어야 한다. 각국에서 파견한 군함 예순여덟 척이 바르셀로나 항구로 몰려들었다. 그 군함들에는 군인 만 구천 명과 대포 오백서른여덟 문이 실려 있었다. 요즘에 와서 생각해 보면 무시무시한 위협일 수도 있다. 그러나 당시 바르셀로나 사람들은 그것을 예절과 우애를 표하는 것으로 받아들였다. 당시까지만 해도 전 세계를 휩쓰는 커다란 전쟁은 없었다. 그래서 전쟁 무기들도 장식물과 같은 것으로 받아들여졌다. 당시 상황을 소재로 쓴 시가 한 편 있다. 페데리코 라올라는 이렇게 표현했다.

어마어마한 포격 소리에
땅이 흔들린다.
대포는 전쟁의 괴물이지만
평화를 위해 봉사한다.

멜초르 데 팔라우도 「만국박람회 개막을 기리며」라는 시에서 이와 비슷한 심정을 토로했다.

소름 끼치는 대포가 울부짖는다. 그러나 물지는 않는다.

바르셀로나 만국박람회는 1888년 12월 9일까지 열렸다. 폐막식은 개막식에 비해 훨씬 간소하게 치러졌다. 성당에서 테데움이 연주되었고, 산업관에서 단출한 행사가 치러졌다. 만국박람회는 이백사십오 일 동안 열렸고, 이백만 명이 넘는 인파가 박람회를 방문했다. 박람회 건축 비용으로 오백육십이만 사천육백오십칠 페세타 오십육 센티모가 사용되었다. 몇몇 건물들은 박람회 폐막 이후에 다른 용도로 사용되었다. 그리고 청산하지 못한 엄청난 부채가 수년 동안이나 바르셀로나 시의회를 압박했다. 하지만 그 화려했던 시절은 사람들의 기억 속에 아직까지 남아 있다. 바르셀로나는 언제라도 마음만 먹으면 국제도시로 도약할 수 있다는 자신감과 능력을 증명해 보였던 것이다.

3

1

돈 움베르트 피가 이 모레라에 관해서는 알려진 바가 거의
없다. 그는 바르셀로나에서 태어났다. 그의 부모는 바르셀로나
의 라발 지역에서 말린 과일을 파는 소박한 가게를 운영했다.
그는 몇몇 선교사들의 도움을 받아 공부를 시작했다. 그 선교
사들은 외국에 파견되어 있다가 그곳 정치 상황이 변하면서
일시적으로 바르셀로나에 머무르게 된 사람들이었다. 선교사
들은 부담이 가지 않는 선에서, 돈 움베르트 피가 이 모레라를
돌아가며 가르쳤다. 그는 선교사들의 손을 떠난 이후로는 법
률을 공부했다. 결혼은 비교적 늦은 나이인 서른두 살에 했다.
그 후 사업적으로 대단한 성공을 거두었다. 그는 마흔 살 나이
에 바르셀로나에서 가장 유명한 변호사 사무실을 운영하게 되
었다. 그러나 유명하다고는 해도 좋은 의미에서는 아니었다. 그

이유는 앞으로 차차 밝혀질 것이다. 19세기 중반에만 해도 정신이 제대로 박힌 사람이라면 법 앞에서 만인이 평등하다는 데에 토를 달지 않았다. 그러나 실제 상황은 그와 전혀 딴판이었다. 지위가 높은 무리들과 돈깨나 있는 사람들은 평범한 무지렁이들이라면 꿈도 꾸지 못할 보호와 혜택을 누렸다. 보통의 무지렁이들은 자신들의 권리에 대해 아무것도 몰랐고, 설사 자신들의 권리에 대해 안다고 해도 그 권리를 어떻게 행사해야 하는지 몰랐고, 설령 권리 행사 방법에 대해 안다고 해도 사법부로부터 인정받을 수 있는 가능성은 지극히 낮았다. 정당한 절차를 거쳐 재판을 걸어도 번번이 패하고 말았던 것이다. 이 점에 대해 사법부는 별로 신경을 쓰지 않았다. 그러므로 이런 일이 비일비재했다. 그때는 과학의 힘을 믿는 시대였다. 모든 사물과 현상은 구체적인 원인 때문에 발생한다. 당시 사람들은 그렇게 생각했다. 만일 그 원인을 특정화할 수 있다면 그와 유사한 경우에 대비해 불변의 법칙을 만들어 낼 수 있을 것이다. 그들은 실수에 대한 두려움 없이 몇 가지 법칙들로 미래를 예견할 수 있었다. 인간 행동에 대해서도 그와 유사하게 생각했다. 사람들은 인간 행동을 분석하여 여러 가지 법률로 요약했다. 이 분야에서도 사람들의 입맛에 맞는 이론들이 난무했다. 이렇게 주장하는 사람들도 있었다. 한 개인이 평생 동안 어떻게 살아가는가를 규정하는 결정적인 요인은 유전적인 자산이다. 개인이 태어난 환경을 결정적인 요인으로 주장하는 사람들도 있었고, 한 개인이 받는 교육을 결정적인 요인으로 드는 사람들도 있었다. 개인의 자유의지를 들먹이는 사람들도 없지 않았지만 그들의 주장은 번번이 무시당할 뿐이었다. 사람들은 이렇게 반박했다. 그따위 이론으로는 아무것도 할 수 없다. 결정론이 대세를 이루었다. 결정론이야말로 그 시대의 만병통치약이었다. 특히 인간의 행동을 판단하는 위치에 있는 사람들에게 결정론은 보약이나 마찬가지였다. 판사들은 정의를 무시하지 않았다. 그러나 그들은 정의를 자신들 마음대로 신속하게 적용했다. 판사들에게는 융통성이라는 게 없었다. 판사들은 피고를 바라보는 순간 그를 어떻게 판단해야 할지 대번에 알아차렸다. 만일 잘생기고, 가문이 훌륭하고, 돈이 많은 사람이 범죄를 저지르면 이렇게 말했다. 무슨 피치 못할 이유가 있어 불가피하게 그런 일을 저지른 것이다. 그러면서 죄인에게 동정심을 보였다. 그러나 범인이 무지렁이 깡패일 경우에는 범죄의 동기를 밝혀내려고도 하지 않았고 동정심을 품지도 않았다. 부모로부터 자식들에게로 유전되는 나쁜 기질 때문에 범죄를 저지르게 되는 것이다, 이러한 범죄 기질은 종교적인 설교나 도덕적인 양심으로도 인성 교육으로도 치료할 수 없다. 판사들은 그렇게 생각했던 것이다. 판사들은 이 점에 관한 한 사회학자들과 의견이 일치했다. 만일 피고가 정상참작을 요구하며 사면을 호소하면 이런 말로 비웃을 뿐이었다. 피고는 무슨 말로든 자신을 변호할 수 있겠지만 그들의 말은 도저히 믿을 수 없다, 더 이상 할 말이 없다, 이상, 죄인을 감옥으로 데려가라. 감옥에서는 죄인들을 교화하려고 노력했지만 신통한 결과를 얻어 낼 수 없었다. 당시 상황은 이런 형편이었다. 비천한 신분으로 태어난 돈 움베르트 피가 이 모레라는 여기에 반기를 들고 나섰다. 그의 주장은 좀 더 실질적인 것이었다. 범죄를 저지른 가난한 사람들이 욕을 보는 이유는 그들을 불구덩이에서 건져 낼 수 있는 좋은 변호사를 구하지 못하기 때문이다. 그건 사실이었다. 어떤 변호사도 가난한 무지렁이 범죄자를 위해 일을 맡으려 하지 않았다. 변호사들은 하나같이 돈이 많고 가문이 훌륭한 사람들을 위해 일하기를 원했다. 하지만 돈이 많고 가문이 훌륭한 사람들은 수가 많지 않았다. 따라서 돈을 많이 버는 변호사 역시 별로 없었다. 돈 움베르트 피가 이 모레라는 이렇게 말하곤 했다. 가난한 사람들이야말로 무궁무진하게 파먹을 수 있는 보물단지다, 문제는 그 가난한 사람들을 어떻게 이용해 먹느냐 하는 것이다, 나는 별 볼 일 없는 놈이다, 잘 나가는 놈들과는 아무런 연줄도 없다, 위쪽으로 기어 올라가든 아래쪽으로 파고 내려가든 힘이 들기는 마찬가지다. 돈 움베르트 피가 이 모레라는 이렇게 중얼거리곤 했다. 그는 가난한 사람들을 뻔질나게 찾아다니기 시작했다. 가난한 사람들에게 자신의 지식을 총동원해 도와주겠다고 제안했다. 그는 특별한 명함을 주문했다. 난해한 글씨체로 쓰인 보통 명함과 달리 읽기 쉬운 글씨체로 쓰인 단순한 명함이었다. 만일 복잡한 문제가 발생하면 나를 찾아 주시오. 그는 가난한 사람들에게 그렇게 말하며 명함을 건네주었다. 가난한 사람들은 불신이 가득한 눈초리로 그를 쳐다보았다. 그들은 돈 움베르트 피가 이 모레라의 말을 귓등으로도 듣지 않았다. 그들은 돈 움베르트 피가 이 모레라를 비웃었으며 심한 경우에는 집 밖으로 쫓아내기도 했다. 그렇게 시간이 흘렀다. 마침내 때가 무르익었다. 가난한 사람들은 실제로 어려움을 당하자 돈 움베르트 피가 이 모레라를 기억해 냈고 한구석에 처박아 두었던 그의 명함을 찾아냈다. 에이, 모르겠다, 한번 시도해 본다고 손해 볼 건 없잖아. 가난한 사람들은 그렇게 생각했다. 만일 감옥에 갇히면, 그렇게 될 게 뻔할 뻔 자지만, 돈을 안 주면 그만이지, 뭐. 가난한 사람들은 그렇게 말했다. 가난한 사람들은 엄청나게 골치 아픈 사건들을 돈 움베르트 피가 이 모레라에게 위임했고, 돈 움베르트 피가 이 모레라는 기꺼이 그 사건들을 맡았다. 돈 움베르트 피가 이 모레라는 고객들을 겸손하게 대했다. 고객들을 경멸하지도 않았고 그렇다고 고객들 앞에서 아양을 떨지도 않았다. 그는 어떤 사건이든 최선을 다해 일했다. 판사들과 검사들은 처음에는 돈 움베르트 피가 이 모레라가 이타심에서 그런 일을 맡았다고 생각했다. 그래서 돈 움베르트 피가 이 모레라에게 충고를 아끼지 않았다. 어이, 착한 친구, 괜히 시간 낭비하지 말게나, 그 인간들은 원래부터 반죽이 좋지 않아, 놈들은 범죄를 저지르도록 만들어졌단 말이야, 놈들이 살 집은 감옥이란 말이야. 판사들과 검사들은 그렇게 충고했다. 돈 움베르트 피가 이 모레라는 그들의 말을 경청하는 척했지만 한 귀로 듣고 한 귀로 흘려버렸다. 돈 움베르트 피가 이 모레라도 마음속으로는 판사들과 검사들의 말에 동의했다. 그가 바라는 것은 오로지 청구서일 뿐이었다. 선교사들이 돈 움베르트 피가 이 모레라에게 가르쳐 준 것이 하나 있었다. 그는 선교사들로부터 인내심을, 참고 기다리는 방법을, 언제라도 '예.'라고 대답할 수 있는 태도를 배웠다. 그리고 선교사들은 그에게 남을 설득하는 기술도 가르쳐 주었다. 그는 모든 사람들의 예상을 깨고 대부분의 사건에서 승소했다. 그는 어느 누구보다 복잡한 재판 과정을 잘 알고 있었고, 자기에게 유리한 책략을 재판 때마다 매번 찾아낼 수 있었다. 그가 불같이 화를 내면 판사들과 치안 판사들은 그가 옳다는 점을 인정하지 않을 수 없었고, 검사들은 분통이 터트리며 눈물을 줄줄 흘리고는 법전과 가운을 바닥에 내팽개쳤다. 더 이상 이런 식으로 나갈 순 없어, 이건 있을 수 없는 일이야, 법으로 야바위를 하는 꼴이야. 사실이 그랬다. 담보물이 있고 핑곗거리가 있을 경우 법은 관대했다. 왜냐하면 법은 애당초 비천한 인간들이 이용해 먹을 수 없도록 만들어졌기 때문이었다. 하지만 변호사가 개입하면 상황이 달라졌다. 변호사는 죄질이 가장 나쁜 범죄자들을 변호하기 위해 법을 이용했던 것이다. 판결을 내리는 판사들은 당혹감을 감출 수 없었다. 놈의 수법에 꼼짝없이 걸려들었군, 하지만 풀어 줘야 한다면 풀어 줄 수밖에 없는 거지, 뭐. 풀려난 범죄자들도 당혹스럽기는 마찬가지였다. 범죄자들은 놀라움과 경탄이 뒤섞인 표정으로 돈 움베르트 피가 이 모레라에게 물었다. 변호사 선생님, 선생님께서는 어째서 저희 같은 인생을 도와주시는 겁니까? 범죄자들은 성인이 나타나 그들을 돕는다고 여겼다. 돈 때문이죠, 뭐, 사례금을 받기 위해 하는 일입니다. 돈 움베르트 피가 이 모레라는 그렇게 대답했다. 범죄자들은 그들 나름의 엄격한 도덕률에 따라 돈 움베르트 피가 이 모레라에게 두둑한 현금 뭉치를 사례금으로 지불했다. 범죄자들은 사례금에 대해 따지지 않았다. 돈 움베르트 피가 이 모레라는 그런 식으로 날로 부자가 되어 갔다. 그렇게 몇 년이 흘렀다. 어느 겨울밤, 이상한 사람이 돈 움베르트 피가 이 모레라를 방문했다.

돈 움베르트 피가 이 모레라의 변호사 사무실은 산페드로 거리 아래쪽에 있었다. 그의 사무실에는 그 외에도 보조 변호사 두 명과 비서 한 명, 사환 한 명이 근무했다. 돈 움베르트 피가 이 모레라는 더 많은 보조 변호사를 고용할 생각을 품고 있었다. 그날 밤, 사환을 제외한 다른 직원들이 모두 퇴근한 뒤였다. 돈 움베르트 피가 이 모레라는 다음 날 아침 재판에서 다룰 사건 자료를 마지막으로 손질하고 있었다. 현관문을 두드리는 소리가 들려왔다. 이상한데, 이 늦은 시각에 대체 누굴까? 돈 움베르트 피가 이 모레라는 생각했다. 그는 사환에게 아래층으로 내려가 문을 열어 주라고 지시했다. 그러나 문을 두드린 사람이 누구든 그가 좋은 의도로 찾아온 사람인지 아닌지 먼저 알아보고 문을 열어 주라고 일렀다. 그렇지만 그건 실행하기 힘든 지시였다. 흉악한 범죄자들만이 사무실 문을 두드려 왔던 것이다. 하지만 그날 밤에는 아무런 문제도 발생하지 않았다. 사환이 문을 열었다. 옷을 잘 차려입은 세 신사와 기이한 복장을 한 한 남자가 서 있었다. 그 남자의 복장이 낯설긴 했지만 그다지 놀랄 정도는 아니었다. 세 신사는 가면으로 얼굴을 가리고 있었다. 당시 바르셀로나에서는 가면 착용이 엉뚱한 행동은 아니었다.

"좋은 의도로 찾아오신 분들이십니까?"

사환이 가면을 쓴 방문객들에게 물었다. 가면을 쓴 신사들은 그렇다고 대답한 뒤 단검이 감추어진 지팡이 손잡이로 사환을 밀어내며 사무실로 들어섰다. 가면을 쓴 신사들은 사무실의 어느 방으로 들어가 기다란 테이블 주위에 자리를 잡고 앉았다. 네 번째 인물은 의자에 앉지 않고 그대로 서 있었다. 돈 움베르트는 오랜 세월이 흘렀는데도 그 남자를 한눈에 알아볼 수 있었다. 그 남자는 아주 옛날에 돈 움베르트를 가르쳤던 선교사들 중 한 명이었던 것이다. 돈 움베르트가 지금까지 이렇게 살아올 수 있도록 도와준 생명의 은인이었다. 그런데 이제 그 생명의 은인이 돈 움베르트를 찾아와 도움을 요청하고 있었다. 도저히 거절할 수 없는 노릇이었다. 나중에 알게 된 바에 따르면, 그 선교사는 상부의 명령에 따라 에티오피아와 수단으로 건너갔다. 그는 그곳에서 많은 사람들을 기독교로 개종시켰다. 그러나 그는 막판에 가서 그가 상대해서 싸워 왔던 이교도 신앙에 물들고 말았다. 이제 그는 수단의 마흐디 추종자들에게 명령을 받아 바르셀로나에서 마법을 전파하고 있었다. 선교사는 보통 사람들처럼 옷을 차려입고 있었다. 그러나 그의 오른손에는 인간의 두개골이 달린 지팡이가 들려 있었다. 두개골이 움직일 때마다 조약돌 부딪히는 소리가 들렸다.

"그래, 무슨 일로 오셨습니까?"

돈 움베르트가 가면을 쓴 신사들에게 물었다. 그들은 아무 말 없이 서로 눈빛을 주고받았다.

"우리는 선생의 일에 대단히 관심이 많습니다."

세 신사 중 한 명이 입을 열었다.

"오늘 이렇게 찾아온 이유는 선생에게 제안할 게 하나 있어서입니다. 우리는 사업가들입니다. 우리 사업은 아주 깨끗합니다. 그래서 선생의 도움이 필요합니다."

"제가 할 수 있는 일이라면……."

돈 움베르트가 대답했다.

"두고 보면 아시겠지만, 선생이 충분히 할 수 있는 일입니다. 우리는, 앞서도 말씀드렸다시피, 세상에 잘 알려진 사람들입니다. 세간에 명성도 자자합니다. 선생 역시 사회 밑바닥의 인간

쓰레기들 사이에서 대단한 명성을 쌓으셨더군요. 단도직입적으로 말씀드리겠습니다. 우리는 우리를 대신해 더러운 일을 해 줄 사람을 찾고 있습니다. 선생께서 우리를 대신해 일을 해 주셨으면 합니다. 두말할 필요도 없겠지만, 사례금은 충분히 드리겠습니다.”

아, 그렇습니까, 하지만 이건 부도덕한 짓입니다. 돈 움베르트가 소리쳤다. 바로 그 순간 배교자 선교사가 냉큼 끼어들어 말을 늘어놓았다. 도덕은 두 가지로 나뉜다, 개인적인 도덕이 있고 사회적인 도덕이 있다, 개인적인 도덕에 관해서라면 걱정할 필요 없다, 너 자신이 범죄를 직접 저지르지 않기 때문이다, 너는 네가 맡은 역할을 능력껏 해내기만 하면 된다, 사회적인 도덕 역시 문제가 되지 않는다, 중요한 점은 사회 질서를 유지하는 것이다, 톱니바퀴가 부드럽게 돌아가기만 하면 아무 문제 없다, 너는 감옥에 가야 마땅한 범죄자들을 수도 없이 살려 냈다, 그러니 이제 다른 사람들을 범죄로 몰아넣고 사형대로 보내야 하지 않겠느냐, 균형을 맞추려면 반드시 그렇게 해야 한다. 배교자는 그렇게 말했다. 가면을 쓴 신사들이 커다란 돈뭉치를 테이블 위에 올려놓았다. 돈 움베르트는 신사들의 제안을 받아들였다. 그 후로 만사형통이었다. 그와 비슷한 일들이 돈 움베르트에게 몰려오기 시작했다. 밤이면 밤마다 가면을 쓴 신사들이 돈 움베르트의 사무실을 방문했다. 가면을 쓴 숙녀들도 적지 않게 찾아왔다. 마차들이 사무실 앞에 장사진을 이루었다. 아무것도 감출 게 없었던 진짜 범죄자들은 근무 시간인 대낮에 맨얼굴로 사무실을 드나들었다.

“당신은 믿을 수 없을 거야. 손대는 일마다 성공이야, 성공.”

돈 움베르트는 부인에게 그렇게 말했다.

갈수록 일손이 부족해졌다. 보조 변호사들과 비서들뿐만 아니라 자유롭게 암흑가를 누비고 다닐 수 있는 요원들도 필요했다. 돈 움베르트는 출신 성분을 가리지 않고 요원들을 채용했다. 그들의 과거 경력도 굳이 따지지 않았다.

"자네가 능력이 있다고 하더구먼."

돈 움베르트가 오노프레에게 말했다. 마차에는 두 사람밖에 없었다.

"솜씨가 좋다고 말이야. 나를 위해 일을 좀 해 주어야겠네."

"무슨 일인데요?"

오노프레가 물었다.

"내가 지시하는 일만 하면 돼. 그리고 함부로 질문을 하면 안 돼. 경찰이 자네 행적에 대해 훤히 알고 있어. 내가 보호해 주지 않았다면 자넨 진즉 감옥에 갇혔을 거야. 선택의 여지가 별로 없어. 나를 위해 일을 하든가, 아니면 이십 년 동안 감옥에서 썩어 가든가 둘 중 하나야."

오노프레는 1888년부터 1898년까지 돈 움베르트를 위해 일했다. 1898년, 그해는 스페인이 식민지를 모두 잃어버린 해였다.

시우다델라 공원에서 오노프레를 납치했던 그 잘생긴 청년이 오노프레의 두목이 되었다. 그 청년의 이름은 오돈 모스타 사였다. 그는 사모라 태생으로 당시 스물두 살이었다. 오노프레는 그들로부터 칼 한 자루와 곤봉 하나와 뜨개질 장갑 한 켤레를 지급받았다. 그들은 꼭 필요한 경우가 아니라면 곤봉을 사용하지 말라고 주의를 주었다. 칼은 피치 못할 경우 최후의 수단으로만 사용할 수 있었다. 칼이나 곤봉을 사용할 경우에는 반드시 미리 장갑을 껴야만 했다. 지문을 남기지 않기 위한 예비 조치였던 것이다. 무엇보다 중요한 점은 아무도 너를 알아보지 못하도록 하는 거야. 오돈 모스타사가 오노프레에게 말했다. 누군가가 너를 알아보면 나도 걸려들 테고, 내가 걸려들면 내게 명령을 내린 사람도 걸려들 테고, 그런 식으로 하나하나 줄줄이 걸려들면 급기야 우리 대장님까지 걸려들게 된단 말이야, 돈 움베르트 피가 이 모레라 씨가 우리 대장님인 건 너도 알겠지. 사실상 바르셀로나 사람들은 모두 돈 움베르트 피가 이 모레라가 암흑가와 거래를 하고 있다는 사실을 알고 있었다. 그가 어떤 일을 하는지는 공공연한 비밀이었다. 그러나 정치권과 상공업계에서 중요한 위치를 차지하고 있는 사람들 대부분이 어느 정도 돈 움베르트와 관계를 맺고 있었기 때문에, 감히 돈 움베르트에게 손가락질을 할 수 있는 사람은 아무도 없었다. 점잖은 사람들은 돈 움베르트 피가 이 모레라와 일정한 거리를 두었지만, 공식적으로는 그들도 돈 움베르트를 중요 인물로 인정하지 않을 수 없었다. 돈 움베르트는 사람들의 이중성을 이해할 수도 용납할 수도 없었지만, 자신이 상류계층에 속해 있고 또 행복한 삶을 누리고 있다고 믿었다. 오돈 모스타사와 나머지 깡패들도 돈 움베르트의 허영심을 간접적으로 나눠 가졌다. 깡패들은 대낮에 우연히 그라시아 산책로 가까이 갈 일이 생기면 서로 이렇게 말하곤 했다. 우리 그라시아 산책로로 가서 돈 움베르트 씨가 지나가는 모습을 구경하지 않을래? 돈 움베르트는 하루도 빠지지 않고 매일 그라시아 산책로에 모습을 드러냈다. 그는 풍채가 당당한 헤레스산 암말을 타고 산책을 즐겼다. 그는 말을 타고 가는 다른 사람들에게 장갑 낀 손을 흔들어 인사를 건네기도 했고, 훌륭한 말들이 끄는 무개 마차를 타고 지나가는 숙녀들에게 에메랄드 빛이 살짝 감도는 녹색 벨벳 모자를 벗어 들고 인사를 건네기도 했다. 오돈 모스타사와 그의 동료들은 멀리 떨어진 곳에서 돈 움베르트를 지켜보기만 했다. 혹시라도 아는 척을 했다가는 돈 움베르트의 명성에 먹칠을 할 수도 있었기 때문이다. 어이, 꼬맹이, 넌 자부심을 느껴야 해. 오돈 모스타사는 오노프레 부빌라에게 그렇게 말하곤 했다. 바르셀로나에서 가장 멋있는 분을, 바르셀로나에서 가장 막강한 분을 대장님으로 모시게 되었으니 뻐길 만도 하잖아. 물론 마지막 말은 과장이자 허풍이었다. 돈 움베르트 피가 이 모레라는 보잘것없는 인물이었다. 법조계 내에서만도 그보다 뛰어난 인물을 꼽을 수 있었다. 돈 알렉산드레 카날스 이 포르미가라는 사람이 있었던 것이다. 그는 그라시아 산책로에서 가까운 곳에 살고 있었지만 그라시아 산책로에는 코빼기도 내밀지 않았다. 그는 디푸타시온 거리에 무데하르 양식으로 지은 삼 층짜리 저택에서 살았다. 그곳은 그 유명한 그라시아 산책로에서 아주 가까웠다. 그의 사무실은 플라테리아 거리에 있었다.(그는 사무실에서 숨을 거두었다.) 그에게는 집과 사무실이 세상의 전부였다. 때때로 집에서 가까운 공터에 설치된 회전목마를 찾아갈 뿐이었다. 그는 몸이 약간 불편한 어린 아들을 데리고 회전목마를 타러 다녔다. 그에게는 자식이 두 명 더 있었다. 그러나 그 아이들은 1879년에 발생한 비극적인 전염병으로 모두 죽고 말았다.

오노프레 부빌라는 처음에는 별로 중요하지 않은 일을 맡았다. 그리고 혼자서 할 수 있는 일도 없었다. 오노프레는 오돈 모스타사와 함께 부두로 나가 화물을 하역하는 일을 감시하기도 했고, 어떤 때에는 이유도 모른 채 오돈과 함께 어느 집 문 앞에서 하염없이 대기하고 있기도 했다. 기다리다 보면 누군가가 나타나 이렇게 전했다. 좋아, 다 끝났어, 이제 돌아가도 좋아. 그런 일들이 반복되었다. 오노프레는 일이 끝나면 오돈 모스타사가 마르가리토라는 별명으로 부르는 남자에게 자세하게 보고를 올려야 했다. 마르가리토의 본명은 아르나우 푼셀라였다. 그는 수년 전에 돈 움베르트 피가 이 모레라의 수하로 들어왔다. 그는 돈 움베르트가 처음으로 변호사 사무실을 열고 채용했던 보조 변호사들 중 한 명이었다. 그는 돈 움베르트의 비호 아래 나날이 성장해 왔고, 이제는 돈 움베르트의 가장 가까운 협력자 중 하나로 위상을 높여 갔다. 그는 범죄자들과의 모든 접촉을 관리했고, 그 모든 더러운 작업들을 감독했다. 그는 키가 작고 병약해 보이는 인상이었다. 두툼한 안경을 끼고, 새카만 부분 가발을 썼으며, 손톱이 매우 길었다.(그러나 손톱은 티끌 하나 없이 깨끗했다.) 옷차림은 그다지 깔끔한 편이 아니었다. 옷에 기름 자국이 많았다. 그는 이미 결혼한 몸이었다. 그에게 자식들이 많다는 소문이 돌았지만, 몇 명이나 되는지 정확하게 아는 사람은 아무도 없었다. 지나치게 내성적인 성격에다 어느 누구에게도 집안일에 대해서는 결코 언급하지 않았던 것이다. 게다가 그는 아주 소심했고, 사람들을 쉽게 믿지 않았으며, 깐깐하고 꼼꼼한 성격이었다. 그래서인지 그는 이내 오노프레의 비상한 능력을 알아보았다. 오노프레는 날짜와 이름과 숫자를 기억하는 데 비상한 재주가 있었다. 이런 일을 하려면 우선 머리가 비상해야 한단다. 그는 자식들에게 그렇게 말하곤 했다. 그는 자식들 교육에 공을 들였다. 이런 분야에서는 사소한 실수가 엄청난 재앙을 초래할 수도 있어. 그는 평소에도 그런 생각을 품고 있었던지라 오노프레 부빌라의 천부적인 재능을 금방 알아볼 수 있었던 것이다. 그 후로도 오노프레의 또 다른 능력들을 발견할 때마다 그는 깜짝깜짝 놀라지 않을 수 없었다. 그러나 오노프레는 그런 사실을 전혀 모르고 있었다. 오노프레는 자신의 비상한 재주를 드러내고 싶지 않았다. 그는 그때까지 모르고 있었다. 멍청함을 감추는 것도 어렵지만 천재성을 감추는 것 역시 힘들다는 사실을 말이다. 그는 그저 아무도 자신의 재주를 알아보지 못하고 지나가기만을 바랄 뿐이었다. 오노프레 부빌라는 생전 처음으로 자신의 인생을 살아가고 있었던 것이다.

오돈 모스타사는 미끈하게 생긴 허풍쟁이로, 돈을 헤프게 쓰는 남자로, 주변머리 좋은 남자로 유명했다. 바르셀로나에서뿐만 아니라 그 인근 지역에서도 유흥업계 사람이라면 그를 모르는 이가 없을 정도였다. 모두들 미남에다가 놀기 좋아하고 게다가 돈까지 흥청망청 써 대는 그를 좋아했다. 오노프레 부빌라는 오돈 모스타사와 함께 다니는 동안 어쩔 수 없이 많은 친구들을 사귀었다. 오노프레로서는 생전 처음 겪어 보는 일이었다. 오노프레는 다른 하숙집으로 거처를 옮겼다. 브라울리오 씨와 아가타 부인이 운영하던 하숙집보다 형편이 조금 나은 집이었다. 새로 옮겨 간 하숙집 주인은 오노프레에게 정기적인 수입이 있다는 사실을 알아차리고는 그를 왕자처럼 떠받들었다. 오노프레는 오돈 모스타사를 비롯한 패거리와 어울려 다니며 거의 매일 밤거리를 싸돌아다녔고, 바르셀로나 사창가도 뻔질나게 들락거렸다. 잠깐 동안의 알랑거림과 순간적인 쾌락을 제공하는 대가로 오노프레의 돈을 우려내려는 여자들이 지천에 깔려 있었다. 서로가 이익을 얻을 수 있는 일종의 거래였다. 오노프레는 그것을 정당한 거래라고, 편안한 거래라고 생각했다. 오노프레는 그런 식으로 자신의 삶을 꾸려 나갔다. 가끔씩 델피나가 떠오르기도 했다. 내가 바보 멍청이였지. 오노프레는 델피나가 생각나면 그렇게 중얼거렸다. 쓸데없이 힘만 쓰고 고생만 했던 거야, 봐, 지금은 얼마나 편한가. 오노프레는 사랑의 열병으로부터 완전히 치유되었다고 믿었다. 어느덧 계절은 여름으로 접어들었다. 오노프레 일행은 근사한 유흥가를 전전했다. 오노프레가 특히 좋아했던 장소였다. 샹들리에, 카펫, 종이꽃으로 만든 화환, 몰려드는 사람들, 땀을 줄줄 흘리는 오케스트라, 향수 냄새, 그런 장소에서만 볼 수 있는 특이한 춤들, 예를 들어 '촛불 왈츠'와 '발 드 람스' 등등. 그런 유흥장에는 꽃다운 처녀들이 많이 몰려들었다. 처녀들은 서로 팔짱을 끼고 떼를 지어 몰려다니며 눈에 보이는 모든 것을 비웃었다. 누군가가 처녀들 중 한 명에게 말을 걸면 처녀들은 한꺼번에 웃음을 터뜨렸다. 처녀들이 한번 웃었다 하면 그 누구도 말릴 수 없었고, 처음에 말을 걸었던 남자는 어쭙잖은 미소를 지으며 물러나곤 했다. 그런 처녀들 가운데에서 어부의 딸들이 가장 명랑하고 건강해 보였다. 하녀들은 순진하기 짝이 없었고, 재봉사 보조 아가씨들은 옹고집쟁이인 데다가 위험하기까지 했다. 오노프레 일행은 바르셀로네타에도 가 보았고 투우장에도 가 보았다. 투우가 끝나면 오노프레 일행은 투우장 근처에 있는 술집을 찾아가 맥주나 거품이 이는 적포도주를 마셨다. 그들은 동이 틀 때까지 술을 마시며 열성적으로 떠들어 대기도 했다. 어떤 날에는 충동적으로 만국박람회장을 찾아가기도 했다. 사람들은 만국박람회 얘기로 떠들썩했다. 바르셀로나 시내 전체가 온통 축제 분위기였다. 건물 주인들은 건물 정면을 단정하게 보수해야만 했고, 마차 주인들은 마차를 새로 칠하고 깨끗하게 청소해야만 했다. 그리고 하인을 거느리고 있는 사람들은 하인들에게 좋은 옷을 입혀야만 했다. 바르셀로나 시의회는 외국 손님을 맞이하기 위해 똘똘해 보이는 경찰 백 명을 특별히 선발해 단 몇 개월 만에 프랑스어를 배우라고 강요했다. 이제 그 경찰들은 지상을 떠도는 혼령들처럼 뜻을 알 수 없는 말을 중얼거리며 거리를 오갔다. 아이들은 경찰들 꽁무니를 쫓아다니며 귀찮게 했다. 아이들은 경찰들의 목구멍에서 흘러나오는 소리를 흉내 냈고, 경찰들을 '목구멍'이라고 놀려 댔다. 오노프레는 혼자였다. 입장료를 지불하고 만국박람회장 경내로 들어갔다. 다른 신사들처럼 정문을 통해 들어갔던 것이다. 오노프레는 몹시 뿌듯했다. 그는 사람들의 물결에 휩싸여 그대로 따라갔다. 카페-레스토랑에 들러 간식도 사 먹었다. 카페-레스토랑은 '세 마리 용이 사는 성'이라고 불렸다.(이 건물을 세우는 데 노동자 백칠십 명이 동원되었다. 오노프레는 그 노동자들의 얼굴뿐만 아니라 이름까지도 알고 있었다.) 그리고 마르토렐 박물관, 몬세라트 디오라마관, 발렌시아 아몬드 시럽 판매소, 터키 카페, 아메리칸 소다 워터, 이슬람 양식으로 지은 세비야 전시관 등을 차례로 구경했다. 오노프레는 사진도 찍었다.(그러나 그 사진을 잃어버리고 말았다.) 그리고 산업관으로 들어갔다. 오노프레는 산업관에서 '스탠드'에 전시된 발드리치와 빌라그란과 타페라가 만든 기계장치를 구경했다. 그들은 바소라에 갔을 때 만났던 바로 그 세 신사들이었다. 그 기계장치를 보는 순간 불쾌한 기억이 떠오르며 피가 들끓기 시작했다. 숨통이 막히는 듯싶었다. 주변에 몰려 있는 사람들 때문에 숨을 쉴 수가 없었다. 오노프레는 팔꿈치로 사람들을 밀어내며 허겁지겁 산업관에서 빠져나와야만 했다. 마침내 밖으로 나왔다. 눈이 부실 정도로 빛나는 바깥 풍경이 잔인한 농담처럼 느껴졌다. 몇 달 전까지 그가 그곳에서 겪어야 했던 불행과 고통을 도저히 떨쳐 버릴 수가 없었다. 오노프레는 그 후로 만국박람회장을 다시는 찾아가지 않았다. 만국박람회에 대해 알고 싶지도 않았다.

한편, 구 바르셀로나 지역의 밤 생활은 오노프레 부빌라를 열광시켰다. 구 바르셀로나 지역은 만국박람회라는 호사스러운 잔치와는 무관한 곳이었다. 그 지역은 조금도 변하지 않았고, 그 모든 소동에서 비켜나 자신만의 고유한 삶을 이어 가고 있었다. 그곳은 산골 마을 출신 소년에게는 경이로운 장소였다. 오노프레는 틈만 나면 혼자서나 혹은 친구들과 어울려 '렘포리 데 라 파타카다'라는 곳을 찾아갔다. 그곳은 우에르토데라봄바 거리의 반지하에 있는 썩은 내가 진동하는 허름한 곳이었다. 대낮에 보면 어둡고 쓸쓸하고 비좁은 곳이었다. 하지만 자정이 지나는 순간 새로운 모습으로 다시 살아났다. 촌스럽고 지저분하지만 헌신적인 단골손님들이 그런 요술을 부렸던 것이다. 다 죽어 가던 생명체가 불쑥 되살아난 듯한 인상이었다. 공간도 확실히 넓어졌다. 쌍쌍이 찾아오는 손님들을 계속해서 받아들일 수 있었다. 테이블을 차지하지 못한 손님은 한 사람도 없었다. 문 앞에는 항상 두 젊은이가 서 있었다. 그들은 길을 밝히기 위해 기름등잔을 들고 있었으며, 소매치기들이나 깡패들을 쫓아내기 위해 엽총으로 무장하고 있었다. 엽총은 필수품이었다. 그곳을 찾아오는 악당들이야 자신의 몸을 스스로 보호할 수 있었지만, 좋은 가문의 방탕한 자제들이나 두꺼운 베일로 얼굴을 가리고 친구나 애인이나 남편을 따라 그곳을 찾아오는 바람난 부인들과 아가씨들은 도움이 필요했던 것이다. 손님들은 그곳에서 아슬아슬한 기분을 만끽했고, 돌발적인 행동으로 일상의 권태로움을 씻어 낼 수 있었다. 그리고 집으로 돌아가 친구들에게 자신들이 목격한 것들에 대해 허풍을 섞어 가며 떠들어 댔다. 그곳에서는 춤판이 벌어졌고, 정해진 시간이 되면 '타블로 비방'이 공연되었다. 타블로 비방은 18세기에는 대유행이었지만 19세기 말에는 거의 사라져 좀처럼 구경할 수 없는 볼거리였다. 그것은 바로 살아 있는 사람이 분장하여 정지된 모습으로 명화나 역사적 장면 등을 재현하는 것이었다. 여기서 재현되는 내용은 당시의 시사적인 사건들이었다.(루마니아의 왕과 왕비가 스페인 대사를 접견하는 장면, 창기병 복장을 한 니콜라스 대공이 그 유명한 자신의 부인과 담소를 나누는 장면 등등.) 역사적인 장면과 교훈적인 장면(누만시아 사람들의 자살, 스페인 선원 추루카가 트라팔가르 해전에서 죽는 장면 등등.)도 재현되었다. 그러나 가장 많이 재현된 장면은 성서에서 따온 장면이나 신화에서 따온 장면이었다. 사실상 신화에서 따온 장면이 가장 많이 재현되었다. 그런 장면에서는 거의 모든 등장인물들이 벌거벗은 채 나오기 때문이었다. 지난 세기를 살았던 사람들에게 벌거벗고 다닌다는 것은 꼭 끼는 옷을 입고 다닌다는 의미였다. 배우들은 피부색과 같은 색의 꼭 끼는 옷을 입고 공연했던 것이다. 당시 사람들이 현대인들에 비해 더욱더 정숙해서 그랬던 것은 아니었다. 그들이 열광했던 것은 인체의 형태였다. 벌거벗은 몸과 훤히 드러난 음모는 성적인 흥분을 자아내기보다는 혐오스러운 느낌을 유발했다. 이런 분야에서도 풍습이 많이 변했던 것이다. 잘 알다시피 18세기에는 벌거벗은 몸에 대해 별다른 관심을 보이지 않았다. 사람들은 별생각 없이 옷을 벗은 채 다른 사람들 앞에 나타났다. 그렇다고 해서 체면이 구겨지는 것도 아니었다. 남자나 여자나 손님들이 지켜보는 가운데 태연히 목욕을 했고, 하인들이 있는 자리에서 옷을 갈아입었으며, 대로변에서 오줌을 싸고 똥을 누었다. 그런 식이었다. 당시의 일기책이나 편지글에는 그런 내용이 풍부히 담겨 있다. C모 공작 부인의 일기에서는 다음과 같은 내용을 읽을 수 있다 'M모 씨 집에서 저녁 식사를 할 때 G모 부인이 평상시와 마찬가지로 벌거벗은 몸으로 식탁에 나타났다.' 그 뒤에는 이런 내용이 나온다. 'V모 왕자의 집에서 열린 가장무도회에서 나비로 분장한 R모 신부는 거의 대부분의 사람들이 자신을 알아보지 못할 것으로 생각하고 오줌을 쌌는데, 그게 강을 이루었다.' '템포리 데 라 파타카다'에서는 네 명으로 구성된 오케스트라가 춤판을 이끌었다. 당시만 해도 사회 모든 계층이 왈츠를 즐겼다. 파소도블레와 쇼티셰는 일반 서민들의 춤이었다. 탱고는 아직 출현하기 전이었다. 상류 계층의 무도회에서는 리고동, 마주르카, 쿼드릴의 일종인 랜서, 미뉴에트 등이 여전히 살아 있었다. 폴카와 벨리댄스가 유럽에서 인기를 끌었지만 카탈루냐에는 아직 들어오지 않은 상태였다. 사르다나와 호타 등등의 민속춤은 '렘포리 데 라 파타카다' 같은 장소에서는 추방되고 말았다. '렘포리 데 라 파타카다'는 여름에는 너무 더워 손님이 적었지만, 가을날 밤에는 절정을 이루었다. 차가운 바람이 거리를 휩쓸기 시작하면 손님들이 추위에 몸을 떨며 그곳으로 밀려왔다. 하지만 다시 봄이 돌아오면 카페의 테라스와 노천 무도장이 수많은 단골손님들을 그곳에서 빼앗아 갔다. 오노프레 부빌라는 그 혼란한 틈에 끼어들어 되도록이면 즐거운 시간을 보내고 싶었다. 이따금씩 재미나게 놀기도 했다. 그러나 대체로는 그러지 못했다. 갖은 애를 다 써 보았지만 마음이 불편했고 불안했다. 그 장소가 제공하는 즐거운 볼거리를 편안한 마음으로 한껏 즐길 수 없었다. 머릿속을 떠다니는 잡다한 생각들을 도저히 떨쳐 버릴 수 없었다. 오노프레를 상당히 좋아하고 또 오노프레의 행복에 대해 어느 정도 책임을 느끼던 오돈 모스타사는, 항상 심각한 표정을 짓고 있는 오노프레를 근심스러운 눈길로 지켜보았다. 이봐, 왜 그러는 거야, 잠시만이라도 근심 걱정 따위는 잊어버릴 수 없어? 그냥 즐기란 말이야, 저 계집애들 끝내주지 않냐? 아주 돌아 버리겠네, 그렇지 않냐? 오노프레는 싱긋 웃으며 부드럽게 대답했다. 그렇게 너무 윽박지르지 마, 오돈, 즐기는 일이 너무 피곤해. 오돈 모스타사는 그 어처구니없는 소리에 웃음을 터뜨렸다. 오노프레가 진심을 토로하고 있다는 사실을 오돈은 알 수 없었다. 잠시라도 즐기기 위해서는 머릿속에서 떠도는 생각들을 물리쳐야 했다. 그러나 그것 또한 엄청난 노력이 필요했다. 끔찍했던 그날 아침을 잠시나마 기억에서 지워 버리기 위해서는 초인적인 힘을 발휘해야만 했던 것이다. 그날 아침, 아주 이상한 남자가 오노프레의 집에 나타났다. 토네트 아저씨가 그 남자를 바소라에서 마차에 태우고 왔다. 남자는 허름한 프록코트를 입고 있었다. 장식용 가슴받이를 착용했고, 안경을 끼었고, 높은 실크 모자를 썼다. 그리고 가죽으로 만든 커다란 서류 가방을 들었다. 남자는 물구덩이에 빠지지 않으려 고 조심스럽게 걸었다. 그때까지 주변은 온통 눈 천지였다. 남 자는 눈에 겁을 집어먹었는지 더러운 눈을 피해 빙 돌아서 집 으로 다가왔다. 새 한 마리가 나뭇가지에 내려앉아 날갯짓을 쳤다. 그 소리에 남자가 화들짝 놀랐다. 남자는 종잡을 수 없 는 장광설로 자신을 소개한 후 재빨리 벽난로로 달려가 활활 타오르는 불길에 몸을 녹였다. 2월 '말의 햇살이 열린 문을 통 해 들어와 집 안을 밝혀 주었다. 밝지만 아직 차가운 햇살이 마치 뾰족한 연필로 그려낸 것처럼 모든 것을 선명하게 부각시 켰다. 남자가 집을 찾아온 용건을 꺼내 놓기 시작했다. 남자는 손님들의 의뢰를 받고 찾아왔다고 했다. 그 손님들이란 발드리 치 씨와 빌라그란 씨와 타페라 씨였다. 남자는 바소라에 있는 어느 법률 사무소의 일개 보조 사무원에 불과했다. 남자는 이 렇게 말했다. 지금부터 말씀드리는 내용은 저와는 전혀 상관 없는 일이니 널리 양해해 주시기 바랍니다, 저는 다만 이 불쾌 한 임무를 떠맡았을 뿐입니다, 이 임무를 수행하는 것이 영 마 음에 걸리기는 합니다만, 명령을 수행하는 것이 제 임무이기 도 합니다, 여러분께서 책임지셔야 할 일은, 그러니까……. 남 자는 동정하는 듯한 표정을 지어 보였지만 누구를 동정하는지는 알 수 없었다. 오노프레의 아버지는 초조한 듯 손을 흔들었다. 알았으니 거두절미하고 본론으로 들어갑시다. 마치 그렇게 외치는 것 같았다. 보조 사무원이 목을 가다듬었다. 그 순간 오노프레의 어머니가 닭들에게 모이를 줘야 할 시간이라고 말했다. 이 아이는 나와 함께 갈 거예요, 그러니 두 분이서 조용히 이야기를 나누도록 하세요. 오노프레의 어머니는 남편의 눈을 똑바로 들여다보며 그렇게 말했다. 오노프레의 아버지는 굳이 자리를 피하지 않아도 된다고 말했다. 그냥 여기 남아 있어, 이 양반이 무슨 말을 하는지 같이 들어 보잔 말이야. 보조 사무원은 손바닥을 비비며 연신 기침을 토해 냈다. 벽난로에서 빠져나온 연기가 목구멍 속으로 파고든 모양이었다. 보조 사무원은 오노프레의 아버지를 쳐다보며 거의 들리지 않을 정도로 낮게 말했다. 의뢰인들께서 사기죄로 당신을 고소하기로 결정했습니다. 사기죄라면 이거 참 심각한 문젤세, 좀 더 자세히 설명해 주시오. 오노프레의 아버지가 부탁했다. 보조 사무원은 도무지 알아먹을 수 없는 말들을 설명이랍시고 횡설수설 늘어놓았다. 조앙 부빌라는 바소라 사람들에게 이런 인상을 심어 주고 다녔다. 나는 아메리카에서 한몫 잡고 돌아온 부자다. 조앙 부빌라는 이국풍의 옷을 입고 바소라의 산업계와 금융계를 누비고 다녔다. 그래서 바소라 사람들은 조앙 부빌라가 자신의 재산을 투자할 수 있는 안전한 사업체를 찾아다니고 있다고 믿었다. 조앙 부빌라는 그런 구실을 내세워 선불을 챙겼고, 대부를 받았으며, 사례금을 얻었다. 그러나 시간이 흘러도 약속했던 투자는 이루어지지 않았다. 그래서 누구보다 조앙 부빌라에게 많은 돈을 헌납했던 발드리치 씨와 빌라그란 씨와 타페라 씨가 조앙 부빌라를 철저히 조사해 보기로 결정했던 것이다. 보조 사무원의 설명은 대체로 그런 뜻이었다. 저희 의뢰인들께서는 비밀리에 신중하게 뒷조사를 실시했습니다. 보조 사무원이 덧붙였다. 그 조사를 통해 모두가 우려했던 바가 사실로 밝혀졌다. 조앙 부빌라에게는 땡전 한 푼 없었던 것이다. 이건 누가 봐도 명백한 사기죄입니다. 보조 사무원이 말했다. 그러나 보조 사무원은 이내 자신의 실수를 깨닫고 얼굴이 시뻘게지며 잽싸게 덧붙였다. 용서해 주시기 바랍니다, 주제넘는 소리를 한 모양입니다, 당신을 도덕적으로 비난하려는 뜻은 전혀 없었습니다. 보조 사무원은 다른 사람의 뜻에 따라 움직이는 일개 도구에 지나지 않았다. 보조 사무원이 다시 덧붙였다. 저로서는 어쩔 수 없는 상황입니다, 제가 전해 드린 말씀 때문에 마음이 괴로우시겠지만, 그건 제 잘못이 아닙니다, 양해해 주시기 바랍니다. 잠시 침묵이 흘렀다. 오노프레의 어머니가 침묵을 깨트렸다. 여보, 이 남자가 지금 뭐라고 지껄이는 거야? 이번에는 조앙 부빌라가 목을 가다듬을 차례였다. 마침내 조앙 부빌라는 고백하지 않을 수 없었다. 보조 사무원의 말은 처음부터 끝까지 사실이었다. 조앙 부빌라는 모두를 속여 먹었던 것이다. 당시 쿠바는 팔푼이들조차도 부자가 될 수 있는 곳이었다. 그러나 조앙은 쿠바에서 겨우겨우 끼니를 이어 갈 수 있었을 뿐이었다. 처음에는 돈을 조금 모으기도 했다. 그때는 의욕이 넘치던 시절이었다. 그러나 그 돈마저 어느 콜롬비아 여자에게 사기당하고 말았다. 조앙은 부끄러움을 무릅쓰고 고백했다. 그 후 조앙은 어느 정도 돈을 빌려 즉시 사업에 투자했다. 그러나 조앙의 투자는 연속해서 실패로 끝났다. 사기꾼에게 당하기도 했고 친한 친구에게 속기도 했다. 결국 조앙은 가장 비천한 일에 종사하게 되었다. 흑인 노예들조차 몸서리치며 외면하던 일까지 마다하지 않았다. 아바나에서 말이야, 내가 씻지 않은 요강이 없었고, 내가 광내지 않은 구두가 없었으며, 내가 퍼내지 않은 변소가 없었어, 도구를 사용할 때도 있었지만 그냥 맨손으로 한 적도 있었지. 조앙은 일일이 예를 들어 가며 한탄했다. 조앙은 그런 식으로 몇 년을 보냈다. 그동안 조앙은 배가 고파 다 죽어 가는 몰골로 쿠바에 찾아오는 이민 자들을 지켜보았다. 그러나 그들은 불과 몇 달 만에 조앙 앞에 다시 나타나 동전을 던졌다. 그들은 조앙이 어떻게 하나 보려고 꼭 하수도 구멍으로 동전을 던졌다. 그러면 조앙은 하수도 속으로 팔꿈치까지 집어넣어 동전을 찾아야 했다. 사람들은 조앙의 그런 모습을 보고 깔깔대며 웃었다. 조앙은 바나나 껍질을 먹어야 했고, 생선 뼈를 먹어야 했고, 썩은 채소를 먹어야 했으며, 지금은 떠올리기조차 지긋지긋한 것들도 먹어야 했다. 결국 조앙은 이런 말로 자신을 타일렀다. 이걸로 충분해, 조앙, 여기서 끝내자.

"내게도 돈이 조금 있었어."

조앙 부빌라가 말을 이었다.

"수치스러운 방법으로 벌어들인 돈이었지. 영국 선원 몇 명한테서 받은 돈이었어. 내가 그놈들에게 입에 담기 어려운 쾌락을 알선해 주고 받은 돈이었어. 나는 내 체면을 깎아 먹으며 벌어들인 그 돈으로 지금 입고 있는 이 옷과 빌빌거리는 원숭이와 화물선 밑바닥 표를 살 수 있었던 거야."

조앙은 쿠바를 떠나기 직전에 친구들한테서 마지막으로 돈을 빌렸다. 쿠바를 일단 벗어나면 갚을 필요가 없는 돈이었다. 조앙은 소나기가 퍼붓는 날 밤에 배를 탔다. 옷을 홀라당 벗어 버리고 몸뚱이와 얼굴에 역청을 시커멓게 발랐다. 빚쟁이들과 마주쳤을 경우 그들이 알아보지 못하게 하려는 수작이었다. 조앙이 말을 이었다. 나는 그런 식으로, 백인으로서는 도저히 할 수 없는 일까지 해 가며 약속의 땅을 빠져나왔어, 약속의 땅? 에라이! 그곳은 내게 멍에와 사슬과 치욕의 땅이었어. 배가 출범하고 나서도 조앙은 몸을 씻지도 않았고, 옷을 입지도 않았으며, 숨어 있던 곳에서 나오지도 않았다. 조앙은 배가 스페인 영해 경계선을 넘어서고 나서야 겨우 밖으로 나왔다. 그 후로 조앙은 돈이 다 떨어지자 사기를 치고 다니며 연명했다. 조앙은 사기를 치면서도 조만간 그 행각이 백일하에 드러날 것임을 잘 알고 있었다. 부끄러운 일이었지만 일단 솔직하게 고백하고 나니 마음의 부담을 덜어 버릴 수 있었다. 사실 말이지, 일련의 사기 행각이 종지부를 찍게 되어 마음이 여간 가뿐하지 않아. 조앙은 그렇게 덧붙였다. 내가 사기를 친 이유는 말이야, 심보가 고약해서도 아니고 욕심이 지나쳐서도 아냐, 그냥 허영심에서 그랬던 거야, 사실 말이지만, 그건 다 내 아들놈을 위해 그런 거야. 조앙은 아들에게 일깨워 주고 싶었던 것이다. 하느님이 아버지랍시고 붙여 준 무능한 나를 통해, 행운조차 따라 주지 않으면 그 운명이 어떤 꼴이 되는지 내 아들놈에게 똑똑히 깨닫게 해 주고 싶었어. 조앙은 그렇게 말했다. 다행히 조앙의 사기죄 문제는 더 이상 커지지 않았다. 재판을 걸어도 돈을 받아 낼 방도가 없다는 사실을 알고 발드리치 씨와 빌라그란 씨와 타페라 씨가 고소를 취하했던 것이다. 그 대신 그들은 조앙 부빌라에게 자신들을 위해 일해 달라고 강요했다. 일을 해 주는 대가로 빚을 조금씩 삭감해 주겠다는 것이었다. 오노프레는 그러한 일들을 기억에서 깨끗이 지워 버리려 애를 썼으나, 그럴 수 없었다. 그는 거침없이 술을 마셔 댔고 몇몇 매음굴의 단골손님이 되었다. 오노프레는 멋쟁이 옷을 사는 데 돈을 탕진하기도 했다. 그러나 절대로 빚은 지지 않았고, 노름이라면 치를 떨며 거절했다. 그는 또한 육체적인 성장이 멈추었다. 키가 자라기는 애당초 틀린 일이었다. 그러나 어깨가 넓었고 가슴이 두툼했다. 당당한 체격이었다. 근육질에, 얼굴도 그만하면 나무랄 데가 없었다. 과묵한 편이었지만 친절했고, 거래에 있어서는 솔직담백했다. 깡패들, 매춘부들, 뚜쟁이들, 마약상들, 경찰들, 정보원들 모두가 오노프레를 높이 평가했다. 거의 모든 사람들이 오노프레와 친해지기 위해 기를 쓰며 달려들었다. 오노프레가 아무리 감추려 해도, 그의 천부적인 지도자 능력을 모두들 본능적으로 알아차렸다. 오노프레에게 명령을 내리는 입장에 있던 오돈 모스타사조차도 은연중에 오노프레의 영향을 받았다. 오돈은 항상 오노프레가 지휘하도록 허락했고, 해야 할 일과 하지 말아야 할 일을 오노프레가 결정하도록 수락했으며, 별명이 마르가리토인 아르나우 푼셀라에게 보고할 일이 생기면 오노프레가 설명하도록 허용했다. 아르나우 푼셀라는 자신이 의심했던 바가 사실로 드러나자 충격을 받았다. 이 녀석은 틀림없이 성공하고 말 거야. 아르나우 푼셀라는 생각했다. 우리와 함께 지낸 지 겨우 일 년밖에 되지 않았는데 벌써부터 무리에서 대장 노릇을 하고 있잖아, 내가 조심하지 않으면, 방심한 틈을 타서 나를 깔아뭉개고 말 거야,

놈을 없애 버려야 하는데 방법을 모르겠단 말이야, 아직은 잔챙이에 불과해. 잡으려 하면 벼룩 새끼처럼 손가락 사이로 빠져나가고 말 거야, 조만간 무슨 조치를 취해야겠어, 꾸물대고 있다가는 때늦게 후회할지도 몰라. 아르나우 푼셀라는 오노프레의 신임을 얻기 위해 노력했다. 오노프레와 이야기를 나눌 때면 항상 복장에 대해 언급했다. 그는 오노프레가 최근에 맞춰 입은 양복을 칭찬했다. 옷차림이 단정치 못한 사람들이 대개 그렇듯 그 역시 상대방의 우아한 복장에 민감하게 반응했다. 오노프레는 자신의 복장에 대해 상대방이 언짢아한다는 사실을 알아차리지 못했다. 두 사람 모두 잘 재단된 옷을 좋아한다고 믿었다. 심지어 오노프레는 좋은 넥타이와 구두 등을 어디서 구할 수 있는지 아르나우 푼셀라에게 물어보기까지 했다. 오노프레는 확실히 멋쟁이 신사로 변했다. 그는 하숙집에 있을 때에는 항상 발목까지 내려오는 꽃무늬 기모노를 입었다. 오노프레는 페르난도 거리와 프린세사 거리에서 쇼핑을 즐겼다. 때때로 정체를 알 수 없는 고뇌가 오노프레를 괴롭혔다. 여름철, 끈적거리는 무더위로 잠을 이루지 못하는 밤이면 오노프레는 초조한 심정을 떨쳐 버릴 수 없었다. 그럴 때면 꽃무늬 기모노를 어깨에 걸치고 발코니로 나가 담배를 피웠다. 이게 대체 무슨 일이란 말인가? 오노프레는 곰곰이 생각해 보았다. 오노프레는 모든 것을 똑똑히 안다고 자부했지만, 유독 그 질문에 대해서는 정확한 해답을 구할 수 없었다. 사실 세상을 살아가는 누구나 다 그렇듯, 오노프레 역시 자신에 대해 제대로 알지 못했다. 오노프레는 자신의 본모습이 아닌 그림자를 보고, 사람들과 어울려 있을 때의 자신의 행동과 그에 따른 다른 사람들의 반응만 보고 자신의 모습이 이러이러할 것이라고 짐작할 뿐이었다. 그러나 그것은 전적으로 잘못된 판단이었다. 나중에 꼼꼼히 되돌아보면 그 생각은 여지없이 무너져 내렸다. 그 순간 왠지 모르게 기분이 더러워졌고, 불안하고 초조해지기 시작했다. 그럴 때면 어김없이 아버지 생각이 머리에 떠올랐다. 아버지는 오노프레의 기대를 저버린 배신자였다. 그래서 아버지를 미워한다고 믿었다. 오노프레는 아버지가 집을 비운 사이 꿈을 키워 왔다. 그러나 오노프레의 꿈은 그의 상상 속에서만 존재했을 뿐 현실로 이루어지지 않았다. 하지만 꿈을 키워 온 것에 대해서는 후회하지 않았다. 꿈을 키우는 건 오노프레의 권리였다. 그러나 그의 아버지는 오노프레의 천부적인 권리마저 앗아가 버렸다. 그래서 그는 아버지를 미워한다고 생각했다. 또한 그래서 집에서 도망쳐 나왔다고 오노프레는 굳게 믿었다. 솔직히 말해 나를 이곳으로 오게 만든 사람은 바로 아버지야, 내가 지금 이 꼴이 된 것은 다 아버지 탓이야, 모든 게 아버지 책임이란 말이야. 오노프레는 그렇게 생각했다. 하지만 아버지에 대한 증오심은 표면적인 것에 불과했다. 오노프레의 마음속 깊은 곳에는 아버지에 대해 오랫동안 품어 왔던 존경심이 끈질기게 남아 있었다. 그러나 오노프레는 그런 사실을 깨닫지 못했다. 그런 사실을 일깨워 줄 만한 것도 없었다. 그리고 오노프레는 종종 이런 생각을 해 보기도 했다. 아버지의 인생은 실패하지 않았다. 그는 거대한 음모의 희생자일 뿐이었다. 그 거대하고 막연한 음모에 의해 오노프레의 아버지는 자신에게 주어진 행운과 성공을 부당하게 빼앗기고 말았던 것이다. 이제 오노프레는 아버지가 부당하게 빼앗겼던 것을 보상받아야 했다. 정당하게 받을 수 있는 것은 주저하지 말고 차지해야 했다. 그러나 이런 식의 두서도 없이 지리멸렬한 생각은 오노프레의 성격이나 오노프레를 둘러싼 주변 환경과 조화를 이루지 못했다. 오노프레는 이제 경제적인 궁핍에서 벗어났다. 그 더러운 첫 번째 하숙집에서도 이제 벗어난 상태였다. 게다가 몇 달이 지나다 보니 델피나 생각도 점점 흐릿해졌다. 이제는 친구들도 곁에 있었고, 하는 일도 잘 풀려 갔으며, 부글부글 끓어오르는 원한만 다독일 수 있다면 제대로 살 수 있을 것 같았고, 심지어 행복하다고 느낄 수도 있었다. 무더운 여름철, 오노프레는 밤마다 울적한 마음을 달래려 발코니로 나갔다. 발코니에서 서성거릴 때면 거리에서부터 귀에 익숙한 소리들이 들려왔다. 접시가 달그락거리는 소리, 술잔이 쨍그랑거리는 소리, 웃음소리, 말다툼하는 소리, 새장에 갇힌 방울새와 카나리아가 지저귀는 소리, 어렴풋이 들리는 피아노 소리, 가수를 꿈꾸는 여인의 발성 연습 소리, 신경질적인 개가 짖어 대는 소리, 가로등에 기대 잠을 자는 주정뱅이들의 잠꼬대, 하느님의 사랑으로 제발 한 푼만 적선해 달라고 외치는 눈먼 거지들의 하소연. 오노프레는 발코니에서 온밤을 지낼 수도 있었다. 그러나 그 소리들로부터 헤어 나올 수는 없었다. 씁쓸한 기분이었다. 온 여름을 이곳에서 지낼 수도 있겠어, 이 도시의 소리들을 자장가 삼아. 그러나 조바심이 또다시 오노프레를 붙잡았다. 오노프레를 둘러싼 패거리들의 알랑거림만으로는 충분하지 않았다. 그것만으로는 자신이 받았던 모욕을 씻어 낼 수 없었다. 그 수치스러운 기억은 머릿속에서 사라지지 않았다. 그 치욕적인 장면이 무슨 낙인처럼 이마에 깊이 새겨진 듯한 기분이었다. 더 높이 올라가야 해. 오노프레는 다짐했다. 여기서 멈출 순 없어, 무슨 수를 쓰지 않으면 내 인생은 이대로 굳고 말 거야, 이대로 있다가는 일개 망나니로 인생 종칠 거야. 오노프레는 깡패들과 창녀들의 방탕한 삶에 매력을 느꼈다. 그러나 마음속에서는 다른 소리가 들려왔다. 이 변두리 인생들은 사실상 덤으로 살아가는 족속일 뿐이야. 사회가 그런 인생들을 용납하는 이유는 그들이 쓸모 있기 때문이거나, 그들을 뿌리채 뽑아 버리기 위해서는 막대한 돈이 들어가기 때문이었다. 사회는 그들을 어느 정도 한도 내에서 신중하게 길들여 갔다. 사회가 그들을 이용해 먹었던 것이다. 사회는 언제라도 마음만 먹으면 그들을 싹 쓸어버릴 수도 있었다. 그건 사회가 지닌 권리이기도 했다. 한편 변두리 인생들은 자신들이 사회를 휘어잡고 있다고 여겼다. 그들은 허리띠에 칼을 차고 다녔으며, 촌스러운 계집애들은 그들이 쳐다보기만 해도 자지러지게 놀라는 표정을 지어 보였다. 그래서 그들은 그렇게 믿었던 것뿐이다. 하지만 오노프레는 결단력이 부족했다. 그는 허풍쟁이들과 여우 같은 계집애들로 이루어진 흥겨운 패거리에서 발을 뺄 수 없었다. 그 생활을 도저히 포기할 수 없었다. 오노프레는 그 속에서 안락한 삶을 누리고 있었던 것이다. 그렇게 시간이 흘렀다. 오노프레는 당장이라도 그곳에서 뛰쳐나가고 싶었지만 여전히 선불리 결단을 내리지 못했다. 오노프레 자신은 모르고 있었지만, 그곳에서 빠져나가려는 충동은 단지 감상적인 이유에서 파생된 것이었다. 두 번 다시는 사랑하지 않겠다는 결심이나 어떤 여자에게도 정을 주지 않겠다는 결심과 마찬가지로, 인생행로를 바꾸어 보겠다는 의지 또한 아무런 근거도 없는, 그저 일시적인 충동일 뿐이었다. 세상을 등지고 그런 식으로 세월을 보내다 보면 다른 사람들과 마찬가지 결과를 맞이할 게 분명했다. 결과는 불을 보듯 뻔했다. 경쟁자의 칼에 찔리든가, 감옥에 갇히거나 교수형에 처해지든가, 전문 살인자가 되든가, 술주정뱅이가 되고 말 것이다. 별명이 마르가리토인 아르나우 푼셀라가 오노프레의 인생에 개입하지 않는 이상 그런 결과로 끝날 것이다. 하지만 결국 오노프레는 그저 살아남기 위해 인생행로를 바꿔야만 했다.

2

당시 바르셀로나의 정치권은 눈에 보이지 않는 은밀한 끈으로 조종되었는데, 그 끈을 쥐고 있었던 사람이 바로 돈 알렉산드레 카날스 이 포르미였다. 그는 인상이 근엄하고, 말수가 적었으며, 태도가 분명하고, 이마가 넓은 데다가, 끝이 뾰족한 시커먼 턱수염을 기르고 있었다. 값비싼 향수를 사용했고, 옷을 깔끔하게 차려입었다. 그는 사무실로 출근하면 거의 밖으로 나오지 않았다. 매일 아침 이발사와 손톱 다듬는 여자와 마사지하는 여자가 그의 사무실을 드나들었다. 이발과 매니큐어와 마사지는 그가 자신에게 허락한 최대의 사치였다. 그는 그 이상의 쾌락을 자신에게 허락하지 않았다. 나머지 시간에는 오로지 일에만 매달렸다. 그는 밤이 이슥할 무렵까지 일했다. 중요한 결정을 내렸고, 사회 전반에 걸쳐 커다란 영향력을 미칠 수 있는 조치를 취했다. 선거 결과를 조작했고, 투표권을 사고팔았으며, 새로운 정치인을 만들어 내거나 기존 정치인을 없애 버렸다. 그는 조금도 망설이지 않았다. 그는 모든 시간과 정력을 그런 일을 하는 데 바쳤다. 그래서 무소불위의 권력을 차지할 수 있었다. 그러나 그는 권력을 남용하지 않았다. 구두쇠가 돈을 아끼듯 권력을 소중히 보관했다. 정치인들과 유력 인사들은 그를 두려워하기도 했지만 존경하기도 했다. 그들은 주저하지 않고 그에게 도움을 요청했다. 그에 대해서는 이런 소문이 돌았다. 노동조합 문제를 해결할 수 있는 사람은 그 사람뿐이다. 선견지명이 있는 사람들은 노동자들이 하나둘 뭉칠 것을 미리 내다보았는데, 바야흐로 노동자들이 문제를 일으킬 조짐이 보였던 것이다. 그러나 그는 그 문제에 대해 일절 언급하지 않았다.

그는 목적 달성을 위해, 필요한 경우에는 조금도 망설이지 않고 폭력을 휘둘렀다. 폭력이 필요한 경우를 대비해 칼잡이들과 총잡이들도 고용했다. 그 패거리의 두목은 조앙 시카르트라는 사내였다. 조앙 시카르트는 과거가 복잡한 남자였다. 그는 뿌리가 바르셀로나였지만, 쿠바에서 태어나 성장했다. 그의 부모도 오노프레 부빌라의 아버지처럼 한몫 잡기 위해 쿠바로 건너갔던 것이다. 조앙 시카르트의 부모는 조앙이 아주 어렸을 때 열병으로 죽었다. 그래서 조앙 시카르트는 사고무친 외톨이 신세가 되고 말았다. 조앙은 이내 폭력과 시련이 난무하는 세계로 빠져들었다. 그는 군인이 되고 싶었지만, 실패했다. 그는 불행하게도 폐병을 앓았는데, 군사학교에서는 그걸 이유로 조앙을 받아 주지 않았다. 조앙은 스페인으로 돌아와 카디스에서 잠시 머물렀다. 그는 여러 차례 감옥을 들락거리던 중 마침내 바르셀로나에 정착했다. 그러고는 돈 알렉산드레 카냘스 이 포르미가가 조직한 사설 군대의 두목이 되어 부대를 혹독하게 다스렸다. 그는 말라깽이였다. 광대뼈가 튀어나왔고, 작은 눈은 푹 꺼졌다. 그래서 어딘지 동양인 같은 인상을 주었다. 하지만 의외로 그의 머리카락은 밀짚 빛깔의 금발이었다.

조앙 시카르트가 이끄는 그 살벌한 집단과 돈 움베르트 피가 이 모레라 수하의 패거리의 다툼은 불가피했다. 두 패거리들은 같은 영역에 있었기 때문에 종종 충돌하지 않을 수 없었다. 하지만 두 패거리들 사이에 몇 차례 벌어졌던 갈등들도 별 어려움 없이 쉽사리 해결되었다. 돈 움베르트 피가 이 모레라와 별명이 마르가리토인 아르나우 푼셀라와 마찬가지로, 돈 알렉산드레 카냘스 이 포르미가와 그의 심복도 융통성이 있는 사람들이었다. 충돌이 벌어질 때마다 두 패거리들은 서로 타협하고 양보했다. 한번은 이런 일도 있었다. 돈 움베르트 피가 이 모레라 측에서 돈 알렉산드레 카냘스 이 포르미가 측과 거래를 트려고 했다. 합의를 통해 서로 공존하자는 것이었다. 그러나 돈 알렉산드레 카냘스 이 포르미가는 자신이 상대방보다 훨씬 더 우월하다는 사실을 알았기 때문에 돈 움베르트 피가 이 모레라 측의 제안을 거들떠보지도 않았다. 서로 합치게 되면 절름발이가 될 게 뻔했던 것이다. 서로 동등한 수준이 아니었다. 두 진영은 세력 면에서 분명한 차이가 있었다. 돈 알렉산드레 카냘스 이 포르미가 측은 수적으로도 우세했고 조직도 잘 정비되어 있었다. 그들은 명령이 떨어지면 군대처럼 전투태세도 갖출 수 있었다. 그들은 파업을 제압하고 군중을 해산시키는 방법을 연습했다. 그에 반해, 돈 움베르트의 부하들은 깡패 집단에 불과했다. 그들은 술집에서 소란을 피우는 일에나 쓸 만한 어중이떠중이들이었다. 그러나 바르셀로나는 너무나 비좁고 너무나 가난한 도시였다. 두 패거리들을 먹여 살릴 재간이 없었다. 게다가 두 패거리는 나날이 세를 불려 갔다. 조만간 두 패거리들 사이에 전면전이 벌어질 게 틀림없었다. 누구도 인정하고 싶지 않은 일이었지만, 누구나 아는 사실이기도 했다.

마침내 결전의 날이 다가왔다. 3월 어느 금요일 저녁이었다. 해가 졌다. 하늘은 맑게 개었다. 광장의 나무들이 봄이 왔음을 알려 주고 있었다. 돈 움베르트는 손가락 끝으로 커튼을 젖히고 이마를 창문 유리에 기댄 채 광장을 내려다보았다. 이게 잘하는 짓인지 모르겠군. 돈 움베르트는 생각했다. 시간은 화살처럼 흘러가는데 변하는 거라곤 하나도 없어, 마음은 울적해지고, 왜 그런지 이유도 모르겠어. 만국박람회가 문득 머리에 떠올랐다. 돈 움베르트는 오노프레 부빌라를 생각했다. 그리고 자신도 모르게 만국박람회와 오노프레의 모습을 연결해 보았다. 만국박람회와 수단 방법을 가리지 않고 자신의 길을 개척해 나가려고 애쓰던 산골 소년. 이제 만국박람회는 문을 닫았다. 엄청난 힘을 쏟아부었던 만국박람회에서 살아남은 것이라곤 별로 없었다. 실생활에 사용하기에는 지나치게 큰 몇몇 건물들과 몇몇 동상들, 그리고 바르셀로나 시의회가 도저히 갚을 수 없는 빚더미만 남아 있었다. 모든 사람들이 기둥 네 개 위에 앉아 있는 꼬락서니로군, 무지와 태만과 부정과 어리석음.

돈 움베르트는 생각에 잠겼다. 그 전날 오후에 아르나우 푼셀라가 돈 움베르트를 찾아왔다. 돈 움베르트는 아르나우 푼셀라의 말을 듣고 커다란 충격을 받았다. 옛날 방식으로는 더 이상 일을 진척할 수 없었다.

"어쩔 수 없이 폭력을 써야 할 것 같습니다."

아르나우 푼셀라가 돈 움베르트에게 말했다.

"이대로 있다가는 우린 완전히 작살나고 말 겁니다."

"조만간 이런 일이 닥치리라는 건 누구나 다 알던 사실이야. 하지만 이렇게 급작스럽게 닥칠 줄은 예상치 못했는데."

돈 움베르트가 말했다. 폭력을 행사하다니, 그건 미친 짓이나 다름없었다. 아무리 생각해도 상대를 이길 수 있는 방법이 없었다.

"무슨 근거로 그런 엉뚱한 생각을 품게 되었지?"

아르나우 푼셀라는 대답했다. 문제는 이기는 게 아니라 재확인하는 겁니다. 아르나우 푼셀라가 설명했다. 일단 먼저 한 방을 날리고 나서 그 즉시 협상을 다시 시작하는 겁니다, 우리가 만만치 않다는 것을, 우리가 쉽게 물러나지 않는다는 것을 보여 주는 겁니다, 그래야 말이 통할 겁니다, 돈 알렉산드레는 이성적으로 따지면 말이 통하지 않습니다, 부하들을 몇 명 잃을 수도 있습니다만, 그건 불가피한 일입니다.

"하지만 우리는 어떤가, 우리에겐 아무 일도 없을까?"

돈 움베르트가 물었다.

"전혀요. 그런 점은 걱정 마십시오. 제가 다 생각해 두었습니다. 세세한 부분까지 꼼꼼하게 계획을 짜 두었습니다. 게다가 얼마 전부터 한 놈을 유심히 지켜보는 중입니다. 재주가 비상한 놈입니다. 그 녀석이라면 일을 완벽하게 처리할 수 있습니다. 그래서 한편으로는 안타깝기도 합니다. 하지만 그 녀석을 희생양으로 삼아야 합니다. 다른 방법이 없습니다."

아르나우 푼셀라는 원래 심성이 착한 사람이었다. 그러나 당시에는 시기심과 두려움에 휩싸여 있었다. 아르나우 푼셀라는 자신의 사무실로 오노프레 부빌라를 불러들였다. 그리고 대단히 중요한 일을 맡기겠다고 말했다. 네 능력을 한번 확인해 봐야겠어. 아르나우 푼셀라는 그렇게 말했다. 그때 육중한 사무실 문이 활짝 열리며 돈 움베르트 피가 이 모레라가 사무실로 들어왔다. 아르나우 푼셀라 씨가 그러던데, 자네가 능력이 아주 뛰어나다면서? 돈 움베르트가 오노프레에게 물었다. 자네 능력을 한번 보고 싶군. 오노프레가 대답할 말을 찾지 못하고 우물쭈물하는 사이에 돈 움베르트가 덧붙였다. 잠시 후, 돈 움베르트와 아르나우 푼셀라가 비밀리에 품고 있던 계획을 오노프레에게 조심스럽게 털어놓았다. 오노프레 부빌라는 입을 헤벌린 채 두 사람의 말에 귀를 기울였다. 이 친구 이거 하나도 이해 못 하는구먼. 아르나우 푼셀라는 오노프레를 곁눈질하며 그렇게 생각했다. 우리가 하는 이야기를 전혀 의심하지 않아, 좋았어. 아무튼 비밀리에 일을 처리해야 하네. 아르나우 푼셀라가 다시 한 번 다짐을 주었다.

오노프레는 그 문제를 여러 시간에 걸쳐 되새겨 보았다. 그리고 오돈 모스타사를 찾아갔다. 오노프레는 오돈을 만나 다음과 같이 전했다. 잘 들어, 이게 바로 우리가 해야 할 일이야. 오노프레는 아르나우 푼셀라의 사무실에서 들었던 계획을 무시해 버리고 나름대로의 계획을 세워 실행에 옮기기로 결심했다. 명령에 복종하라고? 웃기고 자빠졌네. 오노프레는 오래전부터 돈 알렉산드레 카날스 이 포르미가라는 인물에 대해, 조앙 시카르트에 대해, 조앙이 이끄는 상당한 규모의 깡패 군대에 대해 알고 있었다. 오노프레는 오돈 모스타사를 통해 그들의 존재에 대해 들었던 것이다. 그뿐만 아니라 조앙 시카르트의 밑으로 들어갈 수 있는 방법을 심각하게 연구해 본 적도 있었다. 오노프레는 남을 배신하는 성격이 아니었다. 그러나 진정한 권력이 어느 쪽에 있는지는 잘 알았고, 망해 가는 쪽에 의지할 입장도 아니었다. 그런 이유로 오노프레는 조앙에 대해 상세히 알아 두었던 것이다. 돈 알렉산드레 카날스 이 포르미가의 힘의 원천은 바로 조앙 시카르트였다. 돈 알렉산드레의 조직 전체가 조앙 시카르트를 중심으로 움직였다. 오노프레는 이러한 사실을 바탕으로 계획을 짰다. 오노프레는 세부적인 사항까지 완벽하게 구상해 놓은 다음에 오돈 모스타사를 찾아갔던 것이다. 오노프레가 오돈에게 설명했다. 누가 봐도 우리가 상대편에 비해 열세라는 건 분명해, 따라서 아무도 우릴 심각하게 여기지 않을 거야, 이 점을 우리는 이용해야 해, 여기에 신속함과 대범함이 더해지면 금상첨화지. 잔인함도 염두에 두었지만 입에 담지는 않았다. 이런 식으로 하면 충분히 이길 수 있어. 오노프레는 설명을 마쳤다. 오노프레는 계획했던 것을 그대로 실행에 옮겼다. 바르셀로나에서 그런 일은 전무후무한 것이었다. 치열한 전투가 벌어지는 동안 바르셀로나 시 전체가 숨을 죽였다. 양측의 세력이 엇비슷하기만 했어도 그렇게 잔인한 짓을 저지르지는 않았을 것이다.

바로 그날 밤 전쟁이 시작되었다. 조앙 시카르트의 부하 몇 명이 산타 카탈리나 공원에서 가까운 아르코데산실베스트레 거리의 어느 술집에 모여 있었다. 그 술집으로 오돈 모스타사가 이끄는 한 떼의 깡패들이 뛰어들어 조앙 시카르트의 부하들에게 시비를 걸었다. 그런 일은 자주 있는 일이었다. 그래서인지 아무도 신경 쓰지 않았다. 오돈 모스타사는 그 지역에서 유명짜한 인물이었다. 여자들은 그를 두고 이렇게 떠들었다. 바르셀로나를 통틀어도 오돈 모스타사보다 더 잘생기고 몸매가 좋은 남자는 없을걸. 조앙 시카르트의 부하들은 오돈과 그 패거리를 보고 웃어 댔다. 우리는 수적으로도 우세하고 훈련도 제대로 받은 몸이야. 빈정대며 웃어 대는 모습이 마치 그렇게 떠드는 것 같았다. 오돈과 그 패거리는 조앙 시카르트의 부하들의 빈정거림에 다른 식으로 대답했다. 그들은 칼을 빼 들고 가까이 있는 조앙 시카르트의 부하들을 마구 찔러 대기 시작했다. 그리고 상대가 대항할 틈을 주지 않고 잽싸게 술집에서 빠져나갔다. 산타 카탈리나 광장에서 마차 한 대가 그들을 기다리고 있었다. 그들은 그 마차를 타고 달아났다. 그 소식이 암흑가로 퍼져 나갔다. 두 시간도 채 지나지 않아 보복이 가해지기 시작했다. 엽총으로 무장한 열두 남자가 '렘포리 데 라 파타카다'로 난입해 총을 난사했다. 그 바람에 「술탄의 여자 노예」라는 공연이 중단되었다. 그 총격으로 두 명이 죽고 여섯 명이 부상을 당했다. 그러나 오노프레 부빌라와 오돈 모스타사는 사망자 쪽에도 없었고 부상자 쪽에도 없었다. 총을 난사한 남자들은 사망자와 부상자를 일일이 확인한 후 그곳에서 빠져나왔다. 그들은 어둡고 황량한 거리로 나서는 순간 자신들의 실수를 알아차렸다. 그러나 이미 때늦은 후회였다. 별안간 천막을 친 마차 두 대가 그들을 향해 전속력으로 달려왔다. 그들은 달아나려 했지만 그럴 수 없었다. 마차 두 대에서 열두 남자를 향해 총알이 빗발치듯 날아왔다. 아메리카산 육 연발 권총이 마차 창문에서 불을 뿜었다. 오노프레 패거리는 총잡이들 열두 명을 다 죽여 버릴 수도 있었다. 그러나 두 차례 공격으로 그쳤다. 일곱 명이 총에 맞았다. 그중 한 명은 현장에서 즉사했고, 두 명은 며칠 뒤에 죽었다. 조앙 시카르트는 입장이 난처해졌다. 놈들의 의도가 뭔지 도대체 알 수가 없군, 끝까지 가 보겠다는 거야, 뭐야? 조앙 시카르트는 중얼거렸다. 도대체 왜, 뭘 노리고 하는 수작이야? 알다가도 모를 일이었다. 조앙 시카르트가 골머리를 썩이고 있을 때였다. 부하 한 명이 찾아와 어떤 여자가 그를 만나 보고 싶어 한다고 전했다. 여자는 자신의 신분을 밝히지 않았다. 하지만 조앙 시카르트가 찾아 헤매는 해결책을 가져왔다고 말했다. 조앙 시카르트는 호기심에 그 여자를 사무실로 들여보내라고 명령했다. 생전 처음 보는 여자였다. 그러나 매력적인 여자라면 은근히 좋아하는 구석이 있었기 때문에 그는 여자를 정중하게 맞이했다. 여자는 베일로 얼굴을 가린 채 입을 열었다. 무뚝뚝한 목소리였다. 오노프레 부빌라가 보내서 왔습니다. 여자는 그렇게 말을 꺼냈다. 조앙 시카르트는 오노프레 부빌라가 누군지 모른다고 대답했다. 여자는 그 대답을 못 들은 척했다. 오노프레 부빌라가 당신을 만나 보고 싶어 합니다. 여자는 단지 그렇게만 말했다. 오노프레 부빌라도 지금 걱정이 태산입니다, 왜 이렇게 서로를 죽여야 하는지 그 이유를 모르겠답니다. 한 나라의 지도자를 대신한 대사가 다른 나라의 지도자에게 말을 전하는 듯한 모습이었다. 조앙 시카르트는 무슨 말을 해야 할지 종잡을 수 없었다. 여자가 덧붙였다. 만일 이와 같은 어처구니없는 상황을 어서 빨리 끝내고 싶으시다면 오노프레 부빌라를 만나 보도록 하십시오, 당신의 영역인 이곳에서 그분을 만날 수도 있습니다, 당신이 보증만 하신다면 오노프레 부빌라가 이곳으로 올 수도 있습니다. 조앙 시카르트는 어깨를 으쓱했다. 원한다면 이곳으로 오라고 하시오, 다만 비무장으로 혼자 와야 합니다. 조앙 시카르트가 여자의 제안을 받아들였다. 약속하실 수 있나요, 오노프레 부빌라가 이곳에서 살아서 나갈 수 있다고? 여자가 물었다. 얼굴을 가린 베일 너머로 이글이글 타오르는 여자의 눈이 보였다. 여자의 눈에 불안감이 스치고 지나갔다. 그놈의 애인이거나 어머니라도 되는 모양이로군. 조앙 시카르트는 생각했다. 자신의 막강한 힘이 그 아름다운 여자를 불안에 떨게 만든 것이다. 조앙 시카르트는 그런 생각에 마음이 우쭐해져서 거만한 미소를 지어 보였다. 걱정할 필요 전혀 없어요. 조앙 시카르트가 말했다. 조앙 시카르트는 여자와 상의하여 오노프레 부빌라와 만날 시간을 정했다. 오노프레 부빌라는 약속 시간에 정확히 맞춰 조앙 시카르트를 찾아왔다. 조앙 시카르트는 오노프레 부빌라를 보는 순간 인상을 찡그렸다. 이제야 자네가 누군지 알겠군, 오돈 모스타사 밑에 있는 놈이잖아, 자네 얘기는 많이 들었네, 그래, 나한테 뭘 팔아먹으려고 찾아온 건가? 조앙 시카르트는 못마땅하다는 투로 함부로 지껄였다. 그러나 오노프레 부빌라는 화를 내지 않았다. 나는 신병도 필요 없고, 스파이도 필요 없고, 배신자도 필요 없어. 조앙 시카르트가 빈정거리며 덧붙였다. 그래도 오노프레 부빌라는 입을 열지 않았다. 조앙 시카르트는 오노프레의 냉정한 태도에 마침내 자제력을 잃고 소리쳤다. 뭘 원하는 거야, 무슨 일로 여기 왔느냔 말이야! 옆방에 있던 조앙 시카르트의 부하들은 조앙의 고함 소리를 듣고 어찌할 바를 몰랐다. 끼어들어야 할지 그냥 팔짱만 끼고 있어야 할지 섣불리 판단을 내릴 수 없었다. 우리가 필요하면 부르시겠지, 뭐. 부하들은 그렇게 생각했다.

"조용히 하시고 내 말을 좀 들어 보시지요. 듣고 싶지 않다면 무엇 때문에 나를 이곳으로 부른 겁니까?"

조앙 시카르트가 어느 정도 진정되었을 때 오노프레 부빌라가 입을 열었다.

"나는 위험을 무릅쓰고 이곳까지 왔습니다. 내 목숨은 당신 손에 달려 있습니다."

조앙 시카르트는 오노프레의 말을 인정할 수밖에 없었다. 물론 그는 일개 코흘리개 애송이와 동등한 입장에서 말을 주고받아야 한다는 점에 자존심이 상했다. 하지만 무장도 하지 않은 그 코흘리개 애송이의 침착함과 대범함에 놀라지 않을 수 없었다. 얕잡아 보던 마음이 일순간 존경심으로 변했다. 좋아, 얘기해 봐, 들어 줄 테니. 조앙 시카르트가 오노프레에게 말했다. 오노프레는 첫 번째 대결에서 자신이 이겼음을 알 수 있었다. 주눅이 든 모양이로군. 오노프레는 생각했다. 오노프레는 목소리를 높였다. 지금 벌어지고 있는 전쟁은 서로 억지를 부리는 짓이다, 틀림없이 무슨 오해에서 비롯되었을 것이다, 무슨 이유로 전쟁이 시작되었는지 아무도 모른다, 그러나 전쟁은 현실이 되고 말았다, 이렇게 가다간 눈덩이처럼 불어나 우리 모두를 짓뭉개고 말 것이다. 당신도 분명 고민이 많을 겁니다. 오노프레가 말했다. 나는 당신보다 더합니다, 이번에는 내가 죽을 차례니까요, 우리는 힘을 합쳐 이 원치 않는 상황을 한시라도 빨리 끝내야 합니다, 그렇지 않습니까?

"뭐라고? 잠깐!"

조앙 시카르트는 오노프레의 말을 듣고 소리쳤다.

"전쟁을 먼저 시작한 쪽은 우리가 아니라 바로 자네들이야."

"이제 와서 그걸 따져 뭘 어쩌겠다는 겁니까? 문제는 전쟁을 끝내는 겁니다."

오노프레 부빌라가 말했다. 그리고 목소리를 낮추어 은밀하게 덧붙였다.

"우리는 이 전쟁에 관심 없습니다. 우리가 이 전쟁으로 뭘 얻을 수 있겠습니까? 우리는 당신들보다 수적으로도 불리하고 준비도 덜 된 상태인데요. 당신들에 비하면 우리는 한주먹거리도 못 됩니다. 모든 면에서 당신들이 유리합니다. 나를 믿어 달라는 의미에서 솔직히 말씀드리는 겁니다. 다른 꿍꿍이속은 없습니다. 당신에게 기회를 주기 위해 찾아왔을 뿐입니다. 당신이 전쟁을 끝내 주십시오."

조앙 시카르트는 본능적으로 오노프레의 말을 믿지 않았다. 그러나 마음속 깊은 곳에서는 그의 말을 믿고 싶었다. 조앙 역시 아무런 의미도 없는 이 전쟁에 진저리를 치고 있었다. 부하들이 총에 맞아 쓰러졌고, 돈벌이가 되는 사업들이 일시에 마비되었으며, 도시에는 팽팽한 긴장감이 감돌았다. 사업에 막대한 지장을 초래하는 상황이었다. 협상은 아무런 성과도 없이 끝나고 말았다. 그러나 두 사람은 상황이 돌아가는 판세를 보아 가며 다시 한 번 만나기로 약속했다. 조앙 시카르트는 오노 프레의 말만 믿고 자신이 승리를 거머쥘 수 있다고 판단했다. 그는 자신이 파멸을 향해 달려가고 있다는 사실을 전혀 몰랐 다. 조앙은 스스로 제 무덤을 파고 있었던 것이다. 해가 질 무렵부터 다음 날 새벽까지 억수로 비가 퍼부었다. 만일 비가 오 지 않았다면 총싸움은 밤새 계속되었을 것이다. 어두운 골목 길에서 단 한 차례 총싸움이 벌어졌을 뿐이었다. 양측 모두 인원도 별로 없었다. 양측은 억수로 퍼붓는 비의 장막을 사이에 두고 항상 휴대하고 다니던 권총과 화승총을 난사했다. 지붕 에서 길바닥으로 떨어지는 빗물이 총구 화염에 비쳐 반짝거렸 다. 양측은 진흙탕에 발을 빠트린 채 총알이 바닥날 때까지 총 을 쏘아 댔다. 다행이 비가 퍼붓는 바람에 양측 모두 사상자 는 발생하지 않았다. 두 가지 사건이 더 있었다. 돈 움베르트 피가 이 모레라 진영에 속한 열여섯 살짜리 소년이 담을 뛰어 넘다가 바닥에 떨어져 죽고 말았다. 그 소년은 자신이 적으로 부터 쫓기고 있다고 생각했으나 실제로 쫓기고 있었는지 아닌 지는 알 수 없었다. 소년은 재수 없게도 담에서 미끄러져 목이 부러졌던 것이다. 그 살벌했던 밤, 누군가가 죽은 마스티프 개 를 어느 매음굴 창문으로 집어 던졌다. 그 매음굴은 오돈 모스 타사와 오노프레 부빌라 일행이 자주 찾던 곳이었다. 무슨 이 유로 그런 끔찍한 짓을 저질렀는지 아무도 알 수 없었다. 그러 나 그날 밤 오노프레 일당은 신중을 기하느라 아무도 그 매음 굴을 찾아가지 않았다. 가엾은 창녀들은 누군가가 쳐들어오지 않을까 싶어 두려움에 몸을 떨며 밤을 꼬박 지새워야 했다. 창 녀들은 새벽 3시에 로사리오 기도를 올렸다. 선전포고도 없이 전쟁이 시작되었다는 사실을 바르셀로나 사람들은 다 알고 있었다. 그러나 겁을 집어먹은 바르셀로나 지역 신문들은 감히 그 사실을 기사화할 수 없었다.

다음 날, 그 신비스러운 여인이 조앙 시카르트를 다시 찾아왔다. 여인은 조앙에게 오노프레 부빌라가 다시 만나고 싶어 한다고 전했다. 그러나 상황이 상황인 만큼 신중하게 몸을 사려야 하기 때문에 이곳으로 오기를 꺼리고 있습니다. 여인이 덧붙였다. 당신을 불신하는 게 아니라 당신 부하들을 믿지 못하는 거예요, 당신이 당신 부하들을 완벽하게 제압하지 못할까 싶어 두려워하는 겁니다, 호랑이 굴에 제 발로 걸어 들어갈 순 없는 노릇이니까요, 당신이 중립적인 장소를 선택하라고 하더군요, 그는 혼자서 갈 겁니다, 원한다면 당신은 경호원과 함께 가도 좋아요. 자존심이 상한 조앙 시카르트는 성당의 회랑에서 만나기로 약속을 정했다. 조앙 시카르트의 부하들은 성당 주변은 물론이고 안에 있는 예배당에도 빠짐없이 배치되었다. 총으로 무장한 깡패들이 성스러운 성당에 침입했지만 영악한 주교는 그 사실을 모르는 척했다. 그것으로도 모자라 조앙 시카르트는 돈 움베르트 피가 이 모레라 패거리를 샅샅이 탐문 조사해서 오노프레 부빌라가 혼자서 약속 장소에 나타날 것이라는 사실도 알아냈다. 조앙 시카르트는 오노프레의 배짱에 혀를 내두르지 않을 수 없었다.

"평화협정을 맺기에 아직도 늦지 않았습니다."

오노프레가 말했다. 오노프레는 천천히, 차분하게 얘기했다. 약속 장소로 정한 성당의 신성한 분위기에 영향을 받은 듯한 태도였다. 간밤에 내린 비로 회랑에는 장미꽃이 만발해 있었고, 빗물에 깨끗이 씻긴 돌바닥은 설화석고처럼 반짝였다.

"내일이면 너무 늦을지도 모릅니다. 이런 상황 앞에서 당국이 그저 팔짱만 끼고 오래 기다려 주지는 않을 겁니다. 사회질서가 문란해지면 조만간 당국이 개입할 겁니다. 자발적으로, 아니 마지못해서라도 무슨 조치를 취할 겁니다. 비상사태를 선언하고 군대를 동원해 시를 점령할 가능성도 있습니다. 그렇게되면 우리는 끝장입니다. 당신 두목이나 내 두목은 용케 빠져나가겠지만, 당신과 나는 교수형에 처해져 몬주익 언덕에 파묻힐 겁니다. 놈들은 주저 없이 우리를 본보기로 삼을 것입니다. 놈들은 지금 서서히 다가오는 노동조합 문제로 잔뜩 긴장한상태입니다. 그러니 이번 사태를 자신들의 결단력과 힘을 과시할 수 있는 기회로 이용할 겁니다. 내 말이 옳다는 것은 당신도 인정할 겁니다. 당신 두목도 이번 사태를 주시하고 있을 겁니다. 그가 어떤 태도로 나올지 모릅니다."

조앙 시카르트의 의심은 점점 부풀어 갔다. 그러나 오노프레 부빌라의 영향력에서 벗어날 수는 없었다. 조앙 시카르트는 오노프레의 조리 있는 설명에 갈수록 자신감을 잃어 갔다.

"내가 모시는 돈 알렉산드레 카날스 이 포르미가 씨를 의심할 수는 없어. 근거가 전혀 없잖아."

조앙 시카르트가 거만하게 소리쳤다.

"그거야 두고 보면 알겠죠. 나는 말입니다, 나는 아무도 믿지 않습니다. 나는 이쪽도 그쪽도 믿지 않습니다. 어느 쪽을 위해서도 나를 희생하고 싶지 않습니다."

오노프레 부빌라가 조앙 시카르트의 마음속에 의심의 씨앗을 뿌리는 사이, 그 신비스러운 여인은 돈 알렉산드레 카날스

이 포르미가를 만나러 갔다. 그 여인은 감상적인 얘기를 섞어 가며 복잡한 이야기를 꾸며 냈다. 돈 알렉산드레는 대번에 덫에 걸려들고 말았다. 돈 알렉산드레는 여인을 방으로 들여보내라고 명령했다. 그는 여인이 방으로 들어오기 전에 몸단장부터 했다. 권총과 함께 책상 서랍에 보관하고 있는 분무기를 꺼내 온몸에 향수를 뿌렸다. 여인은 얼굴을 가린 베일을 좀처럼 벗으려 하지 않았다. 여인은 거두절미하고 본론으로 곧장 들어갔다. 조앙 시카르트가 당신을 배신하려고 음모를 꾸미고 있습니다, 정확한 소식통을 통해 알게 되었습니다, 전쟁이 치열해지는 순간 조앙 시카르트는 상대편으로 건너갈 것입니다, 위기의 순간에 당신은 홀로 남게 될 것입니다. 여인은 고개를 똑바로 들고 또박또박 말했다. 돈 알렉산드레는 웃음을 터뜨렸다. 지금 무슨 얘길 하는 거요, 그럴 리 없어, 그따위 얘기는 어디서 주워들었소? 돈 알렉산드레가 여인에게 물었다. 여인이 울음을 터뜨렸다. 당신이 걱정되어 찾아온 겁니다. 여인이 말했다. 당신에게 무슨 일이라도 생기면…… 돈 알렉산드레는 기분이 우쭐해져 여인을 달래기 시작했다. 불안해하지 않아도 됩니다. 돈 알렉산드레는 여인에게 술을 한 잔 따라 주었다. 여인은 몸을 벌벌 떨며 술을 마셨다. 여인은 술을 다 마시고 나서 다시 처음 이야기로 돌아갔다. 여인은 여전히 불안해하고 있었다. 조앙 시카르트가 적들과 두 번이나 만났습니다, 한 번은 조앙 시카르트의 지휘 본부에서 만났고 또 한 번은 성당의 회랑에서 만났습니다, 확인해 보시면 제 말이 거짓이 아님을 아실 수 있을 거예요, 움베르트 피가 이 모레라 패거리가 조앙 시카르트와 공모하지 않았다면 무슨 이유로 전쟁을 일으켰겠어요,

질 줄 뻔히 알면서, 알렉산드레 씨, 제 말을 잘 생각해 보세요, 조앙 시카르트가 움베르트 피가 이 모레라 패거리 쪽으로 넘어간 게 틀림없어요. 여인이 말을 마쳤다. 돈 알렉산드레는 더 이상 낯선 여인과 그와 같이 중요한 문제를 따지고 싶지 않았다.

"그만 돌아가시오. 할 일이 많단 말입니다. 나는 지금 당신이 들려준 얘기보다 훨씬 더 중요한 문제에 대해 생각해 봐야 합니다."

돈 알렉산드레가 여인에게 말했다. 그러나 돈 알렉산드레는 여인이 돌아가자마자 성당으로 심부름꾼을 보내 조앙 시카르트가 성당을 찾아간 적이 있는지 알아보라고 했다. 그 미친 여자가 한 말은 단 한마디도 믿을 수 없어. 돈 알렉산드레는 그렇게 중얼거렸다. 그래도 조심해서 나쁠 것도 없지, 특히 지금과 같은 상황에서는 말이야. 그러나 사실상 그 신비스러운 여인의 방문은 돈 알렉산드레에게 상당히 깊은 인상을 남겨 주었다. 돈 알렉산드레 본인은 인정하고 싶지 않았지만 그건 사실이었다. 허, 그것 참, 이런 일이 있을 줄 누가 알았겠는가, 지금까지 철저하게 여자를 멀리하며 살아왔는데, 저렇게 매력적인 여자가 아무도 모르게 내 걱정을 하고 있다니, 허, 그것 참. 돈 알렉산드레는 그렇게 생각했다. 뭔가 이상해, 뭔가 수상하단 말이야, 내 귀에 들어온 정보는 무엇 하나 소홀히 할 수 없어, 어쩌면 허풍일지도 몰라, 그 여자가 오해했을 거야, 분명해, 하지만, 만일 그게 사실이라면? 돈 알렉산드레는 생각해 보았다. 심부름꾼이 성당에서 보낸 쪽지를 가지고 돌아왔다. 쪽지에는 이렇게 적혀 있었다. 조앙 시카르트가 성당에 나타났다는 말은 사실입니다. 돈 알렉산드레 카날스 이 포르미가는 조앙 시카르트를 데려오라고 지시했다. 조앙 시카르트가 나타나자 돈 알렉산드레는 이런저런 구실을 붙여 가며 조앙의 속을 떠보았다. 조앙 시카르트는 돈 알렉산드레의 의도를 이내 알아차렸다. 오노프레가 조앙의 마음속에 심어 놓은 의구심이 서서히 확신으로 변해 갔다. 그러나 조앙 시카르트는 속마음을 감추기 위해 두목의 거동에서 아무것도 눈치채지 못한 척했다. 나 대신 다른 놈을 쓸 작정이로군, 하지만 나를 쫓아낼 방법은 아직까지 찾아내지 못한 모양이로군. 조앙 시카르트는 그렇게 생각했다. 조앙 시카르트에게는 보익스라는 심복이 있었다. 머리는 별로 좋지 않았지만 동물적인 본능을 지닌 인물이었다. 보익스는 몇 년 전부터 조앙 시카르트의 자리를 노리고 있었다. 으흠, 돈 알렉산드레가 보익스를 눈여겨보고 있는 모양이로군, 보익스란 놈이 비밀리에 돈 알렉산드레와 짝짜꿍을 맞춘 모양이야. 조앙 시카르트는 그렇게 생각했다. 돈 알렉산드레와 조앙 시카르트는 대화를 나누는 동안 겉으로는 의리를 다짐했지만 서로의 속내를 감추었다. 두 사람 다 그런 점을 잘 알고 있었다. 그러나 두 사람은 돈 움베르트 피가 이 모레라 패거리에 대해 총공세를 펴기로 합의했다. 조앙 시카르트는 두목에게 적들을 싹 쓸어버리겠다고 약속하고 그 자리에서 물러났다. 조앙은 돌아오는 길에 곰곰이 생각해 보았다. 이 모든 것은 단한 가지 목적을 위해 진행되는 거야, 두목에게 적이 존재하는 한, 돈 움베르트 같은 놈일지라도 적이 존재하는 한 그는 나를 계속 필요로 할 거야, 하지만 내가 적들을 모조리 해치워 버리면, 그땐 나를 제거하려고 나설 거야, 틀림없어, 천만의 말씀, 오노프레 부빌라와 타협을 해야겠어, 그래야 내가 살아남을 수 있어, 그놈도 나도 평화를 원하기는 마찬가지야, 놈도 합리적인 것 같으니 협상은 가능할 거야, 놈을 만나 보아야겠어, 그래서 모든 것을 원상태로 되돌려놓는 거야. 돈 알렉산드레 카날스 이 포르미가는 홀로 남게 되자 가죽 안락의자에 털썩 주저앉았다. 그는 안락의자 양쪽으로 두 팔을 늘어뜨리고 울음을 터뜨렸다. 내게 가장 충성스러웠던 놈이 나를 배반하려고 한다, 앞으로 나는 어찌될 것인가? 돈 알렉산드레는 기가 막혔다. 자신의 목숨이 위험에 처해 있었다. 그러나 그는 자신의 목숨보다 장차 자신의 아들에게 일어날 일을 더욱더 두려워했다. 그의 아들은 열두 살이었다. 선천적인 척추장애를 안고 태어난 아들은 몸을 쉽게 움직일 수 없었다. 아들은 어려서부터 친구들과 뛰어놀지도 못했고 장난질도 치지 못했다. 그러나 공부에는 관심이 많아 산수를 아주 잘했으며 숫자에 밝았다. 아들은 친구도 없는 불쌍한 소년이었다. 돈 알렉산드레는 1879년에 전염병으로 나머지 자식들을 거의 동시에 잃어버렸기 때문에 몸이 불편한 그 아들에 대한 사랑이 각별했다. 그는 아들을 한없는 동정심으로 끔찍이 사랑했다. 그러나 부인은 그와 달랐다. 부인은 나머지 자식들을 한꺼번에 잃어버린 후 전염병에서 살아남은 사람들에 대해 원한을 품고 있었다. 이해할 수도 있는 감정이었으나 부당한 처사이기도 했다. 돈 알렉산드레는 생각해 보았다. 저 잔인무도한 놈들이 뭔가 엄청난 음모를 꾸미고 있다면 내 아들도 틀림없이 고려해 두었을 것이다, 놈들은 내 아들을 미끼로 내게 치명타를 안길 것이다, 그래, 틀림없어, 내가 먼저 손을 쓰지 않으면 내 아들이 죽게 돼. 다음 날, 돈 알렉산드레의 아들 니콜라우 카날스 이 라타플란은 어머니와 여자 가정교사와 하녀와 함께 프랑스로 떠났다. 프랑스에는 돈 알렉산드레의 친구도 많았고 따로 챙겨 둔 돈도 많이 있었다.

두목의 가족들이 프랑스로 떠났다는 소식을 접한 조앙 시카르트는 자신이 두목으로부터 배신당했음을 확신했다. 조앙 시카르트는 부하를 시켜 오노프레 부빌라에게 전갈을 보냈다. 조앙 시카르트는 오노프레 부빌라를 즉각 만나고 싶었다. 오노프레는 곧바로 답장을 보내왔다. 이번에는 당신과 나 단둘이서만 만나자. 조앙이 답장을 보냈다. 좋다, 만날 장소는 그쪽에서 정하라. 오노프레는 모든 것을 계획해 두었지만 잠시 망설이는 듯한 인상을 풍겼다. 장소는 산 세베로 교회, 시간은 7시 미사가 시작되기 삼십 분 전. 그 시간에는 교회가 문을 열지 않는다. 조앙이 대답했다. 내가 문을 열어 놓도록 하겠다. 오노프레가 대답했다. 이런 전갈이 하루 종일 양측을 오갔다. 더 이상 전투는 벌어지지 않았다. 그러나 바르셀로나 거리는 여전히 텅 비어 있었다. 바르셀로나 사람들은 피치 못할 사정이 아닌 경우 감히 집에서 나올 엄두를 내지 못했다.

해가 뜨기 전, 조앙 시카르트의 부하들이 교회 주변의 거리, 처마 밑, 교회 옆에 있는 기름 창고, 버려진 궁전의 폐허 더미 안에 자리를 잡았다. 조앙의 부하들은 몸을 숨기고 오노프레 부빌라가 나타나기를 기다렸다. 그러나 오노프레는 그들보다 발 빠르게 움직였다. 그는 교회에서 밤을 지새웠던 것이다. 그러고는 약속된 시간에 교회 문을 직접 열었다. 오노프레가 함정을 파 놓았을 경우에 대비해 조앙 시카르트의 부하 세 명이 총을 겨누며 교회 안으로 날렵하게 뛰어들었다. 그러나 오노프레 혼자 문 옆에 서 있을 뿐이었다. 오노프레는 무장도 하지 않은 채 침착하게 서 있었다. 가엾은 신부 한 명이 겁에 잔뜩 질린 채 부들부들 몸을 떨며 제단 앞에서 기도를 올리고 있었다. 신부는 자신의 목숨도 아까웠지만 교회가 피로 더러워지는 것을 더 걱정하고 있었다. 총잡이들 세 명은 기대에 어긋난 상황에 실망감을 감출 수 없었다. 보면 알겠지만 이렇게까지 수선을 피울 필요는 없었는데. 오노프레가 느긋하게 말했다. 총잡이들은 오노프레의 이마에 맺힌 땀방울을 알아채지 못했다. 그들은 신부를 붙잡아 교회 밖으로 질질 끌고 나가 조앙 시카르트에게 데려갔다. 그러고는 조앙 시카르트에게 보고했다. 교회 안은 깨끗합니다, 이 신부가 그걸 보증해 줄 겁니다. 조앙 시카르트가 신부를 쳐다보았다.

"내가 누군지 아나?"

조앙 시카르트가 신부에게 물었다.

"예, 선생님."

신부는 다 죽어 가는 목소리로 대답했다.

"그렇다면 말이지, 내게 거짓말을 했다간 무슨 꼴을 당하게 될지도 잘 알겠지?"

"예, 선생님."

"그럼 사실대로 말해. 저 교회 안에 누가 있나?"

"저 꼬마 녀석뿐입니다."

"주님의 이름을 걸고 맹세할 수 있나?"

"주님과 모든 성인의 이름을 걸고 맹세할 수 있습니다."

"오돈 모스타사는?"

"그 녀석은 나머지 패거리와 함께 레이 광장에서 기다리고 있습니다."

"무슨 이유로 레이 광장에서 기다리는 거지?"

"오노프레 부빌라가 그곳에서 기다리라고 명령했습니다."

"좋아."

조앙 시카르트가 신부에게서 눈길을 거두며 말했다.

신부와의 대화는 조앙 시카르트를 안심시키기보다 더욱더 불안하게 만들었다. 조앙 시카르트는 지난밤 밤을 하얗게 새워 가며 궁리에 궁리를 거듭했다. 그러나 전혀 예상치 못한 상황에 빠지고 말았다. 그는 이제 생사가 걸린 문제를 결정해야만 했다. 한편으로는 오노프레 부빌라와 협상을 벌여 현 상태를 그대로 유지하고 싶었다. 그러나 그는 협상 따위에 능숙한 인간이 아니었다. 조앙 시카르트는 타고난 싸움꾼이었다. 적을 무찌르고 승리할 수 있는 기회가 바로 눈앞에 있었다. 그 때문에 그는 이성을 상실하고 말았다. 좋은 기회다, 부하들을 레이 광장으로 보내 오돈 모스타사 패거리를 한 놈도 남기지 않고 싹 쓸어버리자, 오노프레 부빌라 같은 애송이쯤이야 나 혼자서도 충분히 해치울 수 있다, 놈은 지금 햇병아리처럼 교회 안에서 나를 기다리고 있다, 우리는 단 몇 분 내에 적들을 모조리 쓸어버릴 수 있다, 그러면 바르셀로나는 우리 차지가 되는 것이다. 그러나 다른 생각들이 떠올라 머리가 어지러웠다. 조앙 시카르트는 진퇴양난에 빠져 쉽게 결정을 내리지 못했다. 조앙 시카르트의 심복이 빨리 결정을 내리라고 재촉했다.

"대장, 빨리 해치워 버립시다. 뭘 망설이는 겁니까?"

그는 바로 충성심이 의심스러운 보익스였다. 지난밤까지 명백해 보였던 모든 것이 일순간 어이없이 사라지고 말았다. 악몽에서 깨어났을 때 그 악몽이 순식간에 사라져 버리는 것과

흡사했다.

"내가 교회 안으로 들어가는 순간, 세 명을 교회 문가에 배치해 놓고 나머지 인원을 데리고 레이 광장으로 출발하라. 오돈 모스타사 패거리가 그곳에 있다. 놈들을 한 놈도 빠짐없이 모조리 죽여 버려야 한다. 이걸 명심해야 한다. 한 놈도 살려두어서는 안 된다. 나는 가능한 한 빨리 너희와 합류하겠다."

3

조앙 시카르트가 산 세베로 교회 안으로 들어갔을 때 태양은 이미 높이 떠 있었다. 산 세베로 교회는 보통 크기의 바로크식 건물이었다. 조앙 시카르트는 생각했다. 그까짓 놈쯤이야 쉽게 처리할 수 있어, 놈만 처리하면 이 위험하고 어처구니없는 상황을 대번에 해결할 수 있어, 놈이 수작을 부리는 순간 없애 버려야 해, 물론 나는 놈의 안전을 보장했고 그놈 또한 지금까지 약속을 착실히 지켜 왔어, 하지만 말이야, 내가 언제부터 신의 따위를 중요하게 여겨 왔던가, 나는 평생을 망나니로 살아온 놈이야, 이제 와서 대체 어쩌자고 자꾸 망설이는 걸까, 이런 제길! 교회 안은 어둠침침했다. 조앙 시카르트는 잠시 동안 아무것도 구별할 수 없었다. 제단 쪽에서 오노프레 부빌라가 자신의 이름을 부르는 소리가 들려왔다. 이쪽으로 오시오, 조앙 시카르트, 여기 있습니다, 염려 따위는 하지 않아도 됩니다. 오노프레는 그렇게 말했다. 한 줄기 식은땀이 등줄기를 타고 흘러내렸다. 마치 내 자식 놈을 죽이는 기분이로군.

조앙 시카르트는 생각했다. 조앙 시카르트는 어둠에 눈이 익숙해지자 의자들 사이로 난 통로를 따라 걸어가기 시작했다. 조앙 시카르트는 무기를 움켜쥔 왼쪽 손을 바지 주머니에 찔러 넣었다. 그 무기는 아주 작은 권총이었다. 단발 권총으로 근거리에서나 효과를 발휘할 수 있는 그런 무기였다. 체코슬로바키아에서 생산되는 그런 종류의 권총은 당시까지 스페인에 거의 알려지지 않았다. 조앙 시카르트는 오노프레 부빌라가 그런 종류의 권총에 대해서는 모르고 있으리라고, 그래서 자신이 그 권총을 바지 호주머니에 넣고 있을 줄은 꿈에도 생각하지 못하리라고 짐작했다. 조앙 시카르트는 오노프레 부빌라에게 가까이 다가가는 순간 그 권총으로 오노프레를 없애 버릴 계획을 세워 두었던 것이다. 조앙 시카르트의 권총과 같은 종류의 권총이 또 한 자루 있었다. 그러나 그 권총은 은으로 만들고 다이아몬드와 사파이어로 장식한 것이었다. 그것은 바로 프란츠 요제프 황제가 그의 부인 엘리자베트 황후에게 선물한 권총이었다. 당시에는 부인에게, 특히 귀족 가문의 부인에게 무기를 선물한다는 것은 금기 사항이었기 때문에, 총을 만든 장인들은 엘리자베트 황후의 기분을 상하게 하지 않기 위해 황제의 부탁을 받고 권총을 열쇠 모양으로 만들었다. 어느 누구에게도 이 권총을 보여 주어서는 아니 되오, 만일의 사태에 대비해 권총을 가방 안에 넣고 다니시오. 황제는 황후에게 그렇게 일렀다. 요즘에는 도처에서 암살이 자행되고 있소, 당신과 아이들 때문에 한시도 마음 편할 날이 없소. 황제는 황후에게 그렇게 속삭였다. 그러나 황후는 남편의 자상한 마음에 고마움을 표시하지 않았다. 그녀는 남편을 사랑하지 않았다. 오히려 노골적으로 남편을 무시했다. 공식 석상에서든 공식 만찬장에서든 그녀는 가능한 한 최대로 쌀쌀맞게 남편을 대했다. 그녀는 그런 면에서 비상한 재주를 발휘했다. 그럼에도 불구하고 그녀는 권총을 가방에 넣고 다녔다. 그러나 황제가 우려했던 바가 마침내 현실로 나타나고 말았다. 1898년 9월 10일 아침에 비극이 발생했던 것이다. 엘리자베트 황후가 제네바의 몽블랑 부두에서 증기선에 오르려는 순간, 루이지 루체니라는 사람이 그녀를 암살한 것이다. 루이지 루체니는 황후가 숙박하고 있던 호텔 문 앞에서 이틀을 기다렸다. 그러나 그때까지 기회가 오지 않았다. 루이지 루체니에게는 단검을 살 수 있는 돈이 없었다.(당시 단검의 가격은 십이 스위스 프랑이었다.) 그래서 그는 놋쇠 조각으로 단검을 직접 만들어야 했다. 비극이 벌어지기 바로 전날 엘리자베트 황후는 로스차일드 남작 부인을 방문했다. 로스차일드 남작 부인의 집에는 이국적인 새들과 그녀를 위해 자바 섬에서 잡아 온 호저가 많이 있었다. 엘리자베트 황후는 예순한 살의 나이로 죽었다. 그러나 죽는 순간까지 날씬한 몸매와 아름다운 얼굴을 유지했다. 황후는 당시까지 유럽에 남아 있던 우아함과 고상함을 상징하는 인물이었다. 황후는 애조를 띤 시도 곧잘 썼다. 황후의 아들은 스스로 목숨을 끊었다. 그녀의 시숙인 멕시코의 막시밀리아노 황제는 총살당했다. 그녀의 자매는 파리에서 화재로 사망했다. 그녀의 사촌인 바이에른의 루트비히 2세는 생애의 마지막 순간을 정신병원에서 식물인간으로 지냈다. 황후를 암살한 루이지 루체니 역시 그로부터 십이 년 후 종신형을 선고받고 제네바에서 복역하던 중 스스로 목숨을 끊었다. 루이지 루체니는 파리에서 태어났지만 파르마에서 성장했다. 만약에 시씨 황후(측근들은 황후를 곧잘 그렇게 불렀다.)가 암살자보다 한 발 앞서 황제가 자신에게 선물한 권총을 사용했다면 목숨을 구할 수도 있었을 것이다. 루이지 루체니는 칼을 휘두르기 전에 몇 초 정도 시간을 낭비했다. 황후와 그녀와 함께 있던 스차라이 백작 부인이 햇빛을 가리기 위해 양산을 쓰고 있었기 때문에 루이지 루체니는 양산 밑을 일일이 들여다보아야 했기 때문이다. 루이지 루체니는 너무나 정신이 없었다. 그래서 하마터면 나중에 역사로부터 조롱을 받을 만한 실수를 저지를 뻔했다. 루이지 루체니는 양산 밑을 들여다보며 중얼거렸다. 실례합니다, 부인. 틀림없이 황후는 가방 안에 권총이 들어 있다는 사실을 잊어버렸을 것이다. 어쩌면 그 사실을 기억했지만 그냥 내버려 두기로 결심했는지도 모른다. 그녀의 입버릇처럼, 황후는 삶에 지쳐 있었던 것이다. 얼마 전에 황후는 딸에게 이런 내용의 편지를 보냈다. '삶의 무게가 내게는 너무 무겁게 느껴지는구나. 때로는 육체적인 아픔을 느끼기까지 한단다. 이렇게 사느니 차라리 죽는 게 더 나을 듯싶구나.' 조앙 시카르트는 무기를 들지 않은 손을 높이 들어 올렸다. 그리고 그 손을 마치 인사라도 하려는 듯 오노프레에게 내밀었다. 그러나 오노프레는 자신에게 가까이 다가오는 조앙 시카르트의 한 손이 호주머니 속에 있는 것을 보고 그가 무슨 수작을 꾸미는지 대번에 알 수 있었다. 오노프레는 두 손을 높이 쳐들고 무릎을 꿇으며 소리쳤다.

"시카르트, 제발요, 죽이지 마세요. 이 나이에 죽기엔 너무 억울해요. 게다가 저에겐 무기도 없어요."

조앙 시카르트는 잠시 머뭇거렸다. 조앙 시카르트 생애의 마지막 순간이었다. 한 남자가 어둠 속에서 튀어나와 조앙 시카르트를 덮친 후 목을 졸랐다. 조앙 시카르트의 입과 코에서 피가 쏟아졌다. 모든 것이 순식간에 이루어지는 바람에 조앙 시카르트는 주머니에서 권총을 뽑아낼 틈도, 권총을 사용할 틈도 없었다. 그로부터 몇 년 후 엘리자베트 황후가 겪을 상황과 똑같았다. 조앙 시카르트를 살해한 남자는 에프렌 카스텔스, 다시 말해 칼레야 출신의 거인이었다. 오노프레는 에프렌 카스텔스를 아주 중요한 순간에 써먹기 위해 몇 달 동안 깊숙이 숨겨 두었다. 그래서 아무도 그의 존재를 알 수 없었다. 숨이 끊어진 조앙 시카르트의 몸이 교회 제단 앞에 널브러져 있었다. 그것은 도저히 용납할 수 없는 신성모독이었다. 그러나 어차피 벌어진 일이었다. 오노프레와 에프렌은 교회 문으로 잽싸게 달려가 문을 닫고 빗장을 걸었다. 조앙 시카르트의 명령에 따라 교회 밖에서 망을 보고 있던 조앙의 부하들이 대장에게 좋지 않은 일이 벌어진 것을 깨닫고 교회로 들어오려고 했다. 그러나 그들은 도저히 문을 열 수 없었다.

한편, 조앙 시카르트의 나머지 부하들은 레이 광장을 향해 몰려가고 있었다. 교회 밖에서 망을 보던 부하들 세 명이 그들을 따라잡아 보익스에게 사태의 전말을 보고했다. 교회 문은 단단히 닫혔고 시카르트 대장님은 밖으로 나오지 않았습니다. 보익스는 부하들의 보고에 그다지 신경 쓰지 않았다. 보익스는 오래전부터 조앙 시카르트를 질투해 왔다. 그런데 이제 조앙 시카르트가 적들의 함정에 빠져 목숨을 잃었을지도 모르는 사태가 발생했던 것이다. 보익스로서는 전혀 불쾌한 상황이 아니었다. 보익스는 내심 쾌재를 부르며 부하들을 레이 광장으로 이끌었다. 보익스의 부하들은 우왕좌왕 광장으로 몰려갔다. 보익스는 전초부대를 보내지도 않았고 어떠한 예방 조치도 취하지 않았다. 보익스가 아니라 조앙 시카르트가 공격을 이끌었다면 결코 있을 수 없는 일이었다. 보익스는 너무나 늦게 자신의 실수를 깨달았다. 한마디로 경거망동이었던 것이다. 광장은 텅비어 있었다. 오돈 모스타사 패거리는 보이지 않았다. 부하들이 보익스를 쳐다보았다. 여긴 왜 온 겁니까? 마치 그렇게 따지는 듯싶었다. 보익스는 적들이 보이지 않자 당황하지 않을 수 없었다. 그런데 광장에서 사라진 오돈 모스타사 패거리가 지붕 위를 돌아다니며 보익스 패거리를 향해 총을 난사하기 시작했다. 거의 두 시간에 이르는 치열한 전투가 벌어졌다. 보익스 패거리는 수적으로는 우세했지만 전투 내내 단 한 번도 공격다운 공격을 해 보지 못했다. 그동안 받아 왔던 훈련이 패배의 원인이었다. 조앙 시카르트는 사라지고 없었고, 보익스는 부하들로부터 신용을 얻지 못했다.(게다가 그는 전투 초반에 꺼꾸러지고 말았다.) 어떻게 처신해야 할지 아무도 몰랐던 것이다. 반면에 오돈 모스타사 패거리는 그 혼란한 와중에서도 물속의 물고기들처럼 재빠르게 움직였다. 그들은 그런 혼란에 길이들었던 것이다. 마침내 보익스 패거리가 뿔뿔이 흩어지기 시작했다. 그들은 무기를 내팽개치고 뺑소니쳤다. 오돈 모스타사는 달아나는 적들을 더 이상 쫓지 않았다. 부하들을 다시 모아 적들을 추적할 수 있는 형편이 아니었던 것이다.

그 치욕적인 패배 탓에 돈 알렉산드레 카날스 이 포르미가의 제국은 엄청난 타격을 입었다. 하지만 돈 알렉산드레는 그 사건에 대해 아직 모르고 있었다. 돈 알렉산드레는 기분이 매우 좋았다. 안마사가 방금 전에 돌아갔고, 시종이 넥타이를 매만져 주고 있었다. 아들은 파리에서 안전하게 지냈으며, 마음이 맞지 않아 항상 다투기만 하던 골치 아픈 마누라도 멀리 떨어져 있었다. 창문을 통해 사무실 안으로 햇살이 홍수처럼 쏟아졌다. 비서가 돈 알렉산드레에게 그 신비스러운 여인이 다시 찾아왔다고 알려 주었다. 돈 알렉산드레는 재빨리 수염에 향수를 뿌린 후 여인을 맞아들였다. 이번에는 용기를 내어 여인의 허리를 팔로 감싸고 의자로 안내했다. 돈 알렉산드레는 앵두 빛 벨벳 소파로 여인을 이끌었다. 돈 알렉산드레의 과감한 행동에 여인은 은근슬쩍 거부하는 듯한 몸짓을 해 보였다. 여인의 시선은 줄곧 창문에 붙박여 있었다. 대화를 나누는 중에는 몸을 사리는 듯싶었고, 두서없는 말만 지껄였다. 그렇게 잠시 시간이 흘렀다. 돈 알렉산드레가 여인을 바짝 끌어안았을 때, 여인은 가까운 옥상에서 반짝이는 빛을 보았다. 그것은 손거울에 반사된 햇빛이었다. 오노프레 부빌라와 에프렌 카스텔스가 여인에게 보내는 신호였다. 다 끝났어, 이제 처리하도록. 그런 의미가 담긴 신호였다. 여인은 좀 더 민첩하게 몸을 움직이기 위해 베일을 걷고 모자와 가발을 한꺼번에 벗어 던졌다. 돈 알렉산드레 카날스 이 포르미가의 입이 떡 벌어졌다. 여인은 가짜로 달고 있던 젖가슴에서 칼을 빼들고 눈을 질끈 감았다.

"오, 주님, 지금 제가 하려는 짓을 부디 용서해 주소서."

돈 알렉산드레는 숨이 끊어져 소파로 쓰러지는 순간 여인이 그렇게 중얼거리는 소리를 들었다. 그는 숨을 거두기 전에 잠시나마 아들을 생각할 수 있었다. 아들놈을 안전한 곳으로 미리 보내 그나마 다행이로구나. 돈 알렉산드레는 생각했다. 그러나 자기 자신에 대해서는 씁쓸한 기분을 떨쳐 버릴 수 없었다. 내가 이겼다고 생각했는데! 가짜 여자는 브라울리오 씨였다. 다시 말해 오노프레 부빌라가 이전에 묵었던 하숙집 주인이었던 것이다. 오노프레는 카르보네라 동네로 찾아가 브라울리오 씨에게 이 일을 맡아 달라고 솔직하게 부탁했다. 브라울리오 씨는 항상 그곳에 있었다. 그는 그곳에서 종일토록 마약을 하며 자신의 불운과 고독을 달랬다. 그는 그곳에서 여자 같은 남자들에게 수시로 얻어맞았다. 진짜 남자가 되고 싶었지만 어쩔 수 없이 여자처럼 지내야 하는 남자들은 여자 행세를 하는 남자들을 거칠게 다루었다. 브라울리오 씨는 델피나가 자수한 탓에 무정부주의자 일당으로 의심받고 경찰에 두 번째로 체포되어 한동안 옥살이를 한 뒤 풀려난 상태였다. 브라울리오 씨는 자신이 무정부주의자가 아님을 쉽게 증명할 수 있었다. 그는 경찰과 예심판사에게 자신의 뒤틀린 성적 정체성을 보여 주었다. 브라울리오 씨는 풀려난 뒤 다시 한 번 하숙집을 꾸려 나가려고 했다. 그러나 상황은 도저히 손을 쓸 수 없을 정도로 엉망으로 돌아갔다. 아가타 부인은 병원에서 숨을 거두었고, 델피나는 무정부주의자 일당과 함께 재판을 앞둔 처지에 놓여 있었다. 무정부주의자 일당에게 쏟아진 비난은 견뎌 낼 수 없는 것이었다. 극형, 즉 사형에 처해지지 않더라도 종신형은 피할 수 없었다. 딸내미를 다시는 볼 수 없을 거야. 하숙집 주인은 그렇게 생각했다. 브라울리오 씨 가족이 하숙집을 비운 사이 집을 쓸고 닦고 한 사람은 아무도 없었다. 집 안이 온통 먼지 구덩이였고, 부엌에서는 먹다 남긴 음식이 푹푹 썩어 갔다.

브라울리오 씨는 집 안을 정리하려고 시도해 보았으나 의욕이 따라 주지 않았다. 그래서 할 수 없이 비잔시오 신부와 이발사의 도움을 받아 신문에 하숙집을 팔겠다는 광고를 냈고, 머지않아 그 집을 사겠다는 사람이 나타났다. 브라울리오 씨는 하숙집을 팔아 챙긴 돈을 들고 카르보네라 동네를 드나들기 시작했는데, 그러는 동안 그의 건강은 점점 악화되어 갔다. 결국 호시탐탐 기회를 노리던 죽음이 브라울리오 씨의 여윈 뺨에 내려앉아 날갯짓을 치기 시작했다. 브라울리오 씨가 목마르게 바라던 바였다. 그러나 막상 죽음이 다가왔다고 생각하자 두려워졌다. 어느 날 밤이었다. 브라울리오 씨는 한 술집에서 빠져나오다 뜻밖에도 오노프레 부빌라를 만났다. 브라울리오 씨는 엉겁결에 오노프레의 품으로 파고들었다. 날 좀 도와줘. 그는 애원했다. 여기서 죽도록 내버려 두지 말아 줘. 오노프레가 브라울리오 씨에게 말했다. 브라울리오 씨, 나와 함께 갑시다, 이걸로 충분합니다, 이제 그만 빠져나와요. 그 후로 브라울리오 씨는 오노프레가 시키는 대로 했다. 자신이 하는 일이 옳은지 그른지 따지지도 않았다. 브라울리오 씨는 입고 있던 여자 옷을 벗어 방금 전에 숨이 끊어진 남자가 누워 있는 소파 뒤에 감추었다. 브라울리오 씨는 속옷 차림으로 창가로 달려가 분첩에 달린 작은 거울을 이용해 오노프레 부빌라와 에프렌 카스텔스가 있는 옥상으로 신호를 보냈다. 두 사람은 일이 어떻게 끝났는지 궁금해하며 초조한 심정으로 브라울리오 씨의 신호를 기다리고 있었다. 오노프레가 브라울리오 씨에게 임무를 지시하며 사전에 일러둔 얘기가 있었다. 열쇠로 사무실 문을 잠그시오, 그리고 내가 도착하기 전에는 어느 누구에게도 문을 열어 주면 안 됩니다. 브라울리오 씨는 그제야 퍼뜩 깨달았다. 무시무시한 상황에 정신을 차리지 못하고 오노프레의 지시를 까맣게 잊었던 것이다. 사무실 바깥 복도에서 쿵쾅거리는 발걸음 소리와 뭐라고 외치는 소리가 들려왔다. 돈 알렉산드레의 부하들이 두목을 도와주기 위해 달려오는 소리였다. 누군가가 문을 열고 안으로 들어오려고 했다. 브라울리오 씨는 겁에 질려 정신을 놓을 뻔했다. 그러나 아무 일도 일어나지 않았다. 돈 알렉산드레는 자신이 점찍어 두었던 그 신비스러운 여인이 자신의 품에서 달아나지 못하도록 몰래 문을 잠가 두었던 것이다. 돈 알렉산드레는 자신을 살해한 사람이 살 수 있도록 죽기 전에 스스로 조치를 취해 둔 꼴이 되었다. 사내새끼들이란 하나같이 추접스러운 놈들뿐이야. 브라울리오 씨는 굳게 잠긴 문을 쳐다보며 그렇게 생각했다. 죽은 시체와 한동안 같이 있다 보니 신경이 날카로워지기 시작했다. 오노프레 부빌라와 에프렌 카스텔스는 브라울리오 씨가 창문으로 몸을 던져 자살하려는 순간 그곳에 나타났다. 묵직한 청동 꽃병을 목에 매달고 뛰어내리려 했는데, 만일 뛰어내렸다 해도 창문에서 길바닥까지의 거리가 얼마 되지 않아 죽지 못했을 거야. 브라울리오 씨는 그렇게 말했다. 오노프레 부빌라와 에프렌 카스텔스는 돈 알렉산드레 카날스 이 포르미가의 사무실에 있던 서류를 하나도 빼놓지 않고 모조리 챙겼다.

"이 서류만 있으면 도시 절반을 우리 마음대로 가지고 놀수 있어. 이제 바르셀로나도 완전히 망하고 말았군."

에프렌 카스텔스가 그렇게 중얼거렸다.

바로 그날 오후 오노프레와 에프렌은 아르나우 푼셀라의 사무실에 나타나 이렇게 보고했다. 임무를 완수했습니다. 그리고 돈 알렉산드레 카날스 이 포르미가의 사무실에서 챙겨 온 서류를 보여 주었다. 아르나우 푼셀라는 서류를 힐끗 쳐다보았다. 휘파람 소리가 저절로 터져 나왔다. 오노프레의 실력을 인정하지 않을 수 없었다. 이제 바르셀로나도 완전히 망하고 말았군. 그와 똑같은 표현을 사용했던 에프렌 카스텔스는 아르나우 푼셀라의 말을 듣고 웃음을 터뜨렸다. 아르나우 푼셀라는 거인에게 눈길도 주지 않고 있다가 그제야 그의 존재를 알아차린 듯 고개를 들었다. 그는 오노프레를 쳐다보며 물었다. 저 친구는 뭐야? 그는 두 사람 앞에서 자신의 권위를 과시하고 싶었던 것이다. 오노프레 부빌라는 공손하게 대답했다. 에프렌 카스텔스라고 합니다, 내 친구이자 오른팔이기도 합니다, 이 친구가 조앙 시카르트를 제거했습니다. 별명이 마르가리토인 아르나우 푼셀라는 오노프레의 말을 듣고 몸을 부들부들 떨었다. 무언가 심상치 않은 일이 당장 벌어질 것만 같았다. 내게 그런 사실을 알려 주는 걸 보니 나를 죽일 작정이로군. 아르나우 푼셀라는 그렇게 생각했다. 아르나우 푼셀라가 그런 생각에 잠겨 있을 때 에프렌 카스텔스가 그의 겨드랑이를 붙잡고 의자에서 번쩍 들어 올렸다. 그 동작은 다 큰 어른이 아니라 갓난아이를 다루는 듯했다. 아르나우 푼셀라는 몸부림쳤지만 소용없었다.

"이건 또 무슨 장난이야?"

그는 소리쳤다. 그러나 그게 장난이 아니라는 사실은 분명히 알 수 있었다. 그는 악을 썼다. 무슨 말인지 알아듣기 힘들 정도였다.

"날 어디로 데려가는 거야?"

"당신이 가야 할 곳이지. 당신은 날 제거하기 위해 이 모든 수작을 꾸몄어. 조앙 시카르트 패거리의 손을 빌려 날 죽이려 했던 거야. 나는 항상 답례를 하는 성미거든."

오노프레가 발코니 문을 열었고, 에프렌 카스텔스가 아르나 우 푼셀라를 발코니 난간 너머로 집어 던졌다. 그곳은 며칠 전에 돈 움베르트 피가 이 모레라가 인생의 의미에 대해 곰곰이 생각에 잠겼던 바로 그 발코니였다. 돈 움베르트의 사무실 문이 활짝 열리며 오노프레 부빌라와 에프렌 카스텔스가 안으로 들어왔다. 오노프레가 두목에게 보고했다. 결과를 알려 드리려 찾아왔습니다, 성공입니다, 알렉산드레 패거리는 무너졌습니다, 알렉산드레의 심복인 시카르트와 보익스는 죽었습니다, 알렉산드레 역시 죽었습니다, 알렉산드레의 서류를 모조리 챙겨 왔습니다, 서류들은 지금 내 수중에 있습니다, 우리 측 손실은 미미한 편입니다, 전부 다 해서 네 명이 죽었고 여섯 명이 부상을 당했습니다, 여기에 한 사람을 더 추가해야겠습니다, 안타깝게도 아르나우 푼셀라가 목숨을 잃고 말았습니다, 사고를 당했는데 그 원인이 불분명합니다. 돈 움베르트 피가 이 모레라는 어떻게 처신해야 할지, 무슨 말을 해야 할지 알 수 없었다. 아르나우 푼셀라가 꾸민 계획이 이와 같은 유혈 낭자한 결과를 가져올지는 꿈에도 생각지 못했던 것이다. 많은 사람들이 흘린 피가 돈 움베르트의 양심에 얼룩을 남겼다. 돈 움베르트는 방금 전에 아르나우 푼셀라의 찢어지는 듯한 비명 소리를 들었다. 그때 그는 지금까지와는 완전히 다르게 일이 돌아갈 것을 직감했다. 절로 한숨이 터져 나왔지만 내색하지는 않앉다. 이젠 어쩔 수 없다, 돌이킬 수 없는 상황으로 몰렸다, 적응하는 수밖에 없어, 지금으로서는 우선 살아남는 게 중요해. 돈 움베르트는 그렇게 생각했다. 돈 움베르트는 별로 중요하지 않은 점에 대해 큰 소리로 물었다. 시간을 벌기 위한 수작이었지 다른 이유는 없었다. 오노프레는 돈 움베르트가 자신의 말에 귀를 기울이지 않는다는 사실을 알았지만 자세하게 설명했다. 오노프레는 그렇게 존경을 표시하면서 자신에게 다른 속셈이 없다는 점을, 앞으로도 계속 돈 움베르트의 명령에 복종하겠다는 뜻을 전달하고자 했다. 오돈 모스타사와 그의 부하들은 모두 돈 움베르트를 존경했다. 그들은 결코 배신행위를 용서하지 않을 것이다. 배신자가 오노프레 부빌라라고 할지라도 반드시 응징에 나설 것이다. 오노프레는 그런 점을 너무나 잘 알았다. 그래서 꿍꿍이수작을 부릴 생각은 추호도 없었다. 마침내 돈 움베르트도 오노프레의 속마음을 알아차렸다. 두 사람은 오랜 시간 대화를 나누었다. 돈 움베르트는 막연한 불안감에 시달려야 했다. 도시 전체가 내 손아귀에 들어왔어, 그러나 그렇게 엄청난 권력을 냉큼 받아들이기에는 아직 준비가덜 된 상태야, 게다가 가장 충실했던 부하마저 잃어버렸어, 그리고 그의 시체가 지금 내 사무실 창문 밑에 널브러져 있어, 이 상황에서 내가 뭘 할 수 있단 말인가? 돈 움베르트가 그런 생각에 잠겨 있을 때 오노프레가 불쑥 말을 꺼냈다. 오노프레는 돈 움베르트가 그런 고민에 빠지리라는 것을 정확하게 예상했다. 오노프레는 거드름을 피우지는 않았다. 그러나 나이와 출신 성분에 걸맞지 않게 당당하게 나왔다. 돈 움베르트는 자존심이 상했지만 억지로 참아야 했다. 오노프레가 말했다. 죽은 돈 알렉산드레의 조직을 인수해야 합니다, 그러나 우리 조직과 통합해서는 안 됩니다. 오노프레는 그렇게 단정 지었다. 오노프레는 건방지게도 '우리 조직'이라고 말했다. 그러나 그건 오노프레가 의도적으로 선택한 단어였다. 돈 움베르트는 항상 손에 지니고 다니는 소의 음경으로 만든 채찍으로 오노프레를 후려갈기고 싶은 충동을 느꼈다. 그러나 차마 그런 용기를 낼 수 없었다. 오노프레도 두려웠지만 사무실에서 버티고 있는 에프렌 카스텔스의 덩치에 주눅이 들었던 것이다. 하기야, 건방지기는 해도 이 꼬마 녀석의 말이 사실이긴 해, 어떤 것이든 함부로 섞을 수는 없는 노릇이니까, 나는 나이고 알렉산드레는 알렉산드레니까, 주여, 알렉산드레를 굽어 살펴 주시옵소서. 돈 움베르트는 그렇게 생각했다. 당장 급한 문제는 아르나우 푼셀라가 죽은 마당에 누구에게 돈 알렉산드레의 조직을 맡기느냐 하는 것이었다. 오노프레 부빌라는 그 일을 맡기기에 적절한 사람이 있다고 말했다. 움베르트 피가 이 모레라는 불편한 심경을 감추지 않았다. 물론 오돈 모스타사는 아닐 테고, 자네가 데려온 이 친구인가? 오노프레에게 물었다. 오노프레 부빌라는 돈 움베르트의 비꼬는 듯한 말투에 화를 내지 않았다. 아닙니다, 그럴 리가 있겠습니까, 사람마다 능력도 다르고 역할도 다른 법입니다, 내가 말씀드린 사람은 이런 분야에 재주가 있는 사람입니다, 그리고 어느 면으로 보나 충성심이 강한 사람입니다, 그 사람이 지금 문밖에서 기다리고 있습니다, 허락하신다면 그 사람을 소개해 드리고 싶습니다만. 오노프레가 말했다. 돈 움베르트는 허락하지 않을 수 없었다. 오노프레가 그 사람을 사무실 안으로 불러들였다. 그 사람은 다름 아닌 브라울리오 씨였다. 브라울리오 씨는 자기 손으로 직접 살아 있는 사람을 죽인 뒤라 혼란에 빠져 분별력을 상실한 상태였다. 그는 이제 이전처럼 자신의 이중성을 따로따로 간직할 수 없었다. 하숙집 주인답게 사나이로서 정중한 말을 하다가도 어느 순간 엉뚱한 소리를 지껄이곤 했다.

"나는 극단적인 사람입니다."

브라울리오 씨는 소개가 끝난 후 돈 움베르트에게 말했다.

"나는 성욕을 잃어버린 후로는 오로지 자살할 생각만 해 왔습니다. 그러나 지금은 다행히 상황이 그다지 심각하지 않습니다. 내 꼴을 한번 보셨어야 하는데…… 피를 뒤집어쓰고 죽을 뻔했거든요."

돈 움베르트 피가 이 모레라는 자신도 모르는 사이에 목덜미를 긁고 있었다. 그렇게 중요한 문제를 저 미치광이 사내가 어떻게 풀어 나갈지 궁금하기 짝이 없었다.

4

여름이 다시 찾아왔다. 모든 것이 정상으로 돌아왔다. 불과 몇 달 전에 온 도시를 충격과 공포로 몰아넣었던 총격과 전투를 기억하는 사람은 아무도 없었다. 처음에는 못마땅해했던 사람들도 돈 알렉산드레 카날스 이 포르미가를 대신한 브라울리오 씨를 갈수록 인정하기 시작했다. 브라울리오 씨는 더할 나위 없이 훌륭하게 일을 처리해 나갔다. 그는 매우 보수적인 사람이었다. 권력을 남용하지도 않았고, 계산에 있어서 철두철

미했다. 오노프레 부빌라는 브라울리오 씨가 과거 생활로 돌아가지 못하도록 철저히 감시했다. 카르보네라 동네로 기어들어 엉뚱한 짓을 하면 절대로 안 됩니다, 우린 이제 사람들로부터 존경받는 위치에 있어요, 기분 전환이 필요하거나 진탕 마시고 싶으면 돈을 주고 사서 집에 가서 즐기세요, 돈은 많이 벌어들이시잖아요, 그럴 때 쓰려고 돈을 버는 거니까요, 하지만 집 밖에서는 체면을 차려야 합니다. 오노프레는 그렇게 충고했다. 브라울리오 씨는 산 파블로 거리에 있는 이 층 건물로 이사했다. 그는 이 층에 거주했고, 사무실은 일 층에 있었다. 이웃 사람들은 밤이면 이 층에서 들려오는 노랫소리를 간혹 들을 수 있었다. 그런 날 밤에는 기타를 치는 소리도 들렸고, 말다툼하는 소리도 들렸으며, 가구가 부서지는 소리도 들렸다. 브라울리오 씨는 그런 밤을 보낸 다음 날에는 바르셀로나의 유력 인사들이 모이는 자리에 이마에 반창고를 붙이거나 한쪽 눈에 멍이 든 채 나타나곤 했다. 브라울리오 씨를 속 썩이는 건 단 한 가지였다. 그것은 바로 딸 델피나가 여전히 감옥에 갇혀 있다는 사실이었다. 브라울리오 씨에게는 딸을 풀어 줄 수 있는 힘도 있었다. 그는 그런 분야에 대한 전문 지식도 쌓았으며, 무엇보다 그런 종류의 일은 그의 사업에선 기본이었다. 그러나 오노프레 부빌라는 그 일만큼은 단호하게 금지했다. 아직 그런 일을 할 만한 단계가 아닙니다, 아직은 힘이 부족해요, 그런 일을 하다가 사람들의 입에 오르내리게 되면 우리의 과거가 들통 나고 말 겁니다, 델피나 일은 나중에 처리합시다, 우리의 입지가 더욱더 단단해지면 그때 델피나 문제를 처리하도록 해요. 오노프레는 그렇게 말했다. 한때 하숙집을 경영했던 그 가엾은 남자는 딸을 누구보다 끔찍이 사랑했지만, 약점이 있었기 때문에 오노프레의 명령에 복종할 수밖에 없었다. 브라울리오 씨는 오노프레 몰래 감옥에 있는 딸에게 먹을거리와 잼과 잠옷과 최고로 질이 좋은 옷가지를 보내 주곤 했다. 델피나는 옷을 입어 보지도 않고 이로 갈기갈기 찢어 돌려보냈다. 물론 고맙다는 말 한마디조차 없었다. 이제는 오돈 모스타사가 조앙 시카르트를 대신해 브라울리오 씨와 함께 일했다. 오돈 모스타사는 조앙 시카르트에 비해 리더십도 부족했고 능력도 떨어졌지만, 부하들은 모두 그를 사랑했다. 오돈 모스타사는 무척이나 매력적인 남자였다. 브라울리오 씨는 오돈 모스타사의 매력에 푹 빠져들고 말았다. 오노프레는 이전에 오돈 모스타사가 맡았던 일을 인수했을 뿐만 아니라 이전에 아르나우 푼셀라가 앉아 있던 직위까지 물려받았다. 돈 움베르트 피가 이 모레라는 오노프레가 행한 모든 조치를 군소리 없이 그대로 받아들였다. 돈 움베르트는 행복하게 살았다. 그는 세상에서 가장 행복한 남자였다. 그는 얼떨결에 바르셀로나 암흑가의 최고봉이 되어 있었다. 그야말로 무소불위의 권력자가 되었던 것이다. 그렇게 높은 자리를 차지하게 될 줄은 상상도 못 했더랬다. 돈 움베르트는 이중적인 남자였다. 절묘한 조화였다. 예민한 구석이 있는가 하면 멍청한 구석도 있었고, 고의적으로 어릿광대처럼 굴기도 했지만 진짜로 순진한 면도 있었다. 무식하면 용감해진다고 했던가. 돈 움베르트는 물불을 가리지 않고 어려운 일을 추진해 나갔다. 그 결과 거의 대부분의 일이 만족할 만한 성과를 거두었으며, 성공의 결실은 돈 움베르트가 독차지했다. 돈 움베르트는 자신만만했지만 허영심으로 가득 찬 면도 있었다. 그는 오로지 남들에게 잘 보이기 위해 살았다. 긴박한 상황이 코앞에 닥쳐와도 정오만 되면 멋쟁이 옷을 차려입고 멋진 말을 타고 그라시아 산책로로 나가 뽐내고 다녔다. 돈 움베르트가 거금을 투자해서 마련한 그의 말은 잘 훈련되어 있었다. 그 말은 카스페 거리에서 발렌시아 거리에 이르는 먼 길을 달릴 수 있었다. 말은 마차들 사이를 요리조리 피해 가며 잘도 달렸다. 그러나 그 화려한 외출이 항상 성공적으로 끝났던 것은 아니었다. 말은 다리가 약했다. 산책을 하다가 어느 순간 말이 꼬꾸라졌고, 돈 움베르트는 길바닥으로 나뒹굴었다. 날마다 그런 일이 되풀이되었다. 말과 돈 움베르트는 잽싸게 일어났다. 말은 몸을 털며 울부짖었고, 돈 움베르트는 프록코트에 달라붙은 말똥을 털어 냈다. 그러면 길가에서 어슬렁거리던 꼬맹이 하나가 마차 바퀴와 말발굽 사이를 요리조리 피해 재빨리 달려와 땅바닥에 떨어진 실크 모자와 채찍을 주워서는, 말안장에 앉아 폼을 잡고 있는 돈 움베르트에게 정중하게 건네주었다. 다시 거만한 자세를 회복한 돈 움베르트는 한낮의 햇살을 받아 반짝반짝 빛나는 동전 하나를 수고비조로 꼬맹이에게 내밀었다. 꼴사나운 사고는 그렇게 화려한 예식으로 끝을 맺었다. 상류 부르주아 계층은 그 장면을 이런 식으로 해석했다. 그들은 유머 감각이라고는 전혀 없었기 때문에 만면에 미소를 띠고 돈 움베르트를 쳐다보았다. 저 양반 참 대단한 인물이로군. 하나같이 그렇게 떠들었다. 어리석기 짝이 없는 돈 움베르트는 그들이 자신을 공경한다고 여겼고, 자신이 그들에게 받아들여진다고 생각했다. 하지만 어림도 없는 말이었다. 상류 부르주아 계층은 귀족 계층의 복잡하고 엄격한 도덕규범이 없었기 때문에 체면보다는 실리를 중요시했다. 그들은 돈 움베르트 피가 이 모레라의 돈을, 특히 그가 돈을 쓰는 방식을 우러러보았던 것이다. 그들은 돈 움베르트를 본데없는 벼락부자로, 출세하려고 기를 쓰는 촌놈으로 여겼다. 그러나 돈 움베르트는 그런 사실을 전혀 모르고 있었다. 모든 허영심이 다 그렇듯 돈 움베르트의 허영심에는 뚜렷한 목적이 없었다. 허영심 자체가 목적이었던 것이다. 돈 움베르트는 돈을 앞세워 자신의 입지를 강화하려고 하지도 않았고, 여자들을 꼬시려고 하지도 않았다. 돈 움베르트 본인은 몰랐지만 그는 여자들 사이에서 대단한 인기를 누리고 있었다. 대부분의 유부녀들과 상당수의 결혼 적령기 처녀들이 돈 움베르트의 모습을 보려고 목을 빼고 있었다. 하지만 돈 움베르트는 그런 사실조차도 몰랐다. 오히려 돈 움베르트의 사생활은 결코 순탄치 않았다. 미모 면에서도, 지성 면에서도, 매력 면에서도 전성기를 누리고 있다고 여기는 돈 움베르트의 부인은 모든 것을 못마땅하게 생각했다. 그녀는 돈 움베르트와의 결혼을 실패한 결혼으로 단정 지었다. 부인은 남편을 개새끼를 다루듯, 하인을 다루듯 부려 먹었다. 하루 종일 그런 식이었다. 돈 움베르트는 부인의 학대를 군소리 없이 받아들였다. 돈 움베르트는 단 한 번도 화난 표정을 짓지 않았다. 마치 자신만의 세상을 살아가는 듯싶었다. 집에서는 돈 움베르트의 말을 들어 주는 사람이 아무도 없었다. 그는 그런 생활에 길이 들어 아무도 알아들을 수 없는 소리를 중얼거리며 집 안을 돌아다녔다. 누군가가 대답해 주기를 기대하지도 않았다. 그저 자신의 목소리를 듣고 싶어 그런 행동을 했던 것이다. 더 어처구니없는 일도 자주 벌어졌다. 돈 움베르트는 단지 머리로만 생각했던 바를 말로 표현했다고 믿기도 했다. 그래서 사람들을 만날 때면 대화가 자주 끊어지곤 했지만 돈 움베르트는 그런 일에도 별로 신경 쓰지 않았다. 그는 일을 하는 데 모든 정력을 기울였다. 비록 한정된 분야이긴 했지만 사회적인 성공이 그의 자존심을 달래 주었다. 돈 움베르트가 끔찍이 사랑하는 그의 딸만이 돈 움베르트의 허전한 가슴을 채워 주었다.

당시의 여름휴가는 지금 우리가 생각하는 여름휴가와 매우 달랐다. 날이 더워지기 시작하면 특권을 누리는 몇몇 상류 계층만이 왕족을 흉내 내어 날씨가 건조한 고지대를 찾아가 여름을 보냈다. 그러나 그들은 바르셀로나에서 멀리 벗어나려고 하지는 않았다. 상류 계층은 주로 지금은 바르셀로나 시에 포함된 사리아, 페드랄베스, 보나노바 지역 등지에서 여름을 보냈다. 대부분의 사람들은 부채질을 하고 찬물을 끼얹으며 더위와 싸웠다. 해수욕장은 프랑스 물이 든 젊은이들로 붐비기 시작했고, 사건 사고가 끊이지 않았다. 거의 대부분이 수영을 할 줄 몰랐기 때문에 물에 빠져 죽는 사람들의 수가 매년 큰 폭으로 증가했다. 신부들은 설교를 할 때마다 그 엄청난 통계 숫자를 인용해 가며 하느님의 분노를 들먹였다. 돈 움베르트 피가 이 모레라는 여름 별장에 대해 너무 늦게 알게 되었다. 좋은 장소에서 여름 별장을 구할 수 없게 된 돈 움베르트는 도심지 북쪽에 위치한 부달레라라는 지역에 여름 별장을 짓기로 결심했다. 돈 움베르트는 소나무와 밤나무와 목련나무가 울창한 경사진 땅을 구입해 그곳에 아담한 집을 한 채 지었다. 그 당시 변호사들이 다 그랬던 것처럼 돈 움베르트 역시 조심성 없이 토지를 구입했다. 그 결과 그는 몇 세기 전부터 문제가 되어 온 토지 분쟁을 해결하기 위해 시간과 정력과 돈을 투자해야만 했다. 한마디로 돈 움베르트는 사기에 걸려든 것이었다. 돈 움베르트가 구입한 땅은 그늘지고 매우 습하며 모기가 들끓는 장소였다. 사람들은 그 땅에 접근하기를 꺼렸다. 이웃이라고는 세상을 등지고 사는 몇몇 은둔자뿐이었다. 은둔자들은 지저분한 동굴에 살면서 풀뿌리와 나무껍질로 연명했으며, 치부를 드러낸 채 산속을 나돌아 다녔다. 그들은 말하는 능력과 이성적으로 사고하는 법을 오래전에 잃어버린 사람들이었다. 당신 같은 못난이나 그따위 형편없는 땅을 사지, 정신이 똑바로 박힌 사람이라면 그런 땅을 사려고 하겠어? 돈 움베르트의 부인은 날마다 남편을 들볶았다. 하루에도 수십 차례 같은 말을 반복하는 날도 있었다. 돈 움베르트의 아내는 오카타 해수욕장이나 몽가트 해수욕장에서 세련된 부르주아 청년들과 어울리고 싶어 했다. 그러나 돈 움베르트는 고집을 꺾지 않았다.

"당신도 우리 딸내미도 수영을 못하잖소. 바닷물에 휩쓸려 가면 어쩌려고 그러는 거요. 게다가 내 듣자하니 물속에 낙지, 문어, 장어가 있어 물놀이하는 사람들을 물고 할퀸다고 합디다. 놀라 자빠진 가족들과 친구들이 뻔히 지켜보는 가운데 말이오."

"그건 그 사람들이 옷을 홀라당 벗고 수영을 하기 때문이죠. 살을 훤히 드러내니까 그놈들이 군침을 삼키는 거예요. 옷을 안 입으면 그게 사람의 살인지 짐승의 살인지 무슨 수로 구별할 수 있겠어요?"

부인이 대꾸하며 입을 삐죽거렸다. 옷을 제대로 입지 않아 변을 당한 사람들이 고소해 죽겠다는 표정이었다. 그녀는 확신했다. 당시에 유행하던 치마를 입으면, 이 미터짜리 꼬리가 달리고 보석으로 촘촘히 장식된 크리놀린 스커트를 입으면 어떤 물고기도 감히 그녀의 몸에 주둥이를 들이대지 못할 것이라고 말이다. 돈 옴베르트는 여느 때와 마찬가지로 결국 아내의 말에 지고 말았다. 1891년 여름, 오노프레 부빌라가 그 여름 별장을 방문했다.

오노프레는 말을 타고 전속력으로 산을 올랐다. 그러다 어느 순간 숲 속에서 길을 잃고 말았다. 오노프레가 탄 말은 입가에 거품을 가득 물고 숨을 헐떡거렸다. 숨이 곧 끊어질 듯싶었다. 이놈이 여기서 죽으면 나는 오도 가도 못하는 신세가 되고 만다. 오노프레는 겁에 질려 중얼거렸다. 내가 산속에서 길을 잃을 줄이야, 기가 막힌 노릇이로군, 나도 이제 도시내기가 다 된 모양이야. 오노프레는 한참을 헤매다 나무가 무성한 정원과 나지막하고 시커먼 돌담으로 둘러싸인 집을 한 채 발견했다. 굴뚝에서 한 줄기 연기가 피어오르고 있었다. 오노프레는 말에서 내려 고삐를 잡고 말을 끌며 돌담을 향해 걸어갔다. 돌담을 넘어다보았다. 사람이 있으면 길을 물어볼 참이었다. 정원은 텅 비어 있었다. 새들이 지저귀었고, 왕파리와 말벌이 윙윙거리고 날아다녔으며, 나비들이 너울거렸다. 햇살이 쏟아져 내리는 나무들 사이로 한 소녀가 지나가는 모습이 얼핏 보였다. 소녀는 얇고 반투명한 천으로 지은 하얀색 반소매 원피스를 입고 있었다. 주홍색 벨벳 리본이 달린 레이스 치마였다. 그리고 소녀는 하얀색 머리그물을 쓰고 있었다. 머리그물 가장자리에는 천으로 만든 자잘한 꽃들이 장식되어 있었다. 머리그물 밑으로 곱슬곱슬한 두 갈래 구릿빛 머리 타래가 빠져나와 있었다. 머리그물과 머리 타래 때문에 얼굴이 잘 보이지 않았다. 둥근 콧날, 연분홍빛 양 볼, 살짝 튀어나온 이마, 둥그스름한 턱 등을 겨우 알아볼 수 있었다. 오노프레 부빌라는 그 자리에서 얼어붙고 말았다. 정신을 차리고 보니 소녀의 모습이 사라지고 없었다. 아, 대체 누굴까? 오노프레는 생각해 보았다. 혹시 그녀가 나를 본 것은 아닐까? 산골 처녀 같지는 않은데, 동행도 없이 혼자 이 산골에 있다니, 참으로 이상한 일이로군. 오노프레는 중얼거렸다. 오노프레가 그런 생각에 잠겨 있을 때 한 소년이 나타났다. 오노프레는 소년을 향해 손을 흔들었다. 소년이 다가왔다. 오노프레는 소년에게 길을 물었다. 오노프레는 그곳이 자신이 찾던 곳임을 알아차리고는 소년에게 자신의 신분을 밝히며 말고삐를 넘겼다. 돈 움베르트 피가 이 모레라는 부하들이 여름 별장을 찾아오지 못하도록 엄격하게 금지했다. 어떤 일이 있어도 그곳에서는 한가로운 시간을 방해받고 싶지 않았던 것이다. 돈 움베르트는 자신의 가족이 사업에 휩쓸리지 않도록 경계했다. 그런데 오노프레 부빌라가 감히 돈 움베르트의 명령을 어겼던 것이다. 오노프레는 자신이 명령을 어겼을 경우 돈 움베르트가 어떤 반응을 보일지 확인해 보고 싶었다. 하녀가 오노프레를 이 층에 있는 육각형 모양의 방으로 안내했다. 그 방에는 문이 여러 개가 있었다. 불투명한 채

광창으로부터 한 줄기 빛이 스며들 뿐 다른 불빛은 없었다. 그래서 방은 어둠침침했고, 쾌적하고 시원한 느낌을 주었다. 벽난로에는 진주광택으로 치장한 벽토가 은은하게 빛났고, 벽난로 까치발 위에는 금테를 두른 키 높은 거울과 청동 촛대와 크리스털 뚜껑으로 덮인 제정 시대 풍의 시계가 놓여 있었다. 방을 장식한 가구라고는 칠을 한 목재 코너 테이블과 그 위에 놓인 비너스 석고상(조가비 위에 서 있는 모습이었다.), 모로 풍의 나이트 테이블, 융으로 만든 쿠션 몇 개뿐이었다. 오노프레 부빌라는 감탄하지 않을 수 없었다. 정말이지 끝내주는 방이로군, 정말 근사해, 진짜 우아해. 오노프레는 생각했다. 문득 등 뒤에서 무슨 소리가 들렸다. 오노프레는 뒤를 돌아보며 습관적으로 바지 호주머니에 손을 집어넣었다. 오노프레는 몇 달 전에 조앙 시카르트에게서 빼앗은 권총을 항상 주머니에 넣고 다녔다. 문 하나가 열려 있었고, 몇 분 전에 정원에서 목격했던 소녀가 문 앞에 서 있었다. 소녀는 머리그물을 벗고 표지가 새카만 책을 한 권 펼쳐 들고 있었다. 책은 기도서처럼 보였다. 소녀는 낯선 사람이 방 안에 있을 줄은 예상하지 못했는지 문 앞에서 머뭇거렸다. 오노프레는 무슨 말이라도 하려고 입을 벌렸다. 그러나 입 밖으로 말이 나오지 않았다. 소녀는 오노프레보다는 용기가 있어 보였다. 그녀는 책을 덮고 무릎이 방바닥에 닿을 정도로 우아하게 절을 하며 뭐라고 중얼거렸다. 그러나 오노프레는 무슨 말인지 알아듣지 못했다.

"죄송합니다."

오노프레는 겨우 말을 할 수 있었다.

"무슨 말씀이신지?"

오노프레가 뚫어지게 쳐다보자 소녀는 살짝 눈을 내리깔고 방바닥을 수놓은 아라베스크 무늬에 시선을 고정했다.

"주님의 평화가 당신과 함께하시기를."

마침내 소녀가 가느다란 목소리로 말했다.

"아, 주님의 평화가 당신과도 함께하시기를."

오노프레가 큰 소리로 외쳤다.

소녀는 오노프레를 외면한 채 다시 한 번 무릎을 구부렸다. 방에 누가 있을 줄 생각도 못 했어요. 소녀가 얼굴을 붉히며 말했다. 하녀가 손님이 찾아왔다는 말을 전해 주지 않았거든요.

"아니, 아닙니다, 괜찮습니다. 사과를 해야 할 사람은 오히려 접니다. 만일 저 때문에 놀라셨다면……."

오노프레가 서둘러 소녀의 말꼬리를 잡아챘다.

오노프레가 말을 끝내기도 전에 소녀는 재빨리 문을 닫아 버렸다. 오노프레는 혼자 남게 되자 안절부절못하며 방 안을 서성거렸다. 병신, 바보, 쪼다. 오노프레는 자신을 향해 욕을 퍼부었다. 속으로 하는 말인지 큰 소리로 하는 말인지 자신도 알 수 없었다. 누가 듣든 말든 상관하지 않았다. 어떻게 그녀가 사라지도록 그냥 놔둘 수 있었단 말인가. 그녀를 다시 볼수 있는 기회가 또 있을까. 지금까지 위험한 상황을 수없이 겪어 봤지만 지금처럼 바보같이 굴기는 생전 처음이었다. 지금까지는 단 한 번도 기회를 놓쳐 본 적이 없었다. 그가 미리미리 선수를 치지 않았다면 오래전에 죽었을 것이다. 오노프레는 생각했다. 오노프레는 방바닥에 놓인 부드러운 쿠션에 무릎을 꿇으며 탄식했다. 내가 이런 지경에 빠질 줄은 상상도 하지 못했는데, 이게 사랑이라는 건가, 이게 대체 무슨 일이란 말인가. 오노프레는 자신의 심정을 곰곰이 헤아려 보았다. 그녀는 아직 어린아이일 뿐이야, 내가 사랑에 대해 얘기했다면 내 말을 알아듣기나 했을까, 그저 놀라거나, 최악의 경우 나를 비웃거나 했겠지, 게다가 내 주제를 알아야지, 나는 고작 머슴일 뿐인데, 돈을 받고 일하는 총잡이일 뿐인데. 오노프레는 얄궂은 운명이 장난삼아 가슴팍에 꽂아 넣은 화살을 빼내기 위해 안간힘을 썼다. 밀려오는 파도를 막기 위해 몸부림쳤다. 그러나 소용없는 짓이었다. 바닷물을 막으려고 모래밭에 제방을 쌓는 것과 다름없었다. 치밀어 오르는 분노를 걷잡을 수 없었다. 결국 오노프레는 비너스 석고상을 집어 들어 벽난로 위에 있는 거울을 향해 온 힘을 다해 던졌다. 맨 처음 바닥으로 떨어진 것은 석고상이었다, 석고상은 산산조각 나고 말았다. 그리고 거울에 금이 갔다. 거울은 잠깐 동안 움직이지 않았다. 거울 속에 잠시 나타난 소녀의 놀란 얼굴이 거울에 금이 가면서 일그러지기 시작했다. 소녀의 얼굴이 거울 유리와 함께 큰 소리를 내며 바닥으로 떨어졌다. 예닐곱 조각으로 갈라진 거울 유리는 바닥에 닿는 순간 산산이 부서지며 사방으로 튀어 올랐다. 거울 틀 속에는 수은과 회반죽만 남아 있었다. 등 뒤에서 다시 무슨 소리가 들려왔다. 이번에는 숨죽인 비명 소리였다. 소녀가 방으로 다시 들어와 겁에 질린 표정으로 텅 빈 거울 틀을 쳐다보고 있었다. 방과 사람들이 한꺼번에 사라져 버린 듯 거울은 텅 비어 있었다. 소녀는 그 순간 오노프레가 무슨 말을 하고 싶어 하는지 알아차렸다. 그 야만적인 행동에 뚜렷한 의미가 담겨 있었던 것이다. 오노프레가 소녀를 꼭 끌어안았다. 소녀는 저항하지 않았다. 얼굴이 시뻘게진 남자의 심장이 격렬하게 뛰는 것을 소녀는 느낄 수 있었다.

"지금까지 내게 키스한 남자는 한 명도 없었어요."

소녀는 겨우 숨을 가다듬고 말했다.

"내가 살아 있는 한 네게 키스할 수 있는 남자는 다시는 없을 거야."

오노프레 부빌라가 말했다.

"머리통이 터져도 좋다면 한번 해 보라고 해."

오노프레는 소녀의 입에 키스를 퍼부은 후 덧붙였다.

"너도 마찬가지야. 앞으로 조심하도록."

소녀는 몸을 뒤로 젖혔다. 머리와 목덜미와 어깨와 등이 뒤쪽으로 휘어졌다. 구릿빛 머리카락이 풀려 허리 밑으로 늘어졌다. 소녀는 두 팔을 축 늘어뜨렸다. 손가락이 차가운 방바닥에 닿았다. 무릎이 접혔다. 소녀는 오노프레의 팔에 매달려 있었다. 오노프레가 소녀의 상체를 붙잡고 있었다. 반쯤 열린 입술 사이로 기다란 한숨이 새어 나왔다.

"알았어."

소녀가 말했다. 소녀는 그런 식으로 단 한 순간에 자신의 미래를 결정했던 것이다.

오노프레가 시선을 들어 올렸다. 눈을 깜박였다. 방 안에 누군가가 더 있었다. 돈 움베르트 피가 이 모레라가 두 신사와 함께 방으로 들어서고 있었다. 두 신사 중 한 사람은 코스메 발부에나라는 건축가였다. 심심해 죽을 지경이었던 돈 움베르트는 오래된 닭장과 비둘기장을 이용해 집을 확장하기로 계획을 세웠다. 그러나 확장 공사를 하기 위해서는 다른 사람의 땅을 침범해야만 했다. 돈 움베르트는 집을 확장하면서 다른 사람이 소유한 토지를 두 뼘 정도 침입해 들어갔는데, 그 때문에 소송이 벌어졌다. 그런데 공교롭게도 소송을 제기한 땅 주인은 돈 움베르트의 친구였을 뿐만 아니라 가끔씩 거래하는 사업 파트너이기도 했다. 돈 움베르트는 중요한 일이 많았기 때문에 그런 하찮은 소송에 투자할 시간이 없었다. 그래서 유명세를 떨치고 있던 젊은 변호사 한 명을 바르셀로나에서 불러왔다. 젊은 변호사는 그 분야의 전문가였으며 특히 용익권 문제에 있어서 대단한 실력을 발휘했다. 그 세 사람은 하루 종일집과 정원, 그리고 집 주변 땅을 둘러보았다. 젊은 변호사는줄자로 거리를 재어 보며 건축학적으로 해결할 수 있는 방안을 제시했지만, 건축가는 변호사의 말을 귓등으로도 듣지 않았다. 건축가는 돈 움베르트에게 당면한 소송에서 이길 수 있는 법적인 수단을 강구하라고 제안했다. 세 사람은 얼굴을 붉혀 가며 열렬히 다투었지만, 결과적으로는 화기애애하게 끝났다. 토론을 마친 세 사람은 식탁에 둘러앉아 왕성한 식욕을 과시하며 식사를 했다. 돈 움베르트의 부인은 그 군식구들에 대해 불평을 늘어놓지 않았다. 그녀의 딸이 조만간 결혼 적령기로 접어들 텐데, 변호사도 건축가도 모두 총각인 데다가 전도가 양양한 사람들이었던 것이다. 적어도 그 두 사람은 각자의전문 분야에서 두각을 나타내고 있었다. 게으름뱅이 내 남편보다는 어쨌든 훨씬 나은 사람들이야. 돈 움베르트의 부인은 그렇게 생각했다. 돈 움베르트는 부인의 치밀한 계산속에 어이가 없어 이런 말로 웃어넘겼다. 여보, 벌써부터 그런 걸 고민하고 있단 말이오? 우리 딸아인 이제 겨우 열 살을 채웠을 뿐이야. 그러나 돈 움베르트는 이제 어찌해야 할지 막막하기만 했다. 그는 오노프레의 품에 안겨 축 늘어진 딸과 욕망으로 가득 찬 오노프레의 사나운 눈을 보면서도 그게 무엇을 의미하는지 모를 정도로까지 바보는 아니었다. 돈 움베르트는 나름대로 최선을 방법을 택했다. 방 안에서 벌어진 일을 모른 체하고 넘어가기로 결심했던 것이다. 돈 움베르트는 최대한 말을 아꼈다. 좋아, 좋아, 서로 인사는 나눈 모양이로군, 벌써 아주 친해진 모양이야, 나로선 좋은 일이야, 반가운 일이고말고. 오노프레와 소녀가 포옹을 풀고, 몸의 균형을 잡고, 옷매무새를 바로 잡는 데 다소 시간이 걸렸다. 두 사람은 당혹스러워하는 기색이 역력했다. 오노프레 부빌라는 조금 전까지 경멸해 마지않았던 돈 움베르트에게서 자신이 사랑하는 여자의 아버지다운 면모를 발견했다. 오노프레는 돈 움베르트에게 최고의 경의를 표하고 싶었다. 오노프레는 그 즉시 오만한 태도를 버리고 순종적으로 그를 대했다. 젊은 변호사와 건축가는 엉망이 된 방 안을 둘러보며 서성거렸다.

"중요한 점은 아무도 깨진 유리에 다치지 않았다는 겁니다."

변호사가 말했다.

오노프레 부빌라는 등에 햇살을 받으며 바르셀로나로 돌아갔다. 덤불숲에서 귀뚜라미 우는 소리가 떠들썩하게 들려왔고, 하늘에는 별들이 총총히 떠 있었다. 이제 나는 어떻게 될 것인가? 오노프레는 하늘에 새겨진 지도를 쳐다보며 생각했다. 오노프레는 알 수 있었다. 소녀가 사랑을 받아 주는 한 돈 움베르트 피가 이 모레라를 배신할 수는 없는 노릇이었다.

여름이 끝나기 전에 건축가와 변호사가 돈 움베르트 피가이 모레라의 딸에게 정식으로 청혼했다. 두 사람이 동시에 청혼했기 때문에 돈 움베르트의 딸은 어느 정도 시간을 벌 수 있었다. 돈 움베르트의 딸은 누구를 선택할까 한동안 고민하다가 결국 두 청혼자 중 누구와도 결혼할 수 없다고 딱 잘라 선언했다. 돈 움베르트의 딸은 때로는 단호하게 또 때로는 눈물로 호소하며 결혼을 거부했다. 돈 움베르트의 딸은 수시로 눈물을 흘렸고 발버둥을 치기도 했다. 그녀는 선천적으로 몸이 약했기 때문에 벽에 이마를 부딪혀 다치기도 했고, 주먹으로 가구를 내리쳐 상처를 입기도 했다. 그녀의 몸에서 반창고나 붕대가 떠날 날이 없었다. 그녀는 몸을 다치는 것에도 아랑곳하지 않고 결혼을 거부했다. 그녀의 태도는 위협이나 다름없었다. 딸이 더 심하게 다칠 것을 우려한 아버지는 그녀의 고집 앞에 결국 무릎을 꿇고 말았다. 하지만 그녀의 어머니는 여자의 직감으로 알 수 있었다. 딸은 두 청혼자를 눈여겨보지도 않았다. 따라서 딸은 그들이 못마땅해서 거부하는 것이 아니었다. 그보다 더 강력한 이유가 있음이 분명했다. 돈 움베르트의 부인은 거울과 비너스 석고상이 깨졌던 날을 기억해 냈다. 거울과 석고상이 깨졌던 날은 남편의 부하 중 하나가 아무런 예고도 없이 부달레라의 여름 별장을 불쑥 찾아온 날과 일치했다. 돈 움베르트의 부인은 그러한 사실을 근거로 나름대로의 결론을 이끌어 낼 수 있었다. 부인은 남편에게 따졌다. 돈 움베르트는 딸과 그 청년이 함께 있는 모습을 보고 놀라지 않을 수 없었다고 시인해야만 했다. 돈 움베르트는 그 장면을 약간 윤색해서 부인에 설명해 주었다. 당신이 그 장면을 봤다면 말이야, 딸아이가 그 청년에게 어느 정도 호감을 느꼈다고 여길 수밖에 없을 거요. 돈 움베르트는 그렇게 말했다. 그 청년이라니, 그놈이 누군데? 부인이 재촉했다. 돈 움베르트는 두서없이 설명을 늘어놓았지만 부인은 귀를 기울이지 않았다. 그녀가 진정 알고 싶었던 것은 남편이 둘러대는 내용이 아니라 남편이 애써 감추려고 하는 내용이었다. 부인은 남편의 횡설수설을 통해 다음과 같은 사실을 짐작해 낼 수 있었다. 오노프레 부빌라는 사윗감으로는 낙제였다. 어림도 없는 일이었다. 부인은 마음속으로 다짐했다. 좋아, 변호사와 건축가는 일단 제외하도록 하자, 하지만 그 개망나니가 딸아이에게 접근하지 못하도록 손을 써야겠어, 딸아이가 그 개망나니를 잊으면 그때 가서 적당한 남편감을 구해 주면 되겠지, 딸아인 아직 어려, 앞으로도 기회는 얼마든지 있을 거야. 돈 움베르트는 부인의 생떼에 밀려 딸을 어느 기숙학교에 보내기로 결정했다. 그런데 딸은 의외로 부모의 제안을 군소리 없이 받아들였다. 기숙학교에 들어가면 귀찮은 청혼자들로부터 자유로워질 수 있다고 판단했던 것이다. 어쨌든, 우리 두 사람을 위해서는 가장 좋은 방법이야. 딸은 기숙학교에 들어가기로 결심했다. 그 소식을 들은 오노프레는 처음에는 화가 났지만 곧 가라앉히고 사태를 명확하게 파악할 수 있었다. 언젠가는 내가 그녀를 차지하게 될 거야, 지금으로서는 참고 기다리는 수밖에 없어. 오노프레는 그렇게 마음을 다잡았다. 오노프레는 기상천외한 방법을 통해 기숙학교로 편지를 수백 통이나 보냈다. 편지 쓰기는 여러모로 오노프레에게 이로운 결과를 안겨다 주었다. 그때까지만 해도 오노프레는 자기 이름이나 겨우 쓸 수 있는 수준이었다. 그러나 연애편지를 쓰는 동안 오노프레의 글 솜씨는 일취월장했다. 돈 움베르트의 딸은 수녀들의 편지 검열을 피하기 위해 상당한 간격을 두고 답장을 보냈다. 그녀는 이런 내용의 편지를 오노프레에게 보낸 적도 있었다. '아무튼, 나는 예수그리스도를 통해 하느님께 감사드리고 있어. 내가 내 영혼을 바쳐 사랑하는 하느님이 바로 증인이셔. 나는 단 한 순간도 빠지지 않고 너를 생각해. 나는 기도할 때마다 하느님께 빌어. 하느님이 원하시는 일이라면, 우리가 언젠가는 다시 만나게 될 거야. 네가 너무너무 보고 싶어.' 사도 바울에게나 어울릴 법한 그러한 표현을 사랑에 빠진 처녀가 사용한다는 것은 있을 수 없는 일이었다. 아마도 그녀는 그녀의 편지가 수녀들이나 부모의 수중으로 떨어질 것을 두려워했던 모양이다. 그 편지는 그녀가 얼마나 오노프레를 사랑하는지 명백하게 증명해 주었다. 그녀는 오노프레와 결혼한 이후에도 항상 헌신적인 태도를 보여 주었다. 어린 시절에 그녀를 알았던 사람들과 어른이 된 그녀를 알았던 사람들은 그녀에 대해 정반대의 의견을 내놓았다. '침착함'과 '심란함'이 그녀를 평가할 때 가장 많이 사용되는 단어였다. 그녀가 마침내 종교에서 위안을 찾았다고 얘기하는 사람들도 있었다. 그녀는 오노프레 부빌라 때문에 평생을 불행하게 살아야 했다.

한편, 바르셀로나는 지난 세기와 이번 세기를 가르는 경계선을 뛰어넘기 위해 이런저런 준비를 하고 있었다. 바르셀로나는 희망보다는 골치 아픈 문제점을 더 많이 등에 지고 있었다. 정직한 사람들은 자신들의 클럽이나 서클이나 살롱의 침울한 분위기 속에서 이렇게 말하곤 했다. 내가 보기엔 말이야, 우리가 그토록 노력해서 얻은 성과는 하루살이 꽃처럼 사라지고 말 것 같아. 불경기가 끈질기게 지속되었다. 페르난도 거리의 사치품 가게들은 하나둘씩 차례차례 문을 닫았다. 그 대신 람블라스 거리와 그라시아 산책로에서 대형 백화점들이 문을 열기 시작했다. 그 새로운 소식에 바르셀로나 사람들은 신중하게 처신했다. '대형 백화점, 알라딘의 램프인가, 알리바바의 동굴인가?' 어느 신문에는 그런 식의 머리기사가 실리기도 했다. 정부의 경제정책은 상황을 호전시키는 데 아무런 도움이 되지 않았다. 카탈루냐에서 파견된 사람들이 마드리드에 가서 경기 부양책을 마련해 달라고 호소해 보았지만 마드리드 정부는 꿈쩍도 하지 않았다. 선견지명이 있는 카스티야 사람들과 경제 전문가들의 호소에도 정부는 반응을 보이지 않았다. 정부는 오히려 국내 산업을 보호하던 보호 정책들을 거의 대부분 폐기해 버렸다. 그동안 큰 부담이 되었던 관세가 사라지자 국산품에 비해 질도 좋고 값도 싸고 사용하기도 편리한 수입품이 그렇지 않아도 불황에 허덕이던 국내시장을 잠식해 들어갔다. 공장들이 줄줄이 문을 닫았고, 졸지에 직장에서 쫓겨난 수많은 사람들이 무산 계급 수준으로 전락하여 빈곤에 허덕이게 되었다. 거기에 엎친 데 덮친 격으로 쿠바와 멜리야에서 전쟁이 터졌다. 매주 젊은이들 수백 명이 아메리카와 아프리카를 향해 떠났다. 그 젊은이들 대부분이 아직 수염도 나지 않은 애송이들이었다. 날이면 날마다 부두와 기차역 플랫폼에서 애절한 장면이 연출되었다. 자식을 전쟁터에 보내야 하는 어머니들은 군인들을 태운 배의 밧줄을 붙잡고 늘어지거나 기차가 가지 못하도록 철로를 점거하거나 했다. 그러면 경찰이 나서서 어머니들을 쫓아내야 했다. 그렇게 전쟁터로 떠난 젊은이들 수백 수천 명 중에서 집으로 돌아온 젊은이는 소수에 불과했다. 집으로 돌아온 젊은이들은 하나같이 불구자가 되어 버렸거나 심각한 병에 걸려 있었다. 이러한 일들이 광범위하게 퍼진 사람들의 분노에 불을 질렀다. 마치 그들의 분노는 호시탐탐 때를 노리고 있었던 듯싶었다. 이미 죽은 돈 알렉산드레 카날스이 포르미가가 오래전부터 우려했던 노동자 단체가 힘을 얻기 시작했다. 특히 무정부주의 노동자 단체가 급속도로 세력을 확장해 나갔다. 당시 무정부주의자들 중에는 포스카리니를 따르는 무리와 드 위어드를 따르는 무리, 또 최근에 나타난 지도자들을 따르는 무리가 있었다. 이들 무리는 때때로 하나로 뭉쳐 개혁을 요구하고 총파업을 유도했지만 총파업이 성공한 적은 단 한 번도 없었다. 거듭되는 실패와 성과 없는 헛수고에 진력이 난 일부 무리는 직접적인 행동에 나서기로 결정했다. 스페인 무정부주의자들은 이탈리아, 프랑스, 특히 러시아 무정부주의자들의 사례를 모범 삼아 다음과 같이 행동하기로 결심했다. '히드라의 머리를 잘라 버려야 한다, 머리가 몇 개든 상관없다, 많을수록 좋다.' 그렇게 테러로 점철된 암흑시대가 시작되었다. 사람들이 많이 모이는 곳, 즉 분열식이나 행진이 이루어지는 곳에서는 어김없이 사제 폭탄이 터지곤 했다. 폭탄 터지는 소리에 귀가 멀고, 자욱한 연기에 눈이 먼 생존자들이 가족이나 친구의 시신을 찾기 위해 희생자들 사이를 돌아다녔다. 눈이 빠져나오고 옷이 피로 물든 채 사방으로 달아나는 사람들도 있었다. 그들은 폭탄 테러로 자신들이 치명상을 입었는지 아니면 무사한지 확인해 보려고 하지도 않았다. 그저 멀리 멀리 달아날 뿐이었다. 부유한 사람들이 모여 있는 장소에서 폭탄이 터질 경우 그들의 분노와 절망은 한층 강하게 나타났다. 폭탄 테러가 발생할 때마다 오노프레 부빌라는 파블로를, 그리고 파블로가 지지했고 오노프레 자신이 마지못해 사람들에게 전파했던 무정부주의 사상을 떠올리지 않을 수 없었다. 오노프레는 가끔씩 의심이 들기도 했다. 마르티네스 캄포스 장군을 살해하려 했던 폭탄이나 리세오 극장을 파괴한 폭탄을 던진 사람이 파블로가 아니었을까 싶었던 것이다. 오늘날에도 그 비극적인 장면의 메아리를 갈라 쇼가 열리는 밤이면 리세오 극장의 박스석이나 복도에서 들을 수 있다. 그러나 오노프레는 자신의 생각을 누구에게도 말하지 않았다. 오노프레는 자신이 서 있는 현재의 위치와 한 여자에 대한 사랑을 지키기 위해, 과거에 무정부주의자들과 관계를 맺었다는 사실을 밝히고 싶지 않았던 것이다. 오노프레는 사랑하는 여인과 사업 관계로 만나는 사람들에게 거짓말을 했다. 원래는 자신이 좋은 집안 출신이었으나 얄궂은 운명의 짓궂은 장난 때문에 뒤가 구린 일을 하지 않을 수 없었다고, 돈 움베르트 피가 이 모레라의 부탁을 받고 그런 일을 하게 되었다고 그는 말했다. 돈 알렉산드레 카날스 이 포르미가의 목숨과 그의 범죄 제국을 끝장낸 싸움에 오노프레가 깊숙이 개입했다는 사실을 기억하는 사람은 아무도 없었다. 오노프레는 기회가 있을 때마다 폭력을 혐오한다고 소리 높여 주장했다. 그리고 남들보다 앞장서서 무정부주의자들을 무자비하게 진압했다. 오노프레는 서슴없이 무정부주의자들을 '미쳐 날뛰는 개새끼들'이라고 불렀고, 정부가 질서를 회복하기 위해 채택한 유혈 낭자한 진압책을 쌍수를 들고 환영했다. 오노프레의 강경한 태도는 그가 감히 접근할 수 없었던 상류 부르주아 계층에게 호감을 샀다. 상류 부르주아 계층은 재산뿐만 아니라 목숨까지도 잃을 수 있다는 위기감에 수백 년 동안 싸워 온 숙적 마드리드와 휴전을 체결했다. 마드리드의 정책이 하나같이 카탈루냐의 상공업에 악영향을 미치기는 하지만, 이 싸움에서 마드리드가 무력으로 도와주지 않으면 더 불행한 사태가 벌어질 것이다. 상류 부르주아 계층은 그렇게 판단했다. 그러나 그들은 마드리드에 끝내 굴복할 수밖에 없었던 자신들의 처지를 개인적으로는 못내 안타까워했다. 억울하기 짝이 없는 노릇이야, 카탈루냐가 스페인 군대에게 본때를 보여 주어도 시원찮을 마당에 어중이떠중이 군바리들에게 우리 운명을 맡겨야 하다니. 사람들은 그렇게 탄식했다. 어중이떠중이 군바리들이란 다름 아닌 프림 장군과 웨일러 장군이었다. 프림 장군은 멕시코와 모로코에서 영웅 대접을 받았고, 웨일러 장군은 쿠바의 반란을 진압한 영웅이었다. 소심한 사람들이 가장 두려워했던 것은 카탈루냐의 자치를 주장하는 진영이 세력을 확장해 가는 중인 데다가, 그들이 선거에서 이길 수도 있다는 점이었다. 그렇게 되면 마드리드의 미움을 사게 될 판이었다. 바르셀로나 상류 부르주아 계층의 목숨은 마드리드의 권력자들에게 달려 있었다. 그래서 그런 일을 미리 피해야 했던 것이다. 그렇게 해서 브라울리오 씨가 운영하는 사업은 날로 번창하게 되었다. 오노프레 부빌라는 남몰래 미소 지으며 손을 비볐다. 그로부터 몇 년 후 오노프레는 이렇게 고백했다. 나는 줄곧 이런 생각을 했지, 스페인이 안고 있는 뿌리 깊은 문제점은, 모든 돈이 교양도 없고 양심도 없는 겁쟁이들의 수중에 있다는 거야. 한편 스페인 정부는 한 발 뒤로 물러나 사태의 결과물을 쏙쏙 빼먹기만 했다. 정부는 카탈루냐 내부 문제에 마지못해 관여했다. 카탈루냐를 식민지 중의 하나로 간주했던 것이다. 정부는 카탈루냐로 무식한 군인들을 파병했다. 군인들은 말이 통하지 않았다. 그들은 우선 총칼을 앞세웠고, 질서를 회복하기 위해서라면 사람들을 무더기로 죽이는 것조차 서슴지 않았다. 오노프레는 주변에서 벌어지는 일들을 지켜보며 끊임없이 중얼거렸다. 아, 황금시대로구나, 어느 정도 상상력이 있고 돈이 많고 배짱이 두둑한 사람에게 이보다 좋은 기회는 없을 것이다, 나는 상상력도 어느 정도 있고 두둑한 배짱도 있다, 하지만 돈이 문제로구나, 어디서 돈을 구한단 말인가, 하지만 무슨 수를 써서라도 반드시 돈을 구해야 한다, 지금과 같은 기회는 일생에 단 한 번밖에 주어지지 않는다, 이보다 더 좋은 기회는 결코 있을 수 없어. 오노프레의 야망은 사랑하는 여인 때문에 더욱더 커져만 갔다. 사랑하는 여인을 만나 볼 수는 없었지만 오노프레의 기는 전혀 꺾이지 않았다. 이제 오노프레는 오돈 모스타사 일당과 어울리지 않았다. 흥청망청 술판을 벌이지도 않았다. 오노프레는 깡패들과 함께 있는 모습을 사람들 눈에 띄지 않기 위해 조심했다. 오노프레가 자신에게 허용한 유일한 사치는 브라울리오 씨와 에프렌 카스텔스와 비밀리에 만나 즐기는 자잘한 놀이였다. 당시 신문에는 다음과 같은 기사가 뻔질나게 실렸다. 직경이 오만 킬로미터가 넘는 사르곤 혜성이 지구를 향해 날아오고 있다는 것이었다. 세상의 종말을 예언하는 점쟁이들이 여기저기서 나타났다. 사회는 극히 혼란스러웠고 절망적인 분위기가 감돌았다. 사람들은 그런 사태를 세상 종말의 전조로, 일종의 경고로 받아들였다. 충분히 그럴 만한 상황이었다. 그러나 결국 아무 일도 벌어지지 않았다.

4

1

바르셀로나를 처음으로 찾아오는 여행자들도 구시가지가 끝나고 신시가지가 시작되는 지점을 금방 알아볼 수 있다. 구불구불하던 길이 갑자기 넓은 직선도로로 변하는 곳이 바로 구시가지와 신시가지의 경계선인 것이다. 신시가지의 보도는 구시가지의 보도에 비해 훨씬 널찍하다. 커다란 플라타너스 나무가 보도에 시원한 그늘을 드리우고 있고, 덩치 큰 건물들이 줄지어 서 있다. 여행자는 그 갑작스러운 변모에 깜짝 놀라게 된다. 마치 마법으로 한 도시에서 다른 도시로 순식간에 옮겨 온 듯한 느낌을 받는 것이다. 바르셀로나 사람들은 의식적이든 무의식적이든 여행자들의 그런 착각을 더욱 강하게 만들어 준다. 한 구역에서 다른 구역으로 넘어가면 사람들의 겉모습과 태도와 옷차림도 달라 보이는 것이다. 항상 그랬던 것은 아니다. 이러한 변모에는 나름대로의 이유와 역사와 전설이 있다.

　바르셀로나 성벽은 수백 년에 걸친 역사를 자랑하지만, 외부 세력의 정복과 약탈로부터 단 한 차례도 바르셀로나를 지켜 주지 못했다. 그와 함께 바르셀로나도 나날이 팽창해 왔다. 사람들이 성벽 안에 모여 살기 시작하면서 인구밀도가 높아져 생활이 힘들어졌고, 텃밭과 불모지도 모두 사라져 버렸다. 해 질 무렵이나 축제일이 되면 이웃 마을 주민들은 언덕(현재의 푸트세트, 그라시아, 산호세데라몬타냐 등등)으로 올라가 바르셀로나 사람들을 구경했다. 양철 망원경을 들고 오는 사람도 있었다. 열정적이고 예절 바르고 옹졸한 바르셀로나 사람들은 바쁘게 시내를 돌아다녔다. 만나는 사람마다 서로 인사를 나누고 복잡한 골목으로 사라졌다. 그러다 다시 만나면 재차 인사를 나누고, 서로의 건강과 사업을 염려해 주고, 다시 만날 것을 약속하며 헤어졌다. 주변 마을 사람들은 그런 광경을 즐겁게 감상했다. 그들 중에는 머리가 조금 모자란 촌놈도 없지 않았는데, 그자들은 돌멩이를 던져 바르셀로나 사람을 맞추려 했지만 불가능했다. 우선 거리가 너무 멀었고, 게다가 성벽이 가로막고 있었다. 높은 인구밀도는 공중 보건에도 악영향을 미쳤다. 어떤 병이라도 일단 발생하면 전염병으로 발전했는데, 환자들을 격리할 방도는 없었다. 병균이 퍼지는 것을 방지하기 위해 바르셀로나 성문은 굳게 닫혔고, 주변 마을 사람들은 자치대를 구성해 바르셀로나를 감시했다. 성벽을 넘어 도망치려는 자가 있으면 몽둥이로 흠씬 두드려 팬 후 성안으로 돌려보냈고, 병에 걸린 사람은 돌로 쳐 죽였으며, 생필품 가격을 세 배로 올렸다. 높은 인구밀도는 바르셀로나 사람들의 품위를 손상시키기도 했다. 어느 여행객은 자신의 여행기에 다음과 같이 기록했다. '나는 여인숙에 묵은 적이 있다. 사람들이 호들갑스럽게 칭찬을 늘어놓으며 내게 추천했던 여인숙이었다. 나는 육 제곱미터도 안 되는 좁은 방을 다른 사람들과 함께 써야 했다. 나까지 해서 모두 여섯 명이 한방에서 자야 했던 것이다. 나를 제외한 다섯 명 중 두 명은 결혼식을 막 끝내고 신혼여행에 나선 신혼부부였다. 신혼부부는 불이 꺼지자마자 침대로 뛰어들어 사랑을 나누었다. 헐떡거리는 소리와 비명 소리와 웃음소리가 밤새 그치지 않았다. 주인 양반은 바가지요금을 받아 처먹고도 고맙게 생각하라고 하더라.' 캄푸사노 신부는 당시의 상황을 보다 더 간략하게 묘사했다. '철이 들기 전에 이미 자신이 어떻게 태어났는지에 대한 정보를 생생한 이미지를 통해 배우지 못한 바르셀로나 사람은 극히 드물다.' 위에 언급한 일들의 결과는 자명한 것이었다. 풍속이 야비하고 천박해졌고, 성병이 유행했으며, 강간과 간통이 만연했다. 그리고 어떤 경우에는 하신토(혹은 하신타) 페우스의 경우와 같이 심리적인 장애가 발생하는 수도 있었다. '부모님과 남자 형제들과 여자 형제들과 아저씨들과 아줌마들과 할아버지들과 할머니들과 남자 사촌들과 여자 사촌들과 집안의 하인들이 발가벗고 다니는 모습을 보고 자란 탓에 나는 누가 남자이고 누가 여자인지 알 수 없었고 또한 나 자신이 남자에 속하는지 여자에 속하는지 조차 알 수 없었다.' 주택난도 매우 심각했다. 천문학적인 집세는 가족들이 벌어들이는 수입 대부분을 앗아가 버렸다. 몇 가지 통계자료를 들여다보면 당시 상황을 쉽게 짐작할 수 있을 것이다. 19세기 중반 바르셀로나의 면적은 427헥타르였다. 같은 시기에 파리의 면적은 7,802헥타르였고, 베를린의 면적은 6,310헥타르였고, 런던의 면적은 31,685헥타르였다. 누가 봐도 소도시임을 알 수 있는 피렌체조차도 그 면적이 4,226헥타르였다. 다시 말해 바르셀로나 면적의 열 배였던 것이다. 헥타르당 인구밀도 역시 놀랄 만한 것이었다. 파리가 291명, 베를린이 189명, 런던이 128명이었던 데 비해 바르셀로나는 700명이었다. 그런데 무슨 이유로 성벽을 허물지 않고 그대로 놔두었단 말인가? 왜냐하면 정부가 허락하지 않았기 때문이다. 정부는 전략상 성벽이 필요하다고 주장했지만 그것은 터무니없는 억지일 뿐이었다. 정부는 바르셀로나를 질식시켜 죽여 버리려고, 바르셀로나가 면적을 넓혀 힘을 키우지 못하도록 조치를 취했던 것이다. 스페인 왕위를 대대로 계승해 온 왕들과 여왕들과 섭정 황후들은 그보다 더 급한 일이 있다고 핑계를 댔고, 정부는 빈정대거나 무시하는 태도로 일관했다. 땅이 필요하면 더 많은 수도원을 없애 버리면 되잖아. 정부 측은 그렇게 빈정거렸다. 그 말은 당시의 바르셀로나 상황을 빗대어 조롱하는 말이었다. 그 어수선한 시절 피비린내 나는 소동이 벌어지면 성난 군중은 수도원에 불을 질렀고, 건물이 철거된 수도원 터를 광장이나 시장과 같은 공유지로 사용했던 것이다. 하지만 그 성벽도 결국에 가서는 무너지고 말았다. 이제야 좀 숨통이 트이는구먼. 바르셀로나 사람들은 그렇게 말했다. 그러나 상황은 조금도 호전되지 않았다. 성벽이 있을 때나 없을 때나 바르셀로나는 여전히 비좁은 도시였다. 바르셀로나 사람들은 좁디좁은 방에서, 더럽고 역겨운 냄새가 진동하는 쓰레기장 같은 곳에서 발도 제대로 뻗지 못하고 살아야 했다. 사람들만 비좁은 공간에서 바글대며 살았던 게 아니라, 거기에 가축들까지 함께해야 했다. 성벽이 사라지자 바르셀로나 사람들은 콜세롤라 산자락까지 펼쳐진 계곡을 하루 종일 바라볼 수 있었다. 그 때문에 인구 과밀 현상은 더욱더 두드러져 보였다. 그들은 이렇게 투덜거렸다. 이거야 원 환장하겠네, 저렇게 넓은 땅이 있는데 우리 꼴은 이게 뭐야, 쥐구멍에 득실거리는 쥐새끼들 같은 꼴이잖아, 세상에 이런 법이 어디 있어, 상추란 것들이 우리보다 더 여유롭게 살고 있으니, 이게 말이나 되는 소리야? 사람들은 그런 심정으로 바르셀로나 시장을 주시했다.

당시 바르셀로나 시장은 그로부터 몇 년 후에 만국박람회를 그럭저럭 치러 낸 그 시장이 아니라 다른 사람이었다. 당시 시장은 키가 작은 배불뚝이 남자였다. 시장은 신앙심이 매우 강한 사람으로 하루도 빼먹지 않고 미사와 성찬식에 참석했다. 시장은 교회에 있는 동안에는 바르셀로나 시가 안고 있는 문제를 생각하지 않으려고 노력했다. 그 순간만큼은 성변화의 기적에 몰두하고 싶었던 것이다. 그러나 당시 그를 짓누르고 있던 도시 개발 문제가 한시도 그의 머리에서 떠나지 않았다. 시장은 중얼거렸다. 뭔가 조치를 취하기는 해야 하는데, 뭘 어떻게 한단 말인가? 시장은 유럽 다른 도시들의 도시 확장 계획안을 연구해 보기도 했다. 파리, 런던, 빈, 로마, 상트페테르부르크의 사례를 연구했던 것이다. 계획안들은 모두 훌륭했지만 비용이 만만치 않다는 것이 문제였다. 게다가 바르셀로나의 특성을 고려해 볼 때 그 계획안들은 별로 도움이 되지 않았다. 언젠가 누군가가 파리의 도시 확장 계획안을 시장에게 추천해 준 적이 있었다. 시장은 그 계획안이 좋다는 점은 인정했지만 다음과 같은 말로 일축해 버렸다. '하지만 바르셀로나의 특성을 고려하진 않았잖아.' 빈이나 다른 도시들의 계획안에 대해서도 같은 말을 반복했다. 시장의 생각은 이랬다. 바르셀로나는 다른 도시를 모방하는 함정에 빠지지 않고 바르셀로나의 특성에 맞는 독창적인 계획안을 수립해야만 한다.

어느 날이었다. 시장은 성체를 받고 난 직후 다음과 같은 환상을 보았다. 그는 집무실 의자에 앉아 있었다. 그때 창을 든 병사가 집무실로 들어와 손님이 찾아왔다고 전했다. 시장은 그 손님이 시의회 의원인지 어느 단체에서 보낸 대표인지 알 수 없었다. 시장이 손님이 누굴까 궁금해하는 참에 창을 든 병사가 불쑥 끼어들어 올로트에서 온 신사분이라고 얘기했다. 신사가 집무실로 들어서는 순간 창을 든 병사가 집무실에서 나갔다. 시장은 경악을 금치 못했다. 손님의 몸에서 빛이 쏟아져 나오는 것이었다. 후광이 손님을 감싸고 있었다. 시장은 자신도 모르게 깨달을 수 있었다. 손님의 피부는 은으로 도금되어 있었다. 어깨까지 늘어진 머리카락은 은실이었다. 손님이 입고 있는 튜닉 역시 은빛으로 빛났다. 그 손님의 모든 것이 초자연적인 합금으로 이루어진 것 같았다. 시장은 어떻게 된 일인지 손님에게 감히 설명을 요구할 수 없었다. 단지 무슨 일로 찾아왔는지 물어보았을 뿐이었다. 손님이 대답했다. 우리는 당신을 쭉 지켜보고 있었소, 당신은 얼마 전부터 성체를 받는 순간마다 마음이 심란해지곤 했소. 그것은 내 신앙심이 약해져서가 아니라 골치 아픈 문제가 많아서 그런 겁니다. 시장이 사과했다. 도시 정비 문제인데, 그 문제만 생각하면 골치가 빠개지는 것 같습니다, 어떻게 해야 할지 도무지 모르겠습니다. 손님이 말했다. 내일 새벽 첫닭이 울면 서쪽에 위치한 옛날 문 앞에서 기다리시오, 그곳에서 선택받은 사람을 만나게 될 것이오, 하지만 내가 당신 앞에 나타났다는 사실은 말하지 마시오. 시장은 깜짝 놀라 환상에서 깨어났다. 그는 교회 안 기도대에 앉아 있었다. 성체가 혀 위에 그대로 놓여 있었다. 눈 깜짝할 사이에 그 모든 환상을 보았던 것이다.

다음 날, 시장은 약속된 시간에 맞춰 그 장소로 나갔다. 시장이 서 있던 장소는 우연히도 그로부터 몇 년 후에 만국박람회장으로 들어가는 개선문이 세워질 자리였다. 사람들과 짐승들과 마차들이 벌써부터 돌아다니고 있었다. 시장은 사람들 눈에 띄지 않기 위해 평범한 어깨 망토를 걸치고 챙이 넓은 모자를 쓰고 있었다. 그는 염소젖으로 만든 흰색 치즈가 담긴 옹기를 하나 지니고 있었다. 시장은 때때로 치즈에 기름을 붓고 백리향을 뿌렸다. 어린 시절에 할아버지와 할머니가 살던 시골 농장에서 그렇게 하는 장면을 목격한 적이 있었다. 시장은 그런 식으로 하루를 보냈다. 그의 곁을 지나가는 사람들이 시장의 실종으로 온 도시가 난리가 났다는 말을 떠들고 다녔다. 아침부터 시장을 찾아다녔지만 헛수고였다는 것이었다. 하루도 빠짐없이 미사에 참석했던 시장이 그날은 교회에도 나타나지 않았다고 했다. 시청 금고에 있던 돈은 한 푼도 축나지 않고 그대로 남아 있다고 하던데그래. 사람들은 그렇게 떠들었다. 사람들이 보기에 실로 이상야릇한 일이 아닐 수 없었다. 해가 기울기 시작했다. 태양은 커다란 붉은색 원으로 변했다. 시장은 자신을 향해 다가오는 아주 이상하게 생긴 남자를 발견했다. 그 남자는 어린 시절에 펄펄 끓는 물에 화상을 입는 바람에 얼굴 반쪽(왼쪽 얼굴이었다.)이 반질반질했고 수염도 없었다. 하지만 나머지 반쪽은 주름살로 덮여 있었고, 상당히 긴 반쪽짜리 턱수염과 반쪽짜리 콧수염을 기르고 있었다. 산티아고데콤포스텔라로의 도보 순례 여행에서 지금 막 돌아오는 길이거나 그 순례 여행을 떠나려는 사람처럼 보였다. 본인의 말에 따르면 그 남자의 이름은 아브라함 스츌라고베르였다. 스츌라고베르는 독일어로 '생크림'이라는 뜻이다. 그는 비록 자신의 이름이 아브라함이긴 하지만, 자신은 유대인이 아니라 유서 깊은 기독교 집안 출신이라고 주장했다. 그는 자신이 서약한 바를 지키기 위해 순례 여행을 하는 중이며(무엇을 서약했는지에 대해서는 말하지 않았다.) 원래는 건축업자라고 밝혔다. 시장은 즉시 그를 시청으로 데려가 바르셀로나와 그 주변 지역의 지도를 보여 주었다. 그리고 모든 수단과 방법을 제공해 줄 터이니 새로운 도시를 설계해 달라고 부탁했다. 아브라함 스츌라고베르가 대답했다. 이 도시는 하느님의 도시, 성 요한이 얘기한 새로운 예루살렘이 될 것입니다, 예루살렘은 이미 무너졌고 다시는 재건될 수 없습니다, 주님께서, 저 돌들은 어느 하나도 제자리에 그대로 얹혀 있지 못하고 다 무너지고 말 것이다, 다른 도시가 부름을 받아 기독교 왕국의 중심이 될 것이다 하고 말씀하셨기 때문입니다. 바르셀로나는 예루살렘과 같은 위도에 있었고, 지중해와 인접한 도시였다. 모든 면에서 바르셀로나는 주님에게 선택된 도시라고 할 수 있었다. 시장과 아브라함 스츌라고베르는 목소리를 합하여 요한묵시록을 큰 소리로 읽었다. '나는 또 거룩한 도성 새 예루살렘이 신랑을 맞을 신부가 단장한 것처럼 차리고 하느님께서 계시는 하늘로부터 내려오는 것을 보았습니다. 그때 나는 옥좌로부터 울려 나오는 큰 음성을 들었습니다. 이제 하느님의 집은 사람들이 사는 곳에 있다. 하느님은 사람들과 함께 계시고 사람들은 하느님의 백성이 될 것이다. 하느님께서는 친히 그들과 함께 계시고 그들의 하느님이 되셔서 그들의 눈에서 모든 눈물을 씻어 주실 것이다. 이제는 죽음도 슬픔도 울부짖음도 고통도 없을 것이다. 이전 것들이 다 사라져 버렸기 때문이다.' 도시 개발 계획안은 그로부터 여섯 달이 채 지나기도 전에 완성되었다. 아브라함 스츌라고베르는 계획안을 완성한 후 자취도 없이 사라져 버렸다. 아브라함 스츌라고베르라는 사람은 애초에 존재하지도 않았고, 시장 본인이 직접 그 계획안을 작성한 것이라고 주장하는 사람들이 있다. 그러나 또 다른 주장을 제기하는 사람들도 있다. 그런 사람이 있기는 있었다, 하지만 그는 본명이 아브라함 스츌라고베르가 아니고 순례자도 아니고 건축업자도 아니었다, 그는 일개 사기꾼으로 시장의 이단적인 신앙심을 눈치채고 그점을 이용해 먹었다, 그는 시청에서 흥청망청 지내면서 시장의 환상을 교묘한 솜씨로 종이에 옮겨 적었을 뿐이다. 이런 주장 또한 제법 그럴듯했다. 계획안이 완성되자 시장은 매우 흡족해했다. 그리고 당장 총회를 소집해 계획안을 상정했다.

오늘날 그 계획안은 존재하지 않는다. 누군가가 일부러 없애 버렸거나, 아니면 산더미 같은 시청 서류 속에 깊숙이 파묻혀 있는지도 모른다. 오늘날 우리에게 전해지는 것이라고는 출처가 의심스러운 단편적인 스케치와 신뢰가 떨어지는 단편적인 기억들뿐이다. 이 모든 자료를 바탕으로 계획안 내용을 재구성해 보면 다음과 같다. 브라사와 파라상가, 코도와 에스타

디오가 동시에 거리를 재는 단위로 사용되었다.(이것으로 볼 때 일꾼들은 작업을 시작하기도 전에 우왕좌왕했을 게 분명하다.) 오늘날 우리가 티비다보라고 부르는 지역에는 배를 타고 다닐 수 있는 운하가 해안까지 뻗어 있다. 그리고 그 운하 좌우로 비교적 폭이 좁고 수심이 낮은 운하 열두 개(그 운하 열두 개는 이스라엘의 십이 지파를 의미했다.)가 있어 인공 호수 열두 개와 연결되어 있다. 그리고 그 인공 호수들 주변에는 보통 사람들이 사는 동네나 반은 종교적이고 반은 세속적인 동네가 조성되어 있는데, 부시장과 레위 족속 출신 유대인이 그런 동네를 관리한다. 운하와 인공 호수를 채울 물을 어디서 공급하는지에 대해서는 한마디 설명도 없다. 그러나 현재의 발비드레라, 라플로레스타, 산쿠가트, 라스플라나스에 위치한 저수지들을 은연중에 암시하고 있기는 하다. 구시가지(계획안에 따르면 산타 마리아 델 마르 성당, 피노 성당, 산 페드로 데 라스 푸에야스 성당을 제외한 모든 건물이 철거되어야 한다.) 중심에는 운하를 가로지르는 다리 다섯 개가 설치된다. 이 다섯 다리는 다섯 가지 신학적인 미덕을 상징한다. 시청, 시 의사당, 정부 청사는 바실리카 건물 세 채로 대체되며, 각각의 바실리카 건물은 영혼의 세 가지 능력을 상징한다. 절제의 시장, 주님을 두려워하는 시장을 만든다. 이런 식이었다. 계획안에 포함된 다른 내용에 대해서는 알려지지 않았다. 계획안에 어떤 내용이 포함되어 있었는지 우리는 절대로 알 수 없을 것이다. 총회에 참가한 사람들은 깜짝 놀라고 말았다. 결국 총회는 그 계획안을 표결에 붙였고, 만장일치로 찬성했으며, 시 차원에서 아낌없이 지원하기로 했다. 그러나 시의회는 중요한 점을 지적했다. 현행법으로 규정된 절차를 밟아야 한다는 것이었다. 총회에서 통과된 계획안은 내무성의 승인을 받아야 했다. 내무성 장관이 스페인 내의 모든 시청을 관할했던 것이다. 시장은 발끈했다. 하느님의 의지조차도 마드리드의 승인을 받아야 한단 말인가, 천부당만부당한 일이다. 법으로 그렇게 정해져 있습니다. 시의원들은 몰래 안도의 한숨을 내쉬며 대답했다. 시의원들은 시장의 분노에 동참하는 척했지만 마음속으로는 공을 마드리드 쪽으로 넘겨버리고 싶어 했고, 마드리드가 자신들을 궁지에서 빼내 줄 것으로 기대했다. 마드리드는 기회만 있으면 우릴 깔아뭉개려고 했다, 그러나 이번 경우는 달라, 마드리드는 틀림없이 계획안을 거부할 거야, 우리에게 크나큰 은혜를 베푸는 셈이지. 시의원들은 그렇게 생각했다.

마드리드에서 날아온 답변은 이랬다. 내무성 장관 각하께서는 소위 바르셀로나 시 확장 공사 계획안이라는 것을 받아 보셨습니다, 그러나 장관 각하께서는 그 계획안을 검토하시기를 거부하셨습니다, 해당 법령에 규정된 필수적인 절차를 따르지 않고 제출되었기 때문입니다. 그건 사실이었다. 법령에 따르면 각각 다른 세 가지 계획안을 동시에 제출해야 했고, 내무성 장관이 그 세 가지 계획안 중에서 가장 합당하다고 판단되는 것을 선택하도록 되어 있었다. 시장은 돌아 버릴 것만 같았다. 사람들이 몰려와 시장을 겨우겨우 진정시켰다. 공모전을 엽시다, 그래서 우리의 계획안을 다른 두 계획안과 함께 마드리드로 보내는 겁니다, 내무성 장관은 틀림없이 우리의 계획안을 뽑아 줄 겁니다, 우리의 계획안이 가장 훌륭하다는 사실을 인정하지 않을 수 없을 겁니다. 사람들은 그렇게 떠들어 댔다. 시장은 사람들의 의견을 받아들일 수밖에 없었다. 시장은 굳게 믿었다. 자신이 만든 계획안은 하느님으로부터 영감을 받아 작성한 것이었다. 그러니 그 계획안보다 더 훌륭한 계획안은 있을 수도 없고 있어서도 안 되는 일이었다. 그래서 시장은 공모전을 열도록 허락하고 결과가 나오기를 초조하게 기다렸다. 공모전 기간 동안 다양한 계획안들이 공모전에 응모했다. 계획안들은 예심을 거치며 하나하나 선별되었다. 시장은 주변의 권유에 못 이겨 자신의 계획안을 응모하기까지 했다. 그는 자신의 계획안이 뽑힐 것을 확신했고, 결과적으로 그렇게 되었다. 그때까지만 해도 몇몇 사람들만 볼 수 있었던 시장의 계획안은 공모전이 열린 기간 동안 여러 사람의 손을 거쳤으며, 그 기발함은 인구에 회자되기에 이르렀다. 학식 있는 사람들이 모이는 사교계에서는 온통 시장의 계획안에 관한 얘기뿐이었다. 마침내 계획안 세 편이 당선되어 마드리드로 보내졌다. 내무성 장관은 아무런 설명도 없이 최대한 시간을 끌었다. 시장은 길길이 날뛰었다. 마드리드에서 아직 아무 소식도 없나? 시장은 한밤중에 깜짝 놀라 잠에서 깨어 그렇게 물어보곤 했다. 그럴 때면 시종이 황급히 시장의 침실로 뛰어 들어가 시장을 달래야만 했다. 시장은 홀아비였다.

드디어 내무성에서 답장을 보내왔다. 내무성의 답변은 그야말로 폭탄이나 다름없었다. 내무성 장관 각하께서는 제출된 세 가지 계획안 중에서 그 어느 것도 승인하지 않기로 결정하셨습니다, 장관 각하께서 보시기에 어느 것도 승인할 만한 자격을 갖추지 못했기 때문입니다. 그런데 장관은 네 번째 계획안을 좋게 보고 그것을 승인했다. 그 계획안은 공모전에 응모하지 않았거나, 응모했어도 심사위원들에 의해 탈락된 작품이었다. 그런데 그 계획안이 법의 보호를 받으며 다시 등장한 것이었다. 그 계획안은 나중에 '세르다 계획'이라고 불렸다. 시장은 좋은 쪽으로 생각하기로 했다. 시장은 내무성 장관에게 편지를 썼다. '장관님의 결정을 어떻게 받아들여야 할까요. 장관님은 지금 우리를 농락하고 계십니다. 장관님께서 승인하신 계획안은 우리가 제출한 계획안들에 포함되지도 않았을 뿐더러 모든 바르셀로나 시민이 사전에 이미 탈락시켰던 계획안입니다.' 장관은 시장의 편지에 이번에는 번갯불과 같은 답장을 보내왔다. '친애하는 시장, 세르다 계획이 내가 승인한 대로 그대로 실행되면 바르셀로나 시민들은 속으로 휘파람을 부르며 좋아들 할 겁니다. 그리고 친애하는 시장, 당신에게 한마디 하고자 하니 양해해 주기 바라오. 당신은 우선 맡은 일이나 잘 처리하고, 농담으로라도 장관의 결정에 대해 가타부타 따지지 않기를 바라오. 내가 지시하는 일이나 충실히 수행하라는 말이오. 당신의 밥줄이 누구 손에 달려 있는지 굳이 말해 주지 않아도 잘 알겠지요. 이러니저러니 등등.'

시장은 총회를 재차 소집했다. 시장이 소리를 질렀다. 우리는 보기 좋게 한 대 얻어맞았소, 마드리드의 뜻에 따르려 했으니 맞아도 싸지 뭐, 우리의 능력이 허용하고 우리의 체면이 요구하는 한 우리는 마드리드의 뜻과 상관없이 우리 식으로 일을 추진해 나가야 합니다, 우리가 못난이처럼 두려워했기 때문에 바르셀로나가 모욕을 당한 겁니다, 우리는 이 점을 교훈으로 삼아야 합니다. 우레와 같은 박수갈채가 터져 나왔다. 시장은 좌중을 조용히 시킨 후 다시 입을 열었다. 시장의 목소리에

회의실 천장이 들썩거렸다.

"이제 우리 차례가 돌아왔습니다. 우리도 마드리드에게 뭔가를 보여 줘야 합니다. 내가 제안하는 바가 여러분들 생각에 지나치게 과격한 방법으로 보일지도 모릅니다. 그러나 부탁합니다, 성급한 결론을 이끌어 내지 마십시오. 잘 생각해 보시면 다른 방법이 없다는 것을 아실 겁니다. 나는 이렇게 제안하는 바입니다. 마드리드는 지금 우리의 말을 귓등으로도 들으려 하지 않습니다. 마드리드는 거들먹거리는 태도로 우리를 무시하며 자기들 맘대로 내린 결정을 강요하고 있습니다. 우리들 각자는 바르셀로나 시민을 대표하는 사람들입니다. 우리는 내무성에 근무하는 관료들에게 결투를 신청하도록 합시다. 각자의 지위에 걸맞은 사람을 선택해서 결투를 벌이는 겁니다. 우리의 권리와 명예를 수호하기 위해서 말입니다. 상대를 죽일 수도 있고 반대로 우리가 죽을 수도 있습니다. 나는 지금 이 자리에서 내무성 장관에게 결투를 신청하는 바입니다. 이 역사적인 장소에서 공개적으로 장갑을 바닥에 던지겠습니다. 내무성 장관과 그의 빌어먹을 부하 놈들은 이 점을 반드시 깨달아야 합니다. 카탈루냐 사람이 내무성에서 부당한 대우를 받거나 모욕을 당하면, 그 사람은 결투장에서 반드시 그 명예를 회복하게 될 것입니다."

시장은 하루 전날 코메야 상점에서 산, 새끼 양 가죽으로 만든 회색빛 장갑을 회의실 바닥으로 내팽개쳤다. 그리고 산타 루시아 제단 앞에서 뜬눈으로 밤을 지새웠다. 총회에 참석했던 사람들은 만세를 부르기 시작했다. 시장을 향해 쏟아지는 박수갈채가 끝없이 이어졌다. 장갑을 지니고 있던 사람들은 시장의 행동에 동참했고, 장갑이 없는 사람들은 모자와 예복용 셔츠의 앞판을 뜯어서 집어 던졌다. 구두를 벗어 집어 던지는 사람들도 있었다. 시장은 감격에 벅차올라 눈물을 흘렸다. 하지만 가엾은 시장은 낌새를 알아차리지 못했다. 사람들은 시장의 제안에 겉으로만 환호했을 뿐 시장의 뜻을 따를 생각은 눈곱만큼도 없었다. 심지어 부랴부랴 마드리드로 편지를 보낸 사람들도 있었다. 그들은 내무성 장관에게 잘 보이기 위해 알랑거리는 투로 시장의 행동을 고자질했고, 시장의 도리에 어긋난 발언을 흉보았으며, 시장의 정신 상태를 의심했다. 그런 사실을 알 까닭이 없는 시장은 내무성 장관에게 결투를 신청하는 편지를 보냈다. 장관은 시장의 편지를 갈기갈기 찢어 밀랍으로 봉한 봉투에 넣어 되돌려보냈다. 봉투 뒷면에는 장관의 친필이 쓰여 있었다. '농담은 좋은데 번지수가 틀렸어.' 시의원들은 시장을 달래려 안간힘을 썼다. 그만 고집을 꺾도록 하라, 더 이상 어쩔 수 없는 일이다, 며칠 동안 휴가를 가는 게 좋겠다. 마침내 시장은 자신이 시의원들로부터 왕따를 당했다는 사실을, 자기 혼자 곤경에 처하게 되었다는 사실을 깨달았다. 시장은 사표를 던지고 마드리드에 눌러앉아 의회의 관심을 끌기 위해 노력했다. 몇몇 의원들은 정략적인 차원에서 그에게 관심을 보이는 척했다. 카탈루냐 사람들의 호감을 사기 위해 그러는 의원도 있었고, 금전적인 보상을 노리고 그러는 의원도 있었다. 하지만 그 의원들도 바르셀로나 전 시장이 아무런 권한도 없이 혼자서 미쳐 날뛴다는 사실을 알아차리고는 화를 냈고, 다시는 그를 상대도 하지 않았다. 전 시장은 이해타산이 밝은 공무원들을 돈으로 매수했다. 그는 공무원을 매수하는

데 자기 돈을 엄청나게 쏟아부었다. 전 시장은 그로부터 삼 년 후 패가망신한 상태로 바르셀로나에 돌아왔다. 참담한 심정이 었다. 전 시장은 몬주익 언덕으로 올라가 눈앞에 펼쳐진 벌판을 내려다보았다. 그는 그곳에서 새로 놓일 도로와, 기차가 돌아다닐 철로와, 하수도 시설과 상수도 시설을 머릿속으로 그려보았다. 한숨이 절로 터져 나왔다. 이럴 수가 있단 말인가, 명백한 하느님의 의지가 그 빌어먹을 관료주의라는 암초에 걸려 좌초하고 말다니, 이래도 된단 말인가. 전 시장은 깊은 절망에 빠져 벼랑 아래로 몸을 던져 스스로 목숨을 끊고 말았다. 그의 영혼은 지옥으로 곧장 날아갔다. 지옥에 도착한 전 시장의 영혼은 다음과 같은 사실을 알아냈다. 환상 속에서 시장을 방문했던 인물은 다름 아닌 사탄이었던 것이다. 오, 잔인한 사기 꾼이여. 전 시장은 자신의 어리석음에 치를 떨었다. 사탄인 주제에 천사라며 나를 잘도 속여 넘겼구나. 그 말에 사탄이 반박했다. 그만, 이제 그만하게나, 나는 천사라고 자처한 적이 없다네, 자네가 미리 알았어야 했어, 우리 사탄들은 인간을 유혹하기에 가장 좋은 모습으로 나타날 수 있다네, 하지만 구세주이신 예수그리스도나 성모마리아는 말할 것도 없고 성인의 모습이나 천사의 모습으로는 나타날 수 없다네, 그래서 올로트에서 온 신사라고 나를 소개했던 거야, 천상의 모습 중에서 내가 가장 근사하게 흉내 낼 수 있는 모습이었지, 그 나머지는 모두 자네의 허영심과 어리석음이 빚어낸 결과야, 그 때문에 바르셀로나와 자네는 끝없는 고통에 시달리게 될 걸세. 사탄은 말을 마친 후 깔깔대며 웃어 젖혔다. 전 시장은 순간 온몸에 소름이 확 돋았다.

그 후의 세월은 이 전설에 등장한 모든 인물들 중에서 오로지 시장 한 사람만이 옳았다는 사실을 증명해 주었다.(여기서 사탄은 예외로 한다. 사탄은 나름대로 갈 길이 있으니까 말이다.) 내무성에서 강요한 계획안은 장점도 많았지만 지나치게 실용적인 면에만 치중된 것이었다. 과도한 합리주의는 도시를 망치는 결과를 가져왔다. 사람들이 모여 행사를 치를 수 있는 공간도 확보하지 않았고, 바르셀로나의 위대성(사람들이 인정하든 않든 그 당위성을 떠나)을 상징하는 기념물도 고려하지 않았으며, 연애질과 범죄를 유발할 수 있는 공원이나 숲도 계획하지 않았고, 조각상으로 장식된 대로도 다리도 육교도 염두에 두지 않았다. 그저 밋밋한 네모꼴의 신시가지는 외국인들뿐만 아니라 내국인들 눈에도 낯설어 보였다. 신시가지는 비교적 교통의 흐름을 원활하게 하고 살풍경한 일상생활을 보완하기 위해 설계되었다. 만일 처음 계획대로 일이 진행되었다면 적어도 보기에 좋고 살기에 편안하고 건강에 좋은 도시가 되었을 것이다. 그러나 막상 공사를 마치고 난 뒤에 보니 그러한 장점마저도 찾아볼 수 없었다. 그럴 수밖에 없는 사정이 있었다. 바르셀로나 사람들은 정부가 강요한 계획을 전 시장이 예언했던 것처럼 딱 잘라 거절하진 않았지만 자신들의 일로 받아들이지도 않았다. 정부가 강요한 계획은 바르셀로나 사람들의 상상력을 사로잡지 못했고, 대대로 물려 내려온 감수성을 일깨우지도 못했다. 바르셀로나 사람들은 땅을 사려고 하지 않았다. 막상 공사가 시작되려고 하자 냉담한 반응을 보였고, 수세기 동안 애타게 갈망해 왔던 땅을 앞에 두고 미적거렸다. 신시가지는 점점 사람들로 들어차게 되었지만, 불어난 인구 때문에 밀려나 할 수 없이 그렇게 된 것일 뿐 사람들이 꿈을 좇아 온 것이 아니었다. 그러던 차에 문제가 발생하기 시작했다. 사람들의 냉담한 반응도 문제였지만 그러한 사태를 막을 수 있었던 사람들(자신들의 기득권을 지키기 위해 미친 전 시장 몰래 내무성 장관에게 편지질을 했던 바로 그 사람들)의 묵인도 문제였다. 마침내 투기꾼들이 땅을 사들이기 시작했다. 투기꾼들은 원래의 계획을 무시하고 제멋대로 공사를 진행시켜 조용하고 위생적인 지역을 시끄럽고 병균이 들끓는 장소로 둔갑시켜 버렸다. 신시가지를 바르셀로나 구시가지와 다를 바 없는 잡탕으로 만들어 버린 것이다. 그리하여 바르셀로나는 그토록 벗어나고자 애를 썼던 원래의 상태로 되돌아가고 말았다. 바르셀로나는 공동으로 추구하는 이상(하느님의 사랑과 사탄의 술책이 그 저주받은 전 시장에게 불어넣었던 그와 같은 이상)이 없었기 때문에 축제나 폭동이나 군중집회나 대관식이나 사형(私刑)을 거행할 수 있는 중심점이 결여된 도시가 되고 말았다.(부르주아와 졸부들이 나돌아 다니던 그라시아 산책로가 있기는 있었다. 그러나 그곳도 오늘날에 와서는 장사를 위한 공간으로나 겨우 활용될 뿐이다.) 바르셀로나는 어떤 종류의 원칙이나 질서도 없이 나날이 팽창해 나갔다. 목표는 단 하나였다. 그때까지 건설되었던 지역에서도 집을 구하지 못한 사람들에게 살 집을 마련해 주는 대가로 최대한 돈을 벌어들이는 것이었다. 사람들은 계층별, 세대별로 각각 다른 동네에서 살게 되었고, 그 차이는 영원히 극복되지 않았다. 점점 쇠락해 가는 구시가지가 있어 신시가지는 상대적으로 빛을 발할 수 있었다. 그 외에 진보를 따질 만한 것은 아무것도 없었다.

2

토네트 아저씨는 이제 파삭 늙었다. 노안이 시작되어 시력
도 많이 떨어졌다. 그러나 토네트 아저씨는 매일, 아니 거의 매
일 마차를 끌고 산 클레멘테와 바소라 사이를 오갔다. 그러던
어느 날이었다. 토네트 아저씨가 몰고 다니던 암말이 마구간에
서 죽은 채 발견되었다. 암말의 나이는 열여덟 살이었다. 그 암
말은 잠을 잘 때나 휴식을 취할 때에도 다리를 구부리지 않았
다. 암말은 네 다리를 하늘로 치켜든 채 죽었다. 다리가 뻣뻣
하게 굳어 있었다. 마치 남극에서 산책하다 돌아온 듯했다. 토
네트 아저씨는 현역에서 은퇴하지 않고 새로운 암말을 구했다.
토네트 아저씨는 당연히 그때 은퇴를 했어야만 했다. 새로 온
암말은 길을 몰랐다. 말이 제아무리 영리하다 할지라도 산 클
레멘테와 바소라를 연결하는 그 멀고도 복잡한 길을 눈에 익
히기 위해서는 여러 해가 필요했다. 길눈이 어두운 말과 시력
이 떨어진 토네트 아저씨는 여러 차례 길을 잃고 헤매었는데,
한번은 아주 심각한 상황에 빠지고 말았다. 어느 날이었다. 길
을 잃고 헤매는 중에 어둠이 내려앉았는데, 토네트 아저씨는
자신이 어디에 있는지 도무지 알 수가 없었다. 예전에는 길을
잃으면 하늘의 별을 보고 길을 찾았지만 이제는 갈수록 눈이
어두워져 짙은 안개 속을 헤매는 듯했다. 늑대들이 울부짖었
다. 겁에 질린 암말은 채찍을 휘둘러야 마지못해 발걸음을 떼
어 놓았다. 마침내 멀리서 모닥불이 보였다. 토네트 아저씨는
말을 재촉해 모닥불로 다가갔다. 그는 목동들이 모닥불을 피
워 놓았을 것으로 짐작했다. 그러나 주변은 너무나 험악하고

황량하여 가축을 키우기에는 적합한 곳이 아니었다. 사실 그곳은 산적들의 소굴이었다. 코르네트와 그 일당이 그곳에 모닥불을 피워 놓았던 것이다. 코르네트 일당은 마지막 왕위 계승 전쟁에서 살아남은 잔당이었다. 그들은 무기를 내려놓고 항복해 비굴하게 목숨을 구걸하기보다는 산악 지대로 물러나는 쪽을 택했다. 만일 우리가 항복한다면 돌아오는 것은 개죽음뿐이야. 코르네트는 부하들에게 그렇게 말했다. 코르네트는 피비린내 나는 전쟁을 통해 부하들로부터 깊은 신임과 사랑을 받고 있었다. 내가 한 가지 제안을 하겠다, 이제부터 우리는 산적으로 살아가도록 하자, 이래 죽으나 저래 죽으나 죽는 건 어차피 마찬가지다, 앞으로의 삶은 덤이나 다름없다, 모험 삼아 인생을 즐기는 것도 괜찮지 않겠는가. 코르네트의 연설에 설득당한 부하들은 물불 가리지 않고 잔인한 짓거리를 자행했다. 코르네트 일당은 산적 토벌을 위해 정부에서 파견된 무장군인들을 우롱하며 그 지역에서 유명세를 떨쳤다. 그들은 낭만적인 산적이었다. 농부들과 목동들은 코르네트 일당을 용납했다. 농부들과 목동들은 코르네트 일당을 숨겨 주지도 않았지만(수세기에 걸쳐 끊임없이 문 앞에서 벌어지는 총격전에 신물이 났던 것이다.) 그렇다고 해서 그들을 신고하지도 않았고, 총을 쏘아 잡을 수 있는 경우에도 그냥 모르는 척 지나쳤다. 짧고 굵게 살다가 손에 총을 든 채 명예롭게 죽기를 원했던 산적들은 산 속에서 하릴없이 늙어 갔고, 정부도 더 이상 그들에 대해 신경 쓰지 않았다. 토네트 아저씨가 산적 소굴에 나타났을 때에는 시들어 빠진 늙은이들 한 무리밖에 남아 있지 않았다. 그 늙은이들은 나팔 총을 들어 올리는 일조차 힘겨워했다. 나는 당신네들이 오래전에 사라진 줄 알았어요, 전설에서나 등장하는 사람들처럼요. 토네트 아저씨가 그들에게 말했다. 늙은 산적들은 토네트 아저씨에게 먹을 것을 나눠 주며 그곳에서 밤을 보낼 수 있도록 허락했다. 늙은 산적들은 거의 말을 하지 않았다. 낯선 사람과 이야기를 나누는 데 익숙하지 않았을 뿐만 아니라 그들 사이에서도 나눌 수 있는 이야깃거리가 오래전에 바닥이 났던 것이다. 늙은 산적들에게 토네트 아저씨는 전혀 낯선 사람이 아니었다. 그들은 토네트 아저씨의 마차가 산길을 오가는 것을 수천 번도 넘게 지켜보아 왔다. 그렇지만 그들은 단 한 번도 토네트 아저씨를 습격하지 않았다. 토네트 아저씨가 산골 무지렁이들에게 없어서는 안 될 물건들을 실어 나른다는 사실을 알았기 때문이다. 다음 날 아침, 늙은 산적들은 토네트 아저씨에게 길을 가르쳐 주며 빵과 카탈루냐 소시지를 푸짐하게 안겨 주었다. 토네트 아저씨가 길을 떠나기 전, 늙은 산적들은 토네트 아저씨에게 아담한 공동묘지를 보여 주었다. 산속에서 병으로 죽은 산적들의 유해가 묻힌 곳이었다. 죽은 산적의 수와 살아남은 산적의 수는 엇비슷했다. 각각의 무덤에는 한결같이 야생화가 피어 있었고 십자가가 세워져 있었다. 그들 모두는 비록 산적이었지만 신앙심이 깊은 사람들이었던 것이다. 토네트 아저씨와 산적들과의 만남은 몇 년 전에 있었던 일이다. 이제 암말은 어느 정도 길눈이 밝아졌지만, 토네트 아저씨는 장님이나 다름없는 상태였다.

"그건 그렇다 치고……."

토네트 아저씨는 그날 오후 바소라에서부터 태우고 온 여행객에게 그런 이야기를 들려준 후 말머리를 돌렸다.

"그건 그렇다 치고, 손님의 목소리가 어딘지 귀에 익은 듯싶은데 말이오. 그러니까 목소리가 아니라 그 말하는 투가 말입니다."

여행객은 침묵을 지켰다. 그 순간 토네트 아저씨가 느닷없이 껄껄대며 웃었다.

"맞아! 분명해! 자네, 오노프레 부빌라지! 아니라는 말은 말게나."

오노프레는 가타부타 말이 없었다. 토네트 아저씨가 다시 시원하게 웃어 젖혔다.

"자네가 아닐 리 없지. 어쩐지 귀에 익은 말투다 싶었어. 게다가 그렇게 뿌루퉁하니 입을 꼭 다물고 있는 걸 보니 틀림없군그래. 자네도 그 미친 자네 아비와 똑같군그래. 난 자네 아비를 잘 안다네. 자네 아비가 쿠바로 갈 때 내가 그 친구를 이 마차로 바소라까지 태워다 주었거든. 그 친구 그때 나이가 몇 살이나 되었는지 잘 모르겠지만, 지금 자네 나이보다 그리 많지는 않았을 걸세. 맞아. 건방진 태도도 자네와 똑같았지. 우리 모두를 콧물이나 질질 흘리고 다니는 촌놈으로 여기고 저 혼자 잘났다고 거들먹댔으니까. 그 친구가 쿠바에서 돌아왔을 때에도 내가 자네 집까지 태워다 주었지. 그때 마을 사람들이 모두 교회 앞으로 몰려들었지. 이제 완전히 쓸모없어진 이 눈에도 훤히 보이는 듯싶구먼. 지금 자네가 앉아 있는 바로 그 자리에 자네 아비가 앉아 있었지. 어깨에 잔뜩 힘을 주고 말이야. 흰색 무명 양복을 입고 밀집을 꼬아 만든 모자를 쓰고 있었지. 파나마모자라고 하더군. 나라 이름을 딴 모자 말이야. 그 친구 말이야, 길을 가는 동안 입도 뻥긋하지 않았어. 부자인 것처럼 폼을 잡았지만 실상은 무일푼이었지. 이런 얘길 해도 될지 모르겠지만 말이야, 그 친구가 말이야, 돈 대신 뭘 가져왔는지 자네는 아는가?"

"원숭이 한 마리요."

오노프레가 대답했다.

"그랬지, 그랬어. 병든 원숭이를 한 마리 데려왔지. 자네 기억력 한번 끝내주는구먼."

길가에 돋아난 풀을 뜯어 먹기 위해 암말이 걸음을 멈추자 토네트 아저씨가 말의 엉덩이에 채찍을 휘두르며 소리쳤다.

"아이고, 이놈 페르사야, 제발 좀 참아라. 벌써부터 처먹기 시작하면 몸에 안 좋아요."

토네트 아저씨가 채찍을 빙빙 돌리며 말을 이었다.

"이 녀석 이름이 페르사야. 이 녀석을 살 때 주인이 이름을 알려 주더군. 아참, 우리가 무슨 얘길 하고 있었지? 그래, 맞아, 자네 아비의 우둔함에 대해 얘기하고 있었지. 솔직히 말해 자네 아비는 바보 멍청이였어. 이런 젠장, 자네 설마 장님이나 다름없는 이 늙은이에게 주먹질을 하지는 않겠지? 참, 자넨 그러고도 남을 인간이지. 패면 맞아야지 별수 있겠나. 좋아, 좋아. 입단속을 하겠네. 그렇다고 내 생각이 달라지지는 않겠지만 말이야. 나는 자네 같은 인간들을 잘 알고 있어. 자네들은 하나같이 다 똑같아. 귀에 거슬리는 말은 들으려 하지 않고, 듣기 좋은 소리만 들으려 하지. 사람들이 입에 발린 소리를 한다는 걸 알면서도 말이야. 그게 바로 무식하다는 거야. 하지만 오해하지는 말게나. 자넬 놀릴 생각도 없고, 내가 잘나서 하는 소리도 아니니까. 나는 오래전부터 인간의 허영심을 알아볼 수 있는 안목을 키워 왔다네. 많은 사람을 상대해 보았고, 만나본 사람들에 대해서도 많은 생각을 해 보았다네. 이렇게 오랜 세월 산길을 오가는 동안, 손님이 없을 때는 나 혼자서 많은 생각을 해 보았단 말일세. 이제 나는 세상사 이치를 어느 정도 터득했다네. 나도 알아. 내가 아무리 애를 써도 사람들을 변화시킬 수 없다는 걸 말이야. 세상을 바꾸고 싶지도 않거니와, 그럴 능력도, 시간도 없어. 능력과 시간이 주어진다고 해도 세상을 바꾸고 싶은 마음이 생길는지, 글쎄, 나도 잘 모르겠네. 눈에 마늘 수프가 가득 찬 사람들이 있어. 그 사람들은 눈을 크게 떠도 마늘 수프밖에 보지 못해. 나는 아니야. 나도 그렇게 될 수 있었지만, 이젠 아냐."

토네트 아저씨는 그런 식으로 헛소리를 늘어놓으며 마차를 몰았다. 노인네들이나 바보들이 순간순간 지혜를 깨닫는 것처럼 말에 조리가 없었다. 오노프레 부빌라는 노인네의 말을 듣고 있지 않았다. 노인네가 헛소리를 지껄이도록 내버려 두었지만 귀를 기울이지는 않았다. 팔 년 전에 자신이 지나왔던 길을 거슬러 올라가며 오로지 그 길만 바라보았다. 어느 봄날 아침, 해가 뜨자마자 오노프레 부빌라는 고향을 떠났다. 오노프레는 그 전날 어머니와 아버지에게 바소라로 가겠다고 말했다. 바소라로 가서 발드리치 씨와 빌라그란 씨와 타페라 씨를 만나 보겠습니다, 그 사람들에게 부탁해 보겠어요, 그 사람들이 틀림없이 나를 자기들 공장에 취직시켜 줄 거예요, 취직해서 번 돈으로 아버지가 진 빚을 갚아 나갈 수 있을 거예요. 오노프레의 아버지는 아들의 의견을 받아들이지 않았다. 우리가 지금 곤경에 처한 것은 다 내가 잘못했기 때문이야, 그런데 내

자식을 희생시켜 가며 빚을 갚는다는 것은 도저히 용납할 수 없는⋯⋯. 오노프레는 아버지의 입을 막았다. 아버지는 아버지로서의 권위를 상실하고 입을 다물었다. 오노프레는 어머니에게 말했다. 필요한 돈을 다 모을 때까지 바소라에서 지내겠습니다, 겨우 몇 달 동안입니다, 기껏해야 일 년이면 충분할 겁니다, 자주 편지를 쓸게요, 약속할게요, 그리고 무슨 일이 생기면 토네트 아저씨 편으로 즉시 알려 드리겠습니다. 그러나 오노프레의 속마음은 달랐다. 바르셀로나로 건너가서 다시는 돌아오지 않을 작정이었다. 그때 생각은 그랬다. 어머니도 아버지도 두 번 다시 보기 싫었고, 그가 태어나 그때까지 살아온 집 구석에도 다시는 발을 들여놓고 싶지 않았다. 오노프레가 마차에 오르는 순간 아버지는 옷가지가 든 보통이를 건네주었다. 오노프레는 보통이를 마차 바닥에 조심스럽게 내려놓았다. 어머니가 오노프레의 목에 목도리를 둘러 주었다. 세 사람 모두 한마디 말도 없이 입을 꼭 다물고 있었다. 토네트 아저씨가 마부석으로 올라가 말했다. 준비됐으면 떠나 볼까. 오노프레는 고개만 끄덕였다. 입을 열면 목소리가 떨려 나와 속마음을 들킬 것 같았다. 토네트 아저씨가 채찍을 휘둘렀다. 얼음이 녹아 질척거리는 진흙탕 속을 암말이 걸어가기 시작했다. 험난한 여행이 될 모양이로구나. 토네트 아저씨가 말했다. 아버지가 파나마모자를 흔들었다. 어머니도 뭐라고 중얼거렸지만 오노프레는 무슨 말인지 알아들을 수 없었다. 오노프레는 몸을 돌려 앞만 바라보았다. 점점 멀어져 가는 어머니, 아버지의 모습을 차마 볼 수가 없었다. 마차는 앞으로 나아갔다. 강변길을 지나고, 유령이 산다는 동굴 길을 지나고, 새 사냥 길을 지나고, 낚

시터 길(강변길과는 다른 길이었다.)을 지나고, 가을이면 버섯을 따라 가던 길을 지났다. 오노프레는 길이 그렇게 많은 줄 상상도 하지 못했다. 아침 안개에 가려 계곡이 보이지 않았다. 그러나 교회 탑은 여전히 보였다. 마차는 양 떼를 헤치고 나가야 했다. 목동들이 오노프레에게 인사를 건넸다. 목동들은 지팡이를 흔들며 신나게 웃었다. 그들은 목도리로 턱을 감쌌으며, 카탈루냐 전통 모자를 쓰고 양가죽 옷을 입었다. 그 목동들은 오노프레가 태어난 날부터 그를 알고 있었다. 이제 저 목동들과도 영영 이별이로구나, 다시는 만나 볼 수 없겠지. 오노프레는 생각했다. 버려진 농가들이 늘어선 곳으로 마차가 접어들었다. 추위와 빗물 때문에 문짝과 창문이 돌쩌귀에서 빠져나와 있었다. 벌어진 틈으로 농가 안이 들여다보였다. 농가는 가구 하나 없이 낙엽으로 가득 차 있었다. 몇몇 농가에서 새들이 날아올랐다. 농가의 주인들은 바소라에 있는 공장에서 일자리를 구하기 위해 정든 고향을 등지고 길을 떠났다. 난롯불이 꺼지도록 방치한 놈들. 당시에는 그런 사람들을 그렇게 불렀다. 그로부터 어느덧 팔 년이 흘렀다. 그동안 오노프레 부빌라의 인생은 다사다난했다. 오노프레는 수많은 사람들을 만났다. 그중 대부분이 이상한 사람들이었고, 거의 대부분이 악당들이었다. 오노프레는 그중 상당수를 구체적인 이유도 없이 죽여 없애야 했고, 몇몇 사람들과는 어느 정도 굳건한 관계를 맺기도 했다. 울창한 나무들이, 나뭇잎 사이로 보이는 하늘빛이, 숲을 스치는 부드러운 바람 소리가, 들판에서 풍기는 구수한 냄새가 전혀 낯설지 않았다. 오노프레는 그 계곡에서 한시도 벗어나지 않은 듯한 느낌을 받았다. 지난 팔 년이 마치 꿈결 같았다. 자신이 그토록 사랑하는 돈 움베르트 피가 이 모레라의 딸조차 그의 상상 속에서 번쩍하고 스쳐 지나가는 환영처럼 느껴졌다. 오노프레는 자신이 사랑하는 소녀의 모습을 떠올리기 위해 무진장 애를 써야만 했다. 때때로 그녀의 모습은 오노프레의 머릿속에 남아 있는 다른 여인의 모습과 겹쳐지기도 했다. 오랜 세월 동안 감옥에 갇혀 지내는 가엾은 델피나. 또 다른 소녀도 있었다. 일주일 전에 오노프레의 곁을 잠시 스치고 지나갔던 소녀. 오노프레는 그 소녀와 서너 마디 말밖에 주고받지 않았다. 그 소녀는 어느 인형극단의 단원이었다. 오노프레는 우연한 기회에 그 극단의 공연을 보게 되었다. 소녀는 오노프레를 대번에 사로잡았다. 그다지 추하진 않았지만, 개를 닮은 얼굴이었다. 소녀는 너무나 어렸다. 그래서 오노프레는 그 부모와 담판을 짓고 화대를 선금으로 지불했다. 계약이 일단 체결되었기 때문에 두 사람 사이에는 더 이상 주고받을 말이 필요 없었다. 오노프레는 다음 날 아침 헤어지려는 순간 웃돈을 듬뿍 쥐어 주며 소녀에게 부드럽게 한마디 건넸다. 그게 다였다. 오노프레는 상대방 여자가 진심을 다해 정성스럽게 대해 주면 웃돈을 듬뿍 집어 주는 습관이 몸에 배어 있었다. 그때 오노프레는 대단히 만족했기 때문에 후하게 인심을 썼던 것이다. 소녀는 멍청한 표정으로 돈을 받았다. 너무나 어려 그 돈이 얼마나 큰돈인지 몰랐던 것이다. 게다가 소녀는 자신이 무슨 짓을 했는지, 무슨 이유로 돈을 받는지 그것조차도 미처 깨닫지 못한 모양이었다. 단지 소녀는 이상한 눈초리로 오노프레를 쳐다보았을 뿐이었다. 소녀의 그 눈초리가 떠오르자 오노프레는 기분이 찜찜해졌다.

"내가 뭣 때문에 이렇게 투덜대고 있는지, 자네 알아?"

바로 그 순간 토네트 아저씨가 오노프레에게 말을 걸었다.

"우리를 둘러싼 이 지긋지긋한 안개에 대해 내가 투덜대는 건가? 아니지, 그건 아냐. 그럼, 날씨에 대해 투덜대는 건가? 아냐, 그것도 아니지. 그럼, 이곳 토질이 좋지 않아 투덜댄단 말인가? 아니지, 그것도 아니올시다. 토질이 좋지 않아서 투덜대는 것도 아니란 말씀이지. 그렇다면 나는 대체 뭣 때문에 투덜대는 걸까? 나는 사람들의 우둔함이 못마땅해 투덜대는 거야. 앞서도 얘기한 적이 있지만 말일세, 자네 아비야말로 이 세상에서 가장 어리석은 사람이야. 내가 무슨 이유로 이렇게까지 자네 아비를 못 잡아먹어 안달이 난 사람처럼 타박하는지, 자네 아는가? 자네 아비가 부러워서 내가 이러는 줄 아는가? 그래, 바로 그거야. 자네 아비가 부러워서 이렇게 안달하는 거야, 순전히 시기심에서 말이야."

두 사람은 밤이 이슥할 무렵 교회 문 앞에 도착했다. 토네트 아저씨가 오노프레에게 물었다. 자네가 온다고 부모님께 미리 연락했나? 오노프레가 대답했다. 아닙니다. 아, 부모님을 놀래 주고 싶은 모양이로군. 토네트 아저씨가 말했다. 아닙니다, 그냥 연락을 하지 않았을 뿐입니다. 오노프레가 대답했다. 부모님께 내 안부도 좀 전해 주게나. 토네트 아저씨가 말했다. 몇 년 동안 자네 부모를 만나 보지 못했어, 한때는 자네 아비와 난 둘도 없는 친구였는데 말이야, 자네 아비가 머리가 돌아 쿠바로 가고자 했을 때 그 친구를 그곳으로 보내 준 사람이 바로 나야, 내가 그 얘길 자네에게 했던가? 오노프레는 마을 광장에서 토네트 아저씨와 헤어졌다. 토네트 아저씨는 술집을 찾아 어둠 속으로 사라졌고, 오노프레는 집을 향해 발걸음을 떼어 놓았다.

오노프레의 어머니는 문가에 서 있었다. 어머니는 집으로 돌아오는 오노프레를 발견한 첫 번째 목격자였다. 밤거리를 살피기 위해 우연히 집에서 나왔다가 오노프레를 발견했던 것이다. 최근 들어 어두워진 후에 어머니가 집 밖으로 나오는 일은 거의 없었다. 오노프레가 사라진 후 어머니는 자기도 모르는 사이에 습관이 하나 생겼다. 날이면 날마다 해가 기울고 어두워지면 집 밖으로 나와 앉아 있곤 했다. 마차가 오는 날이면 항상 그 시각에나 마을에 도착했던 것이다. 어머니는 자신의 습관에 대해 남편에게 아무 말도 하지 않았다. 그러다 어느 날부터 아들을 기다리는 일을 그만두었다. 오노프레가 돌아오지 않을 것을 깨달았던 것이다. 게다가 그런 부질없는 기다림으로 아들의 인생에 끼어들고 싶지도 않았다. 저녁을 데워야겠구나. 어머니는 오노프레를 보고 그렇게 말했다. 아버지는요? 오노프레가 어머니에게 물었다. 네 아버지는 집 안에 있다. 어머니가 대답했다. 오노프레는 아버지가 상당히 늙었음을 첫눈에 알아볼 수 있었다. 어머니의 얼굴에도 세월이 지나간 자국이 역력했다. 그러나 오노프레는 아직 너무 어렸기 때문에 어머니도 늙는다는 사실을 인정할 수 없었다.

아버지는 여전히 리넨 양복을 입고 있었다. 양복은 이제 낡을 대로 낡아 올이 풀려 있었고, 잦은 세탁으로 누렇게 변색되었으며, 수도 없이 꿰매고 천을 덧대고 하는 바람에 뒤틀려 있었다. 아버지는 식탁에 고정해 두었던 시선을 들어 올렸다. 두 눈에 눈물이 그렁그렁했다. 그러나 표정은 변하지 않았다. 당연히 올 것이 왔다는 듯한 표정이었다. 아버지는 아들이 먼저 입을 열기를 기다렸다. 이렇게 찾아온 걸 보니 무슨 중요한 일이라도 있겠지 싶었다. 그러나 오노프레는 아무 말도 하지 않았다. 아버지는 아들이 말을 꺼내기가 곤란해 침묵을 지킨다고 판단했다. 그래서 아들을 돕기 위해 먼저 입을 열었다. 여행은 어땠느냐?

오노프레가 대답했다. 좋았습니다. 다시 무거운 침묵이 흘렀다. 어머니가 초조한 눈빛으로 아들을 쳐다보았다.

"옷차림이 보기 좋구나."

아버지가 말했다.

"돈은 단 한 푼도 드리지 않을 겁니다."

오노프레가 신경질적으로 말을 뱉었다. 아버지의 얼굴이 대번에 창백해졌다.

"네게서 돈을 받아 낼. 생각은 애초부터 없었단다, 얘야. 무슨 말이라도 해야 할 것 같아 옷 얘기를 꺼냈던 거란다."

아버지가 입속으로 중얼거렸다.

"그렇다면 그냥 잠자코 계시지요."

오노프레가 냉정하게 잘라 말했다. 아버지는 아들의 눈빛을 보고 알아차렸다. 자신이 어쩔 수 없는 천덕꾸러기로 전락했다는 사실을 분명히 깨달았던 것이다. 아버지는 자리에서 벌떡 일어나며 말했다. 마당으로 나가 달걀이나 찾아봐야겠다. 아버지는 키 낮은 의자를 들고 집 밖으로 나갔다. 의자를 마당으로 들고 나가 뭘 어쩌겠다는 것인지 거기에 대해서는 설명이 없었다. 오노프레는 어머니와 단둘이 남게 되자 집 안을 둘러보았다. 자신이 기억하고 있던 것보다 집이 훨씬 작아 보일 거라고는 예상했다. 그러나 너무나 초라하고 지저분한 모습에 새삼 놀라지 않을 수 없었다. 부모님 침대 옆에 그가 쓰던 침대가 그대로 놓여 있었다. 침대는 마치 지난밤에 사용하기라도 한 듯 말끔히 정리되어 있었다. 오노프레가 물어보기 전에 어머니가 먼저 입을 열었다. 네가 떠난 후로 우린 너무나 외로웠단다. 잘못했으니 용서해 달라고 비는 말투였다. 오노프레는 쓰러지듯 의자에 털썩 주저앉았다. 흔들리는 마차에 시달리느라 무척이나 피곤했다. 오노프레는 의자에 앉는 순간 날카로운 나뭇조각에 찔려 상처를 입었다. 내게 동생이 생겼단 말이네요. 오노프레가 말했다. 어머니가 눈길을 내리깔았다. 네가 어디 있는지 알았다면 편지를 썼을 텐데……. 어머니가 말꼬리를 흐렸다. 동생은 지금 어디 있어요? 오노프레가 물었다. 이런 웃기는 짓거리는 빨리 끝내 버려요. 마치 그렇게 말하는 듯싶었다. 어머니가 대답했다. 이제 곧 돌아올 거다.

"그래도 그 애가 큰 도움이 된단다."

어머니는 한참을 망설인 끝에 덧붙였다.

"너도 알잖니, 시골 일이라는 게 어떤 건지. 네 아버지는 이런 일에는 소용이 없는 인간이잖니. 농사일이라면 아주 젬병이란다. 젊었을 때도 마찬가지였어. 그래서 쿠바로 도망간 건지도 모르지. 그래도 그 양반, 고생도 많이 했단다."

어머니는 쉬지 않고 말을 이었다. 마치 혼자 하는 넋두리 같았다.

"네가 집을 떠난 걸 온통 자기 잘못으로 생각하고 있어. 몇 달이 지나도 네가 돌아오지 않자 너에 대해 알아보고 다녔단다. 사람들이 그러더라. 바소라에서는 너를 보지 못했다고, 아마도 바르셀로나로 간 것 같다고. 그러자 네 아버지가 다시 돈을 빌려 널 찾으러 바르셀로나로 갔단다. 아직까지도 그때 빌린 돈을 갚지 못하고 있단다. 네 아버지는 한 달 남짓 바르셀로나에 있었단다. 사방으로 너를 찾아다니며 만나는 사람마다 붙들고 너에 대해 묻고 다녔단다. 그러다 결국 너를 찾지 못하고 혼자서 돌아왔어. 축 늘어진 모습을 보니 가슴이 미어지더구나. 나는 그때 비로소 알았단다. 네 아버지는 무슨 일을 해도 실패하고 말 사람이었어. 마음이 짠했지. 그때 아이가 생겼던 거란다. 조금 있으면 만나게 될 거다. 너를 닮진 않았어. 너처럼 말이 없는 애란다. 하지만 성격은 정반대야. 그런 점은 지아비를 그대로 빼닮았지."

"지금은 뭘 하는데요?"

오노프레 부빌라가 물었다.

"설상가상이라고나 할까, 일이 안 되려면 어쩔 수가 없는 모양이다."

어머니가 대답했다. 어머니는 오노프레가 아버지에 대해 물어본다는 것을 알아차렸다. 오노프레는 동생에 대해 별로 관심을 보이지 않았던 것이다.

"네 아버지를 감옥에 처넣으려 했던 그 바소라 신사들, 너도 기억나지? 그 사람들이 네 아버지에게 일자리를 마련해 주었단다. 벌어먹고 살도록 말이다. 지난 일이야 어떻든, 그 사람들 그 일 하나만은 아주 잘한 일이었지. 내 생각은 그래. 그 사람들이 네 아버지에게 여행 가방 하나를 내주고, 마을과 농장들을 돌아다니며 보험을 팔도록 시켰단다. 그건 새로운 직업이었지. 네 아버지 이야기는 사람들 입을 통해 여러 곳으로 퍼져

나갔기 때문에 네 아버지가 어디를 가든 사람들이 알아본단다. 흰색 양복을 차려입은 네 아버지가 나타나면 사람들이 몰려들지. 개중에는 네 아버지를 놀려 대는 사람도 있다만, 그럭저럭 보험을 팔기도 하는 모양이다. 그렇게 번 돈과, 농사를 지은 것과, 닭을 키워 버는 게 있어 살기가 그리 어려운 편은 아니다."

어머니는 문으로 다가가 어둠 속을 살펴보았다.

"이상한데, 왜 이리 안 오는 거지?"

어머니가 말했다. 오노프레는 아버지 얘기인지 동생 얘기인지 알 수 없었다. 어느덧 안개가 걷혔다. 달빛 속을 날아다니는 박쥐들이 보였다.

"내가 지금 걱정하는 건 네 아버지의 건강이야. 나이는 점점 들어 가는데, 그 일은 네 아버지에게 맞지 않아. 추우나 더우나 먼 거리를 걸어 다녀야 하니까 쉽게 지치고, 네 아버지는 술을 너무 많이 마시고, 식사도 제대로 하지 않고 건너뛰는 경우가 많아. 그러다 하루는, 한 사오 년 됐을 거다, 엎친 데 덮친 격으로 모자까지 잃어버렸지 뭐냐. 강풍에 모자가 날아가 밀밭으로 떨어져 버렸단다. 네 아버지는 한밤중까지 모자를 찾아 헤매고 다녔지. 내가 새 모자를 사 주겠다고 아무리 달래도 내 말을 들어 먹어야 말이지……. 아, 저기 오는구나."

"양파나 박하를 좀 구할 수 있을까 해서 한번 둘러보고 오는 길이야."

아버지가 집으로 들어오며 말했다. 아까 들고 나간 의자는 보이지 않았다.

"오노프레에게 당신 모자 이야기를 해 주던 참이에요."

어머니가 말했다. 아버지는 손에 들고 온 것을 식탁에 올려 놓았다. 그리고 이야깃거리가 생겨 다행이라는 듯한 표정을 지으며 의자에 앉았다.

"정말이지 도저히 만회할 수 없는 손실이었어. 여기서는 그와 비슷한 것조차 구할 수가 없거든. 바소라는 말할 것도 없고 바르셀로나에서도 말이야. 진짜 파나마모자였단 말이야."

"조앙에 대해서도 얘기해 줬어요."

어머니가 말했다. 아버지의 얼굴이 대번에 시뻘게졌다.

"너 기억나니? 너와 내가 원숭이를 박제하러 바소라에 갔을 때 말이다. 너로서는 그렇게 큰 도시에 생전 처음 가 보는 거였지. 네 눈엔 모든 게……."

오노프레는 문가에 서 있는 소년을 뚫어지게 쳐다보았다. 소년은 감히 안으로 들어올 엄두를 못 내고 있었다. 오노프레가 소년에게 말했다. 들어와, 불 가까이 와 봐, 내가 볼 수 있도록. 이름이 뭐지?

"조앙 부빌라 이 몬트라고 합니다, 선생님."

소년이 대답했다.

"선생님이라고 부르지 않아도 돼. 난 네 형이다. 오노프레야. 나에 대해 너도 알고 있었지?"

소년이 고개를 끄덕였다.

"앞으론 날 속일 생각일랑 하지도 마, 알았지?"

오노프레가 말했다.

"어서 자리에 앉으렴, 너희 둘 다. 저녁 먹어야지. 오노프레야, 네가 기도해 주겠니?"

어머니가 말했다.

네 사람은 조용히 밥을 먹었다. 식사를 마치고 오노프레가 입을 열었다. 오해하지 마세요, 여기 머물 생각은 없으니까. 아무도 대답하지 않았다. 오노프레가 머물 것이라고 생각한 사람은 아무도 없었다. 세 사람은 오노프레가 이곳에 머무르지 않을 것이라는 사실을 첫눈에 알 수 있었다.

"몇 가지 서류에 서명이 필요해서 찾아온 겁니다."

오노프레가 아버지를 쳐다보며 말했다. 오노프레는 윗도리 주머니에서 서류를 꺼내 식탁에 올려놓았다. 아버지는 서류를 향해 손을 뻗었지만 감히 집어 들지 못했다. 아버지는 손을 멈추고 눈길을 내리깔았다.

"이 집과 토지에 대한 저당권 관련 서류입니다. 돈을 좀 투자해야겠는데, 이게 아니면 돈을 구할 데가 없어요. 걱정 마요. 계속 이 집에서 살 수도 있고 농사도 지을 수 있으니까요. 내가 하는 일이 틀어지면 여기서 쫓겨날 수도 있겠지만, 그런 일은 절대로 없을 테니 염려 붙들어 매셔도 됩니다."

"알았으니 걱정 마라. 아버지가 서명해 주실 거다. 당신, 서명해 줄 거죠?"

어머니가 말했다.

아버지는 오노프레가 내민 서류를 읽어 보지도 않고 서명했다. 아버지는 서명을 끝내자마자 자리에서 일어나 밖으로 나가 버렸다. 오노프레는 아버지의 뒷모습을 좇다가 어머니를 쳐다보았다. 어머니가 오노프레를 쳐다보며 고개를 끄덕였다. 오노프레는 밖으로 나와 아버지를 찾아 돌아다녔다. 아버지는 무화과나무 밑에서 세 발 달린 의자에 앉아 있었다. 그 의자는 아까 집에서 나갈 때 들고 갔던 것으로, 가축의 젖을 짤 때 사용하는 의자였다. 오노프레는 아무 말 없이 무화과나무 줄기에 등을 기댔다. 오노프레는 아버지의 등과 목덜미와 축 늘어진 어깨를 내려다보았다. 아버지는 아들의 성질을 건드리지 않기 위해 조심스럽게 입을 열었다.

"나는 평생 이런 생각으로 살아왔단다."

아버지는 아득히 먼 곳을 손가락으로 대충 가리키며 말했다. 그러나 그 손짓은 달빛에 드러난 모든 땅을 가리키는 것이었다.

"우리가 지금 보고 있는 이 모든 것이 영원히 변하지 않을 거라고 나는 생각해 왔다. 이 모든 것은 변함없는 자연의 주기와 해마다 일정하게 찾아오는 계절 변화의 결과라고 생각했더랬지. 그러나 그게 착각이었다는 사실을 나는 너무나 늦게 깨달았단다. 하지만 이젠 나도 안단다. 이 들판과 숲의 모든 것이 곡괭이와 삽으로 이루어졌다는 사실을 말이다. 매일, 매달, 쉬지 않고 일을 했기 때문에 이런 들판과 숲이 생겨난 거란다. 내 어머니와 아버지가, 내 할머니와 할아버지가, 내 증조할머니와 증조할아버지가, 그리고 내가 모르는 사람들이, 그 모든 사람들이 태어나기 전에 살았던 사람들이 자연과 힘겹게 싸워 왔기 때문에, 그들은 이곳에서 살 수 있었고 또 지금 우리도 이곳에서 살고 있는 거란다. 사람들 말처럼 자연은 그렇게 지혜롭지 않단다. 자연은 멍청하고 어리석을 뿐만 아니라 잔인하기까지 하단다. 그러나 우리 선조들이 대를 이어 가며 멍청하고 어리석고 잔인한 자연을 바꾸어 왔던 거야. 강줄기를 바꾸고, 인공 호수를 만들고, 빗물을 관리하고, 산을 허물고 하면서 말이다. 우리 선조들은 짐승을 길들였고, 나무와 곡물과 채

소의 품종을 개량해 왔단다. 그래서 전에는 파괴적이었던 것들이 모두 생산적인 것들로 변하게 된 거란다. 우리가 지금 보고 있는 이 모든 것은 우리 선조들이 대를 이어 가며 쏟아부었던 열정과 노력의 결과란다. 전에는 이런 사실을 깨닫지 못했어. 도시만 중요하지 농촌은 아무것도 아니라고 믿었단다. 하지만 지금 생각은 그때와 정반대란다. 문제는 말이다, 농촌 일은 시간을 너무 많이 잡아먹는다는 거야. 천천히 조금씩, 발걸음을 재어 가며 일을 해야 하는 거야. 이르지도 늦지도 않게 때를 정확히 맞춰야만 해. 그래서 언뜻 보면 그다지 변화가 없는 것처럼 보이지. 도시에서라면 생각도 못 할 일이야. 농촌과 정반대되는 생활이 도시에서는 정상인 거야. 우리는 도시를 보면 한눈에 알 수 있단다. 도시의 크기와, 건물의 높이와, 도시를 건설하기 위해 얼마나 많은 벽돌이 사용되었는지를 한눈에 알아볼 수 있단다. 하지만 그것도 우리의 착각이란다. 그 이유는 어떤 도시라도 겨우 몇 년이면 뚝딱하고 세울 수 있으니 말이다. 이런 점에서 시골 사람들은 도시 사람들과 판이하게 다르단다. 시골 사람들은 도시 사람들에 비해 훨씬 과묵하고, 사물을 있는 그대로 받아들이는 여유가 있어. 내가 이런 점을 좀 더 일찍 깨달았더라면, 내 삶도 상당히 달라졌을 거다. 하지만 내 팔자가 이렇게 살도록 정해져 있었던 모양이야. 사람은 자신의 운명을 타고나는 모양이다. 아니면 오랜 세월 시행착오를 겪어 가며 깨달아야 하는가.”

“아버지는 더 이상 걱정하지 않아도 됩니다. 모든 게 내 말대로 될 겁니다. 빠른 시일 내에 돈을 돌려 드리겠습니다.”

오노프레가 말했다.

"그게 아니다, 애야. 집과 땅을 저당 잡힌 걸 걱정하는 게 아니야. 사실 난 이때까지 모르고 있었다. 이 땅을 저당 잡힐 수 있다는 사실을 말이다. 만일 내가 그걸 알았다면 벌써 오래전에 땅을 저당 잡히고 그 돈으로 사업을 벌였을 거다. 그랬다면 이 땅도 벌써 남의 손으로 넘어갔겠지. 하지만 넌 다를 거야. 난 너를 믿는다."

"실수는 없을 겁니다."

오노프레가 말했다.

"그 이야기라면 이걸로 충분하다. 어서 들어가서 자려무나. 내일 또 먼 길을 가야 하지 않느냐. 하루나 이틀 정도 더 있을 생각은 없느냐?"

"이미 결정된 일입니다."

오노프레가 말했다. 다음 날 오노프레는 바르셀로나를 향해 떠났다. 오노프레는 바소라에 들러 서류를 공증받았다. 그는 전날 밤 옛날에 자신이 썼던 침대에서 잠을 잤다. 동생 조앙은 어머니, 아버지와 함께 잤다. 오노프레는 집을 떠나기 전에 차분한 마음으로 집 주변을 둘러보았다. 지난번에 떠날 때에는 이곳을 다시는 볼 수 없을 줄 알았는데, 이제는 이곳에서 결코 벗어나지 못할 것만 같은 기분이 드는군, 어쨌거나 상관없다, 이곳을 자주 찾아온다는 건 그만큼 돈을 더 번다는 뜻일 테니까. 오노프레는 그렇게 생각했다. 당시 오노프레의 머릿속에는 한 가지 생각밖에 없었다. 사고팔고, 사고팔고 하는 일, 오로지 그 생각뿐이었다.

3

어느 화창한 날 내무성 장관이 소매에서 불쑥 꺼내어 놓은 듯한 바르셀로나 '엔산체'* 공사는 초기 단계에서는 어느 정도 논리적인 방향을 따라 진행되었다. 계곡 인근 지역이 작은 조각으로 분할되어 사람들에게 분양되었고, 천연적으로 물을 공급하기 유리한 지역이 먼저 개발되었다. 예를 들어, 시냇물을 끼고 있는 지역과, 개천가나 강변 지역(오늘날의 브루흐 거리를 예로 들 수 있다. 바로 얼마 전까지만 해도 브루흐 거리에서 아라곤 거리까지 배를 타고 갈 수 있었다.)이나 식수로 사용할 수 있는 우물이나 샘물이 있는 지역이 우선적으로 개발되었다. 건설 비용이 상대적으로 적게 드는 채석장 근처도, 전차가 지나다니거나 기차역에서 가까운 지역도 우선적으로 개발되었다. 그런 유리한 조건을 지닌 지역에 건물들이 하나둘 들어서기 시작하면 그 지역 땅값은 천정부지로 치솟아 올랐다. 카탈루냐 사람들은 집을 구하는 데 있어서 여느 서구 유럽 사람들보다 부화뇌동하는 경향이 심했다. 그래서 누군가가 어느 곳에 가서 살겠다고 하면 다른 사람들까지 우르르 따라나서는 경향이 있었던 것이다. 어디든지 좋다, 함께 살 수만 있다면 상관없다. 당시 사람들은 그렇게 생각했다. 투기꾼들은 다음과 같은 방식으로 땅값 상승을 부추겼다. 그들은 돈벌이가 될 만하다고 판단되는 지역에서 가능한 한 많은 부지를 사들였다. 그리고 그 부지 중 한 곳에 한 채나 많아야 두 채 정도의 아파트를 지어 놓

---

* '확장'이라는 뜻.

고는 집들이 팔리고 사람들이 입주하기를 기다렸다. 사람들이 입주를 끝내면, 투기꾼들은 나머지 부지를 처음 샀을 때보다 몇 배나 오른 가격으로 처분했다. 새로 부지를 차지한 사람들은 원래 가격보다 훨씬 비싼 가격으로 부지를 사들였기 때문에 그 손해를 벌충하기 위해 다음과 같은 수법을 사용했다. 각각의 부지를 반으로 나누어, 그 반쪽짜리 부지에 아파트를 짓고 나머지 반쪽짜리 부지를 온전한 한 쪽짜리 부지 값으로 팔아넘겼다. 그러면 반쪽짜리 부지를 구입한 사람은 그 역시 손해를 벌충하기 위해 반쪽짜리 부지를 다시 반으로 나누고……, 그렇게 계속되었다. 일이 그런 식으로 진행되었기 때문에 제일 먼저 들어선 아파트 건물은 상당히 규모가 컸다. 그러나 그 옆 아파트 건물은 크기가 반으로 줄어들고, 또 그 옆 아파트는 다시 반으로 줄어들고……, 마지막 아파트는 한 층에 한 가구밖에 살 수 없을 정도로 초라한 건물이 되고 말았다. 마지막 아파트 건물은 옹색한 데다 햇볕도 들어오지 않았다. 건축자재 역시 최하품이 사용되었다. 그 통풍도 잘 되지 않고 부대시설도 형편없는 아파트에 사는 사람들은 불편하기 짝이 없었다. 그런 종류의 '쥐구멍'(오늘날까지 남아 있다.)을 짓는 데도 엄청난 돈이 들어갔다. 바르셀로나 확장 공사 초반에 지어졌던 넓고, 햇볕도 잘 들고, 위생적인 건물을 짓는 데 들어간 돈보다 훨씬 더 많은 돈이 들어갔던 것이다. 스물다섯 배, 서른 배, 심지어 서른다섯 배의 돈이 필요했다. 누군가는 농담 삼아 이런 명언을 남겼다. "집이 비좁으면 비좁을수록 훨씬 더 많은 값을 치러야 한다." 얼핏 보면 그렇게도 보일 것이다. 그러나 실상은 달랐다. 실제로는 다음과 같은 일이 벌어졌다. 쾌적한 아파트를 소유했던 사람들, 즉 당시 말마따나 '제1라운드 아파트'에 살았던 사람들은 공사가 끝나자마자 서둘러 집을 처분했다. 당시에 가장 비싼 아파트(그러니까 가장 비좁고 형편없는 아파트)의 최고 가격보다 마흔 배, 마흔다섯 배, 심지어 쉰 배의 가격으로 집을 처분했던 것이다. 맨 처음에 지어진 아파트들이 다 팔려 나가자 이번에는 두 번째로 지어진 아파트들(그러니까 반쪽짜리 부지에 지었던 아파트들)이 매물로 시장에 나왔다. 두 번째로 지어진 아파트들이 다 팔려 나가자 세 번째로 지어진 아파트들이 시장에 매물로 나왔고……, 그런 식으로 계속되다가 급기야 마지막으로 지어진 아파트들이 매물로 나왔다. 간혹 그 순서가 흐트러지는 경우도 있었다. 제2라운드가 채 끝나기 전에 제3라운드나 제4라운드가 시작되는 경우도 있었던 것이다. 팔려는 사람이 있으면 사려는 사람이 나타났고, 그 반대로 사려는 사람이 있으면 팔려는 사람이 나타났다. 이런 기이한 현상을, 이런 열병을 이해하기 위해서는 다음과 같은 사실을 먼저 알아야 한다. 바르셀로나 사람들은 상술이 뛰어나고, 수세기 전부터 벌들처럼 좁은 곳에서 복닥거리며 사는 것에 익숙해진 사람들이었다. 바르셀로나 사람들은 집을 그다지 중요하게 생각하지 않았고, 널찍한 곳에서 편안하게 사는 것을 바라지도 않았다. 반면에 단시일 내에 돈을 벌 수 있는 일이라면 환장을 하고 달려들었다. 돈벌이는 바르셀로나 사람들에게 있어 혼을 빼앗는 인어의 노래나 다름없었다. 그 고삐 풀린 투기 열풍은 여유 자금이 많은 부자들, 즉 당시 말마따나 '돈을 굴리고 싶어 안달이 난' 부자들의 전유물이 아니었다. 돈이 별로 없는 사람들도 투기판으로 많이 뛰어들었다. 돈이 별로 없는 사람들은 돈을 벌기 위해 자신의 전 재산을 걸어야 했다. 진짜 부자들은 부지와 건물과 아파트를 사고팔았다. 그들은 또한 옵션과 임차권과 환매권도 취급했다. 저당권과 영대차지권도 다루었고, 권리나 주식, 임대료나 양도세를 관리하기도 했다. 그들은 모두 셋집에서 살았다. 당시에는 '돈을 깔고 앉은 채 사는 사람들'은 모두 바보로 취급당했기 때문이었다. 진짜 부자들은 이렇게 말했다. 다른 놈들은 돈을 깔고 있으라고 그래, 나는 다달이 월세를 낼망정 내 돈을 굴려야겠어. 반면에 돈이 별로 없는 어중간한 사람들은 때때로 심각한 위기에 처하기도 했다. 가장 좋지 않은 시기에 집을 팔고 가족과 하인과 이삿짐과 함께 길거리로 쫓겨나 이집 저집 문을 두드려 가며 하룻밤 묵을 곳을 찾아다녀야 했다. 만일 가족 중에 몸이 아픈 사람이 있거나 갓난아이와 또 거기에 딸린 유모가 있으면 잠시 그들을 맡길 집도 찾아봐야 했다. 겨울밤이나 비가 억수로 쏟아지는 날에 바르셀로나 거리를 헤매고 다니는 그런 사람들을 보면 눈물을 흘리지 않고는 배길 수 없었다. 그 사람들은 손수레에 이삿짐을 산더미처럼 싣고, 몸이 꽁꽁 얼어붙은 아이들을 끌고 다니며 힘없는 목소리로 이렇게 중얼거리곤 했다. 엄청 돈을 쏟아부어 엄청 벌어들였지, 다시 또 엄청 쏟아부어…… 그런 식이었다. 좀 더 사리분별이 있는 사람들은 상황이 유리하지 않으면 집을 팔지 않으려고 했다. 투자한 돈을 날릴망정 가족의 건강과 품위는 지키고 싶었던 것이다. 그러나 그마저도 허용되지 않았다. 그렇게 되면 도시 전체의 운명이 걸려 있는 투기의 바퀴가 멈출 수도 있기 때문이었다. 투기의 수레바퀴는 그 누구도 멈춰 세울 수 없었다. 그 결과 단 일

년 동안에 예닐곱 번씩이나 이사를 다녀야 하는 사람들도 있었다.

그렇다고 해서 투기판에서 돈을 굴린 사람들이 하나같이 부자가 되었다는 의미는 아니다. 모두가 공평하게, 안전하게 부자가 된 것은 물론 아니었다. 돈을 노린 투기가 다 그렇듯이, 바르셀로나에 불어닥친 투기 바람에도 위험한 점이 있었다. 버는 자가 있으면 잃는 자도 있기 마련이다. 원하는 방식대로 일을 성공적으로 진행시키려면 다음과 같은 조건이 따라 주어야 했다. 우선 첫 번째로 지은 아파트가 좋은 값에 팔려나가야 한다. 그리고 특히 그 아파트를 차지하게 된 새로운 주인이나 세입자는 그 지역이 다른 사람들의 관심을 끌 수 있도록 다른 지역과 구별되는 특별한 분위기를 조성해야만 한다. 그 존재만으로도 지역 전체의 땅값을 올리거나 반대로 떨어뜨릴 수 있는 유명한 가족들이 있었다. 가투네스 가족이 바로 그런 존재였다. 가투네스가 본명인지 별명인지에 대해서는 정확히 밝혀지지 않았다. 가투네스 가족은 겉보기에 라만차 지역 출신처럼 보였다. 그 가족은 좀처럼 보기 드문 대가족이었다. 그 가족이 무슨 일을 하였는지 혹은 무슨 일을 하다가 그만두었는지에 대해서는 알려지지 않았다. 그러나 그 가족이 어느 아파트로 이사한 후로 그 아파트 주변 집들에 대한 수요가 급격히 감소하거나 완전히 사라졌다는 것은 확실했다. 주변 아파트 주인들은 가투네스 가족이 아파트를 구입하는 것을 막을 수 없었다. 가투네스 가족이 아파트를 사들이면 그 주변 아파트 거래는 순식간에 중단되고 말았다. 그래서 아파트를 팔아야 살아갈 수 있는 동네 사람들은 불유쾌한 편법을 쓰지 않을 수 없었다. 그들은 가투네스 가족이 다른 곳으로 이사할 수 있도록 비용을 대야 했고, 가투네스 가족이 산 아파트를 되사기 위해 그들이 부르는 대로 가격을 지불해야만 했다. 이와 정반대되는 경우도 종종 있었다. 외국 출신의 늙은 부부들, 특히 바르셀로나에서 한때 권력을 잡았다 은퇴한 영사들은 대대적인 환영을 받았다. 단 한 가지 이유 때문에 변두리에 속했던 지역이 중심지로 발전하기도 했고, 중심지에 속했던 지역이 순식간에 변두리로 밀려나기도 했다. 물을 공급하던 수원지가 마르거나, 철도 회사가 기존에 발표했던 철로 공사 사업 계획을 변경하거나 하면 상당한 수준으로 개발되던 지역도 어느 순간 변두리로 전락하고 말았던 것이다. 그런 식으로 사람들은 전 재산을 날렸다. 자원의 고갈이나 사업의 변경 등은 우연히 이루어질 수도 있었으나 사전 계획에 따라 이루어지는 경우도 있었다. 따라서 사전 계획에 따라 변경이 이루어지는 경우에는 믿을 만한 정보를 신속하게 얻는 것이 무엇보다 중요했다. 그러나 변경이 우연히 이루어지는 경우에는 속수무책일 수밖에 없었다. 탐욕에 눈이 뒤집혀 자연의 신비를 밝혀 보겠다고 나서는 사람들도 없지 않았다. 그런 사람들은 사기꾼들의 먹이가 되기도 했고, 비양심적인 사람들의 손에 걸려들어 파산하기도 했다. 협잡꾼도 없지 않았다. 협잡꾼들은 공기업이나 시청이나 시의회에 친구나 가족이 근무하고 있다는 거짓말로 사람들을 등쳐 먹었다. 협잡꾼들은 터무니없는 거짓말로 엄청난 돈을 갈취했다. 오노프레 부빌라는 1897년 9월경 그 사기와 협잡이 판을 치는 난장판에 신중한 자세로 뛰어들었다.

오노프레는 집과 땅을 저당 잡히고 빌린 돈으로 어중간한 크기의 땅뙈기를 하나 마련할 수 있었다. 오노프레가 땅을 구입한 지역은 언뜻 보기에 매력도 없고 앞으로 개발될 가능성도 전혀 없어 보였다. 오노프레는 땅을 구입하자마자 다시 팔려고 내놓았다.

"글쎄, 그따위 쓸모없는 땅을 누가 사려고나 할지, 잘 모르겠는데."

돈 움베르트 피가 이 모레라가 오노프레에게 말했다. 오노프레는 돈 움베르트에게 정중하게 조언을 구했다. 돈 움베르트는 오노프레에게 여러 가지로 조언했으나, 오노프레는 그의 조언을 하나도 따르지 않았다. 두고 보면 알겠죠. 오노프레는 그렇게 대답했다. 땅을 내놓고 여섯 주가 지나는 동안 딱 한 사람이 땅을 사겠다고 나섰다. 그 사람은 오노프레가 처음 땅을 구입할 때 지불한 금액으로 땅을 사겠다고 제안했다. 오노프레는 인상을 구기며 땅을 사겠다는 사람에게 말했다.

"이봐요, 당신 지금 날 가지고 노는 겁니까? 이 땅은 지금 처음 가격보다 네 배나 올랐단 말입니다. 게다가 날마다 땅값이 뛰고 있어요. 더 좋은 가격을 제시하지 않겠다면 그만둡시다. 공연히 시간이나 낭비하고 있을 때가 아닙니다."

땅을 사려는 사람은 오노프레의 거만한 태도에 당황한 나머지 처음보다 조금 높은 가격을 제시했다. 오노프레는 벌컥 화를 내며 에프렌 카스텔스를 시켜 땅을 사려는 사람을 거칠게 밖으로 밀어냈다. 땅을 사려는 사람은 오노프레의 말이 사실일지도 모른다고 생각했다. 그 땅이 실제로 그만한 값어치가 있는 땅이라면 그렇게 쓸모없어 보이는 것도 다 그럴 만한 이유가 있어서일 거야. 땅을 사려는 사람은 그렇게 생각하며 은밀하게 뒷조사를 해 보았다. 그는 머지않아 한 가지 소문을 듣게 되었는데 그 탓에 밤잠을 설쳐야 했다. 이런 소문이었다. 에레데로스 데 라몬 모르펨 주식회사가 오노프레가 팔려고 내놓은 땅과 인접한 땅을 구입했고, 아무리 늦어도 일 년 이내에 그곳으로 본사 건물을 옮길 계획이라는 것이었다. 이런 제길, 그 사기꾼 자식, 이미 그 소문을 알고 있었군, 그래서 내가 제시한 가격을 받아들이지 않았던 거야. 하지만 소문이 사실이라면 그 땅은 현재 시가보다 네 배가 아니라 스무 배 이상으로 껑충 뛸 텐데, 다시 한 번 거래를 제안해 보는 게 좋지 않을까? 하지만 소문이 사실이 아니라면, 에레데로스 데 라몬 모르펨 주식회사가 그곳으로 본사를 옮기지 않는다면 그 땅은 어떻게 될까? 아무것도 아니지, 그냥 황무지로 남을 뿐이지, 부동산 투기는 그야말로 못해 먹을 짓이로군, 이거야 원, 노름이나 하나 다를 것 없으니, 젠장. 땅을 사려는 사람은 선뜻 결정을 내리지 못하고 안절부절못했다. 그도 그럴 만했다. 에레데로스 데 라몬 모르펨 주식회사에 대한 소문이 사실이라면, 그건 결국 도시 전체가 변한다는 의미였다. 19세기 말엽, 바르셀로나에는 그 회사보다 더 뛰어난 회사는 없었다. 고급 제과 업계에서 에레데로스 데 라몬 모르펨 주식회사는 가장 중요하고 유명한 회사였던 것이다. 그 제과점은 함부로 드나들 수조차 없는 곳이었다. 그곳에 고객으로 등록되기 위해서는 평생에 걸쳐 꾸준하게 노력해야만 했다. 적지 않은 돈을 쏟아붓고 어느 정도 영향력을 행사해야만 겨우 그 제과점의 손님이 될 수 있었다. 그렇다고 그 선택받은 그룹에 포함된다고 해서 모든 문제가 해결되는 것은 아니었다. 맛있는 토르텔로니를 구입하기 위해서는 일주일 전에 주문해야 했고, 여러 가지 사탕을 골고루 섞은 과자 상자를 구입하기 위해서는 한 달 전에 주문해야 했고, 성 조앙 기념일에 먹는 코카를 구입하기 위해서는 삼 개월이나 그 전에 주문해야 했고, 크리스마스 케이크를 구입하기 위해서는 1월 12일 이전에 주문해야만 했다. 그 고급 제과점에는 테이블도 의자도 없었다. 그 회사 산하의 어떤 제과점에서도 초콜릿이나 차나 시원한 음료수를 손님들에게 팔지 않았다. 그러나 제과점들은 하나같이 공간이 넓었고 우아하게 장식되어 있었다. 장식은 대부분 폼페이식이었다. 그 제과점들은 일요일 아침마다 미사가 끝나는 시간이면 각 지역의 상류층 인사들로 붐볐다. 상류층 인사들은 그곳에서 잠시 잡담을 나누며 가족들이 먹을 음식물을 샀다. 그 시간은 보통 네 시간에서 여섯 시간이 걸렸다. 제과점 내부는 과자를 굽는 오븐이 매우 가까이 있었기 때문에 숨이 막힐 정도로 더웠고, 공기는 탁하고 각종 과자 냄새가 진하게 배어 있었다. 오노프레의 땅을 사려는 사람은 어찌할 바를 몰랐다. 만일 에레데로스 데 라몬 모르펨이 카르멘 거리에서 그쪽으로 자리를 옮긴다면 카르멘 거리와 그 동네 전체가 망하고 말 텐데, 그러면 바르셀로나의 심장부라고 할 수 있는 보케리아 시장도 지금과 같은 모습을 유지할 수 없을 텐데, 하지만 만일 그 소문이 사실이 아니라면, 에레데로스 데 라몬 모르펨 주식회사가 자리를 옮기지 않는다면, 아무런 변화도 없을 것이고……, 아이고 골치야, 이거야 원, 소문이 진짜인지 가짜인지 확인해 볼 수도 없는 처지이고, 이 소문이 사람들 속으로 퍼져나가면 그 땅은 영원히 내 손에서 날아가 버리고 말 텐데, 아이고, 죽겠다, 죽겠어. 오노프레의 땅을 사려던 사람은 그렇게 골치를 썩였다. 마침내 눈먼 탐욕이 눈뜬 이성을 제압했다. 그 사람은 오노프레가 제시한 가격을 지불하고 오노프레의 땅을 샀다. 오노프레의 땅을 산 사람은 계약서의 잉크가 마르기도 전에 카르멘 거리에 있는 제과점으로 달려가 주인을 만나게 해 달라고 요청했다. 제과점 주인들은 그 사람을 매우 정중하게 맞이했다. 제과점 주인들은 그 전설적인 라몬 모르펨의 유산을 상속한 세사르 모르펨과 폼페요 모르펨이었다. 두 사람은 그 불쌍한 땅 구입자의 말을 듣고 밀가루가 하얗게 내려앉은 미간을 찡그리며 이렇게 되물었다. 뭐라고요? 우리가 가게를 옮긴다니요! 아닙니다, 그럴 리가 있나요, 터무니없는 소립니다, 무슨 소문을 들으셨는지 몰라도 그건 사실이 아닙니다, 우리는 가게를 옮길 생각은 해 보지도 않았을 뿐만 아니라, 당신이 말한 그곳은 진짜 말도 안되는 곳입니다, 새로 개발한 지역 중에서 그곳만큼 더럽고 불편한 곳은 다시없을 겁니다, 제과점은 생각도 할 수 없는 곳입니다, 말도 안 되는 소리 작작 하십시오, 돌아가신 부친께서도 무덤 안에서 돌아누우실 겁니다. 제과점 주인들은 그렇게 말을 맺었다. 그러자 오노프레의 땅을 산 사람은 오노프레에게 달려가 거래를 취소해 달라고 요구했다. 머리는 산발이었고, 아랫입술로 침이 줄줄 흘러내렸다. 당신이지? 당신이 그런 거짓 소문을 퍼뜨린 거야, 당신이 책임져야 해, 당신이 배상금을 물란 말이야. 오노프레 부빌라는 그 사람이 지쳐 나가떨어질 때까지 내버려 두었다가 밖으로 쫓아냈다. 사건은 그렇게 끝이 났다. 오노프레의 땅을 산 사람은 그 소문을 오노프레가 퍼뜨렸다는 점을 도무지 증명할 방법이 없었던 것이다. 하지만 소문의 근원지가 오노프레라는 사실을 모든 사람들이 알고 있었다. 오노프레는 에레데로스 데 라몬 모르펨 사건으로 일약 유명 인사로 떠올랐다. '에레데로스 데 라몬 모르펨 사건과 같은 꼴을 당하다.'라는 말이 한때 유행하기도 했다. 제 깐에는 머리를 쓴답시고 아무도 거들떠보지 않는 형편없이 싼 물건을 터무니없이 비싼 가격으로 구입한 사람을 지칭하는 표현이었다.

"조심하는 게 좋을 거야."

돈 움베르트 피가 이 모레라가 오노프레에게 충고했다.

"악명을 떨치게 되면 그 누구도 자네와 거래하려고 하지 않을 테니까."

"두고 보면 알겠죠."

오노프레가 돈 움베르트에게 대답했다.

오노프레는 그런 식으로 미심쩍게 번 돈으로 다른 지역에서 더 많은 땅을 사들였다. 저 자식 저거, 이번에는 무슨 수작을 부릴지 한번 지켜볼까. 그 분야의 전문가들은 그렇게 얘기하며 오노프레를 주시했다. 그러나 여러 주일이 지나도록 오노프레는 어떤 움직임도 보이지 않았다. 사람들은 더 이상 오노프레에게 관심을 두지 않았다. 저 친구 저거, 이번에는 정직하게 거래할 모양이야. 부동산 투기꾼들은 그렇게 속닥거렸다. 오노프레가 사들인 땅은 중심가에서 멀리 벗어난 곳에 있어 별로 매력이 없는 곳이었다.(오늘날로 치면 로세욘 거리와 헤로나 거리가 만나는 지점에 해당하는 지역이다.) 누가 그런 곳에서 살려고 할까? 사람들은 의아해했다. 어느 날이었다. 철골을 가득 실은 짐마차 여러 대가 그곳에 도착했다. 그곳에서 얼마 떨어지지 않은 곳에서 성가족 교회의 탑을 쌓아 올리던 석공들은 햇빛을 받아 반짝이는 철골들을 볼 수 있었다. 그 철골들은 전차의 레일이었다. 한 떼의 일꾼들이 자갈이 많이 섞인 로세욘 거리에 도랑을 파기 시작했다. 그리고 그보다 수가 적은 일꾼들이 그 거리 한 모퉁이에 천장이 반원통형인 직사각형 천막집을 짓기 시작했다. 그 천막집은 노새들이 먹고 자는 우리였다. 당시까지만 해도 전기가 없어 노새들이 전차를 끌어야 했던 것이다. 이번에는 사실이야, 이 지역도 틀림없이 앞으로 발전해 나가겠군. 사람들은 이구동성으로 그렇게 떠들었다. 오노프레는 사나흘이 채 지나기도 전에 자신의 땅을 모두 팔아 치웠다. 부르는 게 값이었다. 이번에는 말이야, 운이 아주 좋았어, 자네 같은 건달에게 그런 행운이 따르다니, 참으로 별일이로군. 돈 움베르트 피가 이 모레라는 오노프레에게 그렇게 말했다. 오노프레는 아무 말도 하지 않았다. 그러나 오노프레는 혼자 있게 되자 배꼽을 잡고 웃었다. 오노프레가 땅을 팔아 치우고 이틀이 지났을 때였다. 일꾼들은 기껏 깔아 놓았던 철로를 파헤치기 시작했다. 일꾼들은 철로를 짐마차에 싣고 그곳에서 유유히 빠져나갔다. 이번에는 바르셀로나의 상공업계와 금융권 사람들도 오노프레의 교묘한 술책에 혀를 내두르지 않을 수 없었다. 땅을 구입한 사람들은 울부짖었지만 돌아오는 것은 비웃음뿐이었다. 땅을 산 사람들은 철도 회사로 몰려가 따졌다. 철로 공사가 정말로 취소된 겁니까? 이보세요들, 우리가 하지도 않은 일을 무슨 수로 알겠습니까, 여러분들은 먼저 우리에게 와서 알아보셨어야죠. 철도 회사 사람들은 그렇게 대답했다. 선로가 깔리고 노새 우리가 들어서고 해서, 우린 그저……, 이런 일이 벌어지리라고는 도저히…… 땅을 산 사람

들은 다시 따졌다. 당신들은 돈벌이에 급급해서 쓰레기장으로
도 사용할 수 없는 쓰레기 같은 땅을 사들인 겁니다, 다 당신
들 잘못입니다, 저기 짓다가 만 노새 우리는 당신들 돈으로 철
거해야 합니다. 이번 사건을 두고 사람들은 '전차 사건과 같은
꼴을 당하다.'라는 말을 유행시켰다. '에레데로스 데 라몬 모르
펨 사건과 같은 꼴을 당하다.'라는 표현과 구별하기 위해서였
다. 이와 유사한 사건들이 끊임없이 뒤를 이었다. 오노프레에
대한 소문은 점점 퍼져 나가 이제 바르셀로나 사람들이라면
누구라도 오노프레에 대해 알게 되었다. 그러나 오노프레는
계속해서 땅을 사들였고, 사들인 땅을 단기간에 엄청난 이윤
을 남기고 팔아먹었다. 오노프레는 땅을 팔아먹을 때마다 기
발한 방법을 동원해 사람들을 우롱했다. 오노프레는 토지 거
래를 할 때마다 이런저런 구실을 붙여 구매자들의 입맛을 잔
뜩 돋우어 놓았지만 그의 말대로 되는 것은 하나도 없었다. 오
노프레는 직접 만들어 낸 미끼로 구매자들을 잘도 꼬드겼던
것이다. 오노프레는 단 이 년여 만에 부자가 될 수 있었다. 그
러나 오노프레의 수작 탓에 바르셀로나는 돌이킬 수 없는 피
해를 입었다. 오노프레의 농간에 넘어간 희생자들은 엄청난
돈을 들여 쓸모없는 땅을 끌어안게 되었고, 그래서 그 손해를
벌충할 수 있는 기회를 호시탐탐 노려야만 했던 것이다. 일이
정상적으로 진행되었더라면 오노프레가 팔아먹은 땅에는 값
이 저렴한 아파트가 들어서서 가난한 이주자들이나 그의 후손
들에게 분양되었을 것이다. 하지만 처음 땅을 살 때 든 비용이
만만치 않았기 때문에 땅임자들은 그곳에 고급 아파트를 세웠
다. 말이 고급 아파트지 속을 들여다보면 부실하기 짝이 없는

아파트였다. 우선 물이 절대적으로 부족했다. 다른 집에서 모두 수도꼭지를 잠가야 겨우 한 집에서 물이 똑똑 떨어지는 꼴이었다. 어떤 아파트들은 바닥이 평평하지 않은 지역에 지어지기도 했고, 네모반듯하지 않는 땅에 지어지기도 했다. 그런 아파트들은 복도가 얽히고설킨 쪽방 아파트였다. 한마디로 토끼굴이나 개미굴과 같은 모습이었다. 땅임자들은 땅을 살 때 입은 손해를 만회하기 위해 비용을 아끼느라 아파트 공사를 제대로 하지 않았다. 조잡한 자재를 사용했고, 시멘트에 비해 모래를 지나치게 많이 사용했다. 심지어 소금기가 남아 있는 모래를 그대로 사용하기까지 했다. 그래서 준공한 지 겨우 몇 개월 만에 무너져 내리는 아파트도 상당히 많았다. 원래 정원이나 놀이 공원, 차고, 학교, 병원 부지로 지정되었던 땅에도 아파트 단지가 들어섰다. 땅 주인들은 막대한 손해를 벌충하기 위해 건물 겉모습을 정성을 다해 치장했다. 치장 벽토, 석고, 작은 도자기 등으로 잠자리나 양배추와 같은 모양을 만들어 일 층에서 칠 층에 이르는 벽면을 장식했다. 기괴하게 생긴 여인상 기둥으로 발코니를 장식했고, 스핑크스나 용 조각상으로 회랑과 지붕을 장식했다. 결국 신화에 나오는 짐승들이 도시를 점령하게 되었다. 밤이면 푸르스름한 가로등 불빛에 비친 짐승들의 모습은 두려움을 자아냈다. 그것으로도 모자라 건물의 문들은 날개로 얼굴을 가리고 있는 호리호리하고 여성스러운 천사 조각상들로 치장되었다. 그래서 그런 집들은 일반 가정집이 아니라 화려한 무덤과 같은 인상을 풍겼다. 투구를 쓰고 갑옷을 걸친 남자와 같은 여자들의 조각상들, 다시 말해 북유럽 신화에서 오딘을 섬기는 전장의 처녀들을 연상시키는 조각상들은 당시에 대유행이었다. 건물 외벽은 원색이나 파스텔 색조로 칠해졌다. 이 모든 것은 오노프레 부빌라에게 사기당한 손해를 벌충하기 위한 수작이었다. 도시는 그런 식으로, 순전히 돈을 벌겠다는 욕심으로 급속도로 성장해 나갔다. 날이면 날마다 수천 톤의 흙이 파헤쳐져 다른 장소로 옮겨졌다. 마차들이 줄을 지어 흙더미를 몬주익 언덕 뒤편으로 실어 날랐다. 흙들은 그곳에 쌓이거나 바다에 버려졌다. 아주 오래전에 존재했던 도시들의 잔재가 그 흙들과 함께 사라졌다. 페니키아 시대와 로마 시대 때 존재했던 도시들의 잔재가, 다른 시대를 살았던 바르셀로나 사람들의 유해가, 비교적 평온했던 시절의 역사가 그 흙들과 함께 영원히 사라지고 말았던 것이다.

4

1899년 여름, 오노프레 부빌라는 어엿한 사내대장부로 성장해 있었다. 스물여섯 살 나이에 상당한 재산가가 되었던 것이다. 그러나 아직 견고하게 뿌리를 내리지 못한 그의 제국에서 문제점들이 하나둘 나타나기 시작했다. 브라울리오 씨를 통해 이루어지는 선거 조작은 구체적인 결실을 이루어 내지 못했고, 갖은 애를 써야 겨우 결실을 얻을 수 있었다. 국내 정세는 1898년에 마지막 남은 식민지를 잃으면서 급변했다. 혈기 넘치는 젊은 정치인들은 개혁의 기치를 높이 들어 올리며 대중을 선동하기 시작했다. 그들은 낡은 사회 체제에 참신한 피를 수혈해야 한다고 주장했다. 오노프레는 당분간 그 젊은 정치인들과 맞서 싸우지 않기로 결정했다. 그들과의 싸움은 부질없을 뿐만 아니라 비생산적이라고 판단했던 것이다. 그 대신 오노프레는 과거를 청산하고 새로운 물결에 편승하는 척 꾸몄다. 다시 말해 새로운 사상을 받아들이는 것처럼 행동했다. 오노프레는 이를 위해 부패의 상징으로 떠올랐던 브라울리오 씨를 현역에서 은퇴시키려고 작정했다. 그러한 조치는 브라울리오 씨를 오돈 모스타사로부터 떼어 놓는 것을 의미하기도 했다. 오돈 모스타사를 맹목적으로 사랑하던 브라울리오 씨는 울고불고 난리를 치며 자살할 방법에 대해 궁리하기 시작했다. 오노프레는 할 수 없이 그 계획을 취소할 수밖에 없었다. 그만큼 브라울리오 씨를 사랑했던 것이다. 오돈 모스타사는 머리가 그다지 좋은 편이 아니었다. 그는 새로운 삶의 형태에 적응하지 못했다. 여전히 깡패이며 총잡이일 뿐이었다. 그는 아무것도 아닌 일에도 먼저 총부터 꺼내 들었다. 여자들은 여전히 오돈 모스타사라면 사족을 못 썼고, 문제가 발생하면 돈을 밝히는 공무원들의 입을 막기 위해 뇌물을 써야 했다. 총에 맞아 죽은 시체를 몰래 치우기 위해서는 경찰들의 입을 막아야 했던 것이다. 오노프레 부빌라는 그 점에 대해 오돈 모스타사에게 여러 차례 주의를 주었다. 오돈, 그런 식으로 처신하면 좋지 않아, 우린 이제 어엿한 사업가란 말이야. 그럴 때마다 오돈 모스타사는 처신을 바르게 하겠다고 맹세했다. 그러나 그저 말뿐이었다. 돌아서면 다시 말썽을 부리곤 했다. 오돈 모스타사는 머리에 곱게 기름을 발랐으며 화려한 옷을 입고 다녔다. 그는 엄청나게 먹고 마셨지만 결코 살이 찌지 않았다. 때때로 노름판에서 돈을 따기도 했다. 그러면 만나는 사람마다 술을 사 주었다. 그가 술을 마시는 데 얼마나 많은 돈을 쓰는지는 전설로 통할 정도였다. 그 반대로 노름판에서 돈을 몽땅 털리는 경우도 있었다. 그러면 엄청난 노름빚을 진 채 브라울리오 씨에게 달려가 도움을 요청했다. 브라울리오 씨도 오돈 모스타사에게 잔소리를 늘어놓기는 했으나 결국에 가서는 그의 청을 들어주지 않을 수 없었다. 그래서 오돈 모스타사가 일을 저지를 때마다 그 뒤를 깨끗하게 처리해 주었다. 브라울리오 씨는 자신이 손을 쓰지 않아 오돈 모스타사가 말썽을 피운 일이 알려지면 오노프레 부빌라가 자신에게 화풀이할 것을 잘 알았던 것이다.

오노프레는 부달레라에 있는 돈 움베르트의 여름 별장을 다시 찾아갔다. 이번에는 날씨가 더웠는데도 유개 마차를 타고 갔다. 오노프레는 검은색 모직 더블 양복을 입고 있었다. 그 양복은 당시 명성이 자자하던 재단사가 손수 지은 것이었다.(그 재단사의 가게는 문타네르 거리와 카사노바 거리 사이에 있는 그란비아의 어느 아파트 건물에 있었다.) 오노프레는 그 양복을 입어 볼 수 있는 날을 손꼽아 기다렸다. 그날은 오노프레가 그 양복을 처음으로 입어 보는 날이었다. 양복 윗도리 옷깃 단추 구멍에 치자나무 꽃 한 송이가 꽂혀 있었다. 오노프레는 옷차림이 좀 어색하다는 생각이 들었으나, 돈 움베르트 피가이 모레라의 딸에게 청혼하러 가는 길이었으니 어쩔 수가 없었다. 람블라스 거리에 있는 보석상에서 반지도 하나 샀다. 그는 돈 움베르트의 딸을 자주 만나 볼 수 없었다. 그녀가 기숙학교에서 나와 부달레라에 있는 별장에서 부모님과 함께 여름을 보낼 때에나 겨우 만나 볼 수 있었다. 오노프레는 별장 안으로 들어갈 수 없었다. 돈 움베르트가 금지했던 것이다. 다만 그녀가 산책을 할 때 야외에서 잠깐씩이나마 만나 볼 수는 있었다. 그러나 그마저도 항상 사람들에 둘러싸여 있었기 때문에 두 사람만의 오붓한 시간을 즐길 수 없었다. 그녀는 오노프레에게 기숙학교에서의 권태로운 생활에 대해 꼬치꼬치 얘기했다. 창녀들의 입에 발린 수다만 줄곧 들어 왔던 오노프레는 그녀의 순진한 말을 진정한 사랑의 언어로 받아들였다. 그는 돈 움베르트의 딸에게 무슨 말을 해야 할지 알 수 없었다. 부동산 투기사업으로 그녀의 관심을 끌어 보려 했으나 그녀는 그런 일을 전혀 이해하지도 못했고 관심을 보이지도 않았다. 두 사람은 시원섭섭한 심정으로 헤어지며 영원한 사랑을 다짐했다. 그렇게 몇 년이 흐르는 동안 두 사람은 끊임없이 편지를 주고받았다. 이제 오노프레는 거부가 되어 있었고, 돈 움베르트의 딸은 기숙학교를 졸업하고 그해 가을에 사교계로 진출할 예정이었다. 바르셀로나 사교계가 돈 움베르트의 딸을 순순히 받아들일 가능성은 별로 없었다. 그러나 바르셀로나 사교계는 무작정 그녀를 무시할 수도 없었다. 그래서 일말의 가능성이 있었던 것이다. 혼기에 찬 어느 총각이 돈 움베르트의 딸의 매력에 흠뻑 빠져들어 가족의 반대를 물리치고 그녀와 결혼할 수도 있는 일이었다. 그렇게만 되면 돈 움베르트의 딸은 바르셀로나 사교계에서 자리를 잡을 테고, 그 덕에 그녀의 부모들도 간접적으로나마 그 세계에 발을 들여놓을 수 있는 것이다. 오노프레는 그런 일이 벌어질까 두려워 먼저 선수를 쳐서 돈 움베르트의 딸에게 청혼하기로 결심했다. 그녀의 미모라면 바르셀로나 사교계를 석권할 것이 분명해 보였다. 의심의 여지가 없었다.

"그녀가 리세오 극장에 발을 들여놓는 순간, 나는 애인을 잃어버리게 될 거야."

오노프레는 에프렌 카스텔스에게 자신의 심정을 솔직히 고백했다. 그동안 에프렌 카스텔스도 상당히 많이 변해 있었다. 그는 이제 더 이상 여자들의 꽁무니를 무턱대고 쫓아다니지 않았다. 그는 어느 나이 어린 재봉사와 결혼해 살림을 차렸다. 에프렌 카스텔스와 결혼한 여자는 행동거지는 사근사근했지만 성격은 엄격했다. 에프렌 카스텔스는 두 자식의 아버지로 가정에 충실했고 가장으로서 책임을 다했다. 그는 오노프레가 시키는 일이라면 무엇이든 주저 없이 해치웠지만, 이제는 진지하고 합법적인 일만 하고 싶어 했다. 오노프레를 본받아 사업을 벌였고, 돈을 저축하는 방법과 실수 없이 투자하는 방법을 습득했으며, 이제는 아무나 함부로 가까이 다가갈 수 없는 지위를 누리고 있었다.

에프렌 카스텔스가 오노프레에게 말했다.

"돈 움베르트를 만나 보지 그러나. 그 사람 자네한테 빚을 많이 졌잖아. 자네 얘기를 경청해 줄 거야. 그리고 그 사람이 진짜 신사라면, 다른 친구가 끼어들기 전에 자네의 청혼을 받아 줄 거야. 내 생각은 그래."

오노프레는 작은 거실로 안내받았다. 생전 처음 보는 집사가 나타나 잠시만 기다려 달라고 부탁했다. 주인 어르신께서 손님들을 만나고 계십니다. 작은 거실은 숨이 막힐 정도로 더웠다. 이곳도 바르셀로나만큼이나 푹푹 찌는군, 목이 말라 죽을 지경이야, 하다못해 물이라도 한 잔 권해야 하는 거 아냐! 왜 하필이면 오늘 나를 이렇게 괄시하는 거야? 시간이 멈추어 버린 것 같았다. 오노프레는 작은 거실에서 빠져나와 복도를 따라 걸어 내려갔다. 집 안은 온통 새하얗게 칠해져 있었다. 오노프레가 어느 문 앞을 지나치는 순간 목소리들이 들려왔다. 오노프레는 그 목소리들 속에서 돈 움베르트 피가 이 모레라의 목소리를 알아듣고는 걸음을 멈추고 귀를 기울였다. 오노프레는 그 내용에 흥미가 당겨 자신이 왜 이 집을 찾아왔는지 그 이유조차 까맣게 잊어버린 채 문을 벌컥 열어젖히고 방 안으로 들어갔다. 그 방은 돈 움베르트의 서재였다. 돈 움베르트는 두 신사와 함께 있었다. 그들 중 한 명은 가네트라는 북아메리카 사람이었다. 가네트는 땀을 많이 흘리는 뚱보로 조국을 배신한 남자였다. 그는 최근 필리핀에서 벌어진 미국과 스페인의 전쟁에서 스페인을 위해 활약했던 인물로, 그 전쟁에서 스페인이 참패하자 잠시 바르셀로나에서 몸을 피하고 있는 중이었다. 다른 한 명은 카스티야 출신인 말라깽이였다. 그는 구릿빛 얼굴에 반백의 콧수염을 기른 인물로, 사람들은 그를 오소리오라는 이름으로만 불렀다. 오소리오와 가네트의 옷차림은 거의 비슷했다. 두 사람 모두 줄무늬 리넨 양복과 식민지풍의 셀룰로이드 칼라가 달린 흰색 노타이셔츠를 입었으며, 에스파르토 풀을 엮어 만든 샌들을 신고 있었다. 두 사람의 무릎 위에 모자가 하나씩 놓여 있었다. 둘 다 파나마모자였다. 오노프레는 파나마모자를 보는 순간 아버지를 떠올렸다. 오노프레는 그때까지 집과 땅을 저당 잡히고 빌린 돈을 갚지 않고 있었다. 오노프레가 불쑥 방으로 뛰어드는 바람에 세 사람이 나누던 대화가 일순 끊어졌다. 세 사람의 시선이 오노프레에게로 모였다. 검은 양복, 양복 윗도리 옷깃 단추 구멍에 꽂힌 치자나무 꽃 한 송이, 눈이 부시게 화려한 보석 가게의 포장지가 서재의 분위기와 전혀 어울리지 않았다. 돈 움베르트가 두 사람에게 오노프레를 소개했다. 가네트가 하던 이야기를 계속 이어 나갔다. 1898년 5월에 필리핀에서 해상 전투가 벌어지기 하루 전날이었다. 가네트는 미국 함대를 지휘하던 드웨이 제독과 면담을 했다. 스페인 정부가 제안한 사항을 그에게 전달하기 위해서였다. 그 내용은 이랬다. 스페인 함대가 미국 함대를 격침시키는 데 드웨이 제독이 동의한다면 그에게 십오만 페세타를 주겠다는 것이었다. 그 면담은 당시 영국의 식민지였던 싱가포르에서 이루어졌다. 드웨이 제독은 처음에는 가네트를 미친놈으로 취급했다. 드웨이 제독이 가네트에게 말했다. 당신도 알다시피, 스페인 전함은 우리 전함에 비해 형편없이 약합니다, 우리는 대포 한 방 쏘지 않고도 당신네 전함을 바다 밑으로 모조리 수장시켜 버릴 수 있습니다. 가네트가 시인한다는 뜻으로 고개를 끄덕였다. 그거야 당신도 알고 나도 아는 사실입니다, 그런데 문제는 우리 해군 전문가들이 우리 정부에 그와 정반대되는 의견을 제시했다는 겁니다, 우리 해군이 패배한다면 우리나라 국민이 얼마나 실망하겠습니까. 가네트가 말했다. 그거야 나와는 상관없는 일이지요, 나로서도 어쩔 수 없는 일입니다. 드웨이 제독이 대답했다.

"그런 식으로 우리는 마지막 남아 있던 식민지를 잃은 것이로군."

가네트가 이야기를 마치자 돈 움베르트가 말했다.

"그래서 지금 항구마다 본국으로 송환되는 군인들로 넘쳐나는 거야."

사실이 그랬다. 쿠바 전쟁과 필리핀 전쟁에서 살아남은 군인들을 태운 배들이 날마다 스페인의 항구로 몰려들었다. 군인들은 고약한 밀림 속에서 수년 동안 싸워야 했다. 그래서 젊은 나이에도 불구하고 늙은이들처럼 보였다. 군인들 대부분이 말라리아에 걸려 시달리고 있었다. 가족들은 행여나 말라리아에 전염될까 두려워 제대한 군인들을 집으로 받아들이지 않았다. 제대한 군인들은 직장을 구할 수도 없었다. 그들은 살아 나갈 일이 막막하기만 했다. 그런 사람들이 너무나 많았다. 길거리에서 구걸을 하려 해도 길게 줄을 서서 자기 차례가 돌아오기를 기다려야 할 정도였다. 일반 사람들은 그들에게 땡전 한 닢 주지 않았다. 조국의 명예에 똥칠을 한 주제에 이제 와서 뻔뻔스럽게 동정을 사려고 하느냐. 사람들은 그렇게 씹어뱉었다. 많은 제대 군인들이 길바닥에서 굶어 죽었다. 그들에게는 삶에 대한 의지가 없었다. 이제 이전에 식민지였던 지역에 돈을 투자하기 위해서는 가네트와 같은 거간꾼들의 손을 빌려야 했다. 가네트는 아직까지 미국 시민이었던 것이다. 오소리오라는 인물은 나중에 알고 보니 오소리오 이 클레멘테 장군이었다. 그는 필리핀의 루손 섬에서 총독을 지낸 인물로 필리핀 제도에서 가장 막강한 지주들 중 한 명이었다. 돈 움베르트 피가 이 모레라는 서로의 이익을 위해 오소리오와 거래하기를 원했고, 거래를 안전하게 이끌어 갈 수 있는 대책을 모색하고 있었다.

가네트와 오소리오가 돌아가고 돈 움베르트와 오노프레만 남았을 때였다. 오노프레는 돈 움베르트에게 무슨 일로 찾아왔는지 설명하기 시작했다. 너무 흥분해서인지 말이 제대로 나오지 않았다. 돈 움베르트 역시 놀란 기색이 역력했다. 돈 움베르트는 이미 오노프레와 함께 그 문제에 대해 논의한 적이 있었고, 오노프레를 사위로 여기고 있음을 은연중에 내비친 적도 있었다. 그러나 이제 돈 움베르트는 반승낙이나 다름없었던 자신의 말을 오노프레가 기분 나쁘지 않게 번복할 구실을 찾아야 했다.

"문제는 말이야."

돈 움베르트는 결국 솔직하게 털어놓았다.

"문제는 내 마누라야. 마누라를 설득해야 하는데, 워낙에 고집불통이어서 말이야. 내가 입에 침이 마르도록 설득해 보았지만, 도대체 말이 통해야 말이지. 마누라들이란 다 마찬가지인가 봐, 특히 결혼 문제에 있어서는 말이야. 자네도 자식을 낳고 살다 보면 알 수 있을 걸세. 이런 문제에 있어서는 마누라가 주도권을 잡고 있거든. 자네에게 뭐라 할 말이 없네. 그만 단념하고 다른 곳에서 신붓감을 찾아보도록 하게나. 미안하게 됐네. 정말이야."

"그녀는요? 그녀는 뭐라고 합니까?"

오노프레가 물었다.

"누구? 마르가리타? 이런 젠장, 좋든 싫든 어미 말을 따라야지, 그 아이가 무슨 말을 하겠나. 사랑 때문에 가슴앓이하는 여자는 많아. 하지만 고작 사랑 때문에 인생을 망치는 여자는 없어. 자네가 이해해 주었으면 하네."

오노프레는 한마디 대꾸도 없이 선물 꾸러미를 집어 들고, 발길에 거치적거리는 문짝들을 걷어차며 별장을 빠져나왔다. 내가 그따위 년을 짝사랑했다니, 미쳤지, 내가 미쳤어. 오노프레는 이를 갈며 다짐했다. 끓어오르는 화를 참을 수 없었다. 너는 나를 다시 찾게 될 것이다. 무릎을 꿇고 용서해 달라고 애걸복걸할 것이다, 그러나 나는 너를 절대로 용서하지 않을 것이다, 카르보네라 동네에서 가장 더러운 창녀도 네년보다는 백 배, 천 배 깨끗할 것이다. 오노프레는 그렇게 씹어뱉었다. 그러나 마차를 타고 자갈길에서 이리저리 흔들리며 돌아오는 동안 어느 정도 화가 풀렸다. 오노프레는 깊은 실의에 빠진 채 바르셀로나에 도착했다. 오노프레는 집에 틀어박혀 보름 동안 아무도 만나지 않았다. 삼 년 전에 고용한 하녀가 오노프레를 보살폈다. 오노프레는 그녀가 헌신하는 대가로 엄청나게 많은 돈을 봉급으로 주었다. 마침내 오노프레는 에프렌 카스텔스가 방으로 들어오도록 허락했다. 에프렌 카스텔스는 오노프레 때문에 걱정이 태산 같았다. 오노프레가 그렇게 구는 것을 에프렌은 평생 처음 보았다. 에프렌 카스텔스는 그동안 나름대로 조사를 해 보고 그 결과를 알려 주기 위해 오노프레를 찾아왔던 것이다.

돈 움베르트 피가 이 모레라의 부인은 멍청이가 아니라 상당히 똑똑한 여자였다. 좋은 가문 출신의 청년이라면 바보가 아닌 이상 그녀의 딸 마르가리타와 결코 결혼하지 않을 것이라는 사실을 그녀는 잘 알았다. 그렇다고 해서 오노프레와 같이 본데없는 놈에게 딸자식을 곱게 내줄 생각도 없었다. 그녀는 밤이나 낮이나 끊임없이 머리를 굴렸다. 그리하여 마침내 이상적인 사위 후보감을 찾아낼 수 있었다. 언뜻 보기에는 터무니없는 선택으로 보였다. 그녀가 사윗감으로 점찍은 인물은 다름 아닌 니콜라우 카날스 이 라타플란이었다. 그는 브라울리오 씨가 팔 년 전에 오노프레 부빌라의 명령에 따라 칼로 살해한 돈 알렉산드레 카날스 이 포르미가의 아들이었다. 아버지가 죽은 뒤로 니콜라우 카날스는 어머니와 함께 프랑스 파리에서 살고 있었다. 니콜라우 카날스의 아버지인 돈 알렉산드레 카날스는 당시의 다른 많은 카탈루냐 자본가들과 마찬가지로 프랑스 회사를 통해 '돈을 굴리고 있었던' 것이다. 돈 알렉산드레 카날스가 투자했던 돈은 그동안 상당히 불어나 니콜라우 카날스가 성인이 되자마자 고스란히 그의 수중으로 떨어질 예정이었다. 그때까지 니콜라우 카날스의 어머니는 신중하게 재산을 관리하기 위해, 안전한 사업에 현명하게 투자하여 재산을 불려 나가는 중이었다. 어머니와 아들은 리볼리 거리에 있는 널찍하고 안락하지만 다소 외진 집에서 살았다. 두 사람은 그 집에서 세상을 등진 은둔자들처럼 살아갔다. 당시 니콜라우 카날스는 열여덟 내지 열아홉 살이었다. 니콜라우 카날스는 침울한 소년이었다. 그동안 적지 않은 세월이 흘렀지만 그는 아직도 아버지의 죽음을 잊지 못하고 있었다. 죽은 아버지를 생각할 때마다 그의 가슴은 미어졌다. 반면에 어머니와의 관계는 결코 원만치 못했다. 하지만 그것은 누구의 잘못도 아니었다. 어느 날 갑자기 두 자식을 한꺼번에 잃은 어머니는 그 충격에서 벗어나지 못했다. 어머니는 아무런 근거도 없이 자식들의 죽음을 남편 탓으로 돌렸고, 남편에 대해서는 티끌만큼의 연민도 보이지 않았다. 어머니는 남편에 대한 미움 때문에 유일하게 살아남은 자식인 니콜라우 카날스에게도 관심을 기울이지 않았다. 어머니는 자식에 대한 자신의 태도가 옳지 않다는 점을 잘 알았지만 자신도 어쩔 수 없는 일이었다. 엎친 데 덮친 격으로 니콜라우 카날스 이 라타플란의 육체적인 기형도 어머니의 미움을 받는 데 한몫 거들었다. 커 가면서 점점 뒤틀리기 시작한 니콜라우 카날스의 척추는 어느 정도의 나이에 이르자 더 심해지지도 않았지만 더 나아지지도 않았다. 니콜라우 카날스가 아주 어렸을 때부터 어머니는 아들의 모습을 되도록 보지 않으려고 노력했다. 간호사나 하녀나 유모에게 아들을 맡겨 버렸던 것이다. 그러나 이제는 상황이 변해 어머니는 다른 사람들로부터 떨어져 혼자 살아갈 수밖에 없었다. 어머니 곁에 있는 사람이라고는 그녀가 단 한 번도 사랑한 적이 없는 아들뿐이었다. 이제 어머니는 그 아들에게 법적으로도 경제적으로도 의존할 수밖에 없었다. 두 사람이 먹는 빵 한 조각조차도 법에 따라 아들의 소유물이었기 때문이다. 한편, 아들은 어머니가 자신의 뒤틀린 모습을 보기 싫어한다는 사실을 너무나도 분명하게 알고 있었다. 아들은 어머니에게서 눈곱만큼의 애정도 기대하지 않았다. 가능한 한 어머니와 말을 섞으려 하지 않았고, 되도록이면 어머니의 눈에 띄지 않도록 조심했다. 아들은 그 뒤틀린 몸 때문에 같은 또래의 학교 친구들과도 사귈 수 없었다. 그래서 아들은 절대적인 고독 속에서 살아가야 했다. 그가 이 세상에서 가진 것이라고는 파리라는 도시뿐이었다. 어머니와 함께 바르셀로나에서 도망쳐 나와 파리에 도착한 니콜라우 카날스의 눈에 비친 파리는 적대적인 도시였으며 파리 시민들은 사나운 맹수들과 다름없었다. 그러나 니콜라우 카날스는 자신도 모르는 사이에 서서히 파리에 적응해 갔고, 결국 파리를 미친 듯이 사랑하게 되었으며, 급기야 온 열정을 다해 파리를 숭배하기에 이르렀다. 이제 파리는 그에게 있어 행복 그 자체였다. 그는 날마다 길거리를 산책했고, 광장에 앉아 쉬었으며, 이곳저곳 동네와 정원을 정처 없이 돌아다니거나, 사람들과 불빛과 집들과 강물을 구경했다. 그렇게 나돌아 다니던 중에도 때때로 어느 길모퉁이에서 아무런 이유 없이 발걸음을 멈추고, 손바닥을 들여다보듯 훤히 알고 있는 그 지역을 생전 처음 보는 사람인 양 둘러보기도 했다. 그럴 때면 격한 감정에 휩쓸려 쏟아지는 눈물을 도저히 참을 수가 없었다. 비가 오는 날이면 우산을 접고 파리의 빗줄기를 온몸으로 흠뻑 빨아들였다. 길모퉁이에 서서 비에 흠뻑 젖은 채 온몸을 흔들며 격격 울어 대는 몸이 불편한 낯선 사람을 보고 지나가던 행인들은 안타까워했다. 행인들은 그 눈물이 실상 기쁨의 눈물이라는 사실을 알아챌 수 없었다. 그러나 그럴 때에도 종종 두려움이 행복의 뒤를 바싹 따라붙곤 했다. 아, 어느 날 갑자기 피치 못할 사정으로 파리를 떠나야 한다면 나는 어떻게 될까? 파리가 아닌 곳에서도 내가 살아갈 수 있을까? 니콜라우 카날스는 치를 떨었다. 그는 파리가 자신이 태어난 도시가 아니라는 사실을 잘 알고 있었다. 그런 생각이 들 때마다 살을 에는 듯한 고통이 밀려왔다. 사랑하진 않지만 결코 내팽개칠 수 없는 어머니와, 자신으로서는 아무런 권리도 요구할 수 없는 도시 사이에 낀 니콜라우 카날스의 삶은 끊임없는 불안의 연속이었다. 니콜라우 카날스는 무슨 이유로 자신이 그런 두려움에 휩싸이곤 하는지 도무지 알 수 없었다.

돈 움베르트 피가 이 모레라의 부인은 돈 알렉산드레 카날스 이 포르미가의 미망인에게 지리멸렬한 장문의 편지를 보냈다. 돈 움베르트의 부인은 한동안 이야기를 애매모호하게 둘러대다가 드디어 본론으로 들어갔다. '사랑하는 친구여, 이렇게 예의 없이 당신에게 불쑥 편지를 보내게 된 점, 불쾌하시더라도 부디 양해해 주시기 바랍니다. 하지만 한 자식의 어머니로서 입장을 바꿔 놓고 생각하면 제 심정을 충분히 이해해 주시리라 믿습니다. 저는 오로지 서로 잘되자는 마음에 이런 편지를 보내게 되었습니다. 이 서투른 편지를 읽어 보시면 제 진심을 알 수 있으실 것입니다.' 돈 움베르트의 부인은 에두르지 않고 단도직입적으로 본심을 털어놓았다. 내 딸인 마르가리타 피가 이 클라렌사와 당신의 아들 니콜라우 카날스 이 라타플란을 결혼시키자. 그리고 서둘러 덧붙였다. 두 사람 다 외동아들에 외동딸이며, 가족의 재산을 물려받을 수 있는 유일한 상속인들이다. 거기에 이런 암시가 보태졌다. 두 사람 다 바르셀로나 상류 계층으로부터 거절을 당하는 입장이 아니냐, 니콜라우 카날스만 해도 그렇다, 그가 파리에서 무슨 일을 할 수 있겠느냐, 앞으로도 계속 외국인으로서 변두리 인생을 살아갈 게 뻔하지 않느냐. '저는 어머니로서의 직감으로 알 수 있습니다. 제 딸과 당신 아들이 결혼하면 우리 두 가문은 힘을 합쳐 서로 이익을 도모할 수도 있고 두 집안의 위상을 더욱더 높일 수도 있습니다.' 돈 움베르트의 부인은 다음과 같은 말로 편지를 끝맺었다. '비록 마르가리타와 니콜라우는 아직까지 서로 만나 볼 기회가 없어 서로에 대해 잘 알지 못합니다만, 저는 확신합니다. 두 아이 모두 젊고, 영리하고, 외모도 아름답습니다. 그리고 둘 다 성격도 원만하니 금방 친해져 서로 사랑하고 존경하게 될 겁니다. 사랑과 존경이야말로 부부의 행복을 위한 기본 바탕이 아니겠습니까.' 돈 움베르트의 부인이 돈 알렉산드레 카날스 이 포르미가의 미망인의 집 주소를 어떻게 알아냈는지는 오로지 신만이 아실 것이다. 돈 움베르트의 부인은 편지를 다 쓰자마자 돈 알렉산드레의 미망인에게 부쳤다. 돈 움베르트의 부인은 편지를 부치고 나서 남편에게 자신이 무슨 일을 했는지 알려 주며 거의 그대로 베껴 쓴 편지 사본을 보여 주었다. 돈 움베르트는 자신의 귀도, 자신의 눈도 믿을 수 없었다.

"이런, 세상에, 어떻게 감히 그런 일을……."

기가 막혀 말이 나오지 않았다. 돈 움베르트는 한참 만에야 겨우 말을 이을 수 있었다.

"우리 딸아이가 무슨 물건이야? 아니, 지금 우리 딸아이를 팔아먹겠다는 거야? 이거야 원, 기가 찰 노릇이로군……. 어쩜 이다지도 뻔뻔할 수가! 그게 말이나 돼? 한때 나와 원수지간이었던 사람의 아들에게 내 딸을 주겠다는 게! 게다가 그의 죽음에 나도 관련되어 있다고 모두들 생각하는 마당에 말이야! 뻔뻔해도 정도를 알아야지! 아니, 그건 그렇다 치고, 그 가엾은 놈을 보고 외모도 아름답다니, 도대체 어떻게 그런 말을 할 수 있는 거지? 당신 미친 거 아냐? 그 아이가 태어나면서부터 불구자였다는 걸, 병신이었다는 걸 몰랐단 말이야? 이거야 원, 읽어 볼수록 창피해 죽을 지경이로구면."

"움베르트, 당신은 그냥 가만히 있기만 하면 돼요."

돈 움베르트의 부인은 침착하게 말했다. 그녀는 자신이 실수를 저질렀다는 사실을 깨달았지만 행운의 여신을 믿기로 했다. 돈 움베르트가 부인과 말다툼을 벌이는 동안, 돈 알렉산드레의 미망인은 파리 리볼리 거리에 있는 집에서 어두운 방에 틀어박혀 심각한 표정으로 편지를 읽고 있었다. 세상에 이런 년도 다 있구나, 이 거지발싸개 같은 년은 수치심이라는 말도 모른단 말인가. 돈 알렉산드레의 미망인은 그렇게 중얼거렸다. 평상시 같았으면 그녀는 그 편지를 발기발기 찢어 버렸을 것이다. 그러나 그녀는 어느덧 나이 마흔이 내일모레였고, 그 곱던 얼굴도 어느새 시들어 머지않아 볼썽사납게 변하고 말 것이었다. 매 순간 위태위태하게 살아온 그녀의 인생은 허망한 희망의 연속이었다. 실패한 인생이었지. 그녀는 속으로 중얼거렸다. 그녀는 편지를 작은 테이블 위에 내려놓고 타조 털로 만든 부채를 맥없이 흔들었다. 부채를 흔들자 팔찌가 짤랑거렸다. 길거리에서 마차 지나가는 소리가 끊임없이 들려왔다.

"아나이스, 요 귀여운 것 같으니. 창문 좀 닫아 줄래? 그리고 수를 놓은 내 숄 좀 갖다 주렴."

돈 알렉산드레의 미망인이 하녀에게 말했다. 하녀는 마르티니크 섬에서 온 흑인이었다. 그녀는 노란색 수건을 머리에 쓰고 있었다.

돈 알렉산드레의 미망인은 일 년 전에 출신 성분을 알 수 없는 카시미르라는 시인을 알게 되었다. 그 시인은 그때 겨우 스물두 살이었다. 시인은 돈 알렉산드레의 미망인을 몽파르나스의 문학 동호회로 이리저리 끌고 다녔다. 몽파르나스는 자유분방한 예술가들이 모여 시를 낭독하고 압생트 술을 마시는 곳이었다. 시인과 돈 알렉산드레의 미망인은 1898년에는 스테판 말라르메의 장례식에 참석하기도 했다. 시인은 돈 알렉산드레의 미망인에게 끊임없이 구혼했다. 그러나 미망인은 두 사람의 나이 차이가 너무 크고 또 사는 형편도 너무 달랐기 때문에 번번이 시인의 청혼을 묵살했다. 시인은 미망인에게 공동묘지에서 훔친 꽃과 불타는 애정을 표현한 시를 계속해서 보냈다. 사람들 눈에는 두 사람의 관계가 변태적으로 보였다. 사람들은 그녀 뒤에서 이러니저러니 흉을 보았다. 그래서 어쨌단 말인가? 그녀는 생각했다. 나는 평생을 불행하게 살아왔어, 그런데 마침내 행운의 여신이 내 방문 앞에 이와 같은 선물을 두고 간 거야, 사람들이 흉을 본다고 해서 내가 그 선물을 거절해야 한단 말인가? 게다가 이곳은 바르셀로나가 아니라 파리야. 미망인은 스스로 용기를 북돋우기 위해 애를 썼다. 여긴 파리야, 파리에서 나는 그저 한 사람의 여자일 뿐이야, 다시 말해 자유롭다는 거지. 미망인은 그렇게 생각했다. 그러나 아들이 마음에 걸려 아무것도 선불리 결정할 수 없었다. 아들이야말로 그녀의 행복을 가로막는 장애물이었던 것이다. 아들에게 상황을 자세히 설명해 주면 아들도 어머니를 이해하고 그녀의 뜻을 받아 줄 것만 같았다. 아들이 전적으로 어머니를 도와줄 듯도 싶었다. 아들로서는 마침내 어머니에게 애정을 표시할 수 있는 기회를 얻은 것이니, 다 큰 어른으로서 어머니 편이 되어 줄 것만 같았다. 하지만 오랫동안 서로 미워하며 가까이하지 않았기 때문에 솔직한 대화를 나눌 방법을 찾아낼 수가 없었다. 그래서 어머니는 죄책감을 느끼면서도 그 진절머리나는 아들을 없애 버릴 수 있는 방법을 모색해 오던 참이었다. 이제 돈 알렉산드레의 미망인은 방금 전에 도착한 편지 내용을 곰곰이 되짚어 보았다. 결혼 자체는 유혹적이었지만, 모든 면에서 볼 때 성급히 수락할 수가 없었다. 예기치 않았던 청혼 뒤에 뭔가 꿍꿍이속이 숨어 있을 것만 같았던 것이다. 아무튼, 니콜라우 같은 녀석을 사위로 삼아 줄 사람이 이 세상에 또 어디 있겠어? 가엾은 녀석 같으니라고, 뭐 하나 잘난 게 있길 하나, 병신에다 바보인데, 돈을 빼면 그 녀석에게 뭐가 남느냐 말이야, 그래, 틀림없어, 돈 때문에 저러는 거야, 만일 그게 사실이라면 니콜라우의 운명은 위험에 빠지게 될 거야, 저 악당 놈은 내 남편을 죽인 놈이야, 오, 주여 내 남편을 보살펴 주소서, 그런 놈이니 남편의 상속인까지 죽이려고 덤벼들 게 틀림없어, 수세기 전부터 이스탄불에서 이어져 내려오던 복수극일 가능성이 높아, 다 죽어 없어질 때까지 서로 죽고 죽이는, 끝 없고 잔인한 복수극 말이야. 돈 알렉산드레의 미망인은 어느 살롱에서 '저주받은 술탄' 압둘 하미드가 프랑스에 파견한 대사를 만난 적이 있었다. 압둘 하미드는 노쇠한 술탄으로 침몰 위기에 봉착한 오토만 제국을 다스리고 있었다. 압둘 하미드 는 한때 '유럽의 환자'라고 불리기도 했다. 돈 알렉산드레의 미 망인이 만난 대사는 엔베르 베이의 추종자였고, 따라서 '터키 청년당원'들을 지지했다. 대사는 나라를 위해 일한다고 큰소리 치며 정부로부터 막대한 봉급을 받았지만, 기회가 있을 때마다 자기 나라를 헐뜯었다. 대사는 자신이 이상주의자라고 우겼지 만 실상은 정반대였다. 그는 자신과 그의 동료들이 척결하고자 애썼던 도덕적 타락과 부패의 표본이었다. 돈 알렉산드레의 미망인은 왠지 모를 오싹한 느낌에 하녀가 어깨에 걸쳐 준 마닐라 숄로 몸을 감쌌다. 미망인은 줄을 잡아당겼다. 종소리를 듣고 하녀 아나이스가 나타났다. 미망인은 하녀에게 아들이 집에 있는지를 물었다. 예, 집에 계십니다, 마담. 아나이스가 대답했다. 그럼 아들한테 전해 주겠니, 얘기를 좀 나누고 싶다고. 미망인이 말했다. 미망인은 아들을 다정하게 대해 주고 싶었다. 동등한 자격으로 이야기를 나누고 싶었다. 그러나 아들이 방으로 들어서는 순간 미망인은 인상을 찡그렸다.

"아니, 그게 뭐니?"

미망인은 신경질적으로 소리쳤다.

"지금 이 시간에 벌써 잠옷을 입고 있는 거야?"

니콜라우가 기어들어 가는 목소리로 더듬더듬 사과했다. 밖에 나갈 생각이 없었습니다, 오후 내내 책을 읽으며 지낼 생각이었습니다, 하지만 뭐 다른 일이라도 있다면……. 아냐, 아냐, 괜찮아, 됐어. 미망인이 말했다. 그냥 가 봐, 머리가 아파 죽겠어, 내일 아침까지는 방해하지 말아 줘. 미망인은 서재 문을 걸어 잠그고 밤이 깊어 갈 때까지 편지를 썼다가 지웠다가, 썼다가 찢었다가 했다. 마침내 미망인은 마음에 쏙 드는 편지를 완성했다. '친애하는 친구에게, 당신의 편지는 고마운 마음과 어리둥절한 심정을 동시에 느끼게 만들었습니다. 이 심정을 당신은 충분히 이해할 수 있을 겁니다. 저는 항상 이렇게 생각해 왔습니다. 결혼 문제에서 가장 중요한 것은 당사자들의 의견입니다. 결혼 당사자들은 그 무엇보다 자신들의 감정에 충실해야 합니다. 우리 어머니들은 자식들에게 이래라저래라 간섭해서는 안 되는 것입니다. 아무 욕심 없는 의견이라 할지라도, 우리는 자식들의 문제에 관여해서는……' 돈 움베르트 피가 이 모레라의 부인은 그 편지를 읽고 속으로 쾌재를 불렀다. 먹이가 손안에 걸려든 것이었다. 그 편지는 얼핏 보기에 결혼을 거절하는 듯한 인상을 풍겼으나, 관심이 있다는 뜻을 내포하고 있었다. 이제 대화와 거래의 통로가 열린 셈이었다. 돈 움베르트의 부인은 의기양양하게 남편에게 편지를 보여 주었다. 돈 움베르트는 편지를 읽어 보았지만 무슨 뜻인지 도무지 감을 잡을 수 없었다.

"이것만 보면 결혼은 이미 물 건너간 것 같군그래."

돈 움베르트는 그 말밖에 딱히 할 말이 없었다.

"움베르트, 바보처럼 굴지 마요."

부인이 이기죽거렸다.

"그 여자가 내게 답장을 보내왔다는 것 자체가 바로 승낙이나 다름없단 말이에요. 겉으로는 거절하는 척했지만 속뜻은 그렇지 않단 말이에요. 여자들이 얼마나 교활한지 당신은 몰라요."

돈 알렉산드레의 미망인은 결혼이 이미 정해지기라도 한 것처럼 아들에게 알렸다. 니콜라우 카날스 이 라타플란은 아무것도 눈치채지 못했다. 서서히 몰려드는 시커먼 먹구름을 보지 못했다. 그저 즉흥적으로 싫어하는 기색을 슬쩍 내비쳤을 뿐이었다.

"그만, 그만."

미망인은 신경질적으로 발뒤꿈치로 마룻바닥을 쾅쾅 내리치며 아들의 말꼬리를 가로챘다.

"네가 인생에 대해 뭘 안다고 그러니? 반면에 나는 경험이 많은 사람이야. 고통도 많이 당했어. 나는 네 엄마야. 무엇이 네게 좋은지 잘 알고 있단 말이야."

미망인은 잠시 말을 멈추었다가 확신에 찬 표정을 꾸며 내며 말을 이었다.

"바르셀로나로 가서 그 여자아이와 결혼하도록 하려무나. 그게 최선의 선택이야. 너희는 행복하게 살 수 있을 거야. 너희의 행복을 방해할 수 있는 건 아무것도 없어."

"하지만 어머니, 어머니는 그 사람들이 어떤 작자들인지 모른단 말입니까? 그 작자들은 우리 아버지를 죽인 자들이란 말입니다."

"그건 소문일 뿐이야. 설사 그 소문이 사실이라 해도, 그 여자아이가 네 아비를 죽인 건 아니잖니. 네 아비가 죽었을 때 그 여자아이는 그저 철부지 어린아이에 불과했어. 게다가 그건 다 과거지사일 뿐이야. 그동안 얼마나 많은 시간이 지나갔는데 그러니. 우리는 과거의 일을 등에 지고 살아갈 수는 없어. 내 말대로 하려무나."

니콜라우 카날스 이 라타플란은 여러 시간 길거리를 헤매다 해 질 무렵이 되어서야 리볼리 거리에 있는 집으로 돌아왔다. 그는 곧장 어머니를 만나러 갔다.

"어머니, 나는 결혼하지 않겠습니다. 그 여자아이도 싫고 다른 여자아이도 싫습니다. 물론 그 여자아이가 훌륭한 처녀라는 점은 나도 인정합니다. 그렇지만 바르셀로나에 가서 살기도 싫습니다. 내가 바라는 것은 어머니와 함께 이곳 파리에서 사는 것입니다. 이곳에서도 우리는 행복하지 않습니까, 어머니, 그렇지 않습니까?"

니콜라우의 어머니는 차마 그렇지 않다고 대답할 용기가 나지 않았다. 그녀는 아들 때문에, 아들과 함께 산다는 것 자체만으로도 불행했다. 이 이야기가 우리가 지난번에 나누었던 이야기와 무슨 상관이 있단 말이냐, 그리고 넌 엄마 치맛자락에 매달려 놀기엔 너무 나이가 많아. 어머니는 그렇게 대답했다. 어머니의 말은 사실이었다. 니콜라우는 어머니의 말에 동의한다는 듯 양팔을 들어 올렸다.

"나와 함께 사는 게 불편하시다면, 몽파르나스에서 다락방을 하나 얻어 거기서 지내도록 하겠습니다."

어머니와 아들은 한동안 실랑이를 벌인 끝에 드디어 합의점을 찾아낼 수 있었다. 니콜라우 카날스 이 라타플란은 바르셀로나로 건너가, 마르가리타 피가 이 클라렌사와 그녀의 가족에 대해 자세히 알아본 후, 결혼을 할 것인지 말 것인지 결정하기로 했다. 니콜라우가 원할 경우에는 파리로 돌아올 수도 있었다. 그런 결정은 어머니 쪽에서 볼 때 패배나 다름없는 것이었지만, 어머니는 그 이상을 아들에게 강요할 수 없었다. 니콜라우의 어머니는 아들에게 약한 모습을 보이기 싫었다. 그러나 그녀는 어쨌든 아들과 좀 더 가까워지는 느낌을 받았다. 마음 한구석에서는 어서 빨리 아들에게서 벗어나고 싶기도 했지만, 아들이 떠날 날이 다가오자 어머니는 슬픔에 빠져들었고, 행여 아들이 불행한 일을 당하지 않을까 싶어 초조해졌다. 한편, 바르셀로나와 파리에서 벌어지는 그 모든 소동은 오노프레 부빌라의 귀에 속속 전해졌다. 오노프레는 자발적으로 집안에 틀어박혀 살면서도 그에게 불리한 그 상황을 이로운 방향으로 돌리기 위해 작전을 짜고 있었다.

5

오노프레는 우선 루손 섬의 지주인 오소리오와 필리핀에서 오소리오를 대신해 사업을 펼치고 있는 미국인 가네트가 살고 있는 집의 위치를 알아낸 후 두 사람의 뒤를 밟아 보았다. 그 두 사람은 오노프레가 마르가리타 피가 이 클라렌사에게 청혼하기 위해 부달레라에 있는 돈 움베르트의 여름 별장을 찾아갔던 그 처참했던 오후에 우연히 알게 된 사람들이었다. 오노프레는 다음과 같은 사실을 알아냈다. 미국인 가네트는 콜론 호텔의 스위트룸에 묵고 있었다. 콜론 호텔은 그 당시 그라시아 산책로 바로 옆, 카탈루냐 광장에 있었다. 가네트는 호텔에서 매일 끼니를 해결했고, 임대한 유개 마차를 타고 일주일에 단 두 차례만 외출했다. 가네트가 호텔을 나서는 날은 화요일과 목요일이었다. 가네트는 마차를 타고 호텔을 나와서 발카르카에 있는 아편굴로 찾아갔다. 그리고 그곳에서 밤을 지새웠다. 날이 밝으면 임대 마차가 아편굴에 나타나 가네트를 태우고 다시 호텔로 돌아갔다. 가네트가 찾아가는 그 유명한 아편굴은 바르셀로나에서 그간 악명을 떨쳐 왔던 여러 아편굴들 중에서 마지막으로 남아 있던 곳이었다. 상류 계층의 신사들과 적지 않은 귀부인들이 그 아편굴로 몰려들었다. 그리고 재단사 보조 아가씨들이나 다른 직종의 보조 아가씨들도 그곳을 자주 찾았다. 당시까지만 해도 아편과 아편의 부산물들이 중독성이 강하다는 사실은 널리 알려지지 않았다. 아편을 피우는 일은 범죄도 아니었고 사회적 지탄의 대상도 아니었다. 아편에 중독된 아가씨들은 약 기운이 떨어지면 다시 아편을 피워야 했지만 돈벌이가 시원치 않아 정기적으로 아편을 구할 수가 없었다. 그래서 그런 아가씨들은 몸을 팔아 번 돈으로 아편을 구해 피웠다. 아편굴을 운영하는 사람들은 보통 비밀리에 사창굴도 함께 운영했다. 그런 사창굴에서는 나이가 한참 어린 창녀들을 쉽게 찾아볼 수 있었다. 가네트는 아편굴을 찾지 않을 때에는 호텔 스위트룸에 틀어박혀 셜록 홈스가 등장하는 탐정소설을 읽으며 지냈다. 셜록 홈스가 등장하는 소설은 당시까지만 해도 스페인에는 알려지지 않았지만 영국과 미국에서는 이미 대단한 인기를 누리고 있었다. 가네트는 아메리칸 익스프레스를 통해 미국에서 그 소설들을 들여왔다. 한편, 오소리오 이 클레멘테는 에스쿠데예르스 거리에 있는 아파트를 임대해 살고 있었다. 그 거리는 살기 좋은 곳이었다. 오소리오는 필리핀 출신 하인과 포메라니안 강아지와 함께 살았다. 하인은 그의 손발이 되어 주었고, 강아지는 그의 친구가 되어 주었다. 그는 매일 아침 산 후스토 이 파스토르 교회에서 미사를 보았다. 그리고 오후가 되면 투우 클럽에 들렀다. 그 클럽의 회원들은 오소리오와 같은 퇴역 군인들과, 바르셀로나 시의 고위직 관리들과, 계급이 높은 경찰 간부들이 주를 이루었다. 클럽 회원들은 투우에 대해 이야기를 나누며 카드놀이를 했다. 오노프레 부빌라는 일단 가네트를 만나 보기로 결심했다.

　오노프레는 호텔로 가네트를 찾아가 단도직입적으로 용건을 털어놓았다. 오소리오는 이제 끝났습니다, 그는 이제 노인입니다, 그리고 노인들은 열대성 기후를 견딜 수 없습니다, 만일 그에게 심각한 문제가 발생한다면 당신은 그의 재산을 마음대로 처리할 수 있을 겁니다, 그 재산은 현재 당신 이름으로 되어 있지 않습니까, 그가 죽으면 그의 재산을 상속인들에게 물려주지 않고 내 이름으로 빼돌릴 수도 있을 겁니다, 이를테면 그럴 수도 있다는 겁니다. 오노프레는 그렇게 말했다. 가네트는 눈을 가늘게 떴다. 그는 레몬즙과 럼주와 탄산수를 섞어 만든 음료수를 홀짝거리다 마침내 입을 열었다.

"법적인 차원에서 보자면 말이오, 문제는 겉으로 보기보다 훨씬 복잡합니다."

"그건 나도 압니다."

오노프레는 손으로 작성한 서류 뭉치를 가네트에게 보여 주며 말했다.

"당신들이 피가 이 모레라 변호사 앞에서 작성한 계약서를 이렇게 베껴 왔습니다."

"음, 그렇군요."

가네트는 계약서를 힐끗 쳐다보며 말했다.

"그렇다면 돈 움베르트의 협조가 필요합니다."

"그 문제는 내가 알아서 해결하겠습니다."

오노프레가 말했다.

"하지만 오소리오는 어떻게 합니까? 누가 그 사람을 맡을 겁니까?"

가네트가 물었다.

"그 문제도 내가 알아서 처리하겠습니다."

오노프레가 대답했다.

가네트는 그 문제에 대해 더 이상 이야기를 나누려 하지 않았다. 사나흘 후에 다시 오시오, 그동안 내 그 문제를 숙고해 보리다. 가네트가 정한 기간이 지나갔다. 오노프레와 가네트는 다시 만났다. 이번에는 가네트가 조심스럽게 몸을 사렸다. 오소리오에게 무슨 일이 생기면……, 그때 당신 뭐라고 했지요? 그래, 맞아, 오소리오에게 심각한 문제가 발생한다면, 맞아, 그렇게 얘기했어, 당신 말마따나 만일 그에게 심각한 문제가 발생한다면 말이오, 그가 당한 불행을 모두들 내 탓으로 돌릴 텐데, 그렇지 않겠소? 가네트가 말했다. 오노프레는 싱긋 웃었다.

"만일 당신이 그런 의심을 제기하지 않았다면 나 스스로 우리 계약을 없었던 일로 했을 겁니다. 이제 보니 매우 신중한 분이시로군요. 세세한 부분까지 꼼꼼하게 고려해 보신 모양입니다. 좋습니다. 내가 세운 계획을 알려 드리겠습니다."

오노프레가 설명을 끝내자 가네트는 만족한 듯한 표정을 지었다. 가네트가 말했다. 그럼 이제 각자에게 돌아갈 몫에 대해 얘기해 볼까요? 두 사람은 그 점에 대해서도 쉽게 합의를 볼 수 있었다.

헤어지기 직전 오노프레가 가네트에게 말했다.

"아시겠지만, 오늘 우리가 여기서 나눈 얘기를 문서로 남겨서는 절대로 안 됩니다."

"내가 어디 이런 일을 한두 번 해 봤겠소? 걱정 마시오. 나도 알아요. 이런 일은 악수 한 번으로 충분합니다."

두 사람은 악수를 나누었다.

"입을 단속해야 한다는……."

오노프레가 말했다.

"알아요, 알아. 입도 뻥긋하지 않겠소이다."

가네트가 잽싸게 말을 받았다.

한편, 에프렌 카스텔스는 오노프레 부빌라를 돕기 위해 아내 몰래 바람둥이 기질을 유감없이 발휘하고 있었다. 에프렌 카스텔스는 돈 움베르트 피가 이 모레라의 집에서 일하는 하녀 한 명을 유혹하는 데 성공했다. 오노프레와 에프렌은 그 하녀를 통해 그 집안에서 무슨 일이 벌어지는지 샅샅이 알아낼 수 있었고, 돈 움베르트 부부가 그들의 딸을 니콜라우 카날스 이 라타플란과 결혼시키기 위해 무슨 수작을 꾸미고 있는지 가까이서 지켜볼 수 있었다. 돈 움베르트가 앞서 예상한 바와 같이 어머니의 의지가 딸의 감정을 휘어잡았다. 마르가리타는 반항해 보았지만 어머니의 교묘한 술책과 교활한 속임수에 속수무책일 수밖에 없었다. 장차 사돈이 될지도 모르는 파리 여자는 아들에게 윽박지르다시피 결혼을 강요했지만, 마르가리타의 어머니는 시간을 두고 천천히 딸을 설득했다. 마르가리타의 어머니는 자신의 유리한 점을 최대한 활용했다. 그녀는 마르가리타와 오노프레가 서로 사랑하는 사이라는 사실을 알고 있었다. 그러나 마르가리타는 어머니가 그런 사실을 모르리라고 여겼다. 그래서 그녀가 무슨 이유로 어머니의 뜻을 거스르려 하는지 그 진짜 이유를, 다시 말해 오노프레를 사랑하고 있다는 사실을 차마 밝힐 수 없었다. 그런 사실을 밝힐 경우 오노프레가 심각한 피해를 입을지도 모른다는 두려움에 감히 입을 열지 못했던 것이다. 마르가리타는 어머니의 은근한 암시가 거짓말이라는 것을 짐작하고는 있었지만 그것을 증명할 방법이 없었다. 그래서 어머니의 주장을 받아들일 수밖에 없었다. 마르가리타가 굴복의 뜻을 내비치자 마르가리타의 부모와 돈 알렉산드레의 미망인 사이에 편지 왕래가 더욱 잦아졌고,

그 내용도 갈수록 결혼에 대한 구체적인 합의문으로 변해 갔다. 그런 편지가 오가는 바람에 마르가리타는 결혼을 기정사실로 받아들일 수밖에 없었다. 그녀는 한 걸음 한 걸음 올가미를 향해 다가가고 있었다.

"이제 더 이상 호들갑 떨지 마라."

마르가리타가 싫어하는 기색을 보일 때마다 어머니는 그렇게 말했다.

"누가 너를 잡아먹기라도 한다니? 이건 예의를 지키는 일이야. 우리는 예의를 지켜야 한단 말이다."

"아이, 엄마, 그 얘기는 전에도 했고, 또 그 전에도 했고, 또 그 전에도 했어요. 그런 얘기라면 이제 신물이 난단 말이에요. 엄마 말대로 이렇게 아무 하는 일 없이 가만히 있는 것보다는 차라리 죽는 게 낫겠어요."

"애야, 그게 대체 무슨 소리냐. 누가 네 말을 들었다가는 우리가 중세 시대 사람들처럼 살고 있다고 생각할 거다. 결혼을 하든 말든 그건 네가 결정할 문제야. 네가 하기 싫어하는 일을 하라고 억지로 강요하는 사람은 아무도 없어. 하지만 나는 알다가도 모르겠다. 그 매력적인 부인과 그의 아들이 보여 주는 모든 애정과 관심을 우리가 왜 거절해야 하는지 그 이유를 모르겠단 말이다. 그 아들만 해도 그렇지. 똑똑하지, 성실하지, 게다가 부자란 말이야."

"그것으로도 모자라 곱사등이잖아요."

"네 눈으로 직접 확인하기 전까지는 그런 말 함부로 하는 게 아니다. 너도 알잖니, 사람들이 다른 사람들의 약점을 과장해서 떠들어 대길 얼마나 좋아하는지 말이다. 게다가 이 점을 명심해야 한단다. 잘난 외모는 쉽게 질리는 법이야. 하지만 영혼이 아름다운 사람은……, 글쎄 뭐라고 해야 하나……, 날이 갈수록 점점 더 마음에 드는 법이란다. 아이고, 이따위 얘기는 이제 그만하기로 하자. 이런 얘기도 이젠 지겹다, 지겨워."

마르가리타의 어머니는 복도로 나가 작은 종을 울려 하녀를 불렀다. 하녀가 나타났다. 마르가리타의 어머니는 하녀에게 리넨 수건과 식초 섞은 물을 세숫대야에 담아 오라고 지시했다. 열이 끓어올라 수건에 물을 적셔 이마와 관자놀이를 식힐 생각이었다.

"이러다간 너희들 때문에 내가 명대로 못살 것 같구나. 배은 망덕한 것들 같으니! 오, 주여!"

마르가리타는 뭐라 대답할 말이 없었다. 에프렌 카스텔스는 모녀간의 말다툼을 즉시 오노프레에게 알려 주었다.

"좋았어. 드디어 행동으로 돌입할 순간이 다가왔군."

오노프레 부빌라는 그렇게 씹어뱉었다.

거사를 치를 날 밤이었다. 철문은 열려 있었다. 에프렌 카스텔스의 유혹에 넘어간 하녀가 문지기와 정원사와 산지기를 돈으로 매수했다. 개들의 주둥이에는 부리망이 채워졌다. 에프렌 카스텔스는 높이가 오 미터에 이르는 사다리를 지고 갔다. 에프렌은 세 발짝마다 걸음을 멈추고 터져 나오는 웃음소리를 손수건으로 틀어막아야 했다. 왜 쓸데없이 웃고 지랄이야? 대체 무슨 일인데? 오노프레 부빌라가 에프렌에게 물었다. 에프렌이 대답했다. 지금 상황이 옛날과 똑같아서 말이야, 그때 생각이 나서, 자네와 내가 만국박람회 창고에서 시계나 뭐 그런 것들을 훔칠 때 말이야, 자네도 기억나지? 쳇, 다 지나간 일을 왜 또 끄집어내고 그래. 오노프레가 쏘아붙였다. 그때로부터 어느덧 십일 년이나 흘렀다. 지금 두 사람이 거행하려는 일은 어릿광대짓이나 다름없었다. 두 사람의 말소리에 놀란 개들이 짖어 대기 시작했다. 돈 움베르트가 비단 가운을 걸치고 이층 발코니에 나타났다. 거기 무슨 일이야? 돈 움베르트가 소리쳤다. 문지기가 문간채에서 튀어나와 모자를 벗었다. 아무것도 아닙니다, 주인님, 개들이 부엉이라도 본 모양입니다. 돈 움베르트가 집 안으로 들어갔다. 오노프레와 에프렌 카스텔스는 다시 걸음을 옮기기 시작했다. 난 말이야, 그 시절 일이 마치 어제 일처럼 느껴져. 에프렌이 말했다. 하녀가 어느 창문 밑에서 두 사람을 기다리고 있었다. 덩굴손 사이로 하녀의 앞치마와 머릿수건이 두드러져 보였다. 하녀는 한쪽 창문을 손가락으로 가리킨 뒤 두 손을 모아 뺨에 갖다 댔다. 잠을 자고 있다는 표시였다. 에프렌 카스텔스가 벽에 사다리를 걸치고 균형을 잡았다. 너희 두 사람은 여기서 기다리도록, 내가 다시 내려올 때까지 꼼짝 말고 기다려. 오노프레가 사다리를 기어오르는 동안 에프렌이 사다리를 붙잡아 주었다. 오노프레도 세월이 흐르면서 몸이 많이 둔해진 모양이었다. 어지럼증을 느낄까 싶어 감히 밑을 내려다보지 못했다. 젠장 맞을, 바로 엊그제 같은데, 벌써 이렇게 되다니. 오노프레는 기분이 씁쓸했다. 무언가가 엉덩이를 치는 바람에 오노프레는 상념에서 깨어났다. 권총 손잡이가 사다리 가로대에 부딪혔다. 오노프레는 호주머니에서 권총을 꺼낸 후 휘파람을 불었다. 에프렌 카스텔스가 고

개를 들고 오노프레를 쳐다보았다. 오노프레는 권총을 밑으로
떨어뜨렸다. 에프렌 카스텔스가 공중에서 권총을 낚아챘다. 오
노프레는 창문까지 기어 올라갔다. 창문은 잠겨 있었다. 날씨
도 더웠고, 당시 신문에는 창문을 열어 놓고 자는 것이 건강에
좋다는 기사가 수시로 실렸지만, 고집이·센 마르가리타는 그
런 것에 아랑곳하지 않고 창문을 잠가 놓고 잠이 들어 있었다.
오노프레는 여러 차례 창문을 두드려야 했다. 마침내 마르가
리타의 얼굴이 창문 너머로 나타났다. 잠이 덜 깬 상태였지만
당황해하는 기색이 역력했다. 오노프레! 당신! 아니 대체 무슨
일이야, 이렇게 불쑥 나타나다니. 오노프레는 성급하게 손을
흔들었다. 창문을 열어, 안으로 들어가게, 너와 할 얘기가 있
어. 에프렌 카스텔스와 하녀가 아래쪽에서 속삭였다. 저기요,
소리 좀 죽여요, 당신들 말소리에 집안사람들이 다 깨겠어요.
마르가리타는 창문을 한 뼘 정도 열고 그 틈으로 얼굴을 내밀
었다. 풀어진 머리카락이 어깨 위로 흘러내렸다. 구릿빛 머리카
락이 그녀의 새하얀 목덜미를 더욱더 두드러지게 만들었다. 더
위와 졸음이 그녀의 이마에 주름살이 지게 만들었다. 오노프
레는 그토록 아름다운 모습을 생전 처음 보았다.

"나 좀 들여보내 줘."

오노프레의 목소리에는 간절한 욕망이 절절히 배어 있었다.
마르가리타는 두려운 듯 눈을 깜박였다. 그럴 수는 없어. 마르
가리타가 속삭였다. 두 사람은 몇 년 동안 만날 수 없었다. 기
껏해야 편지나 주고받았을 뿐이었다. 그런데 이렇게 막상 얼굴
을 마주 대하고 보니 말을 나누기가 힘들었다. 오노프레는 석
고상으로 거울을 깨트렸던 그날 오후처럼 피가 끓어오르는 느

낌을 받았다. 꼽추 녀석과 결혼한다고 하던데, 그게 사실이야? 다잡아 족치듯 묻는 오노프레의 서슬에 마르가리타는 겁을 집어먹었다. 마르가리타는 그때 처음으로 어머니가 자신에게 무슨 일을 저지르려고 하는지 비로소 깨달을 수 있었다. 어머나, 세상에, 주여, 나보고 대체 어쩌란 말이야? 나도 결혼하기 싫어, 하지만 뭘 어떻게 해야 할지 모르겠단 말이야! 마르가리타가 중얼거렸다. 그건 내게 맡겨, 너 나 사랑해? 그것만 대답해 줘. 오노프레가 말했다. 마르가리타는 두 손을 모아, 손깍지를 끼고, 두 손을 머리 위로 들어 올렸다. 마치 하늘에 대고 애원하는 듯한 모습이었다. 마르가리타는 눈을 감고 고개를 뒤로 젖혔다. 몇 년 전, 오노프레가 처음으로 마르가리타를 품에 안았을 때에도 그녀는 그런 자세를 취했더랬다. 그래, 물론이지, 그렇고말고. 마르가리타의 목소리가 갈라졌다. 가슴 저 깊숙한 곳에서 터져 나오는 소리 같았다. 그래, 내 사랑, 내 운명, 내가 사랑하는 남자. 오노프레는 그때까지 매달려 있던 사다리를 걷어차 버리고 방긋이 열린 창문 틈으로 두 팔을 집어넣었다. 오노프레는 손가락으로 마르가리타의 잠옷을 찢었다. 마르가리타의 새하얀 어깨가 드러났다. 오노프레는 그 갑작스러운 행동 때문에 자칫 중심을 잃을 뻔했다. 마르가리타는 즉시 위험을 깨닫고 두 팔로 오노프레를 붙잡아 자기 쪽으로 끌어당겼다. 다급한 상황이었던지라 그녀는 엄청난 힘으로 오노프레를 방 안으로 쉽게 끌어당길 수 있었다. 두 사람은 서로 껴안은 채 한동안 어쩔 줄을 몰랐다. 마르가리타는 벌거벗은 어깨에 와 닿는 오노프레의 거친 숨결을 느낄 수 있었다. 마르가리타는 오노프레에게 그대로 몸을 맡겼다. 후회는 없었다. 두 사람은 그동안 굶주려 왔던 터라 새벽이 올 때까지 마음껏 사랑을 나누었다. 한편, 그날 새벽, 니콜라우 카날스 이 라타플란이 탄 바르셀로나행 기차가 포르부에 도착했다. 모든 승객들은 그곳에서 내려 기차를 갈아타야 했다. 스페인과 프랑스의 기차는 궤도 폭이 서로 달랐기 때문이다. 니콜라우는 기차를 갈아타는 데 시간이 얼마나 걸리는지 물어보았다. 기차역 직원들은 삼십 분 내지 그보다 조금 더 걸린다고 대답했다. 니콜라우는 플랫폼을 따라 걸어 보기로 결심했다. 굳은 다리와 몸을 풀기 위해서였다. 니콜라우는 파리에서부터 그 국경 마을까지 침대칸을 타고 왔다. 침대칸에는 다른 승객이 한 명 더 있었다. 그 승객은 처음에는 사업가라고 자신을 소개하더니 나중에는 영사관에서 근무한다고 말을 바꾸었다. 그는 처음에는 말도 안 되는 장광설로 니콜라우를 귀찮게 하더니 나중에는 코 고는 소리로 그를 괴롭혔다. 니콜라우는 포기하고 이렇게 중얼거렸다. 저 사람이 있거나 없거나 잠을 이루지는 못했을 텐데, 뭐. 니콜라우는 역사를 뒤로 하고 제방으로 올라섰다. 그리고 그곳에서 지중해를 내려다보았다. 여명이 밝아 오고 있었다. 아침 첫 햇살에 지중해가 반짝였다. 니콜라우는 실로 오래간만에 카탈루냐 땅을 밟아 보고 있었다. 자신이 이방인처럼 느껴졌다. 니콜라우가 바르셀로나에 대해 생생하게 기억하고 있는 것은 그의 아버지뿐이었다. 매일 오후 아버지는 하던 일을 팽개치고 니콜라우를 데리고 나가 회전목마를 태워 주었다. 회전목마는 종이 등으로 장식되어 있었고, 늙은 말 한 마리가 회전목마를 돌렸다. 회전목마는 손때로 더러워진 보잘것없는 놀이 기구였다. 그러나 그 시절 회전목마는 니콜라우에게 있어서는 세상에서 가장 아름다운 것이었다. 지금도 마찬 가지였다. 니콜라우는 그 깨끗하고 깔끔한 아침 햇살을 바라보며 생각에 잠겼다. 생의 마지막 날이 점점 더 가까이 다가오는 것 같았다. 자신이 그토록 사랑했던 안개와 비의 도시 파리를 다시는 볼 수 없을 것만 같았다. 니콜라우는 처음에는 안타까움에 몸서리쳤지만 나중에는 어깨를 으쓱하고 말았다. 우울증은 니콜라우의 고질병이었다. 씁쓸한 감정과 느닷없이 달려드는 침울함에는 이미 이골이 나 있었다. 그래서 이제는 그 어떤 상황도 웃어넘길 수 있게 되었다. 해가 높이 뜰 무렵 기차는 다시 출발했다. 에프렌 카스텔스는 조바심치며 창문을 올려다보았다. 머지않아 집안사람들이 잠에서 깨어날 텐데, 그렇게 되면 위태로운 상황으로 꼼짝없이 내몰릴 텐데, 이 일을 어쩐다지. 에프렌 카스텔스는 마음이 불안하기 짝이 없었다. 에프렌 카스텔스는 망을 보느라 하녀와 함께 정원에서 밤을 지새웠다. 에프렌은 끓어오르는 욕망을 다스릴 수 없었다. 너의 그 부드러운 피부에서 풍기는 체취와 재스민 향기를 나로서는 구별하지 못하겠는걸. 에프렌은 하녀에게 그렇게 속삭였다. 하녀는 이제 덤불숲 뒤에서 발가벗은 채 흐느끼고 있었다. 하녀는 너무 정신이 없어 옷을 주워 입을 생각도 못 했다. 하녀가 흐느껴 우는 것도 다 이유가 있었다. 하녀는 에프렌 카스텔스와 놀아난 대가로 임신을 하게 되었고, 그 때문에 돈 움베르트의 집에서 쫓겨나고 말았다. 하녀는 에프렌 카스텔스를 찾아가 도움을 요청했다. 에프렌 카스텔스는 하녀가 임신했다는 사실이 부인의 귀에 들어갈까 두려워 오노프레 부빌라와 하녀 문제를 상의했다. 달라는 만큼 돈을 쥐어 주고 입조심하라고 일러. 오노프레가 충고했다. 에프렌 카스텔스는 오노프레의 충고를 따랐다. 그 후로 시간이 흘러 하녀는 아들을 낳았다. 아이는 자랄수록 아버지의 체격과 체력을 그대로 빼닮아 갔다. 청년이 된 아이는 사모라, 사마티에르, 알칸타라 등과 함께 FC 바르셀로나에서 활약했다. FC 바르셀로나는 그 아이가 잉태되었던 바로 그해에 창단되었다. 에프렌 카스텔스는 오노프레가 사다리 위에서 떨어뜨렸던 권총을 되돌려주려고 했다. 하지만 오노프레는 권총을 받지 않았다. 앞으로는 무기를 지니고 다니지 않겠어, 다른 놈들이 무기를 지니고 나를 지켜 주면 돼. 오노프레는 그렇게 말했다.

니콜라우 카날스 이 라타플란은 아라곤 호텔에 방을 잡았다. 니콜라우가 잡은 방은 밝고 널찍했다. 니콜라우는 번잡하고 화려한 람블라스 거리를 발밑으로 내려다보며 발코니에서 아침을 먹었다. 갖가지 꽃향기가 뒤섞인 냄새를 맡을 수 있었고, 온갖 새들이 지저귀는 소리를 들을 수 있었다. 꽃향기와 새들의 노랫소리가 니콜라우의 기분을 풀어 주었다. 여기서 며칠간 즐겁게 지내다가 파리로 돌아가기로 하자. 니콜라우는 생각했다. 생활에 활력을 불어넣기 위해서는 잠시나마 변화를 경험하는 것도 좋지, 파리로 돌아가면 그 도시를 더욱더 사랑할 수 있을 거고, 며칠간 집을 비웠으니 어머니가 나를 반갑게 맞아 주실지도 몰라. 아마도 잠을 제대로 자지 못해 포르부 역에서 그렇게 불길한 예감에 시달렸던 것만 같았다. 어머니 생각이 머리에서 떠나지 않았다. 그 순간 니콜라우의 어머니는 자식을 바르셀로나로 떠나보낸 것을 후회하고 있었다. 니콜라우의 어머니는 아들이 떠나고 며칠이 지나자 카시미르를 리볼리

거리에 있는 자신의 집으로 데려왔다. 이 집에서 지내는 게 훨씬 좋을 거야, 내가 보살펴 줄 테니까 당신은 열심히 시만 쓰면 돼. 니콜라우의 어머니는 그렇게 말했다. 그녀는 한밤중에 깜짝 놀라 깨어났다. 카시미르가 곁에 없었다. 그녀는 잠옷 위에 화장 가운을 걸치고 침실에서 빠져나와 카시미르를 찾아다녔다. 카시미르는 거실 창문 옆에 서 있었다. 카시미르는 무엇에 홀린 듯 하늘에 떠 있는 별을 올려다보고 있었다.

"자기야, 지금 뭐 하는 거야?"

니콜라우의 어머니가 물었다. 카시미르는 아무 대답이 없었다. 그녀는 카시미르 곁으로 다가가 그의 손을 두 손으로 부드럽게 잡았다. 젊은 시인의 손은 불이라도 난 듯 아주 뜨거웠다. 니콜라우는 어머니는 그 순간 깨달았다. 그녀는 순식간에 아들과 애인을 동시에 잃어버렸던 것이다. 그녀는 다음 날 니콜라우에게 편지를 썼다. '아들아, 파리로 다시 돌아오너라. 이건 잘못된 일이란다. 이건 미친 짓이야. 니콜라우야, 내 아들아, 너도 이건 알고 있어야 하겠구나. 얼마 전부터 나는 카시미르라는 남자와 사귀고 있었단다. 하지만 차마 그 남자에 대해 말을 꺼낼 수 없었단다. 네가 이해해 주지 못할까 싶어 겁이 났던 거란다. 줄곧 네게 잘못만 저질러 온 셈이로구나. 나는 억지로 너를 결혼시키려고 했단다. 솔직히 말해 나도 너만큼이나 그 결혼이 못마땅했단다. 그런데 내가 왜 그랬을까. 그건 순전히 내 이기심 때문이었다. 너를 보내고 자유롭게 살고 싶어 그랬던 거란다. 그런데 지금 카시미르는 폐병으로 죽어 가고 있단다. 나는 이제 머지않아 외톨이로 남을 거야. 남은 세월을 어떻게 지내야 할지 막막하기만 하구나. 아들아, 네가 필요해. 어서 내 곁으로 돌아와 주렴……' 예전 같았으면 니콜라우는 그 편지를 읽고 기뻐했을 것이다. 그러나 그 편지는 너무나 늦게 니콜라우에게 도착했다.

돈 움베르트 피가 이 모레라의 가족이 부달레라에 있는 여름 별장에서 집으로 돌아왔을 때 니콜라우는 자신이 바르셀로나에 도착했다는 소식을 돈 움베르트의 가족에게 전했다. 니콜라우는 자신을 천한 하인처럼 취급해 달라는 내용의 쪽지를 돈 움베르트의 부인에게 보냈다. 쪽지는 꽃다발과 함께 돈 움베르트의 부인에게 전달되었다.

"이것만 봐도 그 청년이 신사라는 게 분명해."

돈 움베르트의 부인은 그렇게 말했다. 다음 날 니콜라우에게 초대장이 날아들었다. 그날 밤에 막간을 이용해 시원한 음료수가 제공될 때 돈 움베르트의 박스석으로 찾아오라는 내용이었다. 니콜라우는 한참 만에야 그 초대장의 의미를 알 수 있었다. 그것은 리세오 극장으로 오라는 뜻이었다. 그날은 리세오 극장에서 개막 공연이 열리는 날이었다. 돈 움베르트의 가족은 니콜라우 역시 당연히 그 개막 공연을 보러 올 것이라고 생각했던 것이다. 니콜라우는 부랴부랴 호텔 종업원을 시켜 리세오 극장의 일등석 표를 사오게 했고, 호텔 객실 담당자에게 당장 연미복을 다림질해 달라고 부탁했다. 그러나 니콜라우의 뒤틀린 몸 때문에 연미복을 다리기가 그리 쉽지 않았다. 연미복을 두 번, 세 번 다림질했지만 넝마 같은 꼴에서 벗어날 수 없었다.

리콜라우는 리세오 극장 입구에 도착했다. 경찰들이 세 줄로 늘어서서 극장 입구를 막고 있었다. 니콜라우는 이번에도 누군가가 폭탄을 던진 거라고 생각했다. 오 년 전에도 산티아고 살바도르라는 남자가 리세오 극장에 폭탄을 던졌던 것이다. 카탈루냐 사람들은 파리를 방문할 때면 종종 리볼리 거리에 있는 니콜라우의 집을 방문하곤 했는데, 니콜라우는 그들의 입을 통해 그 사건에 대해 자세히 들을 수 있었다. 하지만 그날 밤에는 어느 왕족이 리세오 극장을 찾아왔기 때문에 경찰들이 삼엄한 경비를 펼치고 있었다. 몬테네그로의 왕자 니콜라스 1세가 리세오 극장을 찾아왔던 것이다. 니콜라스 1세는 개막 공연에 몸소 참석함으로써 그 자리를 더욱 빛내 주었고, 바르셀로나의 메르세드 축제는 절정에 이르렀다. 니콜라우는 가스등 불빛이 희미해져 갈 무렵에야 겨우 자기 자리에 앉을 수 있었다. 그날 밤 리세오 극장에서는 주세페 베르디의 「오텔로」가 초연되었다. 니콜라우는 파리에 있을 때 클로드 드뷔시의 열렬한 팬이었다. 그는 드뷔시를 베토벤을 제외하고 역사상 가장 위대한 음악가로 평가했다. 드뷔시의 작품이 초연되는 곳이라면 어디든 찾아다녔다. 그러나 오페라 「펠레아스와 멜리장드」 초연 무대는 구경할 수 없었다. 그 오페라가 초연되는 순간에 재수 없게도 독감에 걸려 며칠을 침대에 누워 있어야 했던 것이다. 니콜라우는 아픈 몸을 이끌고서라도 공연을 보러 가려 했다. 그래서 그의 어머니는 추운 날씨에도 불구하고 바깥에 나가 니콜라우에게 「펠레아스와 멜리장드」의 악보를 사다 주어야 했다. 니콜라우는 병에서 회복되는 동안 그 악보를 보며 아쉬움을 달랬다. 니콜라우가 듣기에 `베르디의 음악은 과장되고 시끄러운 소음에 불과했다. 오지 말았어야 했는데. 니콜라우는 실망했다. 불이 다시 켜졌다. 이제 니콜라우는 어쩔 수 없이 받아들인 약속을 사회적 의무감에 따라 이행해야만 했다. 니콜라우는 바르셀로나 사교계가 어떻게 돌아가는지 전혀 몰랐기 때문에 복도를 돌아다니며 돈 움베르트 피가 이 모레라 가족의 박스석이 어디 있는지 물어볼 수밖에 없었다. 니콜라우는 돈 움베르트 가족의 박스석으로 점점 더 가까이 다가갈수록 분노와 수치심에 사로잡혔다. 내가 지금 여기서 무슨 짓을 하고 있는 거지? 내 아버지를 죽인 살인마들에게서 뭘 얻어먹겠다고 이러는 거지? 니콜라우는 부득부득 이를 갈았다. 니콜라우는 박스석이 사람들로 붐벼 자신의 모습이 돈 움베르트 가족들의 눈에 띄지 않기를 바랐다. 그러나 기대했던 바와는 달리 박스석에는 돈 움베르트와 그의 부인과 마르가리타와 하인 한 명이 앉아 있을 뿐이었다. 하인은 긴 상의와 무릎 아래에서 바짓단을 끈으로 묶은 하의를 입고 있었고, 두 손으로 카스텔라 빵과 비스킷이 담긴 쟁반을 들고 있었다. 돈 움베르트는 여러 사람에게 초대장을 보냈지만 어느 누구도 그의 초대를 받아들이지 않았다. 그래서 손님이 아무도 없었던 것이다. 니콜라우로서는 그런 사실을 알 턱이 없었다. 그는 멍청하게도 그런 장소에서 흔히 쓰는 형식적인 인사말을 건넸다.

"파리에서 오셨으니 틀림없이 이곳이 아주 촌스럽게 보일 거예요."

돈 움베르트의 부인이 하인에게서 쟁반을 건네받아 비스킷 하나를 손수 집어 니콜라우에게 권하며 말했다.

"아닙니다, 부인, 별말씀을 다 하십니다. 전혀 그렇지 않습니다, 진심입니다."

니콜라우가 대답했다. 그는 부인의 솔직한 태도에 어느 정도 마음이 놓였다.

극장 종업원이 다가와 샴페인을 따라 주었다. 돈 움베르트 가족은 청년 니콜라우가 바르셀로나에서 행복한 시간을 보내기를 기원하며 건배했다. 바르셀로나에서 보내는 시간이 너무나 행복해 떠나고 싶지 않은 마음이 생길지도 몰라요, 난 그렇게 믿어요. 돈 움베르트의 부인이 음흉스럽게 눈을 가늘게 뜨며 말했다. 돈 움베르트라는 작자는 돈에 환장한 뚱쟁이고, 그 마누라쟁이는 거드름이나 피우는 왈가닥이며, 그 딸내미는 부모가 비싼 값에 팔아먹기 위해 치장해 놓은 고급 창녀 지망생이로군. 니콜라우는 그렇게 생각했다. 종이 울렸다. 공연이 곧바로 다시 시작된다는 신호였다. 니콜라우는 종소리를 빌미 삼아 그 자리에서 물러나려고 했다. 그러나 돈 움베르트가 니콜라우의 팔을 붙잡고 말했다.

"무슨 그런 섭섭한 말을 하시는 거요. 그냥 여기 앉아서 보시오. 보다시피 자리도 충분하지 않소. 일등석보다야 여기가 천 배 만 배 편안하지. 이리 와요, 이리 와. 거절은 사양합니다. 그렇게 하기로 합시다. 이미 정해진 거야."

니콜라우는 돈 움베르트의 요청을 받아들일 수밖에 없었다. 니콜라우는 마르가리타가 앉아 있는 의자 뒤쪽에 자리를 잡고 앉았다. 샹들리에와 촛불이 모두 꺼지고 막이 올랐다. 무대 앞쪽 조명에서 은은한 빛이 흘러나왔다. 니콜라우는 그 빛으로 또렷이 드러난 마르가리타의 몸의 윤곽을 볼 수 있었다. 야회복 위로 훤히 드러난 어깨의 곡선이 보였다. 그녀의 머리는 넓은 리본으로 묶여 있었고, 자잘한 진주가 달린 머리띠를 하고 있었다. 진주는 알이 작다 뿐이지 크기가 일정하고 모든 것이 완벽했다. 그래서 그녀의 목덜미와 등 윗부분을 들여다볼 수 있었다. 니콜라우는 마르가리타의 어깨에 시선을 고정하고 음악에 귀를 기울였다. 술기운이 올라 달콤한 졸음이 밀려왔다. 오페라가 막을 내렸다. 니콜라우는 호텔로 돌아왔다. 그는 아침을 먹을 때 사용했던 테이블과 작은 버들가지 안락의자를 발코니로 끄집어내고, 필기도구를 챙기고, 기름 램프에 불을 켜고, 람블라스 거리에서 올라오는 따뜻한 공기를 가슴 깊이 들이마셨다. 초가을 밤이었다. 마차 지나가는 소리가 때때로 정적을 깨뜨렸다. 니콜라우는 마음을 가다듬고 글을 써 내려가기 시작했다. '오늘 밤, 존경하는 그대의 부모님의 박스석에서 베르디의 「오텔로」를 감상하는 동안, 나는 고개를 숙여 그대의 어깨에 입을 맞추고픈 강렬한 충동을 느꼈습니다. 하지만 나는 압니다. 그것은 도저히 용납할 수 없는 분별없는 짓입니다. 그래서 나는 그 충동을 꾹 눌러 참아야 했습니다. 하지만 언젠가는 그대도 나를 사랑하게 될지도 모르는 일입니다. 전혀 불가능한 일은 아닙니다. 물론 그러려면 나는 지금의 나와는 다른 사람이 되어야 할 것입니다. 충동을 억누르는 대신, 이렇게 편지로 내 비겁함을 고백하는 대신, 그 충동에 충실할 수 있는 그런 사람으로 말입니다. 그러나 지금은 상관없습니다. 모든 진실을 나 그대에게 솔직하게 털어놓겠습니다. 지금 그대와 나 사이에 오가는 결혼 얘기는, 내가 짐작하는 바로는, 당신의 동의 없이 진행되고 있는 것 같습니다. 나 역시 이 결혼을 결코 찬성하지 않았습니다. 그러나 누가 알았겠습니까. 오늘 밤, 베르디의 「오텔로」를 듣는 동안 내가 당신을 사랑하게 될 줄을 그 누가 짐작이나 했겠습니까. 그것은 내 의지와는 전혀 상관없이 저절로 이루어진 일이었습니다.' 니콜라우는 쓰기를 멈추었다. 펜대를 입에 물었다. 니콜라우는 잠시 생각에 잠겨 있다가 다시 글을 쓰기 시작했다. '오늘 밤 이후로 일이 복잡하게 꼬일 것만 같습니다.' 니콜라우는 펜을 내려놓고 자리에서 일어나, 기름 램프를 들고 방으로 들어가서는, 방을 가로질러 거울 앞으로 다가가 램프를 최대한 높이 들어 올렸다. 그리고 거울에 비친 자신의 모습을 들여다보았다. 여태껏 연미복을 입고 있었다. 니콜라우는 생애 처음으로 육체적인 결함이 없는 건강한 사람들에 대해 시기심을 느꼈다. 자기 자신이 부끄럽지는 않았으나 분노가 끓어올랐다. 잘 봐, 네 꼬락서니를 한번 보란 말이야. 니콜라우는 거울에 비친 자신의 모습을 노려보며 중얼거렸다. 바지에 오줌을 지린 꼬락서니잖아……. 니콜라우는 발코니로 돌아가 다시 펜을 집어 들고 글을 쓰기 시작했다. '나는 결심했습니다. 이제 영원히 파리로 돌아가지 않겠습니다.'

니콜라우는 머릿속에서 어지럽게 난무하는 생각들과 감정들을 두서없이 써 내려갔다. 쓰기를 마쳤을 때 편지는 여러 장으로 불어나 있었다. 날이 밝아 왔다. 니콜라우는 싸늘한 새벽 공기와 이슬을 피하기 위해 목욕 가운을 어깨에 걸쳐야 했다. 람블라스 거리로 사람들이 지나다니기 시작했다. 니콜라우는 7시 45분에 편지 쓰기를 마쳤다. 그는 편지를 다시 읽어 보지 않고 그대로 접어 봉투에 집어넣었다. 호텔 종업원이 아침 식사를 가져왔다.

"손님, 평소와 같이 발코니에서 식사를 하시겠습니까?"

호텔 종업원이 니콜라우에게 물었다.

"아닙니다, 그럴 필요 없습니다. 그냥 방에 두고 가십시오. 내가 알아서 하겠습니다. 그리고 부탁이 하나 있는데, 이 편지를 봉투에 적힌 주소로 배달해 주셨으면 합니다. 그리고 이 편지가 수신인에게 직접 전달되었는지 확인해 주셨으면 하는데, 가능할까요?"

"여기 손님 앞으로 온 편지가 한 통 있는데요."

호텔 종업원이 쟁반을 가리키며 말했다.

니콜라우는 편지를 집어 들었다. 어머니한테서 온 편지라고 생각했다. 그러나 편지를 집어 드는 순간 알 수 있었다. 그 편지는 마르가리타가 보낸 편지였다. 그만 나가 주시겠습니까? 니콜라우가 호텔 종업원에게 말했다. 손님, 아까 말씀하신 편지는요? 호텔 종업원이 물었다. 내가 나중에 직접 프런트에 맡기도록 하겠습니다. 니콜라우가 대답했다. 마르가리타가 보낸 편지 역시 두툼했다. 마르가리타 역시 어젯밤에 잠을 못 이룬 모양이로군. 니콜라우는 생각했다. 마르가리타는 먼저 이렇게 당돌하게 편지를 보내게 된 점을 사과했다. 그녀는 솔직하게 고백했다. '처음에는 당신의 의도를 의심했습니다. 당신의 됨됨이와 정직성을 의심했던 것입니다. 그러나 어젯밤 리세오 극장 박스석에서 본 당신은 예의 바르고 예민하며 친절한 사람처럼 보였습니다. 그래서 이렇게 감히 당신에게 도움을 요청하는 것입니다. 몇 년 전부터 저는 한 남자를 사랑해 왔습니다. 그 남자 역시 저를 사랑합니다. 그 남자는 천한 집안 출신입니다. 그러나 저는 남몰래 그 남자에게 제 마음을 주었고, 당신에게 말할 수 없는 또 다른 것도 바쳤습니다. 어머니는 물론 좋은 의도에서 우리 두 사람을 결혼시키려고 하시겠지만, 이건 서로에게 잘못된 짓입니다. 이런 식으로 진행되면 돌이킬 수 없는 불상사가 생길지도 모릅니다. 이 위험한 고비에서 당신이 저를 도와주시지 않으면 제 인생은 끝장나고 말 것입니다. 저 혼자서는 운명과 맞서 싸울 수 없기 때문입니다. 저는 운명과 싸워 이길 수 있을 만큼 강하지 못합니다. 친구로서 저를 도와주시지 않겠습니까?' 편지는 그렇게 끝났다. 니콜라우는 밤을 지새워 가며 썼던 편지를 갈기갈기 찢어 버리고 짤막한 편지를 다시 썼다. 마르가리타의 솔직함에 감사를 표했고, 지금부터는 자신을 '충실하고 사심 없는 친구'로 대해 달라고 부탁했다. '앞으로는 제게 애원하는 투로 얘기하지 마시기 바랍니다. 저는 어느 모로 보나 그럴 만한 위인이 못 됩니다. 오히려 제가 부탁드리겠습니다. 운명에 순응하여 체념하는 태도를 버리시기 바랍니다. 우리 모두에게는 행복을 누릴 수 있는 신성한 권리가 있습니다. 그리고 행복을 누리기 위해서라면 폭력을 동원해서라도 주변 환경과 싸워 나가야 합니다.' 니콜라우는 편지를 다시 읽어 보았다. 거만하고 성실하지 못하다는 느낌이 들었다. 다른 점도 그렇게 명확하게 표현되지는 못했다. 니콜라우는 잠시 쉬었다가 평상복으로 갈아입고 호텔 로비로 내려갔다. 이 편지를 과자 상자와 내 명함과 함께 이 주소로 좀 보내 주시기 바랍니다. 니콜라우는 호텔 프런트 직원에게 말했다. 그리고 명함 뒤편에 형식적인 인사말을 휘갈겨 썼다. 지난밤 리세오 극장 박스석으로 저를 초대해 주셔서 진심으로 감사드리는 바입니다. 니콜라우는 편지를 호텔 프런트에 맡긴 후 마차를 불러 산 헤르바시오 공동묘지를 찾아갔다. 공동묘지는 시내에서 멀리 떨어진 곳에 있었다. 니콜라우는 정오 무렵에

묘지에 도착했다. 그날은 바람 한 점 불지 않는 후덥지근한 날씨였다. 니콜라우는 묘지 관리인에게 물어 아버지의 무덤이 어디 있는지 알아냈다. 아버지가 죽었을 때 가족들은 생명의 위협을 느껴 아무도 장례식에 참석하지 않았다. 가족들은 아버지가 죽기 며칠 전부터 살아왔던 파리에 그대로 남아 있었다. 니콜라우는 씁쓸한 기분을 지울 수 없었다. 난 대체 누가 아버지를 묻었는지 그것조차 모른단 말이야. 니콜라우는 아버지를 죽인 살인마들이 장례식을 치르는 모습을 상상해 보았다. 그는 아버지 무덤까지 안내해 준 묘지기에게 감사의 표시로 돈을 주었다. 묘지기는 천연덕스럽게 기름기가 줄줄 흐르는 샌드위치를 우적우적 씹어 먹고 있었다. 아침 식사를 거른 니콜라우는 문득 허기를 느꼈다. 속이 쓰릴 정도였다. 묘지기는 맛있게 샌드위치를 먹고 있었다. 니콜라우는 돈을 주고 묘지기에게서 그 샌드위치를 사 먹고 싶은 충동을 느꼈다. 그러나 잠시후, 그런 장소에서, 생전 처음 찾아온 아버지의 무덤 앞에서 그따위 얼토당토않은 생각을 했다는 것이 너무나 부끄러워졌다. 용서해 주세요, 아버지, 어쩔 수 없었어요, 나도 모르게 그만 그런 생각이 들었던 거예요. 니콜라우는 화려한 가족묘 앞에서 그렇게 중얼거렸다. 가족묘 문에 '카날스 가족'이라고 쓰인 청동판이 붙어 있었다. 나는 절망적인 사랑에 빠지고 말았어요. 뭔가 울컥 치밀어 올랐다. 목이 막혔다. 묘지기가 여전히 니콜라우 곁에 머무르고 있었다.

"몇 사람이나 들어갈 수 있습니까?"

니콜라우가 가족묘를 가리키며 묘지기에게 물었다.

"들어갈 만큼 들어갑니다."

묘지기가 대답했다. 묘지기의 대답에 니콜라우는 왠지 모르게 마음이 편안해졌다. 며칠 전에 포르부 역에서 느꼈던 그 불길한 징조가, 이성적으로 생각해 볼 때 가당치도 않았던 그 불길한 징조가, 이제 막 현실로 나타나기 시작했다.

"이곳에 항상 꽃이 떨어지지 않도록 신경 써 주시기 바랍니다. 가끔씩 찾아와 보겠습니다."

니콜라우가 묘지기에게 부탁했다.

니콜라우는 그곳을 빠져나와 공동묘지 입구에서 기다리고 있던 마차에 올라탔다. 두 주 동안 비가 한 방울도 내리지 않았다. 니콜라우의 구두는 하얀 흙먼지를 뒤집어썼다. 호텔로 돌아오자 또 다른 편지가 니콜라우를 기다리고 있었다. 이번 편지는 어머니가 보낸 것이었다. 카시미르라는 남자와 그의 병에 대해 밝히고, 니콜라우에게 어서 빨리 파리로 돌아오라고 애원하는 내용의 바로 그 편지였다. '이제 상황이 변했습니다. 바르셀로나에 좀 더 머물기로 결심했습니다. 어쩌면 다시는 파리로 돌아가지 않을지도 모르겠습니다.' 니콜라우는 그날 당장 어머니에게 답장을 보냈다. 니콜라우는 그 편지에서 카시미르가 병에서 빠른 시일 내에 완전히 회복되기를 진심으로 바란다고, 하지만 그 사람을 만나 볼 의사는 전혀 없다고 밝혔다. '카시미르라는 사람이 병에서 빨리 회복되기를 기원합니다. 그 사람을 정성껏 보살펴 주시고, 병을 치료하는 데 드는 돈이라면 얼마든지 쓰셔도 좋습니다. 제 돈은 어머니 돈이나 다름없으니 아끼지 말고 쓰시기 바랍니다. 그러나 파리로 돌아오라는 말씀은 더 이상 하지 마십시오. 저도 이제 곧 스무 살이 됩니다. 저도 저 나름대로의 인생을 살아가야 할 때가 된 것입니다.' 그날 오후, 돈 움베르트 피가 이 모레라가 호텔로 니콜라우를 찾아왔다.

"어이, 친구, 자네를 좀 만나 보고 싶어 이렇게 찾아왔다네. 변호사로서, 또 아버지로서 말일세. 두 가지 일을 한꺼번에 처리하기 위해서 말이야."

돈 움베르트는 말을 돌리지 않고 단도직입적으로 말했다.

"내 딸내미에 대한 자네의 생각이 진지하다면 말일세, 진지할 것이라고 믿어 의심치 않지만, 구체적인 내용에 대해 논의해 볼 필요가 있단 말일세. 그러니까 자네의 현재 위치나 재산에 대해 말이야."

니콜라우 카날스 이 라타플란은 멍청한 눈빛으로 돈 움베르트를 쳐다보았다. 니콜라우는 속으로 이런 생각을 하고 있었다. 이 날강도 같은 놈들은 내가 자기들 딸내미에게 푹 빠졌다는 점을 알아차리고 상품의 가격을 높이기 위해 이런 수작을 벌이고 있는 거야. 니콜라우는 돈 움베르트를 대놓고 무시하고 경멸할 수도 있었다. 그러나 그렇게 하면 마르가리타를 영원히 잃어버릴 것만 같았다. 일말의 희망이라도 붙잡으려면 이 야비하고 탐욕스러운 놈들을 이용해 먹는 수밖에 없어. 니콜라우는 그렇게 생각했다. 하지만 그것 역시 마음이 내키지 않았다. 니콜라우는 마음이 모질지 못하고 우유부단한 청년이었다. 그래서 그 불가능한 사랑을 당장 포기하고 파리로 돌아갈 수도 없었고, 꺼림칙한 농간까지 부려 가며 욕심껏 마르가리타를 차지할 수도 없었다. 그녀의 사랑을 얻어 낼 수만 있다면 지금 당장 악마에게 내 영혼까지 팔아 치울 수도 있어. 니콜라우는 그렇게 생각했다. 니콜라우는 갈피를 잡을 수 없어

답답하기 짝이 없었다. 그는 시간을 벌기 위해 이리저리 확답을 피했다. 니콜라우는 하루 전까지만 하더라도 진짜로 순진한 청년이었다. 그러나 이제 니콜라우는 순진한 척 자신을 꾸며 대고 있었다. 그로서는 식은 죽 먹기였다.

"저희 어머니와 그쪽 사모님께서 그 점에 대해 합의를 보신 걸로 알고 있습니다만. 아무튼, 제 재산을 관리하고 있는 바르셀로나의 은행가들을 만나 보기 전에는 그 점에 대해 뭐라고 드릴 말씀이 없습니다."

니콜라우가 말했다. 돈 움베르트는 잽싸게 꽁무니를 뺐다. 사실 말이지, 이 근처를 지나가던 차에 인사차 들른 거요. 돈 움베르트는 그렇게 둘러댔다. 자상하시게도 과자 상자까지 보내 주시고 해서, 그에 대해 감사하다는 말을 전할 겸 찾아왔던 겁니다, 우리로서는 더 이상 필요한 게 없습니다. 니콜라우와 돈 움베르트가 이야기를 나누는 동안, 오노프레 부빌라는 그의 연적인 니콜라우의 일거수일투족을 주시하며 서둘러 계획을 행동으로 옮기고 있었다. 오노프레는 이틀 전에 미국인 가네트(루손 섬의 전 총독이었던 오소리오의 대리인)에게서 암호로 작성된 편지를 받았다. 암호를 풀어 보니 다음과 같은 내용이었다. 준비 완료, 지시를 기다리고 있음. 오노프레 부빌라가 종을 울리자 비서가 달려왔다.

"사장님, 부르셨습니까?"

비서가 물었다.

"그래. 오돈 모스타사를 찾아 이곳으로 데려오도록 해."

오노프레가 명령했다.

다음 날 아침, 니콜라우 카날스는 요란한 소리에 잠에서 깨어났다. 그 소리는 누구에게 물어볼 필요도 없이 총성이 분명했다. 잠시 후, 바쁘게 움직이는 발걸음 소리와 사람들이 떠들어 대는 소리가 들려왔다. 소동은 몇 초 만에 가라앉았다. 니콜라우는 침대에서 벌떡 일어나 목욕 가운을 어깨에 걸치고 호텔 발코니로 서둘러 달려 나갔다. 옆방 발코니에 서 있던 남자가 니콜라우에게 무슨 일이 벌어졌는지 알려 주었다.

"무정부주의자들이 경찰 한 명을 살해했습니다. 죽은 경찰의 시체를 손수레에 실어 나르는 중입니다."

니콜라우는 계단을 달려 내려가 길거리로 나가 보았다. 구경꾼들 한 무리가 피 웅덩이를 둘러싸고 수군거릴 뿐 다른 것은 보이지 않았다. 사람들이 동시에 제각각 떠들어 대고 있었다. 그러나 혼란스럽고 단편적인 얘기들만으로는 사건의 진상을 정확히 알 수 없었다. 그 사건은 니콜라우에게 깊은 인상을 남겼다. 니콜라우는 그 사건을 계기로 자신도 바르셀로나의 삶에 완전히 빠져들었음을 처음으로 느낄 수 있었다. 그날 오후, 니콜라우는 안차 거리에 사는 테네브로스라는 재단사를 찾아가 양복을 몇 벌 맞췄다. 그리고 리브레테리아 거리에 있는 로베르토 마스 양품점에 들러 셔츠 수십 벌과 다른 옷가지를 구입했다. 니콜라우는 바르셀로나에서 겨울을 보낼 생각을 하고 있었던 것이다. 호텔로 돌아와 보니 초대장이 니콜라우를 기다리고 있었다. 돈 움베르트 피가 이 모레라 가족이 니콜라우에게 보낸 초대장이었다. 카스페 거리에 있는 돈 움베르트의 저택에서 토요일에 저녁 만찬이 있을 예정이니 부디 참석하셔서 자리를 빛내 달라는 내용이었다. 가면 안 돼, 지금이 마지막 기회야, 이 지저분한 거래를 깨끗하게 처리하기 위해서는 내 생각을 명확하게 밝혀야만 해. 처음에는 그렇게 생각했다. 그러나 마르가리타의 눈부신 어깨가 눈앞에 떠오르는 순간 서러움에 눈물을 참을 수 없었다. 죽고 싶은 심정이었다. 니콜라우는 저녁 만찬에 참석하겠다는 답장을 즉시 써서 보냈다. 그리고 황금방울새가 들어 있는 금도금한 새장을 선물로 함께 보냈다. 황금방울새를 판 장사꾼은 그 새가 매우 희귀하고 비싼 종이라고 강조했다. 이 녀석은 일본에서 건너온 것으로 향수에 젖은 이국적인 노래를 썩 잘 부른답니다.

6

한편, 필리핀 루손 섬의 전 총독이었으며 군인들의 명예를 더럽힌 악당 오소리오에게 소포 꾸러미가 하나 배달되었다. 소포 꾸러미에는 죽은 거북이가 들어 있었는데, 거북이 등껍질에는 심홍색 물감이 칠해져 있었다. 전 총독의 필리핀 출신 하인은 거북이를 보는 순간 얼굴빛이 하얗게 질리고 말았다. 오소리오는 겁쟁이 하인을 비웃었지만, 그날 오후 곧바로 마르케스 경위를 찾아갔다. 마르케스 경위는 투우 클럽에 자주 들르는 경찰들 중 한 명이었다. 말레이 지역에 사는 부족들에게 이건 복수를 의미하는 거요. 오소리오가 설명했다

"당신이 그 지역을 다스릴 때 누군가가 당신에게 유감을 품었던 모양이죠?"

경찰이 말했다.

"이보시오, 무슨 그런 실없는 소리를 하는 거요."

오소리오가 발끈했다.

"나는 욕먹을 짓 따위는 하지 않았소. 하기야, 내가 맡은 임무를 수행하다 보면 어쩔 수 없이 적들도 생기기 마련이지. 하지만 내 확신하건대, 내가 임무 수행을 위해 불편을 끼쳤던 사람들 중에서 바르셀로나로 건너올 수 있을 만큼 돈이 많았던 사람은 한 명도 없었단 말이야."

"그거야 어쨌든 당신이 죽은 거북이가 들어 있는 소포를 받았다는 이유 하나만으로 우리가 수사에 나설 수는 없는 노릇입니다."

마르케스 경위가 말했다.

그로부터 며칠이 지난 뒤 오소리오는 두 번째 소포를 받았다. 이번에는 죽은 닭이었다. 닭은 털이 몽땅 뽑힌 데다가, 목에는 검은색 리본이 묶여 있었다.

"우린 꼼짝없이 걸려들었어요. 이제 우린 죽은 목숨이에요, 장군님. 저항해 봤자 소용없어요."

오소리오의 하인이 사색이 되어 소리쳤다.

"거북이 사건에 대해 윗사람들과 얘기를 해 보았는데 말입니다."

마르케스 경위가 느릿하게 말을 꺼냈다.

"내가 전에 말씀드렸다시피, 다들 농담으로 받아들이고 아무런 관심도 보이지 않았습니다. 그냥 신경 쓰지 말고 좋게 좋게 넘어가자고 하더군요. 한데, 거북이에다 닭까지 등장하는 걸로 봐서는, 글쎄요, 어떻게 생각해야 할지 나도 잘 모르겠습니다만……"

"이보게, 친구."

오소리오가 말꼬리를 잡아챘다.

"나도 처음에는 그다지 신경 쓰지 않았단 말이오. 어느 고약한 친구의 짓궂은 농담쯤으로 받아들였단 말이야. 하지만 이놈의 닭을 좀 보란 말이야. 농담으로 웃어넘길 일이 아냐. 심각한 문제란 말이지. 당신 상관들이 이 문제에 대해 관심을 보이도록 당신이 좀 신경을 써 달란 말이야. 내 체면을 생각해서라도 신경 좀 써 주기 바라오."

마르케스 경위가 상관들의 말을 전하기 위해 오소리오를 찾아왔을 때, 오소리오는 사색이 되어 부들부들 떨고 있었다. 아니 저승사자를 보기라도 했습니까, 왜 그러시는 겁니까? 마르케스 경위가 오소리오에게 물었다.

"농담할 때가 아니야. 일이 점점 더 이상하게 돌아가기 시작했단 말이야. 아주 심각해."

오소리오가 마르케스 경위에게 설명했다. 그날 아침 오소리오는 세 번째이자 마지막인 소포를 받았다. 이번에는 죽은 돼지였다. 돼지는 가지색 새틴 튜닉을 입고 있었다. 소포는 너무나 무거웠다. 그래서 작은 짐마차에 실어 오소리오와 그의 하인이 살고 있는 에스쿠데예르스 거리에 있는 집의 문 앞까지 날라야 했다. 오소리오는 그러한 특별 봉사에 대한 사례로 엄청난 추가 요금을 지불해야만 했다. 오소리오는 처음에는 추가 요금을 내지 않으려 했다. 수신인의 주소지로 소포를 배달해 주는 비용까지 소포 요금에 모두 포함되어 있잖아. 오소리오는 그렇게 따졌다. 그렇습니다, 하지만 짐마차 비용은 포함되지 않았습니다. 배달부는 그렇게 반박했다. 오소리오는 죽은 돼지를 보는 순간 맥이 빠져 더 이상 싸우고 싶지 않았다. 그는 배달부가 요구하는 대로 추가 요금을 지불하고 문과 창문을 단단히 걸어 잠갔다. 그런 다음 트렁크에서 적당한 크기의 권총을 꺼내 총알을 장전하고 식민지에서 했던 것처럼 권총을 허리춤에 찔러 넣었다. 오소리오는 바지에 오줌을 싸지른 하인의 뺨따귀를 호되게 후려갈겼다. 용기를 내란 말이야! 오소리오는 그렇게 소리쳤다. 알겠습니다. 하인이 대답했다. 오소리오는 애써 속내를 감추려고 했지만 그도 무섭기는 마찬가지였다. 오소리오는 경험을 통해 너무나도 잘 알고 있었다. 말레이 사람들은 친절하고 명랑하고 보기 드물게 마음이 너그러웠지만 사납고 잔인한 구석도 있었다. 오소리오가 루손 섬의 총독으로 재임하는 동안 스페인 본국 정부는 식민지 부족장들의 환심을 사기 위해 부족민들이 전통적인 축제를 벌이는 것을 허용했다. 그래서 오소리오는 식민지 부족들의 민속 축제를 구경할 수 있었고, 잔인한 식인 풍습까지 엿볼 수 있었다. 이제 오소리오의 눈앞에 부족민들의 모습이 생생하게 떠올랐다. 몸에 더덕더덕 칠을 한 원주민 전사들이 그 야만스러운 식사를 끝낸 후 천연덕스럽게 트림을 해 대는 모습이 선명하게 떠올랐다. 원주민 전사들이 무시무시한 칼을 입에 물고 람블라스 거리의 가로수 뒤에, 에스쿠데예르스 거리에 늘어선 우아한 저택의 문가에 숨어 있는 모습을 오소리오는 상상해 보았다. 그는 마르케스 경위에게 그 모든 일을 상세히 설명했다. 마르케스 경위는 오소리오의 말을 한마디도 빠트리지 않고 그대로 상관들에게 전하겠다고 약속했다. 그러나 마르케스 경위는 그의 상관들이 오소리오에게 전혀 관심을 보이지 않는다는 사실을 감히 밝힐 수가 없었다. 그 경찰은 투우 클럽 회원들에게 경찰 내부에서의 자기 위치를 실제보다 훨씬 높여 자랑했기 때문에 이제 와서 사실을 곧이곧대로 털어놓을 수는 없는 노릇이었던 것이다.

니콜라우 카날스는 음식을 먹을 수도 없었고 잠을 잘 수도 없었다. 그는 하루 종일 원인을 알 수 없는 통증에 시달렸다. 약을 먹어도, 딴 데 정신을 팔아도 통증은 사라지지 않았다. 마침내 토요일이 다가왔다. 니콜라우는 극도로 쇠약해진 몸을 이끌고 돈 움베르트 피가 이 모레라의 집 앞에 나타났다. 그날 행사를 위해 특별히 고용한 하인이 니콜라우를 위해 마차 문을 열어 주었다. 하인은 니콜라우가 비틀거리자 몸을 부축해 주었다. 지팡이가 양발 사이에 걸리는 바람에 니콜라우는 마차 발판에 발을 내려놓는 순간 비틀거렸다. 하인은 니콜라우를 번쩍 들어 올려 인도로 내려 준 다음 땅바닥에 떨어진 실크 모자를 주워 주었다. 니콜라우는 현관에서 대기하고 있던 하녀에게 모자와 지팡이와 장갑을 건네주었다. 니콜라우를 맞이한 하녀는 에프렌 카스텔스의 유혹에 넘어간 바로 그 하녀였다. 당시 하녀는 자신이 임신했다는 것을 어렴풋이 짐작하고 있었다. 이 주책바가지 같은 놈 때문에 내가 지금 이런 꼴을 당한 거야. 하녀는 니콜라우 카날스 이 라타플란이 건네는 모자와 지팡이와 장갑을 받으며 그렇게 생각했다. 모두들 내가 무슨 징그러운 벌레라도 되는 듯 쳐다본단 말이야, 나를 무슨 기괴한 볼거리로 여기는 모양이야. 니콜라우는 하녀의 노려보는 듯한 시선을 의식하고 그렇게 생각했다. 니콜라우는 첫 번째로 도착한 손님이었다. 그는 북유럽에서 한동안 살아온 사람답게 약속 시간을 정확하게 지켰다. 그래서 약속 시간을 잘 지키지 않는 스페인 사람들이 못마땅했다. 집주인 여자조차 준비가 덜 된 상태였다. 그녀는 침실에서 하녀들과 재봉사와 미용사에게 잔소리를 퍼붓고 있었다. 듣기 민망한 욕설이 난무했다. 돈 움베르트가 응접실에서 니콜라우를 맞이했다. 두 사람만 있기에 그 응접실은 터무니없이 넓었다. 돈 움베르트는 부인이 준비가 덜 되어 못 나왔으니 부디 양해해 달라고 부탁했다. 아주 당연하다는 투였다. 이런 일이 있으면 여자들이 어떻게 나오는지 자네도 잘 알고 있을 테지. 니콜라우는 초조해 견딜 수 없어 마르가리타도 늦게 나오는지 물어보았다. 아, 그게 말이야, 그 애는 오늘 오후부터 몸이 좀 좋지 않아서 저녁 식사 자리에 나올 수 있을지 나도 잘 모르겠네, 자네에게 미안하다고 전해 달라더군. 돈 움베르트가 대답했다. 니콜라우는 도저히 용납할 수 없는 실례인 줄 뻔히 알면서도 두 손으로 얼굴을 가리고 울음을 터뜨렸다. 돈 움베르트는 니콜라우의 심정을 충분히 이해할 수 있었지만 딱히 해 줄 수 있는 말이 생각나지 않아 모르는 척했다. 이쪽으로 오게나, 시간은 많아, 내 자네에게 뭘 좀 보여 주고 싶네, 재미있는 물건이 있거든.

돈 움베르트는 니콜라우를 서재로 데려가 최근에 설치한 기계식 전화기를 보여 주었다. 그 전화기는 극히 초보적인 수준의 것으로 안마당 건너편에 있는 방과 연결되어 있을 뿐이었다. 평범한 철사 줄 양쪽 끝에 나팔 모양의 관을 단 그런 전화기였다. 양쪽 방의 창문 유리 하나씩이 각각 얇은 가문비나무 판자로 대체되어 있었고, 나무판자 정중앙으로 철사 줄이 통과하고 있었다. 나무판자가 소리를 건너편으로 전달했다. 거리가 멀어 모퉁이를 돌아가야 할 경우에는 철사 줄이 다른 물체에 닿지 않도록 조심해야 했다. 철사 줄이 다른 물체에 닿으면 소리가 전달되지 않았던 것이다. 그럴 경우에는 철사 줄을 실로 묶어 공중에 떠 있도록 했다. 돈 움베르트와 니콜라우는 응접실로 돌아왔다. 여주인이 응접실에서 두 사람을 기다리고 있었다. 여주인은 긴치마를 입고, 주렁주렁 보석을 달고 있었다. 비단향꽃무 향수 냄새가 진동했다. 과거 젊은 시절에 행운을 가져다주었던 그녀의 독살스러운 매력이 지금은 많이 누그러졌지만 아직도 어느 정도 표독스러운 면을 간직하고 있었다. 니콜라우 카날스 이 라타플란을 보는 순간 그녀의 인상이 흐물흐물 풀어졌다. 그녀는 재빨리 가식적인 미소를 지으며 알랑거렸다. 니콜라우를 유혹해 함정에 빠뜨리기 위해서는 어쩔수 없는 노릇이었다. 그녀는 니콜라우를 귀엽고 사랑스러운 아이라고 부르며 느끼할 정도로 호들갑스럽게 애정 공세를 펼쳤다. 오늘 밤 이런 곤욕을 치르고도 그녀의 얼굴조차 볼 수 없다니. 니콜라우는 답답했다. 다시 한 번 왈칵 눈물이 솟구치려했다. 니콜라우는 안간힘을 다해 눈물을 참았다. 다른 손님들이 속속 도착하기 시작했다. 덕분에 니콜라우는 그런 곤경에서 겨우 빠져나올 수 있었다. 돈 움베르트는 자기 집에 찾아온 손님들이 모두 귀한 분들이라고 역설했다. 저 아인 아직 어려, 게다가 지금까지 줄곧 외국에서 살아왔어, 그래서 알아차리지 못할 거야. 돈 움베르트는 아내에게 그렇게 말했다. 손님들은 다음과 같은 사람들이었다. 부패한 시의회 의원이 아내와 함께 찾아왔다. 그는 돈 움베르트 덕분에 의원 자리를 차지할 수 있었다. 재주가 모자랐던 그는 그 일 외에는 할 수 있는 일이 전혀 없었다. 자칭 패가망신한 후작이라는 남자가 아내와 함께 찾아왔다. 몇 년 전 그가 노름빚으로 시달리고 있을 때 돈 움베르트가 그의 빚을 대신 갚아 주었다. 돈 움베르트는 상류층으로 진입하려는 야망을 품고 그 후작을 이용해 먹기 위해 그를 도와주었던 것이다. 후작 부인의 이름은 에우랄리아 '티티' 데 로살레스였다. 발토르타라는 신부도 부인과 함께 왔다. 그 신부는 눈썹이 짙은 술꾼이었는데, 의과대학의 교수이기도 했다. 돈 움베르트는 그 신부에게 의료와 관련된 서류나 증명서를 위조해 달라고 부탁했고 그 대가로 돈을 지불했다. 돈 움베르트의 주장에 따르면, 그 초라한 무리가 바르셀로나 사교계를 대표하는 인물들이었다. 사람들이 니콜라우 카날스에게 말을 걸어 왔다. 니콜라우는 "예." 혹은 "아니요."라고만 대답했다. 니콜라우는 사람들에게 할 말이 없었고, 사람들도 니콜라우의 간결한 대답을 불쾌하게 받아들이지 않았다. 사람들은 이내 자기들끼리 떠들어 대기 시작했고, 니콜라우는 홀로 조용히 있을 수 있었다. 집주인 여자만이 때때로 음식을 좀 더 먹으라고 강요했을 뿐이었다. 그러나 니콜라우는 자기 앞에 놓인 진수성찬에 손도 대지 않았다. 저녁 식사를 마치자 모두들 응접실로 몰려갔다. 응접실에 그랜드피아노가 한 대 자리 잡고 있었다. 집주인 여자는 니콜라우가 음악을 좋아하고 음악에 재능이 있다는 사실을 알고 있었다. 니콜라우는 집주인 여자의 강요에 못 이겨 피아노를 연주하지 않을 수 없었다. 니콜라우는 아무도 자신에게 관심을 두지 않는다는 것을 알았다. 그래서 악보를 외우고 있던 쇼팽의 연습곡들을 떨떠름한 기분으로 대충 연주했다. 니콜라우가 연주를 마치자 손님들이 우레와 같은 박수갈채를 보내왔다. 진심에서 우러나온 박수갈채인지는 알 수 없었지만 니콜라우는 사람들에게 답례하기 위해 억지로 몸을 돌렸다. 그리고 몸을 돌리는 바로 그 순간 자리에서 그대로 얼어붙고 말았다. 그녀가 그곳에 있었던 것이다. 마르가리타는 얇고 반투명한 모직 가운 위에 넓은 주홍색 허리띠를 두르고 있었다. 그녀의 몸에 달린 장식물이라고는 가슴께에 달린 은 브로치뿐이었다. 그리고 브로치에 꽃 한 송이가 달려 있었다. 그녀는 구릿빛 머리를 머리끈으로 묶었다. 마르가리타는 피아노로 다가와 몇 마디 말을 중얼거렸다. 아마도 저녁식사를 함께하지 못한 점을 사과하는 것 같았다. 오후 녘에 살짝 현기증을 느꼈거든요, 이제야 겨우 몸을 추스를 수 있게 되었어요. 니콜라우는 마르가리타의 말을 곧이곧대로 믿었다.

"당신이 연주하는 곡을 들었어요. 예술가이신 줄은 상상도 못 했어요."

그녀가 말했다.

"그냥 재주 없는 아마추어일 뿐입니다. 특별히 듣고 싶으신 곡이 있습니까? 제가 연주해 드리겠습니다."

니콜라우가 얼굴을 붉히며 말했다.

마르가리타는 피아노 위로 몸을 숙이고 악보를 뒤적이는 척했다. 니콜라우는 등으로 전해지는 그녀의 따스한 체온을 느낄 수 있었다. 그녀의 드러난 팔이 니콜라우의 뺨으로 다가왔다. 그 순간 그녀의 팔에 입을 맞추고픈 욕망에 니콜라우의 입이 바싹 타들어 갔다. 편지를 보냈는데, 받아 보지 못하셨나요? 그녀가 니콜라우의 귀에 대고 속삭였다. 제발 말씀해 주세요, 제가 호텔로 편지를 보냈는데, 누가 전해 드리지 않던가요? 니콜라우는 곁눈질로 젊은 처녀의 간절한 눈빛을 보았지만 피아노 건반에 신경을 집중하는 척했다. 받았습니다. 마침내 니콜라우가 대답했다. 그렇군요, 다행이에요, 저를 도와주시겠어요? 당신을 믿어도 될까요? 니콜라우는 그녀의 질문에 대답하기 위해 초인적인 힘을 발휘해야만 했다. 나도 이젠 나 자신을 감당할 수 없어지고 말았습니다, 나는 자지도 못하고 먹지도 못합니다, 하루 온종일 통증에 시달리고 있습니다, 당신을 보지 못하면 가슴이 찢어질 것 같습니다, 숨조차 제대로 쉴수 없습니다, 숨이 막혀 죽을 것 같습니다. 그래서요? 도와주실 거예요? 대답 좀 해 주세요. 마르가리타는 끈질기게 달라붙었다. 이런 세상에, 그녀는 내가 하는 말을 귓등으로도 듣고 있지 않는 거야, 오, 세상에. 니콜라우는 정말로 돌아 버릴 것만 같았다.

루손 섬의 총독이었던 퇴역 장군 오소리오 이 클레멘테가 산 후스토 이 파스토르 교회에서 미사를 마치고 교회를 나서려는 순간이었다. 유개 마차 한 대가 교회 입구를 향해 빠르게 달려왔고, 마차 안에서 발사된 총알 세 방이 교회의 마지막 계단을 내려서던 오소리오 이 클레멘테 장군의 가슴을 꿰뚫었다. 오소리오는 교회 앞 광장 바닥에 쓰러져 그 자리에서 즉사했다. 누군가가 마차 창문을 통해 꽃다발 하나를 집어 던졌다. 꽃다발은 오소리오의 시체로부터 몇 미터 벗어난 지점에 떨어졌다. 그 장면을 지켜보았던 목격자들이 나중에 생생한 증언을 들려주었다. 죽은 오소리오의 필리핀 출신 하인은 첫 번째 총소리를 듣자마자 광장 한쪽 끝을 향해 죽어라고 달려갔다. 하인은 그곳에서 이상한 짓을 했다. 그는 호주머니에서 길이가 삼십 센티미터쯤 되는 굽은 막대기를 꺼내 땅바닥에 난 구멍에 쑤셔 넣고, 철로 된 하수도 뚜껑을 열어젖힌 후 하수도 구멍 속으로 잽싸게 사라졌다. 나중에 경찰은 하인의 그런 행동을 근거로 하인이 범죄에 가담했다고, 하인이 사전에 범죄를 공모했다고 발표했다. 다른 의견을 주장하는 사람들도 있었다. 필리핀 출신 하인은 그의 주인이 거북이 시체를 받았을 때부터 달아날 기회를 호시탐탐 노리고 있었다, 그는 주인이 자주 다니는 지역을 꼼꼼히 조사하여 하수도 뚜껑의 위치를 파악해 두었다, 또한 하수도 뚜껑을 열 수 있는 굽은 막대기를 하나 구해 항상 몸에 지니고 다녔다, 이런 식으로 주장했던 것이다.

오소리오 이 클레멘테 장군이 죽기 며칠 전이었다. 브라울리오 씨는 갑자기 불안감에 휩싸였지만, 왜 그렇게 마음이 불안한지 그 이유를 알 수 없었다. 이건 불길한 징조야. 브라울리오 씨는 거울에 비친 자신의 모습을 들여다보며 그렇게 생각했다. 브라울리오 씨는 최근 몇 년 동안 상당히 몸이 불어 있었다. 여자 옷을 입으면 임신한 여자처럼 보였다. 브라울리오 씨는 이제 독일 사람들처럼 짧은 콧수염도 길렀다. 그래서 여자 옷을 입으면 매력적이기보다는 우스꽝스럽게 보였다. 옛날 같았으면 브라울리오 씨를 놀려 댔을 법한 사람들조차 이제는 그를 진지하게 대했다. 브라울리오 씨의 행동을 보며 그가 이제 늙어 노망이 들었다고 생각하는 사람들도 있었고, 치매에 걸렸다고 여기는 사람들도 있었다. 술을 마시고 난리를 피울 때마다 얻어맞은 게 쌓이고 쌓여 드디어 치매에 걸렸다는 것이었다. 사람들은 모두 덴마크의 권투 선수 안데르센을 떠올렸다. 안데르센이 최근에 바르셀로나를 방문했다는 이유로 신문들은 연일 그에 대한 기사를 실었다. 안데르센은 수년에 걸쳐 프랑스와 독일, 영국의 챔피언들에게 도전장을 냈다. 그러나 그는 번번이 실컷 얻어터지기만 했을 뿐 한 번도 챔피언 자리에 오르지 못했다. 안데르센은 이제 이 도시 저 도시로 끌려다니며 사람들의 구경거리가 되었다. 안데르센은 바르셀로나에 있는 동안 푸에르타데라파스에 세워진 갈대와 천막으로 지은 허름한 집에 전시되었다. 그는 현대 과학의 실험 대상이었다. 포스터에는 그렇게 쓰여 있었다. 하지만 명목만 그랬을 뿐 사실 그는 속이 시커먼 사람들에게 착취당하고 있었다. 몇몇 사람들이 그의 불행을 이용해 돈을 벌어 처먹었던 것이다. 안데르센은 다시 어린아이로 돌아가 있었다. 그는 볼품없이 크기만 한 손으로 딸랑이를 흔들었고, 젖병에 든 우유를 빨아 마셨다. 일 레알을 내면 전시실 안으로 들어가 안데르센을 구경하며 질문도 던질 수 있었다. 일 페세타를 내면 안데르센과 권투 시합을 하는 시늉을 낼 수 있었다. 안데르센은 여전히 체격이 당당했다. 가슴도 넓고 이두박근은 우람했다. 그러나 동작은 아주 느렸다. 그의 나이 이제 겨우 스물네 살이었지만, 두 다리는 그의 몸무게를 간신히 지탱하고 있었고, 눈은 장님이나 다름없었다. 물론 브라울리오 씨는 그 정도는 아니었다. 브라울리오 씨는 누구 못지않게 건강했다. 다만 나이가 들고 오노프레 부빌라가 강제로 은퇴를 시켰기 때문에 얼굴이 좀 삭았을 뿐이었다. 게다가 브라울리오 씨의 지나친 집착과 과도한 소심함과 느닷없는 변덕이 그를 좀 더 늙어 보이게 만들었다. 브라울리오 씨는 오돈 모스타사 때문에 마음 편할 날이 없었다. 하는 일 없이 돈만 많은 그 망나니는 허랑방탕한 생활로 점점 더 깊이 빠져들었다. 브라울리오 씨가 나무라기라도 할라치면 오돈 모스타사는 발끈하고 대들었다. 웃기고 자빠졌네, 평생을 카르보네라 동네에서 죽치고 지낸 주제에 이제 와서 누굴 가르치겠다는 거야. 오돈 모스타사는 그렇게 되받아쳤다. 그래서 아내와 딸내미를 잃었던 거야, 내가 미친놈처럼 굴었기 때문에 아내와 딸내미가 나를 대신해 그 대가를 치른 거란 말이야. 브라울리오 씨는 그렇게 타일렀다. 그러나 오돈 모스타사는 브라울리오 씨의 충고를 한쪽 귀로 듣고 다른 쪽 귀로 흘려버렸다. 어느 날이었다. 오돈 모스타사는 오노프레 부빌라가 자신을 찾고 있다는 말을 듣고 부리나케 오노프레를 만나러 달려갔다. 오랜만에 만난 두 친구는 부둥켜안고 서로의 등을 힘차게 두드렸다. 이게 대체 얼마 만인가. 오돈 모스타사가 감격에 겨워 말했다. 자네가 높은 자리를 차지한 뒤로는 자네에게 접근할 방법이 없더군, 아, 그땐 정말 좋았는데, 우리 둘이서 조앙 시카르트와 맞서 싸우던 때가 생각나나? 오돈 모스타사가 소리쳤다.

오노프레는 싱긋이 웃으며 오돈 모스타사의 말을 듣고만 있었다. 그러다 오돈이 말을 멈추자 이윽고 입을 열었다. 다시 일을 시작해야겠어, 오돈, 겨우 이 정도로 만족하고 그만둘 수는 없어, 자네 도움이 필요해. 오돈 모스타사의 입가에 잔인한 미소가 퍼져 나갔다. 좋지, 좋아, 연장이 슬슬 녹슬어 가던 참인데, 좋지, 좋아, 그래, 무슨 일인데? 오노프레는 두 사람의 음모를 아무도 엿들을 수 없도록 목소리를 낮추었다. 아주 간단한 일이야, 내가 모든 걸 생각해 두었어, 자네 마음에도 들 거야. 오노프레가 말했다.

두 사람이 일을 벌이기로 약속한 날이었다. 오돈 모스타사는 아침 일찍 집을 빠져나와 마차를 빌려 타고 도시 외곽으로 나갔다. 마차가 어느 지점에 도착한 순간이었다. 오돈 모스타사는 호주머니에서 권총을 꺼내 마부를 겨누며 마차에서 내리라고 명령했다. 덤불숲 뒤에서 오돈 모스타사의 부하가 나타났다. 오돈과 부하는 밧줄로 마부의 몸을 꽁꽁 묶었다. 그리고 마부의 입에 천 조각을 쑤셔 넣어 재갈을 물리고, 수건으로 마부의 눈을 가린 다음 마부의 목덜미를 후려쳤다. 마부는 정신을 잃고 쓰러졌다. 덤불숲 뒤에서 나타난 오돈 모스타사의 부하는 마부의 망토를 걸치고 마부석에 올랐다. 오돈 모스타사도 마차에 올라타 커튼을 쳤다. 그리고 마부를 속이기 위해 착용했던 가짜 수염을 떼어 내고 색안경을 벗었다. 오돈 모스타사는 완벽한 알리바이를 만들었던 것이다. 오돈 모스타사는 오노프레 부빌라의 지시에 따라 람블라스 거리에서 백합꽃 한 다발을 샀다. 유개 마차 안에서 진동하는 백합꽃 향기 때문에 오돈 모스타사는 정신을 잃을 뻔했다. 오돈은 백합꽃 다발을 마차 밖으로 던져 버리고 싶었지만 애써 참아야 했다. 그는 마차를 타고 가는 동안 권총의 상태를 점검했다. 마차가 광장으로 접어드는 순간 교회의 시계탑에서 종소리가 울려 퍼지기 시작했다. 그날은 평일이었기 때문에 미사를 마치고 나오는 신도들이 별로 없었다. 오돈 모스타사는 커튼을 살짝 젖히고 그 틈으로 권총 총구를 내밀었다. 루손 섬의 전 총독이 필리핀 하인과 함께 나타났다. 오돈 모스타사는 침착하게 오소리오를 향해 총구를 겨누었다. 그리고 오소리오가 계단을 다 내려온 순간 총알 세 발을 발사했다. 필리핀 하인만 즉시 총소리에 반응했을 뿐이었다. 마차가 다시 달리기 시작했다. 오돈 모스타사는 백합꽃 다발이 생각나 마차 지붕을 두드렸다. 마부가 마차를 세웠다. 오돈 모스타사는 의자에 놓여 있던 백합꽃 다발을 집어 들어 창문 밖으로 힘껏 내던졌다. 그때서야 비로소 사람들의 비명 소리와 달음박질치는 소리가 들려왔다. 사람들이 뿔뿔이 달아나고 있었다.

그로부터 며칠 후였다. 오돈 모스타사는 어느 사창굴에서 밤을 지내고 그 집에서 빠져나오는 중이었다. 사법경찰들이 오돈 모스타사를 체포했다. 오돈 모스타사는 완벽한 알리바이가 있었기 때문에 경찰의 체포에 순순히 응했다. 그는 극히 정중하게 경찰들을 맞았다. 경찰들은 오돈 모스타사가 자신들을 놀린다고 받아들였다. 그래, 시간이 있을 때 실컷 까불어라, 모스타사, 용빼는 재주가 있다 해도 이번에는 도저히 빠져나가지 못할 테니까. 경사가 쏘아붙였다. 오돈 모스타사는 입술을 오므리고 뽀뽀하는 시늉을 했다. 경찰이 아니라 창녀를 상대한다는 듯한 표정이었다. 이에 경사가 발끈했다. 오돈 모스타사의 명성을 익히 알고 있었던 경찰들은 그에게서 잠시도 눈을 떼지 않았다. 경찰들은 머스켓 총으로 오돈 모스타사를 겨누고 있었으며, 경찰봉을 꼬나들고 언제라도 그에게 달려들 준비를 하고 있었다. 경찰들 중 몇 명은 아주 어렸다. 그들은 경찰이 되기 전부터 오돈 모스타사에 대해, 그 무시무시한 깡패에 대해 소문을 들어 알고 있었다. 이제 그들은 그 전설적인 깡패를 체포하고 수갑을 채워 판사 앞으로 끌고 가는 중이었다. 몇 월, 며칠, 몇 시, 몇 분에 어디에 있었는지 판사가 오돈 모스타사에게 물었다. 오돈 모스타사는 거만한 태도로 대답했다. 그는 오노프레 부빌라와 미리 입을 맞춰 둔 거짓말을 술술 뱉어냈다. 판사의 질문을 미리 예상하고 그에 맞는 대답을 준비해 두었던 것이다. 판사는 똑같은 질문을 두 번 세 번 반복했고, 서기는 매번 똑같은 대답을 적어 내려갔다. 판사는 경탄을 금할 수가 없었다. 지금 자네 나까지 속이려 드는 건가? 마침내 판사가 오돈 모스타사에게 물었다.

"존경하는 판사님, 판사님 수법은 좀도둑이나 사회주의자나 무정부주의자나 동성애자 놈들한테나 통하지 나에게는 어림도 없습니다. 나는 오돈 모스타사입니다. 이런 일에 있어서는 경험이 풍부한 전문가란 말입니다. 더 이상 얘기하지 않겠습니다."

오돈 모스타사가 판사에게 대답했다.

그러나 판사는 재차 똑같은 질문을 던졌다. 마치 귀머거리 혹은 벽창호와 얘기를 나누는 듯한 태도였다. 오돈 모스타사는 더 이상 참을 수 없어 이렇게 덧붙였다. 존경하는 판사님, 나를 희생시켜 이름이라도 날리고 싶은 모양이로군요, 그런 판사들이 어디 한둘인 줄 아십니까? 이전에도 그런 사람들이 많았단 말입니다, 모두들 이 오돈 모스타사를 철창에 가두겠다고 안달이었단 말입니다, 자신들의 이름과 얼굴이 신문에 나오기를 꿈꾸며 말입니다, 하지만 그들은 모두 실패하고 말았습니다, 기껏 바보짓만 하고 말았던 겁니다, 이걸 아셔야지. 오돈 모스타사가 상대한 판사는 아시스클로 살가도 폰세카 핀토호 이 가무사였다. 나이는 서른둘 혹은 서른세 살이었다. 그는 어깨가 벌어지고, 목이 굵고, 턱수염이 풍성하고, 안색이 창백한 남자였다. 판사는 말을 천천히 했고, 누군가가 무슨 말을 할 때마다 깜짝 놀란 듯 눈썹을 치켜들었다. 몇 월, 며칠, 몇 시, 몇 분에 어디에 있었는지 말해 보시오. 판사는 같은 질문을 반복했다. 마침내 오돈 모스타사는 침착함을 잃고 말았다.

"이따위 꼴같잖은 짓거리는 당장 집어치워요!"

오돈 모스타사는 법정에서 소리쳤다. 재판을 받기 위해 차례를 기다리던 사람들이 듣든 말든 상관하지 않았다.

"내게 뭘 원하는 거야? 돈이라도 달라는 건가? 판사 나리, 땡전 한 닢도 내줄 생각이 없으니 잘 알아 두시오. 내가 이 바닥이 어떻게 돌아가는지 몰라서 이러는 것 같아? 내가 오늘 백을 내놓으면 내일은 천을 달라고 들러붙을 테지. 꿈도 꾸지 마시오. 당신은 증거도 없고 증인도 없어. 내 알리바이는 완벽해. 게다가 오소리오 전 총독을 죽인 자들이 필리핀 사람들이라는 건 온 세상 사람들이 다 알고 있어."

판사는 영문을 모르겠다는 표정으로 눈썹을 치켜들었다. 전 총독이라니? 필리핀 사람들은 또 뭐요? 판사가 오돈 모스타사에게 물었다. 이번에는 오돈 모스타사가 상황을 이해할 수 없어 쩔쩔맸다. 오돈 모스타사는 오소리오 전 총독을 살해한 혐의로 체포된 것이 아니었다. 그는 니콜라우 카날스 이 라타플란이라는 청년을 살해한 혐의로 체포되었던 것이다. 오돈 모스타사로서는 생전 처음 들어 보는 이름이었다. 오돈 모스타사가 오소리오를 살해한 날 아침이었다. 망토로 몸을 감싸고 챙이 넓은 모자로 얼굴을 가린 한 남자가 아라곤 호텔 프런트 앞을 잽싸게 지나갔다. 너무나 순식간에 벌어진 일이라 호텔 프런트 직원은 그 남자를 붙잡을 수 없었다. 프런트 직원은 여러 호텔 직원들과 람블라스 거리를 순찰 중이던 경찰 두 명(그 시각은 람블라스 거리가 사람들로 북적거릴 때였다.)을 불러 그 남자를 찾게 했다. 그러나 호텔 내부에서 그 남자를 찾아낼 수 없었다. 침입자는 감쪽같이 사라졌던 것이다. 어떤 사람들은 이렇게 주장했다. 침입자는 망토 밑에 감춰 온 쇠갈고리가 달린 밧줄을 이용해 호텔 건물 벽을 타고 내려와 탈출했을 것이다. 다른 주장을 하는 사람들도 있었다. 만일 침입자가 밧줄을 타고 탈출했다면 행인들에게 발견되었을 것이다, 그러나 그 사람을 발견한 사람은 아무도 없었다, 이런 점을 감안할 때 침입자는 호텔 직원 여러 명을 돈으로 매수했을 것이다. 범인은 니콜라우 카날스 이 라타플란의 시체 외에는 아무런 단서도 남기지 않았다. 니콜라우의 몸에서 칼에 찔린 자국이 세 개나 발견되었다. 단 한 번만으로도 목숨을 끊기에 충분했을 텐데(그만큼 솜씨가 좋았다.) 범인은 세 번씩이나 칼을 휘둘렀던 것이다. 니콜라우는 그다음 날 가족묘에 묻혔다. 살해당한 그의 아버지의 유해 옆에 아들 역시 살해당한 채 안장되었던 것이다. 니콜라우의 어머니는 아들의 장례식에 참석하지 않았다. 니콜라우는 카날스 가문에 유일한 자손이었다. 판사가 오돈 모스타사에게 망토와 모자를 보여 주었다. 오돈 모스타사가 사창굴에서 몸을 굴리고 있는 동안 경찰이 그의 집을 수색했다. 경찰은 오돈 모스타사의 집에서 모자와 망토를 찾아냈을 뿐만 아니라 범행에 사용된 잭나이프를 발견했다. 그 잭

나이프는 물로 씻은 흔적이 보였으나 아직까지 핏자국이 남아 있었다. 오돈 모스타사는 쩔쩔매며 그 증거물들을 모른다고 계속해서 부인했다. 그는 고집스럽게 거북이와 닭과 돼지에 관한 얘기만 반복했다. 나중에 판사는 판결문에서 이렇게 말했다. 피고는 시종일관 헛소리만 늘어놓았다. 판사는 오돈 모스타사에게 모자와 망토를 강제로 씌우고 입혀 호텔 프런트 직원에게 보여 주었다. 프런트 직원은 판사의 명령을 받고 법정에 출두해 있었다. 모자와 망토는 오돈 모스타사의 몸에 꼭 맞았다. 프런트 직원은 그날 아침 호텔 프런트 앞을 번개처럼 스쳐 지나간 사람이 바로 오돈 모스타사였다고 증언했다. 오돈 모스타사는 법원 직원을 돈으로 매수해 브라울리오 씨에게 쪽지를 전해 달라고 부탁했다. 지금 무슨 일이 벌어지고 있는지 종잡을 수는 없지만, 어떤 꿍꿍이속이 있는 게 분명해. 오돈 모스타사는 쪽지에 그렇게 썼다. 브라울리오 씨는 부리나케 오노프레 부빌라를 찾아갔다. 스페인에서 가장 솜씨 좋은 변호사를 고용해 일을 처리하도록 하겠습니다. 오노프레가 말했다. 그러지 말고 그냥 비공식적으로 은밀하게 처리하는 게 좋지 않을까? 소문이 퍼지기 전에 말이야. 오돈 모스타사를 변호하기 위해 고용된 변호사는 에르모헤네스 파예하라는 남자였다. 그 변호사는 세비야에서 왔으며 바르셀로나에서 변호사 사무실을 열고 일하고 싶다고 밝혔다. 그러나 그는 바르셀로나에 사무실을 열지 않았다. 변호사가 진술을 확보하기 위해 신청한 대부분의 증인들은 법정에 출두하지 않았다. 그들은 거리의 여자들로, 사법경찰이 그녀들을 찾아 나서자 모두들 어디론가 사라지고 말았다. 그녀들에게는 증명서도 없었고 또 하나같이 별명으로 불렸기 때문에 주소와 별명만 바꾸어 버리면 과거의 흔적을 깨끗하게 지워 버릴 수 있었다. 변호사가 신청한 증인 중 겨우 세 명만 법정에 출두했다. 증인석에 앉아 있는 후줄근한 창녀 세 사람은 법정 분위기를 한층 더 썰렁하게 만들었다. 그녀들의 이름은 각각 암퇘지, 방귀쟁이, 천덕꾸러기였다. 그녀들은 법정에서조차 장딴지를 훤히 드러내고 방청석을 향해 눈을 찡긋찡긋했으며, 듣기 민망한 단어를 거침없이 사용했을 뿐만 아니라, 아무것도 아닌 일로도 깔깔대며 웃었다. 그들은 검사에게 대답할 차례가 되면 '그래요, 자기야.'라든지 '아니에요, 내 사랑.'이라는 식으로 대답했다. 재판장은 그녀들에게 여러 차례에 걸쳐 사건에 집중하라고 주의를 주어야 했다. 세 창녀들은 사건이 벌어지던 날 오돈 모스타사가 자신들과 함께 있었다고 증언했다. 그러나 검사가 집요하게 따져 묻자 몸을 사리며 증언을 번복했다. 날짜와 시간과 사람을 착각했다고 실토했던 것이다. 증인들은 모두 오돈 모스타사로서는 생전 처음 보는 창녀들이었다. 오돈 모스타사는 창녀들의 증언이 자기에게 불리하게 돌아가는 것을 깨닫고 변호사를 직접 만나 보려고 시도했다. 그러나 변호사는 다른 일로 시간이 없다는 핑계를 대며 오돈 모스타사가 수감되어 있는 감방을 찾아오지 않았다. 오돈 모스타사가 수감되어 있는 법원 건물은 십여 년 전에 세워진 것으로 만국박람회가 열렸던 구역 내에 위치해 있었다. 오돈 모스타사가 오노프레 부빌라와 처음 악연을 맺었던 바로 그 장소였다. 이제 오돈 모스타사가 살아남을 가능성은 오로지 오노프레의 손에 달려 있었다. 하지만 오노프레는 천하태평이었다. 브라울리오 씨는 살맛을 잃고 날마다 구경꾼들로 가득 찬 방청석에 앉아 재판을 지켜보았고, 재판이 끝나면 오노프레에게 달려가 도움을 요청했다. 그러나 오노프레는 이런저런 핑계를 대 가며 브라울리오 씨를 피해 다녔고, 피치 못해 브라울리오 씨를 만나 준다고 해도 교묘하게 말꼬리를 다른 방향으로 돌려 버리곤 했다. 검사는 공소장에서 오돈 모스타사에게 법정 최고형을 구형했고, 재판부가 마침내 최종 판결을 선고했다. 오돈 모스타사는 사형 선고를 받았다. 걱정하지 마시오, 항소하면 됩니다. 변호사는 항소했다. 그러나 법으로 정해 놓은 기간을 넘겼는지, 아니면 서류가 미비했는지, 상급법원은 변호사가 제출한 항소장을 접수조차 하지 않았다. 오돈 모스타사는 감방에 홀로 갇힌 채 절망에 빠지고 말았다. 입맛을 잃었고, 잠을 이룰 수도 없었다. 가까스로 잠이 들었다 싶으면 악몽에 시달렸고, 식은땀을 흘리며 잠에서 깨어났다. 오돈 모스타사는 다른 감옥으로 이감되었다. 그곳 간수들은 오돈 모스타사에게 말도 하지 못하게 했고, 겁에 질려 있는 그를 조롱했으며, 가끔씩 오돈 모스타사의 감방으로 들어와 그를 흠씬 두들겨 패기도 했다. 이윽고 오돈 모스타사의 심경에 변화가 일어나기 시작했다. 오돈 모스타사는 이해할 수 있었다. 그는 많은 범죄를 저질렀지만 단 한 차례도 벌을 받지 않았다. 그러나 이제 그가 저지르지도 않은 범죄로 그간의 죗값을 치러야만 했다. 오돈 모스타사는 거기서 전능하신 주님의 손길을 느낄 수 있었다. 하느님을 믿지 않고 거만하게 살아왔던 오돈 모스타사는 이제 신앙심이 강하고 겸손한 인간으로 변모했다. 그는 감옥을 담당하는 신부를 만나게 해 달라고 끈덕지게 요청했다. 그리고 신부를 만나 그간의 죄를 죄다 털어

놓았다. 오돈 모스타사는 지나간 과거의 삶을 떠올리며, 그동안 걸어왔던 범죄로 얼룩진 진흙탕 길을 떠올리며, 처절하게 울부짖었다. 오돈 모스타사는 고해신부로부터 죄를 용서받았지만 감히 창조주 앞으로 나아갈 수 없었다. 주님의 무한한 자비에 의지해야 합니다. 고해신부는 오돈 모스타사를 다독였다. 그때부터 오돈 모스타사는 항상 검붉은 빛깔의 수도복을 입고 회색빛 밧줄을 목에 두르고 지냈다.

브라울리오 씨가 다시 오노프레 부빌라를 찾아갔다. 브라울리오 씨는 오노프레 앞에서 카펫 위에 무릎을 꿇고 앉아 가슴께에서 두 팔을 십자가 모양으로 교차시켰다. 그건 또 무슨 짓입니까? 오노프레가 물었다. 자네가 내 말을 들어 줄 때까지 여기서 꼼짝도 하지 않겠네. 브라울리오 씨가 대답했다. 오노프레 부빌라가 종을 울렸다. 곧이어 비서가 방 안으로 머리를 들이밀자 그는 명령했다. 우리 둘만 있고 싶으니 아무도 들여보내지 마. 비서가 문을 닫았다. 오노프레는 시가에 불을 붙인 후 의자에 깊숙이 등을 기댔다. 좋아요, 브라울리오 씨, 대체 무슨 일로 이러시는 건지 한번 들어나 봅시다.

"내가 무슨 일로 찾아왔는지 자네도 잘 알잖나. 그놈이 악질인 건 사실이야. 하지만 그는 자네 친구이기도 해. 어려웠던 시절에 항상 자네 곁을 지켜 주었어. 그렇게 충성스러운 친구는 다시는 만날 수 없을 거야. 내게도 소중한 친구야."

브라울리오 씨의 목소리가 갈라졌다.

"세상에서 가장 잘생긴 친구란 말이야!"

"이거야 원, 도대체 무슨 말씀을 하시려는 겁니까?"

오노프레가 쌀쌀맞게 물었다.

"자네 마음 나도 알아. 그 녀석에게 따끔한 맛을 보여 주고 싶겠지. 그 녀석도 이제 어지간히 정신을 차렸을 거야. 내가 확신해. 녀석을 풀어 주게나. 내 나중에 그 은혜에 보답하겠네."

브라울리오 씨가 애원했다.

"나보고 더 이상 어쩌란 말입니까? 스페인에서 가장 솜씨 좋은 변호사를 고용하지 않았습니까. 나는 내가 할 수 있는 최선을 다했습니다. 심지어 폐하께 사면을 요청하려고……."

"오노프레, 그런 말 말게. 내겐 통하지 않아."

브라울리오 씨가 오노프레의 말꼬리를 잡아챘다.

"나는 오래전부터 자네를 알아 왔어. 자네가 빈털터리로, 맨주먹으로 내 하숙집을 찾아왔을 때, 자넨 코흘리개 애송이에 불과했어. 나는 알아. 자네가 이 모든 일을 꾸민 거야. 자넨 개만도 못한 놈이니까. 자넨 원하는 걸 손에 넣기 위해서라면 물불을 가리지 않을 놈이니까. 그 무엇이라도, 그 누구라도, 눈하나 깜짝 않고 희생시킬 놈이니까. 게다가 늘 마음속 깊이 오돈 모스타사를 시기해 왔으니까. 하지만 이번에는 도가 너무 지나쳤어. 자네가 원하든 원치 않든 이번 일은 반드시 바로잡아야 해. 지금 내 모습을 좀 보게나. 그 가련한 놈의 목숨을 구하기 위해 이렇게 무릎을 꿇고 애원하고 있지 않은가. 지금 나는 성모마리아와 같은 심정일세. 날카로운 칼날 일곱 개가 내 심장을 찔러 대고 있단 말일세. 가엾은 녀석 하나 구해 준다는 셈 치고, 아니 나를 불쌍히 여겨서라도 그 녀석을 살려 주기 바라네."

오노프레는 아무 말도 하지 않았다. 브라울리오 씨는 낙담한 듯 팔을 떨어뜨리고 자리에서 일어났다. 좋아, 정 그런 식으로 나오겠다면 할 수 없는 노릇이지, 내 말 잘 듣게나, 요 며칠 동안 나 나름대로 조사해 알아낸 게 있어, 가네트와 자네는 돈 움베르트 피가 이 모레라의 도움을 받아 수작을 부렸더군, 오소리오가 서명한 계약서를 자네들이 조작했단 말이야, 그래서 필리핀에 있는 오소리오의 모든 재산은 이제 자네 이름으로 되어 있지, 그리고 또 하나 알아낸 게 있어, 자네 밑에서 일하는 놈들이 최근에 거북이와 닭과 돼지를 샀더군, 그리고 그 놈들이 커다란 소포 꾸러미를 우편으로 발송했고. 물론 이 모든 증거들은 오돈 모스타사가 걸려 있는 사건에서 그의 무죄를 입증해 주지는 않아, 오히려 그 반대지, 오소리오 살해 사건을 조사하다 보면 오돈의 범죄행위가 백일하에 드러날 테지, 그러나 한 사람을 두 번 죽일 수는 없는 일이야, 오돈은 이제 죽은 목숨이나 마찬가지니까, 하지만 오돈 그놈이 순순히 죽을 것 같진 않아, 물귀신처럼 다른 사람들도 저승으로 함께 끌고 가겠지, 내가 지금 무슨 말을 하는지 자네도 잘 알 걸세. 브라울리오 씨가 말을 마쳤다. 오노프레는 나른한 표정으로 싱긋이 웃으며 시가를 피우고 있었다. 드디어 오노프레가 입을 열었다.

"이러지 마세요, 브라울리오 씨. 나는 내 친구 오돈 모스타사를 위해 인간적으로 최선을 다했어요. 다만 불행하게도 내 모든 수고는 아무런 결실도 맺지 못하고 수포로 돌아가고 말았죠. 그러나 불행 중 다행으로, 한 사람을 구하려고 애를 쓰다 보니 엉뚱한 사람을 구해 낼 수 있었어요. 당신 딸 델피나를 감옥에서 빼낼 수 있는 서류가 저기 저 서랍 안에 들어 있단 말입니다. 내가 저 서류를 얻기 위해 얼마나 노력했는지, 얼마나 많은 돈을 썼는지, 당신은 모를 겁니다. 당국에서는 공공질서를 위해 델피나를 석방할 수 없다고 하더군요. 나 역시 공공질서를 위해 노력하는 사람이라 할 말이 없었지요. 하지만 이제 모든 게 잘 해결되었습니다. 저 서류가 서랍 안에서 썩어 가도록 그냥 내버려 두어야 할까요? 자, 어떻게 하면 좋겠습니까?"

브라울리오 씨는 예상치 못했던 오노프레의 반격에 고개를 떨어뜨리고 아무 말 없이 방을 빠져나갔다. 브라울리오 씨의 뺨으로 눈물이 줄줄 흘러내렸다.

사형수들을 위한 예배당 내부. '우리 주 예수그리스도의 보혈 수호단' 소속 수사 두 명이 형제애를 상징하는 그리스도 수난상을 설치하고 촛불 여섯 개에 불을 붙였다. 두 사람은 수호단의 규정에 따라 튜닉, 두건, 검은색 가죽 허리띠, 로사리오 묵주, 수호단의 문장이 새겨진 방패를 갖추고 있었다. 수호단은 살날이 얼마 남지 않은 사형수들을 돌보고, 딱히 알릴 만한 가족이 없는 사형수들의 시신을 처리하는 일을 담당했다. 이 수호단은 1547년 바르셀로나에 있는 누에스트라 세뇨라 델피노 교회의 산티시모 사크라멘토 예배당에서 설립되었다. 이 예배당은 '피의 예배당'이라는 이름으로 더 많이 알려졌다. 수호단의 사무실은 얼마 전까지만 해도 피노 광장 1번지에 존재했다. 오돈 모스타사는 허리를 꺾어 차갑고 눅눅한 땅바닥에 이마를 대고 기도를 올리고 있었다. 오돈 모스타사는 외부와 완전히 단절된, 감옥에서도 가장 후미진 곳에 갇혀 있었다. 그를 찾아오는 사람은 사건 담당 공무원, 감옥 의사, 성직자, 수호단 수사들뿐이었다. 그리고 죄수는 법률의 특별 조항에 따라 '유언장을 작성하겠다고 할 경우나 구두 증언을 하겠다고 할 경우'에만 공증인을 만날 수 있었다. 마치 일 분이 백 년 같아, 하지만 일 분이든 백 년이든 화살처럼 흘러가기는 마찬가지야, 오돈 모스타사는 생각했다. 무거운 침묵이 감방을 지배하고 있었다. 운동과 산책은 중지되었다. '마음의 안정을 해칠 수 있는' 감방 내부에서의 모든 행동도 금지되었다. 사형 집행을 지켜보아야 할 사람들이 이미 마당에 모여 있었다. 그들은 법원에서 파견한 서기, 행정부와 사법부에서 나온 대표들, 감옥 소장과 소장이 지명한 감옥 직원들, 성직자들, 죄수를 돌봐주는 자선단체 수사들, 시장이 지명한 일반 시민 세 명(자발적으로 사형 집행에 참석하겠다고 나선 사람이 있을 경우)이었다. 사형 집행은 1894년 11월 24일 이후로 왕의 명령에 따라 공공장소에서 시행되지 않았다. 왕의 명령은 격렬한 반응을 불러일으켰다. 예를 하나 들어 보겠다. '이로써 스페인에서는 사형 집행이 교훈적인 성격을 상실했다. 은밀한 곳에서 사형을 집행하면 아무것도 얻을 수 없다. 신문에 실린 사형 집행 장면은 공연한 호기심을 불러일으킬 뿐만 아니라 죄수들에 대한 낭만적인 동정심을 부추긴다.' 일반 시민 세 사람은 사형집행인을 유심히 관찰했다. 사형집행인은 사형대를 점검하고 있었다. 당시의 사형대는 등받이가 높은 의자였다. 의자 등받이에 굵은 나사가 하나 박혀 있었고, 나사 끝에 나비넥타이처럼 생긴 쇠고리가 달려 있었다. 그 쇠고리에 사형수의 목을 디밀게 하고, 사형수의 숨이 끊어질 때까지 쇠고리를 나사로 죄면 끝이었다. 페르난도 7세는 1828년 4월 28일 '왕비의 행복한 생일을 기념하는 의미에서' 칙허를 내려 당시까지 스페인 전 지역에서 사용되어 왔던 교수형을 금지하고 위에서 언급한 사형대를 사용하도록 시켰다. '평민 출신 사형수에게는 평범한 사형대를, 극악한 범죄를 저지른 사형수에게는 지저분한 사형대를, 귀족 출신 사형수에게는 우아한 사형대를 사용하도록 하라.' 평민 출신 사형수들은 말이나 노새를 타고 사형대로 끌려갔다. 그들은 두건이 달린 튜닉을 입어야만 했다. 그 두건 달린 튜닉은 옷자락이 길어 평상복 위에 입을 수 있는 것으로, 주로 사람이 죽어 상을 치를 때 입는 옷이었다. 극악한 범죄를 저지른 사형수들은 당나귀를 타고 사형대로 끌려가거나, 판결문에 특별한 언급이 있을 경우에는 그냥 땅바닥에서 질질 끌려갔다. 그들은 두건이 없는 튜닉을 입어야만 했다. 귀족 출신 사형수들은 검은색 천을 덮고 안장을 얹은 말을 타고 사형대로 모셔졌다. 그러나 이러한 구분도 사형이 공공장소에서 집행되지 않으면서부터 자연히 그 의미를 잃고 사라지게 되었다. 오돈 모스타사가 갇혀 있던 감방 문이 열렸다. 오돈 모스타사는 여전히 땅바닥만 쳐다보고 있었다. 네 개의 손이 오돈 모스타사의 겨드랑이로 파고들어 그를 일으켜 세웠다. 주여, 제 영혼을 불쌍히 여기소서. 오돈 모스타사는 어지럽게 떠오르는 잡생각을 지워버리기 위해 그 말을 기계적으로 반복했다. 밖으로 나왔다. 오돈 모스타사는 눈을 떴다. 수호단 수사들이 그때까지 예배당에 있었던 그리스도 수난상을 짊어지고 앞서 가고 있었다. 새로운 날이 하얗게 밝아 왔다. 하늘에는 구름 한 점 없었다. 저렇게 맑은 하늘도 이제 다 무슨 소용이란 말인가, 날씨가 좋든 말든 나와 무슨 상관이란 말인가. 오돈 모스타사는 생각했다.

사형대는 마당 한구석에 버티고 있었고, 그 주변으로 한 떼의 참관인들이 몰려 있었다. 사형집행인은 참관인들로부터 한발 뒤로 물러나 있었다. 참관인 중 한 명이 피우던 담배를 땅바닥에 던지고 구둣발로 짓밟았다. 마당 벽 옆에 시커먼 나무로 만든 관이 놓여 있었고, 관 뚜껑은 벽에 기대어져 있었다. 오돈 모스타사는 다리가 후들후들 떨렸다. 경비병들이 땅바닥으로 쓰러지려는 오돈 모스타사의 겨드랑이에 손을 넣어 붙잡아 주었다. 내가 이런 꼴을 보인 것을 아무도 몰랐으면 좋으련만. 오돈 모스타사는 그렇게 생각하며 등을 곧게 펴고 고개를 똑바로 들었다. 이제 놔도 됩니다. 오돈 모스타사는 그렇게 말하고 싶었지만 목소리가 나오지 않았다. 가슴 깊숙한 곳에서 한숨이 절로 터져 나왔을 뿐이었다. 이런 상황이라면 이 정도만으로도 충분해. 오돈 모스타사는 실없는 농담으로 스스로를 달랬다. 쓰러지지 않고 걸을 수 있는 것만으로도 승리를 쟁취한 기분이었다. 사형수복 자락이 땅바닥에 질질 끌렸다. 오돈 모스타사는 예배당에서 사형수복을 입었다. 법률에 따라 사형수들은 모두 검은색 사형수복을 입었으나, 국왕을 살해한 자나 부모를 살해한 자는 얼룩이 더덕더덕 묻은, 두건이 달린 노란색 사형수복을 입었다. 사형수복은 수도사복과 비슷했다. 오돈 모스타사는 사형수복을 입은 자신의 모습에 굴욕감을 느꼈다. 지금까지 내가 입을 옷은 항상 내 손으로 직접 골랐는데 말이야. 오돈 모스타사는 간수들과 이런 농담을 주고받았다. 만약 오돈 모스타사의 사형 집행이 몇 달만 더 연기되었더라면 그는 이런 불평을 늘어놓지 않았을 것이다. 사형수들이 생의 마지막 순간에 입어야 했던 사형수복은 1900년 4월 9일에 통과된 법에 따라 이 세상에서 완전히 사라져 버렸던 것이다. 오돈 모스타사는 사형대 의자에 앉았다. 간수들이 가죽끈으로 오돈 모스타사의 몸을 묶었다. 그리스도 수난상을 들고 있던 수호단 수사가 그리스도 수난상을 오돈 모스타사의 입술 가까이로 기울였다. 오돈 모스타사는 눈을 지그시 감고 그리스도 수난상에 입을 맞추었다. 누군가가 손으로 오돈 모스타사를 향해 은밀히 신호를 보냈지만 그는 그것을 보지 못했다. 잠시 후, 법으로 정해진 절차에 따라 사형 집행을 확인하는 문서가 작성되었고, 참관인 전원이 그 확인 문서에 서명했다. 수호단 수사들이 매장을 위해 오돈 모스타사의 시신을 수습했다. 시신을 관에 넣고, 두 손을 가슴께에 십자로 포개 놓았으며, 손가락 사이에 은도금한 로사리오 묵주를 끼워 주고, 눈을 감겨 주고, 바람결에 흐트러진 머리카락을 가지런히 빗어 주었다. 수호단 수사들은 일을 마치고 자기들끼리 귓속말을 나누었다. 소문은 사실이었다. 바르셀로나를 통틀어 오돈 모스타사만큼 잘생긴 남자는 다시없었다.

　같은 시각, 그 도시의 정반대편. 여죄수들을 수감하는 감옥의 쪽문이 열리면서 델피나가 문밖으로 걸어 나왔다. 어둠침침한 감옥 담장 밑에 유개 마차 한 대가 서 있었다. 브라울리오 씨는 그 마차에서 델피나를 기다리고 있었다. 델피나가 감옥 문밖으로 걸어 나오는 것을 보자마자 그는 서둘러 마차에서 뛰어내렸다. 두 사람은 아무 말 없이 눈물을 쏟으며 얼싸안았다. 아이고, 얘야, 많이도 여위었구나. 브라울리오 씨는 한참을 망설인 끝에 그렇게 말했다. 아버지, 아버지는 왜 그렇게 심하게 몸을 떠시는 거예요? 몸은 괜찮으세요? 델피나가 물었다. 아무것도 아니란다, 애야. 브라울리오 씨가 대답했다. 너를 보고 흥분해서 이러는 모양이다, 어서 마차에 타라, 집으로 가자, 한시라도 빨리 이곳에서 벗어나고 싶구나, 이렇게 몸이 말라 버리다니, 세상에, 이젠 괜찮다, 내가 너를 돌봐 주마, 나도 많이 변했단다, 내가 사는 걸 보면 너도 깜짝 놀랄 거다.

오돈 모스타사가 사형을 당하고 한 달이 지났다. 오노프레 부빌라는 다시 돈 움베르트 피가 이 모레라를 찾아가 마르가리타와의 결혼을 허락해 달라고 요구했다. 돈 움베르트는 잠시도 망설이지 않고 즉석에서 결혼을 승낙했다.

세계문학전집 **255**

경이로운 도시 1

1판 1쇄 펴냄 2010년 10월 11일
1판 9쇄 펴냄 2020년 4월 24일

지은이 에두아르도 멘도사
옮긴이 김현철
발행인 박근섭, 박상준
펴낸곳 (주)민음사

출판등록 1966. 5. 19. (제 16-490호)
서울특별시 강남구 도산대로1길 62(신사동) 강남출판문화센터 5층 (우편번호 06027)
대표전화 02-515-2000 **팩시밀리** 02-515-2007
www.minumsa.com

한국어 판 © (주)민음사, 2010. Printed in Seoul, Korea

ISBN 978-89-374-6255-9 04800
ISBN 978-89-374-6000-5 (세트)

민음사 세계문학전집

세계문학전집 목록

세계문학전집은 계속 간행됩니다.